チョーサーの世界——詩人と歩く中世

デレク・ブルーア

チョーサーの世界

詩人と歩く中世

海老久人
朝倉文市［訳］

DEREK BREWER:

The World of Chaucer

八坂書房

Derek Brewer
The World of Chaucer

was originally published in England in 2000.
This translation is published by arrangement with
Boydell & Brewer Ltd,
PO Box 9, Woodbridge, Suffolk, IP12 3DF, England

日本語版に寄せて

この度、拙著『チョーサーの世界』（二〇〇〇年版）日本語版刊行の報せを受けたのを機に、日本と縁ができ、日本における中世英文学研究者の方々の知遇を得て以来今日にいたる様々な交流について一言申し添えさせていただく。

私が日本の中世英文学研究とはじめて触れたのは、私がバーミンガム大学に奉職していた頃、ひとりの日本人客員研究員を受け入れてほしいと、友人D・J・エンライト教授から依頼を受けたときのことだった。その客員研究員というのが、誰あろう、広島大学の桝井迪夫教授（大英勲章授与）だった。教授は、***Rhyme Index to Chaucer's Canterbury Tales*** という、チョーサーの言語研究に欠かせない必読書を著し、日本人としてはじめて注目された研究者だった。人柄も、とても好感のもてる、もの静かな方だった。この出会いから間もなく、一九五六年に、私はブリティッシュ・カウンシルの後援を受けて、東京近郊のＩＣＵ（国際基督教大学）へ赴任する機会を得た。

一九五〇年代半ば、イギリスと日本、両国は政治的には表向き良好な関係にあったが、国民感情としては依然わだかまりがあった。桝井教授にお会いするまで、日本人にたいする私個人の第一印象は、日本軍に捕らえられた友人の何人かが戦争捕虜として野蛮な扱いを受けたことにとらわれがちだった。その一方で、日本の人々は、広島と長崎で経験した原爆によるトラウマに苦しみつづけていた。こうした中、機会を与えられ、私はよろこんで、家族そろって訪日することにした。動機としては、古いものを手放さずに新しいものを結び合わせる異国文化、それでいて、西洋文化、わけても、中世の西洋文化と共通する要素を多く持つこの異国文化に、かねてから私は心ひかれていたからだった。結局、私は一九五六年七月から五八年七月までＩＣＵで過ごすことになった。私たちには三人のまだ幼い子供がいたが、滞在最後の年に四人目の子供にもめぐまれ、子供たちはみな日本の方々から本当に親切にしていただいたことが今も忘れられないでいる。京都の大きな社寺に歴史的関心を呼ぶものが数多く残されていたが、いまだに貧しく、多くの人たちは伝統的な着物を着ているという当時の日本だった。私たち家族は身に余る親切を受け、広島では桝井教授と再会できただけでなく、数多くの英文学を専攻する日本人研究者にお目にかかることもできた。中でも、すでに九十代になっておられたが、素晴らしい英語をお話になっていた齋藤勇《たけし》教授とお会いするという格別の機会にもめぐまれた。分野を問わず、多くの日本人研究者との出会いがあり、どの方からも好印象を受けた。皆さんすぐれた方々で、後年、私はケンブリッジでこうした方々をお迎えすることにもなった。

ところで、ICUには広々として、木々に囲まれた美しいキャンパスがある。私たち家族には、一面田畑を見下ろす一軒家が住居として用意されていた。そこから私は歩いて研究室まで通っていた。私たちが暮らす一帯は、五千年も前にさかのぼる縄文時代の壺の破片があちこちに散らばっていた。ところが、残念なことに、当時私が歩いて通り抜けていたあの田畑は、現在、道路になってしまっていた。当時は東京・京都間にさえ舗装道路はまだなかったことが思い出される。私は、小旅行だが、何度も各地を旅し、古い文化を保持しつつ、現代の先端技術を発展させていく興味深い文明と触れ合っていることを実感していた。かつては敵国であったこともあるが、やがて、この国はイギリスと互いに似た文化を共有していることがはっきりしてきた。

当時はまだ、ICUには「英文学」という講義名はシラバスに記載されることすらなかった。チョーサーから現代文学までを扱う「英文学」を、講義として開講することが私の仕事だった。優秀な学生が沢山私の授業に出席してくれ、T・S・エリオットよりチョーサーのほうがわかりやすいことに気づいてくれたのを知って、私も慰められた。私自身は、色々な時期に、イギリス文学の諸相について扱う論文を寄稿するよう勧められ、特に、創刊間もない学術誌 *Poetica* には何度か寄稿させていただく機会があった。今も学界にめざましい貢献をしているこのすぐれた定期刊行物の創刊にあたっては、桝井教授が発起人の一人として重要な役割を果たされたのだった。この時期のICUの学生諸君はみな学ぶことに熱心で、普段の私の講義以外に、拙宅でよく戯曲の読書会を開き、いつも十五人から二十人ほどの学生が参加してくれていた。その人たちとは五十年の歳月を経た今も、親しくお付き合いをさせていただいている。最初にして最後だが、一度だけ、ICUで催されたある芝居に出演し、大成功をおさめたことがあった。というのは、私が舞台に登場するや、観客席から大爆笑が巻き起こったのだ。今にして思えば、後にも先にも、あの頃の同僚の中に、顔にドーランを塗った経験のある人などいなかったのだろう。

さて、拙著『チョーサーの世界』が出版されてからも、チョーサーに関する数多くの批評、とりわけ、彼の文学にたいする見解をめぐって多くの仕事がなされてきた。私としては、そのすべてに同意できるわけではもちろんなかった。そうした現況のもと、『チョーサーの世界』は、第一義的には、何か最終決定めいた結論を意図したものではないし、純粋に歴史的背景を論じるチョーサー伝として読者に提供されているのでもない。この本は、チョーサーの生涯と彼の時代について、確かなこととしてすでに認知されている事柄と、合理的根拠をもって推測できる事柄とを結び合わせようとする試みである。チョーサーの生涯のうち、彼を取り巻く初期の周辺状況については、推測の余地が多数入り込むことはやむを得ないことだ。誰でも、詩を読みながら、意識しないうちになにがしかの具体的結論を導きだしてしまうことは、避けがたいことで、無理からぬところもある。

私としては、チョーサーを歴史の舞台にのせることで、彼への理解をさらに深めるに足る包括的な文脈と具体的細部の両方を提供できればという期待がある。今回この本を読みなおしてみて、若干の欠陥はあるものの、変更を加えたほうがいいかしらと思う箇所がほとんどなかったことに、うれしい驚きをおぼえた。ここには、とてつもなく多彩なチョーサーの作品群と、それとなく暗示されるにとどまった彼の心構えなどが扱われている。そうした作品群にしても、心構えにしても、現代の私たちにすでに馴染みのものもあれば、そうでないものもあり、中には、明らかにお互いに自己矛盾をおこしているものすらよく見かける。一例をあげれば、中世のキリスト教と中世の騎士道の間の相違である。片や、様々な教義と超俗性を、片や、妖しい魅力、高い価値、そして残酷さを持つ。もうひとつ例をあげれば、女性にたいする姿勢の相違である。多くの社会では、女性に低い立場しか与えない姿勢が見られる。それとは対照的に、ほとんどのチョーサーの作品を含め、すぐれたヨーロッパ文学には、ドイツ文学の『トリスタンとイゾルデ』やフランス人作家クレチアン・ド・トロワの『ペルスヴァル：聖杯物語』のように、女性に最大の価値を付与しようとする作品もある。

「騎士道」は、きわめて広くゆきわたっていた「名誉」という概念がその根本にあるが、忠義と礼儀という強い倫理観を持つ一方で、残酷さと貪欲をもしばしばあわせ持っている。『カンタベリ物語』冒頭「ジェネラル・プロローグ」に描かれている〈騎士〉は、彼についての様々な解釈が示しているように、こうした不安定な二面性を見事に体現した人物である。中世ヨーロッパ文学を見れば、チョーサーも、彼なりのいつもの手法で、当時のヨーロッパ各国に共通の概念を利用していることがわかる。[1] ヨーロッパと多くの相違があるのは当然のことながら、日本でも「侍」が体現する「名誉」という概念系は社会の奥深くまで影響を与えていた。ICUで私の講義に出席していたひとりの優秀な学生が、近代日本における「名誉」と「キリスト教」の違いについて説明してくれたのだが、その学生は、〈騎士〉の姿にチョーサーが品格という徳性を与えているのは明らかに冗談だと考えていた。「侍」はそのようには考えていなかったし、『カンタベリ物語』の〈騎士〉の姿は残酷な傭兵だと主張しているテリー・ジョーンズが最近出版した人気の著書もこの考えに同調しないだろう。[2]「名誉」という概念自体、(人類学者たちが盛んに研究してきたのにくらべると)英文学の研究者たちがほとんど手をつけてこなかった分野である。

しかし、多くの文化は互いに驚くほどよく似た規則性を持つものだが、「名誉」は、そうした文化を理解する上で欠かせない概念である。日本もこうした文化を持つ国で、人々の頭から「名誉」が離れることはないし、個々の指導者に尽くすべき忠義心の中核概念でもある。また日本も含め、洋の東西を問わず、多くの国々がこの「名誉」という概念を広く共有しているように思える。ただ、ヨーロッパの場合、「名誉」という概念にキリスト教という要素が加わるのだが、本来、キリスト教は「名誉」とは相容れないものだ。両者の相違をもっとも顕著に表すものが「騎士道」だった。この「騎士道」が間にはいって、「名誉」とキリスト教の相違に橋渡しをすることもあったが、両者の間には、幅の広い、狭いがあったにせよ、常に溝が生まれた。こうした溝をふさごうとする試みがなされ、成功の度合いはさまざまだったが、キリスト教信仰の各種教義は、この宗教よりさらに古い伝統を持つ「名誉」という文化と折り合いをつけてきた。しかしながら、こうした分野への批評はなおざりにされる傾向がある。

この本の中で私は、今なお意義を失わない個人主義の発達に注意を払ってきたつもりだが、中世において個人主義と自尊心に必須要件である識字がどのように発達したかについてはもう少し詳しく触れておいたほうがよかったかもしれない。ヨーロッパ世界の発達にとって、識字はもっとも重要な問題のひとつに変わりないと私は思っている。昔から識字率の高い日本人や、その他、緊密に統合化された文化は、個人主義への欲求も、権力に刃向かう要求も奨励することがなかった事実に目を向けると、特に、この思いが強くなる。チョーサーは、文字を読んだり書いたりする識字の問題と、言葉を口で伝える口承性の問題についてのおもしろい組み合わせを準備してくれている。ただ、「騎士の話」がよい例だが、識字の問題のほうが優位を占めているようだ。『カンタベリ物語』冒頭「ジェネラル・プロローグ」に描かれている〈騎士〉の姿も、識字と口承の問題が抱える内的矛盾を明らかにしてくれる例である。チョーサーは、読者にたいしては、「騎士道」礼賛を大目にみてくれるのに、彼自身は、同じ『カンタベリ物語』の中で、「サー・トーパスの話」を出しにして「騎士道」を茶化しているのだ。「騎士道」は、識字と口承とが絶妙に相互連結されている事実を証明してくれる。こうした連結は、中世のロマンスによく見られ、その後、ロマンス小説の中で発達していくことになる。宗教の場合、口承性が識字の発達と歩調をあわせている例が数多くある（ここから、チョーサー自身もある種の親近感を抱いていたロラード主義が台頭してきた）。ちなみに、人生の幕を降ろす間際とはいえ、チョーサーは『カンタベリ物語』末尾の「取り消し文」によって、それまで書きためてきた世俗作品のすべてを却下してしまったようなのだ。

リチャード・ファース・グリーンが一九九八年に出版した学識に裏打ちされた有益な一書の中で、基本的な前提をおさえて、次のように論じている[3]。識字能力とは、小さな共同体の集団意識を一点に集め、それをまとめ、同時に、弱める力にもなる、というのだ。グリーンは、共同体の中で受容される慣習法と、法律などに関係して文字で書かれた諸手続きとの間にある相違を明らかにしてくれている。少し乱暴な言い方になるかもしれないが、口伝えで情報が伝達される初期ヨーロッパの社会で、誰かが罪を犯した、もしくは、犯したと思われた時、当該人物は、慣習法の下で、その人格を根拠にして、隣人たちによって裁かれることになる。隣人たちは、「その人はとてもそんなことをしでかすような人ではない」とでも言いたげだ。読み書きができる共同体にあっては、成文法に頼る度合いがますます高くなり、検証可能な証拠が求められることになる。

言葉は「もの」の裏付けがあってはじめて有効になるという要件は、「客観的真実」が文字で書かれた証拠を必要とし、ある特定の事例に応じて検証し得る、ということを意味するのだ。結婚にまつわる習慣は、識字能力が口承性に戦いを挑むなかなかおもしろい事例である。十六世紀初頭以前、男女が握手をして互いの愛情表現をし、もし速やかに二人が床を共にすれば、二人は結婚したとみなされることも可能だった。口承文化においては、原則として、男女を問わず、「名誉」にかけた言葉というものが固く約束したことと同じ意味を持っている。イングランドでは、十五世紀になってもこうした慣行がつづいていた。教会はこのような曖昧な口約束に反対し、文字として書かれた言葉をもって確実な義務履行とすることで、今日にいたるも、なんとか結婚を教会の議論に持ち込もうと努めてきた。それにもかかわらず、口承の伝統は興味深い分野で生き残り、たとえば、現代イギリス文化でもある程度存続してきた。ロンドン証券取引所のような立派な組織団体さえ、ようやく最近になって変化をとげたが、かなり長い間、取引所内立会場は紙用紙を使わなくても有効に機能していた。コンピューターと、それによる瞬時の文書化がこうした状況を変えてしまったのだ。

口頭による約束を何らかの品物で証拠とすることは中世の慣行でもあった。この慣行はヨーロッパの文化には二十世紀後半になるまで残り、結婚の有効性を保証する品物として未来の夫から未来の妻へ、時には妻から夫へ贈られる指輪がその名残である。祈禱書に書かれているとおり、「この指輪にかけて、あなたと結婚します」となる。品物はどのようなものでも構わないのだが、約束されたことが外的で客観的な「もの」の裏付けがない場合には、この品物が保証となった。J・L・オースティンは、「遂行的」言説の初期カテゴリーの中に約束というものを一分類として含めている[4]。このような「遂行的」言説はたんに現存する状況を説明するものではなく、言説は口に出されることによってなにがしかの「有効性」を持つ。このような場合、口承性（直接口頭で語られる状況）こそ当該言説の「遂行的」性質にとって不可欠の要素となるのだ（つまり、ここでは、「この指輪にかけて、あなたと結婚します」という言説を文字で書いたとすると、かえって、そのことが、結婚の真実の約束とはみなされなくなるわけだ）。

現代の文字文化から見れば、多くの場合、このような伝統的な考え方にたいする見解は非論理的にみえるかもしれないし、事実、十七世紀から二十世紀にいたるまで、「原始的で未開な精神」の遺産とみなされていた。この言葉遣いには、優越感が誇示されているように感じられてならないが、近年の社会人類学の研究成果から、「原始的」とか「未開の」という表現にはそれ固有の有効性があり、すでに指摘したように、伝統的慣習などへの嗜好、芸術、儀礼などの形の中で今なお消えずに残っていることがわかる。十四世紀に際立ってはっきりと見てとれる新しい文化と古い文化の間のさまざまな二元性について、ここまでまとめてみたわけだが、私自身は、こうした二元性が、十四世紀における「危機」の根本原因のひとつだと考えている。ただ、従来、根本原因の背後にある「危機」とは、あたかも「当然のごとく」の危機とされてきたが、むしろ「本当は」の危機と呼ぶことが妥当だろう。R・G・コリングウッドは、精神が内包する互いに対立し合う側面を脳の構造と結びつけている。[5] つまり、左脳は論理的で「科学的」思考の中枢をつかさどり、右脳は、芸術や宗教がもたらす「非論理的」経験の知覚中枢をつかさどる。もちろん、この区分法はきわめて複雑で、ここで簡単にまとめることができないほど十分な但し書きを要するものだ。

もし、私たちが歴史上に見られる裂け目に目をつぶり、純粋に現代批評的態度しかとらないのであれば、この『チョーサーの世界』という著書はとても受け入れがたいものにみえるだろう。たとえば、文脈にあまり配慮しないまま、当該ページに書かれた言葉に焦点を絞る「新批評《ニュー・クリティシズム》」の態度は、書くという行為の「背後から」ある意味の個人の人格が派生してくるという現象を容認し得ないものとしている。「新批評」が中核に据える批評概念によれば、アイロニーこそが詩の真髄ということになるようなのだ。こうした考え方は両刃の剣になりうる。この考え方は、今まさに言葉にされつつある事柄にたいする私たちの知覚を研ぎ澄ませてくれる一方で、言葉の字義通りの意味に疑念をいだかせる。なぜなら、読み手の嗜好や思いつき次第で、事実上、すべての言葉がアイロニーととらえることが可能になってしまうからだ。だとすれば、アイロニーの意図を示す明確なしるし、そしてそれ自体批評の対象でもあるが、書き手の意図は何かについての見解が必要となる。

多くの批評に見られる、喜びは深く潜在する「不安」を内包するという表現は、アイロニーがそれとなく意味する相対主義を持続させている。なにもかも「不安」のせいにすることは、文学批評において相対主義へ向かう一般的傾向の典型例である。「不安」は、字義通りの意味を包括的見解と一致させようとする多くの批評家が好んですがりたがるものだった。中世の思考や慣行に照らせば、「騎士の話」冒頭に描かれるテーセウス公が意気揚々とアテネへ凱旋帰国する時の直截な描写から、そこに潜在する不安の表現を深読みするだけの根拠は何もない(1025-29行)。私自身、第二次世界大戦末期ヨーロッパ戦線のイタリアで、規模は小さいとはいえ、凱旋行進に加わったことがある。その行進の最中に、「潜在する不安」の兆候らしきものを示す者など誰一人いなかった。『トロイルスとクリセイダ』の場合、ほとんど同じ語彙と文体を使って同じ内容のことを表現している二つの連《スタンザ》がそれほど離れずに配置されていることがあるが、その二つの連を読んで、一方の連にアイロニーを読み込み、別の連を字義通りの意味と解釈することが可能なこともある。しかし、これも、詩人みずからが意図して表現してというより、現代の読者の気まぐれのせいなのだ。こうした読み込みや解釈にたいして理路整然と異議を申し立てることはできかねるし、何人たりとも「今」の自我から完全に跳び出すこともできないが、チョーサーや彼の時代の文化全般にたいする歴史的に正確な理解を得ることも私たちにはかなわなくなってしまう。

チョーサーの詩にはほとんどあまねくアイロニーがゆきわたっているという暗黙の信仰は、「間違いを犯す」語り手という非常に貴重な考えにつながっていった。そして、この考えが、テキストに表現された気分をチョーサーが意図している「真の」意味から切り離していく。「間違いを犯す」語り手は、「当てにならない」語り手、さらに押し進めて、「作家《オーサー》の死」によって手の込んだ複雑な概念になる。チョーサーは、初期の詩作群では愛の挫折者、後期の詩作群では愛の何たるかも知らない男といったように、しばしば皮肉屋になり、独特の心の構え方をすることがはっきり読み取れる。これらの事例では、人はチョーサーと同じ時代の証拠にもとづく肯定的しるしを必要とするし、当時は疑問の余地もないほど確かなものだったかどうかわからなくても、その人なりの生活感覚を必要としている。たとえば、チョーサーのアイロニーを利かした偽善的意味を彼の「取り消し文」に帰結させることは奇異に映るかもしれない。「ジェネラル・プロローグ」の中で言葉の描写による〈騎士〉の姿は残酷な傭兵だと主張することは、字義通りの意味の彼の肖像に相反するばかりでなく、私たちが知る限りの当時の思想や感情とも相容れないものである。残酷な傭兵という〈騎士〉の姿に帰結された意味は、すべての戦争は「暴力」だとする当時は必ずしも普遍的とは言えない感情から生まれてきた意味であって、こうした意味は拒否されるべきものだ。

私たちは、「誠意」、（さまざまな意味での）「誠実」、「劇的妥当性」の三つの間の危険な境界線上にいて、最後は、事情通の読者が自分で自分の位置を判断しなければならない。今流で、流行の最先端をいく着想は、最初のうちは抗しがたい力で押し寄せてくるが、そのうちに退き、去っていく潮流のようなもので、しかし、有益で豊かな滋味のある流れでもあることに着目しておくのもいいだろう。このことは、現代の考え方や解釈が豊かな詩的テキストと自由な解釈のしるしであることを否定することにはならない。私自身はチョーサーのことを「作家《オーサー》」と考えることのほうを好むのだが、そのチョーサーは『鳥の議会』の中で、

そして、古い書物からは間違いなく、
人々が学ぶすべての新しい知識が生まれてくる。（24-5行）

と言っているように、「古い書物からは新しい着想が生まれてくる」のだ。

デレク・ブルーア

註

（1）Mann, J., *Chaucer and medieval estates satire*. Cambridge: Cambridge University Press, 1973.
（2）Jones, T., *Chaucer's knight : the portrait of a medieval mercenary* (Further rev. ed.). London: Methuen, 1994.
（3）Green, R. F., *A Crisis of truth: literature and law in Ricardian England*. Pennsylvania: University of Pennsylvania Press, 1998.
（4）Austin, J. L., *How to do things with words. The William James lectures delivered at Harvard University in 1955*. J. O. Urmson, Ed. London: Clarendon Press, 1962.〔『芸術の原理』近藤重明訳、勁草書房、一九七三年〕
（5）Collingwood, R. G., *The principles of art*. Oxford: Clarendon Press, 1938.〔『言語と行為』坂本百大訳、大修館書店、一九七八年〕

最新版まえがき（二〇〇〇年）

西暦二〇〇〇年は、チョーサー没後六百年にあたる記念すべき年である。イギリスが生んだ多彩で偉大な詩人たちの群像のあいだで、チョーサーはシェイクスピアに次ぐ詩人と言っていいだろう。チョーサーの作品は今も読みつがれ、楽しみの糧となっている。この記念すべき年に拙著を再刊できることはまことに時宜にかなっている。初版以来多くの読者が関心を寄せてくださった挿絵をそのまま再録して、初版（一九七六年）と第二版（一九九二年）のタイトル『チョーサーと彼の世界』を『チョーサーの世界』といった具合に、わずかな修正を加えさせていただいた。本文自体は、基本的に変更箇所はないが、更新の必要なところは新しい情報を加えている。なお、初版と第二版の「まえがき」で触れさせていただいた方々から受けた学恩にたいする謝意には、今も変わりはないことを改めてお断りしておきたい。

デレク・ブルーア

第二版まえがき（一九九二年）

拙著は、初版の本文に字句修正と最小限の変更を加えた第二版である。この場を借りて、私の友人、研究者の皆さん、それと本書の書評をしてくださった方々にお礼を申し上げたい。わけても、この第二版を出版するにあたって、とても暖かい激ましの言葉を寄せ下さった今は亡きM・M・クロウ教授とC・P・スノウ氏には深甚の謝意を表したい。

本書が一九七八年に初めて出版されて以降も、チョーサー研究、チョーサー批評は絶えることなく発展しつづけている。さまざまな問題をめぐって、これまた、さまざまな見方がこれからも議論可能になるだろう。しかし、私自身の解釈について言わせていただければ、基本的な修正の必要はないものと考えている。今も有効な数多くの新しい解釈や見解がすでに本書初版には盛り込まれていたし、ごく少数の例外を除いて、書誌一覧に新しい情報を加えることはしていない。初版を継承するこの第二版はチョーサーの生涯と詩作品を、十四世紀という彼の時代の生活と密接につなぎ合わせながら記述し、分析しようとする真面目な試みであることに変わりはない。

私としては、ここでもう一度、一九六六年にM・M・クロウ教授とクレア・C・オルソン教授が編集した『実録チョーサー伝』（*Chaucer Life-Records*, ed. M. M. Crow and Clair C. Olson, 1966）から受けてきたおおきな恩恵に心からお礼を申し上げたい。また、チョーサーの全作品に関する底本としては、現在では、ラリー・D・ベンソン教授監修の『ザ・リヴァーサイド・チョーサー』（*The Riverside Chaucer*, ed. Larry D. Benson, 1988）が基本図書として受け入れられるようになった。本書の引用もすべてこの『リヴァーサイド版』に依拠している（ただし、本書第十一章、382頁の引用にはこの底本の字句を変えたところがあることをお断りしておきたい）。さらに、『リヴァーサイド版』には、書誌情報や作品解説などの詳細で新しい情報が記載されているので、そちらも参考にしていただきたい。

初版まえがき（一九七八年）

本書の目的は、可能な限り鮮明に、チョーサーの生涯と歴史的背景の息づかいを伝えることである。文学的解釈を試みることが本書の目的ではないのだが、チョーサーがイギリスのもっとも優れた作家の一人であるという前提でこの仕事は進められている。そして、本書は、専門家に限定するのではなく、もっと幅広い読者に読まれることを念頭に置いている。

参考文献一覧を巻末に付しておいた。併せて、本書で記述されている問題点について特定しやすいように注釈も加えておいた（ただし、必要と感じない方は無視していただいても結構です）。なお、（本書でのチョーサーの詩句の引用の典拠として使わせていただいた）F・N・ロビンソン教授編『チョーサー作品全集』（*Chaucer's Works*, ed. F. N. Robinson）のことは、特に、ここで言及させていただき、同書から受けた恩恵に心から感謝したい。また、チョーサーの生涯を議論するには欠かせない必読書、M・M・クロウ教授、クレア・C・オルソン教授編『実録チョーサー伝』、それと、メイ・マキザック教授著『十四世紀』（May McKisack, *The Fourteenth Century*）の二著にたいしてもお礼を申し上げたい。他にもさまざまな書物を利用し、実に多くのことを学ばせていただいたが、そうした学問の根幹を支える業績こそ、本書が目指すテーマを議論するための共通の場を私たちに提供してくれていることをお伝えしておきたい。

チョーサーの世界

目次

凡例

一　本訳書は Derek Brewer, *The World of Chaucer* (Woolbridge, Suffolk, Boydell and Brewer Ltd., 2000) の全訳である。なお、巻頭に掲げた「日本語版に寄せて」は、訳者の願いをいれてブルーア教授が生前に特別ご寄稿くださったもので、先生の絶筆となった論考である。

二　本訳書で使用した記号類について、やや特殊と思われるものをここにまとめておく。

〈　〉＝〈騎士〉や〈修道士〉のように、『カンタベリ物語』に登場する登場人物を特定している。

《　》＝たとえば、《自然》や《名声》のように、寓意をあらわす。

【　】＝訳註の註番号、もしくは巻末に付した補遺『実録チョーサー伝』の参照箇所を示す。

三　巻末に付した「原註」は、言うまでもなく原著の "NOTES" をもとにしたものである。ただし原著のそれには註番号が付されていないため、章ごとに（1）、（2）……と通しの註番号を付して、本文との対照関係を明確にした。また書誌情報についても適宜追補した。

四　同じく巻末の「書誌」も原則として原著のそれを再録しているが、一部、ブルーア教授の了承を得て、書誌情報の修正・追加を行ったところもある。

また「書誌」のうち「音声資料」の部 "III. RECORDINGS" は二〇〇〇年版からは除外されたが、訳者の判断で、一九七八年版を元に再録した。さらに、その後、近年に一定の評価を得て入手可能な音源などを "UPDATED RECORDINGS" として追加した。チョーサー文学の世界は、目で文字を追う文字世界というより、その多くは音の世界、耳の世界でもあることを特に考慮した。

五　訳註と補遺、関連地図について

本書の理解を助ける目的で、巻末に訳註、補遺、関連地図を補った。

「訳註」は、原註との区別を明確にするために、【一】、【二】……のように註番号には漢数字を用いた。

また「補遺」は、ブルーア教授が基本文献として活用している、M・M・クロウ教授とクレア・C・オルソン教授が共同で編集した『実録チョーサー伝』（M. M. Crow and Clair C. Olson eds., *Chaucer Life-Records* [Oxford, Oxford University Press, 1966]）から抜粋して日本語訳としたものである。この『実録チョーサー伝』は、チョーサーおよびチョーサー家に関係するラテン語とアングロ・ノルマン語公文書を網羅し、財務府年金給与やロンドン港税関監査官などの分野ごとに整理・分類した史・資料である。史・資料の調査対象は、ロンドン公文書館所蔵文書やブリティッシュ・ライブラリ、ロンドン・ギルドホール図書館、オクスフォード大学ボドリ図書館、好古家協会、紋章院、イプスウィッチなどの公共図書館、さらに、個人宅の書斎に所蔵されている記録、同業者組合記録、各種荘園記録、不動産権利証書類、教会関係記録、遺言書録、各種写本などが含まれている。また、イギリス国内にとどまらず、ヴァチカン、ベルギーのゲント市、スペインのナヴァラ州、ハーヴァード大学、シカゴ大学などの所蔵資料も調査対象に加えられた。なお、「補遺」として本訳書に収録するにあたっては、チョーサーの人生の節目や彼の生活の実態を知る上で重要で役に立つ史・資料を厳選し、本文との関連を明確にするために、適宜見出しを補った。また本文中、訳註番号に準ずる形で右肩に【補遺A】【補遺B】……のように示し、読者の便をはかった。

関連地図の「十四世紀頃のロンドン」は、十四世紀当時のロンドン・シティとウェストミンスター周辺を再現する目的で訳者が独自に作成したものである。なお、ロンドンのチョーサー家の所在地特定については、(1) Wincent B. Redstone and Lilian J. Redstone, "The Heyrons of London: A Study in the Social Origins of Geoffrey Chaucer," *Speculum*, 12 (1937), 182-95, (2) Derek Pearsall, *The Life of Geoffrey Chaucer* (Oxford, 1944), p. 15 を参照した。

六　本訳書が扱う内容は、時代としては「中世」を中心に古典古代から現代までという幅広い時間にわたり、地域としては、ブリテン島を中心に、ヨーロッパ各国、時として日本にもまたがる広大な地域を含んでいる。原著の人名、地名、作品名を日本語表記に移すことは、本文を日本語に移す以上に困難を極める作業であった。原著に扱われているのは、従来、日本に紹介されてきた、いわゆる「歴史的」といえるような人名、地名というよりは、チョーサー個人の私的な人間関係の市井の人物であり、彼の個人的活動、生活範囲に関係する場所が多く、しかも、フランスやサヴォワ公国からイングランド王室へ出仕した宮廷人の人名などについては日本語による『人名・地名辞典』の類からも漏れている。そうした中で、本訳書は英語の人名・地名表記については次の二つの辞典を活用した。

(1) Daniel Jones, *English pronouncing dictionary* edited by Peter Roach and James Hartman (Cambridge, c1997)

(2) 大塚高信、寿岳文章、菊野六夫共編、『固有名詞英語発音辞典』(*English Pronouncing Dictionary of Proper Names*) (Sanseido; Tokyo, 1969)

ただし、読者の無用の混乱を避けるために、原著におけるラテン語、イタリア語、フランス語、英語による地名、人名、作品名などは、原著の表記にしたがい、日本語で慣用とされている表記を優先した。

七　チョーサーの作品名とその登場人物名の表記について

従来、日本語で公にされてきたチョーサーの翻訳、論文、さらには、チョーサーに言及しているいくつかの辞典でも、そこに表記されている作品名や人物名の表記は必ずしも一貫していないし、各執筆者の判断にまかされてきた。したがって、この本訳書の表記法も屋上屋をかさね、読者を当惑させる結果になるかもしれない。それでも、本訳書はチョーサーの中英語による発音や読みをカタカナへ移し換えることをあえて試みた。ブルーア教授は、多くの場合、現代英語表記を採用しているが、一部にチョーサーの中英語をそのまま使用している箇所もあり、こうした中英語表記法を日本語で統一しておきたいという考えがあったからだ。さらに、チョーサー自身による中英語表記自体、たとえば、神話上の人物名は、ラテン語古典からボッカッチョなどのイタリア語、フランス語の材源を経てチョーサーにたどりつくことが多いわけだが、そうした人物名を現代英語経由で日本語にすることは、幾重にもチョーサーの（厳密には、写本の）読みから隔たってしまう迂遠な手続きになる。そこで、思い切って現在入手可能な信頼性の高い音源をもとに、チョーサーの中英語の発音、読みをカタカナに再現してみることも許されるだろうと判断した。もちろん、中英語特有のファイナル'e'の音の扱いという厄介な問題があることも承知の上で、訳者の判断で日本語表記を選択した。たとえば、*Boece* は『善女伝』F版（425行）では行末に来るので「ボエーサ」になり、『お抱え写字職人アダムにあてたチョーサーの苦言』(2行) では文頭に来て「ボエース」となる。また、『カンタベリ物語』の"Caunterbury"は、「ジェネラル・プロローグ」(22, 27行) で「カンタベリ」と「カウンタベリ」の両方の発音が可能である。

　近年、さまざまなメディアを使って、中英語発音の音源が提供されている。たとえば、ニュー・チョーサー・ソサイエティとの共同で、アデレード大学（オーストラリア）とブリガム・ヤング大学（アメリカ）が『チョーサー・スタディオ』を組織運営し、現在までにチョーサーの『トロイルスとクリセイダ』など六編の初期作品と『カンタベリ物語』中の作品二十編が中英語発音による朗読を収録するCDとカセット・テープをリリースしている。また、インターネット上でも、チョーサーの短詩『お抱え写字職人アダムにあてたチョーサーの苦言』などの朗読が公開・提供されている（http://academics.vmi.edu/english/audio/Audio_Index.html）。その他の音源については、巻末の「書誌」もあわせて参照されたい。

　以上のように本訳書では、チョーサーの作品名とその登場人物名については、チョーサーの中英語の発音、読みを再現することを原則としているので、彼が言及する古典作家に関しても、チョーサーの文脈の中では中英語の発音、読みを採用した。たとえば、ブリテン建国神話の中で言及される"Aeneas"は「アエネーアス」となるが、チョーサーの『名声の館』(240行ほか) に出てくる"Aeneas"は「エネアース（＝アエネーアス）」と両方を併記した。同様に、"Virgil"の表記についても、中英語の発音を採用して、「ヴィルジール（＝ウェルギリウス）」、その作品名 *Aeneid* は『エネイドス』（＝『アエネーイス』）となる。なお、地名の「トロイア」はチョーサーの作品では"Troy"と"Troye"という二つの綴り字を持ち、日本語表記はそれぞれ「トロイ」と「トロイア」となるのだが、本訳書では便宜的にいずれも「トロイ」と表記し、一方、古典の文脈では「トロイア」という表記を用いることにした。

　本訳書で扱われるチョーサーの登場人物のカタカナ表記については、この「凡例」の最後に「チョーサーの作品に登場する人物名表記の比較一覧表」としてまとめ、ブルーア教授の原文の英語表記、チョーサーの中英語表記、ローマ神話とボッカッチョなどのイタリア語表記などを簡単に対照できるようにしておいたので参照されたい。

八　本訳書では、チョーサーの身分を示す原文"esquire / squire"については、一貫して「準騎士」という訳語をあてた。ただし例外として、『カンタベリ物語』に出てくる"Squire"と"The Squire's Tale"については、日本語訳として一般的に広く使われている〈騎士見習い〉と「騎士見習いの話」という訳語を踏襲した。理由は、父親なり主人なりの身の回りの世話をし、将来「騎士」に取り立てられる一種の徒弟時代をあらわす文学語として、「騎士見習い」という訳語を採用したわけである。また、原著で"annuity"として使われている用語について、西洋史関係の多くの著書や論文で「年金」と訳されているが、本訳書は「年金給与」という訳語をあえて採用した。「年金」という用語は、日本語では退職後、あるいは、六十代から支給される年金のことが連想されるし、「年俸」でもよいかとも迷ったが、現代の年俸支払いの形式とも厳密には違うと判断し、妥協の産物として「年金給与」とした。チョーサーの「年金給与」の契約関係、支払い法などについては、巻末の「補遺」(『実録チョーサー伝』)などを参照されたい。

九　『カンタベリ物語』の区分法について

　本訳書第十二章でブルーア教授が言及している「『カンタベリ物語』の集合体」(389頁) について、ここで整理しておく。『カンタベリ物語』という作品全体は、かつては「グループ」(Group) ごとに、A、B1、B2…Iまで十のグループに分類されていたが、現在は「断章」（Fragment）という分類法が使われ、ローマ数字Ⅰから Ⅹまでに分けられている。以下、「断章」ごとに各話をまとめておく。英語タイトルを付したものは本文中で扱われなかった作品である。なお、本文を含め、本訳書では、作品総体としての『カンタベリ物語』には二重カギ括弧を使用し、そこに収録されている各作品名はすべて「　」の一重カギ括弧でくくるという表記法を用いている。

断章Ⅰ：⑴「ジェネラル・プロローグ」⑵「騎士の話」⑶「粉屋のプロローグと話」⑷「荘園管理人のプロローグと話」⑸「料理人のプロローグと話」

断章Ⅱ：⑹「上級法廷弁護士のイントロダクション、プロローグ、話、エピローグ」

断章Ⅲ：⑺「バースの女房のプロローグと話」⑻「托鉢修道士のプロローグと話」⑼「裁判所召喚吏のプロローグと話」

断章Ⅳ：⑽「神学生のプロローグと話」⑾「貿易商人のプロローグ、話、エピローグ」

断章Ⅴ：⑿「騎士見習いのイントロダクションと話」⒀「地主のプロローグと話」

断章Ⅵ：⒁「医者の話」（*The Physician's Tale*）⒂「贖宥証取扱人のイントロダクション、プロローグ、話」

断章Ⅶ：⒃「船長の話」⒄「女子修道院長のプロローグと話」⒅「サー・トパスのプロローグと話」⒆「メリベの話」（*The Tale of Melibee*）⒇「修道士のプロローグと話」(21)「女子修道院付司祭のプロローグ、話、エピローグ」

断章Ⅷ：(22)「二人目の修道女のプロローグと話」(23)「参事会士付従者のプロローグと話」

断章Ⅸ：(24)「賄い方のプロローグと話」（*The Manciple's Prologue and Tale*）

断章Ⅹ：(25)「教区司祭のプロローグと話」(26)「取り消し文」

原著人名表記 (＝現代英語表記)	その日本語表記 (一部英語発音によるカタカナ表記)	チョーサーの写本中の英語人名表記	その日本語表記	登場するチョーサーの作品名	ラテン語／イタリア語をもとにした日本語表記
Aeneas	イーニーアス	Eneas	エネアース	『名声の館』	アイネイアース
Aeneid	『イニーイド』	Eneydos	『エネイドス』 (／『エナイドス』)	『名声の館』(「女子修道院付司祭の話」)	『アエネーイス』
Alcestis	アルセスティス	Alceste	アルセスト(／アルセスタ)	『善女伝』	アルケースティス
Alcyone	アルサイオニ	Alcione	アルシオーネ	『公爵夫人の書』	アルキュオネー
Arcite	アーサイト	Arcite (/Arcita)	アルシート	「騎士の話」、『パラモンとアルシート』	アルチータ
Boece		Boece	『ボエース』	『善女伝』、『お抱え写字職人アダムにあてたチョーサーの苦言』	ボエティウス
Canterbury	カンタベリー (またはカンタベリィ)	Caunterbury	カンタベリ	「ジェネラル・プロローグ」	
Cecilia	(？セシーリア)	Cecile	セシール	『聖セシール伝』、『善女伝』	チェチーリア
Ceyx	シーイクス	Ceys, Seys	セイス	『公爵夫人の書』	ケーユクス
Chanticleer	チャンテクリア	Chauntecleer	チャンテクレール	「女子修道院付司祭の話」	
Constance	コンスタンス	Custance	クスタンス	「上級法廷弁護士の話」	コンスタンサ
Criseyde	クリセイダ	Criseyde (/Criseyda, Criseda, Creiseyde)	クリセイダ (／クリサイダほか)	『トロイルスとクリセイダ』	クリセイダまたはクリセイス
Deptford	デットフォード	Depeford	デーパフォルド	「荘園管理人の話」	
Diana	ダイアナ	Diana/ Dyane	ディアーナ	「騎士の話」	ディアーナ
Dido	ダイドー	Dido	ディードー	『名声の館』	ディードー
Diomede	ダイアミード	Diomede	ディオミード	『トロイルスとクリセイダ』	ディオメーデース
Egeus	(？イージアス)	Egeus	エジェウス	『騎士の話』、 『パラモンとアルシート』	アイゲウス
Emily	エミリー	Emelye (/Emelya)	エメリー(／エメリーア)	『騎士の話』 『パラモンとアルシート』	エミーリア
Gaufred	ゴーフレド	Gaufred	ゴーフレド	「女子修道士付司祭の話」	
Griselda	グリゼルダ	Grisilde (/Grisildis)	グリジルダ (／グリジルディス)	「神学生の話」	
Herod	ヘロデ	Herodes	ヘロデス	「粉屋の話」	
Hypolita	ヒッポリタ	Ypolita(/Ipolita)	イポリタ	「騎士の話」	ヒッポリュテー
Ypocras	イポクラス	Ypocras	イポクラス	「ジェネラル・プロローグ」、『公爵夫人の書』	ヒポクラテス
Jove	ジョウヴ	Jove(/Jupitere)	ジョーヴェ(／ジュピター)	『名声の館』	ユーピテル
Juno	ジュノー	Juno	ジュノー	『公爵夫人の書』	ユーノー
Mars	マーズ	Mars	マーズ	『マーズ神の哀訴』	マルスまたはマールス
Origenes upon the Magdalen	『マグダラのマリアに関するオリゲネスの説教』	Origenes upon the Maudeleyne	『オリジネ・ウポン・モードレン』	『善女伝』	
Palamon	パラモン	Palamon	パラモン	「騎士の話」、 『パラモンとアルシート』	パレモーネ
Pandarus	パンダラス	Pandarus (/Pandare)	パンダルス (／パンダーレ)	『トロイルスとクリセイダ』	パンダロまたはパンダルス
Priam	プライアム	Priam (/Priamus)	プリアム (／プリアムス)	『トロイルスとクリセイダ』	プリアモス
Rochester	ロチェスター	Rouchestre	ロウチェスター	「修道士の話」	
Sittingbourne	シティングボーン	Sidyngborne	シディングボルン	「バースの女房のプロローグ」	
Theseus	スィーシャス	Theseus	セシウス (またはテーシアス)	「騎士の話」、 『パラモンとアルシート』	テーセウス
Troilus	トロイルス	Troilus	トロイルス	『トロイルスとクリセイダ』	トローイロスまたはトレッロ、またはトロイロス
Troy	トロイ	Troy (/Troie)	トロイ (／トロイア)	『トロイルスとクリセイダ』	トロイア
Venus	ヴィーナス	Venus	ヴィーナス	『名声の館』、『ヴィーナス、の哀訴』『天の赤道』	ウェヌス
Virgil	ヴァージル	Virgile	ヴィルジール	『名声の館』	ウェルギリウス

チョーサーの作品に登場する人物名表記の比較一覧表

はじめに

INTRODUCTION

ジェフリ・チョーサーは英語で創作した最初の文人で、生涯の輪郭について言えば、シェイクスピア以上に多くのことを私たちは知っている。チョーサーの内的生活はその詩作品の中に記録され、また詩人は自分を一登場人物として作品にもぐりこませることを好んだ。非凡な才能の持ち主で、詩人として優れていただけでなく、廷臣、兵士、知識人、内外各地への歴訪経験を積む外交官補佐といった経歴を持つ人でもあった。経験と幅広い興味には目をみはるところがあり、日々の暮らしや卑猥な話から厳格すぎるほどの信仰にまで、さらに、身も心も焦がす愛から哲学や科学への強いこだわりにまで及んだ。チョーサーと交流のある顔ぶれも多彩だった。最下層を除いて、最も高い身分を含む王国内のあらゆる人々が顔を揃え、イングランド出身だけでなく、フランス、イタリア、フランドル、ドイツなどから来た廷臣、兵士、学者、商人兼金融業者、修道士、司祭、貴婦人、下女らがいた。ところが、彼自身の言葉から察すると、誰にも邪魔されない読書三昧の生活が一番性に合っていたらしい。人に接する姿勢という点では、幼い子供への感傷と愛への深い関心を示すことがあるかと思えば、せせら笑うような皮肉を浴びせることもあった。どんな真面目なテーマを扱っても、茶々を入れないと気が済まないところがある一方で、相手を思いやる憐憫に関するかぎり、自覚して描く頻度がきわめて高かった。

恰幅はいいが、口下手——とチョーサー自身が私たちに語って聞かせる。誰もが、チョーサーにな

扉図版：
すべての生活の基盤は農作業だった（MS. Holkham 311, f.41v）

らば気さくに声をかけることができるという気持ちになれた。なかなか物まね上手で、相当の自信家という面もあった。本人にしてみれば後悔はしたのだろうが、物静かで心優しいこの人にしてからが、時々脱線し、悪魔の仕業かと思わせる素顔を覗かせることもあった。チョーサーはイングランド社会の中心にいたが、気質という点では、むしろ、社会の外縁部や裂け目を求める人だった。つまり、役人《オフィシャル》でありながら「非公式《アンオフィシャル》」の世界のほうに強い関心を抱いていた。

　チョーサー時代のイングランド――ヨーロッパ全体にもあてはまることだが――は、現代の都市化した工業社会とはおおいに趣を異にしていた。そこで、本題に入る前にこの章では、まず、チョーサーのイングランドを印象画風に描いてみようと思う。どの国もかつてはそうであったように、イングランドも完全に農業依存型の国だった。広々とした開放耕地にオート麦、大麦、ライ麦、小麦、キャベツ、根菜類などが栽培されていた。この開放耕地一区画はいくつかの細長い条地から成り、様々な保有者がそこを分けあっていたが、耕地の境界となる垣根などはきわめてめずらしかった。羊、牛、ヤギは共有地や未開墾地で放し飼いにされていた。燃料、木材、獲物などは森から手に入れていた。当時はまだ広大な森があったし、高地地方の湿原は別にして、高木林地がいたるところ広範囲に点在していた。さらに、ノーフォーク州などの場合、今でこそ、逆に、針葉樹が生い茂っているが、かつては低木のヒースで覆われた砂質の土壌が広がっていた。

　町に住む住民といえども、村人や農民におとらず、田園地帯とほぼ隣り合って暮らしていた。チョーサーの詩には、そうした田園のイメージがふんだんに描かれている。あらゆる気象条件と季節に身を晒し、泥にぬかるんだ道を馬の背に揺られ、多彩な中世の旅人に出会うというのがいつもの彼の旅だった。それはこの田園風景の一コマであり、また中世の誰もが避けることのできない有為転変のこの世の一部でもあった。『カンタベリ物語』の卓越した冒頭部は長く人々の記憶に刻まれてきた描写だが、厳しい冬の季節が過ぎた後の解放感と安堵感を描いた表現でもある。天上世界、風、大地、人間など、すべてが、春の季節の高揚感、鳥の歌声、新しい生命を内包する動物たちの胎動、活発な性衝動、自然への感謝、神への信心、隣付き合いの楽しみの中で互いに結ばれていた。つまり、すべてが、イングランドの片田舎で繰り広げられている圧倒的な風景の中で、ひとつに結ばれているのだ。この風景は、決して夢幻の心象風景でなく、確かな現実の姿だった。これに似た風景は、他に、多くの英詩にも描かれている。

陽気な大地にさそわれて、
　気のいい農夫は
鋤を手に畑仕事に精を出す。
　我らを御手へと送り届けたもう
キリストのお告げに私は祝福され、
　陽気な喜びに思い切りひたりながら。

（『初期英語抒情歌集』第百四十二番から[1]）

以下、この詩は、「鋤は朝から晩まで土くれのあいだを動き回り、人から汗をしぼりとって、ようやく大麦と小麦の収穫を可能にしてくれる」とつづく。

「身を切る冷たい冬の刃」、冬の「寒い朝」、「しめった雨」、「森と垣根」の枯死、といった冬の厳しさを表現するチョーサー独特の言い回しを心得ておけば、読者は夏の喜びをさらに実感できる。[2] 頭韻詩を書いたある十四世紀の詩人の言葉によれば、農夫の苦役には、いつも惨めな一面があった。[3] 道すがら、詩人は鋤にしがみつく男を目撃する。男の上着はボロ着、頭巾は千切れ、靴は破れ、手袋とは名ばかりの布の切れ端、両手は泥だらけ。四頭の雌牛が弱々しく犂を引き、男のかたわらを女房が長い突き棒を持って一緒に歩いていた。彼女も

中世にひらかれた畑――往時さながらの畝とすじ
（バッキンガムシァ、パドベリ北東）

ひどい格好で、はだしのままの両足は氷で傷だらけ。畑の端には籠が置かれ、その中にボロ布にくるまれた赤ん坊が眠り、さらにそれを二歳ぐらいの子供がふたりで囲み、どの子も惨めな境遇の中で泣きじゃくっていた。貧しい農夫はため息をつきながら、「こらっ、静かにしろ！」と怒鳴る。貧しい人々の姿は、多くの中世の詩人同様、チョーサーにとってもなじみ深いものだったが、チョーサーは、彼らの窮状を感傷的に示すことはしない。もっとも、雄鶏チャンテクレールを飼っている老いた寡婦が住むみすぼらしい田舎家を描く時には、面白半分だが、現実的な同情をにじませることもあった。老婆は、娘ふたり、豚三頭、雄牛三頭、羊一頭とともに、低地の森のそばで質素な暮らしをしていた（しかも、人間も家畜も全員が一つ屋根の下、煤けた「土間」か「寝間」のような空間で共同生活していたのは間違いない）。そして庭があって、そこで雄鶏一羽、雌鶏七羽を飼っていた。ミルク、黒パン、かりかりベーコン、稀に卵一、二個、ブドウ酒なし。これが彼女の普段の食生活だった。いかにも健康食だと、太り気味のチョーサーはひとひねりして描いている。こうした暮らしぶりを描くことで、彼はお涙頂戴の感傷にひたろうとしているわけではない。同じことは、「神学生の話」の中で、髪はぼさぼさ、服は汚れ放題といった身なりで登場する模範的な羊飼い娘グリジルダについても言える。みすぼらしい外見と精神性を同時に受け入れるのは、チョーサーにとって自然なことだったようだ。彼が田舎へ目を向ける時、現実の姿と、それに価値を付与する象徴的力との間に何の乖離もなかった。彼はそれほど田舎のことを熟知し、肌で直感していたわけだ。もっとも、廷臣として、はたまた、都会人としてのチョーサーは、田舎のみじめな生活や不当な境遇からは切り離されていた。身近なものへの彼の感じ方には、田舎の暮らしに見せるのとはまた違うところがあった。

イングランド全土に町や村が点在していた。現在のイングランドにある町や村の中核は、チョーサーが生きていた頃にはすでに、もっと正確に言えば、それよりはるか前に形づくられていた。一三四八年から四九年にかけて、「黒死病」が蔓延するまでは、イングランドの総人口は三百万人にのぼっていた可能性がある。人口のわずか五パーセントが都市部に暮らし、都市の中でも、確実に一万人を越える住民を擁する町はロンドンだけで、あとはヨークがかろうじてそれに近い人口を抱える程度だった。それ以外の人々は、村や集落、そして隣家からも遠く離れた一軒家などに、散らばって暮らしていた。「黒死病」の後は、総人口も二百万人にまで減少したようだ。その後も、死者の数こそ深刻ではないが、依然として恐ろしい疫病が一三六一年から六二年にかけて、さらに一三六九年と襲ってきた。その結果、一四〇〇年頃までに人口は、チョーサーが生まれた一三四〇年当時の半分程度に落ち込んでいたようだ。したがって、チョーサーが馬に乗って田園地帯を過ぎる時に目にした風景は、どの畑も家も村もうち捨てられた風景だけだったのだろう。もっとも、人の手で耕作された土地がある所であれば、必ずしも、辺りに寂寥感が支配するということはなかったはずだ。むしろ、現在のイングランドやヨーロッパの僻地のほうがよほどうら寂しい。イングランドのいたるところ、大地で働く人々の姿が見られた。

夕食用のウサギ――貧しい人々にとって、狩猟は生活のかかった仕事だった
ブリティッシュ・ライブラリ（MS. Royal 2 B VII f.171）

どこまでも広がる森や高木林地はまったく様相を異にした。道路は、その端をかすめるのみで、というのも、ほとんどの森は野蛮な狩猟法で保護されていたからだ。そこに生息する豊かな野生動物を追うことができるのは、森を所有する国王やジェントリの人々に限られていた【二】。狩猟は、ジェントリのすべての人々にとって日常の仕事の一端であり、娯楽でもあった。野ウサギやアナウサギといった小動物から、鹿や力のある危険な猪にいたるまで、食用になるものはすべて獲物とされた。森にはオオカミがいぜんとして生息していたが、こちらは狩猟の対象ではなかった。チョーサーは、つぶらな瞳の野ウサギの生態をよく知っていて、大小さまざまな猟犬に追い回された挙句、巣穴でぐったりしている野ウサギの恐怖心にはいつも変わらぬ思いやりを忘れていない。とはいえ、おおむね、狩猟はどの階層の人々にも好まれていた。このスポーツは人々を夢中にさせた。一心不乱に獲物を追い、期待に胸膨らませ、勝ち誇ったように殺し、はらわたをえぐり、獲物の死骸を棒にぶら下げて、角笛を吹きながら凱旋帰宅する。後は、宴席で焼肉料理という流れだ。

愛もまた狩猟の対象で、勝利の達成感と両義的な死を伴うものだった。そしてチョーサーの関心は、こちらの「愛の狩猟」

フランスで制作された象牙の鏡入れ——狩猟と愛の追求のテーマが重ねられている
(ヴィクトリア・アンド・アルバート美術館)

に、一層強く引きつけられた。彼にとって、実際の動物を狩る狩猟は、宮廷生活を彩る背景の一部にすぎない。この点では、現実の狩猟や、狩猟が象徴する現実感といったものが関心の中心を占める『サー・ガウェインと緑の騎士』を書いた十四世紀の詩人とは好対照をなしている。体型は太めだが、チョーサーは食料としての獲物にはさほど執着がなかった。『公爵夫人の書』では、夢の中で彼が鹿狩りへ招集され、私たちも一緒になって、鹿狩りが始まる直前のざわめく興奮にのせられることになる。ところが、彼はすぐに狩猟の現場から脇道へ逸れ、〈黒衣の騎士〉の嘆きに耳を傾ける聞き役へまわっていく。愛の追求、つまり、鹿狩りより優美だが、それに負けず劣らず肉欲的な愛の追求というテーマにとって、この鹿狩りは重要な背景にはなるが、むしろ、遠景へ退いていく。そして、いずれの狩りも、死という結末が待っている。チョーサーは、肉体の興奮より人の心の動きのほうに興味があった。象徴的力だけでなく、狩猟本来の力強さや面白さを求めたいのであれば、チョーサーと同じ宮廷を舞台にしつつ、イングランド北部地方の地域性を色濃くとどめた『サー・ガウェインと緑の騎士』へ向かうべきだ。

狩猟と同様、その舞台となる森もまた、確固として現実に存在すると同時に、自己喪失と自己発見の場として奥深い象徴性をたたえ、神聖ですらある場所だ。そして狩猟よりは森のほうが、もう少しチョーサーの嗜好に合っている。たとえば、『公爵夫人の書』で、チョーサーが手入れの行き届いた森の草深い猟場を降りると、森の奥で嘆き悲しむ騎士を見つける。一般的に詩人が設定する森といえば、冒険の場であり、男の人生に輝きを与える金髪娘や、華やいだ美女との素晴らしい出会いの場というのが通り相場になっている。

春が来て、鳥がさえずり、花々が咲き誇る季節がめぐって来る。すると、どこもかしこも喜びにあふれる。ところが、最愛の人が邪険であったり、『公爵夫人の書』のように、もうこの世にいない人だと、森は混乱と喪失の舞台となる。ある詩人はこんな風に言っている。「生きとし生けるものはみな恋をし、恋にかけては女性のほうが驚くほど自信満々で、成程そのほうが彼女たちにはお似合いだ。でも、この僕から恋する意志が失われると、すべての悦楽をあきらめ、ただ森の中をさ迷うだけの男になってしまうに違いない」。また別の詩人は、チョーサーの言葉をそっくりまねて、「私は鬱蒼とした森の中へ迷い込んで行かなくてはならない」と表現している。

森とは喪失と混乱の場でもあり、喜悦と興奮の場でもあるのだ。当時の法律文書は、森への立入禁止を守ろうとしない理由で罰せられた人々にあふれている。森の中に居続けざるを得ない理由のある人もいた。たとえば、無法者や盗賊一味、それと（チョーサー時代にはじめて民衆のヒーローとして人々の口の端にのぼった）ロビン・フッドもどきの実在の人物たちが、チョーサーの描く「愉快なロビンが遊ぶハシバミの森」で暮らしていた（『トロイルスとクリセイダ』第五巻、1174行）。

無法者は「オオカミ頭」をし、その頭はだれでも力さえあれば切り落とすことが許された。無法者の女性版は「無宿女」と呼ばれ、法律の保護を剥奪され、運命に見放された女性のことで、ロビン・フッドの恋人、修道女マリアンのような、よるべない女性を指していた[二]。無法者にしろ「無宿女」にしろ、財産も法律上の権利

もなかった。無法者の中には、複数の州にまたがって悪事を働く盗賊集団もいた。ところで、チョーサーは馬の背にゆられて旅に出る機会が頻繁にあったが、そんな旅に出かけていた一三九〇年九月三日のこと、ロンドンの市壁からわずか五マイルほどしか離れていないケント州デットフォード教区内の「ザ・ファウル・オーク」（「汚れた樫の木」）という現場近くで強盗被害に遭遇している。彼から金品を強奪した連中とはまさにこうした悪党一味だった。【補遺O】

チョーサーが通る道路で舗装されたものはまれだった。カンタベリ詣での巡礼者たちがいつも口にする「ぬかるみ」とは泥道のことで、雨の多い四月には、馬や荷車が通るたびに、泥をはね上げていたはずだ。今でも、ラバが通ると、腰のあたりまで泥に埋まる山あいの道を私は見たことがある。十四世紀（十九世紀になっても事情は同じだが）、貴族の一行でも、天候のせいで道路が通行不能になれば、旅行をあきらめなければならないこともあった。一三三九年には、悪天候で各地の貴族が所定の開会日に到着できず、議会を延期せざるを得なかった。[4] とはいえ、道路はあるにはあったし、イングランドが四六時中雨に降られていたわけでもない。よほどの悪天候でもなければ、目的地に到着することを期待しながら旅に出ることは普通にできた。

いくつかの町（たとえば、サウサンプトンやリンカン）では道路は舗装されており、フリント石（ウィンチェスター）や小石（オクスフォード）が敷石に使われることもあった。[5] そして、イングランドにもヨーロッパにも、ローマ街道の跡すら残存し、しっかりした地盤整備のおかげで、一千年以上にわたる使用に見事に耐えてきた。パリの町は舗装され、ロンドンの主要街路も舗装されていた。チョーサーが通い慣れた舗装道路にストランド街がある。これは、ロンドンのシティ西端テンプルバーからウェストミンスターへ延びるが、この道路とて、一三五〇年当時は穴だらけのぬかるみで、舗装も傷み、非常に危険だった。[6] 道路両側に

かなり理想化された都市を描いた絵画――七本の道路が同時につくられていて、
それぞれに牧歌的なたたずまいの田園地帯へと通じている
ベルギー王立図書館（MS. 9242, f.48v）

暮らす家主に、道路中心の舗装部の片端に幅七フィートの歩道を家主負担で整備するよう国王命令が出されたこともあった。道路事情が余りにもひどいせいで、一三五六年にシティ当局は道路税を課し、道路補修に充当した。一三八八年に発令されたフランスの都市条例のうち、当時ロンドンより大規模で、豊かなパリに出された条例を見ても、道路事情がいかに劣悪だったかがわかる。郊外ともなれば、幹線道路も脇道も橋も傷みがひどく、完全に壊れている個所もあった。原因は、川の流れ、大きな石、生垣、灌木、立木などだった。その結果、やむを得ず放棄されるものもあった。多くのイングランドの町には、ゴミが堆積し、道路の高さがどんどん上がっていった所もある。少なくとも、十四世紀の法律は、誰かが事態を改善するために努力していたことをうかがわせてくれる。(7)しかし、自然の力が上だ。近代的土木工学をもってしても及ばず、現代のイングランドやヨーロッパでさえ、数世紀を経た多くの小路や歩道が消滅してしまっている。人間の手と簡単な道具に頼るしかない十四世紀には、文明を埋没させないために必要とされる努力たるや莫大なものがあった。通行可能な道路を維持するために、常に自然との格闘がつづいていた。そのために狩り出されたのは、現代の私たちほどにも役に立ちそうに見えない、栄養状態も悪く、ひどい身なりをした人たちだった。

交通手段にも制約があった。貧しい人々、つまり文字通りの貧者と、職業的にそれを選びとった托鉢修道士のような人々の旅は二本の足だけが頼みだった。たいていの旅人は、馬の良し悪しは別にして、馬に乗って旅をした。今なら、乗っている車で人となりが判断できるように、当時は乗っている馬で判断した。『カンタベリ物語』の「ジェネラル・プロローグ」に登場する〈騎士〉は、着ているものこそ派手ではないが、彼の所有馬はなかなかの良馬だ。一方、〈修道士〉は、着ているものも豪華なら、馬小屋には駿馬を沢山飼っていた。清貧を誓ったにもかかわらず、どうやら、〈修道士〉の会計は、現代の水準に照らしてもかなり豪勢な出費にのぼるというのが妥当な結論となる。理想的大学教師たる、立派な〈神学生〉は金銭を追わず、熊手のように痩せた馬にまたがっている。〈神学生〉に劣らず理想的な人物で、つつましく、勤勉な〈農夫〉は貧相な雌馬にまたがっている。農夫の兄弟分にあたる〈教区司祭〉がどんな馬に乗っているのか一言も触れられないが、普段は、人家もまばらな辺鄙な教区内を杖をついて徒歩で巡回している。女性の場合、両脚を揃えて馬の背からたらす片鞍乗りの乗馬スタイルはチョーサー時代にようやく始まった習慣で、両脚をひろげて馬の背にまたがるのが普通だった。

大抵の品物も馬の背に載せたが、荷車もあった。荷車は農作業に使われ、「女子修道院付司祭の話」に、糞尿を運ぶ荷車が出てくるし、「托鉢修道士の話」では、干草を山のように積んだ荷車が、狭くて深い轍《わだち》にはまっている場面が描かれている。「二輪戦車」(war-chariot)を表わす詩的表現として「荷車」(cart)という語が使われていたため、中世の挿絵画家たちは、「戦車」を粗末な農作業用「荷車」のように考えていた。【三】チョーサーはまた食料品を運ぶ運搬車のことに触れている(『トロイルスとクリセイダ』第五巻、1162行)。大規模な軍隊や旅

侍女と家来を連れて
旅する貴婦人
チューリヒ中央図書館
(MS. Rh. 15 f.54r)

に明け暮れる王室には、体裁は悪いが、大型の荷馬車が複数台あった。準騎士として王室に出仕するようになった頃、チョーサーは荷物のまとめ方に慣れるようになっただろう。貴婦人には馬車が用意されていたようだ(8)。それは四輪馬車だった。硬い梁が直接車軸の上にわたしてあるだけで、バネなどなかった。そして、梁の上に人間が座るトンネル状の車体が載っていた。馬四頭か五頭が並んで馬車を引き、鞭をもって先頭列の馬にまたがる馭者が走らせた。震動が激しく、役に立たない乗物だったが、馬車の外装は鮮やかな彫刻が施され、色が塗られていた。内装はつづれ織りで飾られ、クッションにも刺繍が施され、窓はカーテンでおおわれていた。レディ・クレアの名で知られているエリザベス・ド・バーグは、一三五五年九月二十五日付遺言書の中で、自家用「大型馬車に馬車用ひざ掛け、絨毯、クッションもつけて」孫娘に残してやっている。一三五九年、彼女の孫娘で、のちのアルスター伯爵夫人レディ・エリザベスに小姓の身分で仕えた時、チョーサーはこの馬車を間近で見たに違いない。二十世紀までイギリスに残っていたジプシー馬車は、中世のものより軽量ではあるが、けばけばしい色で塗装され、形もよく似たところがあり、中世の馬車を引き継いでいる。中世の馬車には、ジプシー馬車のストーブや煙突といった快適な備品は備えられていなかったが、両者とも、どこか旅のロマンスに彩られていた。西部大移住のためにアメリカ人が使った幌馬車は、デザインの点では、中世の荷馬車にかなり近いと言えるだろう[9]。中世の馬車は非常に高価だった。リチャード二世は、二番目の妃となる幼いイザベラのために作らせた馬車に四百ポンドを支払い、エドワード三世は、妹用の馬車に千ポンドという莫大な制作費を支払った。まぎれもなく馬車は貴重品であった。さらに、前後二頭の馬の間にわたした担架のような乗物もあったが、これもまた珍しいものだった。

　路上での速度の早い遅いは、今日同様、千差万別だった。ロンドンからカンタベリまでは五十七マイルの距離だが、三十人の巡礼集団なら二日半かかり、国王伝令なら事前に用意された替え馬を乗り継いで一日の行程だった[10]。今ならひどい交通渋滞に巻き込まれても、三時間足らずである。これなど、今と昔の時間や空間にたいする感覚の違いをはかる物差しとなるだろう。十四世紀イングランドの地図を、ある地点までの所要時間をもとに描き直せば、現在のイングランドよりはるかに大きいものになる。周囲の環境も今よりは静かで、音を出すものといえば、農薬のせいで絶滅する前の鳥ぐらいだった。野生動物も、大小あわせて、さらに数多く生息していた。ただ、中世の旅は今以上に危険がつきもので、不快なものだった。

　チョーサーが旅の途中に泊まる宿は旅籠《イン》で、宿の等級はそれこそピンからキリまであった。運が良くても、沢山のベッドが置かれた一室で寝なければならなかった。運が悪ければ、一台のベッドに、別に一人もしくは数人の旅人が雑魚寝ということもあった。チョーサーと同時代のイタリアの詩人フランチェスコ・サケッティが、客であふれる旅籠に後から遅れてやってきた男の話についてブラック・ユーモア風小話を書いている[11]。一台を客二人が共有するベッドが一部屋にずらっと並んでいた。中に、一台だけ客一人というベッドがある。その客人、実は、前日に永遠の眠りについたばかりだった。後からやってきた男は、死体というものに人一倍強い迷信と恐怖心を持っていた。その彼が、事情もわからぬまま、死体の隣にもぐりこんでしまった。夜中にな

巡礼街道（ケント州、トロッティスクリフ付近）

り、男は、相方が一人で広い場所をとっていると思い、ベッドから蹴り落としてしまう。そこではじめて相方に息がないとわかり、死体に怯え、加えて、自分が殺したという自責の念にさいなまれるという仕儀にいたった。【四】

女性旅行者の不便について記した逸話や記録について、私自身はいまだ見聞したことがない（〈バースの女房〉と旅のベッドを共にしてもよいなどという勇気ある御仁などいるだろうか。それに、〈女子修道院長〉の場合、どのようにして人付き合いを避けていたのだろうか）。居酒屋の中には、特に、ロンドンでは、売春宿もいくつかあったが、自然なつながりからそこが乱暴狼藉の犯罪者の隠れ家にもなった。チョーサー自身は、自分の旅に出る時は、召使いを先回りさせて宿泊の予約ぐらいはさせておいたのだろう。[12] その際、召使いは「ノミやシラミはいるかね」と念を押すぐらいはしたのだろう。「野ネズミ、ドブネズミのたぐいはいるがね（ここまでは正直な答え）、ノミやシラミは大丈夫だよ」とは宿の主人の口からでまかせの返答。投宿にあたり、チョーサーは宿の主人、もしくは、細君と交渉して、自分と供の者たちが泊まれる部屋が一部屋あるかどうか、宿泊料はいくらなのかを確認する。[13] 宿泊料については、いつものように、当時も不評の種で、低く抑えようといろいろ法律が作られたが、どれもうまくいかなかった。旅人は全員同じ食堂で食事をし、そこが人気スポットであれば、他の客がいる場合もあるだろう。皆で食べて、飲んで、喋って、歌って、ゴシップに花が咲き、中には、「贖宥証《しょくゆうしょう》取扱人の話」に登場する「放蕩者たち」よろしく、賭博にふける者もいる。一三三一年の冬のこと、オクスフォード大学マートン・コレッジの学長と二人の特別研究員《フェロー》が、召使い四人を伴って、オクスフォードからニューカースルまで旅をした。一日分の典型的な勘定書の内訳にはこうある。「パン代四ペンス、ビール代二ペンス、ブドウ酒代一ペニ、肉代五ペンス、スープ代四分の一ペニ、蠟燭代四分の一ペニ、燃料代二ペンス、ベッド代二ペンス、馬用えさ代十ペンス」。たまに四分の一ペニを奮発して、卵か野菜を追加注文することもあった。彼らの普段の暮らしぶりもつつましいもので、冬になると、果物はなかなか手に入らないし、チーズも不足した。朝から旅人はビールを一杯ひっかけ、ひょっとしたらパンにもありつけたかもしれない。少し贅沢をしてみたければ、ブドウ酒に漬けて薬味をきかせたパンで腹ごしらえをした。それから、請求書の清算となるわけだが、その際には、愛想笑いのひとつも浮かべてやったものだった。道路標識などないから、道を尋ねておくのが賢明だったのである。この先追いはぎなど出ないだろうね（ひょっとして、宿の主人も彼らとぐるということだってあるやも知れず……）。

カンタベリへ通じる街道筋のように、人出で賑わう街路脇には粗末な飲み屋《エールハウス》が軒を連ねていた。昼間の旅なら、旅人たちは扉の上に飾られたキヅタの枝が目印となる、そうした飲み屋の前を素通りしていく。店の外では女将が通りすがりの者を客引きしている。日本ではつい最近まで見慣れた光景だったが、かつてはイングランド各地で広く行き渡っていた習慣だったに違いない。ジョン・スケルトン（一四六〇？―一五二九）の詩に、こうした女将のひとりエレノア・ラミングのことを面白おかしく描いた一編がある。彼女の顔つやときたら、胸が悪くなるほどくすみ、見るからに醜悪で、疲労のせいで眠そうで、だらしなく酔いつぶれている。見栄えがするものといえば、美形の皺とたるんだ肌の筋目ばかり、云々。女将は、よろず修繕屋に仕立屋、ケイトにシシーにサラといった常連たちにビールをたらふく飲ませ、大皿、小皿を運んで食事を出してやっているところだ。客の風体は、膝頭までむき出しで、足は臭く、服はぼろぼろ【五】。ウィリアム・ラングランド（一三三〇？―一四〇〇？）もロンドンのとある居酒屋《パブ》での一コマを活写している[14]。シシーさんがまたもや登場、女房連れの養兎場主ワット氏、よろず修繕屋ティム氏、貸し馬屋ヒック氏、近くのコックス・レーン界隈の売春婦クラリスさん、それに地元聖職者で通称「『主は御受難の前日を云々』を唱えるピーター」殿、その他ご同輩たちが、今日も今日とて、いつもの場所にたむろしている。ただし、普段よりはお行儀がよさそうだ【六】。『カンタベリ物語』の〈贖宥証取扱人〉は、自分の話を聞かせてやるから、その前に、細長い棒《エール・ステイク》を看板にした居酒屋で一杯ひっかけ、パンケーキを一口かじらせろ、と一歩も譲らない。そこは、見慣れぬ客と常連客でごった返している。当時、こうした居酒屋は下層階級の人々の溜り場で、チョーサーが片時でもよろこんで時間を過ごしたり、気

「そこで、からからの喉をうるおした」—— 14世紀の居酒屋の風景
ブリティッシュ・ライブラリ（MS. Add. 27695, f.141）

安く言葉を交わすという場所ではなかった。ただ、どうしても立ち寄らなくてはならない事情があれば、喜んで酒杯をかたむけ、飲む酒はビールでなく、ブドウ酒と決め、あまりにひどい味に少々腹を立てている（ブドウ酒商の息子に生まれたチョーサーなら、安いスペイン産ブドウ酒と、わずかにましなだけのフランス産ブドウ酒を混ぜた粗悪密造酒の正体を見破るくらい朝飯前のことだ）、そんな彼の姿がすぐに目に浮かぶ。そして、あちこちから聞こえてくるおしゃべりに耳を傾け、目立たないように周囲を観察し、ぼんやりしているということでもないが、心はここにあらずという風情だ。

街道筋に立ち並ぶ小さい建物といえば、飲み屋以外にも、地元産穀物を挽いてくれる小さな水車小屋があったし、人目を避けて暮らす世捨て人の家（世間と断絶したはずだが、かえって逆に、世間の好奇の標的にされた）や隠者の棲家なども点在していた。もっとも、現在のイングランドの片田舎に見られるような、平均二百ヤードごとに家が一軒建っているということはなかった。人家はまばらだったが、少なくとも幹線道路が放置されることはなかった。隠者はしばしば、粗末な庵で暮らしながら、道路や橋の補修にあたっていた。というのは、こうした労働が神様への恩返しというのが世間周知だったからだ。ただ、隠者の中にはもっと世間から隔絶している者もあったかもしれない。『名声の館』の中で、一度だけ、チョーサーは自分の暮らしぶりを自嘲気味に隠者になぞらえているところがあるが、毎晩夜になれば家に帰って、黙々と読書三昧にふける暮らしだったからだ。

中世イングランドの町や村は、それほど遠く離れ離れになっているということはなく、互いの距離に応じてその規模が決まってくるところがあった[15]。十四世紀後半のイングランドの場合、恵まれた規模の村で人口百人から百五十人ほど、町の人口は一千人から二千人程度だったようだ。このような町と町との間の典型的距離は二十五マイルから三十五マイルほどで、大きな村、もしくは市の立つ程度の小さな町であれば、その地方の中核都市からだいたい十二マイル、半日もかからない距離にあった。したがって、普通、旅は小さな町を結んでつづけることができた。町は、その周辺地域の全人口の一・五パーセント程度を抱える傾向がある。それゆえ、十四世紀後半、ロンドンのような首都は、イングランド全体の対人口比でこの一・五パーセントに相当する約三万五千人か、もう少し多い程度の人口を擁していたことになる。小規模な町は、田園地帯に隣接しているが、周囲をぐるりと壁で囲って、田園地帯から切り離されていた。そして市壁の内側には、比較的自由を享受し、新しい創意工夫を許容する雰囲気があり、田舎よりはるかに快適で安全だった。田舎と都市ではすでに明確な格差が生じ始めている。チョーサーの場合、いつも彼は町へ出かけてほっと一息つくことがあったのも事実だ。市中には庭はあったが、人工的に事実上飼いならされ、人間の嗜好に合うよう美化された自然だった。

　田舎から町へ近づくにつれ、まずチョーサーの目に入るのは、小さくてみすぼらしい家々が市壁の外にひと塊になって散らばっている風景だ。生活の拠点は市壁の中で、市壁の外にいるのは貧しい人だけだった。市壁の内と外とのこうした格差にたいして、テンプルバーとウェストミンスターを結ぶストランド街だけは重要な例外で、沿道は大邸宅の敷地として占有されていた。そこに暮らすのは貴族たちだった。チョーサーも、イングランド随一の豪華さを誇る「サヴォイ宮」が、ランカスター公ジョン・オヴ・ゴーント所有の邸宅であることはよく知っていた。しかし、ごくありふれた郊外の場合は、事情は違った。高すぎることもなく低すぎることもない壁の外は低木の茂みが広がり、日暮れ時になると、表門はピシャリと閉ざされた（チョーサー自身はオールドゲイトにある市門階上を、一時期、生活の拠点にしていたことがある。今風に言えば、ワンフロアあるいは一区画をまるごと借りきっていたと言えば言えるかもしれないが、市門という性格上、彼の居住区を厳密に定義するのはむずかしい）。【補遺H】ロンドンはしっかりした市壁に守られていたが、他の町の市壁にはすでに朽ち果てているものもあった。[16] それでも、市壁が依然として町の境界線を形成し、要塞としての特別な役割を与えられ、市場へ持ち込まれる物品にたいする税などを徴収する特典も与えられていた。こうして、町は治安を守り、自治やしっかりした統治を確保し、誇りを育んでいった。ただ、イングランドという国自体が、金波銀波に輝く大海原の中に浮かぶ自然

「効能あらたかな薬草」を栽培する市中の庭園
ブリティッシュ・ライブラリ（MS Add. 19720, f.165）

の要塞国家で、この海が、いわば、家を守る防壁や濠といった役目を果たしてもいた。イングランドは比較的安定した中央集権下で統治されていたので、運の悪い陸地の国にくらべて、頑丈な壁も巨大な都市要塞も必要なかった。その結果、イングランドでは、都市と田舎との境界も画然としたものではなく、自分の町への忠誠心といったものも、特に熱く燃え上がるわけでなく、ロンドン以外では、さほど都市意識が強く育つということもなかった。都市と田舎の違いは、あるにはあったが、なだらかで曖昧なものだった。

いったん市門をくぐれば、旅人は中央通りの入り口に立つことになる。どこもかしこも狭くて曲がりくねった道ばかりというわけでなく、中には、広くて快適な街路もあった[17]。グロスターの町は今も一見してわかるが、その昔、ローマ時代に造られた碁盤目状の町並みを持つところが国内にもいくつかあった。ニュー・ウィンチェルシャやベリ・セント・エドマンズのように、規模は小さいが、同じ碁盤目状に区画された町が新たに造られることもあった。ニュー・ウィンチェルシは十三世紀にエドワード一世によって作り直された町であり、またチョーサーもかねてから馴染みのあったはずのベリ・セント・エドマンズの町は由緒ある修道院を擁し、チョーサーの弟子と称される、多作の詩人で修道士ジョン・リドゲイトの本拠地でもあった。町の中心通りというものは、定期市を設営するのに便利なように、道幅が五十フィートほど確保されていたようだ。町の中心部、特に、修道院や城に近接して、四角形か三角形の形をした区画に市が立っていた。また、通りに沿って常設の店も多数並んでいた。実際何度か経験したことは間違いないのだが、チョーサーがオクスフォードやサウサンプトンの町の中心街の広い通りを馬で通過する時、沿道には、父親の店にくらべると貧弱だが、よく似た間口の狭い店が数多く軒を連ねているのを目撃したはずだ。当時、オクスフォードの中心街は砂利道で、ロンドンのような舗装道路ではなかった。チョーサーの父親もそうだったが、店主は店の二階か裏手に住み、間口の割に奥行きのあるその建物の間に、今日も見ることができるように、狭い裏道や路地が張りめぐらされていた。ブリストルの場合、本通りで五十フィートの道幅が確保されているが、裏道は八ないし九フィートしかなく、中には六フィートばかりしかないところもあった[18]。手広く、ありとあらゆる商いが行われていたが、商いの中身によって、特定の街路や街区に集まってくる傾向があった。市中の大きな通りは舗装されているところもあるが、路地などは未舗装のままで、道路の中央に「どぶ」と呼ばれる排水用の溝があり、両側からその溝に向かって傾斜がつけられていた。大きな家には、地下室に汚物だめが備えられていたが、全般的な衛生設備などは皆無で、かろうじてロンドンにごく簡単な下水設備があったぐらいだ（それも、木製の管を地下に埋設したもので、これは十九世紀になってようやく新しいものに取り替えられた）。飲料水を得るために井戸か共同揚水機が使われ、ゴミばかりでなく水を捨てるための水路もあった。通りまで迫り出している上階の窓からは、寝室用便器の汚物が、「水に気をつけろ《ガルディ・ロー》！」という陽気な掛け声もろとも、道路めがけて投げ捨てられていたようだ。街路や店や市場は、商業交易の場であると同時に、社交の場でもあった。彩色をほどこされた壁や美しく装飾された祭壇を持つ教会が、信仰のみならず、日々の実務上の議論や決定のために人々が集まってくる集会所となるのは自然

14世紀のじょうろ（陶製）　ロンドン博物館

な成り行きだった。居酒屋には、上品な店もあれば、そうでないものもあったが、そこでは人々が酒を飲み、歌を歌い、賭博に興じていた。それと、一膳飯屋《イーティング・ハウス》のような店もあった。祭日ともなれば、色とりどりに扮装した人々が教会まで隊列を組んで練り歩き、市場には仮小屋がしつらえられ、芝居らしきものも演じられ、旅回りの楽人、軽業師、演歌師、少々行儀の悪い芸人などが流れ込んできた。人々は過酷で不安定な生活を送っていたが、この苦難の大海にも多くの青々とした楽園の島があったのだ。都市は不衛生で、時に悪臭も漂っていたが、それでも、人間らしい生活と活動が営まれていた。今日でも、ヴェネツィアへ行ったことのある人なら、この町の臭いに強い印象を受けるだろう。しかし嗅覚よりは視覚と感性に敏感な人には、この町の素晴らしさは変わらない。だから、ヴェネツィアの町とは比べものにならないにせよ、中世の都市は刺激と気晴らしに事欠かない場所だった。

　通常、村は街道に沿って集落を形づくり、したがって、交通に不便を感じることはなかった。今もそうだが、村ごとに小さな家が建ち、教会と居酒屋《パブ》らしきものがそれぞれ一棟建ち、村の共有緑地とか共同貯水池も備えていた。ウスターシアにあるペンドルベリやウェイルズにあるキルゲランといった村は、今もなお昔と変わらぬ規模を維持し、十四世紀当時の家が残っている。村の表情もそれぞれ地域性に富んでいた。時はまだ十五世紀の教区教会建築ラッシュの直前のこと、教会はどれも小さいが、石造りだった。エセックス州のグリーンステッドには今も木造の教会があるが、これは十四世紀当時ですでに築数百年を数えていた。アングロ・サクソン時代にも少なからぬ教会が建てられたが、ほとんどの教会の建設時期は十二世紀か十三世紀にかけてのものだ。イースト・アングリアの多くの教会はフリント石で造営されていた。屋根は藁葺きもしくは木造が多かったが、鉛板を使った教会も数棟あった。町同様、村でも教会の内部は彫像で飾られ、どれもが芸術作品と言ってよい出来栄えだった。村の家々は、二間か三間くらいのつくりで、鶏や家畜が、道端や家のまわりを我が物顔に動き回っていた。玄関前には糞が山のように積まれていた。コッツウォルド丘陵地帯にある家は石造りだったが、たいていの家は木組みで、今なおよく見かけることがあるように、編み枝に泥を埋め、外側は石灰を塗っており（白と黒の二色のコントラストが際立つ家がそれだ）、屋根は藁葺きだった。中世の人々は、高さと外見に絶対的規則性を保つのを理想としていたにもかかわらず、我々の目には、その家並みはいびつに見え、それがまた魅力的に映る。こうした建物の大きな長所は人間らしい規模で、周囲の環境と親密な関係を持っていることだった。技術力が未発達だったので、人間は自然と協力しなくてはならなかった。今日の農業用建造物やほとんどの建築物の規模、設計、建築材料が環境と相容れない軋轢を生んでいるが、中世にはまったく有り得ないことだった。配管、温水、暖かい空気、快適な椅子などは何一つなかったが、心理的快適さということになれば、話はまた別だ。中世の人々は、実用性よりは心理的効果をねらって建物をつくった。優先順位が現代とはしばしば異なっていたので、狂おしいまでに非実用的な中世の営為が随所に出現した。城郭もそうだろうが、数多くの教会の配置もそうした営為から生まれ、意図していたかどうかは別にして、こうした建物が、今も周囲の風景の中で、きらびやかな王冠の飾りになっている。実用本位の現代の私たちが数千人規模の観光旅行団でそうした場所を訪ねても、その素晴らしさがわかる。なぜなら、こうした建物が私

建物の土台から屋根の頂まで延びて屋根を支える角材を使用した
クラック式枠組みの田舎家
（グロスターシァ、ディルドブルック村）
このような家は、チョーサー時代の自由権保有農のヨーマン、
もしくは「ジェネラル・プロローグ」に登場する農夫の
住居だった可能性がある

たちの関心を引きつけ、魅力を失うことがないからだ。時代を先取りするほど現実的で実用的なチョーサーでさえ、彼の時代に建てられた目もくらむような威容にすっかり欺かれている。チョーサーとは対極の『サー・ガウェインと緑の騎士』の詩人にいたっては、私たちにも負けないほどその幻惑に酔いしれてさえいる。

旅人が途中に通過し、一息つく場所としては、町や村だけでなく、修道院、領主館《マナー・ハウス》、それに、城があった。こうした壮大な建物は、時として、孤高を保って他から離れて建っていることもあれば、また一塊に集まった住居の核として、群を抜いて高い建物のこともあったが、いずれも、いわば銃眼付き胸壁を備えた農場という趣だった。こうした建物の存在が町を生み出すこともあった。今では廃墟になって残る遺構からも、その大きさが偲ばれるが、ベリ・セント・エドマンズ大修道院のような広大な修道院は町全体を支配し（この修道院と町との関係はきわめて険悪なものだったが）、修道院が大地主となり、それ

ストウクセイの領主館（シュロップシァ）
野趣あふれる自然の中に立つ堂々たる門は、
防御への構えと快適な暮らしの双方を連想させる

自体町兼農場だった。たとえば、修道院の壁のすぐ外には、どこまでもブドウ畑が広がっていた。この修道院は、高い壁や塔、周囲に集まる付属施設、気品をたたえた教会堂、万巻の書物を収蔵する図書館、写本が書き写される写本工房、生簀や果樹園までも擁し、一大壮観を呈していた。生涯をこの修道院で過ごすことのできたリドゲイトのような幸運な人でも、必要があればロンドンまで旅をすることもあった。しかし町の住民はこの大修道院を憎悪し、十六世紀の「宗教改革」を機に、この修道院は破壊された。修道院には来客用宿泊設備があって、床にごろ寝できれば十分といった粗末な身支度の旅人に、質素な食事を提供した。普通の旅人であれば、旅籠に宿泊することを選んだ。多くの不平不満からも明らかなように、有力諸侯やその従者たちは修道院に贅沢な接待を強要した。チョーサーも王室随行員として修道院に宿泊したことがあったが、彼の想像力が、禁域として仕切られた伝統的な宗教生活の内部に入ることは決してない。そして、チョーサーが描く修道士たちは、善きにつけ悪しきにつけ、常に修道院の外を旅する人たちだ。

　城の場合は事情が異なる。城は王国内のあちこちに点在し、ジェントルマンが一夜の宿泊を求めて城を訪ねれば、丁重に迎えられ、おおいに歓待されただろう。これはロマンスの世界だけのことではなく、現実にもあり得た話だ。『サー・ガウェインと緑の騎士』にも同じようなエピソードが出てくるが、実際に、チョーサーも、不案内な田舎を旅し、途中で夜になり、自分で宿泊場所を乞わなくてはならないと気づくこともあったかもしれない。チョーサーの若い頃は、城から城へ移動するのが日課だった。アルスター伯爵夫人に仕えていた一三五七年から五九年の間、夫人と、おそらくはその他大勢の少年の一人として、旅に明け暮れていた【補遺B】。侍女や事務官、準騎士に私室付上席従者に小姓、それに一家の世話をする下僕などを含め、一家をあげて夫人は、（復活祭の準備のために）王室居城のあるレディング、ストラトフォード・アポン・エイヴォン、キャムプシ、ロンドンへ、（聖ジョージの祭日の準備のために）ウィンザー城へ、（聖霊降臨祭の準備のために）ウッドストクへ、（クリスマスの準備のために）ドンカスター、ハトフィールドへ、（公現祭の準備のために）ブリストルへ、そして他にも、アングルシ、リヴァプールの各地へ転々とした。そろそろ人生の後半に差しかかる頃、公務の旅とは別に、チョーサーはスタッフォードシァのタトベリ城に滞在する妻フィリッパのもとへ何度か旅したこともあったに違いない。この城はランカスター公ジョンの二番目の妻コンスタンス・オヴ・カスティリャが生活の拠点としていた城で、チョーサーの妻はここで彼女に仕えていた。ランカスター公はケニルワスにも壮麗で古色を帯びているが、大がかりな改装をほどこされた城を所有していた。ケニルワス城は廃墟とはいえ、今もかつての姿をよくとどめて立ち、往時、色絵ガラスが嵌まっていたはずだが、十四世紀に新たに増築された大ホールの窓を眺めると、私たちは驚嘆の念を禁じ得ない。ケニルワス城の周囲を歩いて見れば、あなた方は、かつてチョーサーが歩いた足跡をそのままたどることができる。舗装された通路、ガラスとつづれ織で飾られた明るいホール、彫刻を施した大きな暖炉が据えられ、貴婦人たちが座っていた居間、大かまどを備えた広い厨房、厩舎、馬が蹄の音を響かせ、脚を滑らせ、重い荷物を運ぶ鉄輪の荷車が重みで敷石をすり潰していった玉石を敷いた中庭。こうした情景をあなた方は心の中で再現するかもしれない。他の有力諸侯も、堂々たる城郭を造営し、建てなおしたりした。たとえば、バークリ城には新しいホールが増築され、ボウディアム城は完全に近代的な要塞で、その雄姿はきらきら輝く濠の水面に今も煌いている。築城の目的は、ただ実用のためではなく、人生に栄光の華を添える意味もあったのだ。聖俗、貴賤を問わず、誰もがそれに喝采した。神が至高の栄光であるとするなら、私たちが神に見倣って何が悪いのか、というわけだ。明日の保証などない健康、富、体力、生活の代償として、何がしかの華やかさは必要だった。背景には、誰にも辛い労役が待っているという事情があった。騎士は重い甲冑をまとい、聖職者は光も暖もない暗い所で、扱いにくい鵞ペンを走らせていた。それに、誰であれ、何がしかの身体上の不快をまぬがれるわけにいかなかった。歯の痛みや便秘などを考えてみても、科学的な医薬品などない時代のことだ。大きな教会と同じく、大邸宅も、天上世界の明るさをそのまま映さんばかりに、松明や蠟燭で光彩を添えられ、眩い宝石、大胆な構図の色彩豊かなつづれ織と掛け布、金銀の大皿、

サセックス州のボウディアム城
聳え立つ塔の裾を洗う濠は、排水溝の役割も兼ねていた

酒杯、まばゆい色彩をほどこされた色絵ガラス、戦旗、真鍮製の高価な和平交渉用机などで飾り立てられていた。冬の旅人でも、火のある私室に通され、美しい長衣をまとえる人は幸運だ。そうした旅人は、家臣らと一緒に、楽しいホールへ移動し、長い食卓でご馳走に舌鼓をうち、ゲームに打ち興じ、夕食後、食卓が片付けられると踊りを楽しんだ。『サー・ガウェインと緑の騎士』の詩人はこうした情景を私たちに描いてくれる。そして、チョーサーも「騎士見習いの話」の中で同様の場面を描いている。私たちはそこに、優雅な饗宴、盛り上がる宴席、踊り、人目をさける恋愛遊戯、心を蝕む嫉妬心の特徴などのすべてを、おまけに裏切られた愛の物語の枠組みとして描く、彼の辛辣だが、生き生きした正統派の描写を垣間見ることができる。

領主の家臣団のひとりであれば、どんなに身分が低くても、しかるべき席があったが、農夫や、どこの馬の骨とも分からないような旅人がそうした宴席に連なる機会に恵まれることはあまりなかった。旅人のうちで宴席の場へ出入りを許される者には、旅回り楽人兼芸人といった人が含まれ、その顔ぶれは多彩だった。楽器演奏者に歌手、講釈師に曲芸師から、つまらないほら話やら、とんでもない毒舌、放屁の一発芸でお茶を濁す芸人までいろいろだった。芸人の中には、ジェントルマンの自宅に迎えられる者もいたのだろう。彼らは資産家で、田舎家よりは大きいが領主館よりこぢんまりとした屋敷を所有していたのだ。そうした家で、旅回りのフィドル弾きやバグパイプ吹き、わくわくするようなロマンスを朗誦して聞かせてくれる語り部などから一夕の座興を提供してもらって楽しんでいた。この種の家は都市部により沢山あっただろうが、それ以上に田舎の農家が芸人たちの訪問を喜んだことは確かだ。チョーサーもロンドンの父親の家で旅回り楽人の演奏を聴いたに違いない。そして、廷臣でジェントルマンの身分にいたが、ある意味では、彼自身、こうした芸人たちと一脈相通じると

上：バグパイプ吹き
石彫、ヨークシャ、ビヴァリ修道院、1335年頃
バグパイプを吹いて『カンタベリ物語』の巡礼の一行の先頭にたって町から出て行くチョーサーの〈粉屋〉を彷彿とさせる。

下：14世紀のさまざまな楽器（左頁も）
オクスフォード大学ボドリ図書館
（MS. Bold. 264, f.173r）

ころがあった。高尚さという点では一段上を行っていたが、彼だって芸人のひとりだったのだ。

各界各層にわたって誰もが悪路を越え、宮廷から主要都市や町や村へ、そして修道院や城や農家へ移動し、丘を越えて漁村や港町の点在する海岸まで旅をしていた。今ではイギリス人の姓の三分の一は地名だが、出生地で他の多くの住人と一緒にとどまっているかぎり、自分を区別するために出生地の名前を使うことはない。したがって、この時期、身分の卑しい多くの人々は、国内をあちこち移動していたに違いない。だから、ジョンという人物が自分の生まれた「リドゲイト」村を出て二十マイル離れたところにあるベリ・セント・エドマンズの修道院へ入れば、そこで彼は出身村の名前にちなんで「ジョン・リドゲイト」と呼ばれることになった。家族の誰かひとりが、ある村から別の村へ移動すると、他の家族が一緒に付いていくか、当人の元を訪ねるかしていたようだ。ただ、こうした移動は距離も短く、それほど頻繁にある旅でもなかった。一方、長旅に慣れた人の顔ぶれは多彩だった。正直な〈農夫〉だけは例外だったが、チョーサーの『カンタベリ物語』に登場する人々は、巡礼という建前とは別の動機で旅に出てきたのだろう。その〈農夫〉も、普段から、収穫した実りをたずさえて地元の市場へ出かけることぐらいはあっただろう。こうした多彩な顔ぶれの中でも、『カンタベリ物語』が特に描いたのは、（自分の土地を離れることが禁止されている農奴を除く）社会の中間層にいる人々だった。さらに、チョーサー自身がしばしば接触した公務の使者、行商人、職探しや略奪目的の兵士、そして物乞いなどもいた。規模としては対極だが、旅人は王室をあげての大行列のそばを通過することもある。一行の食糧徴発吏は、食事を準備するために事前に食糧を調達するか強制徴発していた。また、儀式係は、国王や廷臣が泊まるのにふさわしい家にあらかじめ目星をつけておくことになる。さらに、弓兵で構成された先遣警護隊、見事な出で立ちの国王自身、貴婦人、廷臣が馬に乗ってつづき、兵士、馬車列、召使いが加わり、あら

ゆる種類の非戦闘従軍者、物欲しげにつきまとう連中、たかり屋、雑用係、泥棒、売春婦などの大群がついて行く。規模こそ小さいが、諸侯、教会有力者、司教、修道院長の隊列も国王に似たものだった。一行はゆっくり移動し、そのような移動は退屈だったに違いない。しかし、宮廷という魅力、変化にともなう快楽、宿命という強制力、惰性となった付き合いと習慣などが一行をひとつにまとめ、旅を継続させた。グリニッジで悠々自適の生活を送っていた晩年、チョーサーさえ、恩恵と刺激の源泉たる宮廷から遠のいた身の上に少々悲しげな思いを語っている。

「人生、これ巡礼」。この言葉は中世の力強い決まり文句である。『カンタベリ物語』の終わり近くで、チョーサーは〈教区司祭〉にこの言葉を引き合いに出させ、巡礼一行に天国のイェルサレムをこそ希求するよう求める。しかしチョーサー自身が示すように、巡礼者、皆が皆、敬虔とはかぎらない。私たちは信心による彼らの動機に疑いを抱く必要はないが、それでも、一行の中には、敬虔とは正反対の巡礼者がいるようだ。巡礼は、中世における様々な旅の頂点だった。上は国王から、下は徒歩の慎ましい〈教区司祭〉にいたるまで、多くの人々は、旅を楽しんだかどうかとは無関係に、止むを得ない事情から旅に出た。しかし、巡礼行だけは、みずから好んで出かけたのだ。巡礼にはしばしば気苦労が伴い、快適さは期待できないし、期待外れも多いが、日常のしがらみからの大いなる解放であり、聖なる日の骨休みだった。日々の生活は、避けがたく、かぎりなく退屈になり得るが、人々はそうした平凡な日常生活にまとわりつく硬直さと単調さを振り払うことができた。巡礼に出かけることで、彼らは自分が住む教区や州や海岸という境界ばかりでなく、自分の人格や社会階層の境界をも越えていったのだ。巡礼の中心地、つまり、霊的信仰の中心地は、どちらかと言えば、権力や日常的な拠点から離れた辺地に置かれているのが普通である。(19) 中世イングランドで人気のあった二つの巡礼地はカンタベリとウォルシンガムだが、いずれも、ロンドンから遠く離れた海岸近くに位置している。サンティアゴ・デ・コンポステラもスペインの端にあり、イェルサレムはヨーロッパ世界のはずれにある。旅にともなう永遠の失望の一つが、目的地に着いても当の旅人が別人に変身することなどあり得ないという事実は認めるとしても、変化を生む行動、つまり、移動こそ、感覚や知覚を刺激し、様々の要素を混ぜあわせ、まったく新しい物を生み出してくれるものだ。『カンタベリ物語』の「ジェネラル・プロローグ」で、チョーサーはそこに登場する全員を、各自が所属する社会階級に従って、整然と順序だてて紹介しないことを弁解している。さらに、そこで巡礼者の一人一人を詳しく描くにあたり、旧来の修辞家が処方してくれる秩序正しい描写法をも、同様に、ごちゃまぜにしてしまう。社会階級にしろ、描写法にしろ、強力で根深く横たわったままの秩序を混乱させたことは、かえって、私たちがわかっているつもりでいた世界について、新鮮な驚きと新しい発見をもたらしてくれたという点できわめて正しいことだった。『カンタベリ物語』の巡礼が、春という新しい生命が芽吹き、新しい冒険が始まる季節に設定されたことも実に適切で、それは、巡礼の動機が、過去にわずらった病気の治癒へのお礼参りというのと同じくらい自然なことである。チョーサーの巡礼は、必然や実益の向こう側にある、純粋に人間らしい想像力の世界、精神の世界へ向かうのだ。ある場所から別の場所へ移動することにともなう刺激は、今まさに、新しい人生観の扉を開けてくれる。中世英文学にはこうした刺激が溢れている。時には、それが人の世のはかなさにたいする悲嘆と感じられるが、私たち自身が人生の喜びを求めるならば、その悲嘆も受け入れなくてはならない。いつも楽しい時ばかりではないが、悲しさの後には必ず喜びが待っているという言葉こそ、チョーサーが好む座右の銘のひとつだ。チョーサーという詩人は、なにより、人生の有為転変を描いた詩人であり、究極的には、死へ挑みつづけた詩人でもある。彼はひと時として立ち止まることはない。旅という強迫観念に捕らわれていた人だったに違いない。最終目的地がどこなのかをいつも問い直し、目的地までの道すがらのことが心から離れない人なのだ。茫洋としてつかみどころがないとよく言われるが、一つの詩作を終えると、次には、性格の異なる詩作へ移って行き、しかも相当量の詩作品を未完のまま書き残した理由も、おそらく、こうした彼の人柄とも無関係ではないはずだ。

第1章

出自と誕生

CHAPTER ONE
ORIGINS

ロンドンのブドウ酒商の息子チョーサーがこの世に生を享けたのは確かだが、ではそれは何時のことだったのだろうか。彼自身にもはっきりしなかった。出生を証明するものなどはない。なにしろかのジョン・オヴ・ゴーントの息子ヘンリ四世にしてからが、自分の誕生日を知らなかったようなのだ。そして、中年の兵士たちにしろ、貴顕紳士にしろ、自分の年齢を明らかにするよう求められた時は、実際よりかなり若いと考えていた節がある。(1) さらに、本人の特定に関しても問題があり、公的な支払いや権利譲渡証書、裁判記録、年代記などは山ほどあるが、どれも不完全で、中には辻褄の合わないものもある。私たちの知る十四世紀とは、こうした文書をもとに、過去何世代にもわたって研究者たちが苦労して拾い集めてきたものだ。名字を添える習慣は十四世紀までにかなり普及していたが、後半になるとようやく家名相続も広く定着し、個人の特定はいくらか容易になった。それでももちろん、おおぜいの人が同じ名字を共有することがしばしばあった。また、いくつかの洗礼名は非常に人気が高く、両親は他にも洗礼名が沢山あることにまるで無頓着だった。こうして、ひとりひとりを区別し特定することの重要性に関して、当時の人々は私たちよりもずいぶん鈍感だったことがわかる。たとえば、ノーフォーク州の裕福なジェントリのパストン家には、十五世紀の暮らしぶりをありのままに活写した書簡集が残されているが、(2) その何代目かの当主ジョン・パストンにいたっては、長男にも次男にもジョンという名前を

扉図版：
新酒のエールを注いでいるところ
シュロプシァ、ラドロウ、セント・ローレンス教会の
ミゼリコルド（座板持送り）

つけ、しかも親子三人ともに騎士の身分になっている。名字の綴りもまたきわめて不安定だった。「チョーサー」の綴字も、今ならもっぱら Chaucer と綴られるが、Chauser(s), Caucer, Chausiers, Chaucy, de Chauserre, Chanserre など、さまざまである。ただ、幸いなことに、この家名自体は十四世紀後半には比較的めずらしく、「ジェフリ」という名前もまた、「ジョン」とか「ウィリアム」ほど一般的ではなかった。

ジェフリ・チョーサーが生まれたのは一三四〇年頃、エドワード三世が治世十四年目を迎えた頃のことである。生年の正確なデータはさほど重要ではないが、当時の人々が自分の年齢や、年相応の振る舞いについてどのように考えていたか、という点には興味深いものがある。チョーサーの生年について私たちが知りうる手がかりは、唯一、彼自身がある訴訟事件でおこなった宣誓証言だけである。この裁判には、チョーサーの同時代人が多数出廷していた。彼らの裁判証言は現代の私たちに、チョーサーが暮らしていたなんとも不思議な社会の情報を提供してくれ、また、その社会を身近に感じさせてもくれる。訴訟は騎士道裁判所に提訴されたもので、スクループ（または、レスクループ）家とグロウヴナ家の間でおこった紋章紛争、つまり、専門用語で *dazure ove un bende dor* ――俗に、「金色の斜め帯付き青色紋地」と称される紋章使用権をめぐる紛争だった【二】【補遺M】。紋章は威信と名誉にかかわる重大事で、戦場では標識の役割も担っていた。つまり、紋章には社会にたいする不思議な魔力と実利の二つが込められていたのだ。貴顕紳士が顔をそろえ、問題の紋章の目撃情報、とりわけ、目撃時期について証言を求められた。チョーサーの証言はこうだった。フランス遠征の途中、レテルという町の手前でサー・リチャード・レスクループが問題の紋章をあしらった武具で身を固めているのを見た記憶がある[3]。この遠征は一三五九年から六〇年にかけて実施され、チョーサーは捕虜になった。彼はさらにつづける（証言調書は法律用フランス語で書かれているが、証言自体は英語で行われたのだろう）。ロンドンのフライデイ・ストリートを歩いていた時のこと、くだんの紋章でできた旗がさがっているのを目撃したので、レスクループ殿の紋章を外にさげているのはどなたの宿舎なのかと尋ねた。すると、別の人が答えて言うには、「それはスクループ家の紋章をあらわすために外にさげられているのでありません云々」、つまり、ロバート・グロウヴナ側が下げたというのだ。チョーサーによれば、その時はじめてロバート・グロウヴナという名前を耳にしたという。[二]

　裁判の過程で特に興味を引くのは、各証人が自分の年齢について証言していることだ。チョーサーがウェストミンスター修道院内大食堂で開廷された裁判で証言台に立った一三八六年十月十五日、彼は自分の年齢を四十歳「そこそこ《エト・プルス》」、つまり「四十歳を越えたぐらい」だと言っている。さらに、二十七年間「甲冑で身を固めてきた」とも付けくわえている。こうした証言から、チョーサーが触れているフランス遠征とは一三五九年から六〇年にかけてのものだったと確認できる。しかし、チョーサーがはじめて「甲冑で身を固めた」のは、いったい何歳の時だったのだろうか。初陣の年齢は人それぞれに異なる。エドワード三世の長男で、武勇の誉れ高いエドワード・オヴ・ウッドストク、つまり、後世の歴史家たちによる通称「黒太子」は、十六歳の時にイングランド軍が大勝利をおさめた一三六四年のクレシーの戦いで前衛部隊の指揮をとった。おそらく、黒太子は例外だったのだろう。この裁判では、他の証人たちも、自分のおおよその年齢と、甲冑で身を固めた年齢について言及している。後者の甲冑で身を固めた年齢のことは、記憶もはっきりしているし、調べようもあったようだ。サー・リチャード・ウォルドグレイヴは、年齢は四十八歳で、二十五年間甲冑に身を固めてきたと証言している。初陣の年齢は二十三歳ということになる。かなり遅いようだが、あるいは彼の間違いかもしれない。ウォルドグレイブは二十七年前に、チョーサーと同じ一三五九年から六〇年の遠征に参加しているからだ。『カンタベリ物語』冒頭「ジェネラル・プロローグ」でチョーサーが登場させる〈騎士〉と甲乙つけがたいほど、ウォルドグレイブもヨーロッパ各地や遥か遠いトルコ、かつて「近東」と呼ばれた地にまで足を伸ばし、戦さにも参加した人だった。もう一人、騎士ではないが、チョーサーと同じ準騎士の身分にあったニコラス・セイブラハムは自分の年齢について「六十歳をはるかに越え」、三十九年間にわたり甲冑に身を固めてきたと証言している。だとすれば、初陣の年齢は早くても二十二歳ということになる。サー・ウィリアム・アートンは、年齢は八十七歳で（ここまでくれば自分の年齢を若く見せる必要もないのだろう）、六十六年間にわたり甲冑に身を固めてきたと言っている。そうすると、初陣の年齢は二十一歳ということになる。おおまかに仮定すれば、男子の初陣の平均年齢は二十一歳前後といったところに落ち着くだろう。商家の息子ジェフリ・チョーサーの初陣の年齢が、職業戦士よりも極端に早いとは考えにくい。以上を整理すると、興味深いことに、初陣の年齢は二十歳頃とみてまず間違いなかろう。

このあたりで、チョーサーが一四〇〇年にこの世を去るまでの彼の生涯の輪郭にしばらく目を向けてみるのが有益かもしれない。彼はアルスター伯爵夫人エリザベスの家に出仕していたと伝えられているが、身分としてはおそらく小姓で、年齢は十七歳前後のことだった。[三]二十歳の頃に、戦争目的の遠征にはじめて参加した。そして、二十代後半の一三六八年に、処女作となる重要な作品『公爵夫人の書』を書いた。ちなみにシェイクスピアも二十代後半に、詩作品としては処女作となる『ヴィーナスとアドニス』を書いているが、チョーサーの作品ほどの深みは感じられない。円熟期にさしかかった四十五歳の頃、最初の長編詩『トロイルスとクリセイダ』を完成させた。独創性と円熟の極み、そして全てを呑み込む特異な才能の頂点に達した五十歳の頃、韻文と散文を含む『カンタベリ物語』という、彼にしか書けない作品を仕上げた。五十代はじめ頃までのチョーサーは、面白そうで気晴らしになる実務や、時に閑職程度の仕事を、いくつか掛け持つこともあった。こうした仕事は、廷臣であればこそ舞い込んできたものだ。国内外への特使、ロンドン港税関吏、王室土木部営繕職、下水など各種調査委員会の委員などなど。[四]おかげで彼は、贅沢とまではいかなくとも、それなりに快適で、「ジェントルマン」の身分にある廷臣にふさわしい暮らしを手に入れた。しかも、年齢を重ねるほどに、仕事の負担に反比例して（王室土木部営繕職だけは違ったが）実入りもよくなっていった。詩作は一銭の稼ぎにもならなかったが、宮廷詩人としての名声を得、おそらくそのおかげで、チョーサーは自分の墓所として、歴代国王の埋葬場所としてイングランド社会で最も高名な、ウェストミンスター修道院内に一区画を与えられることとなった【五】。ブドウ酒商の息子として、控えめで目立たない人生を送るはずだった身からすれば、破格の出世といえよう。息子のトマスも立派に家名を守り、イングランド国王四代にわたり王室酒類管理官主任として仕えた。詩人でもあった父から、莫大とは言えないまでも、相応の家督を相続したトマスは裕福な著名人だった。詩人の孫にあたるトマスの娘アリスは、元々商家の家柄だったデラポール家という名門に嫁ぎ、サフォーク伯爵夫人におさまっている。ただ、直系男子の家系はここで絶えたようだ。十四、五世紀の二世紀にまたがるチョーサー家は、ひとりの詩人がロンドンという都市と宮廷を駆け抜け、二つの空間の間で絶妙のバランスをとりながら着実に栄えていく家門隆盛の鑑だった。この興味深い一家の出自をたどっていくと、田舎を離れ、いくつかの都市とロンドンという主要都市で繁栄し、宮廷に上り詰めていくまでのチョーサー家の家運がよくわかる。

十三世紀も後半のこと、サフォーク州のイプスウィッチという町にアンドルー・ド・ディニントンなる男が住んでいた。「アンドルー・ル・タヴァナー」という名でも知られていた。その添え名から、彼の出自や職業がわかる。「ディニントン」という村は、ノーサンバランド州、サウスヨークシア、サマセット州の各州にあるが、いずれの村にせよ、イプスウィッチまでの道のりは遠く、アンドルーが旅に出るにはそれなりの理由があったのだろう。いつの時代にも、どの世界にも、田舎を捨て、都会でひと旗揚げようとする野心家はいるが、彼もそんな一人だった。ひと財産を築くとまではいかなくても、せめて今より安楽な暮らしをしたいと、一念発起して故郷を離れたのだ。すぐに金になるのは飲食業と相場が決まっている。彼は居酒屋《タヴァン》を立ち上げた。どこまでも世俗的で実用一途のサービス業だった。イプスウィッチは、当時の都市事情に照らしても、なかなかの繁栄ぶりで、サフォーク州の中心地だった。ここはまた港湾都市で、ロンドンやヨーロッパ大陸との交易ではおおいに地の利を生かしていた。

アンドルーにはロバート・ル・チョーサー、通称「ロバート・マリン・ル・チョーサー」という息子がいた。この息子がロンドン市民になり、ブドウ酒を商うことになる。彼は、ロンドンで「イプスウィッチのロバート」

と呼ばれることもあった。後を継いで父の商売を盛りたて、小さい町から大都市へ移ってからは、家業を小売業から卸売業へ広げていった。このロバートがどうして「ル・チョーサー」と名乗るようになったのか、そこははっきりしない。あだ名や特殊な例は別にして、英語の名字の由来はおおむね三種類に分けられる。まず、父方の祖先の名をとったり、その流れを汲む場合（たとえば、ジョンソン（Johnson）とかウィリアムズ（Williams））、あるいは、「騎士のお付」を意味するナイツ（Knights = knight's man））である。次いで、自分の出身地にちなむ地名の場合である（アンドルー・ド・ディニントンやイプスウィッチのロバート）。それから、ジェントリでもなく、普通の労働者層でもない場合、自分の仕事の内容を示す職業に関係した名前を名乗ることもある（「造り酒屋」のブルーアがそうだし、おそらく、チョーサーもそうだろう）。チョーサーという名前はフランス語で「靴職人」と考えられている。[4] 靴職人もそれはそれで立派な職業だったが、十四世紀当時の商魂たくましい商人の例に漏れず、ロバート・ル・チョーサーは他にも手広く商売をし、居酒屋だった父の家業の縁でブドウ酒商へ転身したのだった。こうして、彼はお金と社会的名声の両方を手に入れ、成功者になれたのだろう。いくつかの公記録から、「チョーサー」という名字を持つ家は、二、三の家系に限られていたことがわかる。イースト・アングリアとロンドンに、ゆるく広範にひろがった血縁関係の連絡網があり、ブドウ酒商や、もしかすると、高級靴職

14世紀の革靴
ロンドン博物館

人の仕事を結びつけ、互いに援助の手を差し伸べあっていたのだろう。
ロバート・ル・チョーサーが頭角をあらわした。十四世紀の他の多くの男たち同様、彼は寡婦と結婚した（若くして亡くなる人が多く、結婚生活も短命だったからだ）。寡婦が速やかに再婚できたのは、彼女たちにそれなりの財産があったからで、ロバートと再婚したメアリもそうだった。彼女はロンドンの胡椒商ジョン・ヘロンの妻だった。ロバートとメアリ・チョーサー夫妻がジェフリ・チョーサーの祖父母で、彼らには「ジョン」という名前の息子がいて、この息子が詩人ジェフリの父にあたる。チョーサーの祖父ロバートは、メアリとの結婚からそれほど年月を経ないうちにこの世を去った。メアリはその後も、三度目の結婚をし、相手はリチャード・チョーサーというブドウ酒商だった。彼のことは何もわからないが、貧しい人ではなかったようだ。こうして結婚を繰り返した祖母が、あるいは、『カンタベリ物語』の〈バースの女房〉のモデルになったのかもしれない。

したがって、詩人の父ジョン・チョーサーは当初からしっかりした商いの地盤をもち、成功したロンドン商人や自由市民といった活力ある階層の一員だった。彼らは、十四世紀イングランドを総合的な文明国へ発展させる重要な原動力、ひいては、ヨーロッパ各国の都市や資本主義を発展させる推進力だったのだ。イングランドにおける都市部、とりわけロンドンは、政治、経済、社会の各分野で当時最先端の刺激や見解を提供してくれた。中世という時代の姿を変質させていったのは、じつはこれらの中世的仕掛けだった。もしチョーサーが後世さらに発達する現象を代表する「新人類」として頻繁に登場し、旧来の信仰や意見とぶつかることがあるとすれば、それは彼が都会人だったからである。都市は、事業、努力、実利の新しい精神を体現していた。そこには農奴は存在しなかった。そして、一年間都市で生きながらえた逃亡農奴は、その身分的束縛から解放された。都市の特徴は、空間と時間が規則正しく管理され、田舎から画然とした境界が引かれていることだった。ロンドン、シティは特異な場所で、王座裁判所、王室、大法官府、財務府のある中枢都市ウェストミンスターともいろいろな点で対照的だった。ただ、多くの相違があることは重要だが、二つの町を結びつける要素もまた多くあることを知っておくのも意味のあることだ。都市の力と国王の力は、歩調を合わせながら大きくなっていった。[5] 国王が貴族にたいして新たに睨みを利かせることができるかどうかは、国王が都市から財政支援と信用を得ることのできる能力にかかっていた。国王を財政的に支えるためにも、「租税取立請負人」制といった税制度を円滑に運営するためにも、富裕な商人が必要とされた。十四世紀になると、騎士身分に取り立てられる商人がますます増えていった。ハル出身のマイケル・デラポールは希代の立志伝中の人物だが、「サフォーク伯」になった。彼の孫息子はチョーサーの孫娘アリスと結婚する。貴族はためらうことなく商人の寡婦や娘と結婚していた。[6] 階級を分ける目安は、当該人物がジェントリか否かということだ。階級意識は、そのあらわれ方に微妙な差はあるものの、都市でも宮廷でも広く浸透していた。十四世紀には、富裕な商人はジェントルマンになり、さらに、土地保有のジェントリになる者の割合が増えた。[六] 十五世紀には、こうした過程は常態化していった。田舎の土地は手堅い投資対象であり、快適な生活の場であるだけでなく、上流階級の証しにもなった。一三八一年に起こった「農民一揆」では、ジョン・オヴ・ランカスターや富裕な修道院、法律家などにまじって、富裕な商人も攻撃の的にされた。チョーサーとも親交のあった商人リチャード・ライアンズが農民一揆の暴徒の手にかかって殺された。都市内部では商人とその奉公人たちはジェントリ（いわば、「役人」たち）と手を組み、一握りの寡頭支配体制を形成していた。一方で、熟練労働者や普通の職人たちは、ジェントリ以外の「その他おおぜい」とされた。ギルド、つまり、揺籃期の労働組合結成の動きは、親方衆からの抵抗にあった。商人層は議会にも議席を確保し、庶民院議員は全員なんらかのジェントリで、宮廷内でもかなりの影響力を持つ者がいた。チョーサー家の家柄をたどっていくと、彼もこの階級に属し、比較的裕福で町の有力者で、ジェントルマンとして確固とした地位を築いていたことがわかる。

詩人の父ジョン・チョーサーの生涯は刺激にみちていた。ジョンが十一、二歳の頃、一三二四年十二月三日のこと、亡父ロバートの妹でジョンにとって叔母にあたるアグネス・ド・ウェストホールが、イプスウィッチ在住のジェフリ・ステイスなる男その他と結託して、実母メアリと継父リチャードの元からジョンを誘拐するという事件が起こった。その目的は、この叔母の娘で、ジョンとは従姉妹になるジョーン・ド・ウェストホールと結婚させようというものだった。ロンドンのチョーサー一家をイプスウィッチへ引き戻そうとする力が強く働いた結果なのだろう。叔母のアグネスにしてみれば、チョーサー家の財産の行方をめぐって、義妹とその二番目の夫と必ずしも意見が合わなかったようだ。一家の財産の行方は結婚によって決まってしまうので、結婚は重大事だったのだ。事件当事者のジョンにしろ、ジョーンにしろ、結婚年齢は、十四世紀の基準からすれば、さほど驚くにはあたらない。エドワード三世がフィリッパ・オヴ・エノーと結婚したとき、二人ともまだ十四歳だった。好意が湧くことぐらいはあっただろうが、結婚とは所詮財産と政略が第一だった。王室関係者の結婚には、まだ年端もいかない子供同士の間でなされるものもあった。ジョン・チョーサーの場合、結婚は避けられたが、事の顚末ははっきりしない(たとえ強制されたものであったにせよ、この手続きが完了していたなら、法的には有効で、それを破棄するのは容易なことではなかっただろう)。この事件の後、数年にわたり、チョーサー家は息子が父から相続した遺産をめぐる訴訟に苦しめられることになる。遺産相続の訴訟が多いということは、一家がジェントリに属していたことを示すもう一つの証しでもある。誘拐事件については、一三二六年一月にアグネスにたいして法的措置がとられ、裁判自体は一三二七年十月までつづき、アグネスは共犯者のジェフリ・ステイスともども王座裁判所付属監獄にしばらく収監され、罰金二百五十ポンド(現在の額にして二百倍から三百倍の価値に相当するだろう)が課せられ、一三三〇年十一月二十六日以前にジョンに支払われている。ちなみに、ジョン自身の当時の年収は父から相続した不動産収入の二十シリング足らずだが、他にも収入の道があったのかもしれない。彼の暮らしぶりはかなり恵まれていたからである。このささやかな事件の経過がたどった結末については、アグネス・ド・ウェストホールの夫でジョーンの実父が死亡し、アグネスが事件の協力者ジェフリ・ステイスと再婚したという事実に触れることで終えることにしよう。チョーサー家の一部に、財産を守りたいという欲望以上のものがこの事件全体にはあった。チョーサー家の女性たちは、男性陣に負けず劣らず、精力的で、毅然としていたようだ。

ジョン・チョーサーとの結婚から逃れたか、あるいは、結婚しそこなったジョーン・ド・ウェストホールについて言えば、彼女はロバート・ド・ビヴァリと結婚した。二人そろって王妃フィリッパに仕え、ジョーンは、一三五九年に年金を貰って引退するまで、王妃付侍女として仕えた。祖父ロバートの代になってから、チョーサー家は、一家あげて、王室との関係を着実に深めていった。

ジョン・チョーサーは、一三二七年夏に、エドワード三世のスコットランド遠征に加わり、わずかなりとも国の歴史の表舞台に姿をあらわした。時まさに、風雲急を告げ、次々と難局にぶつかる時代だった。しかし、今しばらく脱線することになるが、ここで私としては、十四世紀初頭に起こったいくつかの大事件の背景についてどうしても触れておかなければならない。なぜなら、世紀末に、これらの事件はリチャード二世と結びつけられて人々の心の中でしばしば思い出されたからだ。

中世には、国王の人格が国内政治を左右した。国王は、法体系、社会、および、政治機構の頂点に立ち、その一身に、広大で象徴性をおびた魔術的王権と、最大の行政機構の長としての実務的な権力という二つの面を体現していた。それでも、国の統治には、結局のところ、統治される側の人々の同意を欠かすことができない。とりわけ、中世には、イングランド王は世襲の直臣、つまり、有力諸侯からこの種の同意を取り付け、いつでも彼らから役務を強制徴発できるようにしておく必要があった。直臣たちには、国王にもひけをとらないほど財産を持ち、一旦急あればすぐに助太刀してくれる部下を多数抱える者がいた。そうした有力諸侯の数は二十名ほどだった。彼らは王権というものを信じていたし、決して体制転覆を謀るような人たちではなかった。し

グロスター大聖堂内に安置されたエドワード二世の墓碑
つやのある雪花石膏の死顔は
国王らしからぬその生涯に華を添えている

かし、なんとか権力とその利得の分配にあずかりたいと思っていた。諸侯たちは一二一五年に、国王ジョンにたいして『大憲章《マグナ・カルタ》』の承認を迫った。『大憲章』は諸権利や特権を詳しく規定し、十四世紀の議会で常に拠り所とされた。

エドワード一世は一三〇七年にこの世を去ったが、王権が持つ象徴力と実効力の両方を利用することに成功した。非常に有能で、支配力をふるい、おそらく、中世イングランドにおける最も偉大な国王だった。さほど驚くことでもないが、息子のエドワード二世は、背の高さと堂々たる体格だけが父親ゆずりで、重要な点すべてで、父親とは正反対だった。エドワード二世は、フランス国王シャルル四世の妹で、美貌と行動力に秀でたイザベラと結婚し、何人かの子宝にも恵まれ、長男がエドワード三世として父の跡を継いだ。エドワード二世には同性愛的傾向が強く、若くて魅力的な男性との性交渉に溺れるという致命的な性癖があった。さらに、彼は本質的に自分の嗜好と趣味の世界に生きる人で、王国全体の国益を損ねる結果を招いてしまった。彼は卑しい身分の人々を好み、音楽を愛し、芝居にも夢中になった。王室付使者のひとりが、エドワード二世が興味をもつのは、溝掘りと屋根葺きと「その他の汚い仕事」だと口にしたために物議を醸したこともあったくらいだ。国内の苛烈な政治闘争のただ中にあった十四世紀に、無邪気に「日曜大工」風趣味に夢中になっている姿はそれなりにほほえましいかもしれないが、明らかに、国王としては職務怠慢で、彼が国を治めている限り、統治がうまくいくはずがなかった。温厚なマキザック教授すら、この国王のことを弱虫で愚か者と呼び、想像力、活力、常識に欠けた人間と評した。(7) このような資質の国王が、成り上がりの貪欲な側近ばかりを重用し、これまで権力の中枢にいた国王評議会や有力諸侯たちを遠ざければ、前途に待ち受けるのは国難しかない。不思議なのは、何故エドワード二世がこれほど長きにわたり統治し得たのかということだ。その答えは、中世の王国が融通無碍で、王国を構成する圧倒的多数の農村社会は自己充足的で、旅も困難で、情報の伝わり方は遅く、不正確だったから、ということになる。つまり、善きにつけ悪しきにつけ、何事を為すにも、一旦ゆるんだ箍《たが》を締め直すには、莫大な労力と時間を必要としたのだ。失政と党派間の激しい足の引っ張り合いは、とうとう内乱で頂点に達した。エドワードの妻、王妃イザベラは、辺境伯ロジャー・モーティマーを愛人にし、一三二六年九月には、幼い皇太子エドワードと軍隊を伴ってサフォーク州に上陸した。国王への不平不満は広く蔓延し、多くが二人の陣営に加わった。短い内戦の後、エドワードは退位を迫られた。国王は投獄され、おぞましくも象徴的な殺されかたをし、主だった寵臣たちも処刑された。こうして、十五歳のエドワード三世が新国王に即位し、国王評議会が摂政団として国王を指導した。国王評議会のまとめ役がモーティマーで、彼はエドワード二世の側近たちに劣らず権勢をほしいままにし、国民の怒りを買うのにさして時間はかからなかった（殺害からわずか数年後に、異例なほど早く、先王エドワード二世は、まるで聖者のごとく、人々の尊崇を集めた）。結局、モーティマーによる権力の壟断も長くはつづかなかった。一三三〇年、十八歳のエドワード三世は、現体制転覆を断行し、モーティマーを捕らえ、その罪を弾劾するために招集された議会はただちに彼に死刑を宣告した。

このあたりで、ジョン・チョーサーに話を戻すことにしよう。彼の若い頃、政治状況の背景にある激しさはこのようなものだった。一三二七年にジョンが参加した対スコットランド遠征は、エドワード三世の軍事遠征としては初めての試みで、国王十五歳の時のことだった。ジョン・チョーサー本人もほぼ同じ年格好だったが、若い頃のジョンの軍歴は、三十年後に、息子で詩人のジェフリによって繰り返されることになる。チョーサー家のように、十四世紀のジェントリの経歴は多様で、常に旅とは切り離せないし、戦争、商売、外交、法律問題など、すべてが交差しあっていたことがわかる。

ジョン・チョーサーは、他にも、何回か遠征に出かけたようだ。二十四、五歳になる一三三七年以降、彼はロンドン市民にしてブドウ酒商、かつ貿易商として、各種ブドウ酒貿易のみならず、手広く副業に精を出していた。彼は有力で指導的立場にあるロンドン市民であり、家数軒と店舗、それに、土地数カ所を所有し、シティの自由市民で、商業界の一握りの支配層へ一歩近づいていた。また、彼は多彩な顔ぶれのロンドン市民たちのために身元保証人、つまり、金銭や善行を保証する保証人に立ってやることもあった。こうした市民の中には、ジョンと同業のブドウ酒商で、悪名高い、だが相当の資産家でもあったリチャード・ライアンズがいた。ライアンズの一件では、一三六四年十二月にジョン・チョーサーその他四名が身元保証人として立っているが、保証内容はライアンズがアリス・ペラーズにたいして危害を加えるものでなく、また彼女自身と国王の用務のため外出することを邪魔することもない、というものだった。アリスがエドワード三世の愛人であることは公然たる事実だったが、この記述は彼女に言及した初期の頃のものである。何か仕事の上で、彼女とライアンズの間で利害がぶつかった結果生じた事件だったのだろう。この二人は、それぞれ自分の懐を肥やすために国王を必要としたから、彼らがいつも角突き合わせているわけではなかった。さて、私たちは、チョーサー家が王室宮廷、少なくとも、その外周を形成する人たちの仲間に入っていくことに再び気づかされる。彼が関わった様々な訴訟のうち、一三五三年にジョン・チョーサーが、ジェフリ・ド・ダーシャムなる人物から当のジェフリを殴打致傷した件で告訴される事件もあった。評決の行方は不明で、その記録が残っていたとしても、信憑性には問題があっただろう。当時のこの種の事件は、どんなに非の打ち所のない清廉な市民でも犯し得る、あるいは少なくとも犯した可能性があるとみなされるような違反行為の典型だった。当時、暴力犯罪は、今なら中産階級の多くの人が交通違反と判断する程度の罪だった。ただ、暴力沙汰の結末に死が待ち受けていることがしばしばあった。「王の平和」については、語るに易く、がしかし、公平無私にそれを守ってくれる警察組織といったものはまだ存在していなかった。だいたい、「公平無私」という考え方は、ほとんど思いもつかないお題目だった。身の潔白を証明してくれるものといえば、家族か友人から受ける暖かい支援といった、古色蒼然たる正義感だけが相も変わらず健在だった。こうして、チョーサーの時代に、身元保証人とか「身元引受人」の法律が生まれてきた。抽象的で普遍的、かつ、人間的な顔を持たない「正義」は主にキリスト教会に由来し、長く知られていたが、広く人々に受け入れられるには、長い戦いの歴史があった。

一三三九年頃、ジョン・チョーサーはアグネス・コプトンと結婚している。彼女の家柄も裕福なロンドン市民だった。ジョンとアグネス夫婦が暮らす家は、テムズ・ストリートに建っていた。この街路は今もテムズ川そば近くの十四世紀当時の道筋に沿っている。彼らの家はヴィントリ（ブドウ酒）区にあったが、ここでいう「区」はロンドンのシティを細かく区割りした街区で、二人の代議員を市議会へ送り込んでいた。ヴィントリ区の名前は、そこに暮らす多数派住民の職業を物語っている。区の南側に位置するテムズ川埠頭ではブドウ酒樽の荷下ろしが行われていたという事実からも、住民は裕福なブドウ酒商で、ここに大きな家を構えていたことが偲ばれる。ヴィントリ区は、テムズ川の北側堰堤に沿って広がる街区で、テムズ・ストリートはここを東西に走る街路だった。近くにはセント・ポール大聖堂もある。シティ全体の規模がおおよそ一平方マイルだから、どこへ行くにもそう遠くはなかった。

ヴィントリ区のジョン・チョーサーは、一三四三年以前にすでにこの家を購入している。このことは、両隣の家の所有者の名前からわかる。賃貸契約や不動産売買といった複雑なシステムはすでに整備されていたが、それぞれの家は各教区境界内で隣接する家の所有者名によってようやく特定することができた。たとえば、ジョン・チョーサーの家は、東側はウィリアム・ル・ゴーガー家と隣接し、西側は、かつてジョン・ル・マゼリナー所有の家に隣接し、南側で、テムズ・ストリートに面しており、北側はウォールブルック水路に向かって延びていた。街路番号などなかった。チョーサー家はウォールブルック水路という明確な地形上の境界で仕切られ、もうひとつの境界は道路で、他に二軒の家が隣接していた。おそらく、ジェフリ・チョーサーはこの家で誕生した【補遺A】。

チョーサー家はブドウ酒樽貯蔵用として石造りの地下蔵を二部屋備えていた。一階家屋はこの地下蔵の上に建てられ、階段が数カ所にあった。表通りに面して店舗か、少なくとも、ジョン・チョーサーの重要な仕事部屋があっただろう。その後ろに、別に小部屋が付属し、さらに、奥へホールがつづいていた。ホールは天井が高く、一階と二階の吹き抜けになっていた。ホールの奥には小部屋が二部屋あるのが一般的で、そのうち一部屋が台所に充てられていたが、台所が裏庭の一角に独立した小屋の場合もあった。ホール部が家の中で最も重要な居間で、階上部にはホール全体を囲むように廊下がしつらえられているものもあったようだ。階上廊下から一階部分へは簡単な造作の階段がつり下げられているだけだった。その廊下の先には、当時「ソーラ」と呼ばれる階上の小部屋へと通じていた。階上廊下がない場合は「ソーラ」と一階部分とは天井吊り式はしご《ロフト・ラダー》で結ばれていた。地下蔵の上の部分はすべて木造だった。暖房といえば、ホールの炉火だけで、おそらく石積みの煙突がついていた。裕福な商家では燃料にはニューカースルから船で運ばれてきた石炭が使われ、木炭や薪は使われていなかった。敷物だけが、もしもあればだが、贅沢品で、机の上に置かれていた(8)。床一面にイグサが

ノーサンプトンシァ、ピータバラ近郊、
ロングソープ・タワーの邸宅内の壁画(14世紀)

敷かれ、それぞれの家庭の好みに合わせて、何回か敷き変えられ、踏みしだくと香るハーブをまぜて香りをただよわせた。ホールに配置された家具は大体次のようなものだった。移動式机《トレッスル・テーブル》、固定式机、木製の背もたれ付き長椅子、一人用椅子、背もたれのない長椅子《ベンチ》、床几《スツール》、衝立《スクリーン》、暖炉用鉄具、ふいご、(食事の前の手洗い用)洗面器、クッション、壁を飾るつづれ織りなどである。壁掛け、クッション、椅子用カヴァー、カーテンなどはさぞかし豪華で美しかっただろう。壁に飾り物が掛かっていない場合は、絵が描かれることもあった(たとえば、ストラトフォード・アポン・エイヴォンの「ホワイトスワン・ホテル」内の壁には十五世紀に描かれた絵がいくつか現存している)。ピータバラ近郊のロングソープ・タワーのように、物語の一場面や神話に出てくる動物、様々なモチーフの生き生きとした色彩豊かな装飾絵でホールは輝いていた。チョーサーは『公爵夫人の書』で、自分の寝室にフランス語版『薔薇物語』をテーマにした色絵ガラスが飾られていると言っているが、実際にこうした寝室もあり得たのだ。一二九〇年代にサウサンプトンでこの世を去ったある裕福な市民は、自分の家にガラス窓を嵌め込み、床にタイルを敷き詰め、天井に絵を描かせ、排水管を石で造らせていた。[9] 彼はフランス南西部から取り寄せたブドウ酒瓶や、スペイン製陶磁器《ラスターウェア》、ヴェネツィア製ガラス、ペルシャ産絹地などを使っていた。ジョン・チョーサーの家にも、リンネル類に衣類、その他、書物を一、二冊ほど入れた精巧な彫刻を施した収納箱が据えられていたに違いない。ピューター（スズと鉛の合金）や真鍮、土や木で造られた食器に、銀皿や銀メッキの酒杯なども用意されていた。こうした食器類は輸入品で、形も美しいものが多かった。ナイフやスプーンはすでにあったが、フォークはまだなかった。ペットとして、犬や猫も飼われていただろうし、家の裏には野草の生えた小さい庭、それと砂利を敷き詰めた歩道や、数本の果実のなる木があったであろう。生活を飾る花が栽培されるようになるのはずっと後のことだ。地所の裏がウォールブルック水路につづいていたということだから、チョーサー家の屋外便所は、他の家同様、この水路上にしつらえられていたと思われる。もっとも、当時としてはまだ珍しくて贅沢な設備だったが、屋内便所が備えられ、ブドウ酒蔵の奥に汚物だめが掘ってあった可能性もある。家庭ゴミや、たとえば、腐敗した動物の内臓（皮職人たちはウォールブルック・ストリートで、悪臭をまきちらす職業に従事し、この水路を下水溝として利用していた）からたちこめる悪臭が原因で伝染病が発生する危険を、人々もよく知っていたので、シティ当局は町の浄化のための条例をくり返し布告していた。ゴミ収集のためにいくつか工夫もされたが、ウォールブルック水路が事実上まったく規制のきかない下水溝と化し、本流のテムズ川がとてつもない高潮に見舞われると、この水路もたちまちあふれてしまうこともあった。年間二シリングの賃貸料で、ウォールブルック水路に簡易便所を設営することもできた。[七] 全体として、当時のシティは農園のような観を呈していたに違いない。

　ジェフリ・チョーサーが成長していくには、そこは非常に興味深い地域だった。テムズ・ストリート沿いには、他の邸宅街から離れて、チョーサー家と同じ北側に、しかもそれほど遠くないところに「ラ・リオール」

と呼ばれる大邸宅が建っていた。[10] 王妃フィリッパが一三六九年に亡くなるまでこの邸宅を所有していた。イングランド皇太子妃でリチャード二世の母親ジョーン・オヴ・ケントは一三八一年に、そして、リチャード自身も一三八六年にここに滞在したことがあった。貴族が所有する大きな町屋敷《タウン・ハウス》、もしくは宿舎《イン》があった。チョーサーもよく知っていたサー・サイモン・バーリの宿舎もそのひとつだった。

チョーサーのすぐそばで暮らしていた隣人たちに話を戻すと、ロンドン市長で食料品商だったサー・ニコラス・ブレンバーの家がある。ブレンバーは莫大な富を築いたが、結局、一三八八年の「無慈悲議会」によって処刑されることになった。彼もチョーサーに馴染みの人物だった。もう一軒、同じような家は魚卸商のサー・ジョン・フィリポトの所有であった。この有名な商人のこともチョーサーはよく知っていたはずだ。

チョーサーの家に近く、テムズ・ストリートの反対側には、ブドウ酒商でロンドン市長（一三五六―五七）のヘンリ・ピカードがかつて所有していた大きな屋敷があった。彼は、やはりブドウ酒商でロンドン市長もつとめたジョン・ド・ジーゾールの孫娘と結婚し、この屋敷を相続したのだった。一三五七年には、ここでピカー

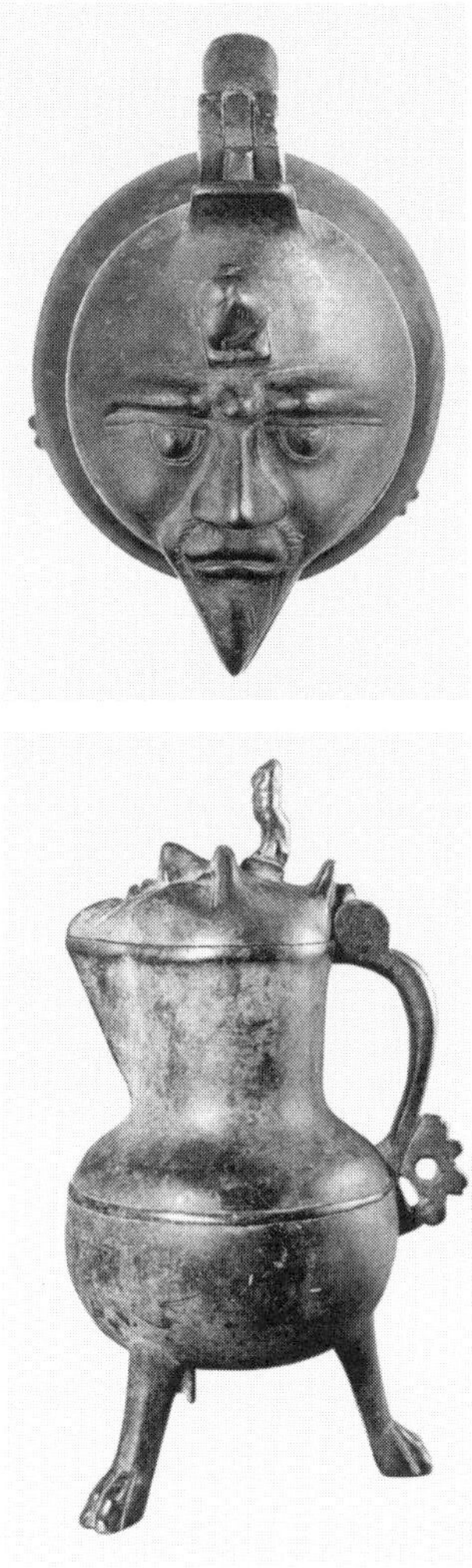

さまざまなものが擬人化されて
顔をもつ
14世紀の青銅製水差し
上蓋部分（上）と側面（下）
ブリティッシュ・ミュージアム

ドが五人の国王をもてなしたという言い伝えが残っている。ただ、あるいは年代が間違って伝えられているのかもしれないが、この年のことだとすると五人ではなく、エドワード三世を含む三人以上ではあり得ない。事の真偽は別として、このエピソードは貴族とロンドンの豪商たちとの密接なつながりを雄弁に語ってくれている。ヘンリ・ピカードの屋敷は、その後、ニコラス・ブレンバーの義父ジョン・スタディの手に渡った。ここからほど遠くないところに「イプリス・イン」が建っていた。ここは、イングランド王国内では国王に次ぐ大領主のランカスター公ジョン・オヴ・ゴーントと、イングランド北部を押さえていたノーサンバランド伯ヘンリ・パーシィの二人が、一三七七年にロンドンの商人たちと食事を共にしていた建物だった。時まさに、ランカスター公にたいするロンドン市民の不満が頂点に達しようとしている矢先だった。その後、恐ろしい暴動が発生し、ゴーントとパーシィは建物の裏口から逃げ出さざるを得なかった。

商売人は自分の家で業務の大半を処理し、品物もそこで管理していた。ライアンズやブレンバー、ウォルワス、フィリポトといった豪商たちは多種多様な品々を商っていただけでなく、とりわけ財政の専門家で、幾度となく「租税取立請負」を任せられていた。つまり、議会が税金を国庫に納付することを可決した場合、一人もしくは複数の商人（ライアンズはその典型）が一定のまとまった金額を国王に支払い、税金を自分で徴収した。これは伝統的なやり方で、「租税取立請負人」にはリスクがともない、国王には都合のいい制度とされていたが、多くの人々は国王や納税者の側に非常に不利だと感じていた。租税取立請負人たちはみな裕福で、かなりの高利回りで国王に大金を貸し付けていたからだ。ライアンズが年利五十パーセントという高利を課したというので告発されたことがあったが、これなどは誇張だったようだ。

チョーサー一家が暮らしていた家の近くには外国人商人たちも住んでいた。いつの時代でも、彼らは裕福であった。[11] ケルンやハンブルクなどハンザ都市は、ロンドンのスティールヤード（この名前は、商品を陳列しておく中庭を意味するドイツ語に由来している）にそれぞれの営業拠点を持っていた。彼らの中でも、最も裕福で先駆的な商人はイタリア人だった。十四世紀には、イタリアの都市や国家は、イングランドにくらべてはるかに発展していた。イタリア人は、彼らはヨーロッパ全土の金融界を傘下に置く銀行家であり、産業界と商業界の指導者だった。イングランド国王のみならず、大修道院も彼らに多額の借金をしていた。その結果、ハンザ都市もそうだったが、イタリア人は歴代イングランド国王から特別の恩顧を受けることになった。競合する地元金融業者からは明確な理由で歓迎されなかったが、それでも、イタリア人商人との取引は活発で、チョーサー家もこうした人々との付き合いがあったに違いない。サウサンプトンを含むいくつかの都市にイタリア人の集団が居留していた。一三四七年から四九年にかけてジョン・チョーサーは当地で王室酒類管理主任補佐の職にあり、彼らとも取引していたと想像される。国内最大のイタリア人居留区はやはりロンドンで、十四世紀までにはロンバード・ストリートは、彼らの商業活動の中心地だった。ジェフリ・チョーサーはイタリア語に相当堪能だったが、これは決して彼だけの特技だったわけでなく、当時のロンドンなら、誰しも容易に身につけることができた。

もう一つ、交易活動に携わる外国人集団はフランドル人だった。彼らは布製品を商うために十四世紀初頭にロンドンに集まっていた。彼らは決してロンドン市民に人気があったわけでなく、「農民一揆」で暴徒化したロンドン市民の標的にされた。チョーサーはこの時の事件にたいして、きわめて無関心な態度をとっている。チョーサーは「女子修道院付司祭の話」という愉快な動物譚の中で、「農民一揆」の最中、ジャック・ストローとその一味が「フランドル人に襲いかかろうとしている時」の叫び声と比較しながら、狐狩りの雄叫びのほうがずっと大声だったというのだ(3393-97行)。フランドル人の社会的立場は、多くの娼婦がフランドル出身者だったという事実によって強調される。彼女たちはシティの外、テムズ川南岸にある「シチュー街」(つまり、娼婦街)という一画に閉じ込められていた。

ロンドン市内の大邸宅街の周囲と同じように、テムズ・ストリートと荷揚げ埠頭の間も、粗末な家やあらゆ

中世の売春宿
一歩足を踏み入れ、顔を覆う一瞬

る種類の小売店や飲食店のある路地が張り巡らされていた。今も当時の街並みの事情を伝えてくれる場所は、イタリアの美しい中世風小都市の中心部で、しばしばチョーサーと同じ頃の面影をとどめている。しかし、石造りの街並みは当時のイタリアの豊かな財力と強い組織力を裏付けるものである。また、日本の小都市などでみかける、雑多な露店やアーケード街がはでな看板を掲げて夜遅くまで営業し、よくにぎわっている様子や、店舗に住居に露天商に職人の仕事場に町工場などがひしめきあっている姿は、どこか中世のロンドンを思わせるところがある。こうした町は、雑踏や騒音がひどく、下水設備はまだまだ改善すべきところがある。雑踏の中では気持ちもとげとげしくなるかもしれない。生粋の学者先生や敬虔な世捨て人、対人恐怖症の障害を持つ人は別だが、こうした緊張感があるにもかかわらず、と言うよりむしろ緊張感があるからこそ、雑踏の中で知らない他人の中に紛れ込んで、楽しむことができるのだ。周囲の建物も、人が住み暮らすのにちょうど手頃な大きさだ。多様性と賑わいがあり、人と人との意思の疎通もスムーズで、厳しすぎる統制のない秩序がある。聖書の物語によれば、私たちは、静かな片田舎で人の姿もまばらな楽園をなくした。しかし、これから私たちがたどり着きたいと願う天国は、天上の都市《シティ》、つまり、「新しいイェルサレム」の町である。

チョーサーと同時代人のすぐれた神秘家の一人、ノリッジの修道女ジュリアンはこう言っている。「神は人の魂をご自分が住むための町になさったのですが、人が堕落したために、神はむき出しの土塊を住みかにせざるを得なくなったのです」(『神の愛の啓示』から、第五十一章)。一三〇四年にフィレンツェのある説教家は、説教の中で、中世ラテン語の語呂合わせに託して、「市」(*civitas*)という響きには「愛」(*caritas*)という響きとおおいに重なり合うところがある、なぜなら、人は互いに寄り添って生きることを愛するからだ、と言っている。ロンドンは、控えめではあるが、「文明化」した特別な性格を持ち合わせていた。こうした都市の性格が、西ヨーロッパ、たとえば、イタリア、フランス、フランドル、ラインラントなどの大都市とロンドンとを比べてみることを可能にしてくれるのだ。いずれの都市でも、商業や産業による新興勢力、個人の自由や進取の気象が一斉に生み出されようとしていた。エドワード三世は、特に、イタリア人銀行家をあてにして(彼らにとっては命取りになったが)、新興勢力の財布を搾り取ることで、国王として権勢をふるうことができたのだった。この章では宮廷と都市とが互いに浸透しあう関係について見てきた。国王は都市とともに成長してきたと。ところが、両者の発展は強い内部矛盾を露呈させ、新旧の勢力は根本的に両立しがたいので、宮廷と都市も折り合いが悪くなった。以後、時代の文化、そしてチョーサー自身の中で、宮廷と都市とは分断されていく。都市は生き延びてきたが、宮廷は生き残れなかった。

第2章

14世紀の子供たち

CHAPTER TWO

A FOURTEENTH-CENTURY CHILDHOOD

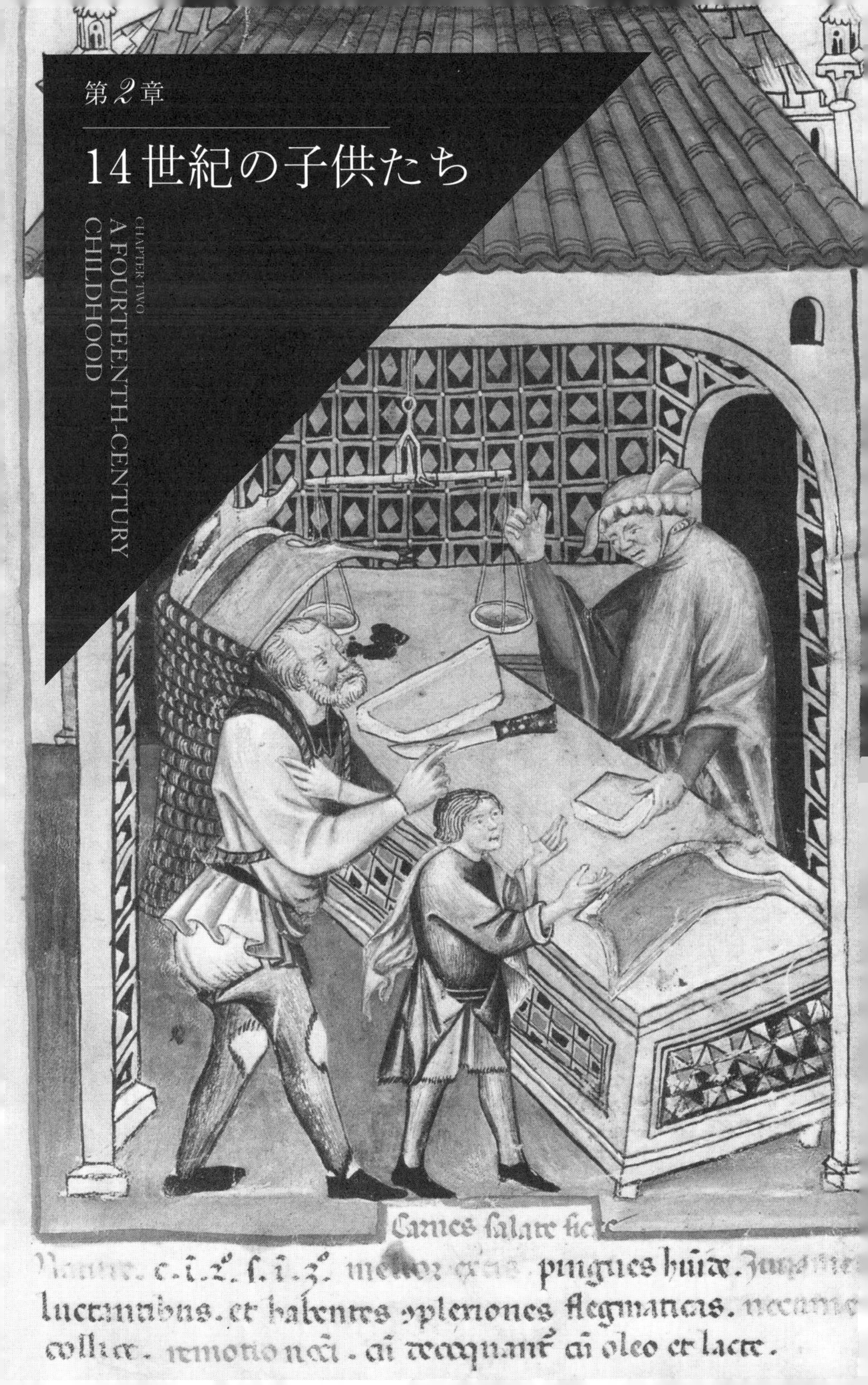

ジェフリ・チョーサーがこの世に生を享けた時、母アグネスは大きなベッドを産褥《しとね》にしていた。それはおそらく、テムズ・ストリートのチョーサー家の一室で、そばには助産婦一人と近所の主婦仲間が一人か二人ついて世話を焼いていたことだろう。こうした光景は主として、中世後期ヨーロッパ各国で描かれた数多くの聖母マリア出産の場面をとおして、私たちにもよく知られている。頑丈な寝台に何人かの女性たち、たらいにはお湯がはられ、部屋の隅に猫が一匹。特に衛生に神経をとがらせているわけでもないが、万事清潔に保たれている。母親は疲れ果て、それでも充ち足りた表情を浮かべ、まわりの女性たちも安堵している。生まれたばかりの赤子はさほど嬉しそうな表情でもないが、すぐに巻き布にくるまれ、小さく、か細い両腕と湾曲した両脚はその布できゅっと締められた。チョーサーの両親のような上流階級では、新生児は乳母から授乳されることが多かった。[1] 乳母役をつとめたのは、生まれてすぐ我が子をなくしたり、あるいは他人の新生児に乳をやって生活の資をかせぐために、あえて我が子の断乳を急いだりといった、恵まれない境遇の女性たちだった。乳母か母親かは別として、乳児のジェフリは三歳ぐらいまでは直接授乳を受けて養育され、丈夫に育ったが、これは幸運なことだった。というのは、都市部でも飲み水は清潔とはほど遠く、牛乳がいつも手に入るわけでもなく（たとえ手に入ったとしても、搾りたてというわけにはいかない）、飲み物と言えば、ブドウ酒かビールぐらいしかない時代のことだ。聖母マリア出産を描いた絵画では、た

扉図版：
肉屋で買物をする父子――チョーサー氏とジェフリ少年を彷彿とさせる
パリ国立図書館（MS. nouv. acq. lat. 1673, f.66, BN）

いてい、マリアの母聖アンナの夫でありマリアの父である聖ヨアキムが、心配そうに外を行ったり来たりしている様子が描かれている。出産は女性の世界だったのだ。

新生児はちょっとしたことですぐに病気にかかる心配が強かった。乳児の大半が死亡する時代だった。乳児のからだを洗うのにも気を使った。フランシスコ修道会の托鉢修道士バルトロマエウス・アングリクスが十三世紀に書いた最新百科事典『事物の性質』は、バラの花をすりつぶし、塩をまぜた粉末で新生児のからだを覆っている脂分を取り除くのがよいと薦めている。(2) 乳飲み児の口は指で蜂蜜をたっぷり塗られ、口のまわりを清潔にして、おっぱいを吸いやすくしてやった。乳母にはきれいな母乳が出るよう、細心の注意が払われた。子供が病気になると、子供本人ではなく、乳母に投薬された。子供の成長にあわせ、乳母なり母親は、自分の口で噛みくだいて食べ物を与えるようになる。そして、彼女は子供のからだを拭き、添い寝をし、言葉をかけ、歌をうたい、暗いところで寝かしつけ、両脚をまっすぐ延ばし、手足が確実にまっすぐになるよう巻き布でしっかりくるんでやった。

私の目からは、アグネスがどこまでも意志を曲げない支配的女性という風にみえない。息子ジェフリの詩に描かれる母親像は、思いやりのある、心優しく繊細で、可哀想というより楽しいことの多い、愛情にみちた女性である。母親を描くために、どの詩にも、「魅力的」、「優しい」、「最愛の」、「喜びに満ちた」、「思いやりのある」、「おとなしい」、「親切な」、「悲しげな」、「祝福を受けた」、「誠実な」、「心豊かな」、「陽気な」といった形容詞がよく使われる。これらは、父親を描く場合とはまったく異なる人格を表現している。(3) こうした修辞句は、形式の異なる様々な詩の中に散らばっているのだが、全体として、チョーサー自身の想像力と経験に根ざした、根源的なイメージを浮かびあがらせる。チョーサーが好んで語る物語に母親が出てくるとき、それは愛情に満ち、決して上から支配する姿でない。チョーサーの母親像を他の作品とくらべてみよう。たとえば、お伽話の邪悪な継母にしばしば代表される意地悪な母親像、ほとんどのシェイクスピア劇が描く善悪の極端な二面性を持つ母親像、ディケンズの作品が生み出した母親像、とりわけ、愚かでこうるさいニックルビー夫人のような母親像、あるいは、E・M・フォスターの作品に登場する、年配の、なにかと支配したがる、そして、今は子供のない、でも察知能力は旺盛な母親像とくらべてみるといい。中世の男性の生い立ちを見るかぎり、たとえば、多くの偉大な霊的指導者は、彼らの洞察力、目的意識、自己認識などは、支配型の母親から影響を受けたようだ。聖アウグスティヌス、ギベール・ド・ノジャン、聖エドマンド・リッチといった人たちがその典型だ。(4) チョーサーの詩には、支配型の母親、意志堅固な母親などから譲り受ける精神的強靭さや霊能力といった要素は欠落している。母アグネスは息子を放任しつつ、それでも自信を持っていた。私が想像するところ、アグネスは、若やいで可愛く、愛情深く、茶目っ気もあり、非常に知的、またどちらかと言えば内気で、時として忘れっぽいところがあり、皆からも無視されてしまうようなところのある人だった。上流階級のしきたりに従い、彼女は信仰心も篤く、一三五一年、ジェフリが十歳か十一歳の時期、専任の聴罪司祭を選ぶことを認められた。息子ジェフリが情け容赦ない皮肉を浴びせかける托鉢修道士のモデルは、こうした司祭だったとしても不思議はない。チョーサーの作品に一貫して流れているもう一つの女性像として、愛情を注いでも裏切られ、捨てられてしまう女性の姿がある。(5) だからといって、チョーサーの母親が彼の父親から虐待を受けていたということではない。なぜなら、私個人の考えだが、裏切られた女性の姿は、実際の出来事をモデルにしたものではなく、チョーサー自身の心の奥底にある何かを表現しているからである。他者の苦悩に共感する感性は、一つには、歴史と文化の産物であり、キリスト教の教えから生まれ、特に十四世紀になって人々の心の中で力強く育っていった。しかし同時に、こうした感性は、それぞれの人に特有の気質と環境の産物でもあり、チョーサーの場合、他者にたいする感性は、愛情を注いでくれるが、決して支配型でない母親から譲り受けた気質に違いない。共感というチョーサーの感応力、そして周囲の多くの人々にたいして見せる多彩な応対ぶりも、愛情細やかでいながら、独善におちいらない母親の気質と無関係ではないようだ。しかし一三六六年に夫のジ

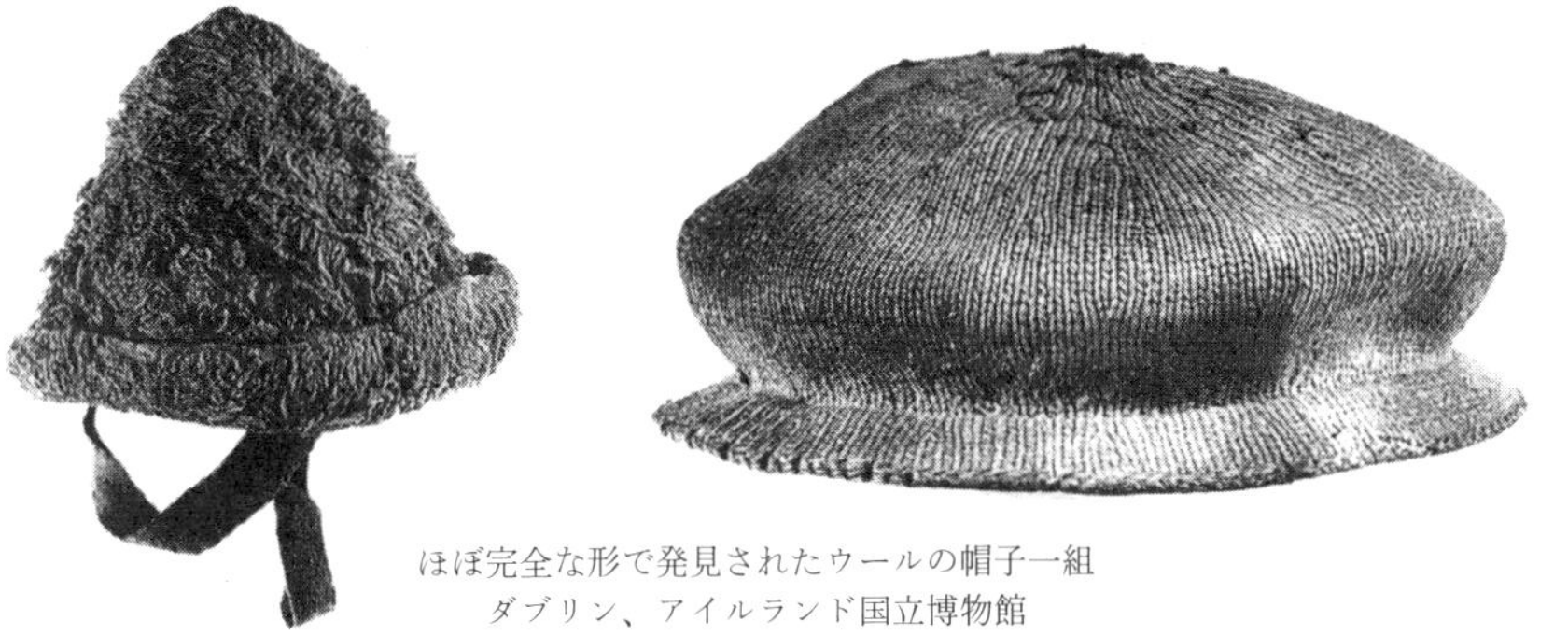

ほぼ完全な形で発見されたウールの帽子一組
ダブリン、アイルランド国立博物館

ヨンがこの世を去ると、すぐに彼女は再婚し、チョーサー家の歴史舞台から忽然と消えていく。

現代のスポック博士ともいえる十三世紀の托鉢修道士バルトロマエウスの忠告に従っていたとすれば、父ジョン・チョーサーは、アグネスに劣らず愛情はあったが、そんなに優しい人ではなかったはずである。たとえ自分は食べられなくても、子供だけは養おうとするだけの覚悟はあっただろうが、幸いなことに、ジョン・チョーサーにはそんな心配は無用だった。この父親は日頃から多忙な人だったが、ジェフリが乳離れをすると、息子を食卓に座らせ、他の家族と一緒に食事をさせた。幼児期を過ぎれば、もう子供だからといって特別扱いされなくなり、どの家庭でも子供中心の生活から解放されていたのは確実だ。家族はいつも一緒に食事をし、父親は専用の木製の肘掛け椅子に座り、母親もやはり専用の肘掛け椅子か背もたれのない椅子を使い、ジェフリは背もたれのない椅子に座って食卓を囲んでいた。ついでに付け加えれば、風邪と伝染病の予防のために、家族全員が戸外でも屋内でも帽子をかぶっていた。ジョン・チョーサーは、息子が人前で恥をかかないよう、躾にも厳しかった。自分の立場をわきまえる行儀作法を教えるためなら、息子の頭を叩くこともあったし、げんこつで少し痛い目にあわせることもあった。子供が少しでも思い上がった態度をとれば、父親は手加減しなかっただろう[6]。それでも、彼は一家の繁栄にいつも心を砕き、ジョン・チョーサーが手にした収益や土地の多くが息子の成長のために注がれた。息子への愛情の深さは、父親の厳格な態度と常に比例していた。チョーサーの詩に登場する一般的な父親像は、「年老いて」、「賢く」、「気高く」、「恰幅がよく」、「厳格な」、「如才ない」、「用心深い」、「白髪の」、「厳正な」、「無情な」、「みじめで」、「可愛そうな」、「嫉妬深い」、「不実な」といった修辞句で形容される人物像だ。このような父親は、母親より年上で、目端が利き、思慮深いが少々頑固なところがあり、子供の方がかえって父親に気を使ってしまう。この親子関係は、父親が実際に厳格な人だったというより、子供の感受性が強すぎることから生じたのかもしれない。今も昔も、子供は、両親の姿に実態以上の虚像をつくりあげてしまう傾向がある。私には、ジョン・チョーサーは、多少頑固なところがあったかもしれないが、父親の権威をふりかざすような人ではなかったように思えてならない。事実、チョーサーの詩にも、威圧的な父親の姿を想像させる場面はない。たとえば、長編詩『トロイルスとクリセイダ』で、トロイ方の主人公トロイルスが、父親プリアムのせいで自分の行動を左右することはほとんどないという事実は、特に顕著な例で、プリアムにいたっては、言及されることさえ稀なくらいだ。トロイルスは、非常に感受性が強く、情熱を内に秘めた理想家肌として描かれている。このことは、トロイルスだけでなく、彼のような人物像を造形した詩人もまた何不自由ない、しかも厳格な躾を受けて育てられてきたことを示すものだ。そして、トロイルスが直面する数々の困難は、全体として、現実世界のものであって、家族内の内面化された葛藤によって引き起こされる困難とは別物である。女主人公クリセイダも、父親の存在が彼女の行動を縛る足枷になることは必ずしもない。いずれの主人公も、父親像と格闘する必要はない。むしろ、その逆だ。クリセイダの父親は、威圧的タイプとは正反対だ。なぜなら、ギリシア軍に包囲されたトロイの町を裏切り、敵方へ逃亡してしまったからだ。それは、むしろ庇護してくれるはずの大黒柱たる父親像の不在、喪失であり、いささかとまどいを覚えざるを得ない。そして実はこのことは、チョーサー作品の中で私自身すでに気がついていた深い喪失感、背信感とも相通じるところがある。チョーサーは、ぼんやりとではあっただろうが、仕事一筋だったらしい父親に裏切られ、放ったらかしにされていると感じていたのかもしれない。チョーサーとガウェイン詩人には、他にいくつも対照的な性格が見られるが、この点でも好対照をなしている。『サー・ガウェインと緑の騎士』という物語は、主人公サー・ガウェインと緑の騎士の葛藤が話のテーマになっている。そして、時に温厚で時にいかめしい緑の騎士が、青年期を脱しようとする若き騎士に試練を与える父親役だということはすぐにわかる。(7) この詩にはまた、若い貴婦人が登場してガウェインを誘惑しようとするかと思えば、もう一人意地悪で年老いた貴婦人がある企みの背後にいて、もし騎士が誘惑に負ければ、緑の騎士がその首をはねることになっている。彼女たちは、明らかに、母性の二面をあらわし、つまり、一方は優しい母親で、片方は厳しい母親ということになるが、両方とも油断がならない。この詩は、多くの民話や童話、そしてまた多くの文学作品がそうであるように、例の古い家庭劇の再現でもある。それによれば、育ち盛りの子供は、大抵、異性と対等な関係を結ぶために、自分の心の中で、父親像や母親像を振り払い、同時に、そうした両親像となんとか折り合いをつけなければならない。『サー・ガウェインと緑の騎士』はチョーサーとまったく同時代に書かれた詩であるだけに、両者の比較は非常に興味深いのだが、チョーサーは、家庭劇に見られるような内面の葛藤を示す痕跡を全く残していない。チョーサーの葛藤は別のところにある。中世後期、都市住民の家庭は、一家の和合にたいして強い関心を示すようになった。(8) チョーサー家でも、おそらく、同じ事情だったのだろう。都市の商人はどんなに遠隔地にいるようでも、彼の根城が家族の住む家であることに変わりはなかったし、彼が頑丈で窮屈な鎧甲に身を包むことはなかった。賢明で、愛情豊かで、独善すぎることもない。私たちがチョーサーの父親の人柄を想定するとすればこんなところだろう。加えて、多忙な人にありがちだが、少し上の空のところがあり、出し抜けに息子に食ってかかる、といったことぐらいはあったかもしれない。またこのあたりで、最晩年を迎えたチョーサーが、自分の不敬な詩すべてに不適切の烙印を押したことに注目しておこう。人生の土壇場で、心底から厳格にして峻厳たらんとする決意が頭をもたげている。こうした心の動きは、基本的には、父親から受け継いだ気質、つまり、通常は気さくだが、いざとなると厳しい人格を映し出しているのかもしれない。

チョーサーの母親は、外出できるほどに体力が戻ったところで、「教会へ連れて行かれた」、つまり、出産の感謝を捧げる清めの礼拝式に出席した。幼な子はおそらくヴィントリ区内のセント・マーティン教区教会で洗礼を受けただろう。洗礼式は教会裏に置かれた大きな石の洗礼盤のまわりで執り行われ、両親の友人や親類縁者が出席していた。司祭はありがたい言葉を口にしながら、聖水を赤子にかけるか、または、聖水の中に体ごとつけた(9)。それから、名付け親が子供を洗礼盤から抱き上げ、この子に「ジェフリ」という名前をつけてやった。比較的珍しい名前で、これには私たちも感謝していいかもしれない。洗礼式が終わり、全員が家に戻ると、盛大なお祝いの席をもうけた。王室の人たちであれば、こうした特別な式典の場合、当然、豪華な祝宴を催した。第一子出産後に起き上がったところで、王妃フィリッパは見事な礼装用と毛皮を贈られている。年若く、裕福なブドウ酒商ジョン・チョーサーであれば、アグネスに真新しい、見事なドレスの一着もプレゼントしたとして何の不思議があるだろう。ともあれこうしてジェフリは、行事や儀礼が織りなす大きな社会の環に加わったことになる。そして中世の年中行事や儀礼は、私たちのそれとはずいぶん違ったかたちで、人生の節目をひとつひとつ刻んでゆく。最初の大きな通過儀礼である洗礼によって、ジェフリはキリスト教社会に仲間入りし、本人特定のよすがとなる名前を与えられ、のるかそるかの運命に身を委ねることになる。そして以後、ロンドンというこの都市の年中行事の予定にそって、冬の数ヶ月は主として教会儀礼に教区の人々とともに加わり、夏の数ヶ月は、ギルド組合員によるパレード、ロンドン市長《ロード・メイヤー》就任披露パレード、それに五月一日に、近くの原っぱで繰り広げられる五月祭といった市民による世俗的儀礼に参加する(10)。そうこうするうちに、婚礼や葬礼といった人生一度の通過儀礼にも出くわすことになるだろう。そうした場では、社会も個人もともに喜びともに悲しみ、ともに祝いともに慰めあったのである。

七歳頃まで、ジェフリ少年は、ほとんど女性の手元に置かれ、長衣をまとい、父親が同席する食卓以外ではあまりあれこれ強制されることもなく、むしろ、全体としては甘やかされていた。歩けるようになり、言葉を話せるようになると、この子も家族の中に吸収されはじめ、他の家族と同じ時間に就寝し、起床した。当時の起床から就寝までの時間は、ほぼ日の出から日没までの時間と同じことだった。乳飲み児の間、木製の揺りかごで寝るが、成長して揺りかごでは間に合わなくなり、夜中にお漏らしすることもなくなれば、おそらく専用のベッドで寝ることになった。なぜなら、兄弟姉妹もいたかもしれないが、生まれてすぐに亡くなっていたからだ。事実上、彼は一人っ子だった。家の外は泥だらけの道、家の中もカーペットなどは論外で、せいぜいイグサと甘い香りのする薬草が敷かれ

上：犬の散歩は14世紀も普段から行われていた飼い犬の世話のひとつだった
サフォーク州、イクスワース・ソープ、オールセインツ教会の長椅子

下：やせた猟犬が骨をしゃぶっている
ハンプシァ、クライストチャーチ小修道院、座板持送り

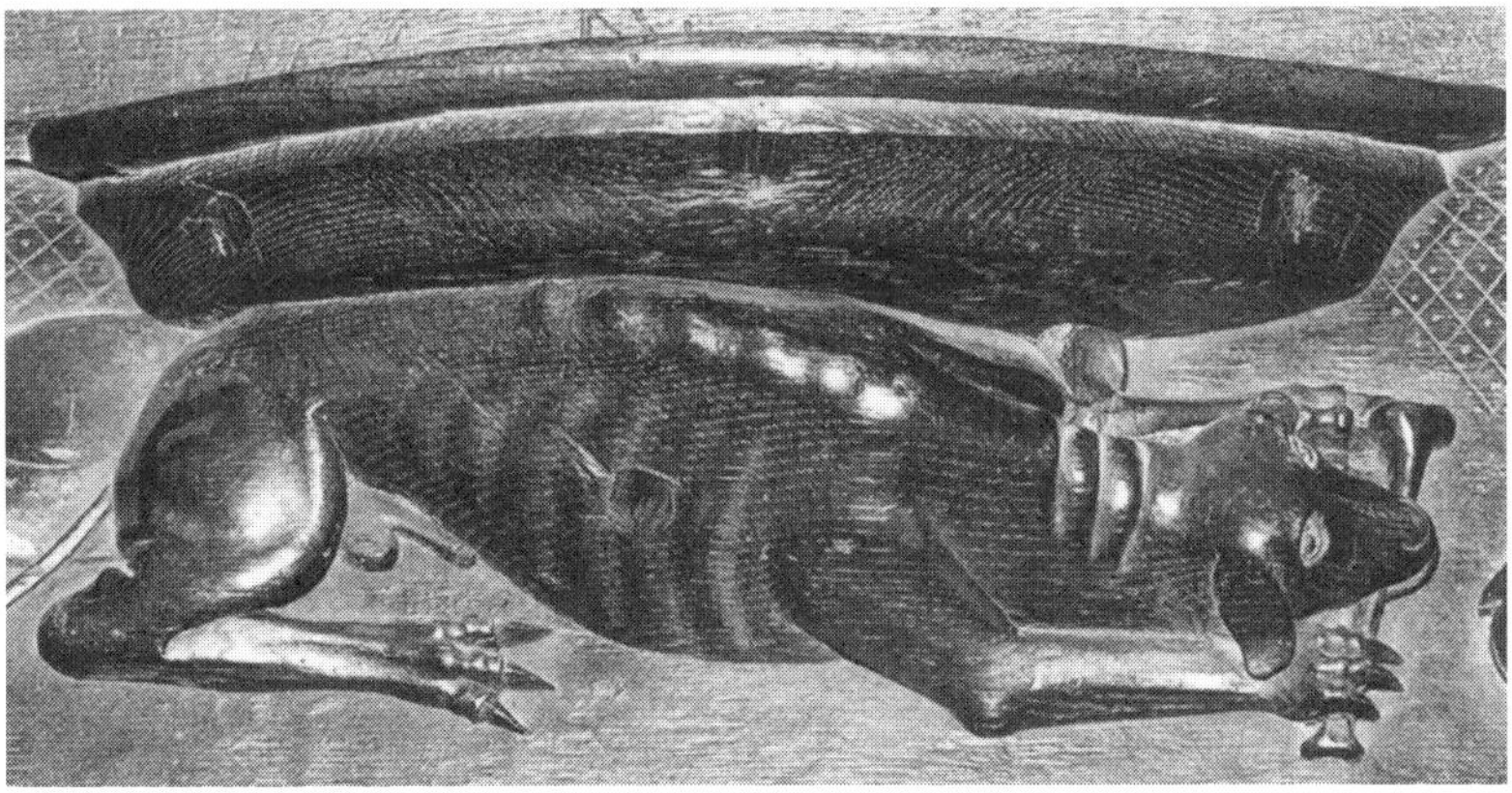

上から順に、「2月」、「5月」、「9月」——1年の移ろいに人の年齢を重ねている
シャルル・ダングレームの暦（15世紀）、パリ国立図書館（MS. lat. 1173, f.1v, 2v, 5）

ている程度で、この子は犬や猫と一緒にその上で転げ回っていたのだ。したがって、小さい間は、この子の体を清潔にしておくことは一苦労だった。

人々は年齢、あるいは、相対的な年齢の差をそれほど意識しなかった。赤ん坊と老人・老婆なら、年齢の違いを見分けることはごく簡単だが、よちよち歩きの赤ん坊と今にも倒れそうな老人の間の年齢層には、きわめて曖昧な区分しか存在しなかった。男性の場合も女性の場合も、気持ち次第で、自分は年を取っていると感じることもあれば、若いと感じることもあった。誰しもそうだったように、チョーサーも自分の年齢について、雲をつかむようなところがあった。トロイルスとクリセイダというチョーサーのよく知られた主人公たちは、十代後半ぐらいの年齢だと推定されているが、彼自身は、二人を十分成熟した大人として扱い、ことさら年齢に注意を払うことはない[11]。トロイルスの友人でクリセイダの叔父パンダルスは、年齢を確かめること自体が不可能だ。十八歳から五十歳までのどの年齢でもあてはまりそうだ。赤ん坊や、「女子修道院長の話」の可哀想な七歳の少年、そして明らかに老人とわかる人物を除けば、チョーサーの登場人物は明確に年齢を区別されることはない。さまざまな年齢層の人々が、無意識のうちに同じ扱いを受け、若いこと、青年であることだけが重宝されることはなかった。もっとも、中世の世俗社会では勇気、忠誠心、生きる悦び、愛といったものは青春期特有の価値だとされてはいたが。

「乳母に抱かれて、みゅうみゅう、ぴゅうぴゅう」泣いたり、もどしたりする乳児から、「子供の甲声」をあげる老人まで、シェイクスピアが人の一生を七つに区切ったことは今もよく知られているが、この「人生七段階」は、十四世紀にすでに人々の間で定着していた[12]。そして、区切り方は各典拠により異なるが、実年齢にたいする鮮明な感覚の欠落をある程度補ってくれた。七歳までを乳児期とし、その後は十四歳まで幼児期がきた。二十八歳までは青年期で、五十歳までが壮年期、七十歳までが熟年期、それ以降が老年期ということになる。七歳から十四歳ぐらいまでの子供、とりわけ男児は、腕白盛りで手に負えない年頃だというのは、広く受け入れられていた。この年格好の少年は、水銀のようにするりと逃げてしまうものだが、一つ一つ行動を見張って、抑えられなければならない。かなり頻繁に打擲するがよしとされることもあった。チョーサーもこの段階になると、幼児向けの長衣を脱ぎ捨て、一人前の男に多少なりとも似つかわしい服装に身を包み、喉のあたりはゆったりして、裾は膝頭までくる長い上着《チューニク》をまとい、革製の靴か木製のサンダルを履き、足は素足のこともあれば、ウールの長靴下をつけていることもあった。下着代わりに、粗い布地の肌着を身につけることはあるかもしれないが、おそらく、他には何もつけていなかった。もっとも、大人になれば、一種の腰布として、下穿きをはくこともあった。若者は頭髪もふさふさして、外出に帽子は不要だったが、冬になるとフードが耳のあたりを暖めてくれた。

今でも子育てや躾を歌った一連の英詩があるが、元をたどると、数百年前のフランス語やラテン語原典である。(12)その指示は、行儀作法と制止にとりつかれている。「行儀よくしなさい」、「跪きなさい」、「おしゃべり厳禁」、あるいは、「品の悪い冗談は厳禁」、「鼻をほじくるな」、「コップに口をつける前に口を拭くこと」、「食卓に食べ物をはき出すべからず」、「テーブルクロスで鼻をかむこと厳禁」、「チーズにがつがつするべからず」、「そわそわするべからず」、などなど。ある意味では、こうした指図そのものが、子供、あるいは、人の立ち居振る舞いについて、身の毛のよだつ印象を与えている。中世の生活には言葉と実際の行動の間に常に隔たりがあり、したがって、言葉をそのまま真に受けることができるかどうか、大げさな言葉をどこまで斟酌すべきか、あるいは、人々がその言葉をどの程度無視していたのか、といった点を見きわめるのは至難の業である。加えて、洗練された行儀作法は、何世代もかけてようやく身についていくものだが、母親の大半、それに、ほとんどすべての父親も、間断なく我が子に小言を言っていた。子供の心は石のようになり、せっかくのお説教も奔流のごとく頭の上を流れ過ぎるだけで、馬の耳に念仏というわけだ。こうした戒めの言葉は本来、きちんと受け止められていたとすれば、たとえ拒絶されるにせよ、強い反応を引き起こすはずのものである。実際、聖書の中の東方に由来する誇張表現、あるいは両親や説教師の凡庸な訓戒であっても、その内容がきちんと伝われば、反発というかたちも含めて爆発的な反応があってしかるべきだろう。

私が想像するところ、ジェフリ・チョーサーはこうした指図の要点をわきまえていたが、なかなかやんちゃな子供でもあった。想像力豊かな、時として、夢見がちな子供で、お伽噺を聞かせてほしいとせがんだり、自分で朗読することも好きだったに違いない。今でも文才に秀でたり、才気煥発なところのある子供は、ごく幼い頃から読むことを覚えるものである。そして、十四世紀には、今以上に様々な困難を伴ったわけだが、チョーサーとてそのような子供でなかったとは考えにくい。彼はむさぼるように読書したのだろう。とはいえ、書物にめぐり会う機会は格段に少なかった。想像力を養うには、他の子供と同様、語り物、尻取り、たわいない会話などに頼らざるを得なかった。夜には家族が広間につどい、冬には、薪や石炭で暖をとった。暗くなると、壁面に固定された蠟燭一、二本、あるいは、樹脂を含んだ木のせいでもうもうと煙る松明が、揺らめく人工の明かりを届けてくれた。チョーサーが宮廷に出仕したての若い頃には、一人ベッドでなかなか寝つけない時など、明かりを持ってこさせ、ベッドで読書をした。年齢を重ねるにつれ、寝る間も惜しんで読書にふけった。宮廷出仕時代の彼なら、父親同様、自分専用の蠟燭の一、二本ぐらいは自腹を切って買うぐらいの余裕があった。しかし幼少時代には、家族同士の会話に聞き耳をたてるか、さもなければ、寝ているぐらいしかやることはなかったことも確かだ。暖炉のまわりでは、歌声、朗読の声、ファミリージョーク、謎かけ遊びなどで盛り上がり、一方で、商売のことや政治向きの大人の長い会話は、子供には退屈だっ

鼻をほじる男（あるいはあくびをかみ殺そうとしているのかもしれない）
ヨークシァ、ビヴァリ大聖堂、座板持送り

たことだろう。

二十世紀後半には社会慣習が急速に変質し、猥褻の基準そのものが今は曖昧になってしまっているとはいえ、気取らず、口をついて出る露骨で卑猥な軽口、冗談のたぐいには、今日の私たちも驚かされるだろう。十九世紀後半から近年まで、『カンタベリ物語』に収録された冗談話はもっぱら卑猥だとみなされていた。ところが十九世紀初頭、ワーズワスの妹ドロシは、道徳とか行儀作法などが槍玉にあげられる心配もなく、夜に「粉屋の話」を大っぴらに兄に読んで聞かせることができた（四百年前のこと、確かに、チョーサーの友達が互いに朗読しあっていたようにである）。一方、十四世紀の英語ロマンスはいたって上品で、現代文学にみられる、獣も顔を赤らめるような倒錯的な性描写が試みられることはなかった。この世紀のもっともどぎつい表現でさえ、今見れば児戯に類するものでしかない。

ジェフリの父親ほどの人なら、信仰の教導書、ロマンス、医学書などの書物一、二冊を手元においていたこともおおいにあり得る。スコットランド国立図書館が所蔵している有名な「オーキンレク写本」と呼ばれる写本がある。[13] この写本は、一三四〇年から四五年にかけて、ロンドンのどこかで筆写されたが、研究者の中には、チョーサー自身がこの写本のことを知っていたと考えている人もいる。もしそうだとすれば、驚くべき偶然の巡り合わせだ。ただ、彼が「オーキンレク写本」に類似した写本、もしくは、合本すれば同じ内容規模になる小さい写本数巻を知っていたことも間違いない。「オーキンレク写本」に収録された作品は、英語で書かれたロマンスがほとんどで、行末で押韻する「尾韻《テイル・ライム》」と呼ばれる風変わりな連《スタンザ》で組み立てられている。後年、チョーサーは『カンタベリ物語』の一話「サー・トーパスの話」の中で、情け容赦なくこの種のロマンスを茶化したが、押韻法自体を別にすれば、言葉遣いと言葉の律動感という点で、チョーサーの初期の詩のうち、とりわけ、『公爵夫人の書』がこうした「尾韻」ロマンス群の影響を受けていると明言できる。[14] なお、「尾韻」では、各連の行末最後の短い一行で、少し不合理な音の乱れ《ヒカプ》が生じることがある。詩形としては、どちらかと言えば単純で、素朴な信仰心を歌い、イースト・ミッドランド地方やイースト・アングリアとの結びつきが強い。「オーキンレク写本」は大型本で、五十種類以上の作品を集成している。[15] 富裕な階層向けに書かれ、さして洗練された内容ではないが、廷臣たちの間でも知られていたことは確かだ（力強く良質の語り物で、今も娯楽のための朗読に堪えうる）。チョーサーは若い時期に、この種のロマンスに親しんでいた。一族の出身地がイースト・アングリアということもあって、チョーサーの父親が「オーキンレク写本」に似た本を手元に置き、夜になると、家の広間で声を出して朗読していたと想定してみることは十分に許されよう。息子ジェフリがもう少し成長し、十分読書力もつき、豊かな感情移入をし、多彩な話術を身につけ、見事に読むことができるようになると、彼自らすすんで、家族や友人にロマンスを読んで聞かせていたかもしれない。それがきっかけで、自分でも詩を書いてみようという気になったとしても不思議ではない。詩の中には、自分で書いて、自分で朗読したとおぼしき（あるいは、身振りをつけて演じられたと言う人もいるくらいだが）作品がいくつかある。その場合、原作者と写字職人と朗読者、もしくは、旅回り楽人との三者の間に隔たりはなかった。総じて、当時、家族や仲間同志の朗読は教養ある人たちの間では普通のことだった。「読書する」とは「声に出して読む」というのが共

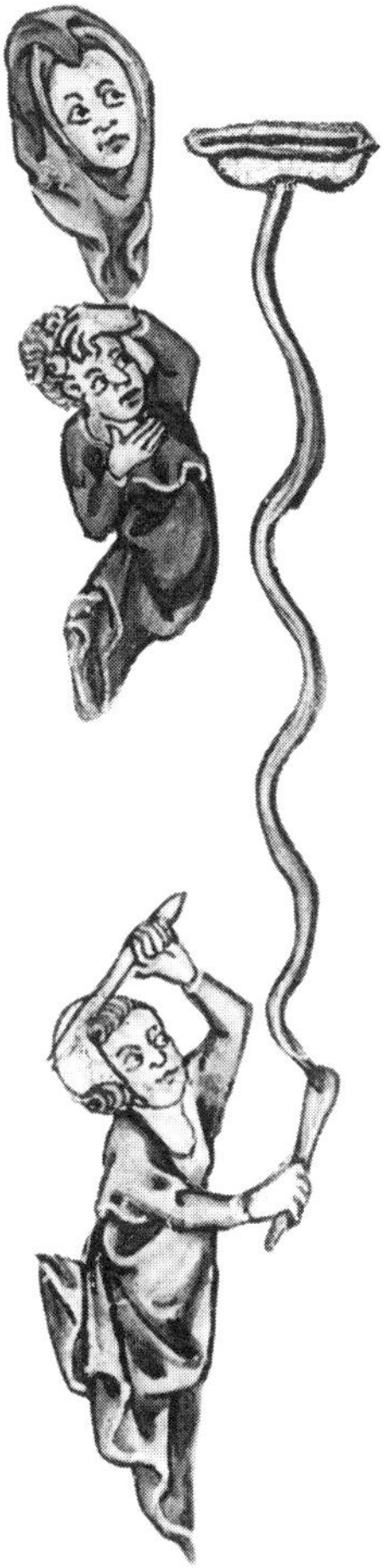

コマ回し
棒の端につけたひもで
コマを打って回す
オクスフォード大学
ボドリ図書館
（MS. Douce 6, f.99r）

通理解だったのだ[16]。文学とは耳を通して聞かれ、自分の外の心暖まる社会の一部だった。

旅回り楽人は、普段の活動の舞台は大勢の人前だが、家族の特別の日などに家に招き入れられ、裕福な商家で一夕の娯楽を披露することもあったようだ。彼らは物語を朗唱し、歌を歌い、楽器を演奏することを生業としていた。家庭では、歌唱と楽器演奏が一般的だった。（今なら学生愛用ギターにあたる）竪琴《プサルテリウム》と呼ばれる弦楽器をチョーサーも個人で所有し、それを弾いて楽しみ、それに合わせて歌を歌っていたこともおおいにあり得た。チョーサーの「粉屋の話」に登場する学生ニコラスのようにである。あるいは、ニコラス君なら、横笛《フルート》も吹いていたかもしれない。「ジェネラル・プロローグ」の〈騎士見習い〉は日がな一日歌を歌ったり、横笛を吹いている。齢をかさねた後のチョーサーは、若い頃の自分が「歌唱集に、愛欲の歌曲集《レイ》など、ずいぶん沢山」作詞・作曲したと告白している（「教区司祭の話」、1087行）。自分でも歌唱法を勉強していたに違いない。楽器は、心浮き立つ祝宴の席や踊りの場で演奏され、歌の伴奏にも使われたが、歌は最も一般的な音楽様式で、特に、愛の喜びや悲しみを表現するのに向いていた。

男の子の場合、たとえ学校にいる間でも、その行動が室内遊戯に限定されることはなかった。昼間なら、街中を歩き回ることができた（一方で、夜になると、消灯の合図とともに通りから人影が消えてしまった）。路上でボール遊びをし、近所に積み上げられた材木の山をよじ登り、ロンドン橋を遊び場にすることもできた[17]。ただ、こうした遊びは危険と背中合わせだった[18]。狭い通りを馬で駆け抜ける若者の中に

人形劇（右）と
目隠し遊び（左）

は、勢い余って小さい子供にぶつかり、事故死させることがあった。不安定な材木の山で転倒でもすれば、丸太が転がり落ちてきて、か細い脚を折りかねない。そして当時の骨折はしばしば死につながった。ロンドン橋をうろつく子供たちには、川に落ちる危険があり、実際にそのまま溺死してしまうこともあった。人口が少ないこともあって、人でごったがえしている所はなかったが、遊園地などない時代のこと、子供たちが街路で遊ぶ姿はいたるところで見られたに違いない。もっと危険の少ない遊びもあった。フロワサールは子供の頃に遊んだ長い遊戯一覧を伝えてくれているし、[三] 確かに、チョーサーも小川の流れを堰き止め、そばに小さな水車を作り、貝殻や石で遊んでいた（筆者の子供の頃は「石投げ《ゴブ・ストーンズ》」と呼んでいた古くからの遊びがあり、まず石を一つ上に投げ、落ちてこない間に地面の石を一つ、二つ、三つ、四つと拾い、また次の石を投げては拾って遊ぶのだが、フロワサールのあげる遊びの中に、あるいはこれと同じかと思われるものがある）。他にも、竹馬、鬼ごっこ、かくれんぼ、大将ごっこ、跳躍遊びなどがあり、こま遊び、シャボン玉吹き、麦わらに切れ目を入れて笛をつくる遊びもあった。好奇心の強い腕白少年なら、こうした遊びすべてに手を出していたはずだ。

ジェフリ少年は仲間の輪に加わることもあれば、遠くから傍観するだけのこともあっただろう。仲間の大半は、ロンドン市民の息子たちだったが、貴族や高位聖職者に仕える従者たちからも引き抜かれてきた。とりわけ四旬節の間は日曜日が来るたびに、子供たちは市壁のすぐ外に面した原っぱで戦争ごっこに興じ、鉄製の矢尻の部分だけは取りはずした、本物の槍を手に騎馬戦を演じることさえあ

る。復活祭の祝日には、テムズ川で海戦ごっこをして遊ぶこともあった。水に盾を立て、長槍を持った少年を乗せたボートが全速力で川を下り、川にはまらないよう、盾めがけて槍を突くという遊びだ。夏には、男の子なら、弓術の練習や、熊いじめをし、女の子なら踊りを楽しんだ。冬になると、氷の上でスケートをし、まねごとにしては少々手荒な模擬戦をして遊ぶこともあった。市門のすぐ外にあるスミスフィールドでは馬市や、男の子が騎手をつとめる競馬も開催されていた。サッカーに、闘鶏に、格闘技もあった。野原が近くにあったからウサギ狩りに、とりわけ貴族特有の遊びだが、鷹狩りをしていた可能性さえあった。チョーサーの父親は商売で多忙な人だったから、息子を誘ってこうしたスポーツに興じる暇などはなかったかもしれない。チョーサー自身、自作の中でそうした遊びに触れることもほとんどない。しかし老若を問わず、各人の好みに応じて楽しまれていたのは確かである。遊戯といっても、多くは暴力をともなう戦争ごっこだったが、同時に、その中で秩序を守り、規律を学ぶことも必要とされた。ほとんどの遊びは、少し年長の少年向けの娯楽だった。ガキ大将になるような性格ではなかったが、ジェフリ少年も好奇心のかたまりのような遊び仲間の輪に入り、与えられた役を積極的にこなしていたと、私は思い描いている。彼がひたすら外向的で、はしゃぐような子供でなかったことは明らかで、どちらかと言えば人の輪から一歩離れ、引っ込み思案な性格だった。非常に感受性が強く、活発ではあったが、冷静な目も忘れない少年だった。

彼が、心底、興味をおぼえて見ていたのは、あまり暴力を伴わない娯楽だった。「スキナーズ・ウェル」と呼ばれた場所では、年に一度、劇が演じられた。この地名は、皮革商組合《スキナーズギルド》が聖書を題材にした芝居をここで公演していたことに因むものだ。奇跡劇は多くの人たちが観劇したが、なかでも、国王リチャード二世の特にお気に入りだった。【三】後年、チョーサーは、英詩ロマンスと同様、こうした劇とも距離を置いていた。しかしそれでも、彼はこうした劇の社会的役割を吸収した。なぜなら、猥雑な「粉屋の話」には、血抜きの外科医と教区教会の事務官を兼務する、気むずかし屋で派手好きな人物が登場し、暴君ヘロデの役を演じるからだ。また、

「粉屋の話」の筋自体も、お得意の聖史劇『ノアの洪水』を彷彿とさせる場面がいくつもある。人が大勢集まる場所には旅回り楽人たちの姿も見られた。

すでに触れたとおり、「旅回り楽人《ミンストレル》」とは芸域の広い、多彩な芸人階層のことで、国王や有力者の経済的支援を受ける楽師もいれば、誰の支援も受けない集団や、一匹狼の楽人もいて、民衆を食い物にしてかろうじて夜露をしのいでいた。中には、「語り部《ジュストゥール》」（つまり、物語詩としての武勲詩《ジュスト》などを語り継ぐ人）や「講釈師《ディスール》」といった芸人もいた。[19]「講釈師」は、英雄、聖者、悪党を問わず、物語詩に似た列伝を語り伝えていたようで、後年の寄席芸人や軽喜歌劇小屋付役者のように、駄洒落を交ぜ、話を膨らませて、演目に彩りを添えた。もう少し低俗な演芸になると、汚い言葉を互いに投げ合う「掛け合い演芸《フライティング》」などがあり、どこよりもスコットランドで長く流行していたこの種の芸を披露する芸人もいた。あまり洗練されていないが、言葉を使わない演芸分野に、曲芸師があり、時には女曲芸師もいたが、当時、下着はほとんど身につけず、長いショー衣装だけを着けている彼女たちの魅力を理解するには、ほとんど想像力など不要だった。さらに、「足業師」や放屁芸人もいた。放屁芸の面白さに抗しがたく引きつけられたのは、（「裁判所召喚吏の話」に見られるように）【四】チョーサーを含む私たちイギリス人の祖先だけではなかった。なぜなら、この種の怪しげな芸の末席に連なる「プジョル」なる芸人が、二十世紀初頭のパリで活動していたからだ。ロンドンの路上では面白いことが数多く繰り広げられ、ジェフリ少年も、目を背けるだけでなく、気楽に笑い転げたりもしていた。

ジェフリは、ロンドン市民の一団が隊列を組んで街中を練り歩く光景をたびたび目撃していた。威儀を正した市民が先頭に立ち、その中に、この少年の父もいた。全員、赤、青、白の華麗な礼装用長衣に身を包んでいる。また、聖職者一行の隊列もあった。司教冠をかぶり、手袋をした司教たち、あるいは、目にもあざやかなマントをまとい、鈴や書物や蠟燭を手にした司祭たちが先導した。教会でも家庭でもともに祝う祝祭日、特に、クリスマス、十二夜、復活祭などのお祝いもあった。こうした祝祭日はすべて、宗教的社会的儀礼の継続を目に見えるかたちで示す役割を担っていた。つまり社会をひとつにまとめるのに役立っていた。不安定で、短命な個人の生涯など、途方もない不確実さから社会を安定化し、苦労ばかり多く、退屈な労働に耐え、肉体の苦痛と我が身に降りかかる悲しみにも我慢しなければならない生活に彩りを添え、なかんずく、生きることの意味と大義を与えてくれた。こうした儀式や祝祭は、十六世紀の宗教改革によってほとんど一掃されてしまった。ただ、チョーサー個人にとっても、やはりこうした儀式が興味を引く対象ではなくなっていたことに私たちは注目しないわけにはいかない。宗教改革者と同様、チョーサーの眼差しはより内面へ、つまり、一人一人の感情へと向かっていた。彼の人生の後半、ロラード派の騎士との親交は、社会における正統信仰に反する要素に、彼が自然と共感していた一例である。もちろん、彼は無政府主義者でも、虚無主義者でもなかった。彼はまわりの社会の一般的基準や利害から、人生の第一歩を踏み出さなければならなかった。それだけに、私たち以上に、あるいは、本人の実態以上に、チョーサーは外の世界と深く一体化していた。チョーサーの中に、彼自身の社会の多くの要素が存在している。そして、熱心に物事を吸収し共感する彼の精神の傾向と模写能力、つまり、自意識が強く、深く内省する心の多面性が、彼に社会の隅々を映し出すことを可能にし、そして、彼の鋭い観察眼を鼓舞し、現実の視覚的情景を描出させたのだ。いずれにせよ、自作の詩で、チョーサーは、儀式、祝宴といった公的生活を描くことを拒むか、もしくは、妙に否定的に描くのが普通だ。幼少期、青年期を通じて、彼が元気に、無心に、何かスポーツに熱中している姿、あるいは、市民が集団で練り歩く姿にうっとり見とれているといった姿を想像することはむずかしい。チョーサーは、そうした魅力、特に、儀礼的側面から醸し出される騎士道的雰囲気の魅力を知っていたが、それでも、うわべだけの社会的一体感の下に潜む、一人一人の嫉妬心とか抵抗感に気づかざるを得なかったのである。

チョーサーの心は、時代の新しい、どちらかと言えば、感傷に傾きがちな信仰によって突き動かされ、当時は時代の重要な、彼にとっても重要な表現を、聖母マリア崇敬の中に見いだした。私個人の想像だが、聖母マリア崇敬には、チョーサー自身の生活で実感していた家庭の優しさ、それと、当時のような過酷な時代にあって、まだめずらしかったが、新たに都市部の市民層の間で成長しつつあった家族愛が反映していた。チョーサーが感じていたのは、「女子修道院長の話」に出てくる子供の信仰心のように、個人的で内面的な、深い信仰心だった。

「女子修道院長の話」の子供は、非業の死をとげている。十四世紀は、「死」の問題と深く関わらざるを得なかった。チョーサーの名を世に知らしめた最初の大作『公爵夫人の書』は、すでに五人の子供の母となっていたブランチ夫人が、若くしてこの世を去るという事態を受けて、その夫たるランカスター公ジョン・オヴ・ゴーントに語りかけられた慰めの詩である。『トロイルスとクリセイダ』や「騎士の話」はロマンス詩ではあるが、「死」が愛に劣らず重要なテーマとなっている。また、「贖宥証取扱人の話」では、三人の放蕩者が擬人化された《死》を、何が何でも探し出そうと躍起になっている。このように書いてきたからといって、自作の詩で、あるいは、現実生活の営みで、チョーサーが死への陰気な強迫観念の虜になっていたと言いたいわけでない。私たち一人一人と同じように、彼も死を甘受しなければならなかったし、二十世紀でもしばしばそうであるように、十四世紀においても、死の正体を偽装することなどできなかった。おそらく、十四世紀の子供たちも皆、死とは何かを知っていただろう。しかし、子供のジェフリは、繰り返される死を特別の恐怖心で受けとめていた。というのは、一三四八年、本格的な学校生活が始まろうとする矢先の七、八歳の頃のこと、イングランドは、他のヨーロッパ諸国同様、未曾有の深刻な自然災害をこうむったのだ。その災害とは、当時の人々が「大疫病」と呼び、後年、「黒死病」という名前で知られることになる、腺ペストの大流行だった。

この大災害の経過と影響についてはすでによく知られているし、それをテーマに書かれた本も多い[20]。東方世界で発生し、腺ペストと肺ペストが一緒になって、一段と悪性化した疫病は、莫大な数の死者を出しながら着実に西へと伝染、一三四八年八月にイングランド西部へ上陸した。中世医学界の重鎮ギ・ド・ショウリアクは、一三四八年、アヴィニョンで発生した症例を観察し、この疫病に二つの症状が起きていると的確な報告をしている。

くだんの大量死は一月に私たちから始まり、七ヶ月間つづいた。死に至る経過には二種類あった。一つは、高熱と喀血が伴い、三日で死亡する症例で、これは二ヶ月つづいた。第二のものは残り数ヶ月つづき、症状としては高熱がつづき、主に脇の下や鼠径部に吹き出物状の異物や腫れ物を発症し、五日で死亡した。(21)

回復はまれだった。この疫病がイングランドに蔓延した結果、全体として、約十四ヶ月の間に人口のほぼ二十五から三十五パーセントが死亡したと推定される。一人一人の恐怖と苦悩がいかばかりだったか、言わずもがなだ。この苦難をどうやって生き延びることが出来たか、英語でその身近な個人的印象記をもっとも生々しく書き綴ったのはサミュエル・ピープスで、彼は一六六五年にロンドンを襲った「大疫病」の様子を、その直接体験を元に描いている。しかし、他にも、同時代のヨーロッパ各国、とりわけ、イタリアから多数の証言が寄せられている。夥しい数の墓、異臭を放ちながら腐ってゆく肉塊、我が子を埋葬する親の姿、親をなくした遺児の姿、背筋も凍るような死体の山、陰鬱に響き渡る弔いの鐘の音、住民が逃亡して遺棄された場所など、すべてが厳粛な読み物になっている。信仰心の篤い人々は、この疫病は神が人間の罪に下した裁きだと感じていたし、イタリアでは教会への寄進が膨大な数にのぼった。ところが、イングランドでは道徳家の非難を示す証拠はあるが、寄進を記した記録は消えてしまった。信仰心の薄い者は不届きな所行で応じ、それをチョーサーは「贖宥証取扱人の話」で見事に描いて見せてくれた。

ヨーロッパ社会がこの一大異変から驚異的な回復力で立ち直っていく姿には目を見張る。イタリアは最良の記録をとどめているが、イングランドの場合は、他の国々のように、全体がパニックに陥ったりはせず、最悪の被災現場でも、住民が丸ごと逃亡することもなく、わずかに商取引上の混乱があったという程度だった。[22]歴史家の一般的な見方によれば、疫病による影響は、何かまったく新しい要素を導入するというより、むしろ、当時すでに動き始めていた社会的風潮を加速させることだった。

人の心理や文化全般への影響についても同じことが言える。圧倒的に田舎に広く分布している住民は、高度な文化を達成することはないにしても、生き残るための絶大な生命力を備えている。人々はすでに死と苦しみについて十分心得ていた。イングランドでは、この疫病が闇を深くし、明暗の対比をくっきりとさせたけれども、基本は何も変わらなかった。チョーサー個人にしろ、彼の時代にしろ、特に極端な無常観を示しているわけではない。誰もが事態が悪化していることはわかっていたし、不満も沢山あった。それに、万事この世の事態はますますひどくなるだろうという思いもあった。そしてそれ自体は、ごく自然な反応でもあった。しかし、気まぐれな個人的信仰とは無関係に、人々は、死後の審判や永遠につづく公正な懲罰への恐怖だけでなく、天国という希望についても自分たちの文化の中へ組み込んでいた。つまり、彼らは、生者必滅の存在の彼方に広がる宇宙による、根源的善と道徳的正義の支配のほうを信じることへ傾いていた。それゆえ、生きることが無意味ということはあり得なかった。全体として、イングランドの人々がみな意気消沈していたわけではなかった。危機はあったが、絶望感はなかった。

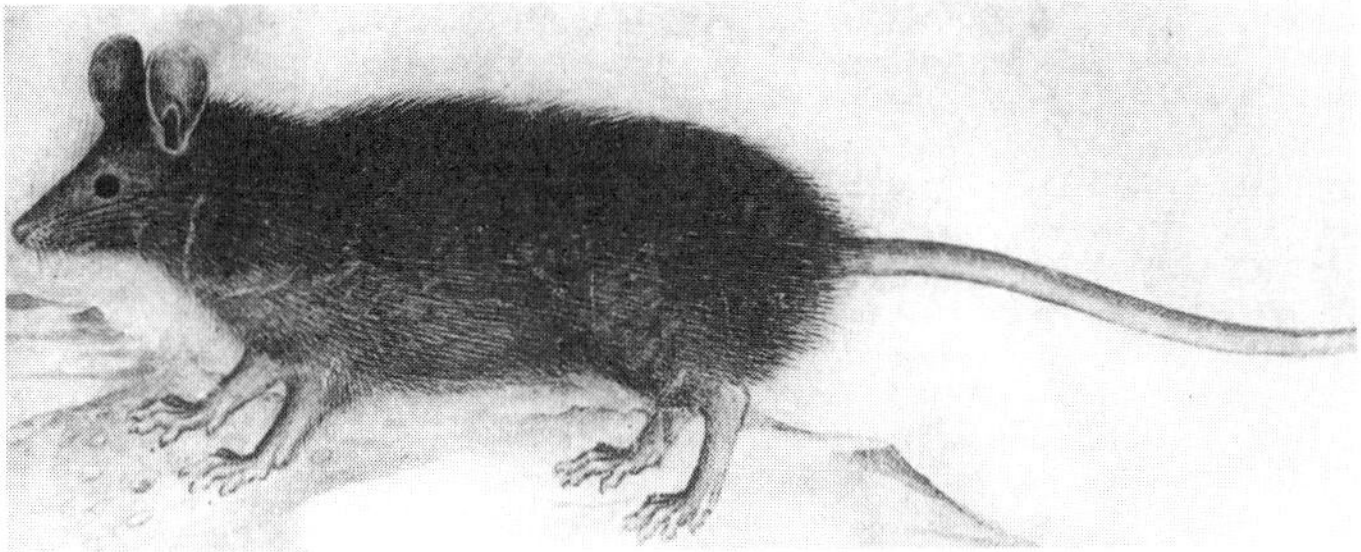

14世紀イタリアの画家ジョバンニ・ディ・グラッシが描いたクマネズミ

チョーサーがその子供時代、疫病の恐怖に取り憑かれたロンドンのような都市で暮らしていたからといって、このような考えを意識することなどあり得なかっただろうが、彼のまわりの人々がとった反応はそうした考えによって左右されていた。彼らは常軌をはるかに越えて、恐怖と不安に満たされていたに違いない。しかし、チョーサーの両親は生き延びたし、遠縁の者の中に死者が出たとしても、チョーサー家はその資産で暮らしをさらに豊かにした。王妃フィリッパが他界した一三六九年を含め、後年、さらに疫病の襲来が重なった。しかし、その襲来はありふれた死亡発生率の増大にすぎない。宮廷生活や都市生活は中断することなく営まれていたようだ。結局、それ以外、人々にとって為す術がなかったのだ。一三四八年から四九年までの「大疫病」と、それにつづく流行により、十四世紀半ばから一四〇〇年までの間に、人口は半減した。そして、このことが経済の仕組みや社会構造を弱体化させ、チョーサーを含む多くの人々の生活に深い影響を及ぼした。ただ、はっきりそれと特定できるような痕跡は見いだせない。彼の詩の中にも、そうした影響のことは稀にさらりと触れられる程度だ。

学校教育が小さい子供たちに大きな影響を与え、一国に降りかかった疫病災禍よりはるかに大きな影響を与えたであろうことは想像に難くない。チョーサー少年について、飲み込みが早く、感性豊かで、非常に聡明で、欲しいものを与えられ、勉強熱心な姿を私たちは思い描いてきた。このような子供にとって、中世の学校は、相反する要素が混ざりあった恵みの場所でもあった。つまり、思考力や感情を育ててくれる場として、未来の地平を切り拓いてくれ、新しい冒険へ踏み出させてくれたが、毎日毎日同じ内容が機械的に繰り返されるばかりで、野蛮な体罰が待っている場所でもあった。学校は、家庭と環境がまるで対照的だっただろう。就学前のチョーサーは、朝はぎりぎりまでベッドを離れられず、太陽の光に起こされ、心地よさそうにシーツにくるまれ、天井を見上げながら、彩色された太い梁と垂木に目をやり、朝食はベッドでとっただろう。[23] 寄宿生も通学生も、いったん学期が始まると、身震いするような冬でも、蠟燭の明かりで朝五時には起床しなければならな

度重なる疫病が「死の勝利」といったテーマに皆が夢中になる原因だった。このフレスコ画（ピサ、カンポサント）の下段左端では、優雅な装いで馬に乗る3人の若者が自らの死体と向き合っている。

かった。

商人だったジェフリの父は、息子の向き、不向きを見極めながら将来の仕事をいくつか考えていたようだ。教会は、息子にはどうも性に合わない場所だった。なぜなら、この子は儀礼を露骨に見下すところがあり、規律にしても、まったく従わないということではないが、できれば避けたいと思っていたし、この世のこと、肉体のこと、悪魔のことのほうに興味が向きがちで、とても禁欲生活に馴染めそうにはなかったからだ。また、彼はかなり裕福な家庭の子弟だったから、平凡な教区司祭になどなれないし、貴族の出ではなかったので、教会内の立身出世の階段をすぐに駆け昇ることもできなかった。ほぼすべてロラード派の騎士のようだが、後年彼が知己を得ていた下級ジェントリ出身の多くの仲間と違って、チョーサーにはフランスで初陣を飾り、騎士になって、自分の運命の基盤を切り拓こうという願望もなかった。したがって、教会も騎士の世界も除外されるとなれば、後に残された将来は、父親のように商人になるか、法律家になるか、あるいは、廷臣や行政官のような公職のいずれかということになる。結局、彼が選んだのは廷臣、行政官であり、職業選択可能な時期は今しかなかった。ラテン語の知識は最も基本的な学科というだけでなく、すべての教育の基礎だった。また、父親は仕事の取引でフランス語

廷臣は修道士の理想的な生き方になんとか倣いたいと願うも、体裁や地位や金儲けばかりに目がくらむ宮廷の生活にどっぷりつかった彼は悪魔のフォークに串刺しされようとしている。

を使っていただろうから、ジェフリ少年も家庭でフランス語を習得出来ただろう。彼は、何らかの方法で、本場のフランス語とその異種で自国製アングロ・ノルマン語との違いについても学習していた。会計や事務をこなすために、彼は計算能力を身につける必要もあっただろう。多分、ジョン・チョーサーは十分に先見の明があり、この分野の最新の動向にも精通していた。イングランドではすでに一二八〇年当時、ジョン・オヴ・オクスフォードなる人物が、商売の仕方について論文を書いていた。また、一三五〇年から一四一〇年にかけて、こうした科目を教えるオクスフォードのトマス・サンプスンがいて、オクスフォード大学マートン・コレッジには専門の学校が付設されていた。

　ジェフリの父親は、聡明で高い教育を受けた人だったに違いない。当時のイングランドでは、商家だからといって、誰も彼も計算高い人ばかりというわけでなかった。たとえば、一三八一年の「農民一揆」の最中、一揆の頭目ワット・タイラーを短剣で刺し殺したロンドン市長《ロード・メイヤー》のサー・ウィリアム・ウォルワスという人物がいる。彼は典型的な豪商で、有力な鮮魚商兼金融業者だったが、この世を去る時には、ラテン語による九編の宗教作品と多数の法律書を残していた。十四世紀ヨーロッパにおける商人教育の最良のお手本は、イタリアに求めることが出来る。この方面では、イングランドはまだ後進国だったが、十四世紀半ばには兆しが感じられ、十五世紀に花開くことになる。イタリアでは、すでにこの傾向が動き出していた。十三世紀に入ってすぐに、ピサの商人で数学者のレオナルド・フィボナッチが、ヨーロッパ最初の商人向け初等算術法の書を著していた[24]。十三世紀末までに、イタリアでは、教会付属学校以外にも、世俗の私立学校が多数設立されていた。一二八八年、ミラノには上級ラテン語文法の教師が八名、初級ラテン語文法の教師が六十名もいた。十四世紀イタリアの世俗学校は、教会付属学校より、実務中心の授業科目へ編成変えした。教会付属学校は、今も私たちが数学と呼ぶ学科を含む、一連の学科を普段から教えてきたが、世俗学校は実用的な商業教育を提供することに全力を注いだ。「文法」、つまり、ラテン語の読み書きの素養が修了すると、少年たちは「そろばん《アバカス》」、つまり、広い意味の数学になるが、実用向け特訓へ進んだ。効率を重んじて近代化していった日本の商店で、今も「そろばん」が使われている光景を見たことのある人なら証言できるだろうが、「そろばん」は、単純だが、効率のいい計算機だった。中世の「そろばん」は、木の板か布地の上にひかれた何本かの異なる線の上に並べられた珠で構成され、各線は一の位、十の位、百の位などを示していた。あるいは、（現在の日本の「そろばん」のように）各位を表すワイヤ状のものに丸珠をとおしてできたものもあった。一三三八年、フィレンツェに「そろばん」学校が六校開校し、生徒数千人から二千人を擁していた。イタリアの他の都市も、フィレンツェの後を追った。「そろばん」学校では、通常、生徒はだいたい十二歳かそれ以上の年齢まで在学し、その後、徒弟奉公に出て教育課程を終了した。道徳教育や一般教育もなおざりにされず、成果を上げていたが、専門教育がそれらに劣らず人々の行く手を変え始めた。こうした商人を育てる幅広い教育環境から、十四、五世紀のいくつかの最も偉大な文学芸術と絵画芸術が誕生したのだ。二つほどに限ってその例を挙げれば、ボッカッチョやピエロ・デッラ・フランチェスカの作品がそれにあたるだろう[25]。イングランドでは、このような教育制度は十分整備されていなかったが、時代が一四一五年まで下ると、ウィリアム・キングスミルが書いた商業フランス語手引き書がたまたま触れている内容によれば、十二歳の少年が三ヶ月で読み書き、計算、それに、フランス語会話も習得していたと公言できる時代になっていた。ウィリアム・キングスミルの寄宿舎以外では不可能だっただろう。【五】事実、十四世紀初頭から、(ジョン・チョーサーのように)裕福なイングランド人商人たちは我が子に、ラテン語教育を含め、実用一点張りではないまでも、実用的恩恵にあずかれる良質な教育を求めるようになった。(26) したがって、ジェフリ少年も、教養ある家庭から学校へ通っていたと考えるのはいたって自然なことだろう。

十四世紀の「学校《スクール》」という言葉は、初等教育の聖歌隊学校から大学まで、すべての教育機関を含んでいた。神学や哲学を専門とし、大学の中核を形成する中年の「スコラ学者《スクールマン》」という表現もこれに由来する。文化全般に年齢についての厳格な区別というものがなかったように、学校という考え方も学習教材も、様々な年齢や能力の子供たちに適した段階に分けられることはなかった。学習開始年齢は、人によりまちまちだったようだ。教室は、女の子こそいなかったが、さまざまな子供たちの寄せ集めだった(女子が教育を受ける場所は、家庭か非公式の小さな学校か女子修道院だった)。しかし、ここでは当面、「学校」とは七歳から十四歳までの子供が通う小学校やラテン語文法学校を指すことにする。

チョーサーの少年時代、ロンドンには、有名なラテン語文法学校が三校開校されていたが、すべて教会付属だった。セント・マーティン・ル・グラン校、セント・メアリ・アーチズ(現セント・メアリ・ル・ボウ)校、そしてセント・ポール付属学校の三校だった。最後のセント・ポール校には、聖歌隊学校と呼ばれた、さらに低学年向け初等学校が併設されていた。三校のうち、セント・ポール校がチョーサーの自宅から一番近く、当時も今も最もよく知られている。七歳の頃、まず、彼は聖歌隊学校へ通っていたと仮定してみよう。悪党が出没する恐れがないわけではないが、七歳にもなれば、寒い通りを駈け抜け、朝六時には学校に到着できただろう。七歳の子供の学校生活を最も生き生きと描いた場面は、私たちの期待に違わず、チョーサー自身が書いた「女

学校で授業を受ける少年たち
チェコ、ネラホセベス城図書館

子修道院長の話」の中にある。ラテン語の読み方を熱心に勉強し、喜んでもらおうとしていた「幼い少年聖歌隊員」(生徒)は、通学途中、道端の壁に飾られたキリストの聖母像の前にすすんで跪き、母親から教えられた通り、「アヴェ・マリア」を清らかな心で口ずさんだ。聖歌隊学校に着くとすぐに、授業の登録手続きがとられたが、手続料に二ペンスから三ペンス、それに、一学期ごとの授業料として四ペンスから六ペンスを支払った。[27] 校長は聖職者で、助教師が一人か二人で彼を補助していた。学習段階も様々なら、七歳から十四歳、それ以上の生徒百名から五十名で大教室はあふれていたが、校長はこの教室を口と鞭で支配した。生徒たちは三つの区画に分けられ、各区画はカーテンで仕切られ、四番目の区画は礼拝室に確保されていた。初学者は一区画に収容され、高学年は他の二つの区画に入れられた。学習内容は主としてラテン語の祈禱書を歌うことだが、カーテンで仕切られただけの教室での授業はとても騒々しかったので、学ぶのはそう簡単ではなかった。一方で、自習に飽きると、生徒はカーテンの向こうから聞こえてくる聖歌やすすり泣きに耳をそばだてた。授業中は用を足したりするのにも許可を求めなければならず、何かにつけ不安だらけだった。校長は背の高い椅子に座って、職務の象徴たる鞭(本ではなかった)を片手に握っていた。男の子たちがまわりを囲む形で

「七大罪」という考え方は決して曖昧でも抽象的でもなく、この絵に描かれている《貪欲》の女性像のように視覚像として擬人化された。感受性の強い人の恐怖心をあおって、美徳へ向かわせようと意図したのである。
ブリティッシュ・ライブラリ
(MS. Add. 28162, f.9v)

着席し、一人ずつ朗読するよう求められた。もし朗読ができなければ、そんな生徒こそ災いあれだ。冬の授業は、特に寒さが身にこたえた。もっぱら体を叩きあって暖まった。朝六時頃から八時まで、彼らはこつこつ勉強し、その後一、二時間ほど休憩して、朝食をとった。[28] 十時から昼まで授業に戻り、その後一、二時間ほど昼食の時間があり、再び授業に戻って、四時間も勉強した。チョーサーが描く「幼い少年聖歌隊員」は終日学校にいて、ひとりで食事をとるか、寄宿生と一緒にそこで食事をするかした。そして、ジェフリ少年も、多分、同じことをしていたのだろう。

彼は入門編の小さい本を使って英語学習を開始した。[29] まず十字を切ってから、大文字・小文字の並ぶアルファベットを通読した。こうした勉強はすべて家でも出来たはずだ。この入門書は写字職人がゴシック体の字体で手書きした二十ページ程度の小さな本で、その文字は、生徒のべとべとの指と塩辛い涙で少しにじんでいた。アルファベットの文字の次に、短い項目がずらりと並び、「主の祈り」、「アヴェ・マリア」、「使徒信経」、「十戒」、「七大罪」、「七大枢要徳」、「肉体の慈悲

むち打ち（ドーセット州、シャーボーン大修道院の座板持送り）

による七つの業」、「心の慈悲による七つの業」、「肉体の五官」、「心の五官」、「四大枢要徳」、「聖霊の七つの恵み」、「八福」（『マテオによる聖福音書』第五章）へまっすぐに通じる「愛徳の十六ヶ条」（『コリント人への第一の手紙』第十三章）、その後には、聖アウグスティヌスから採られた五つの要点とつづき、さらに、人が天国へ来ることを邪魔する七つの障害がつづき、最後に、聖アウグスティヌスから採られたさらに四つの教えで結ばれていた。この教科書はそれ自体賞賛に値いする教材で、慎み深く、規律ある、謙虚で愛情ある人生を送るための生涯設計図でもあった。ちょっとした間違いは別にして、チョーサーが過ごした人生もこの教科書どおりだった。一方で、無味乾燥な一覧表は、子供にとって興味も意味もない代物だ。たとえ学識ある人でも、教育の実効性に十分関心が及ばなかったので、教育目的で使われた手段が所期の目的を実際に達成しているかまで目が行き届かなかった。すでに十二世紀初頭、ギベール・ド・ノジャンはその自伝で、中世の教授法の残酷さと非実効性について自説を展開していた。当時も自分なりに教え方を工夫し、人間らしい良識ある先生もいたに違いないが、総じて、教育にたいする姿勢も教育に用いられる道具も、何世紀もの間、変わらないままだった。こうした機械的学習法は、子供の想像力に火をともすこともなかったし、彼らの好奇心に歩み寄ることもなかった。教材の等級分けもなければ、成長する子供の発育過程へも理解がなかった。子供は未熟な大人として扱われたのだった。

　ところが、十四世紀後半になって、ここイングランドでも、教育の場で使用される言葉が母語たる英語へ移行する有名な変革が起こった。チョーサー自身が確実に母語で学習したように、彼の「幼い少年聖歌隊員」もおそらく英語で学んだのだろう。十四世紀における英語発達という問題は非常に魅力的なテーマだが、ここではごく簡単にたどる程度にとどめたい。「ノルマン人征服」の影響は英語の価値を低下させることになり、その後の十二世紀、十三世紀、そして十四世紀初頭まで、ラテン語が学問、宗教、法律の分野の言語となり、一方で、宮廷や上流階級の人々はフランス語を話した。[30] ただ、その価値が低下したとはいえ、英語がまったく消滅したわけではない。「古英語」は王国の統治、技芸、幅広い思想を表現するための重要な単語すべてを失ったが、膨大な数の新語を吸収して、フランス語やラテン語といった支配言語と支配階級から英語を取り戻した。さらに、「古英語」は多様な語尾変化のほとんどを失ったが、ある点では語順を単純化してくれた。もちろん、「ノルマン人征服」前もそうであったように、当時の人々はこの言葉をただ「英語」と呼んでいたが、ここに姿をあらわし、以後発達しつづけるこの言葉は、今日、「中英語」と呼ばれている。「ノルマン人征服」直後から、社会の最上層部を除き、ほとんどの人々は揺籃期の自分たちの英語を使っていた。フランス語は見栄っ張りな人には価値を依然保っていたが、英語は着実に等級を上げ、チョーサーの詩が示しているように、イングランド王国の宮廷で使われる主要言語になった。アキテーヌでは、黒太子がイングランド人騎士には英語で、フランス人騎士にはフランス語を話した。イングランドで話されたフランス語、つまり、「アングロ・ノルマン語」は、その頃はもう一方言にすぎなかった。そして、チョーサー自身はこの「アングロ・ノルマン語」をかなり重宝し、『カンタベリ物語』の〈女子修道院長〉が使う「(ロンドン近郊の町)ストラトフォード・ル・ボウのフランス語」を茶化した。[六] チョーサーの英語には、フランス語やラテン語から借用された単語が沢山含まれ、彼がそうした単語を最初に使った人としてしばしば記録されている。彼の英語は、非常に新鮮で最新の言葉で、しかも、洗練されていた。それはロンドン英語であり宮廷英語で、英語の主要方言となり、そして現代の標準英語の原型となった。研究者たちによってチョーサー英語の再構築が試みられ、現在では、チョーサー詩を様々な音源で聴くことができる。(31)

国内の他の地域で使われる方言はかなり多様性があり、イングランド北東部の方言は、ノルマン人征服以前にこの地域を征服し、定住したデーン人や古代スカンジナビア人によって持ち込まれたスカンジナビア語をより多く含んでいる点で、他の英語の語形とは異なっていた。そこで、最新流行の語彙を使いながら、チョーサーが英語発達の最前線に再び姿を見せることになる。それとは対照的に、多くの英詩とそこに使われているほとんどの「英語」は、頭韻詩というあの大きい集合体だった。ところが、ラングランドの『農夫ピアズ』とガウェイン詩人による一連の作品を除けば、こうした頭韻詩は今ではほとんど無視されている。他の点でもそうだが、詩の面でも、チョーサーは、世上取りざたされているほどイングランドらしさの典型というわけではないのだ。

チョーサーは、なにがしかの学校教育を受けていたという点でも、さほど当時の典型ではなかったことに疑いの余地はない。しかし、もし彼が、家庭教師につかず、学校へ通っていたというのが事実だとすれば、彼も例の面倒なラテン語文法の勉学に励んでいたに違いない。裾の長いグレーの子供服と長靴下で身支度をととのえ、靴を履いて学校へ行っていたジェフリ少年の姿が目に浮かぶ。服の腰帯からは、ペン入れ(羽ペンもしくはペンを入れる鞘型ケースのこと)、ペン先をととのえるためのペンナイフ、インク壺(インクを溜めておくための栓付き牛の角)がぶら下がっていただろう。学校には、字を書き写すための蠟板と皮紙が備えられていた。(32)冬には、明かりをとるために蠟燭を持参しなければならなかった。英語の入門課程が終わると、彼は短い初級ラテン語文法、つまり、英語で「ドネト」と呼ばれたドナトゥスの『文法初歩《アルス・ミノール》』に取り組むよう仕向けられた。(33)

「ドネト」の次は、一二〇〇年頃にアレクサンデル・ド・ヴィラ・デイによって書かれた『ラテン語教授《ドクトリナーレ》』

聖書外典によるキリストの生涯に関する二つの場面（14世紀初頭に制作され、壁面にはめ込まれたタイル画）。左図は、イエスがヨルダン川の岸で穴を掘って遊んでいると、悪漢が棒でその穴を壊し、穴に落ちて死ぬところ。右図は、イエスがどうやら足蹴りで1人の少年をよみがえらせようとしたのを、聖母マリアがを戒めているところらしい。こうして学問のない農民たちもイエスの生活をまるで自分の家庭内のことのように生き生きと実感できた。

という名前のラテン語韻文によるラテン語文法課程だった。この教科書は総行数二、六五〇行、各行六歩格の詩脚で構成されていた。そして、少年たちは、暗唱できるようになるまで教室で繰り返し口ずさんだ。辞書もあるにはあったが、単語帳程度のものだった。ラテン語の単語は、各行の行頭の頭文字で分類されているが、アルファベット順に整理されたものではなかったので、探したい単語を見つけるのはひと苦労だった。チョーサーの子供の頃は、まだ、ラテン語とそれに対応する英語を参照できる辞典はなかったようだ。ラテン語の一般的水準が低かったことは驚くにあたらない。[34]それでも、ラテン語文法の授業はそれなりに楽しかったに違いない。なぜなら、「文法」にはラテン語の古典、特に、偉大なウェルギリウスとオウィディウスの作品学習と作文術の実地訓練が含まれていたので、好奇心にあふれる知性と想像力の広大な世界を切り拓いてくれたのだ。セント・ポール付属校の蔵書数は群を抜いていた。早い時期の校長ウィリアム・デ・トレシャントが一三二八年に個人蔵書を遺贈してくれたのだった。[35]彼の蔵書には、プリスキアヌスの上級者向け書物、語源辞典、論理学の書物、（十二月二十八日の罪なき嬰児《みどりご》殉教の日という学校行事の日に特別選抜された）少年司教向け説教集、自然科学書、法律書などもあった。そうした図書は子供向けではなかったが、校長の心の糧にはなり得た。チョーサーにとって意義ある糧となったのは、一三五八年にウィリアム・ラヴェンストーンがこの付属校に遺贈してくれた収集図書だった。数では先任者トレシャントの蔵書数を上回っていたが、蔵書内容としては同じような書物が含まれていた。しかし、想像力を駆り立ててくれるラテン語詩集もあって、チョーサーの興味を引きつけ、その痕跡は、彼の詩のいたるところに見られる。チョーサーお気に入りのラテン語詩人は、題材に生気があり、文体は小気味いいくらい華麗で、奇抜なオウィディウスだった。オウィディウスの『変身物語』は、愛や性や死をめぐる物語を収める一大宝庫だった。チョーサーは『公爵夫人の書』の冒頭で、読書する自分の姿を描いているが、その時読んでいた本がここにある。また、チョーサーの詩では、女性の輪の中でクリセイダが侍女の一人に本を朗読させているところを目撃されているが、その本はスタティウス作『テーバイド』だった（『トロイルスとクリセイダ』第二巻、84, 100-108）。いささか口の利き方も、行儀も悪い風刺詩人ユウェナリスのことは、二度ほど詩の中で名前だけを言及している。さらに、クラウディアヌスの『プロセルピーナの掠奪』も出てくるし、マキシミアヌスの『悲歌集』の調べは「贖宥証取扱人の話」にこだましている。何世紀も人気の教科書、テオドルス作『牧歌集』が、忘れた頃にひょっこりと『名声の館』の中で利用されている。もう一つ、大人気を博し、少なくとも、何世紀もの間一貫して使われてきた教科書で、ラテン語韻文の知恵を集めた諺集に、高名なカトーの『対句集』もある。私個人としては、博識のウィリアム・ラヴェンストーンがチョーサーの直接の恩師で、彼がチョーサーに自分の蔵書を貸し与えていたのではないかと考えたい。ウィリアムはオクスフォード大学やケンブリッジ大学に在籍していた形跡はないし、彼の文学的嗜好も、十四世紀の大学で育まれていたものとはまったく趣を異にしていた。

　ラテン語に関するチョーサーの知識は、あまり過大視されてはならない[36]。彼が言及するラテン文学や教科書への出典指示程度なら、数冊のラテン語名文選でもこと足りたはずだ。彼は流暢に、あるいは、きわめて正確にラテン語を読めたわけではけっしてなく、オウィディウスの作品にしても、可能ならばいつでもフランス語訳やイタリア語訳さえ参考にした。ただ、初期の作品の中では、積極的にラテン語を利用し、格調高いラテン語とその豊かな素材に取り組もうとする姿勢がはっきりしている。ある程度のラテン語教育については、学校教育と心が通い合った恩師から得たものだったに違いない。

チョーサーが身につけていたもう一つの教科に算術があるが、この点はどうも謎が多い。私は父親の方がむしろ熱心だったとにらんでいるが、息子も算術を積極的に、しかも、予期せぬ形で利用した。他の学科習得にくらべ、彼が算術を教えられていたことを裏付ける直接証拠はきわめて少ないが、間接的な証拠なら山ほどある。チョーサーが、自作の詩や（天文学で使われる道具にちなむ）『天体観測儀論』という科学論文の中で、天文学の知識を常に利用していることから明らかだ。数字を操作できなければ、とても天文学など実践できるわけがない。彼の父親は息子を法律家にして、あのトーマス・ピンチベクよろしく、金になる不動産譲渡証書作成の実務経験を積ませようとしていたかもしれない。当時の法曹界の大立て者ピンチベクをチョーサーは、『カンタベリ物語』の〈上級法廷弁護士〉の肖像を通して、やんわりと皮肉っている。ジェフリは算術の知識を科学の方面へ、特に、天文学研究へ振り向けたのだった。しかし、これは後の話である。

算術一般についてもう少し触れておかなくてはならない。なぜなら、この言葉は、当初考えられている以上に混乱しているからだ。[37]「算術《アリスメティカ》」は、古典文明の後も、「自由七学科」の一つとして生き延び、紀元後五世紀には「自由七学科」の知的活動へ体系化され、十七世紀までには大学教育の基盤を形成した。しかし、この「算術」とは、実際には、数の理論処理のことで、文化全般に広く影響を及ぼすことがほとんどない高度に抽象的な学問だった。ある数値を計算したり、その総計を算出したり、金銭勘定をするための実務的な技能が求められるようになった。そして、すでに触れた通り、十三世紀初頭、フィボナッチが重要な進歩を実現し、イタリアで重要な発展を見せたのはまさにこの分野だった。十四世紀教育界における「算術」の発達は新思想の一例で、抽象的、分析的、総合的思想を受け止めるための啓発能力の一部であった。そして、この能力は合理的で全般的な一貫性を目指し、都市と商業の発達に関係していた。数百年間、多くの人々は原始的な形でしか「算術」を知らなかったし、使ったこともなかった。「算術」は信仰心の篤い聖職者的気質の人たちからは疑惑の目で扱われてさえいた。カンタベリ大司教の聖エドマンド・リッチ（在位一二三四—四〇）をめぐる次のような逸話がある。オクスフォード大学の若き教師で、彼が「算術」の研究をしていた時のこと、亡き母が夢枕に立ち、彼女の右手で三つの円、つまり、父なる神と御子としての神と聖霊としての神という三位一体を表す円を描いた。母は、「我が子よ、これからはこの三つの図の意味を学びなさい」と教えた。「算術」、とりわけ、計算術への関心は世俗的関心によって刺激された。[38] 算術は有力な社会的武器なのだ。時代が下って十九世紀の英国では、上流階級の人々は読み書きの二つを貧しい子供たちに教えることを許可したが、算術だけは許可しようとしなかった。[39] 労働賃金の詳細な計算法を知ることになるからだ。算術は在俗上流階級の子弟教育にのみ許された特別な学問で、権力と管理と進歩の道具だった。算術へのチョーサーの興味は、彼が知的社会的進歩の

親が息子を学校へ連れて行くところ
色絵ガラス、ヴィクトリア・アンド・アルバート博物館

最前線にいた証しである。

チョーサーの時代、イタリアで使われていた「そろばん《アバクス》」という言葉は、イングランドではまだほとんど知られていなかった。これにあたる英語としては、「計算用小石」(augrim)とか「アラビア数字算法」(algorism)で、元々、アラビアの数学者で「アルグス」(Algus)、もしくは「アーガス」(Argus)として出ている名前のラテン語形に由来している。現在「線そろばん」と呼ばれているものが、「粉屋の話」では「計算用小石」(augrym stones)という表現で出てくる(3210行)。この道具は、勉強よりは色恋に熱をあげている学生ニコラスが天体観測儀一台、竪琴一台、書物多数とともに所有しているものだ。「計算用小石」とは、各一の位、十の位、百の位などを示す線、もしくはマス目を描いた布とか板に小石を置くことを要する計算器だった。この計算方法はイングランドでしっかり根付いていった。四角形のマス目や格子状マス目のある布地や板のことは、フランス語に由来する「エクスチェッカー」(exchequer)という名前で知られるようになった。国王の歳入を計算するために「エクスチェッカー」を使うことが、国庫管理の責任を持つ行政部局のひとつ、「財務府」(The Exchequer)という呼称につながった。「粉屋の話」のニコラスがオクスフォード大学の学生であることには重要な意味がある。というのは、十四世紀当時、数学、科学、天文学の分野が最も得意だったのはオクスフォード大学、なかでも、マートン・コレッジだったからだ。

チョーサーのどの作品にも算術に関連した専門用語が散見できるが、なかでも、『天体観測儀論』の中で、最もまとまった形で出てくるのは自然な成り行きであろう。この作品は、チョーサーが「我が子」と呼んでいる十歳のルイスのために書かれた。『天体観測儀論』の創作意図は、幼いルイスが天文学用道具の天体観測儀の使い方を教えてほしいと熱心にねだるので、この子に「数と比例に関する科学」を教えるというものだった。この少年はまだラテン語の素養が十分でないので、この作品は英語で書かれるとチョーサーは説明している。この論文が書かれたと推定される一三九一年頃の時点ですら、父親たるチョーサー自身を除いて、天体観測儀を教

各部品を示すために分解された
14世紀の天体観測儀
ブリティッシュ・ミュージアム

える教師を見つけることはむずかしかった。そのチョーサーも十歳の頃に算術について勉強をはじめたと思われる。

学校は勉強だけの場というわけではなかった。宗教上の祭礼を執り行う祝日も沢山あり、ロンドン市内の学校は、学校ゆかりの守護聖人の日に特別行事を催し、その際、手の込んだ弁論合戦が実施された[40]。各校出身の子供たちが、互いに雄弁を競い合っていたのだ。工夫されたあるテーマが提案され、進歩的な学者は、論理学や修辞学の腕前を誇示した。その際、彼らは、専門的な論理学（十四世紀のイングランドの大学はこの分野で名声を博していた）が詰まった大学討論という人気の方法を模倣した。あるいは、彼らは、精巧な叙述法、頓呼法、豊かで多様な文体、言葉のあややや趣向の工夫などを駆使して、修辞学の教えが薦める中身の濃い熱弁をうまく利用した。詩の優劣を競う歌合わせ、文法問題のクイズ競争などもあった。さらに、子供たちが韻文で校長先生や学校関係の有力者を物笑いの対象にして、下品な言葉をお見舞いし、皮肉たっぷりに茶化す腕前も競った。（これなど中世の祝祭には欠かすことのできない行事で）標的は、高位聖職者、大助祭、聖堂参事会長、大司教といった人たちだったことは間違いない。私たちは、人一倍敏感で、弁も立ち、観察力も神経も鋭敏で、時に舌鋒鋭いジェフリ少年がこうした行事で本領を発揮していたと想像することができる。彼には下品な言葉で悪態をつくこともないし、見境なしに当たり散らし、論理も神の言葉もねじ曲げてまで、言葉をもてあそぶような論争癖もない。ある論点のいずれの立場にも立ち、少しいたずら心を出して、相手を説き伏せる目的で、多彩な表現が一杯詰まった修辞法を駆使することもあったかもしれない。このいたずら心のおかげで、自分の技のすべてを尽くして、黒を白と言いくるめてしまうことも躊躇しなかった。私自身は、小柄で細身の、すべすべした頬をした少年が、いつも平穏で、時々切迫した状況になっても落ち着きはらっている姿を思い浮かべる。この少年には、遠回しで曖昧で厚かましい振る舞いもあるが、それとて非難されずに、彼らしい無邪気さとして弁護されるかもしれないし、案外、そうした振る舞いに込められた真意には、かなり露骨なものも混じっていたかもしれない。他の競技大会同様、言葉を競う大会にも聴衆がいて、ジェフリ少年の役者としての情熱が、そこに居合わせる大人たちの前で満たされることになった。聴衆の大人たちが反応する好悪の基準も、この少年と同じ程度で、子供っぽいところがあった。聴衆の顔ぶれは、多彩で、教養豊かな人もいれば、その他、世間のことはいざ知らず、読書量と情報量では、チョーサー少年に遠くおよばないといった大人たちもいた。貴婦人の聴衆も居合わせていた。うっとりしている母親もいれば、

何と呼ばれていたかは不明ながら、いわゆる「鬼ごっこ」の類の遊びか

声を出して笑っていいのか顔を赤らめていたほうがいいのか分からず、知らん振りを装うかわいい女の子たちも同席した。

十四歳の頃に人生の転機が訪れた。親の期待もあっただろう、張りつめた思春期特有の情緒不安定もあって、机上の世界だけでなく世の中のことも知りたいという様々な思いが交差するチョーサーの嗜好は、今やジェントルマンの子弟にとって栄達の確実な道、つまり、有力貴族の宮廷出仕へ向かった。チョーサーの父親は、息子のためにその道を用意してやれる立場にあった。こうして、ジェフリ少年は、アルスター伯爵夫人エリザベスの小姓になった。

第3章

宮廷の小姓時代

CHAPTER THREE
A PAGE AT COURT

「ジェフリ・チョーサー」という名前は、ある一家の会計簿断片（慣例どおりラテン語で記帳されている）の中にはじめて登場し、これが、未だ一人前にはほど遠いものの、我らが主人公を指すものであることはどうやら間違いなさそうである。この会計簿断片は、十五世紀に、誰かが会計簿の本体から切り取り、チョーサーの二人の弟子ジョン・リドゲイトとトマス・ホクリーヴの詩を一巻にまとめるにあたって、厚みを足すために利用された。会計簿は、アルスター伯爵夫人エリザベス家のもので、中身は一三五六年から一三五九年までの各年度の会計を記載している【補遺B】。

この記録によれば、一三五七年四月四日付でジェフリ・チョーサーに与えられた上着一着分の仕立代金四シリングが、アルスター伯爵夫人からロンドンのある上着仕立屋宛に支払われた[1]。この頃までの上着は、お洒落な絹製だった。また、黒色と赤色二色からなる何か（原文の該当箇所は判読不能だが、おそらく半ズボンと推定される）と靴一足購入代金として三シリングが支払われた。半ズボンの片方が赤色、もう片方は黒色で、紐で上着と結ばれていた。一三五九年に、上席従者とされるジョン・ヒントンなる人物は、九月十二日付で八シリング三ペンス相当の上着を与えられ、トマスという名前の小姓も、一三五九年のある時期に六シリング八ペンス相当の上着を受け取った。この記録から、ジェフリ少年は一家の中でも下級職

扉図版：
「天地神明に誓って、／あなたこそ我が生死の鍵をにぎる女王であらせられる。」――15世紀初頭、フランス、アラスで織られたタペストリーで、4人の求愛者が、たがいに競い合って、女性の慈悲を得ようと優雅な身振りで懇願する場面を描いている。

にあったことがわかる。なぜなら、この種の贈与は、着用者の体格というよりは、身分に応じて行われるのが習わしだったからだ（第四章、178頁以下を参照）。さらに、一三五七年五月二十日付で、チョーサーはロンドンで二シリングの支払いを受けた。またアルスター伯爵夫人がハトフィールドで過ごす予定のクリスマスに向け、同年十二月二十日にそれに必要な品々を購入するための代金としてロンドンで二シリング六ペンスの支払いも受けた（なお、この二シリング六ペンスという額は、彼の通常の日当とは別に支払われたもので、日当は三ペンスに食料等配給分を足した額だったものと推定される）。

エリザベス家の宮廷自体は、比較的小規模で、侍女が二、三人、事務官が一ないし二人、準騎士も一ないし二人、私室付上席従者が三、四人、小姓が二ないし三人、そして礼拝堂付司祭が一人という構成だった。つまり、総勢十人から十五人規模で、いつも全員がそろっているとは限らなかった。普段は夫であるクラレンス公・アルスター伯ライオネルの一家と行動を共にしていたようで、二つの家が一組になって、大きな城から城へと移動した。こうした城の中には、夫婦で所有するものもあれば、親戚の城もあった。たとえば、ハトフィールド城はジョン・オヴ・ゴーント所有で、彼は一三五七年のクリスマスをこの城で過ごしていた。ゴーントは、チョーサーとほぼ同じ年格好だったが、二人が友人だったとは考えられない。直接面識があったとしても、彼らの関係は親近感半分、他人行儀半分といったぎこちないものだっただろう（親近感があったとすれば、二人ともジェントルマンで、中世の宮廷は人でごった返していたので、様々な階層の人たちが互いに近づきになれたからだ。しかし一方では、王家の血筋を引く者と、たかだかジェントリの商家の子弟との間には、社会的上下関係の遠い距離があったのも事実だ）。ジェフリは小姓になると、宮廷での礼儀作法やしきたりについて、複雑多岐な約束事を身につけなければならなかった。しかしそうした行いや会話や身だしなみについての決まりごとこそが、宮廷生活の魅力を支えるものでもあったのだ。

ジェフリより少し年長の同時代人に、ジャン・フロワサールというエノー出身の筆の立つ詩人、年代記作者がいた。[2] その彼は、『愛のサンザシ』という詩の中で、若い頃の自分の生活ぶりについて自慢げに、理想化して描いてみせてくれる。子供の頃は遊びが大好きで、十二歳にしてもう、踊りに憧れていた。当時の踊りは、集団で歌に合わせて身振りをつける円舞だった。彼は旅回り楽人たちの演奏を聞きたがり、奇妙なことに、鷹や猟犬を好む人々の輪にも加わったようだ。フロワサール少年の変わらぬお気に入りは女の子たちで、(今どきのものよりずっと可愛い)ブローチの贈り物をし、リンゴや西洋ナシも届けてやった。そして、彼はいつの日か本物の恋をする日を待ち焦がれていた。そして、彼もラテン語を身につけなければならず、先生からしばしば殴られることもあったし(いつの時代も教育に体罰はつきものだ)、他の男の子と喧嘩をすることもあったが、女の子に花束を贈る準備だけはおこたらず、その時が至福の時だった。読むことを覚えると、彼は好んでロマンスを手にとった。季節は春、美しい髪の娘が一人でロマンスを読んでいるところに出くわし、とうとうその娘に恋をしてしまう様子についてのなかなか魅力的な話もある(身分の高い当時の若い女性には、正式な教育を受ける機会はなかったが、文字を読むことは普通にできた。ただし書くほうとなると話は別だが)。彼と女の子は代わるがわる本を読み合った。後になって、彼女の方から別のロマンスを貸してほしいと頼まれると、彼は、その本を渡す際、彼女を恋い慕う想いを綴った恋愛詩一編をそっとしのばせた。二人は、時々五、六人の友達の輪の中で過ごし、笑い戯れ、おしゃべりをし、とれたての果物を食べることもあった。しかし、結局のところ、すべてはあだ花に終わった。しかし、喧嘩と恋愛は人生の喜びと栄誉の源というわけで、フロワサールは、恋愛こそ若者の成長の糧、人生の豊穣の初穂だという格言をもって、道学者気取りで率直に締めくくっている。愛は人を礼儀正しく、有能にし、かつ、人の悪徳を有徳へ変える。これが時の教えだというわけである。

もう一人、チョーサーよりずっと年下のフランス人作家、アントワーヌ・ド・ラ・サルは一三八六年頃に生まれ、ある貴公子の教育係として仕えた廷臣だが、『若きジャン・ド・サントレ』という散文ロマンスを書いた。このロマンスには、一見、矛盾する調子や態度が奇妙にまざり合うゴシック的要素をはらんでいる。ド・

ラ・サルはあまり積極的ではなかったが、チョーサーは、矛盾した要素をそのまま並べて配置するという当時の先端様式をゴシックという「両義性の芸術」の中に取り込んだ。ただ、『若きジャン・ド・サントレ』では、寡婦になった一人の貴婦人が、思わせぶりな態度で年端もいかない小姓「若きジャン」を誘惑し、最後は、彼を裏切って愚劣にも、修道院長との情事に溺れていくという、いかにも現実にありそうで、魅力的な話が作品の中核を構成している。最後の修道院長との情事などは、チョーサーの「ジェネラル・プロローグ」に描かれる〈修道士〉を彷彿とさせる。サントレ少年の物語は、私たちがチョーサーの人生の細部をある程度再構築するのに役立つ具体像を提供してくれる。サントレは非常に感受性の強い、未だあどけない小姓で、食卓ではすべての人々、特に、貴婦人に誠心誠意仕えた。年は十三歳で、小柄で痩せてはいるものの、馬術の腕は確かで、歌や踊りや徒競走、跳躍、テニスも得意だった。さらに特筆すべきは、彼が心根のやさしい礼儀正しい少年だったということだ。若い寡婦の方は、どこかの若い準騎士を自分の愛人として有名人に仕立てようと考え、結果、小さいサントレに白羽の矢を立てた。彼女は少年を自分の部屋に呼び寄せ、ベッドの足元に座ると、まごつくばかりの彼を自分と侍女たちの間に立たせた(3)。「お前が自分の恋人に最後に会ったのはいつなの。さあ、言ってごらん」と彼女は少年の答えをせまった。彼は情況を飲み込めず、目に涙をいっぱい溜めていた。侍女たちはみなだめすかして、なんとか彼に答えさせようするが、少年は腰帯のふさを指に巻き付けてもぞもぞするばかりで、一言も口が利けなかった。どうしていいか分からないまま、ようやくサントレ少年は、「僕が一番愛している女性という意味でしょうか。それなら僕の母です。次が姉のジャクリーヌです」と告白した。「まあ、なんて臆病な騎士なのかしら」とこの貴婦人は、怒ったふりをして言葉をつづけ、ランスロ殿にゴーヴァン殿にトリスタン殿、その他の著名な騎士たちにしても、彼らが愛に仕え、愛する女性の引き立てがなければ、どうしてあれほどの手柄をたて、名声を勝ち得ることができたでしょう、と問い返した。すっかり途方に暮れ、悲しみにうちひしがれた少年はやっと退出を許され、女たちは笑い転げて楽しんだ。寡婦を少年の

「はじめてチェスの対局をしたアタラスよりも彼女のほうが
巧みに駒をすすめた」フランスで制作された象牙の鏡入れ
ヴィクトリア・アンド・アルバート博物館

恋愛の指南役として話が進んでいく。そして作者はここぞとばかりに、宮廷での礼節に関する教えの数々を、十戒やら、暴力や流血沙汰を慎む必要性やらを含めて、大々的に開陳してみせる。その結果、雄々しく勇敢な騎士たれという忠告からわずか数ページ離れたところで、「剣に生きる者は剣に滅びる」といった戒めが引用される。二律背反のきわめて奇妙な同居だ。「サントレ少年」に恋した寡婦は、彼のことを「息子よ」と呼んでいるが、衣装を買うための金銭を渡し、さらに、胴衣、赤色と茶色の靴下二足、上質の亜麻製シャツ四枚、ハンカチ四枚、靴、そして、底を高くした靴なども贈っている。

こんなことが三年間つづき、少年は十六歳になった。そこで寡婦は、彼が、小姓の役目だった肉を切り分ける技術も十分身についた年齢になってきたのだから、身分を小姓から準騎士に昇進させてやらなければならないと考えた。二人はしばしば密会を重ね、言葉を交わし、口づけをする機会を持つようになってもいた。寡婦は王妃にジャン・ド・サントレの昇進を願い出て、王妃は国王にそれを仲介した。国王は、少年が昇進に値すると聞いていたので、その願いを聞き届け、家令にたいして昇進手続きを命じた。

それを受け、家令はただちに少年を国王付肉切り分け担当準騎士に取り立て、王室負担で、馬三頭と召使い二人を抱えることを許した。少年が他の小姓たちとそれまで共有していた部屋に顔を出すと、小姓頭《かしら》の準騎士に心からお祝いの言葉を掛けられる。小姓頭は他の小姓たちに向かって、お前たちが浮かれ騒いでトランプやさいころに溺れ、居酒屋に入り浸っているのにひきかえ、サントレはいかに立派だったことか、とお説教をぶつ。お前らときたら、鞭で折檻したところでさっぱり効き目がなかったじゃないか、と。

サントレは、オートバイを欲しがる今どきの男の子よろしく、馬を欲しがっていたのだが、寡婦が多額の購入代金を届けてくれたおかげで、寝る間も惜しんで乗馬に没頭できた。彼女は彼に口づけと金銭とおびただしい助言を恵んでやった。助言は、宮廷でかく振る舞うべし、ローマ人の戦果を記述した歴史書を読むべし、彼女への想いの証しとして腕輪を着用すべし、といった内容だった。彼女への愛が、少年からのお返しだった。その後も助言はつづき、さらに金銭的支援の中身も、夕食後の舞踏と歌唱付大宴会を開催するのに必要な経費にまで及び、豪華な贈り物も途切れなかった。その宴会に列席したのは高貴な紳士淑女、騎士、準騎士、パリ正市民とその妻たちといったお歴々だ。最後に、サントレは愛する女性への敬愛の気持ちから、馬上槍試合を求めて遍歴の旅に出る。ここからはチョーサーの生涯から離れることになるので、私たちはもう彼の後を追う必要はないだろう。

奇妙で、芸術性にも欠けているが、大衆受けしたこのロマンスは、現代の私たちに宮廷生活を実感させてくれる。宮廷に関わる小姓たちの職責、彼らの余暇や娯楽などについて思いをめぐらせつつ、私たちはジェフリ少年を彼ら小姓たちの集団に置くこともできるだろう。その集団は、年齢は十二歳から十代後半までの少年たちからなり、中には召使いとして働く者もいれば、学校へ通う生徒もいるし、同じ身分の者もいた。彼らは皆、宮廷生活を一から学ぶ見習い奉公で、やがて出世階段を一段一段昇り、いつの日か廷臣や騎士になることもできた。他の中世の団体とは異なり、宮廷の基調は、貴婦人の存在によって影響を受け、立身出世にはじまり、名誉、武勲、信仰上の功徳、金銭上の利得、善行といった糸口を得るにも、男女の性愛が複雑に絡みあっていた。『若きジャン・ド・サントレ』の寡婦の場合、結局、彼女は修道院長との恋に落ち、性的関係まで持つことになるが、その事実はこっそり暗示されるに過ぎない。一方で、彼女とジャンの二人が愛を育んできたはずの十六年間、言葉の正確な意味で、彼らが本当の恋人同士だったかどうかは暗示すらされていない。ここでは、道徳の善悪ではなく、行儀作法の善悪が問題なのだ。性愛は、いわば、男と女を互いに引きつけ合う引力のようなもので、全能の力を持っているが、目には見えない力というわけだ。寡婦は、本来、別々に存在していてもおかしくない複数の役割を一人で兼ねている。彼女は妻になろうと思ってはいないが、パトロン、友達、愛人という一人三役を演じているのである。

私は、ジェフリ少年がサントレと同じような運命をたどったと言いたいわけではない。そうではなくて、フロワサールの面影を漂わせるこの種のロマンスは、私たちに往時の宮廷生活の内部基調や魅力をある程度再創造することを可能にしてくれる。アルスター伯爵夫人エリザベスがジェフリを誘惑しようとすることはなかっただろうが、彼女はある程度までパトロンだった。また、彼のまわりには他の貴婦人もいたし、やはりサントレのように、誰かの個人的推挙でチョーサーの昇進の手続きがとられたことも間違いない。

ジェフリ少年は、フロワサール、あるいは、サントレよりはるかに複雑な性格だった。彼がそれまでつちかってきた知的、文学的嗜好は、誰よりも彼の内面で激しく燃えていた。彼は、時々途切れることもあったが、深く伝統的な信仰心を持っていた。こうした感受性の強い心に、信仰の話題が恒常的に繰り返されれば、否応なく何がしかの行動や反応を促さざるを得なかった。『公爵夫人の書』が、人の死を扱う世俗的で宮廷風手法において幾分際立っているとすれば、それはこの作品が、チョーサーのもう一つの作品『ABC』と同じ時期に書かれているということだ。その『ABC』はよく工夫された宗教作品で、フランス語から翻訳され、聖母マリア崇敬を題材にし、各連《スタンザ》の冒頭がアルファベットのABC順に始まるという趣向になっている。その信仰は旧来のものだが、作品に描かれる誠実さに疑義を差しはさむ理由はない。宮廷生活そのものが信仰に満たされ、特に、聖母マリアへの信仰遵守と共感という点でそうだった。

いずれにせよ、フロワサールやアントワーヌ・ド・ラ・サルのような皮相的な性格とは異なる人間にとって、結果として、宮廷生活の中では、あらゆる大きな緊張を強いられる可能性があった。聖なる物に備わる美に応答する想像力は、同時にまた、美に備わる聖性に情熱的に感応することはよくあることだろう。ただ、聖なる物と美とは互いに反発しあうことがよくあった。女性の美しさは危険な性衝動とぶつかった。言語への愛も同様に疑わしいところがあった。キリスト教教会の歴史は、私たちに、聖ヒエロニムスや聖アウグスティヌス以来、信仰の天才たちは言葉への愛を否定するということを示している。一〇五三年から一一四六年まで生きていたギベール・ド・ノジャンにまつわる興味深くも尋常ならざる自伝の中で、まったく同じ趣旨の話しが繰り返されている。精神性の深い人によく見られることだが、彼も母親への傾倒ぶりについて語り、学問百般をたしなむが、特に、文学を愛好し、いかに熱心にオウィディウスを読んだかについて私たちに話してくれる。その話しぶりは、まるでチョーサーかミルトンのようだ。ギベールは自伝の中で、若い頃、愛の詩――今にしてみれば卑猥な言葉だと彼は言う――を書いたが、こうした若さにまかせてほとばしり出る言葉は下品で下劣な作品だと告白している。フロワサールは上級聖職者だったが、宮廷のしきたりに染まった彼はギベールのような悩みとは無縁だった。美への愛と聖なる物への愛との間の緊張関係は、フロワサールのような聖なる信仰をあきらめた人たちより、この世の美を捨てた人たちにとってより一層大きいようだ。そして苦悩と、おそらく報酬も、この世の美を捨てる人たちにとってより一層大きいようだ。もし彼らがいやしくも歌を歌いつづけていれば、彼らには、たとえ悲しみが深くても、情感豊かな歌が残る。ギベールは、自分が書いた詩のおかげで、言葉の刃が己の魂を刺し貫いた、だからもう無用で愚かな言葉の研究を捨てたと告白している。[4]

十四世紀には、これほど己に厳しい態度をとることは容易なことではなかったし、世俗世界にしっかり根をおろしたチョーサーには土台無理な話だった。自分で言っているように、チョーサーは、若い頃「歌唱集に、愛欲の集など、ずいぶん沢山」作った（「教区司祭の話」、1087行）。一三九〇年に、同じ時代を生きていた有徳の人士ジョン・ガウアーが、青春の真っ盛りに数々の詩や明朗闊達な歌を作り、それらでこの国全体に満たしてくれたチョーサーを「ヴィーナスの詩人」と呼んだ。【一】若いチョーサーにとって、愛の物語は心を浮き立たせ、愛の美しさと楽しさは一度試されるべきだし、味わってみるべきものだった。そして、それを修了した後でも、多種多様な浮世の興味はまだまだ探求されるはずだった。そうした浮世の興味には、科学や歴史や哲学を探求する精神の旅も含まれ、それは精神の旅と表裏をなす肉体による不断の旅以上に、詩に豊かな実りをもたらしてくれるのだ。宮廷という場は、名誉というものに進んで示される敬意や、この世ならざる魔力への憧れゆえに魅力があっただけでなく、達成感への欲求、この世の美や驚異を楽しみたいという欲求にとっても魅力があった。チョーサーがわが身を立てる道を求める場として、宮廷以外にどのような場所があり得ただろうか。彼は自分から関心をもって教会、裁判所、軍隊、商店など、いずれも宮廷のすぐ近くにあったとしても、そうした場を選ぶことなどあり得なかった。かといって、彼が無邪気な動機で宮廷を選ぶこともあり得なかった。例によって相反する二面性があるが、彼なりに宮廷のしきたりを守るにあたり、愛には哲学で、性愛には皮肉交じりの喜劇で、美には喪失感と苦悩で味付けされた。彼は快楽を軽蔑することができなかったし、艱難辛苦の日を送ることもできなかった。ところが、とどのつまり、人生の最後の最後になって、『カンタベリ物語』末尾の「取り消し文」で、彼はギベールと同じ挙に出て、あろうことか、自作の明朗闊達な詩も愛欲の歌曲集も全部罪深いものと断じてしまったのだった。

　チョーサーが宮廷入りを果たすのは一三五四年から五六年にかけてのことで、年齢としては十四、五歳だったと推定される。同期の仲間にジェフリ・ド・ステュークリという、私の勝手な想像かもしれないが、あまり目立たない少年がいて、彼の経歴は相当長い年月にわたってチョーサーの経歴と重なるところがある。裕福な商人の子弟が宮廷で勤め口をみつけることはよくあることで、ほんのわずかな労働と時々不安にかられる良心を犠牲にすれば、宮廷は贅沢な品々や文学、女性にたいする嗜好を満足させてくれた。

ジェフリ・チョーサーは小柄で陽気な若者で、物静かな時もあれば、快活な時もあり、わりと気分屋なところもあったが、不機嫌になることはめったになかった。これが、私の想像するチョーサーの姿だ。ぼんやりしているような時でも、頭はきわめて活発に働いていた。彼は英語ロマンスや、マショーとフロワサールのフランス語最新作の読者であり、同時に、そうした作品におとらず、フランス語版『薔薇物語』にも没頭していた。彼は乗馬も得意だったようだが、馬上槍試合のような肉体的苦痛を伴うようなスポーツや、槍で的を突くといった屈辱的な武芸にはあまり身が入らなかった。というのは、槍で的を突く競技は、水平に伸びて回転する角材の一方の

みなが踊りに合わせて歌を歌い、楽しげに踊り戯れ、何度もくるくる回り、緑の草の上で跳んだり跳ねたりしている。モンペリエ大学医学部図書館（H196 f.88r）

先端に的があって、それを馬の背にまたがったまま槍で狙う競技で、的に当ててもうっかりしていると反対側の先端部も同時に回転して背中を直撃することがあるのだ。それでも、騎士道精神や勇壮な戦さにたいして、人並みに敬意を払う礼儀はわきまえていた。彼の中には、人生の楽しみが湧き起る泉とでもいうべきツボがあって、女性の魅力にすばやく反応し、性的関心も旺盛だった。最初、チョーサーは若いトロイルスより、おそらく、サントレ少年に近く、何事にも熱心で人付き合いもよく、世間知らずの子供だった。トロイルスも世間知らずだが、恋愛や女性にたいして半ば小ばかにし、半ばこわがるといった臆病な子供っぽさがあった。弱みをみせずに口を真一文字に結んでみても、宮廷の誰も感心してくれない時、チョーサーの愛想の良さが気短な性格と釣り合っていたのかもしれない。

　宮廷の貴婦人が常に周囲にいたし、彼女たちがひとりで孤立していることはめったになかったが、私が想像する理想家肌のチョーサーのような少年にとって、手の込んだ複雑な礼儀作法は、宮廷内での男女交際から彼を遠ざけたかもしれない。現実の宮廷では男女の距離は近いが、想像力の中に適度な距離を設定しておくことが、かわいい娘と情熱的な恋に落ちることを自制させる安全弁になる。結局のところジェフリ少年が激しい恋もせず、明朗闊達な歌を悲しみに変えることもしなかったと想像することは不可能だ。幾度となく恋し、恋に破れたことがあったのだ。気まぐれで浮気心の時もあっただろう。もっとあり得るとすれば、トロイルスのように、女性にたいする強迫観念だけが最後に残ったかもしれない。トロイルスの苦悩を描けるのは、チョーサーのように、みずからその深刻さを経験したことのある人だけだ。初期の詩で、チョーサーは自分を恋愛下手として描いている。こうした描き方自体は当時の詩の常套だったが、実際そうであったとしても不思議はない。『トロイルスとクリセイダ』といった後期の作品では、恋愛下手がさらに高じて、愛から完全に遠ざけられた部外者になってしまう。現実にはあり得ないことだろうが、恋愛下手だという心理が事実として執拗に描かれると、この事実を無碍に拒むことができなくなるようなところもある。おそらく、そのチョーサーだって、結婚前も結婚後もフィリッパのことを愛していたが、ほとんどの人は、そしてとりわけチョーサーこそが、一皮むけば別の顔をいくつも持っているのだ。私たちにも多様な人生があり、多様な生きる姿勢があり、すべてが互いに両立するとはかぎらない。それでも、チョーサーは愛から喜びも悲しみも学習していたことは確実だ。

話題を、恋愛から性愛に移してみると、貴婦人ならいざ知らず、宮廷世界の男たちに性道徳などほとんど期待できなかった。売春婦が沢山いたし、軽はずみな娘も大勢いて、若い男たちも両方を適当につまみ食いをしようとしていた。ところが、英語ロマンスに登場する多くの主人公同様、トロイルスは、クリセイダに恋をし、彼女の愛を勝ち取るまで一線を踏み越えることはない。彼がクリセイダの恋人になると、今度は自分が彼女の夫だと思い込むようになる。トロイルスにはクリセイダ一途といった強迫観念にとりつかれ、その分、死ぬまで誠意を尽くし、思い込んだら命がけといったところがあることがはっきりしている。私たちはチョーサーの人柄をいかにカメレオンのように気が変わりやすいと想像しても構わないが、その彼にも、若い時分は、トロイルスのようなところがあったに違いない。これほどトロイルスに共感できる想像力が、性にだらしない野獣のような人間に宿るとは考えにくい。ただ、チョーサーにも、この世を見下すようなユーモア、悲しさへの共感、鬱々とした物憂い気分など、バイロンと共通する性格が多く見られる。バイロンが、そういう人だったことを私たちはよく知っている。チョーサー自身は、バイロンほど悪魔的に見えないし、シェリのように、情熱的なまでに自我にこだわるということでもなさそうだ。しかし、情け容赦ない二人の貴公子は、ロマン主義誕生はるか以前、チョーサーの作品にはまだその伝統が欠落しているため、どう表現していいかわからなかった彼の中の一面を多分代弁しているのだろう。宮廷の性道徳には節度がなかった。国王も国王の息子たちもみな、結婚前に愛人がいたし、結婚後も愛人がいることがよくあった。ベアトリーチェへのダンテ、ラウラへのペトラルカなど、偉大なイタリア人の一途で高邁な愛でさえも、他の女性に私生児を産ませることを押し止めることはなかった。

チョーサーとの比較ということであれば、バイロンよりは十七世紀のサミュエル・ピープスのほうがわかりやすいかも知れない。少し小粒だが、ピープスもまずまずの家柄の出だった。彼は王室の中心から最も離れた外縁から着実に出世して、海軍省の特別任務にたずさわり、国王の厚い信任を得る地位に就くまでになった。ピープスの『日記』は、本質的に中世的性格を残すイングランド宮廷を一人の男の目を通して見た非常にすぐれた観察である。彼の中にある効率性への欲求、会計処理能力（ここでも計算力が問われるのだが）、歴史と科学への関心、現実主義、強い好奇心と自意識が彼を近代人へと大きく育ててくれた。ピープスが力を注いだ対象は海軍省の仕事と日記付けで、チョーサーの場合は宮廷の仕事と詩作という違いはあるが、ピープスの性格とチョーサーの作品から導き出すことができる性格は驚くほど似ている。ピープスは、チャールズ二世の淫乱で自堕落な暮らしぶりに衝撃をうけ、宮廷全体を女性にだらしない腐った社会にした原因の大半を、性に溺れるあまりみずからの責務をすっかり忘れてしまっているチャールズ二世のせいにした。ところが、そんなピープス自身はといえば、妻と結婚した時には、彼女への愛に、文字通り吐き気がし、結婚後は、たとえ秘密であれ、破廉恥なほど熱心に女性店員や女優の尻を追いかけていた。彼は非常に性欲の強い人で、女性の魅力にすぐふらりとなり、日記の中で若い頃の愛人の一人がなかなか応じてくれないのを「半ば力ずくで」うんと言わせたことを書き留めている。ここで私たちには、中年にさしかかった一時期、チョーサーが強姦罪（もしくは婦女誘拐罪）で告発され、放免された事件が思い出される。【補遺K】ただ、ピープス自身、少年、青年時代から放蕩にふけっていたわけではないだろうし、チョーサーもまたそうだった。チョーサーの小姓時代、たまの休みに息抜きではめをはずしたことはあったにしても、彼がいつも喧嘩にあけくれ、さいころやトランプの賭博好きで、居酒屋に入り浸りだったと信じる人は誰もいないだろう。

小姓は、伝統的に教育訓練を受ける境遇と見なされた。徒弟同様、奉仕をする側で、同時に、少なくとも理論上、訓練を受ける立場だった。最古の英語ロマンスの一つ『ホーン王』の中に、少年たる者が、いかに宮廷で教育されるべきかを描いた有名なくだりがある。王室家政を仕切る最高責任者の執事が、ホーンに狩猟と鷹狩りの手ほどきをするようにという命令を受けている。[5] あわせて、竪琴奏法、歌唱法、御前での肉の切り分け方、酒杯の出し方なども教えるように命じられている。これは十三世紀の様子を伝えるものだが、『ホーン王』の元になるフランス語詩からほぼ二百年後に、こうした教育に関する内容でほぼ全編埋め尽くされたロマンス『若きジャン・ド・サントレ』にいたるまで、宮廷での「小姓（または準騎士）の教育」はロマンスで使い古されてきたテーマだった。初期のロマンスでは、狩猟、鷹狩り、（模擬戦として）馬上槍試合といった戸外での肉体の鍛錬が力説され、また、屋内の訓練として、国王や主人の前で肉を切り分ける作法や酒杯の出し方など、宮廷での奉仕作法が強調された。チョーサーの時代になると、重点は宮廷の美徳たる「慇懃な物腰」に移り、その礼儀作法が躾けられ、他人への気遣いに関係して、あまり卑屈な媚びと誤解されない、敬意の払い方が教えられた。この時代、有力者の子弟といえども、宮廷では両親や年長者たいしてこの種の奉仕が強制された。小姓の身分にある者ならば、物を取ってきたり、運んだり、チェス盤を準備し、使い走りなどをして、他の方法でも自分を有能な人材であることを示す必要があった。

十五世紀イングランドでは、小姓や準騎士という身分のチョーサーが受けてきたような指導内容も、すでに書き尽くされ、種切れになっていた。この種のすぐれた指導書をあげるとすれば、ジョン・ラッセルの『実地養育指南書』がある。[6] 彼は敬虔な誓いから始め、この指南書の目的は、無知だが、意欲ある若者に美徳と技を説くことだと宣言する。それから、「陽気のいい五月の季節に」、気晴らしに、森の中を歩いていた時の様子についてもっともらしい話をこしらえる。その森で一人の痩せた若者に出会い、よくよく話を聞いてみると、この若者は失業中で、哀れな身の上であることがわかる。ラッセルは彼を教育してやることを申し出て、「召使いになりたいのか、それとも農夫、人夫、廷臣、事務官、商人、石工、細工人、私室付従者、使用人頭、食料係、あるいは肉切り分け係なのか」、一体何になりたいのかと尋ねる。多様な職種の中から、最後の「使用人

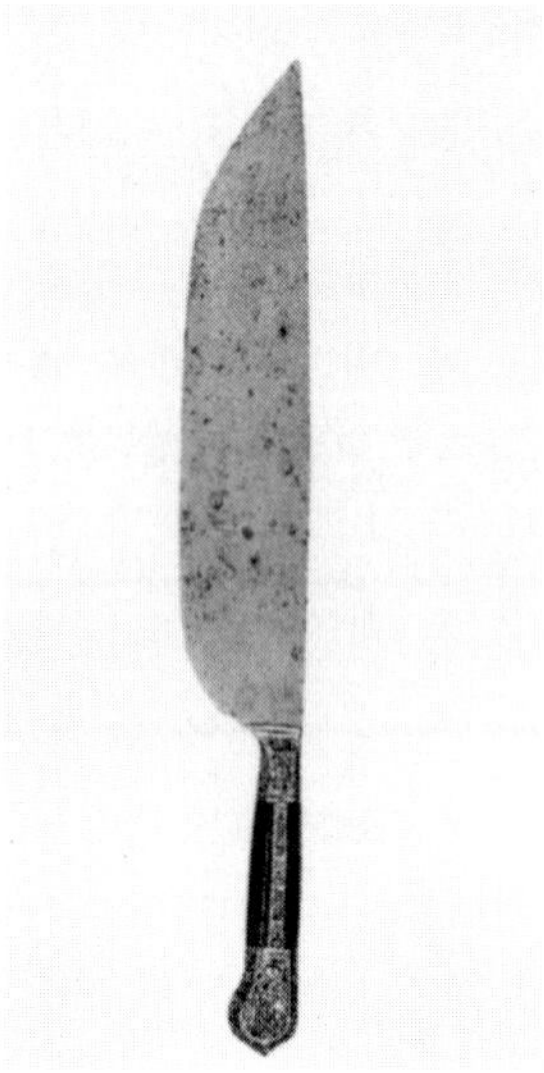

肉を切り分けるナイフ
柄はエナメル製で、ブルゴーニュのフィリップ善良公の紋章入り
ロンドン、ウォレス・コレクション

頭、食料係、あるいは肉切り分け係」という仕事について勉強することが最もこの若者の意に叶うことになる。有徳の人士ラッセルは、すぐに彼に向かって、神を愛し、先生に忠実に従うよう簡単な言葉で戒めた後に、畳みかけるように細かい内容に入り、使用人頭たる者は、よく研いだナイフを三本用意し、一本はパンの塊を切るため、二本目は切ったパンの耳を取るため、三番目のナイフは「小皿代わりの固パン」を形よく角形に切るために、使い分けなければならないと教える（切り分けたパンのことは「皿《トレンチャー》」と呼ばれたが、このパンは食べる前に脇皿として使われていた。ラッセルによれば、国王には焼きたてのパンを供されるべきだが、焼かれてから四日目のパンは「皿」の代用として使われるべきだというのだ）。微に入り細にわたる記述はなかなか面白いし、野心満々の論文より、ある意味では、こうした細部のほうが人を中世後期の生活へ一層近づけてくれる。ラッセルの具体的な細部が、この作品を生き生きと、豊かで、身近なものにしている。ほとんどはまったく間違だらけだが、便秘の原因となる食べ物についてもあれこれ忠告をしている。ジェフリもこの種の養生訓を聞かされていただろう。彼は、「イポクラス（Ypocras）」（という銘柄の芳醇で辛口のワイン）を作る方法、そして、テーブルクロスの掛け方や食卓の整え方などもある程度伝授されていたに違いない。[三] さらに、子供を諭すように繰り返される忠告もあった。「からだを掻くべからず、鼻をほじくるべからず、鼻をたらすべからず、大きな音をたてて鼻をかむべからず、下着に手を入れて股間を掻くべからず（ラッセルの言い方は単刀直入だ）、嘘をつくべからず、しゃっくりをするべからず、舌で皿をなめるべからず、あくびをすべからず、ゲップをすべからず、うめき声をあげるべからず、

ドタドタ音を立てて歩くべからず、貧乏揺すりをするべからず、歯をほじくるべからず。何時いかなる時も放屁厳禁、などなど」。さらに、様々な種類の食べ物の切り分け方と出し方、次に、豪華なご馳走の出し方が伝授され、紙などで制作され、芸術的工夫とでもいえる食卓用飾りに関するコツも教えられた。彼は私室付従者心得についても聞かされたかもしれない。私室付従者たる者、勤勉、清潔、正装たるべし。私室付従者たる者、主人の身の回りの世話をし、暖炉の側で、いろいろ気遣いをしながら、主人の着付けを手伝い、ベッドの準備をし、服をたたみ、ブラシをかけ、夜が来たら主人の衣装を脱がせてやり、髪の毛を櫛でといてやり、シーツを裏返し、ベッドのまわりにカーテンを引き、犬と猫を追い払い、洗面台と便器を用意し、夜の灯明に用心して火をともし、呼ばれたらいつでも馳せ参じる態勢をととのえておくべし。

　私は、チョーサーには万事この種のことが退屈だとわかっていたに違いないと思う。彼は読書好きで、思索にふけり、各地を旅し、社交好きな人で、決して主人の衣装をたたみ、下《しも》の世話係で終わるような人ではなかった。過去の日常生活の一端を直接目の前に彷彿とさせてくれるということでは、こうした細かい指示すべても、私たち（もしくは、少なくとも、私個人）の興趣をそそる。ラッセルの本については、過去から伝承された指南書として、チョーサー自身も楽しみながら読んでいただろうと私は考えている。しかし、日々の決まり切った単調な仕事をするよりもっと面白いことがある。同じ指導でも、礼拝堂付司祭から受けるラテン語や天文学の指導、あるいは、小姓たちの面倒を見る準騎士とか小さい宮廷に仕えるかなり博識の貴婦人などに手ほどきしてもらって、マショーの近代的フランス語詩を読む指導であれば、チョーサーもおおいに身が入っただろう。これでチョーサーの小姓教育の修了課程というわけではなかったが、何よりフランス人事務官兼詩人兼音楽家ギョーム・ド・マショーの詩をチョーサーが知り得たことは、この教育の成果としていい[三]。

　チョーサーが受けた教育で、アルスター伯爵夫人エリザベス家での任務以上に深い影響を与えた教育の一部は、実地教育と象徴性を理解させる教育だった。つまり、大広間での着席位置を地位身分に応じて序列することだった。最高位の位置はローマ教皇の席で、ついで各国国王、大司教とつづき、騎士、小修道院長、ロンドン市長もしくは市長経験者、上級法廷弁護士、各学問分野の教師、教区司祭、商人と裕福な腕利き職人、さらに、身分としては準騎士と同等扱いになるジェントリ層の男女へと降りてくる。細部まで複雑な区別とそこから派生したいくつかの変種もあるが、面白いのは、『カンタベリ物語』の巡礼者紹介一覧の順番もこうした序列化の痕跡をはっきり留めていることである。〈騎士〉が紹介一覧の冒頭にきて、誰の目にも卑しい連中が後の方で紹介され、最後に、詩人チョーサー自身がくる。詩人チョーサーは巡礼一行の配置と各人の身分の序列が一致しないことを弁解しているが、当の彼自身も、序列をしつけられてきた彼の最初の聴衆たちも、序列の混乱は一服の清涼剤、ピリッとした辛口の風味であり、楽しみを盛り上げるためになされたものだということを十分承知していた。大ホールを仕切る儀式係は、準騎士の役回りだったようだ。「貿易商人の話」にジャニュアリという裕福な資産家の騎士が出てくるが、その一家を差配する大ホールの儀式係が準騎士だった（1930行）。というわけで、チョーサーも当然ながら式次第の進め方を心得ておく必要があった。ところが、繰り返しになるが、チョーサーはそういうことに積極的に力を注ぐ行動派の人、つまり、気配りができても、毅然とした振る舞いを忘れず人を束ねてゆくようにはとてもみえない。どうしてもやらなくてはならない状況になれば、間違いなくやるだろうが。チョーサー自身の見立てによれば、儀式係にうってつけの人物は、カンタベリまでの道中に繰り広げられる巡礼者たちの話合戦を主宰するサザックの「陣羽織」亭主人、ずけずけと物の言える率直なハリ・ベイリ殿というわけだ（「ジェネラル・プロローグ」、752行）。彼はぎょろ目の大男で、頭もよく教養もあり、あるいは少なくとも教育を受けてはおり、非常に男らしく陽気な性格で、使用人頭タイプの人間よりはずっとプラス思考のできる人で、鬼曹長より余程温情ある性格の人物だが、使用人頭と鬼曹長の両方の性格をあわせ持ったところもある。事実、チョーサーは、同じ巡礼に参加している自分を「どこか引っ込み思案」で人付き合いも「退屈な男」という自画像、しかも、ある程度現実の等身大の姿を描いているが、ハリ・ベイリにたいしては、むしろ、彼の味方になり、その嘲笑にもどことなく寛大なところがある。中年になるまでは、詩人の情熱の炎のほとんどは内側で燃えていた。

頭の回転も速く、思いやりもある聡明なジェフリ少年は、どこか無関心を装っても、宮廷の教えを進んで吸収していた。ただ、ジョン・ラッセルのような人の生真面目で、重箱の隅をつつくような細かい指図を、彼が真剣に受け入れることなどできなかっただろう。仕事がない時など、英語ロマンス、フランス人詩人、オウィディウスの精巧で官能的な詩、歴史書、他にも、偶然手に入った科学書などを読むことが気晴らしだったに違いない。

チョーサーはまた、詩作をすることに楽しみを見つけた。小姓、上席従者、準騎士には詩作をする者は沢山いた。というのは、作詞をし、歌を歌うことが廷臣たる者の心得として広く認知されていたからだ。チョーサーの才能がまもなく人々に知られるようになったことは確実だ。後年、「粉屋の話」の中で笑いのねたにされているが、習作時代に彼が作った歌は、おそらく、単純な英語慣用句で書かれていたと考えられている。[7]そして、彼は、昔から使われてきた次のような言い回しによる反復句を呼び出したのだろう。

やっと恵みの（hendy）機会が手に入った。
これは天国からの贈り物。
僕の愛は他の女たちから離れ
　アリスンひとりの身の上に落ち着いた。

（『三月と四月のあいだに』から[8]）

しかし、彼はすぐにこのような表現は田舎者が使う古くさい言葉遣いだということに気づいた。「粉屋の話」

の中で、hende と Aliso(u)n という語が使われ、さんざんもてあそばれている。さらに、彼は、英語ロマンスの文体も奇異で滑稽なことに気づいた。彼が読んだり歌ったりしたフランス語詩には、眩いほど、はるかに豊かな語彙があり、全体的にも非常に洗練された作風が見られた(9)。ただ、同時代のイングランドの詩人の中には、依然、フランス語で書く者もいたが、チョーサーは、頑固な気質もあって、英語で書くことにこだわりつづけた。彼は数多くの英詩を読むことを止めなかったし、英詩の影響が彼の元を離れることもなかった。たとえば、一四〇〇年頃に一本にまとめられ、現在「ヴァーノン写本」と呼ばれる大型の英詩詞華集の中には、「ヴァーノン写本」にまとめられる前の段階の写本で、チョーサーが読んでいたに違いない一連の詩が収められている(10)。十二歳のイエスが両親に連れられてイェルサレムへ行った折、イエスとエホバの神殿の賢者たちの間で言葉を交わす場面を描いた詩がある。イエスは傲慢な賢者たちに彼らの無知をさとし、アルファベットの「A」が今なぜ最初にくる文字なのか、その理由を説き始める。四十代のチョーサーが『トロイルスとクリセイダ』の中で書き留めたあの「A」こそ我らが英語のアルファベットの先頭の文字であり、英詩の伝統から収穫された初穂なのだ（第一巻、171行）。英詩の伝統を利用しつつ、一方で、それを茶化すチョーサーは、この伝統にたいして軽蔑と敬意の典型的な相反感情を育てていった。このことが、真面目さを長く持ちこたえられない彼の性癖の原因であり結果であった。彼は時には見事なものまね役者を演じたに違いない。私の想像するところ、夜が深まり、（小姓の面倒を見る準騎士が席をはずすと）部屋で、同僚の小姓仲間数人が先輩や目上の人たちを餌食に、面白しろおかしい極めつけの物まねをして楽しんでいた。さらに、彼は誰よりも物語を話すのが上手だったことは言うまでもない。十四世紀には、どこの大きな宮廷でもお笑い芸の道化師がいたし、物語を講釈し、歌を歌い、楽器を演奏する旅回り楽人がいたし、さらに、歴史物を語る伝令官もいた（そして、時にはサー・ジョン・チャンドスに仕えていた伝令官で、作者名「チャンドス・ヘラルド」が『黒太子伝』を書いたように、歴史物を執筆する伝令官もいたのだ）。(11)【四】ジェフリは道化師でも年代記作者でもなかったが、道化師や旅回り楽人を一身に兼ねているところがあった。彼は公的立場にある伝令官職のような筆遣いを避け、私人としての立場に執着した。しかし、自己防衛策として恋愛下手でへぼ詩人で薄のろな自分といった戯画化をするものの、少なくとも時々だが、自分を公然と人前にさらす覚悟はできていた。こうして、十九歳の青年期にさしかかった彼はこうした逆説的で大胆な想像力を発揮したに違いない。

今や大胆な想像力以上のものが求められた。百年戦争の一時休戦が終わり、国王エドワード三世はフランス侵略に備えて大規模な軍隊を召集し、チョーサーが仕えていたアルスター伯爵夫人エリザベスの夫で国王の息子ライオネル公も、父王の供をして出兵するところだった。読みたい本や貴婦人たちの交際の好みも定まってきた青年がいよいよ一人前の男の本分たる戦争のことを学ぶべき機が熟した。(12) こうして、彼は当時の広大な激動の事件、心躍る劇的な事件に直面し、そして、戦争の興奮と魅力のすべてが彼を驚嘆させた。党派争いと裏切り、闘争と苦難には時として嫌気がさしただろうが、彼が作ったどの詩でも名誉や騎士の生き方を茶化すことは決してない。

公的組織としての宮廷には多くの役割があった。そこは、「家《ハウスホールド》」であり、「一家《ファミリア》」である。そこは、娯楽、スポーツ、文化、愛が繰り広げられる場であり、一つの家政を構成する単位でもある。しかし、宮廷の起源はアングロ・サクソン国王直属の家臣団による「身辺警護隊」であり、国王が人民を導く協力者であり、国王と喜んで生死をともにするか、その義務を負うエリート戦士集団のことだった。こうした宮廷誕生の起源が、神聖にして不可侵の王権にたいする人々の様々な感情の奥深くへ今なお沈潜し、現代でも、伝統的王制が残る場所だけでなく、大統領やあらゆる種類の指導者たちを取り巻く神秘的オーラの中に、この感情は大衆の共鳴を見いだすのだ。私たちが問題にしているのは権力であり、権力の最後の拠り所は物理的力、つまり、残酷な物理的力であるゆえに、そこから連想される神秘的オーラは戦士のそれである。「誰もが、陸海軍いずれかの兵士でなかった自分を軽蔑する」とは十八世紀のジョンソン博士の言葉だ。【五】 私たちの時代になると、彼の言葉の下に隠れている真実は、危険を伴うスポーツの流行や、現代文学、現代芸術、現代映画などに見られる暴力礼賛や、平時にあって学生や群衆が暴力に訴えようとする社会風潮などのさまざまな形で現れている。父とも孫とも異なり、闇の原初の真理を本能的に理解していたエドワード三世なればこそ、半世紀にもわたる王国統治に成功できたのだ。宮廷における礼儀作法、物腰の柔らかさ、女性の存在自体は、逆説的だが、宮廷が抱えているこの闇の好戦的力に支えられ、結局のところ、宮廷もみずからの存在をこの力に頼って正当化し維持した。宮廷に漂う深遠な神聖さすら、一面において、戦闘的でもあった。キリスト教は決して平和主義だけの宗教ではなかった。十四世紀のキリスト教は世捨て人を粗末な襤褸《ぼろ》で、その一方で、騎士を剣で祝福しようとしていた。

個人的視点から見ると、戦争に付与される一般的価値のほとんどは、地中海世界からアイスランドにいたるどの伝統的西欧社会にも共通する名誉を重んじる感情に集約でき、この感情は今もその力を失っていないし、当時は今以上に力があった(13)。名誉という考え方は道義的公正さとよく混同され、その混同ぶりたるや悪びれるところはないが、まるで見当違いだ。名誉が道徳的性質だというのは偶然にすぎず、そのかぎりでは、名誉は暗に名声を得ることを指し、それゆえ、何らかの善行が求められることになる。しかし名誉の本質はより根源的「善」であって、道徳的「善」とはあまり関係がない。それは男子たる者が肉体的に勇気ある行動を取ろうとする、あの根源的高潔さのことであり、対価として社会から受ける栄光もそれを源にしている。名誉とは、いわば、男であることの生物学上の美徳のことである。男性に対応して、女性の高潔さ、生物学的美徳といえば貞潔であり、もし既婚者であれば、夫への忠実ということになる。男と女は違う、男と女はそれぞれ異なる役割があるということは当時も認識されていた。その結果、男性が不貞をはたらき、女性が臆病であっても、名誉を失うことにはならない。同じように、貞潔な男と勇敢な女は、それ自体では名誉を獲得することにならなかった。修道士と司祭は、名誉という価値体系の埒外にいる。ジャンヌ・ダルクは、勇敢な敵、もしくは、勇敢な味方として称えられるより、魔女として火あぶりの刑に処せられた。名誉とは今も究極の社会的魔術だが、かつては、アイスランド同様、ヨーロッパ大陸でも特に重んじられた【六】。イギリス人には、これまでも、功利主義的性癖があって、こうした魔力を弱体化しようとする傾向があり、十四世紀当時も、イングランドでは聖職者が名誉を非難することさえあった。チョーサーも名誉にあまり言及しないが、それでも、名誉の魔力を受け入れようとする彼の姿勢は、多くの彼の作品の基礎をなしている。つまり、彼は決して名誉を非難しないし、むしろその逆だ。チョーサーにとって、名誉が力を持っていたとすれば、彼以上に保守的で、彼ほどの思慮も学識もない人たちにはさらに強い力が働いた。

名誉に、若者のホルモンを容易に刺激する妖しげな魔力と興奮を加えてみよう。きらりと光る剣と長槍、猛々しい己の姿を劇的に誇示する甲冑、危険と遊びを共にする仲間意識。性行為が（少なくとも男性にとって）、象徴的にも現実的にも、攻撃的であるように、戦争の興奮には、象徴的、現実的に、性的興奮に通じるところがある。さらに、略奪の標的となる豊かな土地を見つけること、徹底的破壊と殺人と強姦といった若者の快楽、そして、逸話でみずからを権威づけようとする中年男性の肉体と心を満たしてくれる実質的戦利品などを、この興奮に加えてみよう。フロワサールが伝えている信頼に足る報告によると、一三九三年のある会話の中で、取っつきにくいエドワード三世の末っ子グ

国王の威光：ウェストミンスター修道院内エドワード三世廟の墓石彫刻像。国王の「公式」像とされるこの彫像を彼のデスマスク（201頁）と見比べてみると興味深いことが分かる。目、鼻、口が同じだということは誰の目にもすぐわかるが、この彫像はあきらかに理想化されすぎているように思われる。

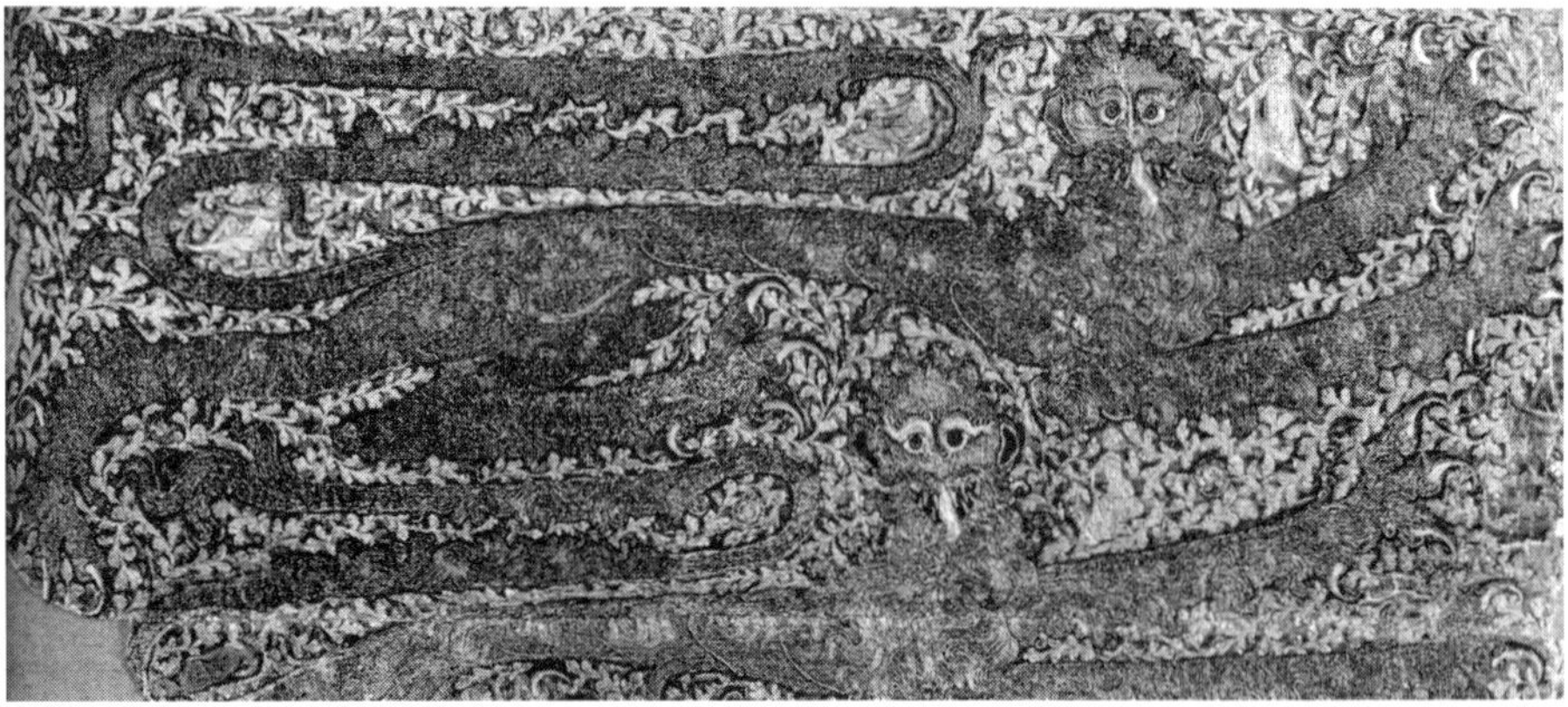

鋭い爪をした獅子を描いたイングランド王国の紋章
王室旗に縫い込まれた刺繡

ロスター公トマス・オヴ・ウッドストクが露骨に戦争推進を訴えた。グロスター公は今は亡きエドワード三世の輝かしい栄光を引き合いに出し、戦争嫌いなリチャード二世の怠慢と先王を比較した。「彼（＝リチャード）は食い物と酒と惰眠、そして、老若を問わず、女どもと戯れることにうつつを抜かしている。こんな生活は、あっぱれな武勲を立ててこそ名誉を得るに値する武将の生活にふさわしくない。イングランド王国の男子たる者は平和より戦さを望むのだ。なぜなら、平和より、戦争に生きることが生き甲斐なのだから」。

一三五九年には、こうした戦争の高揚感や主戦論の考え方が強かった。(14) エドワードがそれまでのクレシーやポワティエの赫赫々たる戦果を一つにまとめ、パリを攻め落として、フランス国王の王冠を手中におさめることができるという期待にも現実味があった。[七] なお、対フランスのもう少し広範囲な状況については後の章で触れることにしたい。ここはひとまず私たちに必要なのは、チョーサーに影響を与えたと思われる範囲で、フランス遠征を簡単にたどることだけだ。

一三五五年から五七年まで黒太子がフランス国内で略奪に成功したこと、わけてもフランス国王ジャン二世を捕虜にした一三五六年の「ポワティエの戦い」の大勝利についての知らせに、ジェフリ少年もさぞや胸をときめかせたことだろう。エドワード三世がフランスにたいして、国の存亡をかけた戦さにとりかかるための大がかりな準備を、この少年も目撃した。ご多分に漏れず、私たちにはその詳細はわからないが、『実録チョーサー伝』に収録されている事実の助けを借りつつ、かくもありなんという説明を想像するぐらいはできるだろう。

ジェフリが仕えていた女主人エリザベスが戦さに出ることはもちろんなかったが、夫のライオネル公が出征し、ジェフリはこのライオネル配下の七十名の兵士と上席従者たちで構成される小隊に参加していたようだ。この小隊の中ではジェフリの身分はおそらく上席従者だった。身分の上下を問わずすべての人がそうであったように、彼も兵士の一人として契約し、日当賃金が支払われるか、少なくとも、そうした支払いが約束された。黒太子の日当が二十シリングだったのにたいして、チョーサーの日当は六ペンスで、加えて食料も支給された[15]。騎馬弓兵の日当も六ペンスだったが、緻密な軍事戦略の戦いで収めたイングランド軍の勝利の多くは彼ら騎馬弓兵のおかげであり、フランス軍の騎士は雨あられと降ってくる矢の中へ突進して命を落としていった。ウェイルズ出身の歩兵の日当は二ペンスでも恵まれたほうだった（比較として、農夫の場合、通常、その年収は十二シリング、つまり、百四十四ペンスで、戦利品のおこぼれに預かれる見込みもなかった）。

「スクループ・グロウヴナ紋章裁判」でのチョーサーの証言からわかるように、彼は今次の遠征に「甲冑で身を固めて」加わった。【補遺M】大雑把に言って、彼のような上席従者の装備は準騎士と変わらなかったし、二つの身分に概念上ほとんど実質的な区別はなかった。もし当時のチョーサーの年齢が私の考えるように十九、二十歳であれば、すでに準騎士の身分だったと考えることもできるが、いずれにせよ、彼は騎士ほど重装備ではなかっただろう。蝶番の付いた、上げ下げ出来る面頬《めんほお》で顔面を保護する鉄製の兜があった。厚く詰め物をした布か皮製の帷子で身体を包んで、その上から鎖と金属板でできた鎧があった。そして、鉄製の籠手もあった。彼は長剣と短剣を帯び、騎士にかわって槍を携えたることもあっただろう。

この遠征は出発までに時間がかかった。フランス北部一帯はそれまでの年月ですっかり略奪され、荒廃して、イングランド軍が現地で食料を調達することも困難な状況だったせいで、膨大な量の支援物資をあらかじめ準備しておく必要があった。フロワサールによれば、最終的に、国王エドワードは、二十歳から六十歳までの男たちで編成され、これまでイングランドを出帆した軍隊の中でも最大規模の兵員をドーヴァーに集めた。遠征に帯同した人々の中に、黒太子、ライオネル（ジェフリ・チョーサーはこの後方支援部隊の一兵卒として彼のお供をしていた）、チョーサーとほぼ同年輩のジョン・オヴ・ゴーント、それに、エドマンド・オヴ・ラングリといった国王の息子たちがいた。大軍団がカレーに渡って、一三五九年の秋の数日間、上陸の光景は壮観で混沌としていた。数百隻の小舟が海岸を行き来し、六千台の荷車と、荷車用の馬（荷車一台に四頭の馬が繋がれた）、そして騎士、準騎士、騎馬弓兵などの大量兵員を運ぶための馬、それに食糧を陸揚げした。小麦をひくための手回し粉ひきや、パン焼き用オーヴンも運ばれた。軍事用ではなく、川で魚を獲るための革製携帯ボートさえ携行された。すぐにやって来る四旬節に十分な魚を用意しなければならなかったからである。それもこれも、国王は、いったん出陣したあかつきには自国に有利な和平条約を締結するまで、もしくは、敵に襲われて戦死するまで帰国しないことを誓ったからだ。

カレーの町は、頼まれもしないのにエドワード軍に加わろうと集まってきた傭兵たちですでにごった返していた。エドワード三世がゆっくり時間をかけて兵力を集めている間に、傭兵たちは食糧のほとんどを食い尽くし、自分の武具一式を質に入れてしまい、次第に苛立ちをつのらせていた。快適な宿泊設備は国王の息子たちが接収させてしまっていただろう。ジェフリには、その隅っこに、藁束のねぐらでも確保できれば幸運だった。

ひと息おいて、イングランド軍はカレーを出立し、整然と組織された見事な隊列、きらきら輝く武具、色あざやかな軍旗を歓喜をもって目撃し、さながら「騎士の話」に描かれるセシウス公の光景を彷彿とさせる。

こうして（セシウス）公は馬にまたがり、この征服者は
騎士道の華として大軍を率いて進まれた。
（981-2行）

武装した騎士五百名と弓兵一千名が先頭に立った。その後を三千名の兵士と五千名の弓兵で編成された国王指揮下の師団が、総員、馬に跨って整然とつづいた。国王の師団の後に、身の回りの荷物など軍用行李を運ぶ後方支援の隊列がついていたが、その隊列の長さは六マイルにもわたった。さらにその後ろには、武装した護衛隊が敵の襲撃を受けやすい食糧部隊の周囲を固め、黒太子指揮下の師団がつづいた。この師団には黒太子の兄弟たち（ライオネル隊にいたジェフリも）が含まれ、二千名の槍兵で編成されていた。延々とつづく隊列が一日で移動する距離は約十二マイルほどだった。広々とした土地に出ると、戦闘態勢の編成が少し変わり、国王エドワードは通常攻撃部隊を三隊に分けて配備し、彼自身は（軍用行李を運ぶ馬車列の大半も配属されていたと思われる）中央の主部隊を指揮した。黒太子は、年下で戦争経験のない弟たちを引き連れていたと思われるが、第二隊の指揮を執った。先陣を切り、主力部隊に加わっていた初代ランカスター公ヘンリ・オヴ・グロウモントが第三隊を指揮したようだ。

うんかのごとく、彼らは大地を覆っていた。遠征は、統制こそとれていたが、前途に明るい希望はなかった。初冬の田園地帯はすでに荒涼とし、多くの場所では大地が三年間も犁で耕作されないままだった。どうしても自分の土地を離れようとしない頑固者や戦況を知らない人、楽天家、あるいは、不運な人は別にして、ほとんどの住民は守備隊に守られた町へ避難したが、そうした町のいくつかは、野蛮な刺激に促されて占拠され、略奪された。

ここで、想像力を働かせて、ジェフリの典型的な一日について、日記風に再構成してみよう。夜明けと同時に、もしくは、その直後に角笛が鳴り響く。半ば廃墟となった小屋で、彼は軍服を着たまま眠りから目覚める。固くて冷たく、ずぶ濡れの靴を履く。寒さに震えながら、たきぎに火をつける。火種は、昨日の残り火で、まだ熱い灰を吹いて火種をとることもあるし、火打ち石を固い鋼のようなものに何度かこすって、その火花を火ロか、乾燥した苔に移して火種をとることもある。自分が仕える騎士かライオネル公のために、ブドウ酒少しと香辛料を温め、カビくさいパンと一緒に朝食を用意し、大声で知らせる。上司の着替えを手伝うか、外へ出て、馬番が馬に引き具をつけているかどうかを確認する。馬具を点検し、ゆるんだ馬の蹄鉄のひとつ、あるいは、馬の脚にちょっとでも悪いところがないかを特に気づかう。それから、自分の馬が大丈夫かを確認する。止む間もなしに降りつづく雨を避け、家の扉という扉は全部、それに、木の柱も兵士たちが火にくべてしまって、誰もいないあばら屋にすばやく身を寄せる。二、三時間ほどが過ぎていく。一向に雨がやむ気配はない。地面が泥でぬかるんでくる。大声で雨を呪いながら、行軍の隊列に入る。出発まで一時間ほど待機。兵士たちが隊列を乱しはじめる。彼らをかき集めるために別途兵士が出され、その間をみはからって、馬を元気にするため辺りを三十分ほど駆け足で走り、大きな林の向こうに馬の飼い葉になりそうな草が生えていないか見て回る。フランス軍兵士の一団に追いかけられ、間一髪捕まりそうになって、ひどい恐怖心に襲われる。（父親から届けられた）馬がよい馬で助かった。主部隊の隊列に戻ると、ゆっくり行軍がはじまっていることに気づく。一番遅い物資運搬用荷車のペースにあわせて移動しているのだ。ぼろ着をまとい、年老いた農夫の夫婦が泣きながら命乞いをしている現場に遭遇し、目を背けてその場を駆け抜ける。数ヤード離れた茂みのそばに、おなじくぼろ着をまとった農夫の娘が横たわり、兵士たちが列をなしている。立ち去りぎわに、兵士たちは硬貨を娘のそばに投げていく。最後の兵士は娘のあごの下あたりをぽんぽんと叩きながら、あたりにちらばった硬貨を全部かき集め、大笑いしている同僚に報告する。ゆっくりと馬の歩みをすすめる。左手には煙が一筋立ちのぼっている。農家が炎上し、森の中へ逃げ込む人影が見える。しばらくして馬を休ませる。パンとブドウ酒少々、お湯につけてふやけたパンとキャベツなど、乾燥肉のかたまりと一緒に食べる。ふたたび行軍開始。からだは少し暖まり、雨もやんでいる。兵士は歌を歌い、おしゃべりをする。なかに、一人、二人、いかがわしい滑稽話をじょうずに話してくれる兵士がいる。しかし、馬具がガチャガチャ音をたて、荷車はギシギシとき

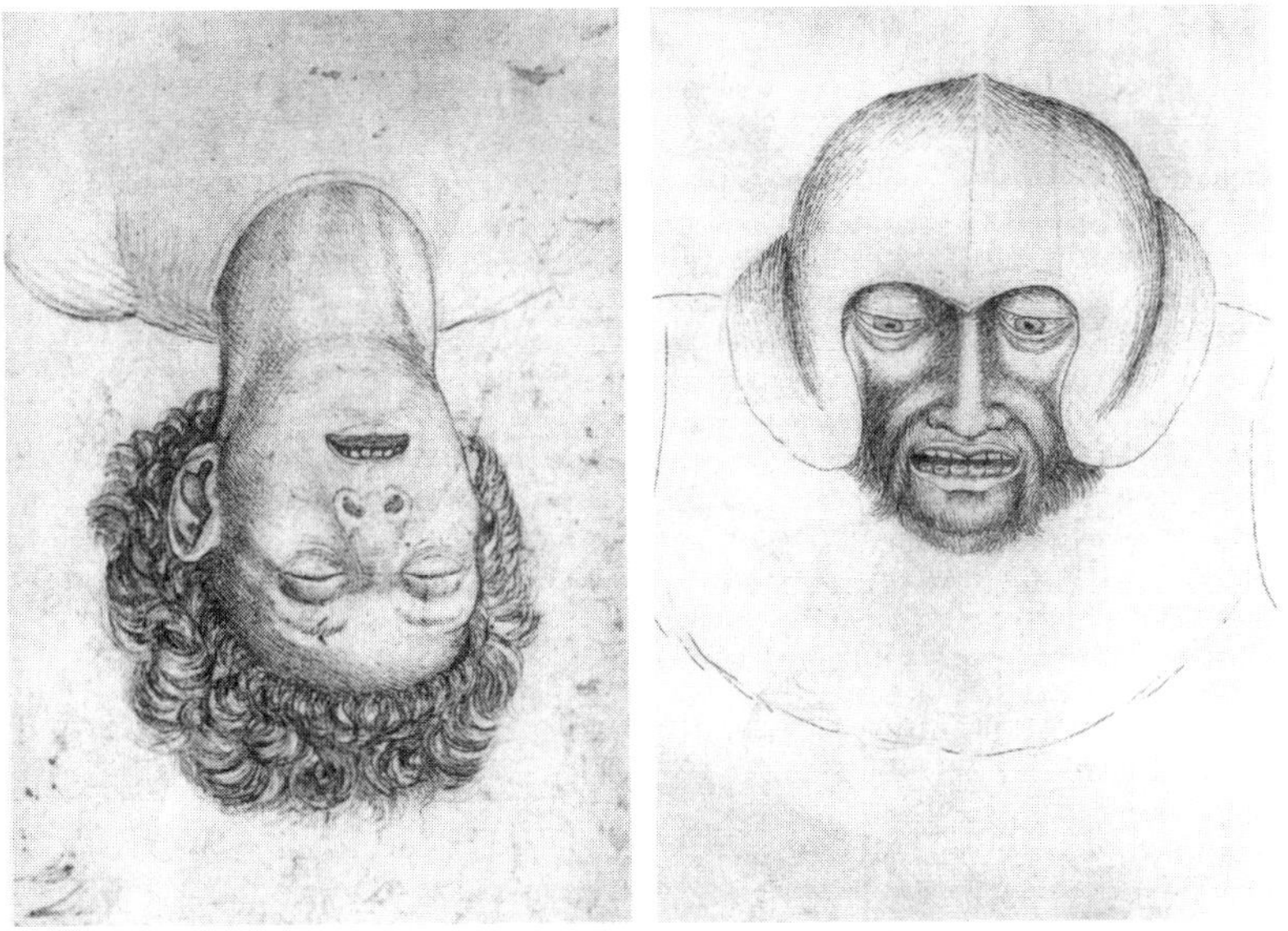

戦場の二つの顔——ピサネッロの素描
ルーヴル美術館

しみ、泥道や石ころの多い道を馬の蹄が踏んでいくのだから、馬に乗った状態で人の話を全部聞き取ることは無理である。午後になり、前方の偵察と周辺に夜営地を探すために斥候が出される。黒太子一家の誰か有力者の指揮のもと、配下の準騎士数名が小さな修道院を見つける。彼らは中に入り、修道士たちに外へ出るよう命じる。彼らは代わりに外の小屋をねぐらとしてあてがわれる（弓兵がいれば、準騎士たちは彼らにねぐらを取られてしまうことになるのだが）。修道院長を小部屋におしこめ、上等の部屋は黒太子と彼の兄弟たちに割り振る。召使いたちを使って修道院内に貯蔵されている物資を持ってこさせる。いつもより豪華な夕食が振る舞われる。夜になると、中世独特の旋律を繰り返す歌が何曲か吟唱され、立派な生活より愛を主題にした滑稽な歌や悲しい歌だ。古参兵はかつての大きな戦さ、特に、ついこの間の「ポワティエの戦い」の模様をみんなに語って聞かせ、敵襲の恐ろしさ、弓矢が音をたてて飛んでくる様子、敵を突き刺し、切り倒す光景、敵味方入り乱れた混乱の戦場のこと、あちこちで上がる大声や悲鳴、戦闘が終わり戦死者や負傷兵（負傷兵でも、軍旗の旗印で身代金がとれる身分の高い兵士

鋼をつなぎ合わせて鎖帷子をつくる――百年戦争時代の騎士の必需品だが、鋼の輪のひとつひとつを手でつなぎ合わせていかなければならなかったので、この絵に描かれているような職人たちは、引く手あまただったに違いない。

とわかれば、身柄は連行されていく）から金品を強奪している者たちの姿、など合戦の一部始終を再現してみせる。そのうち少年兵は眠りに落ち、一日が終わる。

フランス遠征の戦況全体を見ると、あちこちで激戦が展開され、イングランド兵にもフランス兵にも戦死者がでたが、フランス人女性や子供たちの生命がさらに多く奪われた。イングランド軍はフランス国内の川の流れに沿って進軍し、巨大な大聖堂がそびえ立つランスの町を三個師団が包囲する。ランス市民はこれまでも警戒してきたし、市壁も頑丈で、エドワードはこの町を急襲しても占拠できないことはわかっている。十二月四日、寒くて雨の降る日だ。服はいつも絞れば水がしたたるか、そこまでいかなくても、湿っている。しかし、自然素材の服や毛皮はかえってこうした環境に一番適しており、チョーサーはエリザベス夫人と実父からかなり良質の服装の支度をしてもらっている。万事、自分を快適にすること、これに尽きる。ライオネル公は、ほとんど毎日、父親や貴族たちと鷹狩りや狩猟に出かける。ジェフリは時々公に同行する。絶賛された詩人で、今や老年にさしかかった聖職者のギョーム・ド・マショーがそのランスに閉じこめられていることを彼は本当は知っていたのだろうか。しかし、彼はそのことを知らないし、たとえ知っていたとしても、やれることなど何もなかっただろう。ジェフリは火のそばで横になり、マントにからだをまるめ、記憶をたどりながら、自作の詩や他の詩人の詩集をめくる。みな耐えるしかない。これが戦争というものだが、結局のところ、それほど興味をそそるものではない。ジェフリがはじめて体験したフランスへの旅は、フランス文学常套の、五月の陽光がふりそそぐ晴れやかな朝の光景とはおよそ無縁な環境を見せつけることになる。

この遠征でチョーサーが捕虜になったことは私たちにもわかっているが、詳しい経緯は不明である。フロワサールの『年代記』には数ヵ所、捕虜としてとらえられる際の様子を、戦場の息づかいとともども生き生きと伝えているところがあり、そこからおおよそのところを想像してみることができる。何か小競り合いがあって、ジェフリはなぐり倒されて、捕えられた。一三六〇年三月一日頃に、国王が彼の身柄釈放のために十六ポンドの身代金を支払った【補遺C】。捕虜になった時期は、一三六〇年一月十一日にエドワード三世がランス包囲を解除し、ブルゴーニュへの南下を強行して間もない頃だったようだ。捕虜たちは、遠征の最中に身代金を払って釈放された。（国王が要求の全額を支払い、捕虜の受け渡しがすぐに実行されたとすればだが）チョーサーより十歳ほど年上で、国王直属準騎士リチャード・スターリの場合、一月十二日頃に五十ポンドで釈放された。アルスター伯爵夫人エリザベス付上席従者ジョージ、（鷹飼育担当の上席従者か準騎士の身分にあったと思われる）ニコラス・ファルコナー、王妃付上席従者と記載されているウィリアム・ヴァーダー、以上三名については一人あたり十ポンドの身代金が同じように国王から支払われた。ジェフリは彼らより値打ちがあり、わずか八ポンドで釈放された付属礼拝堂司祭ジョン・オヴ・シャンパーニュの二倍の値がついた。しかしながら、ブルゴーニュの騎士サー・ウィリアム・ド・グラントソン付準騎士には二十ポンドが要求された。身代金の額からすれば、チョーサーの身分は同じ準騎士の身分の序列でも「下級準騎士」といった身分のようだ。

三月一日にも、フランス軍に捕らえられた二人の「ギャルソン」(*garciones*)に身代金が支払われた。彼らの身分は小姓か、下級召使いのそれに相当したようで、二人あわせてもわずか五十二シリングの値打ちだった。従者の一人はトマス・オヴ・チェスターという名前だった。そして、この名前自体はごくありふれたものだったに違いないが、実は、チョーサーの『鳥の議会』の影響を所々に見せている『サー・ローンファル』という、いわゆる短い「ブルトン物語詩《レイ》」の作者の名前と一致するのだ[16]。この詩がなければ、名前も忘れられていただろうが、この作品以外にも、『無名の美男子』と『オクタヴィアン』の二編が、トマス・オヴ・チェスターの作品である可能性がある。これらの詩はいずれも、行末で押韻する尾韻《テイル・ライム》形式で書かれている。チョーサー自身が若い頃に盛んに使い、円熟期には茶化して楽しんでいた形式だ。チョーサーのほうが宮廷社会により近いところにいたが、トマス・オヴ・チェスターもその社会の片隅にいて、目立たない一員だったと考えていいだろう。このことから、トマスがチョーサーを知っていたことも、そして、トマスのある種無骨で荒削りな文体も説明がつくだろう。つまり、トマスのロマンス詩はチョーサーと同じ時代に書かれた作品であり、チョーサーは、その昔、フランス遠征時以来、ちょっと知ることになったある作者のことを、五十代になって、「サー・トーパスの話」の中で皮肉ったのだとしても不思議はない。チョーサーがほのめかしているように、彼の聴衆は尾韻形式のロマンスをよく知っていて、聞き手の多くも、チョーサーほど手の込んだ楽しみ方でなくとも、彼以上に楽しんでいたようだ。

この捕虜解放からおおよそ三十年後に書かれた『カンタベリ物語』の「ジェネラル・プロローグ」の中で、チョーサーみずからが眩いほど理想化した二十歳の〈騎士見習い〉の肖像画に私たちは出会うことになる。〈騎士見習い〉はいかにも血気盛んな、機敏で屈強の若者で、髪の毛はカール用焼きごてをあてたような巻毛、意気軒昂で、日がな一日歌を歌い、横笛を吹いていた。彼の着ている流行の裾の短い上着《ガウン》には、まるで花咲き乱れる牧草地のように、赤白、色とりどりの花が刺繍され、大袈裟なほど長く幅広の袖がついている。乗馬、馬上槍試合、踊り、詩作、それに作詞作曲など、文武両道なんでもござれだ。いわばこの種の若者の典型だが、ただしチョーサーは、そこに絵を描く才能をわざわざ加えている。これは、同じ身分の若者の特技を描いた記述としては異例で、他にないと思われる。この肖像画の精神はチョーサー自身にあてはまることは確かなのだが、一三五九年から六〇年にかけて、同じ年格好にあったとして、若い彼の自画像をどれだけ正確に反映しているか、今までのところ私たちは確認できない。チョーサーも馬上槍試合に参加したに違いないが、ひんぱんに参加するタイプでも、勝利者になれるような元気な若者ともみえない。ただ、絵を描くというのは非常に特異な才能で、チョーサーのような思索派の若者にこそふさわしい才能と言えそうだ。[17] 他の詩でも絵画への強い関心を示し、現実の細部の躍動感を鋭く見抜く観察眼を持ち、後年だが、顔料の値段にたいする実利的な関心も示している。もしチョーサーが絵筆を執ったとすれば、風景画とか部屋の雰囲気を醸し出すための装飾画ではなく、写本冒頭の頭文字の中に描かれる小さい飾り模様《ヴィネット》のような細密画だったただろう。具体的には、中世後期に描かれた、鳥の絵を含む『ピープス・スケッチブック』に見られる飾り模様や、通称、『女王メアリ詩編』の写本欄外に描かれた動物絵、さらには、十四世紀にイースト・アングリアで描かれたいくつかの写本の飾り模様や怪獣画といった細密画に先例がある。こうした写本余白が残されていたからこそ、この世の世俗的要素が、本来宗教の世界であるべきところに入り込んでいったのだ。「ジェネラル・プロローグ」の〈騎士見習い〉も、チョーサー同様、アルトワやピカルディに遠征に出た経験があった。また、ほんの短い期間だったようだが、手柄を立てて、女性の寵愛を得る希望に燃えて活躍したこともあった。ただ、彼の経歴に捕虜の経験を含めていいかどうかについては、私たちにわからない。いずれにせよ、この〈騎士見習い〉は熱烈な愛の求道者で、幾晩も眠れぬ夜を過ごしている。彼は礼儀正しく、主人に熱心に仕え、食卓では父親の前で肉を切り分ける役もこなしている。総じて、この若者は宮廷の規範に照らしても非の打ち所のない優等生といってよいだろう。彼の肖像全体から、いささかの敵愾心も不満も批判も抱くことなく、宮廷生活の価値を深く受け入れている様子が読みとれる。忠誠心、愛、奉仕、勇気、美が宮廷生活の優雅なたしなみとされる。それらは実用性からはほど遠く、しばしば「非現実的」「非実用的」ですらあるものの、人生の不可思議な魔力であり、想像力の栄養源であった。この五つこそ、中世の歴代国王たちが彼らの宮廷で表現しようと追い求めた「威光《マグニフィカンス》」の本質である。それらの価値と優雅さについて、いちいち特別の弁護も推薦も無用だろう。なぜなら、それらは、私たちの明らかに功利主義の世界においてさえ、普通の人々が正当に求める価値であるからだ。十四世紀、あるいは、古代エジプトの王朝社会においてそうであったように、忠誠心、愛、奉仕、勇気、美は、今日もなお人々の自然な感情に強く訴えつづける（光沢紙に印刷された華やかな雑誌広告を見ればすぐにおわかりだろう）。それらが原始的で、あるいは、古風であればこそ、その魅力に引かれることは、人間の古来変わらぬ姿なのだ。

宮廷的価値の（時代遅れとか旧弊という意味でなく）原始的、あるいは、古風な性質は、チョーサーみずから望んだ結果、彼の体内深くに染み込んでいった。ところが、この性質は、同じく彼の体内深くにある他のより近代的感性や関心ときわだった対照をなしている。愛や勇気や忠誠心――ひとことで言えば、個人的な人間関係――などは無意味にみえるかもしれない、あるいは、せいぜい刺身のつま程度で、本質的価値などないようにみえてしまうロンドンという都市と切り離せないのだが、後者の近代的感性や関心のほうがはるかに実用的で知的だった。こうした原始的、古風な性質と近代的感性、関心という二つの間には何らかの潜在的衝突があった。そして、私たちは、多くの事柄にたいして、一見チョーサーも価値を認めているようにみえながら、その実、曖昧で皮肉な、あるいは、単に知らんぷりを決めこむ彼の態度の中にそうした衝突を見つけることができる。

宮廷的価値は別の基盤、つまり、宮廷とあまり違わないが、明らかに敵意ある宗教界からつねに批判された。来世を盾に、教会は宮廷的価値の世俗性を一貫して攻撃した。自己愛も他者愛も、神への愛の前では偶像崇拝の邪教だった。性愛から闘争愛まで、肉欲の快楽、そして、傲慢から怠惰におよぶ人間の七大罪すべてが精神を破壊した。キリスト教は、より深遠でキリスト教的な、しかし、実用的な世俗性を根拠に、このような宮廷の世俗性を攻撃していた。そのキリスト教的世俗性は、万人これ不平等、人の才能や義務は多種多様、他人に服従しなければならない人もいる、という明白な事実を否定せずに、その一方で、万人のための平和と繁栄実現のために、この世の富の配分には公平さ、労働には公平な報酬、もめ事には公平な決着の必要性も公然と主張した。人間にとってごくありふれた堕落のせいばかりでなく、複雑に絡みあった歴史的状況のせいもあって、教会による宮廷攻撃は混乱し、しばしば効果もなかった。キリスト教教会にしたって、ともかく生き残るために、みずからが非難していた世俗の組織機構の一部となり、良きにつけ悪しきにつけ、世俗的にならざるを得ない宿命にあったのだ。しかし、一三七三年から八九年までロチェスター司教職に就き、チョーサーも宮廷でその説教を聞いたに違いない、立派なトマス・ブリントン師のような説教家が数多くいたが、彼らは宮廷階級の悪徳と貧しい人々からの搾取を舌鋒鋭く批判することをやめなかった。ブリントン師個人は黒太子を尊敬すわがまま、不正、搾取などをおおい隠す単なる目隠しかもしれない。

それでも、「ジェネラル・プロローグ」に描かれているように、〈騎士見習い〉の父親たる〈騎士〉が、礼儀正しい廷臣であると同時に、敬虔なキリスト教徒であることはまだ可能だった。そこには矛盾が内在していたが、父親の立場からすれば、そこにまがりなりにも橋渡しができたし、〈騎士見習い〉の立場からすれば、その矛盾を無視できた。私たちのほとんどもそうだが、二十歳ぐらいのチョーサーがこうした矛盾を無視するだけの心構えもできていただろうし、しばらくの間はそうするだけの分別もあっただろう。彼の性格の他の面や、彼の心が動かされる他の関心事などについてはおいおい明らかにしていくことにしよう。今しばらくの間、彼にはアルスター伯爵夫人エリザベスか彼女の夫ライオネル公のどちらかに仕えてもらうことにしよう。ライオネル公の名前を出したのは、日付は特定できないが、一三六〇年十月のある時期、チョーサーはライオネル公のためにカレーからイングランド本国へ手紙を携えて帰還しているからだ。その後五年半にわたって公文書からチョーサーに関する記録が中断する。

第4章

本格的に宮廷出仕がはじまる

CHAPTER FOUR

BIGINNING A CAREER

一三六〇年に、チョーサーがアルスター伯夫妻のどちらかの家で仕えていたことはかなり確かである。なぜなら、この年の十月に、チョーサーはライオネル公のために手紙をフランスからイングランドへ届けているからである。次にチョーサーの名前が出てくるのは一三六六年で、彼がナヴァラ王国内を旅することを示す公記録である。【補遺D−c】このことは、チョーサーが廷臣兼公僕として経歴を順調に積み、それに伴って増えた責任を証明している。しかし、二つの記録の間にある五年半ほど、チョーサーの行方は杳《よう》として知れない。この間の一時期、少なくとも、チョーサーが法学生として、四つある法曹学院のうちの一つ、おそらく、イナ・テンプルの学生だった可能性があるという説は、現在では割引いて受けとめられている。【二】なぜなら、法曹学院《イン》、つまり、イナ・テンプルは当時まだ存在していなかったからだ。

すでに第三章で見たように、年若いチョーサーは少なくともそれなりの身分にいて、フランスで捕虜になると、国王が身柄釈放のため、まとまった身代金十六ポンドを支払ってくれた。しかし今問題にしている時期の、現存するどの公記録を見ても——もちろん多くの公記録は消失してしまっているが——チョーサーが特に重要人物であった形跡はない。中世イングランド行政史のすぐれた研究者T・F・タウト教授は、チョーサーの全経歴が、国王一家、および、その息子たちの一家を中心に形成されていると主張した。教授は、「ジェフリが確実に受けていたすぐれた教育は、王室

扉図版：
「いずこであれ《愛》が主《あるじ》だったし、／これからもそうだ」
（ジョン・ガウアー『恋する者の告解』、34-5行より）

や有力諸侯の家のみが配下の若い家臣たちに与えることのできるものだった」と確信していた[1]。つまり、当時のチョーサーは有力一家に出仕し、そこで彼はさらなる薫陶を受けていたということだ。不幸にして私たちには、こうした薫陶がどのようにして授けられていたのか、その詳しい情報が事実上ほとんどない。しかし、国王の宮廷は、チョーサーが出仕していたであろう有力貴族一家の雛形だった。

一三六〇年代の前半は、エドワード三世の権勢が最も輝いた時期で、彼の威信の絶頂期だった。一三五九年から六〇年にかけてのフランス遠征は、ランス、それにつづくパリ攻略という所期の目的を達しなかったし、フランス国王継承権にたいするエドワード三世の要求達成は事実上妥協を余儀なくされ、その要求をあきらめることにもなった。しかし、当時は、締結されたブレティニ講和条約は満足ゆくものと受けとめられたようだ。イングランド宮廷の中心は、もちろん、国王と彼を主人とする王室一家で、王室が王国全体の政治、社会、行政の頂点だった。王室は、有力貴族から聖職者まで、彼らに関係する部下を含め、高度な才覚のある人々を引き寄せた。彼らが政治、行政、儀礼（これは目に見えない内なる優雅を、外に向かって目に見える重要な記号とするものであった）、祝祭に関わった。四つは互いに連携し合っているため、それぞれの活動の始まりと終わりの境界が判然としなかった。聖俗を問わず、自分の直接の主人への忠誠の義務、あるいは、国王、いや実のところ、国王が支援する有力貴族によって決定されることもある国王自身の利害にたいして、一体どこまで忠誠を尽くすべきか、その究極の境界もまた不確かだった。さらに忘れてならないのは、豪商という重要な存在で、彼らのお金こそエドワードの命綱であり、その富はロンドン、シティの有力者たちに集まっていた。裕福なブドウ酒商でチョーサー自身の父親のような人が、王室と私的で親密な関係を持つことはよくあった。チョーサーの父親の場合、彼は一三三八年から四〇年までエドワード三世が実施したネーデルランド地方への長期にわたる遠征に同行し、その後、王室酒類管理主任補佐にも任命された。国王としてのエドワード三世の非凡な才能は、一つには、本来争いを好む体質を持ち、権力闘争や、名声と実利の両方を含む名誉を競う社会にあって、衰退しかけている党派を束ねる能力だった。エドワード三世による権力中枢掌握の成功は、孫のリチャード二世の失政と際立つ対照をなしていた。その後、国王たる者の力強く、神秘的オーラにもかかわらず、何もかもばらばらに崩壊していった。

一三六〇年にチョーサーが二十歳前後だったと仮定すれば、彼は王室、あるいは、誰か貴族か王子の家で大いに重宝されていただろう。規模こそ小さいとはいえ、貴族や王子の家は、王室に似た様々なものを混ぜ合わせながら、王室を模倣した。そこは、序列のはっきりした階層社会で、強者と弱者、富者と貧者、若者と老人が、それぞれ、分相応の身なりをして、仲良く暮らしていた。修養を積む身分というまさにその性質によって、また、腕を磨き、最終的に適性に応じた身分を得ることによって、こうした宮廷出仕は上の階層へ移動する可能性を与えてくれた。顕著な例は聖職者階級で、個々の経歴を詳細に書き留めた多くの公記録は、彼らが着実に出世の階段を昇っていく様子を伝えている。また、タウト教授が十四世紀に見たものとは、一蓮托生の運命となる有力者、あるいは、国王の場合さえあるが、そうした人の家臣や召使いたちより、むしろ、中流階級の家に仕える事務職員のほうが一定程度の割合で国事に関わる公僕になるという、ゆるやかな身分移動だった。この公僕が、今日のイギリスの官僚の原型らしき身分のはじまりだった。十四世紀末になると、この展開はさらに目立ち、王室に仕える人々のほとんど全員が、あっさりリチャード二世からヘンリ四世へと奉仕先を変えた。こうした乗りかえを、一握りの寵臣だけを重用するリチャード二世の態度がさらに加速させたことは確かだ。しかしそれ以上にむしろ、人々はその時の国王個人にではなく国家に――時代錯誤の感を少しでも避けて表現するなら、誰が玉座にあろうとも国王たる地位に――忠誠を尽くすための「政治機構」の存在を意識していたのである。自然法を起源とする一連の慣習法による有力な考え方を根拠に、国王といえども法に従属することが常に自覚されたという点で、この姿勢はさらに強まった。チョーサーも確かに、こうした動向と無縁ではなかった。

有力者の家、特に、王室に仕える多くの人たちは、各部局に分かれて配属され、この部局が王室における国家統治の大部局となった。各部局内では多くの責任と義務が次々と引き継がれていき、チョーサーは、こうした部局のどこかでさらなる訓練を受けていたと仮定していい。この訓練は、壁に囲まれた事務所で四六時中事務をこなす単純作業ではなかっただろう。彼は、依然、宮廷に仕える身で、ライオネル家会計報告書中一三六〇年十月の項目で記録されているように、単純作業以外に、手紙を届けるといった役目も任されたようだ。チョーサーの王室での同僚は、彼の小姓時代の同僚と似たりよったりだった。彼らが日常会話で使う言葉は英語だったが、公文書で使う英語化されたフランス語にもラテン語にも慣れていただろう。チョーサーは、「公式の席上での形式や先例、職務上の慣行、儀式や慣行をめぐって自国に対応する諸外国の宮廷や官庁の事情に関する幅広い心得、口述筆記法や文書作成や書式の技、国内法に民事法に教会法に関する相当量の知識などを獲得していただろう。こうした知識はどのように得られたのだろうか。私は確信しているが、上司による手ほどきが主な方法で、それは中世という時代にすべての知識が獲得される方法だった。下級役人は、自分の責任で公文書を書くだけの技量が身につくまでは、上司の指示に従って書き写した。やがて順番がめぐってきて、今度は彼が上司になり、部下の指導者、監督者になった」(2)。後年、チョーサーはこうした筆記法獲得の背景を面白おかしく茶化した。「女子修道院付司祭の話」(3347行)の中で、多くのことを教えてもらったはずの修辞学の大先生のことを彼は「おお、親愛なる修辞の達人、ゴーフレド先生」とほめ倒す始末だ。「ゴーフレド先生」とは十三世紀に『新詩学』を書き、修辞学と詩作法について有名な論文をまとめたジェフロウァ・ド・ヴァンソフのことである。

おそらく、私たちとしては、聖職者でない俗人の廷臣・公僕に必要とされる膨大な特技一覧に、会計報告書作成の実務経験を加えていいかもしれない。というのも、この仕事は、後述するように、後年、チョーサーがロンドン港羊毛税と小関税監査官職に任命されると、少なくとも自分の時間をいくらか割いて取り組まねばならないものとなるからだ（本書第八章を参照）。こうした専門知識は決して系統立てられているわけでなく、もっぱら実務で身につくものであることを私たちも思い起こす必要がある。この仕事が途方もなく大きな負担を強いるということもあり得なかった。それは他の活動のための時間の余裕を残してくれた。チョーサーが自らの仕事に触れる有名な表現の中で、彼のからだを鋭い爪にひっかけて空中を運んでいるらしい鷲が、彼のことを退屈な男と評するくだりがある。「お金の計算」（『名声の館』、653行）、つまり、ロンドン港税関での会計報告書作成を終えると帰宅を急ぎ、目がかすむまで別の本を読みふけっているというのだ。少し矛盾することだが、この前のところで、鷲はチョーサーが長い間「ヴィーナスとキューピッドに仕え」、「押韻を駆使し、抑揚ある律動感を添え／物語集に歌曲集に小曲集などを」創作したにもかかわらず、何の報酬もなかったことに触れている（同、622-3行）。「抑揚ある律動感を添え」た作品とはリズミカルな散文のようだが、それが何を指すにしても、チョーサーが、会計報告書や形式張った事務的手紙などの類ではなく、韻文と散文の両方を書いていた、しかも、ほぼ確実に英語で書いていたことは明らかだ。おそらく、彼の全生涯にわたり、詩作活動と事務作業の間で常に緊張感があったのだろう。仕事以外の本を読んだり、書いたりしていた最中でも、自分の経歴を積み、公務員の原型たる公僕として所得を得るために会計報告書を作成しなければならなかった。肝心なのは、公務の活動も文学活動も、大きな宮廷での青年時代の暮らしの中で育まれたものだろうということである。宮廷の周囲には多くの文学者がいた。最も有名な一例が、ジャン・フロワサールだった。一三六〇年から六七年まで、彼はエドワードの妻、王妃フィリッパに仕え、年代記作者兼詩人という顔を持ち、名目上は上級聖職者でもあった。チョーサーの処女作で、また傑作としても知られ、制作年が一三六八年後半とされる『公爵夫人の書』を書くにあたり、彼はフロワサールの詩句を大いに参考にした。チョーサーがフロワサールを知っていたことは間違いないが、一方フロワサールも『年代記』の中でチョーサーの名前に触れているもののの、それは詩人としてではなく、下級外交官としてであった。[三]

チョーサーの読書はほとんどがフランス語、それも本場のフランス語だったことには注目していい。フロワサールのように、当時流行の詩は本場フランス語で書かれていたのだ。チョーサーがアングロ・ノルマン語を使用したのは、かなり後になって、「上級法廷弁護士の話」を書いたときのみだった[三]。彼はイタリア語も読んだだろう。教養人であれば誰もがそうであったように、彼の教養もヨーロッパ的で、そこでの共通語《リンガ・フランカ》はフランス語だった。にもかかわらず、チョーサーの気持ちは、彼の母語たる英語へ大きく傾いていた。もちろん、彼が、戦争賛歌を誇らしく歌うローレンス・マイノトのような、一般的に下層のイングランド人にありがちな狂信的愛国主義者とは無縁だった[四]。

少し後の証拠に照らせば、記録に残っていないチョーサーの数年間、彼は公僕と廷臣としての技量を習得して過ごし、二つの務めが互いに密接に関係していることを忘れなかったようだ。チョーサーが主要な典型だが、ようやく頭角を現してきた在俗知識人は、もし彼がガウアーのような私有財産を有する地主――このこと自体まれだったが――でなければ、何らかの経済的支えを必要とした。どんなに小規模であっても、修道会に所属する聖職者の公僕とは対照的に、俗人の場合、収入を約束し、本務遂行の補佐を置くか、まったく置かないか

物知りで賢い上級法廷弁護士
ブリティッシュ・ミュージアム

の選択の機会を用意してくれる教会の公職を恵んでもらえることなどあり得なかった。在俗知識人には、誰か宮廷関係者の熱心な口添えと、パトロンの支えが欠かせなかった。国王は有給の公職を自分の意のままに差配していたが、一方で、規模はもう少し小さいが、有力直臣もそうだった。公職を得る手だては、請願と奉仕の二つだった。奉仕は、それにたいする報酬に大きな幅があったが、決して名目だけのものではなかった。国王周辺の有力者は、莫大な量の土地と役得の贈与を受けた。「もっている人は与えられて、ますますゆたかになるが、もたない人はもっているものまで取られてしまう」【五】。チョーサーのように大した地位にいるわけでもない人は、取り分も少なかった。ただ、彼の場合、これから見るように、生涯通じて途切れることなくそこそこの地位を得ていた。

愛の成功者でないという表向きの主張以外に、すでに触れた『名声の館』のあの一節で（614-60行、特に、619行）、チョーサーは報酬がないことを嘆いているが、これは、定期的収入を必要としていることを、それとなく訴えてもいるのだろう。

行政の実務経験、廷臣としてフランス語と英語の歌や会話の腕を磨くこと、急速に宮廷社会の支配言語となりつつある英語での読み書き以外に、チョーサーは、以前にも経験した手紙の配達といった任務に時間を取られた。私たちはこうした彼の事情を確信していい。なぜなら、一三六六年二月、ナヴァラ国王から、名前の特定されない三名の同行者を連れたジェフリ・チョーサー宛に発行された安全通行証（これを携行する者は通行を妨害されてはならないことを告知する公式書状のこと）というきわめて間接的な形で、彼が表舞台に姿を現すからだ。【補遺D－C】この安全通行証は、黒太子が一三六〇年以降支配していたアキテーヌ地方と国境を接していたナヴァラ王国内を、チョーサーが旅することを許可するという内容のものである。チョーサーが、騎士道の鑑として当時全ヨーロッパにその名をとどろかせていた国王エドワードの長男の家でしばらく奉仕していたというのもあながちあり得ない話ではない。この安全通行証は、現在スペイン、パンプローナにあるナヴァラ公文書館に所蔵され

嵐の中の船——聖ニコラウスが「嵐」を叱責する
15世紀初頭、ビッキ・ディ・ロレンツォによる絵画
オクスフォード大学アシュモール博物館

ている。彼の旅に関して、イングランド側には何の証拠も見つかっていないし、出張目的について、この安全通行証には何も言及されていない。ナヴァラ王国は、現在のスペイン北部バスク地方をも含んでいた。そして、この王国はスペイン最大の王国レオン・カスティリャ王国から独立し、いみじくも「悪王」と呼ばれたカルロス二世（フランス名「シャルル」）によって支配されていた。

一三六〇年代といえば、イングランドとスペインの各王国とのつながりは、緊密で継続性のあるものだったが、やや複雑なところもあった。イングランドの人々の思いからすれば、スペインがイングランドの利害とは無縁の、少々離れた遠国と軽々に片付けるわけにいかなかった。穏やかな気候に恵まれれば、ブリストルからサンティアゴ・デ・コンポステラまで一週間もあれば船で渡れた。陸路についても、イングランドは、ボルドー北部からナヴァラ王国国境まで広がるガスコーニュ、もしくは、アキテーヌ（フランス語の古い呼称ではギュイエヌ）と呼ばれる領地を所有していたという重要な事実があった。アキテーヌは非常に豊かな土地で、要地だった。フランス国王は、アキテーヌについて、その（実質的所有ではなく）名目上の大君主の地位を要求した。これが、イングランドとフランス双方の戦争の主たる原因で、スペインの各王国にもそれが持ち込まれた。アキテーヌには常時イングランド兵が駐留したが、黒太子が統治していた――もしくは失政を重ねていた――一三六〇年代は危機的状況の連続だった。フランス側の攻勢で、アキテーヌ公領にたいするイングランドの領有権は削減され、ボルドーの南からナヴァラ王国に至る細長い土地に限定された。そのナヴァラ王国は、南をカスティリャとアラゴンという二つのスペイン王国と国境を接していた。そうしたなかナヴァラ王カルロス悪王（一三三二―八七）はフランスとイングランドの両国に二股をかけていた。イングランドにとって特に懸案だったのは、ナヴァラ王国の西に隣接するカスティリャ王国で、そこには極めて有能な海軍が常駐していた(3)。もしカスティリャの海軍力がフランスと手を組めば、英仏海峡へ進出することを許し、結局、海峡へ入られ、フランスとカスティリャに制海権を奪われる。その結果イングランド船舶は拿捕され、イングランド南岸の町は略奪と放火の危険に見舞われることになるからだ。一三五〇年から六九年まで、ドン・ペドロがカスティリャの王位についていた。チョーサーは彼のことを「高貴なるペドロよ、立派なペドロよ、スペインの栄光よ」（「修道士の話」、2375行）と呼び、敵はこのペドロを「ペドロ残忍王」とも呼んだ。ペドロ本人は、イングランドの味方につこうとしていたが、フランスの支援を受けていた異母兄弟のエンリケ・デ・トラスタマラによって、一三六七年に王位の座を追われた。一三六二年以降、すでに黒太子はアキテーヌ公としてボルドーに華やかな宮廷を構えていた。一三六七年、黒太子はペドロに肩入れするため、スペインに侵攻し、パンプローナ近郊の有名な「ナヘラの戦い」で勝利し、ペドロをふたたび王位に復帰させることができた。ところが、黒太子は、騎士道精神の大義からか、身代金獲得という経済的理由からか、いずれにせよ、ペドロにとって敵となる捕虜をどうしてもペドロに引き渡そうとせず、結局釈放してしまった（もし引き渡されていれば確実に殺害されていただろう）。その結果、二年も経たずに、ペドロが敵に殺害された。チョーサーはこの事件を「修道士の話」の中で悲しんだ。ペドロは、黒太子からの軍事支援にたいする応分の見返りを実行するという、かねての約束を果たすことができず、一方、黒太子はアキテーヌに戻り、自軍兵士への報酬支払いのため、ガスコーニュの人々にさらなる重税を課す事態にいたった。黒太子の肉体は消耗性の病に犯され、晩年の十年間、彼の生涯に陰を落とした。カスティリャはフランスと同盟を結び、ナヴァラ王国はフランスとイングランドの間で揺れ動いていた。

このように、一三六〇年代をつうじて、多数のイングランド人がナヴァラ王国に在留していた。ここはまた、陸路フランスを出発して、人々の信仰を集めたスペイン北西部のサンティアゴ・デ・コンポステラ大聖堂の聖ヤコブ廟へいたる巡礼街道の要路だった。この聖廟には〈バースの女房〉も訪ねたことがあり、一三六六年のチョーサーのナヴァラ旅行も、その目的地は、ひょっとすると、この聖廟だった可能性もある。もっとも、若い頃のジェフリ・チョーサーが、敬虔な人ではあっただろうが、ことさら信心深い巡礼者だったという印象はない。後年、彼の海外出張の多くを占める旅が、公務がらみの旅だったことを考えれば、この旅行も、何か公務で出かけたとするほうが妥当だろう。準騎士の身分の者が、複数の王室一家の間で奉仕先を移すことは珍しいことでなく、一三六三年にアルスター伯爵夫人エリザベスがこの世を去るのに伴い、ジェフリがアキテーヌ

帆立貝の象徴を帽子につけて歩く、
サンティアゴ巡礼の出で立ちをした
聖ヤコブ像
ルーヴル美術館

の黒太子の宮廷に移っていったことも十分考えられる。人生後半のほとんどの彼の人的交流が、兵士、行政官、廷臣との交流、それから、黒太子に随行してアキテーヌやスペインで彼に仕えていたロラード派の騎士たちとの交流で占められていた。こうした人々は、「ケントの美しき乙女」と称えられたジョーン、つまり、黒太子の妻で、その没後には寡婦となり、リチャード二世の母でもあった、かのジョーンとも強いつながりがあった。ジェフリの生涯にわたるこうした人的交流の基礎は、一三六二年以降ずっとアキテーヌに滞在していた黒太子への奉仕によって築かれたのかもしれない。とすれば、一三六六年のスペインへのあの旅は、黒太子の宮廷からナヴァラ王国の宮廷へ、もしくは、ナヴァラ王国を通過してカスティリャ王ペドロの宮廷へ派遣された、正規の、さほど重要任務でない、ありきたりの外交使節の旅だったのだろう。ペドロを個人的に知っていたとすれば、同時代の出来事に直接言及することなど極めてまれなこの詩人が、「修道士の話」の中で、ペドロの末路について、心からの哀悼の言葉で飾るという異例な扱いをすることの説明がつくように思う。しかしまた、ペドロの娘コンスタンス・オヴ・カスティリャがジョン・オヴ・ゴーントの二番目の妻として結婚した時、チョーサーの妻フィリッパが彼女の侍女として仕えるようになった事情もあわせて考えなくてはならない。チョーサーがペドロを知り、彼に同情するだけの理由は、他にもあったのである。

十四世紀スペインには、イタの主席司祭ファン・ルイスが書いた『善き愛の書』という非常に有名な詩があり、チョーサーが幅広く用いた作風を思わせる「ゴシック」風要素の強い作品だった。「『ゴシック』風」という意味は、文体に真面目さと軽薄さが同居していること、視点が複数であること、言葉遊びや諺や伝承物語などの挿入、写実性と風刺、そして、生真面目な結末のつけ方などのことである。とはいえ、チョーサーがスペイン文学について多少なりとも知っていたことをうかがわせる証拠はない。(4) むしろ十四世紀という時代が、チョーサーのような気質の人々を広く許容する余地を持っていたのだろう。

いかなる事情であれ、ナヴァラ王国を通過する旅の起点は、ボルドーから始まったはずだ。チョーサーが黒太子の下ですでにボルドーに滞在していたか、もしくは、イングランドから船旅で十日ほどかけて当地に着いたかのいずれかだろう。ボルドーは、少なくともその名前についていえば、彼に馴染みの港町だった。対仏戦争の拠点というだけでなく、父のジョンが本業としていたブドウ酒の船積み拠点で、「クラレット」というボルドー特産の赤ブドウ酒の積出港としてよく知られていたからだ。「ジェネラル・プロローグ」の中で、チョーサーは〈船長〉のことを書いているが、それによれば、この〈船長〉がブドウ酒を積み込んだのはボルドーで、航海の途中でブドウ酒を盗み飲みしているというのだ。また、〈船長〉はブルターニュ沿岸やスペイン沿岸の入り江をすべて知り尽くし、彼の航海範囲はイングランド北東のハル港から北アフリカのカルタゴにまで及んでいるともいう。つまり、スペインのすべての沿岸が含まれる。チョーサーの作品には、現在ジブラルタル海峡と呼ばれる海域も含め、スペイン沿岸のことが十数回触れられ、フランス沿岸についてはもう少し多く、イタリア沿岸については、さらに多くの回数で言及されている[5]。スペイン産のブドウ酒の質については、上等のボルドー産「クラレット」酒にまぜて粗悪品を作るのに使われるのだと、さすがブドウ酒商の息子は手厳しかった。ボルドーを出発し、チョーサーは平坦な砂地のつづく海岸沿いを、三人の同僚とその召使いたち、および、手荷物を携行し、乗用馬にまたがり、荷馬を引き連れ、必要ならば、村から村へ道案内してくれる案内人を雇い、夜になれば宿をとり、時には、修道院や個人の家に泊めてもらった。季節は二月、とても外で寝ることのできる天候でないし、特に、ピレネー山脈の西端を越えていく事態であれば、野宿など避けた方がいいに決まっている。素晴らしいこの山並みのことは、後年、彼がイタリアへ旅をする時のアルプス同様、彼の詩的想像力を刺激するほどの印象を与えなかった。彼が使ったと思われるピレネー越え三ルートのうち、一本はナヴァラのロンセスバリェス(フランス名「ロンスヴォ」)に至るものだ。ここは、ローランがサラセン人と戦い、誇り高い彼が、角笛を吹いて助けを呼ぶことも許さず、彼の最期の戦いの舞台となった所である。この話について、チョーサーは、早くも、『公爵夫人の書』で紹介し、「修道士の話」の中で、ペドロの死ぬ様をローランの最期になぞらえて触れている（『公爵夫人の書』、1123行、および、「修道士の話」、2389行）。しかし、彼の関心は、自然の景色などでなく、人間臭いドラマにあり、個人の裏切り行為に向けられている。ピレネー山脈のなだらかな南斜面には松やブナ、樫にトチノキなどの森林地帯が広がり、牧草地帯があちこちに点在し、狩猟におあつらえ向きの鳥獣も多数生息する。他に熊もうろつくことがあったが、魚が豊かに棲む川や小川も流れていた。パンプローナが唯一町らしい町だった。チョーサーの旅は非常に興味深い旅だっただろうが、スペインはチョーサーの想像力の射程の中に入っていたことは疑いないにしても、概して、戦乱絶えない諸王国は想像力を特に刺激することはなかったと言っていい。イングランド同様、スペインも、十四世紀ヨーロッパ文化の中核を形成していたフランスやイタリアからすれば、周縁の地にすぎなかった。

チョーサーがアキテーヌの地にしばらく滞在していた可能性は、彼の結婚という事実によってさらに確かなものとなる。というのは、彼の妻の消息が、ここではじめて私たちの耳にも届くからだ。彼の妻とはフィリッパのことだが、彼女は一三六六年九月十二日に、エドワード王妃フィリッパの侍女という身分で記録され、奉仕義務の報酬として年十マルク、つまり、六ポンド十三シリング四ペンスの年金給与を受け取っている。【補遺E-a】この時期までには、国王一家と王妃一家の家計・家政が一つにまとめられていた。チョーサーの妻となるフィリッパという人が、アキテーヌ地域を所管するギュイエヌ紋章院長官に就任していた伝令官サー・ジル・ロエの娘の一人だったことはほぼ間違いない。おそらく、チョーサーがフィリッパと出会ったのも、このアキテーヌでのことだった。そして、チョーサーがナヴァラ王国内を通行する旅が終わった後、一三六六年二月に、二人ともイングランドへ帰国した。チョーサーが王室での就職口を見つける前に、フィリッパはすでに王妃に仕えていたようだ。父親がそれなりの名門の出なのだから、フィリッパもれっきとした良家の令嬢だった。伝令官とは、中世の宮廷特有の役人で、あまたの儀式を仕切り、自他を識別する紋章をその有資格者に付与する責任を帯びていた。紋章付与がいかに深刻な問題となるかは、「スクループ・グロウヴナ紋章裁判」から理解できる。

また、伝令官の仕事には馬上槍試合を主催し、試合の判定を行うことが含まれ、戦時には交戦相手国との間の交渉使節の任務も担った。ジェフリは、フィリッパと結婚することで、やがて伝統的で雅な宮廷の晴れ舞台にのぼる足がかりを得た。

サー・ジルはフランドル人騎士で、王妃フィリッパの出身地と同じエノーに土地を持っていた。彼は、しばらくの間、王妃付騎士を務め、王妃フィリッパの姉で神聖ローマ帝国皇妃マルガリト家の家政を任された時期もあった。言葉を変えれば、サー・ジルは互いに姻戚関係にある王室を行き来していた生え抜きの廷臣だった。こうした経歴を背景に、父親が二人の愛娘フィリッパとキャサリンのために、イングランド王家で仕事を見つけるのはさほど難しいことではなかった。フィリッパは王妃の侍女に収まり、もう一人の娘キャサリンはジョン・オヴ・ゴーントとブランチとの間に生まれたランカスター家の子供たちの養育係になった。サー・ジルのことは、「サー・パーン」もしくは「サー・ピョーン」と呼ばれることが多いが、この「パーン」または「ピョーン」という語は、フランス語で「雄孔雀」やチェスの駒「ポーン」を意味する渾名のようだ。おそらく彼は、どちらかといえば、派手好きで、大言壮語癖があり、自信過剰の平凡な男だったのだろう。しかし彼がイングランドでこの世を去り、大火焼失前の旧セント・ポール大聖堂に埋葬されたという事実以外、彼の詳細は不明である。

フィリッパ・チョーサーについて言えば、一三八七年六月十八日付を最後に、それまでの間確実に彼女宛の年金給与が支払われている（夫のジェフリが、自分の年金給与分割払金を受け取りに行く際に、妻の分も受け取るのが慣例となっていた）。夫は十一月七日付で自分の分しか引き出していないところから、フィリッパは秋頃までには死去したと考えられる。チョーサー夫妻の結婚生活は二十年を越えていたことになる。当時の男女の寿命や家庭環境を考えると、これほど長く連れ添うことはまれで、運がよかったと考えてよいかもしれない。とはいえ、フィリッパがこの世を去った時、彼女はまだ四十代だったようだ。またこの間、夫婦は離れて暮らすことが多かった。フィリッパは、一三七一年にランカスター公ジョン・オヴ・ゴーントが二番目の妻として迎えたコンスタンス・オヴ・カスティリャの侍女として仕えるようになり、ロンドン以外の地で生活することが多く、一方、夫は、海外出張がなければ、ほとんどロンドンに生活の拠点があった。夫婦の間には、少なくとも二人の子供がいた。

準騎士が侍女と結婚することは異例ではなく、チョーサー夫妻も、廷臣の職場結婚の典型的カップルだった。フィリッパの名前とジェフリの名前は、クリスマスを迎えるための衣服と衣服代支給を裁可する一三六八年の王室関係者一覧に出てくるし、一三六九年に王妃フィリッパ逝去に伴い、喪服支給を命じる令状一覧にも出てくる。一三六八年には、フィリッパ・チョーサーは十三名の侍女の一人で、一三六九年には、十六名の侍女の一人である。一三六八年の文書では、彼女の名前は貴族の各夫人の名前のすぐ後に出てくるが、一三六九年の少し長めの名簿一覧では、彼女の序列はずっと下になっている。また、一三六九年の文書の名簿の場合、宮廷社会特有の身分序列が詳しく記載されているのを私たちは観察できる。国王の孫娘、ジョン・オヴ・ゴーントの幼い子供たち、そして、同じく身分の高い貴婦人数人に、それぞれ喪服生地十二エル分が支給され、ブルターニュ伯爵夫人などは十三エルの布地を受け取っている。【補遺F－b】故王妃の姉エリザベス・ホランド夫人も十二エルの布地と毛皮を受け取っている。ほかに、それほど身分の高くない女性たちは、九エルの布地と毛皮を支給され、最後に、毛皮なしで八エルの布地を支給された女性たちが二人いる。以下、侍女の大集団がつづく。フィリッパ・チョーサーは、上記の女性たちよりも一段低い扱いを受けるこの集団の一人で、彼女たちはわずか六エル分の黒色「長衣」用布地を支給される。その後には、さらに、身分の低い侍女集団がつづき、各自六エル分の黒色「短衣」用布地を支給される。女性集団の後は有力騎士の番で、彼らは九エル分の黒色長衣用布地を受け取っている。

王室の役人に支給される布地は、十二エルから九エルまで色々だった。

布地の長さは、当人の体格や何着必要かといった実用性に配慮するより、主に身分の上下で決まった。チョ

「指輪を交換しながら遊び戯れて……」
パリ国立図書館（MS. fr. 1586, f.56）

ーサーを含め、国王私室付のジェントルマンには、三エル分の黒色短衣用布地が支給された。支給方法は、必ずしも、単純一律な方法ではなさそうで、ウォルター・ノーマンと彼の四十一名の同僚、「船頭仲間」（原文は、あくまでも括弧付きフランス語とでも言うべきで、英語が混在する語彙 'noz Bargemen'）、百二十四名の馬番に、それぞれ黒衣仕立用として幅一エル、長さ四エルの布地が支給されるが、どういう理由からなのかは判然としない。

王妃フィリッパは、一三六九年八月十四日に生涯を閉じた。次に私たちがフィリッパ・チョーサーに言及されるのを目にするのは、ジョン・オヴ・ゴーントの新妻で、ドン・ペドロの娘コンスタンス・オヴ・カスティリャへの奉仕にたいして、一三七二年八月にフィリッパ宛年金給与十ポンドの支払いを裁可する文書の中である。ゴーントとコンスタンスの間には、一三七二年に娘が、一三七四年に息子が生まれたが、息子はまだ幼い時期に亡くなっている。私たちの知るかぎり、フィリッパはこの後、生涯にわたりコンスタンスの元を離れず、誠実に仕えた。そのコンスタンス自身は、一三九四年三月にこの世を去った。彼女は短い生涯の約半分をイングランドで過ごすことになったわけだが、「規律正しい敬虔な暮らしの鑑」とされた(6)。彼女はイングランド宮廷になにがしかの印象深い痕跡を残すこともなく、自分から積極的にイングランド生活に溶け込もうと努力するわけでもなく、そうするよう勧められることもなかった。彼女の結婚は政略結婚で、心は母国に残してきたままだったのだ。彼女との結婚にあたり、ランカスター公の狙いは、スペイン王位の座を手に入れることにあり、また、ランカスター公がコンスタンスと結婚したまさにこの時期、フィリッパ・チョーサーの妹で、サー・ヒュ・スウィンフォードの妻キャサリンがすでにゴーントの愛人になっていたからだ。愛人キャサリンの立場はストランド街に威容を誇るゴーントの壮麗なサヴォイ宮や居城ハートフォード城のみならず、ガーター勲章授与式など重要な宮廷の盛宴やウェストミンスターでの公式の場でも、公然と認知されていた。彼女は、ジョン・オヴ・ゴーントから相当まとまった額の手当を受け取っていたので、羽振りがよかったに違いない。コンスタンスが亡くなると、二人の不倫関係は、ローマ教皇の特免を願い出ることで（そして、その特免を得て）、晴れて認知され、ゴーントはキャサリンと正式に結婚し、二人の間に生まれた四人の私生児も嫡出子として認められた——当時、すでにこの子供たちは教会や王国内で高い地位に就き、名誉も富も手にしていたのだが。

キャサリンと妻フィリッパが姉妹にあたることから、かつてはチョーサーがジョン・オヴ・ゴーントの庇護下にあったとのうがった見方をされることもあったが、そのような事実はない。ただしフィリッパ自身が贈り物など様々な形で、恩恵に浴していたことはあったかもしれない。たとえば、一三七三年一月一日に新年の贈り物として六個の銀を被せたボタンと飾り布《バトナー》を受け取っている。飾り布というのはボタンを付ける細長い布切れのことで、そこにバラの花や真珠の図柄の刺繍を施すこともあり、十マルクの値打ちの飾り布もあった。十マルクといえば、かつて国王エドワード三世がフィリッパに支給した年金給与総額に相当する。したがって、これは決してささやかな贈り物などでなかった。一方、一三八〇年の新年の贈り物として、彼女は、他に三名の侍女と一緒に、銀を被せた蓋付酒杯かゴブレット一個を受け取っている。さらに、一三八一年と一三八二年にも同様の酒杯をそれぞれ一個ずつ受け取っている。合計三個の酒杯は、いずれも価値はあるが、他の同僚侍女たちに与えられた贈り物と似たり寄ったりで、特に彼女にだけ目をかけている様子をうかがわせるようなものではなかった。ゴーントからフィリッパへの贈り物とその他各種下賜金の記録はこれで全部だ。【補遺E–c】一三八六年二月十九日に、フィリッパはリンカン司教座聖堂信心会へ入会することが許可された。この信心会は在俗信徒が所属する集団で、（聖堂参事会長の下で）聖堂と礼拝式を監督運営する参事会士ともつながりがあった。そして、この信心会には、ランカスター一家が格別強い関心を寄せていた。この信心会の兄弟姉妹たちは、常住聖職者が毎週この聖堂で執り行う三十回から四十回のミサなどの霊的恩沢にあずかることができた。こうして徳を積むことで、死後の魂の煉獄滞在期間が短縮されるというわけだ（「煉獄」とは、人が想像力を働かせてせいぜい思い浮かぶとすれば、中世の廷臣たちの魂ご指定の落ち着き先だというぐらいのことだった）。そこで、この信心会は、入会しておけば何かと御利益がある所だということになり、ジョン・オヴ・ゴーントもこの信心会の会員に加わった。つづいて四人の身内が入会を認められた。まず、ゴーントの長男で、当時すでに十九歳になり、将来国王ヘンリ四世となるダービ伯ヘンリ・ボリングブルックだ。次に、ジョンがキャサリン・スウィンフォードとの間にもうけた私生児ジョン・ボウフォート。三番目に、キャサリンが前夫との間にもうけ、すでに大人に成長していた嫡出子トマス・スウィンフォード。四番目が、当時十三歳のロバート・フェラーズで、彼は、ジョンとキャサリンとの間の私生児ジョーン・ボウフォートと結婚することになる人だ。「まだ合法的な身内というわけではない」にしても、忠誠を尽くして仕えてくれる叔母フィリッパ・チョーサーが、こうした内輪の集まりに加わるというのは破格の厚遇だったようだ。おそらく、キャサリンはすでに会員だった。まだ未加入だったのは、ジョンの正妻で、信仰心の篤い人であるにもかかわらず、無視されていた可哀相なコンスタンスその人だけだった。

いささか先走ったが、ここにも次の二十年間、チョーサーを取り巻く宮廷生活の一端を垣間見ることができよう。一三六七年、チョーサーには王室より、「朕の親愛なる『上席従者』(ラテン語では *vallectus*, フランス語で *esquier*)」として、彼が捧げてくれた、そして捧げてくれるであろう「良き奉仕」に報いる年金給与が支給された。【補遺G】ただし、王璽令状や開封勅許状はすべて当時の慣行に忠実な書式で書かれた正式のものだったが、チョーサーは、ここに記載のある奉仕以外に、もっと前から王室に仕えていた可能性もある。一般的に言えば、王室出仕までの手続きは、国王自身、もしくは王室執事や大蔵卿が、本人の請願や友人、有力関係者の請願でチョーサーの雇用に同意するというものだった。王室執事か大蔵卿が王璽尚書宛に雇用指示書を送達し、王璽尚書付事務官の一人が、国璽尚書、つまり、大法官宛にフランス語の開封勅許状を作成した。それを受け、国璽尚書付事務官が、開封勅許状のラテン語訳を当該年度の巻物公文書束に「登録し」、写し一部をチョーサーに発行した。雇用されたチョーサーが自分の給与を受け取りたい時、まず、「支払権限授与令状」と呼ばれる手当支給の公認書、もしくは、命令書を事前に用意しなければならなかった。それから、彼は、イースター期とミクルマス期の二期に分けた分割金を受け取るために、先の「支払権限授与令状」を提出する必要があった。同様の手続きを経て、しばしば、チョーサーは妻の代理人として、フィリッパの分も受け取ることがあった。こうした給与支払いの仕組みは、比較的複雑な手続きを伴うが、非常に効率よく機能してきた。チョーサーの場合、時々、年金給与の一部を前借りすることがあり、受け取るべき時期に海外にいることもあった。さらに、年金給与支払いが滞って、未払金になることもあり、チョーサー本人に代わって、代理人が受け取ることも時にはあった。しかし、チョーサー夫妻はきわめて規則正しく自分たちの年金給与を受け取っていた。受給者は財務府において現金で自分の給与を受け取る、これが通常の手続きだったが、お金が「指定人払い」で支払われることも時々あった。「指定人払い」というのは、受給者本人が、国王に借金をしている誰か別人から、本人の給与に相当する金額を受け取るよう指示するものである。時には、その負債者が、支払い能力がなかったり、支払う意志がなかったりする場合もあった。その時には、受給者は、もう一度、財務府へ戻る必要があり、前よりさらに複雑な会計処理が発生することになる。つまり、受給者から国王への架空貸付金として残り、後日、現金で「払い戻される」ことになるのであった。その後、日々の会計報告の一定期間がすぎて、「支出録」と「領収録」の二つの文書が正式に記帳される際、「領収録」の上では清算されたことにして、一方、総括文書（つまり「支出録」）の上では「指定人払い」による支払い不調に関する元の会計報告書の詳細を変更せず、そのままにしておいた。さらに、会計監査と会計管理という仕掛けもあった。豪華な宮廷生活の表の顔の背後にあって、華やかさを可能にしてくれる支えこそ、この会計監査と会計管理だった。そしてこうした任務と事務官たちが、王室その他のまわりにいた数百名からなる包括的ネットワークを形成し、ほどほどの実務に携わり、やがてチョーサーにも回ってくるような、ほどほどの収入の官職を得ていた。私たちは、『実録チョーサー伝』の中で、この種の仕事に携わる人々の名前に繰り返し出会う。彼らの上には、大ジェントリ層の人々、政治、党派、行政の指導者となって権力の座に上りつめる高位聖職者、大法官に就任する司教、有力商人を自分たちの仲間に引き込む王家の執事、といった面々がいた。関係者の数がどれほどの規模になるか、実数を正確に把握することはむずかしいが、一三六八年のクリスマス用に衣服を支給するよう大納戸部事務官宛に出された一通の命令書が参考になるかもしれない。【補遺F-a】チョーサー夫妻、国王一家と王妃一家の構成員を含む支給者名簿は、次のような人々から順次列挙されていく。まず、一覧表の左側に王室の公爵をはじめとする諸侯、右側には王妃一家に所属する貴婦人がそれぞれの肩書きで出てきて、以下、左側の列に男性群、右側の列に女性群の名前が職種別に列挙されている。序列は上位から順番に、(平)騎士、事務官、準騎士、王室武官、その他の衛視たち、準騎士鷹匠、伝令官、旅回り楽人、それに各種「ギャルソン」の身分の者がつづく。名簿一覧の人数は最終的には六百名を超す数に上った。私たちは、この大群衆のどこか上の階層の中にチョーサーの友人、つまり、彼の作品の最初の聴衆であり最初の読者を見つけ出さなくてはならない。もし私たちが上位の名簿を例にとれば、そこには四十余名の男性陣にたいして約十三名の侍女がいた。したがって、チョーサーの詩から推察されるところでは、彼の直接の聴衆には、多数とまではいかないにしても、かなりの数の侍女がいたのだ。

支給されたクリスマス用衣服が、全員同じ種類だったかどうかは不明である。クリスマス用衣服は高額で、それにかかる費用も膨大な額に達したに違いない。名簿に出ていないが、召使いもかなりの数にのぼった。この仕事に欠かすことのできない仕立て職人ばかりでなく、総勢数百人にも及ぶ召使いたちにも衣服が支給されたのである。そしてさらに、こうした人々全員が、食料と住居を必要としていた。厳密に序列化され、自分の身分を意識し、必然的に互いに近接して、家族ぐるみの付き合いをして暮らすこうした多彩な集団の人々は、一人の想像力豊かな人物にとって、興趣の尽きない、魅力ある光景を提供してくれたに違いない。この集団の中から、彼の第一聴衆がしばしば用意されたのだ。またそれだけに、いったん宮廷生活に何か緊張が発生し、緊迫感が走ると、気まずい雰囲気になることも確かだ。ライバルを蹴落とそうする野心、裏切り、欲望の渦巻く舞台でもあった。チョーサーの心は共感と辛辣な皮肉、ないしは、激しい嫌悪感の間で分裂していた。「烏合の衆から逃れ、誠実に暮らす」――これはチョーサー個人の生き方を伝えているまれな詩の冒頭の一節で、詩全体の主題である(『誠実：よき忠告を歌うバラッド』、1行)。

チョーサーは、みずからの一部の中に宮廷生活を渇望した。フィリッパ・チョーサーが王妃フィリッパの侍女に任命されて一年後、一三六七年六月二十日にジェフリ・チョーサーの名前が王室登録名簿に出てくる。報酬は年二十マルクだった。

第5章

エドワード3世の宮廷で

CHAPTER FIVE

AT THE COURT OF EDWARD III

一三六七年六月、「我らが親愛なる『上席従者』(ラテン語では *vallectus,* フランス語で *esquier*)」として彼が捧げた「良き奉仕」に報いるものとして、チョーサーに年金給与が与えられた。「上席従者」に当たるラテン語は「ヨーマン」(yeoman)という英語に翻訳されることが通例だが、その「ヨーマン」は身分としては、「準騎士」(英語で esquire)よりも低い。ただし、雇用関連の契約書の場合、フランス語で書かれた契約書はラテン語で書かれた公文書より正確さに欠けるところがある。一三六八年十一月と一三六九年五月の文書の場合、チョーサーの身分は「準騎士」(フランス語の esquier)と記載され、一三六九年九月の文書では「下級」準騎士と記載されている。この肩書きは、彼が王室において些末な仕事しか与えられていなかったわけではなく、確かで重みのある仕事に従事していたことを意味しているが、いずれにしてもまだ王室の中枢に入るまでには至っていなかった。【補遺G】

神聖、魅力、功利、あさましいくらいの利己主義——現代の私たちには謎めいて見えるが、こうした要素を全部呑み込んだ大きな力が、国王という人格のまわりを回転していた場所、そこが宮廷だった。そして宮廷がかもし出す独特の雰囲気としきたりを決める主役が国王だった。エドワード三世は自分の力と弱点をほとんど完全に自覚し、若くしてすでに老成した感があり、十四世紀イングランドの理想的国王であった。(1)

自らの意志で実行に移した最初の行動は、一三三〇年、十八歳の時に、ロジャー・モーティマー

扉図版：
「ガーター勲爵士団」の守護聖者、聖ジョージ像
ジャック・ド・バールゼ作の装飾衝立(部分)、ディジョン美術館

を逮捕したことだった。モーティマーはエドワード三世の母イザベラの愛人で、イングランド王国の実質的支配者だった。モーティマーの専横ぶりは、殺されたエドワード二世の寵臣たちのそれに劣らず暴虐をきわめ、反感をつのらせる向きも多かった。モーティマーを排除しようと画策した中心人物はエドワードだったが、年配のランカスター伯と、王璽尚書で、後にダラム司教となるリチャード・ベリもそれに手を借したか、あるいは少なくとも後押しをした。[1] さらに頼もしい支援が、エドワードと同年の友人で、王室付上席従者《ヨーマン》のウィリアム・モンタギュから寄せられた。若い友人と力をあわせ、エドワードは大胆にもノティンガム城にいたモーティマーを急襲した。そして数週間後、モーティマーの同輩は議会でモーティマーを国家反逆罪で断罪し、生きたまま五臓六腑をえぐり出し、絞首刑に処するという、身の毛もよだつ判決を言い渡した。モーティマーはロンドンのタイバーンで処刑された最初の死刑囚で、国王は見せしめにその遺骸を二昼夜刑場に晒すよう命じた。[2] ただし、それ以上の大規模なモーティマー派一掃は控えられた。エドワードは母親にも寛大な処分をした。母親はそれまで手にしてきた大きな収入を放棄しなければならなかったが、一年に三千ポンドを与えられ、ノーフォーク州のライジング城（現在は廃墟）にまだ三十六歳の身で隠棲することで許された。彼女はそこで鷹狩りをし、ロマンスを読みながら、信仰生活を送った。

エドワードは、王国統治に有用な人材として、有力諸侯らときわめて良好な関係を築いた。ランカスター伯は、モーティマー失脚後、政治の表舞台に出ることはなかったが、当代随一の貴公子の誉れ高く、将来の跡継ぎとなる息子のヘンリ・オヴ・グロウモントは、その生涯の約三十年間、エドワードとの友情を絶つことはなかった。見境無く競争に明け暮れ、荒廃したエドワード二世の治世は、いかにも貴族らしい性格や嗜好が無理なく自然にあらわれてくる息子エドワードの振る舞いで癒された。エドワードと同時代の騎士で、年代記作者のサー・トマス・グレイは、『スカラクロニカ』の中で、若者らしい陽気な生活を謳歌するエドワードと彼の友人たちに肩入れしている。[3] エドワードには、中世の人々なら誰もが国王たる者にふさわしいと納得できる行動をとる才能が備わっていた。戦争をすること、気前よく金品を与えること、平時には馬上槍試合、鷹狩り、狩猟をたしなむこと、教会へ通い、恋をし、まわりの者にも自分を見習うように勧めること。こうした行動が、宮廷で名誉とされる暮らし方だった。しかし、その最大関心事と言えばやはり戦争だった。

ここで、一三三九年から一四五三年まで、間欠的にだらだらと継続する、いわゆる「百年戦争」の複雑な発端とその後の経過を事細かに議論する必要はない。ただ、フランス国王が挑発したことは紛れもない事実だ。エドワードには、なにがしかの実現可能な法的権利があった。スコットランドとイングランドの間と同様、フランスとイングランドの間にも宿怨があり、そして、スコットランドとフランスとの間にはイングランドにとって脅威となる同盟関係があった。英仏海峡ではフランスとスコットランドによる海賊行為が横行し、北ヨーロッパ各王国と公国との間には確執と同盟が複雑に絡み合っていた。しかし、煎じ詰めれば、フロワサールが明らかにしているように、当時青春の盛りにいた国王エドワード三世が、なんとしてでも武勲で名をあげたいと願望したことが事の核心である。戦争とは高貴な者が行うべき義務であったし、国王の側近たちが、戦争に慣れない人ばかりの無防備なノルマンディから沢山戦利品をせしめようと国王に囁いた。

エドワードは助言を受け入れるタイミングを心得ていた。彼は軍隊を指揮する見事な手腕を持つ司令官でもあった。彼は三方面攻撃と守備の戦法を理解し、それをしっかり守った。この戦法は、友軍支援を目的とする戦術的予備兵力温存を併用する戦い方で、彼にとって何度も役立った。イングランド軍はノルマンディ略奪に大成功した。兵士はいくつもの町を襲撃し、男性を殺し、女性を犯し、人々の物品を分捕り、持ち去ることのできない物には火を放った。フロワサールにさえむごい戦さだったと言わしめている。しかし、当時の戦争ではこうした残酷な行為がよくおこなわれてもいた。一三四六年七月二十六日の「カーンの戦い」のように、夏の晴天であれば、国王は夜明け前に起床し、太陽が昇らないうちにミサにあずかり、それから、格好の標的たるカーンの町まで軍を先導し、殺害と略奪を実行するというのが通常の戦い方だったようだ。なお、当時のカ

民家の略奪
ブリティッシュ・ライブラリ（MS. Royal 29 C VII, f.41v）

ーンは織物その他の商業活動で繁栄しており、裕福な町人や貴婦人が暮らし、美しい教会、とりわけ、二つの壮麗な大修道院を擁する大都市だった。サー・トマス・ホランドのように、町の各路地にまで馬を進め、辱めを受けそうになっていた多くの婦女子や修道女を救い出そうとする者は例外で、フロワサールの証言によれば、イングランド軍兵士には温情のひとかけらもなかった。国王は激怒したが、その理由は、カーン市民が断固として抗戦し、イングランド兵を五百名以上殺害、もしくは負傷させたからだった。あとあと必要な兵力をここで失うことになるからと説得されてようやく、国王はカーン市民の皆殺しをあきらめた。（隻眼で知られた）サー・トマス・ホランドにとっては充実した一日だった。多くの貴婦人を救出しただけでなく、彼はフランス元帥とタンカーヴィル伯の二人を捕虜として捕らえ、エドワードは彼からこの価値ある戦利品の人質を、二万ノーブル金貨で買い取った。ノーブル金貨はこの国王治世下ではじめて鋳造されたもので、一ノーブル金貨が六シリング八ペンスに相当した[三]。

　チョーサー自身と「ジェネラル・プロローグ」の〈騎

士見習い〉がピカルディとアルトワ一帯で行った騎馬行軍（フランス語で *chevauchée* と表され、チョーサーはそれに chivachye という英語を充てている）は、「クレシーの戦い」で遺憾なくその実力が発揮された。エドワード三世も黒太子もこの戦いを機にヨーロッパ中に自分たちの武名を轟かせたが、それは国王の性格が垣間見える戦いでもあった。一三四六年八月二十五日金曜日の夜、国王は主だった貴族を食事でもてなし、皆がいなくなると、一人で小礼拝堂にこもり、明日は（勝利よりは）我が名誉にふさわしい振る舞いができるようにと祈った。眠りについたのは深夜だったが、ミサにあずかるため、早朝には起床し、彼は息子と家臣を連れて、告解を聴いてもらい、罪の許しを得た。それから、彼は全員に戦場のしかるべき場所に集まるよう指示した。作戦の手際は素早く、軍用荷物と馬を隠しておくために、森のそばに防御を固めた場所を確保し、騎士たちを馬から降ろした。いつものように、彼は全部隊を三個大隊、もしくは、三個師団に分け、彼自身はいよいよ決戦という時に出陣する戦術的予備軍である第三師団を指揮した。第一師団の指揮をとったのはエドワード三世の長男で、皇太子の正式称号「プリンス・オヴ・ウェイルズ」を与えられたばかりのエドワード・オヴ・ウッドストクだった。この戦いの時点では彼も十六歳の若武者に成長し、当時の人々はそういう呼び方はしなかったが、後の歴史家たちが「黒太子」と呼んだ当の人物だ。

戦局は、指揮官としてのエドワードの才能と強運ぶりを証明してくれるが、それは必ずしも王の個性を反映したものではなかった。フランス軍の統率が乱れるのを尻目に、イングランド軍の弓兵は、手慣れた弓さばきで、次々とすさまじい勢いで正確に矢を放ち、エドワード軍に加わっていた小柄で半裸のウェイルズ兵は、手にした長刀で、敵の馬の後ろ脚の「飛節《ひせつ》」と呼ばれる腱に狙いを定めて切断する。武具をつけたままもんどり打って地面に叩きつけられた騎士は味方の助けもないまま殺された。それでもフランス軍はエドワード軍を数の上では圧倒し、勇敢に戦いもしたので、黒太子の指揮する前線部隊は押され気味だった。何を根拠にしたものか、その真偽は別にして、ここでのやりとりとして次のような逸話が伝えられている。黒太子の周囲にいた人たちが父王のもとへ使者を送り、国王指揮下の予備軍を前線へ増援してくれるよう懇願した。フロワサールによれば、国王は次のように尋ねたという（引用はバーナーズ卿の英訳に拠る）。

「息子は戦死したのか、負傷したのか、それとも落馬したのか」。騎士はこう答えた。「いいえ、陛下、そうではありません。殿下は激しい抵抗を受けておられます。ですから、陛下の支援を必要としておられます」。すると、国王は言われた。「そうか、おまえを私のもとに送ってきた息子と家臣たちのところへ戻って伝えてほしい。息子が生きている間は、その身に何が降りかかろうと私のもとへもう伝令など送ってくるな。また、彼らにこうも伝えてほしい。今日のところは、我が子が武勲で名をあげるまで皆で耐えてくれ。もし神の御意にかなうなら、この遠征（つまり、決戦の日）の勝利は、もっぱら我が子とその家臣たちの名誉となることとだろう」。(3)

というわけで、使者役の騎士が戻ると、黒太子の周囲にいた家臣たちは大いに奮い立った。

自治都市カレーの市民についての逸話を伝えているのはフロワサールだけだが、彼の話を頭から嘘だとはねつける理由はないし、またそれはエドワードの性格をよく伝えてもいる。国王によるカレー攻めがひたひたと迫ってくると、カレー守備隊司令官は糧食を節約するため、男女子供を含めすべての貧しい市民を町の外へ追い出した。その数は千七百人にのぼった。哀れな難民がイングランド兵の方へ近づくと、何をしているのかとイングランド兵から尋問された。国王は彼らの窮状を耳にすると、彼らに食事を与え、各自に一ペニ貨を二枚あて施すよう命じた。こうした気まぐれな寛大さは戦争の恐怖を少しは和らげてくれるが、すべてを奪われ、遺棄された人々のその後の運命はどうなったのだろうか。難民の災厄の原因が自分たちだという思いは、哀れみをかける側の人々には微塵も浮かんでこなかったようだ。

カレー守備隊は飢えのせいで数が減り、彼らはイングランド側と名誉ある降伏条件について話し合いたいと望んだ。ところが、彼らの再三にわたる抵抗に激怒したエドワードは無条件降伏を迫り、これを機に、多数の守備隊兵士を殺害しようとした。しかし、国王の部隊長たちがこれをたしなめた。その結果、フロワサールによれば、エドワードは要求を変え、カレー正市民の中から有力者六名を選び、かぶり物をつけず、裸足で、すね当てもつけず、下着だけをつけ、また首周りには絞首索をつけ、カレー市とカレー城の鍵を持参し、全面的に国王の意に従うように求めた。現実におこなわれた屈辱の儀式一つ一つは意味ありげで、これみよがしで、芸術的とも言えるような象徴的意図がうかがえ、国王の人となりや、時代の特徴がよく表現されていた。カレーの最も著名な正市民たちの姿を目撃したイングランド兵は、誰もが憐憫の情に動かされて涙したが、国王は情け容赦ない目で睨み、彼らの首をはねるよう命じた。そこへ、出産間近い王妃フィリッパが彼の前に（いつものように）跪くと、命を救ってやることはできなかった。国王の心はようやく和らいだ。これまであまり注目されることがなかったが、チョーサーの「騎士の話」の中で、狩りに出ているセシウス公が、パラモンとアルシートという二人の騎士が争っているところに出くわす場面があり、カレーでの王妃の逸話はこの場面に酷似している。パラモンはセシウス公の牢獄から脱走し、アルシートはもし戻れば死をもって罰せられるという条件で国外追放されていたのだ。二人を見たセシウス公は憤然と身を震わせ、両人に死罪を申し渡そうとするが、公の妃と彼女の妹が公に二人を許すよう哀願した。結局、「惻隠の情が、すぐさま、高貴な心の中を駆けめぐる」という言葉をそのまま映し、公の気持ちは和らぐことになる。「騎士の話」でチョーサーが気性の激しい、それでいて寛大な騎士道の体現者セシウス公の肖像を描くにあたり、絶頂期のいかにもエドワード三世らしい振る舞いを念頭に置いていたことは想像に難くない。

臣下たる国民や敵にたいして容赦しなかったように、自分にも厳しいところがあったので、エドワードは人々から愛されたのだ。彼は冒険小説さながらの危険を冒すことも厭わなかった。一三三一年四月、まだ十九歳で、クーデターに成功した直後のこと、彼はポン・サント・マクサンスでフランス国王フィリップ・オヴ・ヴァロアと秘密会合を持ったことがある。(4) その際、エドワードは商人の扮装をして彼の地まで旅をした。お供をしたのは、彼よりわずか二、三歳年長のヘンリ・オヴ・グロウモントだった。この話には信頼に足る文書もあるが、内容はまるで『アラビアンナイト』さながら、中世のロマンスを地で行く逸話だ。エドワードは、年に三、四回豪華絢爛たる馬上槍試合を催すのを恒例としていた。一三四八年四月九日にリッチフィールドで開催された試合には、国王自身がサー・トマス・ド・ブレイドストンの武具に身を固めて参加した。この試合の主要参列者には白色フード付き青色長衣礼装服が支給され、王女イザベラと六名の身分の高い貴婦人、それに加えて、後にチョーサーの妻となるフィリッパを含む侍女二十一名にも同種のコートとフードが支給された。彼女たちは皆、顔を隠す面頬や仮面をつけ、会場では人目を引いていた。同じ一三四八年に、再び仮面をつけた女性たちが、馬上槍試合の競技者と一緒に、カンタベリの市中へ入ってきたこともあった。「黒死病」のことなどまるでお構いなしに、こうした楽しい饗宴が途切れることなくつづいた。

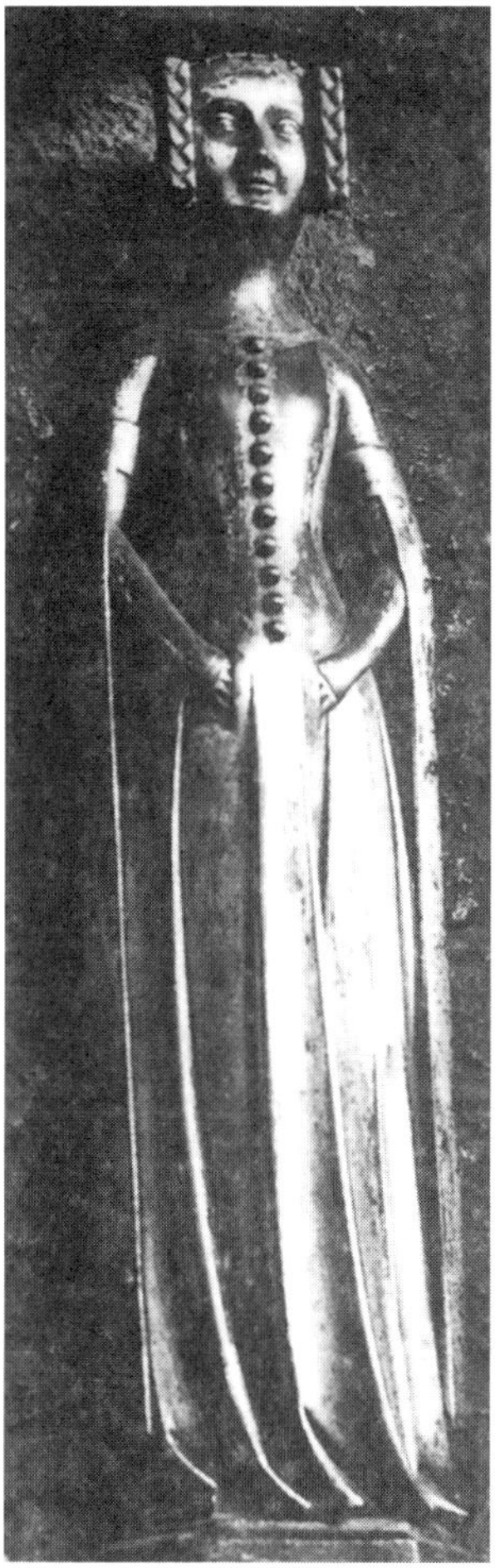

エドワード三世の宮廷の女性

右手に小さな「心」をつまみ、それを女性に差し出そうとしているところ
アラスのタペストリ、クリュニー美術館

これよりさらにロマンティックで、エドワードの別の一面を如実に物語ってくれる秘話がフロワサールによって伝えられている[5]。それは、彼がソールズベリ伯爵夫人キャサリンと恋に落ちた話だ。フロワサールが書き留める歴史の多くがそうであるように、この話も芸術の域にまで高められたゴシップといった風情だが、なにがしかの歴史的事実を根拠にしてはいるのだろう。いずれにしてもこの話は、エドワードの宮廷を支配していた恋愛感情を象徴している。挿話の舞台は、一三四一年のスコットランド戦争の最中である。この時、エドワードは三十歳そこそこで、結婚して十五年が経ち、すでに何人かの子供の父親になっていた。スコットランド軍がある城（おそらく、ウォーク城）を包囲しており、この城は初代ソールズベリ伯ウィリアム・ド・モンタキュートの居城だったが、彼は当時フランスで捕虜となり、夫人が夫の留守を守っていた。エドワードが迅速に到着したおかげ

でスコットランド軍は撤退し、彼の手勢は馬ともども疲労困憊していたが、その撤退を彼はとても悔しがった。スコットランド軍の宿舎を彼が接収し、ソールズベリ伯爵夫人のいる居城を訪ねた。豪華に着飾った彼女が出迎えて、彼に挨拶した。「すると、皆がその美しさに驚嘆し、際立つ美しさだけでなく、高貴な振る舞いにも、そして優しい言葉遣いや彼女が見せる表情にも敬意を払わずにおれなかった。夫人は国王のもとへ来ると、地に跪いて彼の助けに感謝し、城の中へ案内し、それが当然の務めとばかり、彼の労をねぎらい、厚くもてなした」。国王の「心が、至純愛の火花に打たれ、その火花が以後いつまでも消えなかった」のも当然だ。こうして、二人は手に手をとって城内へ入っていった。彼は窓下の腰掛けに座り、黙ったまま心ここにあらずといった風情だった。皆で彼を元気づけようとし、伯爵夫人も心のこもった挨拶をした。その彼女に向かって国王はこう打ち明ける。「ああ、美しい方よ、あなたのお姿から立ち上る優しい仕草、非の打ち所のない分別に、深い思慮、気品ある見事なお美しさ、そのいずれもが、私の心に大きな衝撃を与え、私はあなたを愛さずにはおれないのです。あなたの愛が得られなければ、私は死んだも同然です」。勇敢で若くて意気軒昂で見目麗しいこのイングランド国王から直に言い寄られれば、誰がそれを拒むことができるだろうか。ところが、フロワサールによれば、彼女は夫が虜囚の身であることを告げ、彼を拒んだというのだ。二人は手を洗い、食事の席についたが、国王の方は食事が一口も喉を通らず、口数も少なかった。側近の騎士たちは、国王のふさぎこんだ様子にあわてた。そのようなことは、かつてなかった。なかには、スコットランド兵が逃走したことが原因だと思う者もいた。その日ずっと、エドワードの心の中では、伯爵夫人への愛が、人の道を重んじる信義や誠実さと葛藤していた。しかし、結局、彼は「きまり悪そうに」この城を出立して、スコットランド兵を追ったのだった。

これぞ宮廷風「至純愛」で、お定まりの色好みとは一線を画すものである。あるいはフロワサールには、わざわざこれに気づかせるようなつもりはなかったのかもしれないが、従来、この貴婦人の正体は国王の従姉妹ジョーン・オヴ・ケントのことだとされてきた。波乱に富んだ結婚生活の一時期、確かに、ジョーンはソールズベリ伯のもとに嫁いでいたが、彼女は一三二八年頃の生まれだから、この一件があった当時の年齢はわずか十三歳か十四歳だったことになる。もっとも、シェイクスピアのジュリエットやミランダも同じ年格好だし、チョーサーのエメリー姫も同じくらいの年齢だったことを考慮に入れるべきかもしれない。年若くして理想的な女らしさを身につけていることは、ヒロインとしての魅力を大いに増したことだろう。ジョーンは国王が言い寄ってくるのを拒むことで暗に賞賛され、聖職者のフロワサールなどは国王の愛が信義にも誠実さにももとるものだということを隠そうともしない。しかし、だからといって、彼女の貞節を試すかのような彼の態度がまったく非難されていないことは特筆に値する。名誉というものの本質がここに集約されている。エドワードは数多くの盛儀を主催しているが、その一つが一三四二年の行事で、フロワサールによれば、十五日間にわたって繰り広げられた、ソールズベリ伯爵夫人を称えるこの馬上槍試合のために、イングランド、ドイツ、フランドル、エノー、ブラバント各地から多くの貴族が参集した(6)。この式典でエドワード三世はビロード地の外衣《チュニック》を着用していたが、そこには木々や鳥、それに国王紋章とサラセン人の小さい人物像が金糸銀糸で刺繡され、それぞれの図柄には国王の座右銘を彫った宝石もちりばめられていた。

この国王は、中年にさしかかっての不摂生な生活ぶりが有名で、早くに老け込んだのはそのせいだったとささやかれることも多い。しかしそれでも、戦争と恋愛は、昔から密接な相関関係があるとされ、同じように精力旺盛であってこそ生まれるのだ。この国王は常に恋の情熱を忘れなかったし、貴顕紳士らしく、後顧の憂えなく心ゆくまで快楽に身をゆだねる資格があると考えていた。十四世紀を境に、前後数百年間にわたって男たちが取ってきた伝統的な態度は、十六世紀に人々の賞賛をほしいままにしていた貴顕紳士で詩人のサー・トマス・ワイアットに凝縮して表されている(7)。裁判で陳述するために書かれた草稿の中に、「私は我が身が汚れなき純潔だなどと弁ずるつもりはない。しかしながら、忌まわしいものを利用したこともない」と彼は書いてい

見事な彫りの象牙の櫛
ヴィクトリア・アンド・アルバート博物館

る。「忌まわしいもの」というのは売春婦のことを指しているようだが、エドワードの言い分もまた似たようなものだったに違いない。放縦な生活で我が身を滅ぼし、王国に損害を与えることもあったが、良好な関係を築いてきた直臣たちの妻にまで手当たり次第にちょっかいを出すことはなかったし、直臣たちも一般的には彼同様――そして現代の多くの人々と同様――の振る舞いに及んでいたようだ。ともあれ、国王がイングランド一美しく妖艶な女性で、従姉妹のジョーン・オヴ・ケントとの恋の戯れに長く夢中になったことはあり得るとしても、結局のところ、確かな事実は、彼女と結婚することになるのは息子の黒太子だったということだけである。黒太子もジョーンも三十代のはじめだったが、スキャンダル探しに熱心な年代記作者の中にも、黒太子が父親の愛人と結婚したと書き残している者は誰もいない。

この伯爵夫人はまた、エドワードの「ガーター勲爵士団」創設とも関係している。この騎士団自体は彼の着想だったようで、王国の有力者たち（ただし、聖職者は除くが）を結束させる仕掛けとして実に効果的なものだった。底流に流れている歴史神話は、十三世紀以降、馬上槍試合などの場でしばしば人々の想像力を駆り立てたアーサー王伝説だった。トロイアがギリシア軍に敗れると、アエネーアスはトロイアを逃れてローマを建設し、その後「ブルートゥス（英語名：ブルート）」という名前のアエネーアスの孫がブリテン島を発見、ロンドンの町を、そして、やがてアーサー王においてその偉大さの頂点を迎えることになる国王系譜を創設したという神話は、十七世紀半ばまで広く信じられていた。アーサー王は紀元後五世紀に実在していた人物と考えられ、彼が悲劇の死を遂げた後、コンスタンティヌスが王位を継承し、さらにその後をアングロ・サクソン人が継承していったとされた。【四】その後は、王位継承に関して、土地領有の実態が血縁以上に重要視されるようになり、イングランド人もアングロ・ノルマン人も十四世紀までには、アーサーをイングランド王国における自分たちの先駆者として受け入れるようになっていた。アーサー自身は、「九偉人」の一人として認知された。「九偉人」という考え方は、ヨーロッパ文明にたいする中世の非宗教的文明観の総括といった性格を持ち、その構成は、旧約聖書の三人の勇敢な戦士、三人の異教の英雄アレクサンドロス大王、ヘラクレス、ヘクトール、それと、三人の中世の偉大な国王、シャルルマーニュ、ブーローニュ生まれのゴドフロワ・ド・ブーヨン、アーサーの九人だった。【五】エドワードはごく自然に自分をアーサー役に仕立て、有力諸侯に「円卓の騎士」の役を割り当てた。「ガーター勲爵士団」の創設日や初期の組織立てなどはほとんど不明だが、着想そのものは、チョーサーが誕生し、国王は三十代半ばだった一三四〇年頃に具体化した。この騎士団の結団日は、公式には、一三四八年四月二十三日の聖ジョージの祭日のこととされているようである。現在ウィンチェスター城内の壁面に掛かる立派な円卓は、十三世紀にまでさかのぼるものだが（なお、十六世紀に塗り直されている）、この円卓が国王の情熱をかき立てた可能性もある。(8) 他の式典の時もそうだが、エドワードがこよなく愛した馬上槍試合が式典に合わせて開催され、盛大な宴会や舞踏会も催され、この騎士団の名がヨーロッパ中に喧伝された。一三四七年八月のこと、カレー陥落を祝って催されたある舞踏会で、十九歳の女盛りを迎えたソールズベリ伯爵夫人ジョーンは踊っている最中に、自分の靴下留めを落としてしまう――おそらく実話を種にしたものではあったのだろうが、宮廷に関する巷間での言い伝えを、十六世紀の歴史家たちが拾い上げ、「靴下留め《ガーター》」事件としてこう語り継いだ。エドワードは彼女の青いリボンを拾うと、それを自分の脚に巻きつける（靴下留めには、伸びたり縮んだりする弾力性がないため、膝下のところで結んだ）。その一挙手一投足は堂々として華麗、かつ楽しげで、いくらか詩趣をたたえてもいた。ここには、女性の側が、重さは軽くても、破ることのできない愛の絆で騎士を拘束したことが、象徴的かつ繊細に表現されている。そしてまた個人的な思慕の念が、儀礼に則りつつもごく自然に、公然と、しかし品を失うことなく示されてもいる。エドワードは言葉の詩人というより行動の詩人なのだが、彼は靴下留めを拾った自分の詩的振る舞いを見事な簡潔さで、これ以上はないというくらい雅な至言で締めくくった。「邪な思いを抱く者に災いあれ（*Honi soit qui mal y pense*）」。ここには、威厳と寛大さと、ちょっとしたユーモアが読み取れる。内と外への配慮が実にバランスよく行き届いた金言だ。世論の自立と言っても、完全に権威を無視するほどの極端さはなく、世論への配慮といっても、個人の権威をかなぐり捨ててしまうこともない。この時の振る舞いと金言は、当時の社会に行き渡っていた価値観をみずからの行動で統率し表現するエドワードの天賦の才能を余すところなく示す象徴的事例で、この才能は彼の肉体が衰えるまで発揮されつづけた。彼は独創性よりも、盛り上げることを得意とする人だ。「ガーター勲爵士団」が世俗的団体であることは言うまでもないが、同時に、イングランドの守護聖者聖ジョージとイングランド王室ゆかりの聖者エドワード証聖王に捧げられていることを考えれば、なにがしかの宗教性を纏うことも必然のことである。宗教と国家意識とは互いにほとんど切り離せないし、二つの結びつきは、王国外の人々（たとえば、フランス人）や王国内でも血縁関係による階級社会を受け入れようとしない人々（たとえば、反抗的農夫とか、中には、世襲貴族すらいた）が、憐憫・正義・慈悲が及ぶ統治の埒外に自分の身を置くことになる過程をある程度まで説明してくれる。この憐憫・正義・慈悲こそ、宗教とその宗教を具現する社会の内側でしか有効に機能しないと考えられていたものだ。「ガーター勲爵士団」には、本来、財力に乏しい二十六名の貧しい騎士たちに手をさしのべるという目的もあったのだが、こちらの当初の意図については、ほどなくして話題にも上らなくなったことに、私たちは注目してよい。

どの同好集団もそうであるように、この騎士団もご多分に漏れず、非常に排他的で、構成人数は国王を含め二十六名の騎士に限られた。ただ、集団内部では全員が平等だった。中世社会の階層構造、つまり、階級別地位を強調することが今では常識で、そうすることは間違っていない。しかし、当時の社会には、男性は、時には女性も、平等だと認められる領域があったという事実を知っておくことも重要である。もう少し正確に言えば、社会的地位や社会階層が無視されている領域では、平等が当然で、ことさら賞賛するほどでもなかった。戦争行為や宗教活動は同時に階層的でもあるが、実はこの戦争と宗教が平等の領域でもある。堅牢な構造の階層社会における平等は、その構造内部に一定の場所を占めるか、ないしは、社会全体への外からの重大な挑戦となるかのいずれかだろう。内部になにがしかの平等を収容できる階層社会は、それができない社会とくらべると、より柔軟性があり複雑でもあることは明らかだ。少なくとも、存命中、エドワードの非凡な才能は、本質的支配権を放棄することなく、平等という考え方を積極的に取り込んだところに発揮され、「ガーター勲爵士団」はその好例である。逆に、平等という考え方を取り込むことができず、あいにく独裁的だったことが、孫のリチャードの悲劇だった。エドワードは、戦う男たちの間に見られる世俗的で、自然で、平等な利害関係を基礎とみなした。そして、「ガーター勲爵士団」は、たとえ平時の友愛という構想があっても、部分的にせよ、騎士の基本活動たる戦争から生まれる平等な仲間意識を制度化した。様々な階級と気質の男たちが、危険や困難や相互扶助を共有する戦時の仲間は、現代の学者、知識人にはそう簡単には理解できないほど深くて複雑な心と心の結びつきなのだ。彼は「ガーター勲爵士団」を創設することで、みずからの宮廷の中でこの集団を見事に象徴化した。無骨な騎士たち（この言葉を、サー・ジョン・チャンドスのように、大きな富を手にした名将にも当てはめることを許していただけるならば）が構成員で、他にウスター伯トマス・パーシ卿やウォリク伯サー・トマス・ビーチャムといった有力諸侯、そして国王の息子たちもいた。この騎士団は、ジェントリには平等という考え方が存在し、国王自身もジェントルマン以上の身分ではあり得ない、という一般的な人々の気持ちをある程度反映してもいるかもしれない。この組織はまた、特に十四世紀に強固だった家族を雛形とする社会の一部、つまり、兄弟同胞意識を呼びさますことになる。チョーサー最大の宮廷詩『トロイルスとクリセイダ』の中で、トロイルスとは何の血縁関係もないし、社会的身分としては下位のパンダルスが、トロイルスのことをくりかえし「兄弟」と呼んでいることに注目していい（第二巻、1359行ほか）。兄弟同胞意識の平等にはかなりの多様性があるようだ。要するに、「ガーター勲爵士団」は、宮廷生活のあらゆる魅力を振りまきながら、宗教と国家意識によって浄化された戦争の美徳を一つの統率力として呈示した。戦争につきまとう残虐で、利己的で、実利的側面が忘れられ、馬上槍試合、宴会、舞踏会などの雅で、詩的で、「魔法にかかったような」イメージが作られ、計り知れない大きな心理的効果をもたらした。とりわけ、エドワードはそうしたイメージを作り、それを仲間や広く彼の臣下たる国民とも共有し、一方で、相応の畏怖心を印象づけておくことに長けていた。人は愛のためばかりでなく、畏怖心から行動するものだ。愛と畏怖心の賢い組み合わせが国王を作り、

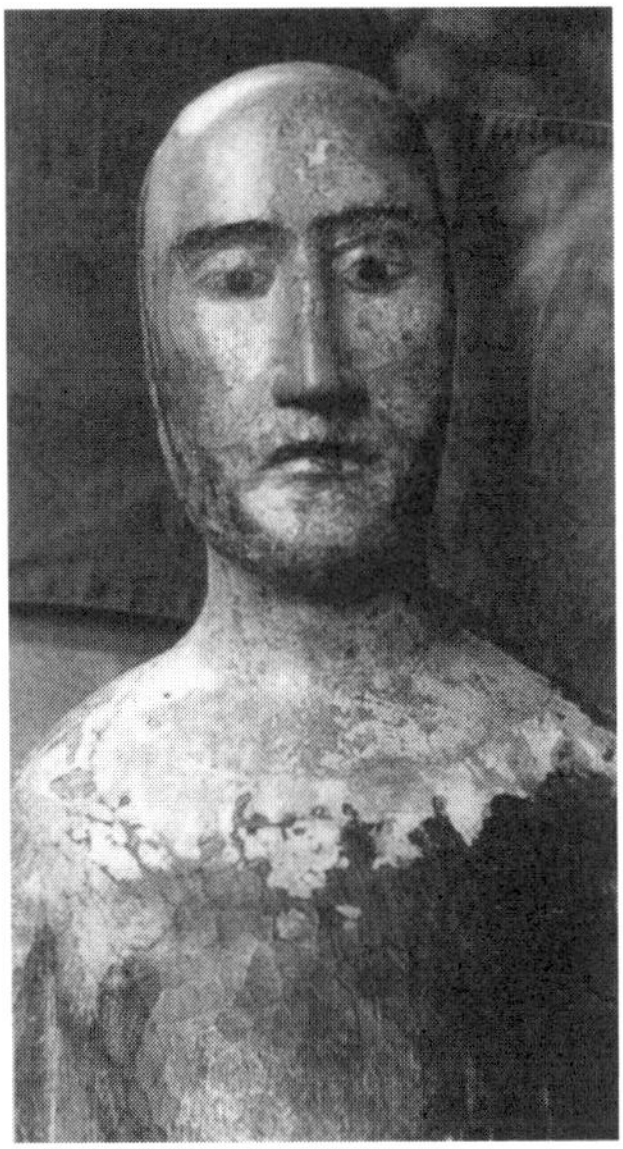

エドワード三世のデス・マスクを元に作られた彼の木製彫像
口元の左がゆがんでいるのは何らかの発作が原因と推察される。
ウェストミンスター修道院

人々は彼のためなら死んでもいいという気持ちにさせられる。

エドワードによるフランス支配が最高潮に達したのは一三五〇年代後半のことで、彼の希望どおりなら、ランスでの戴冠式でその支配が確実になるはずだった。この目的のために、一三五九年から六〇年にかけて大規模な遠征が企てられ、すでに私たちが見たように、チョーサーがこの遠征に参加していた。しかしこの遠征で潮目が変わった。フランス軍が挽回し、エドワード率いる大軍は好機を最大限に利用するにはすでに一年遅く、いずれにしても、一三五九年の出陣では手遅れだった。この戦争を終結させるブレティニ講和条約が一三六〇年五月に締結され、イングランドに莫大な賠償をもたらしたように見えるが、有利に見えたのは見かけだけで、現実にはそれほどでもなかった。年代記作者の中には、そのことに気付いている者もいた。また、若きチョーサーは、この遠征を機に国事に関わる表舞台に登場し、イングランド軍勝利に沸く絶頂期に国王の周囲に姿を見せるようになった。しかしこのあと、長きにわたる国家的、政治的衰退と経済の引き締めがつづくわけで、成人となって以降の彼を取り巻くそうした状況が、その内面に無関心と悲観的な保守主義——そうした姿勢自体は伝統的で合理的なものではあるが——を育んだのかもしれない。

中世の歴代国王に、厳密に現代的な意味での家庭人などあり得なかったが、エドワードは、王妃の鑑フィリッパとずっと仲むつまじい夫婦関係を維持し、七人の息子と五人の娘をもうけ、そのうち、幼少期に亡くなったのはわずか三人だけだった。彼は子供たちのために豪華な結婚を準備してやり、どの子供たちとも終生良好な親子関係を維持していた。彼はあらゆる時代のどの国王にも父親にもできなかった、類いまれな栄誉を成し遂げた。兄弟仲もよく、家庭の平和はフィリッパのおかげによるところが大きいが、同時に、エドワードの穏和な性格と良識と先見の明があずかって力あったこともまた認められてしかるべきだ。こうした堅実な核が王国にとってどれほど価値があったかは、エドワード二世やリチャード二世の不安定で片寄った好みが引き起こした国難を一見すればわかるだろう。

「ああ悲しいかな、喜びの時とはかくも短いものなのか。裏切る時も平然と誠実を装う運命に支配されていては」(『トロイルスとクリセイダ』第四巻、1-3行)。チョーサーはトロイルスが味わう束の間の喜びの時に思いを巡らしながら、人生の大いなる平凡さに注意を喚起している。エドワードの統治期間は五十年の長きにわたったが、最後の十年半はうらぶれた落日の日々で、残る十四世紀の災い多い年月の原因をつくることになってしまった。ブレティニ講和条約以降、イングランドが獲得した賠償は次第に先細りし、まだ五十歳そこそこだったが、エドワード自身もう二度と軍隊を率いることもなくなり、特に、最晩年の六年間は宮廷にたいする敵意とかなり深刻な社会不安を招くという汚点を残してしまった。

とはいえ、エドワード自身の崩御は、一九六六年のチャーチルの時と同様、国全体の一体感と哀悼の気持ちをもたらした。フロワサールが葬送の様子を記録している。(3) 大規模な葬列に多くの会葬者が連なり、弔いのむせび泣く声があちこちから漏れ聞こえるなか、父王の亡骸のすぐ後ろに息子たちがつづき、その後に、イングランド王国内のあらゆる貴族と高位聖職者の列がつづいた。彼の亡骸は「ヴェールで顔を隠すこともせずに」ロンドンのシティの中を運ばれ、ウェストミンスター修道院へ向かい、すでに先立っていた王妃のそばに埋葬された。ほんの少し様式化されすぎではあるが、中世の国王にふさわしいイメージで彼を再現する見事なブロンズ彫像と一緒に、彼の墓石は今もそこに見ることができる。フロワサールによれば、エドワード崩御の知らせを聞くや、フランス国王は直ちにエドワードの王国統治がいかに立派で、勇気にあふれる手腕によるものだったかについて語り、新たにその偉業を記念して偉人の列(つまり、先の「九偉人」の一人)に当然加えられるべきだともつけ加えた。そして、フランスの貴族と高位聖職者が多数参列する中、パリのサント・シャペル教会でエドワードのために追悼ミサを捧げた。ただ、ノルマンディの農民や市民がどのような思いでいたかについては、何も記されていない。また当時、国を留守にしていたチョーサーの感懐についても何も残されていない。それでも、一、二箇所軽薄な所なきにしもあらずだが、「騎士の話」に出てくる厳粛な中にも盛大なアルシートの葬儀の場面を読むと、チョーサーが葬儀というものを非常に真面目にとらえ、死のもたらす教訓についてしかるべく説こうとしていることに、私たちはいささか驚かされる。

エドワードの性格には、当時のイングランド宮廷文化の特徴がよく表れている。彼は社会と軋轢を起こさず、その意味で、彼は完全に伝統的な社会慣習を守り、それによって成功した。とりわけ、エドワードは十四世紀初頭の時代状況を強く映し出している。教育による知的探求の新しい奔流、つまり、新たな疑いと問いが宮廷に浸透してくる前夜だった。十四世紀後半、チョーサー自身の詩が、物事を問う姿勢は王室内でも共感を持って迎えられ得たことを示しているが、エドワードが自問し、宇宙とは何かについて問いかける場面を想像することはできない。そもそも、エドワードには、「相手の立場に立って」人の気持ちを忖度することも、いかなる価値観であれ、それを自分の中に内面化することも、あり得ない。たとえ彼に心理的葛藤があるとしても、その葛藤は全く外向けのものとみなされた。たとえば、私的な場面としては、ソールズベリ伯爵夫人との靴下留めをめぐるやりとり、また公《おおやけ》の舞台では、彼が愛してやまず、優れた腕前を発揮した馬上槍試合、派手な長衣礼装服、祝宴の席などで外向けに表現された葛藤に加え、「ガーター勲爵士団」全員が集まる場で示される葛藤のことだ。しきたりが退屈だという前提をしばらく横に置けば、万事がしきたり通りとみなしていいのだろう。彼も王国もそれが刺激的で有益だとわかった。彼の宮廷は多士済々の人士にあふれ、チョーサーも少なくとも彼らの顔ぐらいは見知っていたし、彼らが人の性格や職業などに関するチョーサーの意見に影響を与えた。

貴婦人は宮廷の花形で、心ときめく緊張感が彼女たちの眩い存在によって培われたことは間違いない。彼女たちが祝宴や舞踏会に華を添えてくれた。

折しも賑やかな酒宴が開かれていたが、

頭の巡りの悪い者にその様子を伝えることは力にあまる。
（中略）
見慣れぬ舞踏形式のこと、
これほど若やいだ表情のこと、
嫉妬深い人に気づかれぬよう
素知らぬ風を装い、謎めいた目つきをすること、
そうしたことどもをあなたに教えてくれる人などいるだろうか。

（「騎士見習いの話」、278-86行）

旅回り楽人たちの陽気な音楽にあわせる宴会や舞踏会だけでなく、馬上槍試合でも、貴婦人たちは喝采を送り、同時に、喝采をもらうためにその席にいた。

宮廷の娯楽には、頻繁におこなわれた狩猟や鷹狩りも加えなくてはならないし、「騎士の話」の王妃イポリタのように、貴婦人もそこに参加した。こうした娯楽は、細部までよく演出され、娯楽性にも富む行事で、厳格な行儀作法と決まり事にのっとっていた。と同時に、硬直した形式主義の行事に隙間を用意したのもこの娯楽だった。[9] チョーサーの詩が示すように、あの謎めいた目つきをし、素知らぬ風を装うという振る舞いは、この隙間に入り込むことなのかもしれない。こうした振る舞いが、愛と陽気な笑いという自然発生的な火光を放ち、しばしば道を踏み外す悦楽への機会、そして、日々の重荷から逃れる機会を用意してくれた。さらに、日々の重荷から逃れることで、「二人の人間が互いの存在を経験して感じとる時」、二人だけの交流、対等な愛という詩的世界へと逃げ込む機会が与えられた。特にチョーサーの関心を引いたのは、宮廷の悦楽に見られるこの「非公式の」要素だった。チョーサーの宮廷詩には常に宮廷風儀式の枠組みがあるが、その枠組みは、ほ

とんど常に、より私的で、自然発生的で、秘めやかで、間欠的に溢れだす心の奥の感情の背景として機能している。宮廷の複雑な事情はこれまでも多少触れてきたし、チョーサーの存命中に宮廷はさらに特殊化していった。それでも、宮廷はいまだに私的な色彩が強く、「古風で」、近代国家の統治の中心組織とはほど遠い性格のものだった。

統治と言っても、今日のように国民の安寧に関心があるわけでなく、むしろ、国王の栄光を賛美することを主眼としていた。中世の人々は（中略）国王が臣下に義務を負っていないとは考えていなかった。彼らには政治的協力という考え方があり、王座裁判所裁判官たちが差配する不偏不党の正義が、多くの臣下たちに確実に利益をもたらした。しかし、彼らは、統治が第一義的に実利をもたらしてくれるとも考えなかった。金銀など宝石類を身につけ、華やかな宮廷で誇示される国王の「威光《マグニフィセンス》」、大所帯の従者たちの維持、ウィンザー城のようなエドワード三世所有にかかる贅沢な居城の建設、フランスにたいする王位継承権主張を支援するための多額の戦費をつぎ込んだ戦争などは、その度に金品を搾り取られる側の人々を怒らせることもあったようだが、概して、しかるべき適切な政策目的をもつものとして許容された。(10)

それでも、宮廷は食べていかなければならないし、金銭や使者を受け入れたり、送り出したりしなければならなかった。そして、上位の構成成分が組織されたとおりに、下位が組織され、上位の構成成分が下位に溶けこんでいった。宮廷には、中世のどの組織も人であふれ、不便であるからこそはびこった身内意識とコネという人間臭い制度があった。

チョーサーの名前が出てくる何枚かの廷臣名簿は、ほとんど職務内容によって規定されるが、雑用程度の職務を含むこともよくある。他に、たとえば、一三六九年に作成された準騎士名簿のような文書は、部分的に、職務上の記載順位をやめて、準騎士を、王室内の階級を意味する「上級」と「下級」に区別している。【補遺F–b】また、階級は職務内容によって決められることもあれば、出仕期間の長短や、今では不明の何か別の要因を考慮して確定されることもあった。一人の男が相対的に卑しい地位（この場合、王妃付の下級従者の地位）から莫大な富と影響力を持つ有力者へ出世する立志伝の一例として、サー・ウォルター・マニの経歴が参考になろう。また、ウィリアム・オヴ・ウィカムのように、莫大な富と権力を握った高位聖職者のそれからは、聖職者の前途がいかに洋々たるものだったかがわかる。しかし、ほとんどの準騎士は、世間に知られることもなく埋もれていた。[11] 一三六九年に「下級準騎士」たちの中に名前が出てくるチョーサーの場合がこれにあたる。彼らの中には特別任務に就く者がおり、ジョン・ハーリングという上級準騎士がいたが、彼とウィリアム・ウォルシュは国王私室付守衛官で、組織全般に責任を持っていた。ハーリングは家令だったと考えていい。準騎士の中には、実用向き必需品を管理する者もいた。さらに、「国王付使者」とでも言えるような者もいて、チョーサーもそうした使者の一人だった。彼らは各地を旅し、手紙や金銭を運び、各種の指令書を渡し、たとえば、必要に応じて港で

炉火のそばで準騎士が主人の着替えを手伝う
ブリティッシュ・ライブラリ（MS. Royal 2 B VII, f.7r）

船舶を強制的に接収することもあり、さらに、特別調査の実施や要人警護をすることもあった。戦時には、彼らは国王付武官として国王のそば近くに待機しながら軍隊に参加した。また、彼らは国王がらみの公務や、チョーサーのように、金銭問題やリチャード二世の結婚問題といった秘密の業務で、頻繁に海外へ旅に出ることもあった。エドワード四世の王室会計簿から、高い知性を持ち高度な教育を受けたこうした集団による各種娯楽活動や特別行事にともなう活動が、宮廷内での国王の「威光《マグニフィセンス》」のために惜しみなく捧げられた様子が読み取れる。[12] この会計簿自体は一世紀後に書かれたものだが、その起源はエドワード三世の時代にさかのぼることができる。四十名ほどの準騎士が周到に組織されている。糧食、任務、給料（日当七・五ペンス）、被服などがわかっている。また、蝋燭や薪の支給本数、ブドウ酒配給量などもわかっている。午後と夜には、準騎士の仲間同士で「歴代国王の年代記や他の者たちの政策について語らい、笛を吹き、竪琴を弾じ、歌を歌い、それ以外にも、軍事行動などで宮廷の一角をしっかり占有するのに役立つよう」「腹蔵ない付き合い」をすべし、と決められている。詩については何も触れられていないが、馬上槍試合とくらべ、目立つ場所を占めることはなかった。

チョーサーの同僚準騎士は皆貴顕紳士で、詩人ではなかったが、チョーサーのように、宮廷を留守にすることがよくあった。さらに、チョーサー同様、彼らは通常の日当以上の金銭を、しかも、時と場合によってはかなりまとまった額を受け取った。準騎士への報酬支払いの一般的方法は、年金給与支払い、土地譲渡、職務授与、未成年遺産相続人が所有する土地の保護管理権授与、遺産相続人の「婚姻権」売却許可の権利授与、それから、「支給物受領権」、つまり、修道院では諸経費無料で宿泊が許可され、宿泊しなくても修道院から金銭や物品で支払いを受ける権利のこと、といった支払い形態をとった。[13]（各種文書が示すかぎり）土地譲渡と支給物受領権を除く、他のすべてからチョーサーは恩恵を得た。彼が受け取る額は、ジョン・ハーリングなどの準騎士より少ないこともあれば、別の準騎士より多額のこともあった（なお、ハーリングは、何度かロンドン港小関税徴収官職と、各地の港の税関監査官職を与えられていた)。チョーサーが特に重要な地位を占めていなかったことは明らかで、各種文書が示し得るかぎり、宮廷内で格段に目をかけられ、重用されているわけでもなかった。

チョーサーの同僚たちはほぼ同程度の家柄の出身だった。彼らは名門の出でもないし、通常、騎士の家に生まれた次男坊三男坊か、商家などの資産家の子弟だった。ジョン・レッグ、トマス・オーティン、トマス・フローウィクなどは商家の息子たちだった。彼らは、出仕にあたり、国王の子供たちの誰か一人の家で事前に何らかの地位を得るのが慣例だったか、チョーサーのように、実際に、王室と王子の家の両方に仕えることもあった。

宮廷周辺のおおぜいの女性には、アリス・ペラーズがそうであったのように、一人前の仕事を任された廷臣であり、準騎士の同僚でもあり、加えてなかには、その妻という人たちもいた。一三六八年と六九年の準騎士名簿の同じ箇所に、王妃付準騎士や事務官とならんで、王妃付侍女の名前が平行して記載されている【補遺F-a/b】。また別の例では、王室厩舎部管理官で準騎士のエドマンド・ローズが王妃付侍女と結婚していたという事実が、称賛に値する行いとして記録されている。つまり、彼への年金給与支給にあたり、良き奉仕の見返りという理由に加えて、以前王妃付侍女を勤めたアグネス・アーチャーと結婚していたという理由が常に書き留められているからだ(14)。こうした女性の中には、結婚を機に宮廷出仕から退く者もいたし、そのままとどまる者もいた。また、準騎士のように、ある王室一家から別の王室一家へ移る者もいたし、その一方、フィリッパ・チョーサーのように、前の出仕先との関係を維持している者もいた。一三六九年の名簿には、フィリッパ・チョーサーの同僚として、王妃付侍女アリス・ペラーズの名前もあった。なお、アリスの夫サー・ウィリアム・ウィンザーは一三六八年に国王私室付騎士になっている。アリスの貪欲さと金満ぶりは、一三七〇年代にはつとに有名だったが、夫は夫で、妻と国王との一件にともなう迷惑料としてかなりの恩恵を受けていた。チョーサー夫妻も、当然ながら、こうした人々をよく知っていたに違いないし、すでに触れたように、一三六九年の名簿で、ジョン・オヴ・ゴーントの娘たちに仕える侍女の一人として名前を連ねるキャサリン・スウィンフォードは、フィリッパ・チョーサーの妹であり、間もなくゴーントの愛人になった。チョーサー自身が、こうした宮廷社会についてはっきりした意見を語ることはないが、その存在、その華やかさと悪徳にたいする身の処し方については、彼の詩から間接的に感じ取ることはできる。ある一時期を除いて、彼が宮廷社会と縁を切ることはなかったが、そこにどっぷりと浸かるということもなかった。彼がそこから得た報酬は十分なもので、各公記録が明らかにする報酬をはるかに超えていたことは間違いない。と同時に、彼は他の人たちが手に入れようと躍起になっていた富を自分から追い求めることはしなかった、もしくは、現実にそうした富を手に入れることもなかったことは明白だ。結婚については、同僚の多くは遺産相続権を持つ女性と結婚し、妻の資産を保有することでこの国の有力者にのし上がっていった。準騎士は、ほどほどに裕福な女性相続人にとって、ちょうど釣り合いのとれた結婚相手だったのだ。結婚も家庭も、人間が持つごく自然な願望対象で、社会にも欠かせないものだが、女性は自分を法律上も実質的にも保護してくれる夫を必要とした。チョーサーは社会的にも、そして疑いなく、経済的にも恵まれた結婚をしたが、社会的、経済的野心を持つ男の結婚というわけではなかった。それがどうして、愛ある結婚でなかったはずがあろうか。

ここは、チョーサーなどちっぽけな歯車に過ぎず、国王が巨大な駆動輪の役割を果たす宮廷だった。チョーサーの「騎士の話」は、舞台背景は時間的にも空間的にも遠く離れ、そこで起こる出来事も現実離れしているが、最後には、他のどの記録文書にもまして当時の現実感覚を私たちに感じさせてくれる。この詩は戦争の恐怖と惨禍を無視しないが、私たちには、セシウス公の姿の向こうに、戦争や愛を個人的名誉という視点から見ているエドワードの分身が見えてくる。しかし、この作品では、葛藤は、現実の戦場より、人間感情のぶつかり合いや、馬上槍試合の様式化された華やかさの中で描かれる。「騎士見習いの話」の中では、宮廷生活や祝祭の場に渦巻く嫉妬心が注目されているが、「騎士の話」では、情け容赦ないアルシートが、あまりにも陳腐な処世訓を口にしている。

弟よ、国王の宮廷では
人は人、我は我。他人に構わぬが一番。 （1181-2行）

アルシートの、肉体の苦痛から痛ましい死にいたるという恐怖は、町や村や戦場同様、宮廷でも、十四世紀にはあたりまえだった露骨なまでに残酷な死を生々しく再現している。そして、私たちは愛する者の喪失にたいする人間らしい哀切の情を分かち合うことになる。死の必然、苦悩の受容、潔い行動の必要にたいするセシウス公の哲学的洞察は、揺るぎなき真面目な平凡さを高度に詩的な言葉で表現している。分別ある人ならば誰もがこうした平凡さを道連れに、普段の生活の悲しみと不幸に立ち向かい、生きる営みを続けていく。この洞察は、ジョン・オヴ・ゴーントが愛する妻ブランチの死に、あるいは、ジョーン・オヴ・ケントが黒太子エドワードの死にどのように耐えてきたか、それぞれの姿を描いてくれる。アルシートの死に顔には被いもかけず、その亡骸は豪華な衣服にくるまれ、両手に白い手袋をつけて遺体が運ばれていく。イングランドの埋葬とはほど遠い、火葬用薪を積み上げるという見慣れぬ異国風の飾り立てで執り行われるが、こうしたアルシートの厳粛な葬儀に、エドワード三世と黒太子の葬儀でイングランド王国全土が鳴咽する悲痛な涙声がこだましているのを私たちは耳にする。勝者パラモンとエメリーとの結婚は愛の果実だが、二人の結婚は、ジョン・オヴ・ゴーントと莫大な遺産を相続する権利を持っていたブランチ・オヴ・ランカスターとの結婚と同様、王家の血統と栄華を維持しようとする損得計算を元にしている。はじまりは低い身分ではなかったが、セシウス公の宮廷で正体を隠すアルシートの経歴は、サー・ウォルター・マニやチョーサー自身の経歴を彷彿とさせてくれる。エメリーの私室付従者から与えられた木を切ったり、水汲みといった卑しい下役にはじまり、アルシートの控

ランカスター公
ジョン・オヴ・ゴーント
ブリティッシュ・ライブラリ

えめな振る舞い、彼の忠勤ぶり、彼の「立派な言葉遣い」（1438行）などに目を留め、セシウス公は彼を私室付準騎士に引き立て、「身分を維持するのにふさわしい金貨」（1441行）、つまり、年金給与、その他の下賜金を与えてやることになる。[六] 身分維持こそ、普段の生活で年金給与が支払われる本来の目的である。規模と「威光《マグニフィセンス》」の点で、国王一家に次ぐジョン・オヴ・ゴーントの宮廷では、準騎士とその妻には、「彼ら夫婦の暮らし向きを維持するため」(*pur le mielx leur estat maintenir*) と特記された年金給与が与えられていた。[15] アルシートは、セシウス公からの年金給与以外に、秘密の個人的仕送りによっても支えられていたが、誰にもそんな仕送りがあることを気取られずに賢く使っていた。セシウス公はそんな彼を大層気に入り、「アルシートほど彼が重用した者はいなかった」（1448行）。エドワード三世も、セシウス公同様、一人、もしくはそれ以上の私室付準騎士たちと親しく付き合っていたに違いないが、その理由は、彼らが政治的な力も他の影響力もなかったからこそであり、そして、彼らが家庭的雰囲気の中で堅実に彼に仕えてくれたからである。チョーサーの身近な同僚で、エドワード三世の遺言書の立会人になったジョン・ド・ビヴァリはまさにそのような人だった可能性がある。しかし、チョーサーはそうではなかった。チョーサーという人は、身分の上下にかかわらず、人から恩着せがましくされても、その親しみやすさが変わることはないが、深い意味で、彼は人付き合いを避けていた。彼は国王お気に入りの寵臣というわけでもないし、慇懃な敬意にためらいはないが、ゴーントのような実力者の言いなりになることもなかった。男女を問わず、誰か有力なパトロンがチョーサーの後ろ盾になっていたという証拠はない。ただ、『善女伝』の王妃アルセストという人物に仮託して、貴婦人が、もし誰かそうした人がいたとして、彼のパトロンであるかのように言及されているのは例外といえるかもしれない。フロワサールは長いパトロン名簿をひけらかし、リドゲイトやトマス・ホクリーヴも、同様に、多くの詩の中でわざわざ後ろ盾となってくれている有力者の名前を挙げ、彼らに語りかけるという趣向をとっている。さらに、ガウアーさえ、リチャード二世が『恋する者の告解』を書くように勧めてくれたとわざわざ言い添えている。「騎士の話」も示していることだが、後ろ盾がいないという事実は、逆説的にだが、チョーサーが完全に宮廷の「内側」にいたことを明らかにしてくれる。ロマン派の詩人たちが概して「よそ者《アウトサイダー》」だとすれば、チョーサーは「身内《インサイダー》」の詩人として究極の典型例だ。(16) チョーサーは宮廷の中で生計を立て、宮廷にしがみついたり、少なくとも、報酬を得る手段として自作の詩を利用する必要はなかった。彼の詩、特に、「騎士の話」は、宮廷にまつわる雰囲気をよく表現できている。そこには媚びも、自虐的な風刺もない。

『カンタベリ物語』が思い出させてくれるように、宮廷だけが人生のすべてではない。それは、チョーサーがかくも頻々と旅していた王国の中心——絶えず移動する、想像上のまた実社会の中心——ではあるかもしれないが、その王国全体というわけではない。ロンドンとイングランドの片田舎も、チョーサーの一部であり、彼自身が両者の一部だった。したがって、オクスフォードも、フランスやイタリアという広大な空間も、彼の一部だった。地理上の世界や精神世界のどの領野もそうであったように、宮廷もチョーサーにとってすべてではなかった。宮廷内で彼を自立させたあの我関せずという心構えが、人間で混みあう世界の中で、おそらく最終的には、彼を孤独にさせることになった。彼が『誠実：よき忠告を歌うバラッド』の中で、この世界について語っているように。

ここはくつろげる家ではない。ここは荒野なのだ。　　　　　　　　　　　（17行）

同時に、チョーサー自身の生き方には、「ジェネラル・プロローグ」の恰幅のいい〈修道士〉と似たところがあった。〈修道士〉は、所属修道院という狭い囲いに自分を閉じこめることができず、商売人、狩人、道楽者、反伝統主義者でもあったし、「この世のためにならなくてはならない」という持論は、チョーサーからもどうやら賛意が示されている（187行）。この〈修道士〉のように、チョーサー自身もまた「すばらしき新世界」に奉仕し、それを求めて人生の行方を定める準備をしていた。

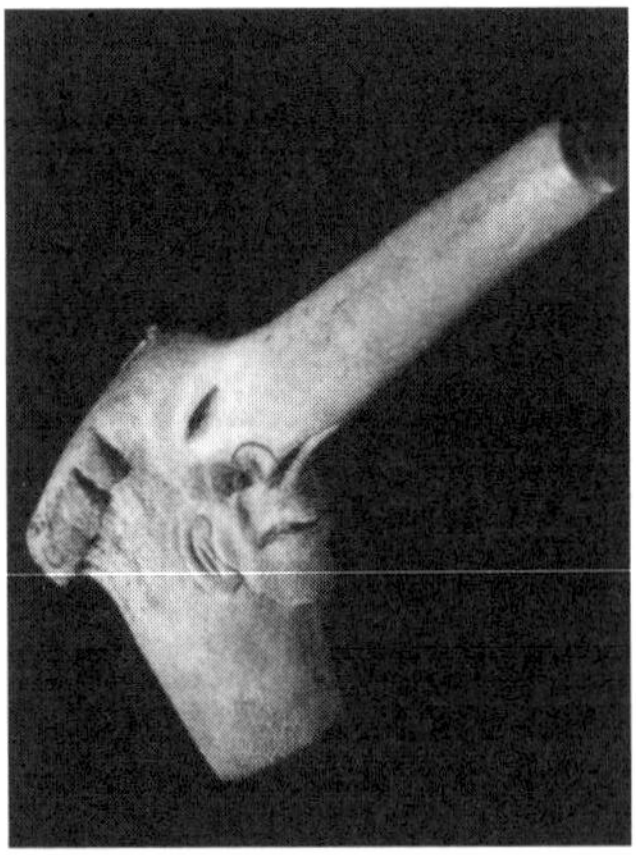

修道士へのからかいの意をこめて、その頭部を模して彫られた杖の把手。
ロンドン博物館

第6章

知られざる年月

CHAPTER SIX
THE UNKNOWN YEARS

一三六七年六月二十日付で、チョーサーは王室出仕を任命され、彼はかなり精力的にこの世に奉仕する仕事を託された。【補遺G】

王室自体が絶えず移動していることを別にしても、彼は何度か海外に派遣された。一三六八年七月十七日付で、彼に、ドーヴァーから海を渡る許可証を受け取るための権限授与書一通が発行されている（旅券発行という退屈な業務はこれほど古くからあったのだ）。【補遺D-a】十月三十一日以前に帰国している形跡がないところから、ライオネル王子が滞在していた遙か遠いイタリアにまで足をのばしていたかもしれないし、そうでなくてもカレーぐらいまでは行っていたのだろう。翌年の七月から十一月までの一時期、彼はランカスター公ジョン・オヴ・ゴーントのお供をして、英仏戦争の新たな局面の始まりを目撃する軍事遠征に出ていた。この遠征は、『カンタベリ物語』の凛々しい〈騎士見習い〉が経験したように、アルトワやピカルディといった不幸な地域を容赦なく略奪し、焼き討ちした。

一三六九年の夏、年代記作者たちが「第三次疫病」と呼んだ悪疫が再び襲い、八月十四日に王妃フィリッパの命を奪った。九月一日付で、故王妃の葬儀参列用に喪服が支給されている。(1) 支給先は、ゴーントを含む、イングランドにいた故王妃の息子たち、彼らの妻たち（ただし、ランカスター公爵夫人ブランチを含まない）、それと、ジェフリ・チョーサーやフィリッパ・チョーサーを含む多くの王室構成員だった。十年ばかりつづいた王国の繁栄を目にした後に世を去ったのは、王妃にとって幸

扉図版：
ジェフリ・チョーサーの肖像（ナショナル・ポートレイト・ギャラリ）

運だったと言えるかもしれない。彼女の死後、エドワード自身の体力、気力が衰え、多くの災難がイングランドに降りかかってきたのである。ただし従来、王妃逝去につづく九月十二日に、ゴーントの妻で、やがて国王ヘンリ四世として即位するヘンリ・ボリングブルックを含む五人の子供の母でもあった公爵夫人ブランチが亡くなったと考えられていたが、これについては、J・J・N・パーマー博士が証拠となる手紙を発見し、今では、ブランチはその前年、一三六八年の九月十二日に死亡したと見なされている。(2) その手紙とは、フランドル伯ルイ・ド・マルから王妃フィリッパ宛に出されたもので、ルイの娘マルガリトを我が子ランカスター公ゴーントの嫁にという王妃フィリッパの提案にたいするルイ側の謝絶が内容だった。この時点で、ゴーントに妻がいないことがはっきりわかる。マルガリトのほうは、一三六九年六月十九日にフィリップ・ド・ブルゴーニュと結婚したので、ブランチの死はそれより前の九月だったことで間違いないだろう。一三六八年十二月に王室関係者向けにクリスマス用衣服を支給する名簿一覧や、一三六九年九月一日付の喪服支給対象者名簿に、ゴーントの名前もゴーント以外の国王の息子たちの妻の名前も記載されているのに、ブランチ夫人の名前が欠落している事情は、今になれば、こうした事実によって説明できるし、さらに、パーマー博士の他の論点の正しさも確認できる。

証拠として重要なこの手紙は、公的出来事と私的感情、一人の詩人の詩作に強い光を投げかけ、同時に暗い影も浮かび上がらせてくれる。そしてこの影は光の強さに比例して闇を増していく。ゴーントをマルガリトと結婚させるイングランド王室の計画は今やはっきりと見てとれる。この計画は第一級の重要さを持つ政治的企てだった。フランドル伯ルイはブルゴーニュ地方を含むフランス領土の奥深くまで広がる領地を支配する領主だった。ルイの娘マルガリトは、ヨーロッパで最も豊かな土地であるだけでなく、フランスの生死を決する戦略拠点でもあったこの莫大な遺産を相続することになっていた。エドワード三世はすでに一度そこに手を突っ込もうとして、一三六四年に息子エドマンド・オヴ・ラングリとマルガリトとの結婚を画策し、その際にはゴーントがその取り決めを確かなものとするための外交使節を率いたのだった。しかし、マルガリトはエドマンドの従妹で、禁婚親等にあたるため、結婚にはローマ教皇の特免が必要だった。時のローマ教皇はウルバヌス五世で、教皇庁はアヴィニョンにあり、教皇はフランス人で、フランス国王はイングランド王子がフランドルやブルゴーニュの領主になることを望まなかった。というわけで、教皇は特免を出すことを拒み、結婚は破談になった。今度は、フランドル伯ルイのほうが一三六八年にマルガリトをフィリップ剛胆公と結婚させようと交渉しようとしていた。フィリップはフランス国王からブルゴーニュ公国を与えられており、それゆえ、フランス国王の臣下だった。ルイから王妃フィリッパ宛に送られた返書から、イングランド王室が当時唯一残った結婚適格者ゴーントをマルガリトと結婚させようと、一縷の望みを抱いて最後のあがきをしている状況が明らかになる。ルイの手紙は、一三六八年十二月一日にフランドルへ赴き、同年十二月二十五日にイングランドへ帰国しているサー・リチャード・スターリの手でもたらされた。このことから、ブランチの死からわずか二ヶ月足らずの一三六八年十一月に、イングランド王室側からの働きかけがあったことが明白になる。個人的な感傷など、公的な政治の前では何の重みも持ち得なかった。いずれにせよ、十四世紀には、近親者の死に胸も裂けんばかりの悲しみにくれている時でも、その死を受忍する非情さがあった。ブランチへのゴーントの純粋な愛と、彼女の死にたいする彼の悲しみには一点の疑念もない。しかし、公的出来事と私的感情の間には、越えられない溝が存在するのが世の常。特に、十四世紀について言えば、非公式な手紙、日記、記録文書、ゴシップの類など、公私の間を結びつけ、その溝を埋めてくれるものが存在しないせいで、どうしても私たちは溝の深さのほうに目がいってしまう。

当時のゴーントの内面の心情について、いわば、本人に代わって証言してくれるのが、チョーサーのすぐれた処女作『公爵夫人の書』である。これは死者の名誉を後世に伝え、後に残された者に慰めを与える作品である。また、この詩は偉大な作品でありながら、正当な評価を必ずしも受けていない。その理由は、厳粛さと軽

詩人が国王に自分の作品を献呈しているところ（ここで描かれているのはフランス国王シャルル五世）。
ハーグ、王立図書館（MS. 10. B. 23, fol.2r）

薄さ、該博な知識とくだけた態度、切れ味鋭い筆さばきとまわりくどい筆遣いなどが奇妙に混ざり合っているからだろう。この処女作はチョーサー自身の内面生活と彼の置かれていた環境全般について多くを私たちに語ってくれ、きわめて私的要素を多く含んだ作品なので、詳しく調べてみる価値があるだろう。その後に書かれた多くの著名な作品にもまして、この作品からチョーサーのことを深く知ることができる。すぐに気がつくのは、彼がこの作品を書き上げるまでの筆の早さだ。ゴーントをフランドルのマルガリトと結婚させる計画は、たとえ内々であっても、一三六八年の十一月半ばまでにはすでに進められていたに違いない。再婚への思惑が表沙汰にでもなれば、最初の妻にたいするゴーントの永遠の悲しみを代弁するこの詩を彼に贈ることは非常にむずかしくなっただろう。いずれにしても、すでに指摘したとおり、人々の気持ちの高揚感は熱しやすく冷めやすい、これがこの時代の特徴で、常識的な思慮分別があれば、この種の詩は、書くならば、手際よく迅速に書くべきだし、さもなければ書かない方がよいということになる。『公爵夫人の書』の一部には、オウィディウス（英語名「オヴィッド」）を原典とするセイスとアルシオーネの悲話が挿入されているが、その主題は愛する者の死と喪失で、チョーサーの心の琴線に触れる主題であったことを考えると、この悲話だけは前もって仕上げられていた可能性がある。しかしそれでも、この詩全体はブランチの訃報がようやくチョーサーの耳に届く一三六八年九月後半から同年十月終わりまでの間に完成され、ゴーントに献呈されたに違いない。セイスとアルシオーネの悲話が前もってすでに完成していたとしても、この詩全体が驚異的な早さで仕上げられたことは間違いない。この詩は、独創性と曖昧さを声高に主張する新ロマン派の詩とは大いに趣を異にする。チョーサーの詩は、古代世界の語り物、つまり、人類の経験がつちかってきた偉大な知の遺産に表現を与え、生命を吹き込むために、語り伝えられ、耳にされてきた詩の中に深く根をおろしている。詩というものは、(それ自体古式にのっとった)宮廷生活の一部として利用され、古くから認知された情報伝達手段であり、現在の大衆音楽(これこそ詩の由緒正しい申し子だが)と同じように人々に親しまれていた。それは霊感から生まれるものでないし、天から霊感の火花が降ってくるのを待てば完成するものでもなかった。文体という点で、チョーサーの詩は、ひとつの手本を、おおらかなお国訛りで書かれた英詩ロマンスが持つ、純朴で形式張らず、きびきびした文体から引き出している。さらに、もうひとつの手本を、フロワサールと、特に、マショーによる流行の最先端をゆくフランス語宮廷詩からも引き出している。チョーサーが、一人の若くて美しく、大切な女性の死に狼狽したことは確かだ。しかし、チョーサーは一編の詩を、急ごしらえであれ、まとめるだけの定型句とモチーフの完全な貯えを用意していた。マショーへの依存が密接だが、ある書物の一部を時には丸々写し取ることもあれば、少し手を加えることもあったようだ。(3) ワーズワスの詩に『ティンターン修道院』という一五九行から成る小詩があるが、この詩はそれまでの彼の詩とはかなり趣を異にした作品で、片田舎を歩きながら、四、五日間で彼の頭の中で書き上げられた。(4) これと同じくらいの早さで書きあげたとすれば、全一三三四行から成る『公爵夫人の書』を完成するまでに五週間かかる計算になる。ただ、詩の文体や構想はワーズワスの詩とは異なるし、緊急を要する事情と詩人の才能、それから、多くの言葉遣いや枠組みがすでに形をなしていたことを考えあわせると、この詩は、一三六八年九月終わりから十月初旬までの二週間足らずで仕上げられた可能性も排除できない。

チョーサーがこの詩を書いた動機とは何だったのだろうか。そもそも、詩人はなぜ書くのだろうか。色々な答えが可能で、互いに排除し合うものではない。おそらく、ブランチの死がチョーサーに筆を執らせ、そして、おそらく、ゴーントの方でも、チョーサーが追悼詩を書いているという噂を聞きつけ、ぜひその詩のことを知りたいと願ったというところだろう。ここには愛する人に先立たれた恋人への純粋な共感が描かれているが、それによって詩人は、純粋な慰めを提供しようとしたのかもしれない。文体と内容と新たな結婚交渉の歴史的事情から判断するかぎり、この詩が誰か依頼主から注文されて書かれた可能性はほとんどない。私たちにも、この詩が初めて朗読されたのは、ゴーントがまだ憔悴しきっていた頃だったと想像するくらいは許されるだろう。

大きなかがり火が焚かれたほの暗い広間に、ゴーント自身、彼を補佐する有力者、準騎士、それに、おそらく、貴婦人も何人か集まり、そこへ、黒っぽい服をまとい、この詩が書かれた小さい自筆原稿を持った詩人チョーサーが部屋に入ってくる。この詩には、わずか三種類の写本しか残されていないが、本来はもっと多くの写本があったに違いないし、現存写本のいずれもが、チョーサーの生前にチョーサー自身の手で書かれたものではない。[5] 彼は、窓か蠟燭の明かりをたよりに原稿を読み、時には、劇的雰囲気を盛り上げつつ朗読をしたのだろう。この詩は細やかな心くばりの行き届いた慰めの詩だが、かといって、決して人の心の中へずかずか踏み込んでくるような詩ではなく、慇懃で慎み深く、しかもどこか気を紛らわせてくれるところのある詩だった。しかしたとえば、チョーサー自身は不適切だとよく自覚しているが、どうにも抑えがたいらしいユーモアの味付けが添えられている点で、特異な詩でもある。

そこで、さも愉快そうにすぐに私は口にしました――
でもほんとうはとても冗談を言う気持ちにはなれなかったのです。
（238-9行）

ごく簡単にまとめれば、この詩は、フロワサールの詩を英訳して借用しつつ、八年間にわたる病が原因で、詩人みずからが不眠に苦しんでいることを吐露するところから始まる。そして、一夜の気慰めに、セイスとアルシオーネの物語を読む。内容は、セイス王が旅の途中で溺死し、妻のアルシオーネは悲しみのあまりこの世を去る、というものだった。ここで、詩人は眠りに落ち、自分が目を覚ましてある国王の狩りに加わるという夢を見る。しかし、彼は狩りの一行からはぐれて森の中をさ迷っていると、悲しみを訴える〈黒衣の騎士〉とたまたま出会う。詩人は〈黒衣の騎士〉にその悲しみについて色々尋ね、やっと成就にこぎつけた愛の経緯と、しかし悲しいかな、その愛する女性に先立たれたことを教えられる。〈黒衣の騎士〉がゴーントを指していることをはっきり示す一連の語呂合わせをもって、この詩は唐突に終わる。そして、詩人は目を覚ます。

そこに描かれている物腰には形式張ったところもあるが、詩全体の調子は打ち解けている。この詩が届けられた時期がどのような機会であったにせよ、そこには妙に私的で、いずれにせよ、社会的に親密な関係を暗示するところがある。主題は他人の悲しみだが、それでいて万人の心の琴線にも触れるところがある。伝統にのっとった冒頭部分が、結婚したばかりのこの詩人の現実生活での満たされない愛を表現しているかどうかは別にして、「喪失」という一般的な主題が彼の心を動かしている。不安な調子、といっても、ユーモアとペーソスが時々混ざったいささか趣味の悪い表現だが、その理由もまたある程度までは悲しみが説明してくれる。ある種の気質を持った人には類似の傾向がある。この点で、チョーサーに似ている人として、チャールズ・ラム、チャールズ・ディケンズ、チャーリー・チャップリンといった人たちが思い浮かぶ。彼らは皆、お涙頂戴の感傷とペーソスが得意で、悲しさを描かなければならないところでも、つい、コメディを混ぜないと気が済まないことがよくある。

この詩の冒頭最初の文字は「私」、つまり、あの自己中心的な抒情詩に多用されるささやかな一字のことだ。この文字は、個人的な熱い思いを表明する手段として中世文学に登場してきた。「私」という主語の次には、「……を欲する」という動詞、つづいて欲望の対象となる「あなたを」という目的語が来るのが自然な流れとなる。これが恋愛抒情詩の文体の雛型で、中世における世俗抒情詩の最も使用頻度の高い決まり文句である。

『公爵夫人の書』は抒情的表現が豊かである。ただ、この詩は自己中心的で抒情的「私」を表現しているが、語り手としての詩人によって話され、もしくは、引き出される複数の物語を通して、きわめて間接的な表現にとどまっている。肯定的に使われるにせよ、否定的に使われるにせよ、「私」という主体の二重性が、チョーサーの詩には非常に目につく。もっとも、この二重性は、十四世紀ヨーロッパの詩の一般的な特徴でもあり、この時代に出現する個性の証しなのだ。チョーサーの場合、自作の詩の中に自分の存在を置きたい、がしかし同時に、自分の姿を隠したいという欲求を常に持つことで、彼は「自分を演じる」という工夫にたどりついた。こうした工夫には、曖昧さと喜劇性があふれている。この工夫が、他のどのイギリスの詩人にもましてチョーサーの詩に顕著な、あの奇妙な不安という調子を生み出すのだ。『公爵夫人の書』に見られるような軽薄さと真面目さの同居は、現代人の嗜好からすれば無作法で無定見に見えるものの、この工夫によって、ひとつの物語の多面的要素を、たとえそれらが互いに矛盾していても、表現することが可能になる。そしてここには、予期せぬ豊潤さも生まれている。

『公爵夫人の書』は宮廷詩である。宮廷での暮らしぶりやしきたりが、随所に、規範として描かれている。詩の枠組みは夢世界だが、私たちは、そこに描かれる個人的事情（もちろん、行政的、あるいは、政治的事情のことではない）をとおして、宮廷生活の肌触りを実感する。女神ジュノーが彼女の使者に言葉をかける時、私たちは、アルスター伯爵夫人エリザベスが小姓に手紙を託して送り出す時の口調を耳にすることができる（132-4行）。詩人は〈黒衣の騎士〉に向かって、礼儀をわきまえた紳士同士のように、率直なもの言いで尋ねているが、慇懃でためらいがちな口ぶりに、準騎士という身分にある者と王家の血筋を引く王子との間の社会的な距離が意識されていることも私たちの耳には聞き取れる。率直で礼儀作法に適った相互交流も、それぞれの身分にふさわしい言葉遣いと、明確な階級意識によって厳格に規定されている。詩人で準騎士のチョーサーは格式張って、丁寧な二人称複数形人称代名詞 ye と you を使い、一方で、〈黒衣の騎士〉の方は、身分の高い者がいかにも気さくに親しみを込めて語りかけるような言葉遣いで、二人称単数形人称代名詞 thou と thee を使って、しつこく質問してくる相手に答えてやっている。その〈黒衣の騎士〉も、自分の愛する女性にたいしては、一段身分の低い者が目上の者にたいして使う二人称複数形人称代名詞を使っている。この詩は、フランス詩を起源とする伝統的文学観を受け継いでいるが、その文学観とは、宮廷生活が愛の中心に位置し、愛こそ男のしかるべき野望をつき動かす原動力になるというものだ。少なくともある点で、このことは、個人の人間関係を中心に営まれていた宮廷にもあてはまる。

人の死は、個人の人間関係、宮廷というものの価値、もっと言えば、純粋に世俗的な価値すべてにたいする大きな挑戦である。死によって、かくも簡単に、頻繁に、避けがたく否定されるとすれば、そもそもこれらの価値はいかなる価値であり得るというのだろうか。この疑問はいつも信仰の教えと宗教的黙想の中心主題だった。人の意識が失われることへのぞっとするような恐怖心、そして、中世の生活があまりにも安易に促した肉体の腐敗にたいする自覚によって、この疑念はさらに強まった。『カンタベリ物語』以前に書かれたチョーサーのほとんどの詩に共通するテーマは深い喪失感であり、この喪失感が、ブランチの死によって詩人の心がかき乱される原因の一つであったことは間違いない。しかし、多くの宗教的抒情詩なら大いに活気づけられるだろうが、『公爵夫人の書』には、死への恐怖心をことさら煽ることもないし、死にたいする個人的な恐怖が描かれるわけでもない。〈黒衣の騎士〉は死を渇望しているのだが、彼には死ぬことが叶わない。彼の姿は、ずっと後になって、チョーサーが死を主題に書き上げたもう一つの詩、「贖宥証取扱人の話」に登場する〈老人〉の姿と重なる。『公爵夫人の書』の問題は、喪失感とどのように折り合いをつけて生きるか、ということだ。この作品に自ら登場している詩人も、〈黒衣の騎士〉も、二人とも喪失感を味わってきた。まず、詩人の場合、愛を奪われた彼は、何の救いもない喪失感を描いたセイスとアルシオーネの話をひとり孤独に読みふける読者だ。それから、彼は、自分が見る夢の中で、狩りの仲間から離れて深い森の中へと引き込まれていく、象徴的な言い方をすれば、追悼の中心舞台としての「内なる自我」へ分け入るのだ。しかし、自分が失った愛について、私たち読者に額面通り解釈できるように、（そしてすぐにそれとわかるように）語りかける〈黒衣の騎士〉の言葉遣いには、彼の愛した女性の生前の美しさを今一度再現しようとする意図があり、この詩も私たちも、彼女の美しい姿の喪失を深く悲しむのだ。この詩には喪失と発見という二つの動きが働いている。この発見――慰めと言い換えてもよいが――は、過去への追憶によって働きかけられるのだ。

この詩には、不思議とロマンスに似たところがある。ロマンスでは、主人公の内面が、たとえば二人の兄弟など、複数の登場人物によって表現されることがよくある。[6] この詩でも、詩人の究極の苦悩と探求は、そこに登場する詩人自身と〈黒衣の騎士〉の二人によって示されている。ロマンスの主人公は、ぽっかりと空いた心の穴を埋めるために、今いる社会を一旦離れ、孤独の中で様々な試練を経験し、最愛の女性を見つけ、前より気持ちも明るくなり、知恵も授けられて再び元の社会へ復帰し、そこに根を下ろすことになる。これと同じ包括的な行動様式が『公爵夫人の書』にも見られる。宮廷社会から、伝統的な冒険と試練の場である孤独の森へと退去し、最愛の女性の美しさと魅力を今一度呼び覚ますことで彼女を「発見し」、喜びと知恵を携えて再び宮廷社会へ戻っていく。ただ、ロマンスにはその先がある。つまり、それは通例、青年期から壮年期へ移行する一種の通過儀礼であり、最後には目出度し目出度しで終わる前向きな褒美が用意されている。こうしたロマンスに典型的な展開は、〈黒衣の騎士〉が昔を回想して語る場面として示される。彼はどんなに深くその貴婦人を愛していたかについて語って聞かせてくれ、そして、彼女の愛を勝ち取った栄誉についてもほのめかしてくれる。『公爵夫人の書』は、決して写実的描写ということでないが、現実の生活の出来事も含んでいる。ジョン・オヴ・ゴーントは実際にランカスター・オヴ・ブランチを愛していたし、彼女と名誉ある結婚をした。『公爵夫人の書』という「語り物《ナラティヴ》」は、実人生を理想化した説明文ではなくて、幸いにして実人生のほうが近づいていける理想的真実なのだ（そして歴史は、文学的な想像力のほうが現実の出来事よりもすぐれていることを証明してきたし、詩はその想像力の中で生き残ってきた）。しかし、この「語り物」は、人生と同じで、死に至るまでつづく。徳と美を兼ね備えたブランチへの記憶が彼女の肉体の消滅にたいして勝利をおさめたように、記憶という行為によって、この「語り物」は生き残り、死をも飲み込み、死にたいして勝利することになる。そのことが明らかに慰めであり、さりげなく差し伸べられる共感なのだ。記憶、つまり、愛したことなどまったくない記憶よりは、愛して、かつ失ったことの記憶のほうがはるかにすぐれている――言い古された文言ではあるが、ほろ苦い寂寥感が驚くほど忠実に示されている。

詩人チョーサーは生の限界、まさにその断崖にまで進み、そして、深い深淵までほとんどのぞき込んでいる。断崖、溝、そこを今まさに飛び越えようとする意識が強く働いている。と同時に、この詩ではそこを飛び越えることを断固拒否する意識も強い。生の最後の通過儀礼、つまり、死への通過儀礼は拒否されている。巨大な力で支配する教会文化が人々にたいして継続的な強制力を持っていた時代には、この行為は拒否されたのだ。つまり、この時代には、教会文化が、間断なく繰り返される説教や黙想や宗教抒情詩を通して、人々に断崖のかなたへ視線を向けさせ、肉体の消滅への恐怖に身震いすることを強要した。その結果、地獄の苦しみは、罪にたいする正当な劫罰であることを理解させ、また、永遠の至福への希望を持たせることも出来た。ただ、チョーサーはこうした教会の強要を拒もうとしている。彼は、記憶をとおして、しかも、何の言い訳もせずに、宮廷というこの世の悦楽の世界へ戻っていく。彼には死者の復活という感覚を追いかけるつもりはなさそうだ。彼は死について深く思いをめぐらすこともしない。死とは、生きた人間に利用できる避難場所ではなく、生の苦悩から逃れるための場所のようにみえるからだ。この点で、『公爵夫人の書』の感性は非常に近代的である。もっとも、チョーサー自身は、生を無にしてしまう死の無価値性にたいする近代的信仰が持つ消耗性の、真に虚無的な影響を理解しているわけではないが。

この詩が持つ近代的感性のもう一つの特徴は、そこにみずから登場している詩人の個性に起因する言葉の直《リテ》解主義《ラリズム》である。(7) 彼は自分のことを、どんなに平易な隠喩も理解できない男として描いている。直解主義こそ近代的感性を磨く、最高とは言わないまでも、効果的な道具立てのひとつである。直解主義とは、具体的で正確な文字表現のことで、物理的現実を表現する際の言葉の忠実さ、さらに、意味の単純さと曖昧さがないこと（なぜなら、二枚舌は、混乱と偽善、もしくは、虚偽と同義なのだから）を指している。近代文明の礎としての科学技術の長足の進歩は、まさにこの直解主義にその命運を握られている。曖昧な表現、ことわざ風金言、誇張表現、語呂合わせ、言葉遊び、修辞学の全装置、今日ではきたないとされる語句を含むすべてが、十七世紀以降の近代文化の大きな目標である、言葉の意味の透明性を妨げることになる。この目標が、人間の意思疎通にとって適切で、完全な目標かどうか疑問視されるようになったのは、ごく最近、少数派の人々から提起されて以来のことである。はじめのうち、直解主義は、〈黒衣の騎士〉が駆使する伝統的な誇張表現、曖昧表現、修辞法によって阻まれるが、この詩の最後のところで、死が文字通りの意味で受容される。確かに、修辞法を駆使してブランチ追憶を創作する場が割り当てられてはいるが、文字通りの意味しか理解できない詩人の心には、「彼女は死んでしまった」という言葉で十分なのだ（1309行）。これが究極の真実なのだ。直解主義は現実主義的で、近代的である。

「近代性」、もしそういう呼び方が許されるなら、この「近代性」が、逆説的だが、伝統的で古めかしく、保守的な宮廷生活——その主要価値は、記憶の中でしか存在し得ない「生活のおごり」なのだが——の一面を補強してきた。「天国」と「地獄」は永遠であるがゆえに、当然ながら、この二つは（存在するか否かは別にして）唯一真の現存在なのだ。(二) 「天国」と「地獄」以外のすべてが、過去の中へ流れ込んでいく。そういうわけで、死後の何かに目を向けるキリスト教は、過去を敵視し、真に永遠の現存在と引き換えに過去を捨て、何らかの進歩的で革新的な性格を常に帯びる必要がある。『公爵夫人の書』の中で、チョーサーは何も深遠な宗教的意味を示しているのではない。伝統的な信仰心を表す表現もあるが、彼は宗教性を完全に無視し、宮廷だけが

「現実の」生活だとみなしている。結局、この詩は反ロマンスの作品だ。この詩によれば、なるほど、あなた（＝〈黒衣の騎士〉）はいとおしい女性を愛し、彼女の愛を勝ちとりさえし、次に、彼女から愛されることになるかもしれない。しかし、あなたは愛するその女性を失うことになるだろう。あなたにとっての慰めは、済んでしまったことは済んでしまったこと、という言葉だけである。この詩の唐突な結末において、詩人は肩をすぼめて無関心を装い、どことなく禁欲的なところがあるかと思えば、挫折や絶望をにじませ、つらそうに見えるところすらある。

（〈黒衣の騎士〉）「彼女は死んでしまった」
（詩人）「まさか」
（〈黒衣の騎士〉）「いや、本当なんだ。誓ってもいい」
（詩人）「それがあなたのなくし物だったのですか。まったくお気の毒に」
　この言葉が終わるとすぐに
狩りの一行は引き揚げの角笛を鳴らした。こうして万事が終わった、云々。
（『公爵夫人の書』、1309-12行）

なんともいたましいことである。それでもなお、普段通りの生活がつづけられなければならない。この詩の終幕は、重い足どりで遠ざかり、些末なことであっけなく幕を閉じるよう熟慮されている。それはあたかも、同僚の死体を前にした兵士のようである。十四世紀の宮廷は、一面華麗な世界であると同時に、情け容赦ない苛烈な世界でもあったのだ。
　もちろん、直解主義の縁取りをするかのようにそのまわりを取り囲んでいる曖昧さも、依然として見受けられる。『公爵夫人の書』の中で、チョーサーは、それが生死に関する非の打ち所のない声明文であるとも、完

従来の硬直した、型にはまった作例から別れを告げた14世紀の最良の絵ガラスで、きわめて特異な作品。写実性や繊細な感性を見ることができ、母親と幼な子とのあいだの親子の愛情を伝えてくれる。同様の特徴は他の視覚芸術や文学にもうかがえ、少なくともイングランドではチョーサーの作品がそれを見事に具現した成果である。

結したイメージであるとも主張せず、様々な取捨選択の余地を残している。この詩はより大きな宮廷文化の所産であり、同じ時期に書かれた『ABC』という詩を横に並べて置いてみることもできるだろう。『ABC』は、聖母マリアに捧げられた作品で、創意工夫に富み、かつ、敬虔なフランス語原詩から見事な英語へと翻訳された。この詩は生涯にわたりチョーサー自身の精神と教養の一部となるあの純粋な信仰心をはっきり証明するものであり、そこには当時のほとんどの誰も気づいていない隠された意味を除けば、宮廷生活の世俗的価値との衝突はほとんどない。なぜなら、世俗恋愛詩と同じくらい、この翻訳詩をとおして、女性にたいする尊敬の気持ちが働き、女性の道徳的優位が無理なく受け入れられ、女性の翼の下で守ってもらいたいという願望が促されるからだ。世俗詩では恋人が、宗教詩では母性像が呼び出されるが、どちらも、柔和で、女らしく、何かにつけ優秀で、癒しをもたらしてくれる。ほとんどの世俗恋愛詩では、男性の性的欲望から生まれる激しい所有欲は抑制され、聖母マリア崇敬では、(『サー・ガウェインと緑の騎士』に見られる)母性像にたいする全面的敵視という姿勢、つまり、恐怖心、怒り、脱出願望などは排除される。世俗詩にくらべると、宗教詩のほうが情緒過多なところがあるが、これは複雑な世俗恋愛詩であればあるほど、恐怖心と激しい所有欲の二つの要素がそこに入り込むからだ。

『ABC』における聖母マリア崇敬は、単に個人の信仰告白というより、文化の一部と言える。奇妙なことだが、だからといって、この聖母マリア崇敬には、それを告白する人々の蛮行を和らげる効果はほとんどなかった。ただ、この信仰は、洗練された雅な「優雅」という種子を内包し、偽善とは一線を画していた。この種子は、内面的想像力という新しい力を栄養分として、新しい家庭的思いやりという苗床の中でやがて芽を出す準備をしていた。そして、イタリアにおける潮流の影響のもとで、韻文よりは散文という形式を借りてこの種子は育っていった。この種子はヨーロッパ各地に広まりつつあり、チョーサーもすぐに、そして、直接みずからそれに触れることになった。

第7章

チョーサーとイタリア

CHAPTER SEVEN

CHAUCER AND ITALY

『公爵夫人の書』が完成してから三年間、チョーサー夫妻は廷臣として色々な務めに忙殺され、自分たちの給料については、半年ごとに、直接自分の手で受け取ることもあれば、代理人の手で受け取ることもあった。一三七二年八月、ジョン・オヴ・ゴーントの二番目の妻コンスタンスは、そしておそらく、同行していたフィリッパ・チョーサーもまた、ハートフォード城に滞在していた。その折、ゴーント家家計から、コンスタンスの侍女として奉仕するフィリッパにはじめて年金給与が支払われている。【補遺E-b】ゴーント自身はサンドウィチにいた。またチョーサーは国王のお供をして別の場所にいたようだ。しかし、さらに長期にわたる別居生活がチョーサー夫妻を待っていた。一三七二年十一月、チョーサーは、ジェノヴァ共和国総督と庶民団を相手に交渉するため、イタリア出張の任務を仰せつかったからだ。当時、イタリアでは独立した多くの小都市国家が割拠していたが、そのひとつがジェノヴァだった。ジェノヴァは、国家として小なりとはいえ、市民は裕福で力もあったので、イングランド王国にとって交渉するだけの価値があり、国際通商と信用取引問題が両国の重要な懸案となっていた。そして当時、ジェノヴァとイングランドの間では、通商協定が締結されたばかりだった。ジェノヴァ人のためにイングランド国内に特別交易港を用意することが当面の問題だった。両者の交渉過程の詳細を伝える文書は残っていないが、交渉使節団の一員として参加していた我らが詩人チョーサーの名誉のためにも、両国の交易がその

扉図版：
「酒は強いのにかぎる、おおいに飲もう」
ピサネロの筆によるイタリアのブドウ酒店の店内の様子
ニューヨーク、ピエポント・モーガン図書館

後数年間大いに盛んになったことに注目しておこう。ジェノヴァ人が手広く交易する窓口として、サウサンプトン港が継続して使われ、ロンドン市内にはミラノ、ヴェネツィア、ルッカ、フィレンツェ、シエナなどイタリアの大都市出身者と並んで、ジェノヴァ出身者の集団も居留していた。ジェノヴァ人は、イングランド国王にたいしてかなり高値で船舶や石弓兵などを調達していた。ところで、今般の使節団の中で、チョーサーはその中心人物というわけではなかった。以前にも国王エドワードの側に立って交渉経験のある二人のイタリア人、カリニャーノ生まれのヤコポ・ディ・プロヴァノとジェノヴァ人ジョヴァンニ・デ・マリのお供として、チョーサーは同行していた。プロヴァノとマリの二人のうちでは、マリが高額手当を受け取っていることから、彼の立場が上だったようだ。一方で、チョーサーは、このジェノヴァ出張以外に、フィレンツェでの秘密の使命も帯びていた。その中身はおそらく、イタリアの大銀行家の一つから追加の国際融資を受けることだったのだろう。ところで、マリとプロヴァノの二人は英語を話したに違いないが、チョーサーを加えた理由の一つに、彼がイタリア語の会話力も読解力もほどほどに身につけていたことがあったのは十分考えられる。(1) 彼自身に特別の権限はないが、イングランド側の政策全般を相手に伝達する手助けをし、重要交渉者の動向を監視する役目もあったのかもしれない。ただ、ジェノヴァにつづいてフィレンツェに出張した背景を考えると、チョーサー個人にも十分にこうした重責を担うだけの器量と、単独でイングランド側の意向や指示を伝達するだけの十分なイタリア語（それとフランス語）力が備わっていたことがわかる。

世間一般の常識的な見方からすれば、今回の旅の主役はマリとプロヴァノだろう。しかし外交、通商、金融といった業務に携わるのは何かと張り合いがあって活気の出るものだし、もまれて自然と角が取れるところもある。もしチョーサーがこうした世俗的業務の価値を認識し、懐深く受け入れるほどの人でなかったとしたら、私たちが今知っているような詩人にはなっていなかっただろう。しかし後になってチョーサーは、この三人のうちで最も重要な人物となったのが、実は一人で読書し、詩を書くことを好む小太りのイングランド人、つまりこの自分であったという歴史の皮肉に気づいてほくそえんだかもしれない。何しろ、この使節団には重要な外交課題や通商課題が色々と託されてはいたのだが、歴史的に見て真に重要であったのは、このイングランド人がフィレンツェの露店の本屋で、当時よく知られていた詩作品を二、三冊買い求めたことだったのである。

チョーサー個人の出張手当は、一日につき十三シリング四ペンスの日当だった(2)。彼が一三七二年十二月一日にロンドンを出発し、おおまかに計算して千マイルほどの距離を一日約三十マイルで旅をしたとすれば、ジェノヴァ到着は、一三七三年一月一日から十日までの間ということになる。ある時点で、彼はジェノヴァを去ってフィレンツェへ向かい、二つの都市で、それぞれ数週間程度滞在した。遅くともジェノヴァを四月はじめに、そしてフィレンツェを四月半ばに出発し、五月二十三日までにイングランドへ戻った。イタリアまでは、往路・復路それぞれ五、六週間を要した。彼がたどった道は、今ではヨーロッパの幹線高速道路を車で走って、ほんの数日で行ける距離だが、当時、チョーサーはヨーロッパ一峻険なアルプス山岳地帯もこの上なくのどかな平野も、馬の背に揺られながら旅し、今も昔も変わらず最も美しい風景の間をゆっくり馬の歩みを進めていた。それは、車であっという間に通り過ぎてしまう私たちの旅と、いかに隔たっていることだろう。旅に出る時の冬の寒さも、一日三十マイルを馬で旅する疲労のことも頭から離れることはなかった。

ウェストミンスターとカンタベリの二つの巨大なゴシック様式の教会の間には、十二月の荒涼とした風景の中にも、至る所、昔から変わらないイングランドで最も美しい田園風景が広がっていた。この間に経験する冬の冷たい刃はしかし、やがて三人の旅人が耐えることになる酷寒からすれば、穏やかな刺激とでもいうべきものだった。一行には、二、三名のジェノヴァ人石弓兵、加えてもしかすると、兵士一、二名が護衛として付き添っていたかもしれない。さらに、数名の召使いも供をし、全員馬にまたがって旅をし、荷馬に荷物を運ばせていた。どこでも見かけるこぢんまりした騎馬行列といった趣だ。やがて、ドーヴァーへ到着し、ここで、フランス行きの順風を待ち、高速帆船《バウンシング・ラウンド・ボート》で八時間ほど海上を快走し、当時はまだイングランドの手中にあったカレーの港町に上陸する。上陸の様子は、年間数百万人の観光客が上陸する今と変わらなかった。すべてが、今日に至るまで見慣れた光景だった。カレーからは東へ、所々砂丘もあるが、平坦で荒涼とした海岸線に沿って旅し、ブリュージュとゲントという裕福な商都（なお、ゲントは、ランカスター公ジョンの生まれ故郷で、ジョン・オヴ・ゴーントの「ゴーント」はこの町の英語名に因むものだった）へ向かう。ブリュージュとゲントは裕福な美しい町で、石造りの家と素晴らしい教会が建ち並んでいた。さらに、ブリュージュでは、大きな運河が張り巡らされていることにも目をみはった。ところで、使節団がこのルートを取るのには理由があった。一三七二年から七三年にかけて、イングランドはフランスと交戦状態にあり、イングランド人がフランス領内を旅することは、不可能とは言えないまでも、きわめて危険だったのである。このルートは、街道沿いに宿場が整備され、商人たちにもよく利用されたわかりやすい街道で、ブリュッセル、マーストリヒト、そしてカール大帝時代の古都アーヘン（フランス名ではエクス・ラ・シャペル）の町へとつづいていた。一帯は起伏の少ない平野部で、適当に森も広がり、ヨーロッパでも屈指の繁栄を誇る町もあれば、なかには、独立都市でありながら騒乱に明け暮れる町もあった。いずれの都市もチョーサーにはなじみの場所だったが、それにはイングランドとの外交関係や軍事同盟といった政治情勢のほかに、妻フィリッパの一門が同じフランドル地方にあるエノー出身であることや、ロンドンにもフランドル人が多かったという事情などもあった。

さらに、一行は東へ旅をつづけ、ライン川に至り、ケルンかボンへ到着する。ケルンでは、巨大な大聖堂を目の当たりにしただろう。一九四四年の空襲でケルンの中心街はほとんど破壊されたが、この大聖堂だけは今も往時の姿をとどめて屹立している。ケルンは古代ローマ時代に建設された都市だったが、中世の人々にはこの町が持つ意義はさらに重かった。なぜなら、この地は、三王、つまり、イエス・キリスト誕生をめぐる話に登場する東方三博士たちが旅の終着地とした所で、以後、彼らはこの町にずっと暮らしたと信じられてきたからである。チョーサーの時代においても、ケルンは産業の中心地で、ヨーロッパでも最高級の武具が制作されており、黒太子も当地で買い求めたほどだった。さらに、この町はプロシア国境へ至る途中の要路としても、イングランド人たちにお馴染みだった。当時、プロシア国境地帯では異教徒のリトアニア人にたいする戦争が常態化し、聖戦の名の下で身の毛もよだつ残虐行為が美化されていた。ヘンリ・オヴ・グロウモントや、後年、孫のヘンリ（当時のダービ伯で、彼はジョン・オヴ・ゴーントの息子であり、最後にはイングランド国王ヘンリ四世に即位する人物）といった大物軍人たちもここを経由して戦地に赴いた。[二] この二人と同様、「ジェネラル・プロローグ」のチョーサー自身の理想を反映させた登場人物である〈騎士〉は、プロシアで賓客として何度も遇され、同じ騎士の身分の者で、彼ほど度々リトアニアとロシアで戦った者はいなかったと紹介されている。チョーサーは、この〈騎士〉も同じルートをたどって、はるばる彼の地まで赴く姿を想い描いていたのだろう。

使節団一行は、ケルンかボンで船に乗り、帆に風を受けるか、櫂で漕ぐかして、ゆったりと流れるライン川を上っていった。途中には急峻な谷あいに広がるブドウ畑、木々が鬱蒼と生い茂る山々、そして外見は絵のように美しいが、野蛮な軍人が根城にしていた居城などが両岸に迫り、ヨーロッパ随一を誇るロマンティックな風景の間を船がすすんだ。川沿いには、農夫が暮らすあばら屋や活気のない小さな町が見え隠れし、大きな修道院と美しい教会も、ときおり目の前に、その勇姿を見せた。どの教会にも見事なほどの写実性を湛え、同時に、芸術性の高い彩色彫刻が飾られ、チョーサーは心高鳴る思いでそれらを鑑賞したに違いない。寒い気候の中、河岸の変化が激しく、川の水が渦巻き、岩が突き出すローレライのあたりは、そろそろ氷が張り、船の速度も遅れがちだったろう。それでもこのあと、バーゼルあたりまでは無難な船旅となりそうだ。このあたりは古来の伝説の地で、十二世紀には壮大なゲルマン神話の主題になっていたラインの乙女伝説や『ニーベルンゲンの歌』の舞台でもある。ところが、チョーサーは、ドイツ語の知識は持ち合わせていないようだし、ゲルマン民族の太古の神話や民衆の心を映す民話に関心を寄せた様子もない。また圧倒的に迫ってくる荒涼たる山岳風景にも、一向に興味を示さないようである。彼自身は端《はな》から合理主義の「南部気質」の人で、北ヨーロッパ

刺繍は13-14世紀イングランドの輝かしい芸術の成果の1つだった。ビロード地に金糸、銀糸、絹糸で刺繍したこの豪華絢爛な作品は、当時の豊かな文化を示すものだ。描かれているのは東方の三博士で、彼らをまつる聖堂はケルン大聖堂であり、ここは〈バースの女房〉も、そしておそらくチョーサー自身も、訪れたことがある。ヴィクトリア・アンド・アルバート博物館

特有の霧がかかったような神秘主義には不向きだった。それに、ほとんどの中世の人々は未開の自然に余りにも近接して暮らしていたため、かえって、現代の私たちが持つような自然への美的感性が育まれることはなかった。気品ある町ハイデルベルクのそばに架かる美しい橋の下をくぐり、ストラスブール大聖堂を間近に見ながら、陸路を阻む「黒い森《シュヴァルツヴァルト》」を馬で行かなくて済むことに、彼はきっと安堵したはずだ。三人の使節一行はバーゼルで馬に乗り換え、ここからイタリアまでは、古来最も歴史ある街道を行かなければならなかった。途中、雪をかぶった山々に囲まれ、厳粛な美しさを湛えたジュネーヴ（レマン）湖畔のローザンヌまで南進することになる。行く手に高いアルプスの山並みが迫り、いよいよ旅の難所が近づいてきた。所々雪が降り積もっているが、肥沃で起伏のある田園地帯を進んでゆく。ローザンヌからは湖に沿って東に道をとり、いくつかの幹線道路が交差するヴヴェイを目指し、さらにレマン湖沿いに東へション城のそばを通っていく。この街道は昔からイタリアへ向かうために頻繁に利用された幹線道路だったが、現在、この周辺を貫通する高速道路や近代都市の街並みの広がりを目撃すると、その昔この辺り一帯がうらぶれて寒々とした場所であったことなどとても想像できない。ところで、彼らは、湖の東を回り込んで南下して、サン・モーリスを通り、うらぶれた小さな町マルティニーまではずっと山道を登っていかなくてはならなかった。そして、長く曲がりくねって狭い上り坂が山肌にしがみつくように延び、その先にグラン・サン・ベルナール峠があった。深い雪に埋もれ、身も心も凍てつく無人のこの峠に聖ベルナール・ド・マントンが十一世紀に建てた宿泊所がある。今も昔も変わらず、この峠は八月でもなお寒く、雪をかぶっていることがある。ましてや、十二月の終わりともなれば、恐怖さえおぼえるほどの極寒だったに違いない。しかしそれでも、峠を越えることは可能だった。この数年後、アダム・アスクは、寒さに凍え死にそうになり、目の前に迫る断崖に目を閉じたまま、牛車に揺られて同じこの峠を越えている[(3)]【二】。ここからはずっと下り坂になり、道は狭く、曲がりくねって急勾配だが、南斜面を降りていくことになる。小さな集落をいくつか通り、しにせの旅籠に泊まりつつ、アオスタの町まで降りてきた。バーゼルからアオスタまでは、十日間かかった。当時、アオスタはまだサヴォワ公の領地で、イングランドはサヴォワ公と密接な友好関係を築いていた。ところが、サヴォワとミラノとの間は戦争状態にあり、チョーサー一行はミラノ北部の戦闘地域を避けて通る必要があったのだろう。そこで、彼らは美しいトリノの町へ向かい、そこからさらに十二マイルほど南には、一行の一人、ヤコポ・ディ・プロヴァノの故郷カリニャーノの町があるので、いったん、そこで短い休息を取ったのかもしれない。さらに、カリニャーノのすぐ南には肥沃で広大な平野が広がり、「神学生の話」の舞台になる塔や町などもある。[三] とはいえ、当時チョーサーがすでにこの物語を知っていたとしても、この町は彼の旅のコースには入っていなかった。それに、こうした町の光景は北イタリアではめずらしくなかった。カリニャーノから、息をのむほど美しいイタリアの海岸線リヴィエラに出る。ここからジェノヴァの町までは、一月でも穏やかな気候にめぐまれ、旅は順調だった。こうして、ようやく本来の交渉作業が実施される運びとなった。

　ジェノヴァは商業の一大中心地で、港町でもあったので、腕のいい船乗りと彼らの気性の激しさが町の名物だった。当時、この都市国家は広範囲にわたる植民地帝国を形成し、その支配はクリミア、シリア、北アフリカにまで及んだが、ヴェネツィアとは利害をめぐって何かと衝突し、戦争が差し迫っていた。この戦争は、一三八〇年にジェノヴァ敗北で終結することとなる。国内の内紛による無政府状態は、今もイタリアの災いとなっているが、当時の同様の内紛は、やがて十五世紀に入って、ジェノヴァが相次ぐ外国人支配者に服従することを余儀なくしつつあった。現在の「旧市街《オールド・タウン》」にあたる街並みをチョーサーは目にしていた。通りは狭いが、美しい家が建ち並び、まだら模様の大理石の石積みを特徴とする大聖堂がそびえる町の姿は、今なお北ヨーロッパの人たちの目を驚嘆させてくれる。もっとも、イングランド中世の建造物にしても、建設当時は、今よりはるかに明るい色をしていたことを記憶にとどめておかなくてはならない。

　ジェノヴァからフィレンツェまでは一週間ほどの道のりだった。ジェノヴァを出発して、地中海沿岸を南に向かい、ピサに到着する。かつて、世界で最も美しいともてはやされた田園地帯が途中に広がっていた。ピサの町自体は、今も変わらず、なだらかな平野の上にあるが、十二、三世紀には権勢の頂点を極めた栄光の町であり、周辺の田園地帯を取り込んで、イタリア独特の小さな都市国家の一つを形成していた。町の建築は装飾に富んでいるが、全体としては落ち着いた佇まいを見せている。なかでも、十二世紀初頭に建てられたピサ大聖堂は荘厳で、十四世紀初頭にはここに、アンドレア・ピサーノが精緻な彫刻をほどこした大理石説教壇が据えられている。ひょっとすると、チョーサーもこの説教壇を眺め、ゴシック芸術の写実表現を堪能していたかもしれない。もちろん、あの「斜塔」も彼の視界に入ったことだろう。この建造物は、チョーサーが当地を訪ねるわずか二十年前に竣工したばかりで、当時はまだ今ほど大きく傾いていなかったが、それでも明らかに地盤の狂いがあった。格調ある宮殿や教会が建ち、その中に、イエス・キリストの形見の茨の冠を保管していることで知られたサンタ・マリア・デッラ・スピナ教会があった（今もあるが）。ピサ、その他の諸都市のゴシック様式の彫刻群は、『名声の館』に描かれた神殿内部の様子を思い出させてくれる。

ピサで彼は東に道をとり、通常のルートでアルノ川沿いの低地帯をたどって行った。一帯には肥沃で手入れの行き届いた耕作地が広がり、有名な町としては、ルッカやピストイアといった美しい町が点在していた。ただ、惜しむらくは、互いに戦争をすることがしばしばだった。そうこうして、「花の都」——この比喩をフィレンツェのために使うにあたっては、中世のロンドンに許しを乞うておかなくてはならないが——その「花の都」フィレンツェに、追加の任務を果たすべく到着した。

フィレンツェは美しい大都会だった。アルノ川にはヴェッキオ橋をはじめ数本の素晴らしい橋が架かり、橋上に店舗や民家が並んでいる光景は、チョーサーに故郷のロンドン橋を思い出させてくれたに違いない。ロンドンの建造物は、教会を除けば、どれも木造だったが、フィレンツェでは何もかもが石造りだった。ヴェッキオ宮の東へ向かって、チョーサーは、比較的高い家々の間を縫うように狭い街路が走っている光景を目にしたが、同じ光景を今も私たちは見ることができる。この家並みの中にダンテが生まれた家があり、現在は「ダンテ・アリギエリ通り」と呼ばれる街路の一角に残っている。チョーサーはシニョーリア広場《ピアッツァ》や「五百人広間」をはじめ多くの大広間と奇抜なデザインの塔を持つヴェッキオ宮を直接目にした。フィレンツェ市民の世俗権力を誇示するこの佇まいは、一ロンドン市民にも圧倒的な力で迫ってきたことだろう。チョーサーが滞在していた時期には、ウフィッツィ美術館も、ルネサンス時代に建設された多くの壮麗な宮殿もまだ誕生していなかったが、もう一つのフィレンツェ市民の建物である頑丈なバルジェッロ宮は、気品ある中庭とともにすでに建てられていた。バルジェッロ宮が拡張されて過去の高貴な力を骨抜きにされ、美術館に改装されたのはずっと後のことである。「ボルゴ・デリ・アルビッツィ通り」には美しい建築群が建ち並んでいた。また貴族のカステラッニ家所有のカステラッニ宮のように、半ば要塞と化した建物がアルノ河畔に偉容を誇ってもいた。今も多くの芸術作品を収蔵している大きな教会のほとんどはすでに姿をあらわしていた。チョーサーがフィレンツェにいた時、サンタ・マリア・デル・フィオーレ大聖堂はまだその全容は未完で、現在ブルネレスキ設計の半球状の屋根《クーポラ》をいただく東端後陣は、それ以前に造営されていたドゥオモで覆われていた。しかしすでに、この大聖堂本体も、ジョットが設計したと伝えられている鐘楼《カンパニーレ》部も、赤と白と緑の大理石を積み重ね、見事な彫刻で飾られ、創建時の輝きを放っていた。サンタ・クローチェ教会には、十九世紀に改築された近代的な白いファサードや、所狭しと配置されたルネサンス後期の巨匠たちの尊大な墓所もいまだなかった。だからといって、この教会の威光が曇るわけでもなかったし、ジョットらによる多くの美しいフレスコ画は今よりはるかに鮮やかな輝きを放っていた。チョーサーにとって最も衝撃的だったのは、シニョーリア広場に近いオルサンミケーレ教会内の壁面を一際豪華に飾る壁龕彫刻だったに違いない。画家でもあり彫刻家でもあり建築家でもあったオルカーニャが多額の報酬を受け取って、一三五六年に完成させて間もない作品だった。さらに、サンタ・マリア・ノヴェッラ教会にも目を見張っただろう。この教会の呼び物は、同じオルカーニャが一三五七年

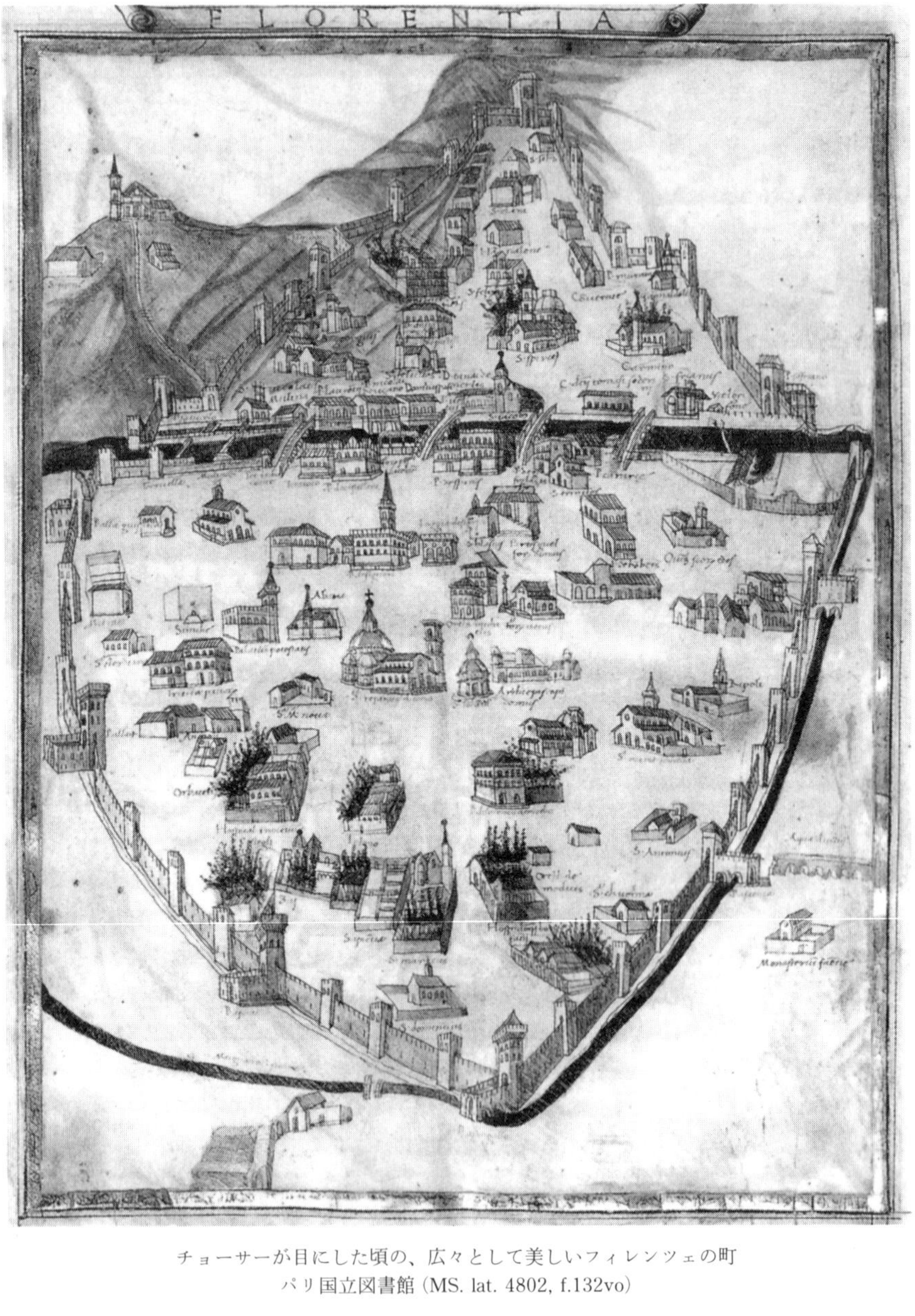

チョーサーが目にした頃の、広々として美しいフィレンツェの町
パリ国立図書館（MS. lat. 4802, f.132vo）

に仕上げた祭壇画を飾るストロッツィ礼拝堂と、一三五五年頃にアンドレア・ダ・フィレンツェがスペイン礼拝堂内に完成させた精巧なフレスコ画の大作だった。

チョーサー来訪当時、フィレンツェの人口は約六万人で、さらに急速に増えつつあった。ロンドンよりはるかに大きく、壮麗な都市だった。芸術への飽くなき関心、何軒かの大型書店、すでに火がついていた詩人ダンテへの熱狂は、フィレンツェの教養人ばかりでなく、あらゆる階層の市民の間にも幅広く行き渡っていた。チョーサーがイタリア語の知識にさらに磨きをかけたことも確実だ。イングランドにいたイタリア人の友だちからすでにダンテのことを耳にしたかもしれないが、私個人の推測では、このフィレンツェで『神曲』の写本を自ら購入したことが縁で、チョーサーはダンテを直接知ることになったのではあるまいか。さらに、ボッカッチォの詩作品とも初めてめぐり合っているが、彼は『トロイルスとクリセイダ』の種本『恋の虜』や、「騎士の話」の種本『テセイダ』などの写本も当地で買い求めた。ボッカッチォの作品の中には、色あざやかな挿絵が描かれたものもあり、チョーサーはその挿絵や他の絵を興味津々の眼差しで見入ったことだろう。教会では、そこに飾られた絵画に釘付けになり、その美しさだけではなく画法の細部も見逃さなかったに違いない。たとえば、色の彩度と明度、特に、青色の特徴は絵画のもつ力と人の心を捕らえる効果を示す指標だった。(4) 最高の顔料は当然値段も高かったが故に、顔料をめぐって、十五世紀のフィレンツェには、芸術創作と金銭の両面から人々の関心がいかに強かったかを示す多くの証拠文書が残っている。【四】「騎士の話」は顔料と値段をめぐる問題について、イタリアの数あるどの文書よりも早くに言及した最初の記録といえる。彼の頭から値段という現実的関心事が離れることはなかったし、「騎士の話」の別の箇所で(1882行)、セシウス公がかけた出費にわざわざ触れている。【五】ディアーナ神殿の壁面を飾る絵を記すにあたり、チョーサーは次のように書いている。

彼は、すべてがまるで動いてでもいるかのように生き生きと描く腕前がありました。

そして、多額のフロリン金貨を払って、その絵を描くための顔料を買い求めたのでした。

（「騎士の話」、2087-8行）

「フロリン金貨」という表現で、チョーサーはフィレンツェの町を念頭に置いていただろう。というのは、フィレンツェで鋳造された硬貨は英語で「フローレンス」（Florences）という通称で呼ばれていたからだ。ヨーロッパの数か所で鋳造された同名の硬貨と混同されるが、フィレンツェの硬貨は花をあしらった、つまり、百合の花が刻印されていたので、「フロリン貨」と呼ばれた。【六】

チョーサーは、ある時は意識して、またある時は無意識に、イタリアからのさまざまな刺激に反応した。この刺激は、彼独特の心構えや興味に力を与えるのに欠かせないものだった。イタリアの刺激からチョーサーが意識して受容した影響は、彼が利用したダンテやボッカッチォの詩の中にはっきりたどることができる。一方、意識しないまま受けた影響についても、だいたいの概略は推理できる。あるタイプのイングランド人にとって、常に、イタリアは鮮烈な光りと輝きを放ってきた。イングランドにくらべ、温和な空気と、突き抜けるような青空は、イングランド人の感情を暖めて和らげ、精神の透明度を増してくれる。イタリア諸都市と芸術が持つ輝きや日常生活の活気は、北ヨーロッパの人々の気質に生気を吹き込んでくれる。十四世紀のイタリアは、全ヨーロッパ文化の牽引役を果たしていた。最高度に組織された諸都市、巨大産業、最も裕福な商人と銀行家、優秀な医者、腕のいい外套職人、才能豊かな技術者、優れた画家や彫刻家、ラテン語学者、俗語詩人、すぐれた知識を備えた学者など、どの分野であれ、十四世紀半ばのヨーロッパで最高の水準を誇るのは常にイタリア人だった。イタリアでは自治都市が長く存続したおかげで、旧態然の封建制度が深く根をおろさなかった。勤勉、合理的な進取の気性、公正な商取引などが非常に高く評価され、成功の階段を昇る手段として期待された。商売上の計算法、市民組織、知識と方法論を習得するために捧げられた教育などが、群を抜いて進んでいた。

そこでは、文明的存在とは何かということについての明確な自覚があった。それはたとえば、公的責任とは、世俗的統治機構によって広められ、かつ、培われるという考え方であり、私的生活の基盤は、個人の責任感と豊かな愛情を育む家庭生活にあるという考え方のことである。共同体の市民的、宗教的儀式や礼拝によって、「公」と「私」はともに一つに統合され、祝福された。イタリアにも、他の国々と同様、不運が降りかかり、恐怖、矛盾、残虐行為、愚行、悪徳、犯罪などの暗部は、男性にも（女性にも）、常に変わらず、存在した。しかし、普通であること、平凡であることが、生きる上であまり助けにならないのが、イタリアのイタリアたる所以だった。

イタリアには聖と俗が混ざり合う独特の雰囲気があった。ローマは「永遠の都」で、ローマ教皇の座する本来の都だったが、当時、教皇は事実上アヴィニョンにいたし、やがて、二人の対抗し合う教皇が、それぞれ、自分こそ神を代表するのだと主張し、一三七八年に「大分裂」が始まった。「大分裂」は、チョーサーの中に懐疑主義と反聖職者主義のいくつかの側面を育てることになったが、彼自身は国際政治の世界などに何の興味も示さなかった。それより重要なのは、宗教にたいする新しい受け止め方を含め、世俗主義という新しく力強い動きが、彼なりの身の処し方と歩調をあわせていたことだった。十四世紀ヨーロッパに台頭してきた新しい世俗的個人主義は、とりわけ、イタリアにおいて顕著だった。信仰を深める目的で、在俗信徒のための多くの同業者組合《ギルド》や、信心を絆とした兄弟団《コンフラテルニタス》が組織された。チョーサーは、これらの組織がイングランドのものと似ているところもあれば、イタリアのほうがより充実していることに気付くこともあっただろう。もしチョーサーがシエナの町を訪ねていれば、市庁舎内「平和の間」（旧称「九人執政官の間」）の壁面を飾るアムブロージョ・ロレンツェッティ作の見事なフレスコ画を鑑賞していたはずだ。少し脇道へそれることになるが、このフレスコ画は中世の世俗絵画の典型で、世俗的統治精神をわかりやすく描いている点で他を抜きんでているので、簡単にここで触れておきたい。

「善き統治」の寓意画
シエナ市庁舎内「平和の間」の壁面を飾る、
アムブロージョ・ロレンツェッティ作のフレスコ画

このフレスコ画は「善き統治」と「悪しき統治」を描いた寓意画である。因果応報と言うべきか、「悪しき統治」の方は全体に傷みが進行している。「善き統治」の姿は、年老いてはいるが強靭な肉体をし、威厳ある男性が玉座に着席している姿で描かれている。この男性の姿は、おそらく、秩序ある統治が実施されていた共和制下のシエナの町そのものを描いているのだろう。と同時に、その姿には、共和政体だけでなく、王国の象徴をも彷彿とさせるところがある。この男性と同じ雛壇には、市民道徳を寓意する擬人像が助言者として長椅子に腰かけている姿で描かれている。剣を掲げる《正義》は彼女の膝の上に、（共和制のこの町に、あろうことか）王冠と斬首された首を置いている。王冠と首は、単純にものごとの黒白をつけようとする十四世紀特有の倫理観を暗示する賞罰の寓意でもある。彼女の足下には、兵士と犯罪者の一団も描かれている。《正義》の左隣に、砂時計を手のひらにのせた《節制》が忍耐の寓意として描かれる。その隣では《寛大》が大きな鉢を持ち、そこから金貨を一握り手渡そうとしてい

る。さらに、《思慮》が彼女の指で過去、現在、未来のことへ思いを馳せるように指し示している。その隣には、国家の守護者として、《不屈》が武装した姿で描かれる。そして、最後に、長椅子の一番左側には、有名な《平和》の美しい乙女の姿がくつろいだ姿態で描かれる。中央の玉座に座る男性の頭上には、《信仰》、《希望》、《愛》という三つの対神徳《セオロジカル・ヴァーチューズ》が描かれている。ロレンツェッティのフレスコ画は市民社会の表現であって、封建社会のものではない。市民道徳の方が対神徳より懐が深く、より重んじられる気風があった。チョーサーも、このフレスコ画が自分の理想の体現であることを実感しただろう。「善き統治」の玉座の男性から少し離れた右側の、彼より少し低い位置に、一人の堂々とした女性が椅子に座る姿で描かれている。彼女は国王の妃であることは一目瞭然だ。彼女も《正義》の寓意で、頭上の《知恵》に向かって視線を投げかけている。彼女の左右にいる二人の天使は褒賞と懲罰をそれぞれ差配している。また、彼女の足下に《和合》の姿も描かれている。この《正義》の寓意像を通して、エドワードの王妃フィリッパを思い起こす人もいるかもしれない。もっとも、王妃フィリッパを寓意するとすれば、《正義》よりは《慈悲》という名前がふさわしいかもしれないが。さらに、画の下段には、実際のシエナ市民の群像が描かれている。フレスコ画本体とは別に、その下に帯状の層があって、「善き統治」に必要な教育として、文法、論理学、修辞学という自由学芸の三学科がメダイヨンの中に描かれている。さらに、「善き統治」の一連の場面は、その統治のもたらす効果が、町の中心部から市門を出て郊外へと広がりながら、パノラマ風に進行していく。描かれている町は紛れもなくシエナの町だ。また、フレスコ画の中の郊外が、シエナの町を取り囲む美しい田園地帯あることは今日でもすぐにわかる。パノラマ風に

シエナ市庁舎内「平和の間」のフレスコ画
上段は「善き統治」がシエナの町におよぼす効果、
下段はそれが郊外におよぼす効果を描く。

移り変わる風景には、細部にいたるまで、この地域の特徴があふれ、見る者はついつい引き込まれてしまう。輪舞する娘たち、商品を売り買いする商人たち、大学での講義風景、建築現場、旅人の姿、収穫にいそがしい農民たち、脱穀しているところ、狩猟を楽しんでいる場面などが描かれている。仮にある程度の理想化があるとしても、このフレスコ画には、まるで写真のように、十四世紀イタリアの「生活の実相」があるがままに生き生きと描かれている。チョーサーも同じ印象を持っただろうが、現代の私たちの目にも、社会構造の基礎部分がはっきり見てとれる。たとえば、貧者と富者、都市と地方の緊密な関係と両者の明白な差異、褒賞と懲罰の二者択一、台頭する個人主義、（キリスト教への反抗という意味ではなく）世俗精神、自分たちを取り巻く世界の細部への喜びなどのことだ。このフレスコ画には、『カンタベリ物語』の背景にあるヨーロッパ的なるものの手本が数多くつまっている。

ロレンツェッティの一連のフレスコ画は、生き生きとした実用画といったものを私たちに提供してくれるが、その作品をさかのぼると、チョーサーがその作品を見たと断言できる一人の偉大な師ジョットに行き着く。もしあなた方がフィレンツェ、サンタ・マリア・デル・フィオーレ大聖堂のサン・ジョヴァンニ洗礼堂とドゥオモの中間あたりに立てば、そこはジョットの塔の真下になり、チョーサーもかつて佇んだことのある場所だ。青い空に向かってそびえ立つ、あの色彩豊かな大きな鐘楼部のことだ。ジョットは一三三七年にすでにこの世を去っていたが、それでも、イタリアでは、当時の芸術に絶大な影響力を持つ巨匠とみなされていた[5]。なかでも、特に、ジョットの作品が見せてくれる迫真的な写実主義という新しい潮流は、チョーサーの心を虜にしただろう。「彼は……生き生きと描く腕前がありました」（「騎士の話」、2087行）という一節は、ジョット風写実主義を念頭に置いて記されたものに違いない。ジョットと彼の弟子たちの作品には、「自然で無理のない」絵画空間と立体性にたいする、美術史上の新しい感性が見られる。彼の作品は、聖書中の人物群を、実感可能で、特定することさえも可能な環境の中へ置いてくれる。ある面から見れば、鳥に説教したことでよく知られ、「神の道化師」の異名を持つアッシジの聖フランチェスコと同じように、ジョットもこの自然界を大切にしている。アッシジに建つ聖フランチェスコ聖堂の壁面を飾る聖フランチェスコの生涯を主題としたフレスコ画は、いかにもジョットらしい筆致で描かれた。聖フランチェスコ聖堂の下部聖堂には、聖フランチェスコと《貧困》夫人との結婚をめぐる寓意画が、鮮烈で自然な直写主義の手法で描かれている。ジョットと時代の一般的精神にしたがいながら、十四世紀のイタリア人画家たちは、霊的真理を伝える説教家たちの手段であったわかりやすい比喩表現を描くにあたり、ますます豊かな直写主義《リテラリズム》の手法を示している。私には、目に見えるままの世界を写しとろうとするこうした直写主義、もしくは写実主義が、とりわけチョーサーの関心を引きつけることになったと思えてならない。なぜなら、この写実主義の手法をチョーサーは、作品を書くのによく使いこなしているからだ。もっともチョーサーの場合、そこにしばしば単なる写実主義以上のものが表現されることになるのだが。

ジョットの写実主義はアッシジの地で万人向けに鑑賞できたが、一三七〇年代になると写実主義が複雑化し、以後時代が下るにつれて、画家たちはジョットとは違う性質をひけらかし、彼とは違う方法で写実主義を使うようになった。チョーサーもまたこの写実主義に反応した。ジョットの死後、一三四〇年代になると時代は悪化し、十四世紀初頭以来、世俗主義の流れの中で大きくなってきた自信がひどく動揺した。バルディ家とペルッツィ家というフィレンツェの二大銀行家が破産したせいで、経済不況が大規模に広がったのだ。彼らの破産は、エドワード三世が負債を返済できなくなったことが大きな原因だった（誰であれ、こんな国王にどうして再び金を貸したのかいぶかる向きもあるだろう）【七】。この経済不況に追い打ちをかけるように、不作と「黒死病」が襲い、一三四八年にはフィレンツェの町にひしめき合って暮らしていた九万人の市民のうち、半分が命を落としたようだ。一連の災厄を、神が人類の子孫に下し給うた裁きだ、と多くの人々は思った。その結果、市民の遺産が大挙して教会へ押し寄せ、おかげで、教会の財力は、芸術を庇護する主力を、それまでの有力市民の手から修道会や宗教機関へと移させるのに十分なほどになった。別の言い方をすれば、芸術創造を試みるにあたり、教会の役割が強くなったということだ。こうして描かれた絵画の中には、一三五〇年頃にフランチェスコ・トライーニによって描かれた「死の勝利」という、人々の魂を激しく揺さぶるフレスコ画のように、非常に不気味なものがあった。【八】チョーサーはピサの町を通過した時、おそらくその霊廟カンポサントでこの絵を目にしたことだろう。また、信者たちから寄進された多額の浄財のおかげで、オルサンミケーレ教会はオルカーニャという一人の芸術家に厳粛で精緻な傑作を注文できたのだった。私たちは今もこの傑作を前に驚きを抑えることができない。ドミニコ修道会はサンタ・マリア・ノヴェッラ教会内スペイン礼拝堂を飾るため、一三五〇年代に画家アンドレア・ダ・フィレンツェに、豪華なフレスコ画制作を注文したのだが、その制作費を支払うことができた背景に、一人のフィレンツェ商人が、妻が「黒死病」で死亡したのを機に遺産を寄進してくれたという事情があった。完成して間もない頃、まだ鮮明な色彩が保たれた時期に、チョーサーは確実にこのフレスコ画も見ている。

スペイン礼拝堂のフレスコ画は、キリスト教正統信仰の重要性を厳かに強調する作品だ。このフレスコ画自体は、博識の大神学者聖トマス・アクィナスの教えが当時いかに優勢だったかを視覚的に提示し、彼の教えを絵で解き明かすという役割を担っている。罪の意識、罪の償い、教会の権威といった主題が新たに強調される。チョーサーは托鉢修道士（ドミニコ会修道会は四大托鉢修道会の一つで、最初期に創設された修道会である）にたいして懐疑的な反聖職者主義の立場をとり、何かと彼らを嘲笑の対象にしているので、彼がこのフレスコ画にたいして、ルネサンスの人々やその後の芸術愛好家たちのような特別の感慨を抱いたとは想像しにくい。それに、他の絵とくらべ、スペイン礼拝堂のフレスコ画は、あまり知られていないし、特に人気があるわけでもない。それでも、今なおこのフレスコ画は当時の時代精神を写しており、それに似た精神が、完成から少し時代が下ったチョーサーの生活、もしくは、イングランドの教会にも見ることができるようになった。いくつかの点で、こうしたフレスコ画や、それに似た他の作品（サンタ・マリア・ノヴェッラ教会内ストロッツィ礼拝堂のオルカーニャの祭壇画と、オルサンミケーレ教会の彼の傑作）も過去への回帰であり、とても自然主義とは言えない伝統的表現とイメージへ逆戻りし、神と聖人たちの超越性と、栄光に輝き、威厳に満ち、厳格で、いかにも司祭然とした権威が強調されている。

それでも、オルカーニャの芸術は、ジョットとその弟子たちによって発見された写実的表現方法の近代的展開を完全には否定できなかった。したがって、彼のフレスコ画は、それ以前の十三世紀の芸術に欠けていた要素、つまり、顔立ち、服装、身振りなどに見られる、地域性を特徴とする鮮明な写実的細部表現を豊かに持ち、この点でチョーサーの詩も一脈通じるところがある。さらに、オルカーニャの形象には、時として、「自然な」遠近法を使って、人や物に奥行きを与えて表現されるかと思えば、その一方で、同じ絵の中で、自然主義的な奥行き感や均整を無視して、すべてのものが同一平面上にあるかのように表現されることもあるようだ(6)。その絵の一般的な表現様式は表立って明らかにされることもあり、同時に、隠されもしている。その結果が、後期ゴシック芸術の大きな特徴である「曖昧さ」と「緊張感」という二つの効果である。彼の絵の背後の超越的思想世界は、鮮烈に、しかし、時として、矛盾した写実的イメージで表現されている。多くの人々は、この種の芸術の奇妙な緊張感を嫌い、オルカーニャから百年後、フィレンツェに登場するルネサンスの偉大な画家たちによる理想化された写実主義を好む傾向がある。オルカーニャの作品の緊張感には、どこか曖昧さを圧し隠したところがあるが、私には、チョーサーもそうした曖昧さを好んだと思われる。そして、十四世紀後半に見られる緊張感をはらんだ曖昧さは、チョーサー自身の詩的芸術の本質をある程度まで表現している。彼にも、奇妙に矛盾した性格があり、特定地域限定の自然な細部と一般的な思想世界の間で時々緊張感が生じる。私たちは、晩年にチョーサーが、『カンタベリ物語』の「取り消し文」の中で、自分が書いたすべての世俗詩、そして、何の罪もないように見える『公爵夫人の書』さえも厳しく非難する姿を思い出さなくてはならない。しかし、『公爵夫人の書』はやはり世俗的なのだ。チョーサーの生涯で、この「取り消し文」は、スペイン礼拝堂のフレスコ画が表現しているもの、つまり、教会主義の勝利を表現しているのだ。

このあたりで視線を前へ向けるべきだろう。一三七〇年代初頭、他の何にもまして、フィレンツェも近くのシエナも、チョーサーの心を引きつけ、彼にとっての今の世界の大勢を占める何かを提供してくれた。十四世紀半ばの危機的状況への対処法は、ただ正統信仰を繰り返し主張するだけではなかった。キリストの教えにしろ、キリスト教精神にしろ、それが抱える逆説的で皮肉な性質が、かえって、対抗意見の存在を浮かび上がらせる。つまり、権威、伝統、正規の組織を頑なに主張するたびに、新興の個人主義という対抗意見、そして、牢固とした形式を打ち破り、神とのすみやかな一体化を達成し、同胞たる人類との平等関係と彼らへの愛をただちに実現したいという欲求という対抗意見が顕在化するのである。隠者、修道士、托鉢修道士、ロラード派、プロテスタント、福音派、近代のペンテコステ派、さらには、ヒッピーや彼らなりの体制離脱者たちさえも、こうした人間のあるべき必然の姿を示してきた。この傾向は一三六〇年代、一三七〇年代のイタリアで特に強く、チョーサーの生き方やその詩にも強く現れた。チョーサーの中では、イタリアはこの傾向の原因でなく、それを鼓舞する刺激剤といった位置づけであったに違いない。

キリスト教の対抗意見は、しばしば、キリストの言葉にたいする字義通りの解釈如何にかかっている。直解《リテラ》主義《リズム》は対抗意見を主張するための方法であり、そのための着想の一部でもある。イタリアでは、福音書に記された絶対的清貧への命令を字義通りに解釈しようとするフランシスコ修道会修道士の動きが広まり、一三七〇年代のフィレンツェは、フラティチェッリ（フランシスコ会の異端的分派）の活動拠点のひとつだった。教会と国家の体制側がその霊的原理主義と経済原理主義から脅威を受けるゆえに、十五世紀イングランドではフラティチェッリと部分的に似たロラード派の人々が処刑されたが、それと同様に、一三八九年にはこのフラティチェッリの一人がこのフィレンツェで火刑に処せられた。[九] さらに重要な点は、在俗の人々がこうした動きを保護し

聖フランチェスコが父親と縁を切り、清貧の暮らしを選ぶ場面
ロンドン、ナショナル・ギャラリー

たことである。（イングランド人のほうは慎重だったが）イタリアでは、人々は自分の持ち物一切を貧者に与え、民主主義を声高に叫び、宗教的儀式も書物も知的努力も全部拒否する傾向があった。それに代わり、彼らは、大きな組織を持つわけでもないが、同じ志を持ち「聖霊の愛」に燃える人々と一緒に長い間祈りと唱和をして過ごした。

フィレンツェ訪問中のチョーサーも耳にしたに違いない、きわめて興味深く特に目立つ人物に、シエナの聖女カテリーナがいた。彼女は一三四七年に生まれ、一三七〇年代初頭に大きなうねりを起こしつつあった。父親はシエナの染物屋で、彼女は二十五人いた子供の末っ子だった。幼少の頃から豊かな霊的生活の芽を伸ばしていたが、まもなくそれが、教会当局の不興を買うようになる。すると彼女は、戒律ずくめの修道会の外で生きることを希望し、彼女自身の言葉によれば、神から直接届けられた戒律に従う在俗集団の中心になった。他の活動家同様、彼女も神の愛と人間の罪深さを人々に伝えていたが、彼女には、罪の悔い改めより、愛のほうが大切だった。成人して文字を読むことを学んだが、無学の彼女は、自分とは何かを知らしめてくれる勤勉な内省こそ他者への愛へ導いてくれると信じた。自

イエスが木枠の歩行器で歩行の練習をしているかたわらで、聖母マリアは機織りにいそしんでいる。ピエポント・モーガン図書館（MS. M, 917, p.149）

信に満ちた内省的信仰は、暖かく人々の心に訴え、フィレンツェよりはシエナの、おそらく、男性より女性の特徴だった。しかし、聖母マリアに捧げられたチョーサーの『ABC』は、翻訳詩だが、男性の身である彼を引きつけていたことを示している。聖女カテリーナにはイングランド人の弟子がおり、あるいはチョーサーも彼の噂を聞いたことがあったかもしれない。ウィリアム・フリートがその人だった。[7] ウィリアムはアウグスティノ会修道士で、一三五二年にケンブリッジ大学に在籍し、三十歳前後、一三五九年までには神学士になっていた。彼は己の天職と思い定めた隠者の道を歩むため、一三五九年にイングランドを離れ、シエナから二マイルほど離れたレッチェト修道院に入ることを認められた。彼は修道院の建物に近い洞穴に自分の庵を結び、毎日そこに引きこもって読書にふけった。このウィリアム・フリートには、チョーサーと似ているとろと、似ていないところとがあった。現在は便利な高速道路がすぐそばまで迫っているが、この修道院は人里離れた美しい木々に囲まれた丘の上に今も建っている。ウィリアムはすぐれた学識と判断力で、地元でも高い名声を得、チョーサーがフィレンツェを訪れた頃には聖女カテリーナの最も傑出した友人で、熱烈な信奉者のひとりとなっていた。別の角度から見ると、ウィリアムの存在は、ヨーロッパにまたがる国際的な情報伝達網がすでに張り巡らされていた事実を示してもいる。

人、思想、感情のこうした交流は、これまであまり知られていなかった、イングランド宮廷とイタリア的信仰との間にあった別のつながりによって例証される。一三〇〇年頃、イタリア人ジョヴァンニ・デ・サン・ジミニャーノが『キリストの生涯への黙想』と題された一書を書き、この本はヨーロッパ中で多大な人気を博した。キリストの生涯のうち、家庭的側面を簡潔にまとめた伝記がこの本の中核にあり、個人の悲劇と苦悩を強調し、神による壮大な救済計画を強調することは省かれる。超自然的なものが抑えられ、新しく、家庭的、写実的、感傷的素材が提供されている。一家がエジプトで暮らしている時、下層階級の善良な主婦さながら、聖母マリアは家計のために裁縫の仕事にたずさわった。話に登場する主要人物たちの独白と彼らの間の会話は、彼らの激情を表現し、この「語り物《ナラティヴ》」の意義を強調する。このことが、いかに話全体への情感を強め、個人的反応を促すかは容易に察することができる。やがて、この書物はカルメル会修道士ニコラス・ラヴによって『キリストの生涯の鑑』という標題のもと英語に翻訳された[8]。この英語訳の成立年代は、通常、一四一〇年頃とされるが、イングランドではそれより以前にすでに別の版で知られていたようだ。この作品は、チョーサー時代のイングランド宮廷の信仰心について、一部、私たちが類推できるものと重なるところがある。

信仰心という明白な主題以上に、互いに似た感情と心構えが両者の深部におよんでいる。感情の働き方、感情を喚起する方法はチョーサーの世俗詩にも影響が及んでいる。『キリストの生涯への黙想』とその英語訳は、十四世紀風表現による特殊な写実主義を駆使して、キリストの幼児期に関する本来の聖書物語を拡大敷衍し、独白や会話によってこの「語り物」を拡大敷衍し、さらに哀感と憐憫という重みを加えることで、その世界を創り出している。この特徴は（全体的な規模では違うとしても）、ボッカッチォの原典を『トロイルスとクリセイダ』という作品で語り直すにあたり、チョーサーが創り出す拡大敷衍や感情の加え方の手法とぴたりと重なる。

むしろ驚くべきことだが、『トロイルスとクリセイダ』の世俗的性愛物語は、全体的には、ジミニャーノやラヴによって語り直されたキリスト伝と同じ情感を共有している。各作品は、性の問題をめぐって、水と油ほど性格を異にするが、どれも家庭的雰囲気、写実主義、個人的苦悩という問題に同じ関心を寄せる。チョーサー版も読者への教訓と超自然的場面をもって結末を迎えるが、これなどは、キリスト復活の真面目なパロディともとれるだろう。【十】チョーサー自身は、晩年に否認したこの作品が今日このように説明されることを耳にして、さぞかし驚いていることだろう。しかし、そのイタリア的基盤や暖かいイタリア風感性、細部描写とあいまって、『トロイルスとクリセイダ』は偉大な英語世俗詩であり、一個人の家庭を描く写実主義と内面化された哀感や憐憫とが溶け合うジミニャーノやラヴのイタリア独特の作品世界に匹敵する作品である。『トロイルスとクリセイダ』の随所に見られる小説もどきの表現法と究極の反自然主義的構造との間の緊張関係は、後期ゴシック絵画によく見られる曖昧さと相通じるものである。

チョーサーがこうした特質をイタリアから学んだというのは正確ではない。それは一種の空気のようなもので、彼自身の内面やイングランド宮廷やロンドンに漂っていた漠然とした雰囲気とたまたま一致したのだ。イタリアの影響に感化され、この雰囲気がより豊かに顕在化したと言えるかもしれない。フランス人やドイツ人の生活や文学には、イタリアがイングランドに与えてくれたはずの刺激に相当するものが何も見あたらないようだ。商業が栄えた北ヨーロッパ低地帯の信仰生活や市民生活の中には、トマス・ア・ケンピスの『キリストに倣《なら》いて』という作品が幅広く人々の心に訴えることで最終的に実現された「新しい敬虔」という個人的情緒に満ちた信心があり、これが類似の刺激を提供してくれたと言えば言える。しかし、そこには、人々の感性を文学的形象や肉付けで彫琢できるダンテやボッカッチォのような文学の巨匠はいなかった。

チョーサーがフィレンツェに滞在していた時期、ボッカッチォは当地にいなかったが、まだ存命で、彼の高名は知れ渡っていた。チョーサーのイタリア訪問中、全ヨーロッパの文声を一人占めしていたペトラルカもイタリア人で、イタリアで暮らしていた。[9]というわけで、チョーサーが彼らと会ったのではないかとか、チョーサーが知人から彼らのことについてどんな話しを聞いていただろうか、と思いを巡らすのも自然なことだ。チョーサーがイタリアの知人たちと交わしただろう文学談義がどんなものだったか、今となってはもう再現することは適わない。しかしチョーサーがイタリアで過ごした八十日から百日ほどの間に、教養ある知人がイタリアの文学事情をまったく話題にもしなかったとは想像しがたい。ダンテ、ペトラルカ、ボッカッチョの名前などが口の端にのぼるのをチョーサーは聞き逃さなかっただろう。自分の手元にある書物からも三人の名前を知り得たはずだが、チョーサーが自作の詩で触れる名前はダンテとペトラルカの二人だけである。ボッカッチョの『恋の虜』を逐語訳し、同じボッカッチョの『テセイダ』を多用しているにもかかわらず、チョーサーは彼の名前には一度も言及していない。ボッカッチョにもペトラルカにも、彼が直接会ったことを示す証拠はない。ペトラルカには膨大な量の書簡が残されているが、その中にイングランド使節団と会ったことに触れるものはない。当初の予定になかったことだが、もしチョーサーがどうしても会いたいという特別な思いで、年老いたペトラルカが住んでいたアルカへ旅していたならば、ペトラルカの書簡のどこかにそのことが必ず触れられていたはずだ。私には、チョーサーが予定の行程からはずれ、誰か著名人に会うことは想像できない。また、彼には、当時のイタリア人がすでに持っていた珍しい写本への好事家的関心もなければ、遠い昔の失われた古典の再発見といった学者的興味があるわけでもなかった。ペトラルカの写本はどれも美しく輝いている（「神学生の話」、31-5行）一方で、『鳥の議会』の中で、チョーサーは私たちに、自分のマクロビウスの書物、つまり、旧式の百科全書的解説書が古くてぼろぼろだったと話している（19行）。私自身は、チョーサーが著名人探しをしていたと思わないが、それ以上に、彼が書物を物としていつくしんでいたとも思わない。彼は形式にこだわる人でなく、自分の仕事を淡々とこなしていたのだ。

チョーサーがイタリアをこよなく愛していたことは想像に難くない。しかし、彼はただ観光で当地に来たのではない。香り立つ美しい春、一三七三年の四月初旬か中旬には、イタリアを離れなくてはならなかった。おそらくはまず、ジェノヴァに戻って仲間と合流したのだろう。まだ雪の多いアルプスの峰を越えて、もと来た道を戻り、五月の春を迎えたイングランドへ帰国したのだろう。あるいはもうひとつの選択肢として、アペニン山脈を越えて大都市ボローニャへ至り、さらに、そこから真北へヴェローナに通じる道をとり、そこからもう一本の有名な街道を北上して、ボルツァーノ、メラーノを通過し、ドロミーティ山脈のレッシェン峠を越えてドイツを縦断していくこともあり得ただろう。

そうこうして帰国したわけだが、着いた先がどこだったかについては不明である。四月以降、ゴーントの妻コンスタンス・オヴ・カスティリャはスタッフォードシァのタトベリ城に滞在し、フィリッパ・チョーサーもそこにいたようだ。したがって、ゴーントの子供たちと、その家庭教師で彼の愛人でもあった、フィリッパ・チョーサーの妹にあたるキャサリン・スウィンフォードも一緒だった。フランスへの別の遠征を控えていたゴーント本人はいなかったが、ランカスター公一家が勢揃いしていたわけである。

イタリア出張に関係した業務の事後処理は、淡々と片づいていった。八月には、ダートマス港内で拿捕されたジェノヴァ船を釈放する問題を解決するために、チョーサーがそのダートマスに派遣された。彼はこの港で一人の有名な船長のことを聞き、やがて、この船長が「ジェネラル・プロローグ」の〈船長〉のモデルとなった。これは、チョーサーのイタリア訪問から生まれた余録であり、彼の豊穣な精神に長く刻印され蓄えられてきた心象の一例でもある。イタリア訪問がもたらした重要な文学的成果が熟するまでには相当の時間がかかっているが、それはおそらく、読書や詩作にかける十分な時間を与えてくれるような仕事を得られなかったからだろう。『公爵夫人の書』に次に書かれた『名声の館』の中で、チョーサーは自分の置かれている境遇にたいして不平をかこち、一難去ってまた一難、せっかく出張業務から解放されたと思いきや、今度は事務の仕事に縛られる、と不満を言いつのっている。

第8章

華の都ロンドン

CHAPTER EIGHT
LONDON,
FLOWER OF CITIES ALL

イタリア出張から戻った後、三十代半ばのチョーサーは、妻や、おそらくは子供一人、もしくは二人と一緒に暮らし、読みたい書物を何冊も手元に置き、頭の中には詩想がいっぱい詰まっている。すでに、幾つか作品を書き上げていたが、それで満足しなかった。そろそろ安定した生活と高収入を得てもいいのではないかという思いもある。彼の請願書の内容は決して法外でなく、少なくとも、身に余る厚遇を受ける結果にはならなかった。一三七四年四月二十三日、「ガーター勲位」授与式が行われる聖ジョージの日、チョーサーに一日あたりブドウ酒を一瓶《ピッチャー》相当（約一ワイン・ガロン）支給することが裁可された。これは前例のない支給だが、大盤振る舞いというほどでもなかった。【補遺F－c】六月八日に事態が急に好転し、「職務に関する記録簿をみずからの手で書き込む」という趣旨の服務規定を条件に、ロンドン港羊毛税、羊毛特別税、小関税の関税監査官職がチョーサーに与えられた。【補遺I】これによって、彼は英詩詩人として、税関官吏で会計担当者となった最初の人物であり、後にも先にも彼のような例はなかった。また、六月十三日付で、ジョン・オヴ・ゴーントへのチョーサーの奉仕、そして、ゴーントの妻コンスタンスと生前の王妃フィリッパにたいするフィリッパ・チョーサーの奉仕が考慮されて、ゴーントから十ポンドの年金給与が支給された。こうした支給はチョーサー個人の請願が叶った成果かもしれないが、これをして、ランカスター公がチョーサーの詩作を支えてくれるパトロンだった証拠とすることはできない。

扉図版：
チョーサー時代のロンドンはフィレンツェほど大きくはないし、見栄えのする都市でもなかったが、人々でにぎわう商都だった
ルーアン市立図書館（MS. 927, f.145r）

夫婦の分を合わせたこの種の年金給与支給は形式にのっとったもので、まったく慣例に従ったものである。今回の年金給与の支給先は、コンスタンスの侍女として仕えていたフィリッパ・チョーサーだった。莫大な収入を手にし、イングランド王国随一の大富豪だったランカスター公は、大所帯の家臣団のすみずみにまで行き渡るよう報酬を支払っていた。(1) 直前の五月に、ゴーントから支給される手当をあらかじめ見越して、チョーサーはロンドン、シティ東端のオールドゲイト市門階上の居住部を借りた。【補遺H】「羊毛税」監査官の業務内容は、「小関税」や、いわゆる、「小関税特別税」などの管理業務とはっきり区別されていた。一方で、「羊毛税」、「小関税」、「小関税特別税」、いずれの管理業務にも、計算書類だけでなく、(秤で実際に品物の量目を計り、計量を監督する)「大竿・天秤計量官」、「税関検査官」、「荷造人夫たちと担ぎ人夫たち」などの人事管理も含まれていた。しかし、チョーサー個人の専門業務への関与の程度は不明確なので、その詳細についてこれ以上立ち入ることはできない。

この不明確さにはそれなりの理由があり、「羊毛税」は特に王室国庫にとって重要な収入源で、キリスト教世界の(当時としては)最も有能な、いわゆる公務員によって比較的効率よく徴収されたが、その際、重要な役割を果たす役人は監査官でなく、徴収官だったからだ。(2) 徴収官は毎年二名が任命、あるいは、再任され、その顔ぶれには、ニコラス・ブレンバー、ウィリアム・ウォルワス、ジョン・フィリポトらが名前を連ねていた。国王にお金を貸せるほど裕福な商人兼金融業者たちである。彼らは埠頭でぶらぶら無駄な時間を過ごしたりしない。そんなことをしているのは、彼らに雇われた者たちで、彼らの業務は会計簿を管理することだった。年間の歳入約二万四千六百ポンド――現在の貨幣価値で換算すれば、数百万ポンドにも相当しよう――が彼らの手を通過していったことが報告されている。徴収官の給与は、一人につき年二十ポンドだったが、当事者の誰も、わずかこれぐらいのはした金で、徴収業務をしていたはずがない。彼らには、記録に残らない報酬が別途支払われていた。この報酬は現代の賄賂や汚職につながる性格のものでなく、万事物事が円滑に動くための方便だった。関税制度を運用するに際して、王国を出入りする品物は、その量目が計量され、品物検査がされ、物品税支払いが完了すると、（「コケット」と呼ばれる）印章が押印された。監査官は「コケット」印章の半分を手元に置いて、量目と物品税支払いの有無を調べ、検査に合格すると、監査官の「コケット」半分と徴収官の「コケット」半分とを一つに合わせることになった。こうして、品物に適切な押印が完了したことになる。監査官は、独自の会計報告書を財務府に報告していたようで、理論上は、監査官が国王側の利害に立って徴収官に目を光らせていた。しかし、行政機構内での監査官の立場は、徴収官にくらべてはるかに弱く、監査官の年金給与は、実際には、徴収官の収入から支払われていたので、目を光らせるというと一見聞こえはいいが、その実態は名ばかりだった。おまけに、監査官の「コケット」印章の半分が、行政当局によって国王に債権を持つ人へ譲渡され、債権者たちが、王室収入を借金の清算に充当するよう要求できた。一三七九年にはこの「コケット」がロンドンのシティ当局に譲渡されたり、市長が保管したりすることもあった。時の市長はジョン・フィリポトで、たまたま彼は徴収官も兼務していた。こうして、彼は監査官「コケット」と徴収官「コケット」各半分ずつを一人で所有したのである。このフィリポトはチョーサーの友人でもあった。一三八〇年にシシリ・チャンペインという女性にたいしてチョーサーが犯したとされる「強姦罪」（もしくは婦女誘拐罪、原語 *raptus*）に関係して、その異例の裁判でシシリがチョーサーを放免するにあたって、証人となった人物の一人がこのジョン・フィリポトであった。【補遺K】当時、公務員としてのチョーサーが手にしていた全般的な報酬の実情を見ると、彼はさしたる無理もせずに表向きの十ポンドの公式年金給与と、それとは別に、六ポンド十三シリング四ペンスの特別賞与を得ていたようだ。王室の一員たる彼は、おそらく、自分の職務にたいして発生し得る自己負担金のたぐいを払う必要はなかった。ロンドン港関税監査官はいかなる贈与も受け取らないことを誓う義務があったが、この職務から、もしくは、在職中に、チョーサーは、記録にないかなりまとまった手当を受け取っていたことも間違いない。監査官は自分の手で会計報告書を記帳しなければならないという必要条件は、必ずしも継続して強制されたわけではない[3]。言い換えると、定収入以外にも特別手当（「旧」関税規定によって、監査官手当は徴収官が受け取る総額の三分の一と定められていたようだ）が追加されることがあり、また、一三七六年七月に発生したように、不正に関税を逃れようとした者に課せられた追徴課税金の中から、七十一ポンド四シリング六ペンスというまとまったおこぼれが棚ぼた式に懐へころがりこんでくることもあった〔二〕。したがって、チョーサーの業務はそれなりに実入りのいい仕事だった。結局、本務以外にも仕事にありつける国王付準騎士の身分には、これくらいの余録は至極当たり前のことだった。一三七六年の年末に、チョーサーはサー・ジョン・バーリのお供として「国王の秘密の任務」に派遣された。任務に関わる守秘義務はよく守られたようで、その具体的内容は今も不明である。さらに、一三七七年上半期には、和平交渉のために、チョーサーはフランドルとフランスへ出張しているが、いずれもトマス・パーシ卿らに随行してのものだった。これは、「敵国フランス国王」の娘と国王の孫リチャードとの結婚の可能性をさぐる使命を帯びての出張でもあった。また一三七八年五月から九月にかけて、ロンバルディアにおける外交問題に深く関係し、彼は再びイタリアへ派遣された。派遣に際して、ロンドン港税関を不在にする間、彼は業務を代行する補佐を任命している。このロンバルディア出張が、チョーサーにとって重要な海外出張の最後となる任務で、その後一三八三年まで臨時補佐を任命することはなかった。そして、一三八五年二月に、常勤補佐を雇う許可を得て、これを機に、彼はロンドンでの業務から次第に手を引いていった。

　監査官の業務について言えば、チョーサーが幾分ユーモアを交えて不平をかこつのを聞いていると、年がら年中、九時から五時までの規則正しい勤務を想像する向きがあるかもしれないが、実態はそうした現代の公務員風のそれとは異なっていた。太った「私」をおしゃべり好きな鷲が大空へさらっていく姿を描く、あの風変わりな詩『名声の館』の中では、「《愛》の信奉者たち」の消息も知らなければ、はるか遠い国にせよ、すぐ近くの隣人にせよ、最新事情を知らせる情報源も持たない孤独な人間、という自画像が描かれている（645行）。

陶製の瓶
14世紀、大英博物館

事実、チョーサーは、その日の記帳の仕事が終わるとまっすぐ帰宅し、「石のように押し黙ったまま」、両目が塞がるまで、別の本を置いて座るのが日課だった（656行）。（おそらく、支給許可を受けていた一日あたり一瓶《ピッチャー》相当のブドウ酒を呑み干さなければならなかったはずだから）節制はゆるいものの、それでも、さながら「隠者」のような暮らしぶりだ（659行）。こうした描写は明らかに、ロンドン港税関署での労働と、オールドゲイト市門での家庭生活に触れたものだ。「《愛》の信奉者たち」とは廷臣のことだろうが、チョーサーは、各種の恩典の源とは相対的に縁がないことを残念がっていたかもしれない。一方では、夜の帳が降りるとともに、読書という想像力と知的喜びにあふれた世界にすすんで没頭していた。監査官在任中のほぼ全期間にわたり補佐がいなかったことからもわかることだが、この詩を読むと、彼の仕事は全くの閑職ではなかったことがうかがえる。いざという時に事務補佐をしてくれる秘書を雇うことはできても、会計報告書記帳にかなりの時間を費やしたに違いない。『鳥の議会』もこの税関署勤務時代に書かれたものらしく、『名声の館』と同様、心の奥にわだかまっている不満と渇望を示している。しかし、『鳥の議会』には、日がな一日、ぼろぼろの古書を読みあさっていると、一日がほんとうに短く感じる、との一節もある（15-21行）。自由な時間も相当あったのかもしれない。またこの詩の舞台は擬似宮廷で、二月十四日の聖ヴァレンタインの祭日にそこで催される優雅な祝祭が想定されている。つまり何事につけ、状況はそれほど悪いわけではなかった。会計報告書を作成するにしても、常勤補佐にその分の賃金を払うより、みずからの計算の専門知識を駆使するほうが、彼にはやりがいもあった。チョーサーは算術を楽しんでいたようだし、すでに論じてきたことだが、この算術が世界と向き合う彼自身の姿勢に深い影響を与えた。『名声の館』の中で、彼は自作の韻律《ミーター》の工夫に答えて、時々音節が一つ脱落することがあると断っている(1098行)。このことは、英語の韻律について、音節の数を正確に自覚していることの表れで、この自覚こそきわめて新しい現象なのだ。『名声の館』は、『公爵夫人の書』と同じ短い八音節の詩句で書かれているが、『公爵夫人の書』より規則性があるようにみえる。そしてこの二つの作品には、英語本来の詩形が歴史的に持ち得なかった、定期的に繰り返される規則正しい拍子が刻まれている。機械的な繰り返しにたいする十四世紀の新鮮な感性が、この拍子を発達させはじめていたのである(偶然だろうが、一三八八年には、チョーサーはドイツ出身の時計職人ジョン・オヴ・ケルンを知っていた)。【補遺J】『鳥の議会』にはまた、英詩史上はじめて、韻律の調子を規則正しく合わせようとする工夫の跡も見られる。以上の三作品は、いずれも、チョーサーが新たにイタリア語の作品を読むことで受けた影響を示している。

チョーサーの状況とよく似た例として、もう一人、チョーサー以上の大物会計担当官で、詩人でこそなかったが、それなりの文才を示した日記作家サミュエル・ピープスに、もう一度にご登場願おう。ある面で、ピープスの居場所はチョーサーのそれと似たところがあり、チャールズ二世の宮廷の中心から離れた海軍省で、上級官僚としての人生を過ごしていたことが知られている。彼の『日記』からは、仕事の成否は社会的地位、縁故、有力者次第で決まり、臨時収入や心付けのほうが定収の年金給与より重要な収入源だったことがわかる。真の実力者は、だいたい自分ではほとんど何もしないし、直接手を下さなくても、相当まとまった金銭を手にするものだ。彼らは、中世の国王たち同様、大所帯の家臣団を束ねる主人として懐に入る分だけ、あるいは、それ以上を支出し、贈与もした。身分の低い者は、仕事への身の入れ方に応じて各種の報酬を受け取るが、もし彼らが倹約家なら、ピープス同様、そしておそらくチョーサーもその仲間に入れていいだろうが、それなりの蓄財もできた。チョーサーの場合、税関署勤務が終わる頃には財力も身につき、ケントに小さいとはいえ、かなりの資産を買い増していた。

十四世紀イングランドには、私的な日記を書き留めるような人はまだいなかった。歴史的に見て、自分を特に意識し、自己の内面深くに思いを巡らすという習慣はまだ発達していなかった。ただ、告解に関する信仰上の教えと、日記を付ける習慣がはじまろうとしていたイタリアの先進文化がきっかけとなって、日記文化がちょうど緒に就こうとしていた。この時代のイングランドで日記を付ける可能性があった人といえば、『名声の館』の自伝風一節が示すように、チョーサー以外に考えられない。もし私たちの手元にチョーサーの日記があれば、ピープスと同じように、ロンドンのシティをあちこち歩き、多彩な顔ぶれの市民たちと挨拶を交わしているのを目にするはずだ。彼の日々の仕事、彼の家族、彼が堅持した宮廷との関係などは、イングランド社会全般の断面を活写してくれたことだろう。もっとも、ウェストミンスターの宮廷まで、自宅からほぼ三マイルほどの距離を彼は歩かなければならなかった。一方、自宅のあるオールドゲイトから税関署のある羊毛埠頭まで なら、距離にして半マイルほどだ。この埠頭はロンドン塔とロンドン橋の中間に位置し、埠頭に近いビリングズゲイト地区には、ロンドン港関税徴収官ウォルワスや同ギルバート・モーフィールドらが住んでいた。オールドゲイトから税関署へ向かう場合、税関署東側のところでテムズ・ストリートを横断しなければならなかった。税関署から、そのテムズ・ストリートを西に沿ってヴィントリ区へ行けば、父親の家までわずか十分たらずの距離だった。父親以外にも、裕福な商人たちが数多くこの界隈に暮らし、仕事をしていた。なかでも、ブレンバー、ウォルワス、フィリポトらが特に有名で、三人の名前は連名で挙げられることがよくあった。彼らは、チョーサーのロンドン港税関監査官時代、羊毛税徴収官の職にあった。一三七七年九月に、彼らは、他に数人の商人を加えて、国王所有の貴金属を返済の担保にして、国王に一万ポンドを貸し付けたこともあった。ちなみにこれは、翌一三七八年五月には完済されている。一三八一年には、「農民一揆」での勇気ある断固とした行動への見返りとして、彼ら三人は国王リチャード二世から、まるで戦場であげた手柄に褒美をもらうように、騎士の位を綬与された。彼らの行動は、まだ若いリチャードを取り巻く弱腰の貴族たちとは対照的だった。彼らはいずれも、食品関係のギルドの組合員で、この事実は注目しておかなくてはならない。この組合は、党派によって左右されがちなロンドンの商業政策に幅広い権限を持ち、ジョン・オヴ・ゴーントとかなり対立した。一三八二年には、ブレンバーひとりで国王に二千ポンドを貸し付けた。彼は食料雑貨商組合の組合員で、一三七七年、八三年、八四年、八五年と都合四回、ロンドン市長に就任した。ウォルワスは一三八一年にロンドン市長をつとめている。彼は、誰の介添えもなく一人で、農民の頭目ワット・タイラーを殺害した。そのウォルワスが、一三八五年にこの世を去った時、多数の蔵書を残している(本書中第二章、110頁を参照)。彼と同年齢のフィリポトは非常に有能で決断力のある人だった。彼は、ブレンバーやウォルワスと同じようにゴーントとは敵対していたが、チョーサーとの関係で言えば、無二の親友とまでいかなくとも、親しい間柄だった。フィリポトは手弁当で艦隊を整え、「織物商ジョン」と称される悪名高いスコットランド人海賊を捕まえたことで世間を沸かせた。これは一三七八年のことで、同年、ゴーントはフランスのブルターニュ地方のサン・マロ沖の海戦で敗北を喫していた。一介の商人にすぎないフィリポトは、戦さを職業とする軍人の騎士道精神に赤恥をかかせたというので、ロンドンでは大いに名を挙げた。ウォルワスとフィリポトにたいする信頼と敬意の表明として、と同時に、故国王エドワードと新国王リチャードの側近、特に、ゴーントへの不信任の表明として、議会の庶民院議員はこの二人の民間人を戦時債管理の大蔵卿に就任させるべきだと主張した。ただ、誤解されてならないのは、こうした対立が整然と組織立って行われていたわけではないことである。それに、彼ら商人たちが、宮廷や貴族層を全部敵に回していたわけでもない。商売をうまくやっていくには、彼らも国王を必要としていたし、国王の側も彼らを必要としていた。ところが、一三八八年の「無慈悲議会」において国王への影響力行使を理由に弾劾され、結局、ブレンバーは哀れな末路をたどることになった。時の国王リチャードはなんとか彼を守ってやろうと腐心したが、ロンドンのいくつかの組合の間でわだかまっていたしこりを逆に利用され、ブレンバーを目の敵にしていた人々は、彼に反逆罪の宣告を下し、ロンドンの処刑場タイバーンで刑を執行させてしまった。

フィリポトらに劣らず裕福な有力商人で、やはりチョーサーの友人であった人物に、呉服商ジョン・ヘンドがいた。呉服商たちは、食品関連組合、たとえば、(ブレンバーに代表される)食料雑貨商組合や(ウォルワスやフィリポトに代表される)鮮魚商組合と全面的に争っていたが、対立し合う両陣営に友人がいるというのがチョーサーの人間関係の特徴だ。ヘンドの経歴には、他人との激しい争いごとが絶えなかった。彼は勇敢だが、控えめに言っても強情な人で、ある訴訟では宮廷とも衝突し、その結果、一三八一年にチョーサーがヘンドの身元保証人になっている。このことから、この詩人が、誰彼の隔てなく、友人のためなら援助の手を差し伸べることをためらわない人柄であることが伝わってくる。身元保証人になるとは、一種の身柄保釈を保証することで、当事者がしかるべき決められた日時に裁判官の前に出廷することを保証することである。ヘンドの身元引受人になった人物にもう一人、ラルフ・ストロウドがいるが、彼についてチョーサーは、『トロイルスとクリセイダ』の最後で触れている(第五巻、1857行)。ストロウドは法律家だったようだから、ヘンドは文学界と法曹界の両方に顔が広かったわけである。市参事会員を何度かつとめたヘンドは、最初、サフォーク州の地主の未亡人と結婚し、次にサー・ジョン・ノーベリの娘と再婚した。一四八一年にヘンドがこの世を去ると、残された未亡人は、将来のシュードリ卿ラルフ・ボトラーと再婚した。ヘンドの次男は、チョーサー同様、まず、国王付準騎士に取り立てられ、後に王室内の大広間担当儀式係になった。ヘンド家の環境はチョーサー家と似ていて、家柄としては資産家の裕福な商家で、ジェントリ層に属し、宮廷や学問的職業集団との関係も深かった。チョーサーの知人には、さらに、ギルバート・モーフィールド(別に、モーフェルドとかマーフェルドとも呼ばれる)がいる。彼は、チョーサーが監査官職を退いた後にロンドン港関税徴収官に着任し、財産や社会的地位ではフィリポトやその仲間にも匹敵する人物だった。また、モーフィールドは金融業者で、一時、チョーサ

貴婦人と仕立屋——注目すべきは「はさみ」で、この語の英語での最古の用例はチョーサーのものである。またこれ以前には、中間に支点のない大ばさみが使われていた。パリ国立図書館（MS. nouv. acq. lat., 1673, f.95）

ーは彼から借金をしたことがあるのだが、債務者の中には、他に、ジョン・ガウアーや多くの廷臣、それに、チョーサーの知人たちも含まれていた。【補遺Q】マンリ教授によれば、このモーフィールドが、「ジェネラル・プロローグ」に出てくる〈貿易商〉のモデルということになる。(4) モーフィールドは、最後に、破産して亡くなったようだ。

　イングランド社会の階級制度から見て、これまであげてきた人たちと対極にいるのが、マチルダ・ネメグ、もしくは、ネムゲンと呼ばれる女性だ。名前からすると、出身地はネーデルランドのネイメーヘンと推定されるが、彼女の職業は、女主人に仕える下女だった。一三八八年、雇用契約の期限が切れる前に、彼女がある女主人の家から姿を消し、その原因が、時計職人ジョン・オヴ・ケルンによる誘拐だとされる事件が起こった。女主人から彼女へ訴訟が起こされた時、チョーサーは他に三名の無名の市民とともに、ネメグを法廷に出廷させることを保証する身元保証人になってやった。いつものことだが、事件の詳細はほとんどわからずじまいであり、【補遺J】チョーサーの人生全体からすればこの事件そのものは些事だが、ここからは、彼が中世ロンドンの下層社会や、様々な国籍の人たちとも接触のあったことがわかる。チョーサーは社会の中核との関係を温存しつつ、一方で、社会の外周にいる人々の事情も知り得るような立場にいたのだろう。

ロンドン港税関署勤務が一三八五年まで続く間に、チョーサーは文学サークルを作り上げていた。一三七八年に、彼がロンバルディア出張に出かけるにあたって、詩人ジョン・ガウアーがチョーサーから代訴人の権限を委ねられている。【補遺D−b】代訴人の権限とは、本人に代わって裁判所に出廷し、法律上の責任をまっとうする権利のことである。ロンバルディア出張にあたり、ガウアーと国王付準騎士リチャード・フォレスターを代訴人に指名しておくことで、チョーサーは自分の留守中に何らかの訴訟が起こされた場合、本人が出廷できなくても敗訴する事態を避けることができた。すでに訴訟社会に入っていたので、代訴人という制度は非常に有効な予防措置だった。ただそれだけに、おそらく散逸したのだろうが、当時の訴訟記録の多くが現在では残っていないことには驚かされる。ともあれ、一三七八年に法的予防措置を講じた背景には、自分に訴訟が起こされるかもしれないと予想させるだけのチョーサー側の事情があったわけだが、いずれにせよ、この時期、チョーサーとガウアーの人間関係も良好だったことがうかがえる。(5) ガウアーという人は、フランス語やラテン語に明るい知識人で、自分でもこの二カ国語による詩を書き、後年チョーサー風を模した英語詩も書いていた詩人で、ケント他に土地を所有する地主でもあった。ガウアーのことは、『トロイルスとクリセイダ』の最後のところで、「哲学の人ストロウド」の名前と一緒に触れられている（第五巻、1856行）。ストロウドのほうは、チョーサーがシティの東端オールドゲイト市門階上の居住部を借りていた時期と時を同じくして、シティの西端オールダズゲイト市門階上の居住部を借りていた。ここでいう「ストロウド」は、おそらく、同名のロンドンの法律家のことを指すと思われるが、それ以外に、ウィクリフ批判を展開したオクスフォード大学の哲学者で、一三五九年から六十年にかけてマートン・コレッジの特別研究員となっていた人物の可能性もあった。法律家のストロウドは一三八七年に死亡した。法律家でないほうのストロウドは、チョーサーとオクスフォード大学、特に、マートン学寮とのつながりへ私たちの目を向けさせるが、この問題は後に回すことにしよう。当面は、ガウアー、ストロウド、チョーサーらがロンドンの誰かの家に集まり、楽しく酒を酌み交わし、皆が関心を持っている文学のこと、科学のこと、学問のことなど、さらに、王国が置かれた悪しき状況などを語り合っている光景を想像するぐらいは私たちにも許されるだろう。

税関署勤務時代の後半、詩人としてのチョーサーの名声は、宮廷内にとどまらず、シティの中にも届いていたことは確かだ。チョーサー詩を熱烈に賛美したロンドン市民にトマス・アスクがいた。彼は『愛の証言』という長い散文を書いていた。この作品の写本は残っていないが、ウィリアム・スィンによって印刷された一五三二年版『ジェフリ・チョーサー作品集』に収録された。[三]『愛の証言』に写本がないという事実は、作品自体に一風変わったところがあり、どちらかと言えば、退屈な寓意詩ということもあって、広く人気を獲得するまでにいたらなかったことを物語っている。この作品は、チョーサーの『ボエース』を下敷きに書かれ、同じチョーサーの『トロイルスとクリセイダ』や、一三八七年以前に書かれた他の詩から借用された表現も多数見られる。しかしアスクから「高貴なる哲学詩人」と呼ばれた当のチョーサー本人がそれを喜んだかどうかは、はなはだ疑わしい。アスクは、当時のロンドンのきわめて不愉快な一面を示す存在でもある。彼は当初、シティの各種零細同業者組合とその仲間たちの間で熱烈な支持を集めていた、呉服商ジョン・オヴ・ノーサンプトンの秘書を務めていた。ジョンはゴーントの友人で、食品組合、なかでも、鮮魚商組合と敵対していたが、彼が画策したいろいろな計画は失敗し、その結果、アスクは一三八四年から八五年まで投獄され、かつての主人に不利な証言をするよう強制された。それを機に、アスクは所属党派を変え、ジョン・オヴ・ノーサンプトンの敵、ブレンバー派へ鞍替えした。当時、ブレンバーはリチャード二世の顧問としてすぐれた手腕を発揮していたが、そのブレンバーの威光を借りて、アスクはミドルセクス州の州長官代理の地位を与えられたのである。ところが、新たに政治状況が根こそぎ変わり、ブレンバーは追い払われ、すでに紹介したように、一三八八年の「無慈悲議会」で告発、処刑された。そして哀れなことに、アスクもブレンバーと運命をともにしたのだった。一三八八年三月四日に、アスクは、生きたまま内臓をえぐり出されたあと首吊りにされ、四肢を切断され、首をはねられた。これが、当時の国家反逆罪にたいして普通に実施されていた処刑方法である。彼の息の根をとめるために、三十回も剣が振り下ろされたという（こういう表現が心ない言い方でなければ、この野蛮な処罰の中に私たちは、実効性など求めない、ただ感情むき出しの時代の性格を再び目撃することになる）。アスクの『愛の証言』からは、処刑直前までチョーサーの作品に彼が長く親しんでいたことがわかるし、二人は互いに知り合いだったに違いない。アスクの運命は、様々な党派にまたがるチョーサーの知人たちの間には相手を容赦しない敵意があったらしいということ、危機的状況下で不利な立場に立たされてしまえば、恐ろしい処罰が降りかかってきたことなども示している。ただし、この一三八八年だけが例外的な年であったこと、そして、当時ですら、一フランス革命時のような恐怖政治が存在する可能性などなかったことは言い添えておかなければならない。一三八八年という年、チョーサーが自分の立場に怯えていたと思わせる痕跡はない。アスクの運命は、ブレンバーやサー・サイモン・バーリのような廷臣たちの運命ともあわせて、ロンドンと国内政治の混乱した状況を私たちに思い起こさせてくれる。そして、一三七〇年代を通して、上昇機運にあるチョーサーの運命にとって、この混乱は常に舞台に掛かる暗い背景幕になっていた。

一三七〇年代は災厄続きの十年間で、一三八一年に起こった、いわゆる「農民一揆」によって、社会の緊張は頂点に達した。この事件ではウォルワス、フィリポト、ブレンバーの三人が気骨のあるところを見せた。また、一三六九年にフランスとの戦争が再開されたが、その戦果にも翳りが見えはじめ、略奪品や戦勝気分どころでなく、挫折感を味わいながら、王国は戦費をまかなうための高い税負担に直面しなければならなかった。

一三六九年には、未曽有の凶作に見舞われ、一三七四年から七五年にかけて、「黒死病」が襲った。王国を導くはずの国王の指導力も惨憺たるものだった。王妃フィリッパがこの世を去った一三六九年、五十七歳のエドワード三世は急速に衰え、愛人アリス・ペラーズの言いなりだった。長男の黒太子は病弱だった。彼の騎士としての名声はヨーロッパ中に響きわたっていたが、性格は短気で傲慢、おまけに、賭け事と戦争好きときていたため、政治家には不向きだった。次男のゴーントは、社会的地位、膨大な資産、信望を背景に、ある程度の影響力を持っていたが、果敢に行動をとる勘を失った父王エドワードと同じく、頑迷固陋な人間、つまり、ゴーントは凡庸な男だったという結論になる。一三七〇年代、彼はますますカスティリャ王国の王冠に執心し、妻コンスタンスの継承権を盾に王位を主張し、国内を留守にすることが多くなった。一連の彼の軍事遠征は明らかに失敗で、一三七五年のブルージュ講和条約で頂点に達する対フランス和平交渉すら、処置を誤ることが重なった。その結果、この講和条約は、イングランド人貴族からブルターニュ地方の村カンペルレで収めた何時にない戦果まで奪ってしまった。エドワードの王子や有力貴族の中に、人々の希望を託せる者は誰もいなかった。一三七一年の議会では、不満分子の貴族が、王国の高官職を独占していた司教たちを追放したものの、俗人が行政を担当したところで、事態が好転するわけでもなかったし、かえってロンドンその他の町では、商人による暴動への懸念が現実味をおびてきた。アイルランドは相変わらず頭痛のたねだった。

一触即発の状況下、行政当局は議会召集を渋っていたが、国政遂行を迫られ、また税収が必要なこともあって、一三七六年四月に国会召集やむなしとなった。この時の議会は、「善政議会」と呼ばれるようになった。庶民院議員、つまり、各州代表の騎士と各自治都市を代表する正市民、合わせて百三十名ほどの人員がウェストミンスター修道院集会室に参集した。議員はそこの朗読台に立って演説をして集まった人たちに呼びかけ、他方、演説に耳を傾ける議員たちは、それぞれ、壁に沿って置かれた椅子や長椅子に腰掛けていた。ここにいたり、ようやく白熱した議論が繰り広げられたが、躍動感溢れるその光景は、私たちの目にも容易に浮かぶ。

十四世紀に描かれた何点かのフレスコ画を通して、論争に熱中する人々の表情が私たちにも少し垣間見えるからだ。ところで、庶民院議員には不平不満が渦巻き、これを機に、自分たちの主張を貴族院議員に訴えるための代弁者、つまり、議長がはじめて選出された。選ばれたのはサー・ピーター・ド・ラ・メアで、彼は勇敢な男だったが、後年、向こう見ずな行動のおかげでしばらく投獄の憂き目にあった。多くの人々、中でも、アリス・ペラーズとリチャード・ライアンズが王国財政を悪化させた元凶として告発の矢面に立たされた。こうした告発は全て国王の名前で行われたが、攻撃の矛先は、もちろん、王室と行政府に向かった。事実上、ゴーントが第一の攻撃目標で、極端に嫌われていた。数々の醜聞も人々の間を駆けめぐった。なかには根も葉もない噂もあり、ゴーントは国王の実の子ではなく、本当は取替え子でフランドル人だという噂が流れたこともある。一方で、噂にとどまらないものもないわけではなく、そのひとつに、彼は、娘たちの家庭教師でチョーサーの義理の妹にあたるキャサリン・スウィンフォードと公然と不倫関係を結んでいるというものがあった。

リチャード・ライアンズにたいするものも含め、告発のすべてが本当だったかは判然としないが、議会は改革案を提案し、その改革が実行された。そのさなかに、黒太子がこの世を去り、国を挙げて彼の死を悼んだ。確証があるわけではないが、黒太子は庶民院議員の言い分を支持していると考えられていた。死の床にある黒太子の病状への関心、ロンドンからカンタベリまでの凝った演出の葬列、荘厳な彼の彫像《エフィジー》とともに今も見ることができるカンタベリ大聖堂の豪華な黒太子廟、これらすべてが、当時の厄介な政治的駆け引きの詳細に劣らず、時代の栄光と特徴を証明してくれる[6]。ここには自信と自己卑下とが交差し合う特異な雰囲気がある。勇者として称えつつも腐敗をしつこく糾弾する姿勢、精神主義と物質主義の併存——偉大な人物の死に際において決して珍しいことではないが、黒太子の場合は、ゴシック風の誇張と鮮烈な対照が一段と目立つということだ。ともあれ「善政議会」は、黒太子の忘れ形見リチャードが王位継承権を有する法定推定相続人であることを正式に承認した。

ウェストミンスター修道院聖堂の祭壇に掲げられた、精密この上ないこの絵画（通称「ウェストミンスター・リテイブル」）を、生前のチョーサーも目にしていたに違いない。

翌一三七七年にも議会が召集されたが、今度は、「善政議会」の決定のほとんどを反故にしてしまった。（庶民院議員は一議会にのみ召集されることがよくあり、構成員は流動的だったために）この議会は「善政議会」とは異なる議員で構成された。それにたいして、庶民院議員の新たな行動を快く思わない貴族院議員の身分は終身制だった。庶民院議員は、多くの人々に赦免を与えてもらうことでなだめられ、赦免の見返りに増税を認めるよう誘導された。ところが、赦免を与えられるはずの候補者からウィンチェスター司教ウィリアム・オヴ・ウィカムを行政府側が除外したことをめぐって、ゴーントとロンドン司教ウィリアム・コートニとの間ですさまじい確執が生じた。背景には、ウィンチェスター司教が十年前の大法官時代、義務不履行で所得没収という判決を受けるという事情があった。コートニは貴族の出で気性の激しい人で、ゴーントによる教会侮辱に我慢がならなかった。

やがて、コートニとゴーントとの間の衝突は、ジョン・ウィクリフ問題へ集中した。ウィクリフはヨークシァ出身の論争好きな神学者で、長年オクスフォード大学の名物教授だった。その彼は、寄進された遺産にたいする教会の権利や、破門宣告にたいする教会の権限を否定するという立場を頑として譲らなかった。提起された議論はこみいったものだったが、きわめて重大な波及効果を及ぼし、様々な分野を巻き込みながら、十六世紀の宗教改革まで続いていった。(7) チョーサーは、ウィクリフのことを念頭に置いているわけではないが、神学問題について「私には殻と実とを正確に吟味して、選り分ける術がありません」と告白している(「女子修道院付司祭の話」、3240行)。私にとっても、ウィクリフの議論を精査し、細部をふるい分けることは手に余る仕事だ。だが一般論として、教会、その富、キリストの肉体はミサの聖餅に実在するという聖体拝領の教義にたいするウィクリフの敵意は、当時大きくなりつつあった直解主義《リテラリズム》の一端をなすものであり、この時代を特徴づけた社会構造や伝統への敵意でもあった。こうした敵意から生まれた結果のひとつが、ロラード主義だった。【三】 またもっと皮相的なところで言えば、ウィクリフの立場は、フランス人に牛耳られたローマ教皇と対立関係にあるゴーントやイングランド王国行政府にとって政治的に都合がよく、教会財産を簡単に接収するのに役に立った。そしてそれは、聖職者の力とは反対の世俗の力が着実に台頭してきた成果の一部でもあった。こうして、当時ウィクリフはゴーントの庇護を受けていたし、誰もがそのことを知っていた。ゴーントへの間接的攻撃として、コートニは、一三七七年二月にウィクリフを召喚し、彼の教えに向けられた告発に答弁させた。ゴーントは、わざわざ四人の神学博士をウィクリフの弁護にあたらせ、さらに特筆すべきは、旧セント・ポール大聖堂で開かれた審問の場にゴーント自身が、ノーサンバランド伯ヘンリ・パーシと武装した家来を連れて出席したことだった。怒号飛び交う騒乱の中、審理の進行は妨げられ、中断した。後に、暴徒化したロンドン市民はストランド・ストリート沿いにゴーントの居館サヴォイ宮に押し寄せ、ランカスター家の仕着せをまとった家来を近辺の通りから追い払い、国家反逆罪の印として、チープサイドではランカスター公の紋章を逆さまに吊した。ゴーントとヘンリ・パーシの二人はこのとき、裕福なフランドル人羊毛商ジョン・オヴ・イーパズの家で食事をしている真最中だった。サヴォイ宮の外で、暴徒が二人を捕まえようと待ち構えているという警告を受けて、ゴーントとヘンリ・パーシは裏口から脱出しなければならなかった。脱出の際、ゴーントは食卓から立ち上がりざま、向こう脛をしたたかにすりむいた。(8)黒太子妃ジョーンと一緒に、彼らは近くのケニントン宮へ逃れ、怒りの収まらないロンドン市民との間をとりなしてくれる仲介役に、ジョーンを立てなければならないという有様だった。結局、市民側が譲歩せざるを得なくなり、時のロンドン市長が解任され、議会は老国王の特赦を受け取るために彼の元へ代表団を送り、二月二十三日をもって議会は解散した。事件当時、チョーサー自身は外交使節団の一員としてフランドルとフランスにいて、この騒ぎの現場に居合わせなかった。とはいえ、この時の外交使節団の首席代表は、ノーサンバランド伯ヘンリ・パーシの弟トマス・パーシ卿だったので、チョーサーは遅かれ早かれ国内情勢を聞かされ、宮廷派の人たちのことを思い、同情を禁じ得なかったに違いない。

エドワードに残された余命は幾ばくもなかった。チョーサーの友人、ウォルワスとフィリポトが、ゴーントから我が身を守るためにリチャードの支援と庇護を頼みに行った先も黒太子妃ジョーンだった。したがって、チョーサーの元へは、宮廷派と対立する議会派の消息も届いていたはずで、彼もまた、ジョーンと同じように、両派の和解を望んだ。全体としては、ゴーントが一番いい目をし、行政府内の立場をさらに確固たるものにした。ただし、代償として、彼は広く人々の不評を買い、特に、ロンドン市民の間での評判がすこぶる悪かった。ゴーント自身はリチャードを助けようと力を尽くしていた。(9)一三七七年六月二十一日に、脳卒中でエドワードが他界した時、世間の人々は、ラングランドのように、「王は子供、そんな国はわざわいだ」(『伝道の書』第十章十六節)の聖句を引用したくもなっただろうが、ゴーントはしっかりとこの新しい少年国王を支えた。【四】エドワード三世の死因となった脳卒中の影響は、現在もウェストミンスター修道院内クロイスター・ミュージアム(通称、ウェストミンスター・ミュージアム)に安置され、エドワードの死に際の姿を生き写しにした彫像の中にも認めることができる。

さて、エドワード崩御の日、チョーサーはまだ外国に滞在していたので、葬儀に参列するための喪服支給にはあずかれなかった。しかし、七月十六日に挙行された豪華絢爛たるリチャードの戴冠式の日には帰国していた。もっとも、彼のことだから、きっと冷めた目でその戴冠式を見ていたに違いない。後に書かれた詩から判断するかぎり、チョーサーは、ゴーント同様、国王大権を支持したことは確実である。その詩の中で、彼は国王リチャードに向かって、礼を失しない範囲で、国王たるにふさわしい振る舞いをと助言し、「この世を正すためのあなたの剣《つるぎ》を見せてほしい」と呼びかけた（『節操なき世』、27行）。誰もが、国王の堅実な統治でしか実現できない世の中の安定が必要だと感じていた。ところが安定を必要だと感じている当の人々が、安定を脅かすような行動をしていた――まさに、このことが深刻な社会危機の本質である。しばらくの間は、皆互いに協力し合った。ロンドン市民が暴徒化してゴーントを血祭りにあげようと騒いでいた時、彼らをなだめたのは、他ならぬゴーントの仇敵、ロンドン司教コートニだった。ようやく、ゴーントみずから和解へ尽力しはじめた。ロンドンの商人たちは、有効な統治によってのみ継続して維持できる国内の平静、確実な沿岸警備、海上貿易ルートの確保などを必要としていた。さらに、重税を削減するとまでいかなくても、少なくとも、それを課すことを正当化するために、議会における庶民院議員が、国内平和と海外での戦勝を必要としたことは明らかだ。当時の状況に見られる悲劇は、対立する党派が目先の自分の利害を求める余り、長期にわたる国益が損なわれたことにあり、結局、自己弁明に忙しい各党派間の相互不信が必要な総意をまとめることを妨げた。

新議会は一三七七年十月に開かれ、ウォルワス、フィリポト、さらに、他に二人の豪商たちが、国王に一万ポンドを貸し付けた。ランカスター公は幾分芝居がかった身振りを交えて新国王への忠誠を誓い、言ってみれば、皆の目から感涙を絞り取ったのだ。挙国一致の必要性を訴え、自らに投げつけられた侮辱や名誉毀損のすべてを許してやろうと大見得を切った。フィリポトとウォルワスが大蔵卿に就任すること、資金は戦争目的にのみ使用されるべきとする付帯条件がついたが、庶民院議員さえこれに深く感銘し、課税やむなしという太っ腹な決議をした。

庶民院議員がアリス・ペラーズを裁判にかけるよう求めた時、彼らをなだめようという気運はあまり起こらなかった。年代記作者たちの報告によれば、エドワードが亡くなるとすぐに、彼女は宮廷から逃亡したが、死に際の国王の指から指輪を抜くことだけは忘れていなかったという。また、庶民院議員が新国王に提出した請願書に書かれた十四項目は、すでに一三一一年に、曾祖父エドワード二世に提出された請願書と一字一句に至るまでほとんど同じだった。何者かが、国王が専横な振る舞いをすれば、どんなにひどいしっぺ返しを受けることになるか、その実例はさして遠くない過去にあったという事実を宮廷派の人々に思い出させたいと願ったのだ。緊張が次第に高まっていく中、一三七八年、ランカスター公の軍事遠征が失敗し、他方、フィリポトがスコットランドの海賊討伐に成功したおかげで、またぞろ、様々なほころびが社会のあちこちに露呈してきた。同じ年、ウェストミンスター修道院では、史上はじめて聖域不可侵の掟が破られ、罪人保護権が侵害されるというおぞましい事件が発生している。ウェストミンスター修道院聖堂の祭壇の石段で一人の囚人が殺害されたのだ。【五】この事件は行政府を震撼させた。コートニとゴーントはこの事件をめぐって衝突し、ウィクリフがまたもや二人の争いに巻き込まれた。議会はグロスターにある大修道院（現大聖堂）の集会室で開会されたが、ことはゴーントの思惑通りに進み、ロンドンの商人たちには不利だったようだ。フィリポトとウォルワスが大蔵卿に再任されることはなかった。しかし、王国の財政状態は依然悪化の一途をたどり、一三七九年、わずか数ヶ月しか経たないうちに、急遽議会を召集せざるをえなくなった。この議会で、ゴーントの思惑はねつけられ、ウォルワスとフィリポトが王国財政の管理状態を精査し、結局、厳しく糾弾するための委員会へ返り咲くことが確実になった。この議会で人頭税も可決された。

国を挙げて、党派間の利害が大きく揺れ動き、衝突しているという状況の中、ロンドンではすでに上で触れ

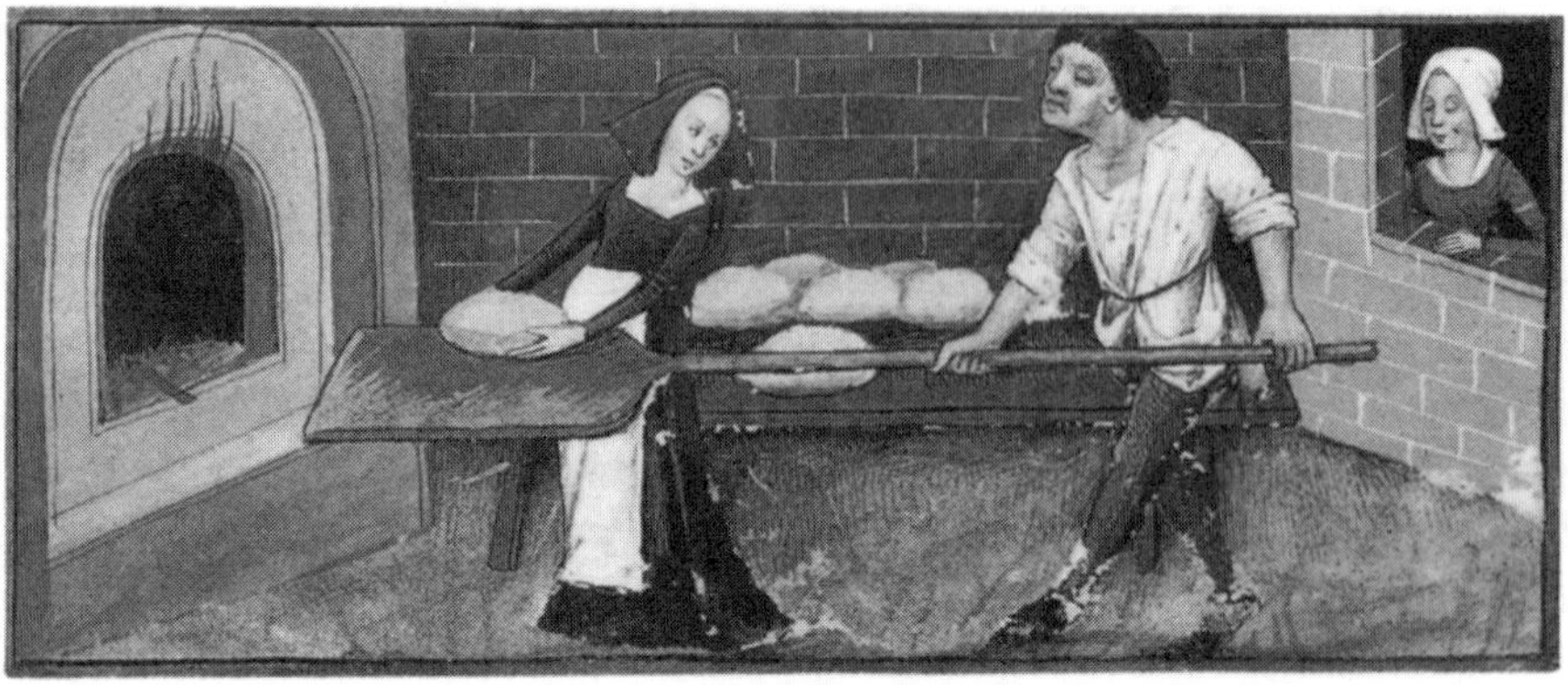

焼きあがりを待つパン屋の客
パリ国立図書館（MS. lat. 1173, f.6vo）

た同業者組合間の確執が並行して続いていた。片や、フィリポト、ウォルワス、ブレンバーらが率いる有力食料品関連組合と、片や、呉服商ジョン・オヴ・ノーサンプトンが率い、ゴーントが肩入れしている、零細組合を含んだ非食料品組合とが互いに角突き合わせていた。チョーサーが事態の推移を一部始終知りうる立場にいたことは間違いないが、どうやら、いずれの陣営にも与《くみ》しなかった確率が高い。『カンタベリ物語』の「ジェネラル・プロローグ」の中で、チョーサーはロンドンから来た五人の〈同業者組合員〉を描いているが、彼らを「小間物屋」、「大工」、「織物職人」、「染色職人」、「絨毯職人」（タペストリーや毛布を織る職人のこと）という職人として設定している。全員、明らかに非食料品関連組合関係者だが、ジョン・オヴ・ノーサンプトンと食料品組合との衝突当時、「小間物屋」や「大工」などが所属した組合は中立の立場だった。実際には、チョーサーの組合員たちは皆一つの組合に所属しているので、この組合は一教区に本拠地を置き、同業者と関係のない信心会だったに違いない[10]。つまり、それは地元互助会のような組織で、全組合員に代わり死者へのミサを捧げる司祭を一人かかえることがよくあり、慈善事業や共済事業などを行った（こうした地域共同体の結社や組織のことを念頭に置いて、組合間の衝突、抗争という事情と対比してみる必要がある）。ロンドンにはカンタベりの聖トマス・ベケットを守護聖者とする組合もあった。この組合はロンドン橋の橋上礼拝堂とロンドン橋から遠くない殉教者聖マグヌス教区に本拠地を置いていた。特に個性が描かれるわけでない五人の組合員たちは、この組合、もしくは、これに類似した組合に所属していたと考えていい。チョーサーは、いつもの悪戯心と語呂合わせの曖昧さで、五人衆をからかう。

五人は、皆、分別ある見識からすれば
市参事会員にでもなれた。

(「ジェネラル・プロローグ」、371-2行)

市参事会員は、ロンドンの自治行政では、市長の下の最も重要な職責で、市長は市参事会員から選出された。上の引用部分のうち、「……にでもなれた」にあたる原文 shaply という中英語は「……にふさわしい恰幅をしている」、つまり、「太っている」という意味も含んでいる。彼らの奥方は夫の出世を無邪気に喜ぶ、見栄っ張りな女性たちで、チョーサーの分身たる廷臣や男性は彼女たちを心優しく笑っている。〈同業者組合員〉に同行している料理人ホッジ・オヴ・ウェアのことは、チョーサーと彼の最初の聴衆の間では、料理人兼食堂経営者であるばかりでなく軽犯罪者としても有名な悪党だったようだ。〈料理人〉本人の描写と、同行者のうち彼だけが口にし始める下品な話の内容から、チョーサーがロンドンの下層社会の暮らしにもよく通じていたことがうかがえる。いかがわしい外周の裏社会に向けられる関心とあいまって、チョーサーの日常の行動範囲、職務、知人を考えれば、なるほど予想されることではあろう。

ホッジ・オヴ・ウェアを道案内として、私たちはまさに、チョーサーの社会生活と知識の周縁部、つまり、当時、社会の中枢からますます遠のいていく彼の生活状況にたどり着く。彼の中心的関心が彼個人を社会の中心部から遠ざけた。このことは、「料理人の話」として完成させる意図があったことは確実だが、シティ内で起こるきわどい裏事情、具体的には、店の売り子が腐ったりんごになってしまうという話によってほのめかされているようだ。残念ながらそれは、はじまった途端に終わってしまうが、どのような結末になったかは、わからないほうがかえって私たちにはよかったのかもしれない。この話に一番近いのは「聖堂参事会士付従者の話」で、その内容はロンドン市中にはびこる詐欺行為である。チョーサーが錬金術という擬似科学に強い関心を示しつつも、きっぱりとそれを拒絶することで、話の面白さが盛り上げられている。

国内政治もロンドン市政も、何かにつけ騒々しい時局にあって、海外出張の任務がない時、チョーサーは自分の仕事と読書と詩作に励んでいた。彼のような立場の人ができることと言えば、それくらいが関の山だ。彼の詩には、公的出来事よりは、彼の個人的関心事が反映している。『公爵夫人の書』と同じように、『名声の館』でも、言葉の意味が行間や言外に豊かに漂い、今こそイタリアに関係する言及と、当時の科学に関する知識が加えられる。詩全体に流れる調子は軽やかで、ユーモアにも溢れているが、チョーサー個人の不満や時代が抱える深刻なストレスも見えてくる。

『名声の館』は、個人的と同時に、科学的問題――夢の原因は何か、という問題からはじまる。（特定されている日付にどういう意味があるのかについて、彼自身は口をつぐんでいるし、誰にもわからないが）詩人が言うには、彼は、去る十二月十日に素晴らしい夢を見た（63, 111行）。彼の夢とは、ガラスの神殿に自分がいて、まず、「裸のまま海上に浮かぶ」ヴィーナス像を見、それから、真鍮の銘板に書かれたヴィルジール（＝ウェルギリウス）の叙事詩『エネイドス』（＝『アエネーイス』）の物語全編を見る、という内容だった。ただ、「真鍮の銘板に書かれた」としているが、実際には彼は豊かな絵画的表現で語り、エネアース（＝アエネーアス）から一度は愛されたが、その後捨てられてしまうディドーが受ける悲しさを強調している。さらに、ディドーと同じ境遇の男性に裏切られた女性たちの一覧表があげられる。[11]「裏切られた女性」は、チョーサーによく出てくる女性像で、（同じように、背信的裏切りで人を見捨てるイメージを夢幻と結びつけた）ワーズワスもそのような遺棄行為を「同志を見捨て、彼らを裏切っているという死のような」感覚に苦しむ自分自身の姿と重ね合わせながら表現している（『序曲』第十巻、413-4行）。『エネイドス』全編を長々とまとめてきて、最後に詩人はヴィーナス神殿の外に出て、砂漠のような寂莫とした荒野のただ中に自分がいることに気づいた、と言っている。そして、黄金の鷲が大空から近づいて来るところで、『名声の館』第一「巻《ブック》」は終わる。【六】第二巻は軽やかな口調で始まる。まず、英語のわかる人に向かって、自分の夢に耳を傾けてくれるように嘆願し、次に、ダンテ『神曲』に倣って、しかし、重々しい厳粛さを取り除いた口調で、女神ヴィーナスと擬人化された我が《想念》（Thought）に詩想を授けてくれるよう祈る。それから、私たちはチョーサーの様子を「聞く」ことになる（おそらく、第一聴衆、たとえば、オールドゲイト市門階上の居室でガウアーやストロウドといった友人たちが、文字通り、聞いていたのだろう）。つまり、太った詩人が鷲によって上空へ運ばれ、世界中の物語も噂話も、すべてが《名声の館》（または《噂の館》）に落ち着くのは何故かを説明する「音」の物理的特性をめぐる滑稽な擬似講義にじっと我慢しているチョーサーの姿のことだ。鷲は、詩人をよく知っているようだ。というのは、鷲が「ジェフリ」と呼びかけ、講義に入る前に、すでにこの章で触れたように、帳簿付け、夜の読書、一人暮らしなどについて自伝風所見を加えているからである。鷲が天空高く舞い上がっていくにつれ、チョーサーが鷲に答える口調は神経質になり、嫌々答える素っ気ない口ぶりになっていくが、これなどは、控えめだが、自分を笑いの対象にする喜劇の傑作である。やがて、彼が地上に降り立つという場面をもって第二「巻」が終わる。第三巻も祈願文で始まり、その後、詩人は、まず氷の岩山を登り、岩肌には溶けかかって判読不能の名前が刻まれていること、次に、ゴシック風に見事に造営された城郭にたどり着いたことを話す。城の塔には旅回り楽人や語り部などが立ち、あらゆる楽器を奏でる楽師たちや宮廷お抱えの芸人たちも控えている。城内では、別の群衆が集まり、その中に、「お金持ち」の善行を触れ回る伝令官たちがまざっていた。ここは、《この世の名声の広間》で、広間に並ぶ柱の上には、偉大な詩人や歴史家たちの彫像があった。そして、この広間を仕切る主人は一人の気高い女王だった。彼女の身長は伸び縮みが自在で、時に、人の肘の長さもないくらい小さいかと思うと、今度は、地上から天上にまで伸びた。この女王こそ、《高名の女神》、あるいは、《名声の女神》だ。詩人は大勢の人たちが彼女の同意を得ようと集まってくるのを目撃した。善人もいるが、なかには、悪人もまぎれ、名声に値する業績を積んだ人もいれば、無為徒食の連中もまざっていた。女神は、何も公正さの基準があるわけでなく、まったく独断で彼らの求めに応えていた。この世の名声とは所詮こういうものだ、と言わんばかりだ。誰かが詩人に、「あなたは名声を求めてここへ来たのですか」と尋ねた。

「いいえ、違うんですよ。」と私は答えた。
「名声のためにここへ来たのではありません。後生だから、信じてください。
この首をかけてもいいくらいです。
もうこの世にいない人ででもあるかのように、
誰も私の名前を憶えていてくれなくても構わないのです。
自分の立場ぐらいよくわかっています。
それに、分際を越えないようにという我慢、慢心しがちな思いも
全部自分の内に飲み込むつもりですし、
おのれの詩作の技量の程をわきまえれば、
大概のことには確かに耐えられるでしょう。
（1873-82行）

「私」の答えは、他人の意見に左右されない、チョーサーの根本的自立性をはっきり表明するものであり、注

目すべき点が多くある。とりわけ、広く人々を楽しませることを目指し、見事にそれに成功した詩人であってみれば、なおのこと注目すべきだ。では、一体なにゆえに、「私」は《名声の館》にいたのだろうか。詩人みずから答えている。なぜなら、何か新しい音信、いままでなかったような新しい事、自分が知らない事、そして

愛のこととか、それに類するわくわくするような事　（1889行）

などを知りたいと切望していたからだった（ここで、今一度、ピープスのことが思い出される。彼は、『日記』の最初のところで、見知らぬ異国での光景を見たいとしきりに切望する自らの姿を書き留めている）[七]。やがて、詩人は城から、色とりどりの小枝でこしらえられた広大で不思議な家へ連れて来られた。この家は長さが六十マイルで、谷間にあり、軸を中心に回転し、城攻めの投石機から発射された石が飛んでくるかのようなすさまじい轟音をとどろかせていた（チョーサーの従軍時代の個人的経験が反映した重要な一節でもある）。轟音の源は、この家に集まってくるあらゆる種類の雑多な「音信」であり、「知らせ」だった。詩人の驚きは私たちを驚かせるものではないが、驚いたように彼はこのような場所を見たこともないと言う。幸いなことに、例の鷲が詩人のすぐそばにある石で翼を休めていた。そして鷲は、詩人がこの家をしきりと詮索したがっている様子を目撃し、詩人がこの家で何か役に立つこと、あるいは、自分に気に入るようなことを学習したいというのを聞く。ここで鷲は、何事にも希望を持てず、今にも心が壊れそうになっている詩人の惨めな境遇にジョーヴェ（ユピテル）神が哀れみをかけておられるのだ、と繰り返し語りかけた（2007-8行）。それから、鷲は詩人を摑んで舞い上がり、窓から中へ入り、床の上に彼を降ろしてやった。そこには、真偽の別なく、様々な情報を交換しあう無数の人々がいて、中には、船乗り、巡礼者、贖宥証取扱人、廷臣、使者などの姿も見える。やがて、大きな物音がし、群

衆がそこへ向かって一斉に駆け出していく。詩人は、一人の男性、しかも、大いなる権威を帯びた人物が姿をあらわすのを目撃した……ここで『名声の館』は唐突に終わってしまう。

ここまで私は、『名声の館』全三巻の内容を詳しく紹介してきた。その理由は、この詩には『公爵夫人の書』と似たところがあり、自信満々の技量を発揮して作られた後の詩作群以上に、彼個人の経験が投影されているからだ。『公爵夫人の書』と同様、『名声の館』も現存する写本はわずか三種類しかなく、ウィリアム・キャクストンの一四八三年版刊本はこれらとは別の写本を底本として印刷されている。チョーサーはこの詩を自作として認知したが、未完のままにしたことも確かである。芸術作品とは何かという問題について、チョーサーは、私たち以上にまとまった考え方をもっていたわけではないし、詩が単独で自己完結した世界であるという自覚もあまりなかった。『名声の館』は出来栄えもよく、捨てがたくなり、自分にとって何か価値あることを表現していると彼も感じたに違いない。ただ、この作品が広く流布することはあり得なかったし、この作品を最初に鑑賞できたはずの読者・聴衆は大いに楽しみ、しかし、とまどいも感じたはずだ。作品の制作年は一三七〇年代中頃と推定される。この時期、チョーサーは清新なイタリア物の素材を吸収しはじめていたが、ここでは相も変わらず、みずからの基準に照らしてもすぐに旧式になる八音節詩行と、過去百年にわたり使われてきたフランス風「愛夢《ラヴ・ヴィジョン》」という手法で書いている。この詩にはこうした使い古しの素材がふんだん盛り込まれている。全体の構造、氷の岩山といった背景、多くの細部などがそこから取り出されている。[八]しかし、こうした伝統の借用にもかかわらず、『名声の館』には実に驚くべき独創性も隠されている。

笑いを誘う軽妙な筆致にもかかわらず、この詩は心の奥にわだかまる不満と内なる渇望を表現している。私たちはこうした表現を、何かの外的出来事と直接結びつけることはできない。この表現は、宮廷行事の際に、実在の誰か有力者が何か重要な事を実際に告知する前の先触れかもしれないと考えていた人もいる。仮にそうだとすれば、なんと異例づくめで、とりとめのない導入部だろう。どのような告知がなされる手筈になるのだろうか。チョーサーがこの作品にどう結末をつければいいかわからなかったという理由で、この詩が途中で放棄されたことは間違いないし、さほど驚くことでもない。放棄したことの興味深い点は、おそらく無意識のうちにだが、チョーサーには自分が「権威を帯びた人物」の代弁者になる気などなかったということだ。この点で、『名声の館』はあの動乱の時代の一般的な社会不安と新しい道の探求を表現している。天空への飛翔は、チョーサー自身面白おかしく言及している有名なラテン語古典詩を材源とし、彼には馴染みの深い、古い文学モチーフである。【九】また、このモチーフは、ダンテの「地獄」、「煉獄」、「天国」探訪とも一致するが、チョーサーの場合、その飛翔は軽妙な筆遣いで語られる。それはさまざまな詩の中に見られる、あの曖昧さを表現したものである。なぜなら、わざと矮小化する軽妙さの工夫以外に、失くしたと感じられた何物かの再発見、つまり、「人類の堕落」からの回復でもあり得るような、より幅広く「より高度な」経験を真に獲得したいという渇望の姿があるからだ。ミルチャ・エリアーデが示してくれたように、多くの文化で、「山」とか、鳥によって天上界へ運び上げられるという古来伝えられてきた神秘的イメージは、時間を超越して、楽園で天地創造の真の生き起源にまで到達しようとする願望を表現している。エリアーデは、(「小枝の家」に集まる噂話のように)楽園では人間は不死で、自発的で、自由だと言っている。(12) こうしたイメージは、物事の変わり目、境界を越える時、社会構造が崩壊する時、人間の生き方が変わる時に発生するあの人間の一体感と昂揚感を表現している。(13) そして、教会とこの世の所有物を拒むイタリア人たち、ウィクリフ信奉者たち、ロラード派の人たち、それと、ロンドンの凶悪な暴徒たちによって、様々な形で見つけ出された一体感と昂揚感の時の表現でもある。あらゆる点で、『名声の館』は革命的で、反形式主義的な詩である。ほとんどの自発的表現とは異なり、この作品は新しい構造に固まるまで決して鍛えられることはない。つまり、決して終わることはない。いわば、常に流れてやまない状態で、なるほど、問いを続け疑問に満ちたままだ。この詩がチョーサーと同時代のある敬虔な詩人と同じ気分で書かれていたと感じる人もいる。

この不安な心の谷間で、
そして山の中や草原の中を
私は真の愛を信頼しながら、それを見つけようとした。

(『初期イングランド抒情詩集』から第八十四番、1-3行)(14)

チョーサーは、愛しているのに捨てられてしまう女性という、私たちにはあまり説得力のないイメージを呼び出すだけでなく、少なくとも、伝統的手法で、真の愛の欠落についてもほのめかしている。ただ、彼はこの段階で、宗教的解決を求めるわけでないし、それ以外の解決策を見つけるわけでもない。一三七一年に王国の高官職を独占する聖職者たちを追放した人々と同様、チョーサーも徹底して俗人だった。ローマの古典詩人の名前を借りて、彼はイタリアに向かって助けを求めるが、かといって、フランスの文学伝統と完全に断絶できないし、その伝統を最大限に利用できるわけでもない。

《名声》にたいするチョーサーの姿勢には、一部彼女を軽蔑する月並みなところがあるが、興味深い結末と内心では葛藤があるらしいことを暗示するその仕方に、何か彼個人に深く根ざしたものが示されているようにも見える。詩人が最初に到着した《名声の館》は「名声《レナウン》」という平凡な概念を象徴し、この館が彼、つまり、一人の偉大な詩人を誘惑したことは明らかである。すべてのすぐれた人々と同じように、彼は《名声》の独断専横ぶりに気づき、それを拒否する。しかし、彼がいやしくもその館にいたという事実は、当初、彼の気持ちが「名声」の方に誘惑されていたことを示すものだ。彼自身の自立宣言は様々な価値観を力強く内面化していることを示し、この内面化によって、この世の見てくれだけの価値体系を一個人の心理レベルで拒否することも示されている(1873-82行)。表現は世俗的だが、この自立宣言は再び私たちに、イタリアのフラティチェッリやイングランドのロラード派を思い出させてくれる【十】。同時に、それは、男たちを世俗世界との縁を絶つ修道士とか隠者になるよう真正面から発願させ、女たちにも世を捨てるよう勧誘する、来世誘導型の信仰心を思い出させてもくれる。

最初の《名声の館》を拒否しておきながら、実にグロテスクな着想である《噂の館》にはすっかり心を奪われているところがチョーサーの特徴だ。ここではすべてが型にはまらず、自発的で、自由で、普通の世界から離れている。しかし、同時に、ここでは、強い個人的、人間的関心によって、また、本当の真理との非常に問題の多い関係、つまり、危険だが創造的な関係によって、その世界と緊密に結びついてもいるのだ。ここで権威や形式がいったい何を果たし得ると言うのだろうか。私たちは何にも縛られず自由だ。しかし、結局、権威と形式を受け入れなければ、何事も全うすることはできないのだ。

第9章

「強姦罪」の謎

CHAPTER NINE

RAPE AND RAPINE

『名声の館』未完成のまま、一、二年が経過した一三八〇年五月一日付で、一通のきわめて不可解なラテン語法律文書が大法官府裁判所に登録されている。【補遺K】シシリ・チャンペインなる女性(名前からしていかにもはじけているのはご愛敬だ)が、同女にたいする強姦罪(もしくは婦女誘拐罪、原語 *raptus*)、および、その他の事案に関するすべての訴訟から、ジェフリ・チョーサーを放免するという内容の文書である。これには、国王付侍従ウィリアム・ビーチャム、サー・ジョン・クランヴォウ、サー・ウィリアム・ネヴィル、ジョン・フィリポト、リチャード・モレルといった面々が証人に立っている。さらに、五月四日付文書には、既述のシシリがウェストミンスターの大法官府に出頭し、先の五月一日付文書、および、既述の書式で書かれている内容すべてを彼女が承認した旨が書かれている。また、六月二十八日付で、このシシリ嬢——彼女が良家の女性と仮定してこう呼んでおく——は刃物師リチャード・グドチャイルドと武具師ジョン・グロウヴという二人の大物ロンドン市民にたいして、すべての訴訟から両名を放免するという内容の文書に署名している。ただし、この文書では、証人名について一切触れていない。一方で、同じ六月二十八日付で、グドチャイルドとグロウヴの二人はチョーサーを放免する旨の文書に署名したが、ここにも証人の名前がない。この訴訟にまつわる一連の話は永遠に完結せず、その分、謎だけが深まるが、数日後の七月二日付で、グロウヴは、訴訟放免処置に対抗するでもなく、ロンドン市

扉図版:
「アダムが耕し、イヴが紡いでいた時
ジェントルマンの身分の者などいただろうか。」(314頁参照)
ノーフォーク州、マルバートン教会の色絵ガラス

長と市参事会員の前で、彼がシシリに十ポンドの債務を負っていることを認め、後日、彼はその借金を返済した。

一連の不可解な文書は、*raptus* という用語をめぐって研究者たちを悩ませ、きわどい解釈から、法廷戦術上の虚構に過ぎないというものまで、様々な解釈を生んでいる。法廷戦術であるとする説に従えば、チョーサーにとって最も有利な結論が導かれる。D・W・ロバートソン教授は、この解釈に沿って持論を組み立て、説得力のある議論をしている。(1) それによれば、一連の出来事は、グロウヴとグドチャイルドに関連する文書が示しているように、何らかの金銭問題の処理をめぐるものと仮定されなければならない。ロバートソン教授はここで、架空の婦女誘拐罪（*raptus*）で告発されたある男性の訴訟事案を引き合いに出している。この男性の場合、強姦罪を犯したとのありもしない告発を受け、投獄されたが、おかげでその間に財産をめぐるもめごとで訴えられた際には、妻が代わりに出廷させられ、罰金を支払わされることになった。シシリの訴訟では、チョーサーが彼女の計略の機先を制することが目的だった可能性があり、だとすれば、性的暴力に関係した事件と見る考えはまったく非現実的だというわけである。ただしチョーサー弁護に法律の都合のいいところだけを、十分検証しないまま引用しても、何の証拠にもならないことだけは正直に指摘しておかなくてはならない。さらに、ロバートソン教授の議論はつづく。ロンドン港税関署はグロウヴとグドチャイルド（なお、二人ともそれなりの地位のあるロンドン市民だった）にたいしてなにがしかの債務を負っていて、シシリが彼らの代理人だった、そこで、チョーサー側が、彼の税関業務を妨害し、彼に何らかの行為を強要しようとする二名の原告側からの訴訟を事前に止めさせる目的で、シシリに権利放棄の文書に署名するように主張した、というのだ。もしこれが事実だとすれば、チョーサーの存命中、この法的手段が有効に働いたようだが、二十世紀になってそれが機能しなくなり、チョーサーの名声に陰を落とすというのも奇妙なことだ。ここでは、これが法律上の虚構であったという仮定を一旦離れて、そもそも、チョーサーが（おそらく）シシリ側に *raptus* をめぐる訴訟放免を要求し、彼の友人を動員して、できるだけ公《おおやけ》の場で証人に立ってもらうことになる特別な状況とは一体何であったのかという問題へ私たちは立ち返らざるを得ない。強姦罪（もしくは婦女誘拐罪）事件後、チョーサー側で何らかの強硬手段を取らざるを得なくなったか、もしくは、彼女にたいする相当まとまった額の金銭支払いを余儀なくされたか、いずれかの事情を私たちは想定しなくてはならない。しかし、いずれもあり得ないように思える。一体なぜ強硬手段が首尾よく成功したのか、あるいは、自分の支払ったお金にたいしてなぜ一枚ぐらい領収証をとっておかないのだろうか。シシリ側からさらに脅迫を受けるという恐れがあったとすれば、たった一枚ぐらいの領収証で済むはずがなかった。なぜなら、チョーサーは、この訴訟放免を断固公にするべく、わざわざ友人の支援を取り付けようとすでに動いていたからだ。ここまで世間に公にすることは、他の訴訟放免に関する文書では証人を立てずに自署だけで済ませるのとくらべ、いかにもその特異さが目立つ。とはいえ、チョーサーはこの *raptus* をめぐる告訴にたいして異議を申し立てているように見えないし、この事案に直接伴う結果からも、「その他関連するすべての案件」からも免責特権だけを獲得したことだけは明らかだ。

raptus という言葉の意味にかなり問題がある。この用語は「強姦罪」、「誘拐罪」、いずれの意味も指し得るのだ。チョーサーの父親ジョンが子供の頃、「誘拐」という意味での *raptus* の被害に遭ったことがある。もしチョーサーが *raptus* で有罪だったとすれば（そして、私たちには訴訟放免という結果しかわからず、彼への告訴が法的手続きにしたがって裁判所で審理された形跡もないとすれば）、「強姦罪」と「誘拐罪」のいずれの罪で有罪だったのだろうか。法制史家プラクネット教授は、チョーサーが「強姦罪」で告訴された証拠は実際には存在しないと明言している。[2]【二】プラクネット教授の基本的立場は、今なお男性の弁護士が頼りがちな見解に立つもので、最初、シシリという女性が誘惑され、後になって彼女はそのことを後悔したというものだ。K・B・マクファーレン氏は、チョーサーはシシリへの強姦罪では有罪で、シシリによる訴訟放免は、「かなりまとまった手切れ金にたいする見返り」としてチョーサー側に与えられたものだ、と実に率直な言い方をしている。[3]【三】マクファーレン

氏の見解にも明確な証拠があるわけではない。唯一言及されている金銭とは、グロウヴがシシリに負う債務のことで、後日、彼が彼女に返済した十ポンドのことだ。チョーサーからグロウヴへ、そしてグロウヴからシシリへ支払われた可能性がある。しかし、これも憶測の域を出ない。また、刃物師と武具師の二人がどういう経緯でチョーサーの強姦罪（もしくは婦女誘拐罪）裁判に関わるのかは、憶測すら越えている。強姦罪（もしくは婦女誘拐罪）は、十四世紀当時のロンドンでは重罪で、判決次第では、重い罰金から投獄や犯罪者の身体刑まで、いろいろな処罰が待っていた。この犯罪は、十ポンドの金額で処罰を免れ、もみ消しできるものでもなかった。すべてが不可解で、証拠不十分ということで、裁判所が下した手続きにしたがい、チョーサーは無罪とされたとするのが妥当だ。チョーサーの詩と現実生活の中にいかなる緊張感や矛盾や暴力が見えてこようとも、だからといって、彼が強姦罪（もしくは婦女誘拐罪）を犯した可能性があると考えるに足るような証拠は何もない。何から何まですべて知っておかないと気が済まない人もいるが、今後もこの事件の真相はわからないだろう。ともあれ詩人はまもなく、彼個人にふりかかった問題よりもさらに恐ろしい暴力、つまり、当時彼が住んでいたオールドゲイト市門をくぐって押し寄せてきた「農民一揆」が勃発する現場を目撃することになる。

すべての重大事件同様、「農民一揆」にも多くの原因が伴っていた。現実には、課税にたいする不満が一揆を誘発する直接の引き金だったが、もっと深い根をもついくつかの要因があったことも言うまでもない。とはいえ、はっきりと目に見える要因を数え上げるだけでも、事態は十分に深刻だった。つまり、物価が高騰する中で、長年、賃金を抑制し労働力の移動を阻止しよ

エセックス州ウォルタムストウで発見された、鉄製の刃のついた中世の鋤。本章扉図版の絵ガラスで「耕すアダム」が使っている道具に酷似。ロンドン博物館

農家の仕事——耕作、種まき、除草、梳毛、刈り込み、糸紡ぎ
ブリティッシュ・ライブラリ（MS. Add. 47682, f.6）

うとする動き、農奴制にたいする強い憤り、政治的、軍事的不安と挫折、金銭上の腐敗、「黒死病」の流行などがそれである。そこへもって、一三七七年、一三七九年、一三八〇年の都合三度にわたり、民衆の生活を苦しめる人頭税という腹立たしい新税が追い打ちをかけた。人頭税とは、成人一人頭《あたま》にかかる税金で、国王の開封勅許状と課税台帳を持った徴収官が村々をまわって、現金での納税を求めた。一三七七年に実施された一人につき四ペンスの人頭税が大きな不満を引き起こした。一三七九年には、人頭税は累進税となったが、いくつかの理由で国庫を潤すほどの歳入は得られなかった。しかしこの累進課税のおかげで、偶然にもこの時期の現金収入の格差の実態をはっきりと目にすることができる。[4] ランカスター公ジョン・オヴ・ゴーントとブルターニュ公ジョン・ド・リシュモンの二人が高額納税者で、納付額は各自六ポンド十三シリング四ペンスにのぼる。チョーサーは六シリング八ペンス、彼の友人で、上級法廷弁護士などの地位に就くロンドン市参事会員たちが各自四十シリング、しがない農夫で四ペンスを納税していた。一三八〇年十一月には、

成人一人につき一律一シリングが課税された。この時の人頭税は、フランスに進駐していたイングランド軍から大規模な脱走者を出さないよう、兵士に給料を支払うための急を要するものだったが、いちじるしく公正さを欠いていた。年収十二シリングしかない農夫でも、自分と妻の二人分、合わせて二シリングを納めなければならなかった。その一方で、多分、複数の収入の道があり、農夫の賃金の百倍ほどの稼ぎがあるチョーサーも、妻の分と合わせて二シリングで済んだ。そこで、裕福な者が貧しい者を助けるよう強く求められた。が、その種の幅広い呼びかけでは何の役にも立たず、多くの村には、地元のお金持ちで、積極的に慈善に乗り出す者は見あたらなかった。脱税行為も大規模に蔓延し、各共同体の人口が、徴収に回る十八ヶ月前の三分の一にまで減少してしまっていることを示す収税人所管の台帳が見つかっている。そこで、一三八一年三月、および、その後に、行政府は課税見直しと納税強化を目的とする令状を各地に送達した。ところが、これが逆効果となって、悲惨な結末を迎えた。一通の令状が、エセックス州南部ブレントウッド地区のある貴族の執事で、地元の顔役でもあったジョン・ド・バンプトンなる人物の元へ届けられた。彼は(公文書である)令状を住民に見せびらかし、令状通りに、一三八一年六月一日に税を納めに来るよう地元村民に召集をかけた。エセックス州のフォビング村(「ごまかす」とか「まぬがれる」という意味を持つこの村の名前は、その後の騒動の発端となることを予言するかのようだ)の村人は、すでに納税を済ませていると言い張って命令を拒否した。(少数の手勢を引き連れていたらしい)二人の王室武官がジョンの味方に付き、ジョンは村人を脅迫した。村人は村人で、近隣の二つの村に支援を求め、都合三つの村から百人以上が集まった(それぞれの村の規模がいかに小さいものだったかにも注目しておこう)。彼らはジョンのもとへ直談判に行き、自分たちは一切税金を納めるつもりはないと通告した。ジョンは、王室武官を使って村人逮捕に向かわせたが、村人は抵抗し、ジョンと武官の三人を殺害しようとした。こうした事態に直面して、ジョンはロンドンへ逃亡し、村人は森の中へ逃げ込んだ。村人は森で数時間身を隠し、その後、近隣に散って、他の人々にも一揆に加わるよう煽動した。暴徒を見つけ出して逮捕するために、人民訴訟裁判所首席裁判官サー・ロバート・ビールナプがロンドンから派遣され、多くの人々が震え上がった。ところが、暴徒の一団は果敢にビールナプに立ち向かい、今度は彼のほうが怖じ気づいてしまった。暴徒は、彼の手を聖書に置かせ、二度と取り調べの法廷を開かないと彼に誓わせ、それだけにとどまらず、自分たちの正体について宣誓証言しそうな密告者の名前を自白させた。暴徒は密告者の首を切り、その家を壊した。抵抗するのが数人であるうちに火の粉を消すことに失敗し、各地方に暴動の火を付けたまま、サー・ロバートは急ぎロンドンへ引き返してしまった。はじめのうち、暴徒は、弱者を抑圧する手先となった地元民狩りをおこない、収税人や密告者を憎悪の標的にしていた。ところが、すぐにエスカレートして、攻撃の矛先は、法律家や国王の主要側近、中でも、大司教サイモン・サドベリと大蔵卿サー・ロバート・ヘイルズの二人へ向けられ、さらに、イングランド王国随一の大金持ちで有力者のゴーントもちろんその標的に含まれた。彼ら暴徒は、この憎悪を、少年王リチャードへの誠実で熱い敬愛の念と結びつけた。彼らから見れば、この少年王こそ正義の象徴で、余りにも若すぎて、過去十年間に起こった国内の災厄を責めることができなかったのである。反乱は南部、東部の各州へとほとんど同じ広がりかたをしていった。きっかけは、一つは地元州知事や名士たちが当局から送達された各種の授権書を執行に移したことであり、今ひとつは、民衆側が自分たちはそうした執行を拒んだという情報を意図的に流したことである。あらゆる不平不満が暴動の火に油を注ぐことになったが、そこには積年の恨みを晴らしたいという民衆の願いも含まれていた。理想主義もあれば、ただの乱暴狼藉もあれば、外国人への敵意なども混じって、さまざまな要因が暴動拡大を助けた。

暴動の発端はエセックス州だが、すでに小地主といった立場にいたらしいチョーサーのケント州では非常に激しかった。六月五日に、数多くの不満分子がダートフォードに集結し、フランス軍侵略を防ぐために海岸線から十二リーグ以内に居住する者はその場にとどまるべしという、あの有名な取り決めに沿って手筈を整えていた。このことは、暴徒側は責任感と能力を持つ組織だったということ、一方で、政府側は、あらゆる課税手

重い剣で戦う2人の男——この彫刻の彫り師は遊び心を発揮して、
彼らが互いに怪我をしないような姿勢で戦わせている。

段をとっていたにもかかわらず、十分に王国を守る力がなかったという事実を雄弁に物語っている。ちなみに、ジョン・トリヴィーサが英語に訳したバルトロマエウス・アングリクス『事物の性質』によれば、「一リーグ」という距離は歩数にして千五百歩にあたり、「一マイル」は一千歩とされている。[5]

六月六日には、ケントの民衆はロチェスターで国王の教育係サー・サイモン・バーリと衝突し、バーリが逃亡農奴だと言い張っていた男を監獄から解放した。バーリは一介の騎士にすぎず、チョーサーの友人でもなかったが、彼は国王の黒幕として権勢をふるい、国王私室付騎士としてその存在はチョーサーにもよく知られていたに違いない。六月七日金曜日、ケントの民衆はメイドストンまで進み、エセックスからきた大群衆と合流し、統率者としてワット・タイラーを選んだ。彼の本当の正体は、今もってよくわからない。名前から想像すると、瓦職人《タイラー》だったのかもしれない。フロワサールは、彼を除隊兵としている。経歴も怪しげで、若い頃はケント州のジェントリに属する名家カルペパー家の一員だった可能性もある。いずれの可能性にも根拠があり、かつ互いに排除しあうものでもない。彼は非凡な才能の持ち主だった。ドブソン博士は、この一揆が農民より、むしろ職人の不満分子によるもので、タイラーはその代表格らしいと見ている。[三] 暴徒とはいえ、なにがしかの組織としてのまとまりを有していたのは、軍隊経験者が混じっていたゆえかもしれない。また、ジェントリの人々の中にも、にわかに信じがたい理由で、この一揆に参加した者がいた。

六月十日に、ケントとエセックスから集まった人々がカンタベリの町に到着し、この時点で、これまで言及されていない新たな要因が一揆に加わった。彼らは、大ミサが執り行われている最中の大聖堂に乱入し、そこにいた修道士たちに向かって、彼らの中から大司教一人を選出するよう命じたのである。その命令の背景には、現大司教サドベリこそ国賊で、彼らの手でいずれ斬首されることになる、という思いがあった。その後、暴徒化した民衆は、ジョン・ボールという名前の司祭を大司教管轄下の監獄から釈放した。ボールはボールで、熱にうかされた一揆に必要なキリスト教的理想主義を入れ知恵し、ボール自身がやがて着任する大司教の一人だけ除いて、すべての貴族も、大司教たちも、他の聖職者も全員排除するよう民衆に命じた。教会財産は、世俗の平信徒たちの間で分配されるべきだ（これはもっとも早い時期に出現した私有化という形態にあたる）。たとえ風刺的表現であっても、ボールは、当時を如実に反映する「反構造主義」を表明し、社会平等・自由・友愛への願望、そして、イタリアのフラティチェッリその他、ラインラント地方やネーデルランドの「共住生活兄弟団」によって表明された純粋で、偏見のない、自発的人間社会と相互関係への願望なども表明した。[6] イングランドでは主にこの暴徒集団が同種の共同体樹立の必要性を訴える社会的、政治的表明は、修道士という立場にいるがゆえに、この訴えを快く思わなかった当時の年代記作者から見れば、ロラード派と相通じるものと映ったとしても驚くにあたらない。

その後、「われらが預言者ボールとわれらが首領タイラー」とともに、暴徒はロンドンへ向かい、二日かけて七十マイル歩いて、グリニッジのブラックヒース村に集結した。[7] 一方、大きな分遣隊がエセックスから前面に出てきて、オールドゲイトのチョーサーの家からすぐ先のマイル・エンドの野原に野営した。もし彼が危険覚悟でそこに踏みとどまっていたとすれば、恐ろしいざわめきが窓から彼の耳に届いていた可能性もある。彼は、きわめて良識的人々が群衆に抱いていた不安を理解していたのは確かだ。その間の事情について、チョーサーは「神学生の話」の中で、下敷きにしていた原典を離れ、彼独自の創意工夫の一節で示している。

「嵐のように吹き荒れる人々よ。落ち着きもなければ誠実さもない者たちよ。
鈍感で、風見鶏のような気分屋たちよ。
新しい噂話にはしゃいでは、月の満ち欠けのように定まるところがない。
半ペニーの値打ちもない無駄話で腹を満たしているだけだ。
分別は迷走し、節操のなさはすぐにばれてしまう体たらく。
おまえたちを信用する者こそ大馬鹿者というわけだ」。

(995-1001行)

この直接話法の内容は、まじめな人々が話したものだとして、彼は次のようにつづける:

あの町のまじめな人々はこんな風に話した。

(1002行)

彼は、「まじめな人々」という考え方をそのまま自分に受け入れているとまではいかない。

純朴な人が、それが正しいことだった
と思い込んだとして何の不思議があろうか。

(750-1行)

「純朴な」にあたる原文rudeは「素朴な、無邪気な」という意味で、そこに軽蔑の気持ちはない。彼が言うには、領民を欺く目的で巧妙にでっち上げた文書を領主から突きつけられても、内情に疎い純朴な人々は、その文書が完璧で正しいと思い込んだとしても至極当然だった。チョーサーは人柄がよほど寛容なのだろう。彼は民衆の節操とか良識に絶大な敬意を払うわけでもないが、同じ時代の世俗の人々が民衆に抱く傲慢さや敵意ももたなかった。このことは、彼の詩の中で民衆は騒々しく、煽動されやすい人々として――実際そうであったに違いないのだが――しばしば描かれる点に一層顕著である。チョーサーの根本的急進主義とか「反構造主義」は、民衆に寄せる彼の共感の中によく表れ、キリスト教や聖職者の土台からは自立している。したがって、チョーサーは友人ガウアーが暴徒に抱くいらだった不安や敵意も、サー・サイモン・バーリの傲慢さも、身分の高い貴族を襲ったとおぼしきパニックも共有していない、と私は考えている(8)。チョーサーが暴徒の味方だったということはあり得ないとしても、ロンドン市民の一部著名人が感じていた、あるいは、感じていたとされる暴徒への共感がチョーサーにも幾分かはあったかもしれない。

暴徒化した一団がロンドン東部と南東部に集結していた頃、国王リチャードはウィンザー城から、シティの南東角に位置し、多数の廷臣や国王評議会の面々がすでに顔をそろえたロンドン塔へ移動した。たとえロンドン塔が、堅固な要塞として格好の目標となりそうであったとしても、少なくとも、国王本人と彼の側近は、その騒乱の中心地へ向かおうとしていた。チョーサーがその現場にいたかどうかは不明だが、この時期、シティ内にいたことは確かである。もし六月十二日水曜日の夜、彼がオールドゲイト市門二階の自宅にいたなら、危険がひたひたと迫るのを肌で感じとったはずだ。決断力のあるロンドン市長ウィリアム・ウォルワスは、市内すべての市門、なかでも、チョーサーが住んでいた居室真下のオールドゲイト市門の封鎖を厳命し、暴徒の進入を防ごうとした。ところが、後に、市参事会員の一人ウィリアム・トンジなる男がオールドゲイト市門を開け、マイル・エンドに野営していたエセックスの群衆を進入させたとして告発される。告発の真偽は藪の中だが、誰かが手引きしたには違いなく、その「誰か」がチョーサーでなかったことだけを祈ろう。その夜のエセックス一派の行動は今も何ひとつわからない。ロンドン北部郊外とハイゲイト周辺の略奪行為や放火の数々には、悲惨な数日間の別の日の出来事とされるものもあるが、その多くはおそらく、六月十二日夜に起こったものだ。しかし、暴徒も睡眠をとらなくてはならない。主たる襲撃は、翌日、南部から押し寄せた。すでにシティ内にいたエセックスの人々が、ロンドン市民の不満分子を各市壁内に集結させ、決起を促したのだろう。六月十三日木曜日朝に、騒乱が急速に広まっていったのは、おそらくそれゆえのことと思われる。

六月十三日から十五日までの木曜日、金曜日、土曜日の三日間が、一揆のもっとも重要な山場で、中心舞台はロンドンだった。当局側では、市門の防備を固めよというロンドン市長ウォルワスの命令以外、前もって襲撃に備えるような防衛策は何も取られなかったようだ。年代記作者の中には、指導者が怖じ気づいてしまったと考える者もいた。現代の歴史家は、一揆参加者への共感がシティ内部でも広がっていることを知った国王側近がどうしても強硬手段をとろうとしなかったと考えてきた。未曾有の危機ということで、強硬手段をとりにくい情勢だったこともあるが、情報伝達は遅く、情報の中身も不正確という事情もあったようだ。普段なら、六月十三日の木曜日は聖体祝日の日にあたり、町では各種祝祭が催され、お祝いの山車が町を練り歩き、奇跡劇があちこちで上演されていたはずだ。その木曜日の朝に大きな緊張が走った。ロンドン郊外に建つ何軒かの大邸宅がまず焼き討ちにあった。国王はロンドン塔を出て、国王評議会の数人を連れてテムズ川を船でグリニッジへ渡ろうとした。武勲で名を馳せた父親と祖父の面影を湛えた十四歳の少年王自身は進んで危険を冒す覚悟もできていたが、民衆はすでに狂乱状態に陥っていたので、大法官サイモン・サドベリと大蔵卿ロバート・ヘイルズは頑として国王を上陸させようとしなかった。群衆はかねてからゴーント、大法官、大蔵卿の首を要求していたのだ。

ワット・タイラー率いる暴徒は、国王との会談実現に失敗したので、テムズ川南岸にあるカンタベリ街道の起点サザックに殺到した。彼らは、そこにある王座裁判所付属監獄を破り、囚人を解放し、監獄責任者の典獄や関係者の家も壊して、さらに、ランベスまで進み、大法官府所管文書を焼き捨てた。あらゆる証拠資料の中でも、特に、公記録がこうした暴動の標的になることは致し方ない。本来、公記録とは、人間知性が実現した社会の仕組みや意見を保持し、またそれらの象徴ともなるものだからである。後に、ワット・タイラーは自分の部下をロンドン橋へ誘導し、そこでフランドル出身の娼婦が占用した一軒の売春宿を破壊した。『無名氏年代記』の作者によれば、彼女たちはロンドン市長から委託されて売春宿を「経営していた」というのだ。暴徒による売春宿破壊は、義憤でなく、外国人、特に、フランドル人にたいする敵意によるというのが真相のようだ。おそらくはこの売春宿のことと思われるが、過去二十年にわたり、破壊されて当然の建物だったと市参事会員の一人ウォルター・シビルが語ったと伝えられている。(9) 後に、そのシビルは、暴徒がロンドン橋に侵入するのを許すという背信行為で告発された。シビルの発言かどうかは別にして、こうした嫌悪感は理想主義に燃える人々に共通する心情だったことは確かで、その理想主義は農民一揆に刺激された多くの人々のある種の感情に訴えるところがあったのかもしれない。ロンドン市長ウォルワスによる暴徒通行禁止命令で、ロンドン橋の鎖と跳ね橋は揚げられた。ところが、橋の番人たちがその橋を降ろし、群衆は一斉に橋を渡って市内へ乱入した。ジョン・ホーン、ウォルター・シビル、ジョン・フレシュ、ウィリアム・トンジ、アダム・カーライルといったロンドン市参事会員は、後日、各市門を開放して暴徒侵入を許したことで反逆罪の告発を受けた。

告発そのものは、一三八一年十月に、ウォルワスの後釜としてロンドン市長に就任したジョン・オヴ・ノーサンプトンと食品関連組合との間で起こった衝突の余波だったかもしれない。(10) 告発された参事会員たちは皆食品関連組合員で、一三八四年一月に裁判にかけられた時点では、ジョン・オヴ・ノーサンプトンと対立していた食料雑貨商ニコラス・ブレンバーが後任市長に就任していたので、告発された者たちは無罪放免となった。きわめて順当な判決というべきだろう。暴徒が門番を脅し、橋を渡ることできたという事実は、すでに市内にエセックスの一団と暴徒化したロンドン市民が存在し、脅威となっていたことを示すものかもしれない。すでに名前のあがった人々を含め、著名な市民の中に、下層階級の人々が明らかに抱いていた以上に暴徒への同情を共有した者がいたということは大いにあり得ることだ。ただし、何らかの同情を示したからと言って、暴徒と完全に運命共同体になったわけでない。同じことはロラード派の騎士にもあてはまり、今回の一揆とどこか似たその傾向には共感が寄せられたが、現実には、彼らは、異端とされる貧しい遍歴説教師と運命を共にしなかった。誰もが、複雑にからみあい、一部矛盾さえする価値や興味を抱えている。そして、十四世紀最後の二十五年間のような危機の時代には、様々な危機が矛盾をあぶり出すがゆえに、この複雑さが特に際立つのかもしれない。チョーサー自身には、告発された参事会員の中に、一人ないし二人、知人もいた。ウォルター・シビルは、一三八一年三月から一三八二年十二月まで、ロンドン港税関徴収官の一人で、チョーサーとは日頃から仕事の付き合いがあった。とすれば、チョーサーは、ロンドン橋で何が起こっていたのか、事の真相を知っていただろう。ジョン・フレシュは、一三八五年に、ロンドン港税関の業務監査にもたずさわるロンドン長官の一人だった。

六月十三日木曜日の朝、群衆がロンドン橋を渡って市内に押し寄せると、途中で乱暴狼藉こそ働かなかったものの、坂道をのぼってラドゲイトとフリート・ストリートへ殺到した。それから、フリート監獄の門をこじ開け、囚人を解放し、法律家が在籍する法曹学院の一つザ・テンプルを襲撃し、ここでも多数の公記録を破壊し、数多くの裁判所役人の屋敷を手当たり次第に壊して回った。同じ暴徒か、それとも、同日早朝に行動を起こしたロンドン市民を中心に構成された別集団か、いずれかの集団がフリート・ストリートに沿ってストランド街へ向かい（現在サヴォイ・ホテルが建つ）サヴォイ宮に襲いかかった。この建物は、イングランド随一の贅を凝らした装飾で飾られ、絢爛豪華を誇り、その所有者はゴーントだった。暴徒は、まず、純白のテーブルクロス、壁掛け、美しい彫刻を施したベッドの頭板の順に入念に火を放ち、さらに、大ホールと各居室に放火し、故意か否かは不明だが、仕上げは火薬を詰めた樽を三樽投げ込んで建物全体を吹き飛ばすという徹底ぶりだった。ゴーントへのこれほど深い憎悪と破壊は、いかに無関心を装っていたとしても、チョーサーを震撼させ、悲しませたに違いない。

国王リチャードは、ロンドン塔内の小塔からサヴォイ宮や市内の多くの家が炎に包まれている光景を目撃した。『無名氏年代記』の作者によれば、国王は塔の下の部屋に諸侯を集め、彼らから対応策の意見具申を求めたが、誰一人として国王の期待に応えることができなかった。そこで、若き国王の口から、ロンドン市長名で以下の命令を出させるという提案がなされた。その命令とは、ロンドン市民たる者、全員、翌金曜日の朝にマイル・エンドに集合し、そこで七時に国王と会うべしという内容だった。現代の歴史家の中には、わずか十四歳の少年にこうした命令が出せるはずがないとして、『無名氏年代記』の説を否定し、さらに、ロンドン市長が全市民にマイル・エンドへ行くよう命令できるような立場にいたかどうかについても疑問視している。しかし、いずれにしても、会談は実現し、六月十四日金曜日早朝に、主たる当事者のエセックス出身者、および、その他数千人の民衆がチョーサーの住居下のオールドゲイト市門をくぐった。国王、および同道してきた国王評議会顧問一行は暴徒に会った。暴徒は国王に恭順の意を示し、逆賊とされる者たちを自分たちの方へ引き渡してほしいと懇請したが、国王はこの要求に関しては巧みにその場をしのいだ。さらに、彼らは農奴制の廃止(当時の法律によって、人々は皆出生地に縛られ、土地の領主にたいして過酷な奉仕が強制された)、自由契約による労働奉仕(および、その結果生じる賃金抑制の撤廃)、一エーカーにつき四ペンスの地代支払いによる借地権などを求めた。

しかしながら、一方で、シティ内に残っていた暴徒は各所で暴れ回っていた。略奪行為、放火、殺人と、やりたい放題の暴力集団が多数入り込んでいたことは明らかだ。民衆に人気のない人々のうち、リチャード・ライアンズはチープサイドで首を刎ねられた。テムズ・ストリートの一番西の端にあたるチョーサーが育ったヴ

神の祝福が貧者の上に施される。一方で、悪魔たちが富者の祝宴を仕切る。サヴォイ宮を破壊した暴徒は、自分たちの怒りは義憤であると思い込むだけの理由があった。
ブリティッシュ・ライブラリ（MS. Add. 28162, f.10v）

ィントリ区では、特に、フランドル人が執拗に狙われて、殺害された。「ロンドン市信書控え帳報告書」によれば、ヴィントリ区には四十体の首なし遺体がうず高く積まれていたという。同区内にあるセント・マーティン教会の中から三十五人のフランドル人が引きずり出され、斬首されたとも伝えられていた。心臓を突き刺すだけでは足りず、暴徒は首を切って殺害する方法を好んだ。暴徒の指導者のうち、もっとも注目すべき人物は、ジャック・ストローだったが、彼の正体もまったくわからない。チョーサーが一度だけ触れている農民一揆のくだりから推察すれば、市街地で繰り広げられている騒乱に乗じて、フランドル人狩りに血道をあげるジャック・ストロー配下の民衆がわめきたてる声が彼の耳にも届いていた。チョーサーの文言は、国家規模の悲劇に加えられたいかにも突き放した論評ということで、今なら、さしずめ新聞社の特ダネ記事に与えられる特別賞を獲得するだろう。その論評は、「女子修道院付司祭の話」という滑稽な動物寓話の中で、農家の寡婦が家族総出で雄鶏をさらっていった狐の後を追いかけるという山場に差し掛かったところで出てくる。

(巣穴から大群で飛び出してきた蜂の) ぶんぶん鳴る音のすさまじさに、ついつい「お助けを」の声。
この日、狐の上に襲ってきた阿鼻叫喚ときたら、
たしかに、かのジャック・ストローとその一味が
フランドル人を手当たり次第に殺していた時でも
その半分の叫び声も上げていなかっただろう。

(「女子修道院付司祭の話」、3393-7行)

典型的な誇張法が写実的筆致の伴奏になり、この両者から、チョーサーを現代の人道主義からほど遠いものしている薄情な冷淡さが伝わってくる。「女子修道院付司祭の話」と同様、チョーサーには、悪い冗談に辛辣なとげを加えるため、悲痛な叫び声をすぐに利用したがる傾向がある。この妻が木の上で愛人の準騎士デーミアンにみだらな格好で(チョーサーが言うには、品のない言い方でしか表現できないような格好で)抱かれている現場を目撃した時、老いぼれた夫のジャニュアリの反応が次のように描かれる。

まるで死にかけている我が子を前に母親がするように、
ジャニュアリはうめき声をあげ、叫んだのでした。

(「貿易商人の話」、2364-5行)

狐の阿鼻叫喚とジャニュアリの叫び声といった「直喩」には、いずれも、チョーサーらしいゴシック風無作法があり、それはそれで非常に面白い。こうした「直喩」において、所属社会公認の「公式」価値にたいして時おりチョーサーが持つ無関心は、彼に社会改革の大義にたいするこだわりとか、改革を推進したいという願望

があると仮定した場合以上に、深刻で広範囲にわたっていることが見えてくる。暴徒へのいかなる同情も、現代の人道的自由主義とは違うし、それ以前に生まれたマルクス主義とも性格を異にしていた。

暴徒の一部がシティ内で傍若無人の振る舞いに及んでいたのと時を同じくして、別の集団もロンドン塔内に入った。塔自体は千二百名の守備隊で守られていたので、塔内入城に内部からの手引きがあったことは明らかだ。ジョーン・オヴ・ケントは無礼な扱いを受けたが、側にいる騎士の誰一人として間に入って阻止しようとしなかった。塔内の（今も見ることのできる）十二世紀に献堂された礼拝堂で祈りを捧げていた大司教サドベリと大蔵卿ヘイルズ、悪名高い王室武官兼収税人ジョン・レグ、さらには、ゴーントの主治医で托鉢修道士のウィリアム・アプルトンら全員、タワー・ヒルまで殴打されながら引き立てられ、即刻打ち首にされた。彼らの頭部は木柱の上に置かれたが、その後、ロンドン橋の大釘に突き刺されて、晒し首にされた。ロンドン橋では、反逆者の首が「見せしめ」の目的で晒されるのが慣例だった。暴徒は、フランドル人であろうと、他の外国人であろうと、捕まえた者は首を落としていいと触れ回っていた。惨殺されたフランドル人以外にも、ロンバード・ストリートのイタリア人の家も略奪された。こうした光景は、人一倍思いやりの強い詩人を驚かせ、嫌悪感を抱かせたことは間違いない。

翌六月十五日土曜日、農民一揆の騒乱はいまだ止まず、さらに多くの人々の首が刎ねられた。午後三時に、国王はウェストミンスター修道院まで来たが、途中でウェストミンスター修道院長、修道士、参事会士といった人たちの出迎えを受けた。国王は修道院内で敬虔な祈りをささげ、そこに常住していた世捨て人、つまり、個室で俗世間から離れて信仰生活を送る隠修士と言葉を交わした。その後、群衆に向かって、全員、シティ北西部のスミスフィールドへ行くように命じる布告が出された。したがって、彼らはシティ方向へ逆戻りして、スミスフィールドのセント・バーソロミュ小修道院そばの空き地に再び集結した。少年王は、ここで、なかなか手強いワット・タイラー率いるケントから来た暴徒の大群と対峙した。

ワット・タイラーは暴徒にたいする事実上の指揮権を握り、実質的に、ある程度、彼らの不平不満を統制していた。これまで味をしめてきた成功で、タイラーは自己過信におちいり、彼自身が敵意を向けていた人々の傲慢さをいつの間にか我が身に帯びてしまっていたこともまた明らかだ。スミスフィールド会談の際に何が起こったかについては、年代記作者が各人各様の説明をしている。当日の出来事にたいする彼らの距離の取り方は遠近様々だが、暴徒への敵意では一致している。誰か気の置けない友人にでも接するように、タイラーは横柄な態度で国王と対面したようだが、年代記作者のどの報告でも、異口同音に、そのとき国王側近の騎士は何もしなかったと書かれている。タイラーが提出した要求の一部は、エセックスの民衆の要求と一致し、内容は、農奴制の廃止、犯罪にたいする法益剝奪手続きの廃止、そして「ウィンチェスター法」への復帰などを含んでいた。なお、この「ウィンチェスター法」とは、新しい課税や賃金抑制を伴わない旧来の法制度のことを指しているようだ。この要求と同時に、タイラーは、ジョン・ボールが掲げた要求をそのまま繰り返し提案した。その内容は、国王以外の領主権は存在してはならない、教会の基本財産は没収されなくてはならない、そして、上ですでに触れたが、ボールが着任するはずだった大司教席の一つだけは空席にして、残る大司教は全員排除されなくてはならない、というものだった。国王は、タイラーの要求のすべてに同意した、もしくは、同意するふりをして、きわめて冷静沈着に行動した。しかし、会談が進むにつれ、互いの陣営に浴びせられる言葉が引き金となって、怒りがわき起こった。『無名氏年代記』が主張しているように、ワット・タイラーが最初に仕掛け、ロンドン市長ウォルワスを剣で突き刺したかどうか、真偽のほどは定かではないが、ウォルワスは、事前の準備よろしく、外套の下に隠したとおぼしき鎧のおかげで、タイラーの剣を跳ね返すことができた。ウォルワスがタイラーに剣で逆襲したというのは本当のようだ。深手を負った人間一人ぐらいなら何とか殺せる勇気を発揮した国王の家来の剣が、タイラーのからだを次々と突き刺していった。怒号、しかも悲痛な怒りが群衆から湧き起こり、彼らはワットを襲撃した一隊めがけて矢を放つ準備をした。しかし、リチャードは、ここぞという時に、馬に拍車をあてて群衆の前に出てきて対面し、「諸君、君たちの国王に矢を放とうというのか。余こそ君たちの指揮官なのだから、余の命令に従ってくれ」、と大声で叫んだ。そして、彼は皆に、スミスフィールドの真北数百ヤードにあるクラークンウェルの原っぱへ行くよう厳命した。一方、瀕死のタイラーは、セント・バーソロミュ小修道院近くの救貧施療院へかつぎ込まれた。並々ならぬ決意を胸にタイラーと対決したウォルワスは、病院から彼を再び引きずり出して、その首をかっ切った。さらに、この市長はロンドン市民と完全武装の兵士の混成部隊に召集をかけ、『無名氏年代記』の作者から「囲いの中の羊のような群れ」呼ばわりされた暴徒を包囲した。リチャードはこれ以上の衝突を避けるべく先手を打ち、農民たちを帰宅させ、彼自身はロンドン橋に晒されているサドベリの首をタイラーの首と換えることで満足した。先に触れたスミスフィールドの現場で、国王は、ブレンバー、フィリポト、そしてリチャード・ルンデなる男三名とともに、ウォルワスに騎士の位を綬与した。ことロンドンに限って言えば、こうして農民一揆は、その始まりと同様、唐突に終息した。

ロンドン以外の町にも、多数の農民一揆が起こった。ベリ・セント・エドマンズとセント・オールバンズの各修道院が、特に深刻な攻撃を受けた。市長と市政官らが先頭に立って起こした暴動の最中、ケンブリッジ大学はマーケット・プレイスで大学所管の公記録を焼かれてしまった。各種書類の実質的かつ象徴的廃棄によって、大学にたいする町当局の敵意が示されたのである。

このような大きな「反構造」的動乱は、それが継続するためにはみずからの「構造」を見つけ出す必要があり、もしそれができなければ、動乱は消滅する運命にある。余り過激な暴力を伴わないイタリアの宗教運動は、ある程度イングランドと同じ基本的感性を表現しているが、両者ともに素早くその運動体を組織し、本流の正統信仰と結びついた。ロラード主義すら、十五世紀に迫害されたとは言え、肯定的性格を帯びた知的要求によって社会に潜行する形で持続した。「農民一揆」にはこうした運動継続への意志も手段もなかった。疲労困憊し、腹をすかせた人々は、たった一人しかいないすぐれた指導者を失ってしまった。それでも、自分たちの目的のかなりの部分は達成できたように見えたに違いない。干し草の収穫が農民を呼び戻した。こうして、集まった群衆は国王の帰宅命令に従った。

彼らが全面的に間違っていたのではない。人頭税はただちに廃止された。農奴制も消滅の方向に向かった。ジョン・ボールの曖昧で大げさな千年王国のユートピア的要求は、一時の興奮がさめてしまうと、常に、非現実的にしか見えなかったに違いない。そして、この要求も、要求に応えるべく国王から差し出された同じくらい曖昧な約束も、民衆側、国王側、いずれの陣営からもすぐに忘れ去られた。行政府も、本来の機能を回復するにつれ、良識をもって事態を収拾した。主要な指導者はほとんど逮捕され、合法的な裁判にかけられ、反逆者のおぞましい最期を引き受けていったが、大多数の者は赦されたわけで、恐怖政治といったものはここにはなかった。(11)

この一揆を契機に、数編の短い詩が生まれ、その中には、ジョン・ボールが作った有名な二行連句がある。そこには彼独特の、誰もが皆平等の千年王国という理想が表現されていた。

アダムが耕し、イヴが紡いでいた時、
ジェントルマンの身分の者などいただろうか。

おそらく、もっと多くの詩が人々に口ずさまれていたのだろうが、チョーサーの作品は一編もなかった。ただ、『名声の館』の次に書かれた重要な作品、『鳥の議会』の中に、私たちは当時の深刻な社会不安と共鳴し合う響きを聴き取ることができる。この詩自体は、チョーサーが、自分の心や自分が属する文化の中で、互いに矛盾し合う多様な要素を一つにまとめる力、少なくとも、共に包み込む力を次第に身につけ、決して多様な要素を

「冬の季節の鋭く冷たい刃」──厳しい冬の寒さは、貧しい者が置かれている境遇をさらに過酷な状況へ追いやる（『グリマーニ聖務日課書』)。ヴェネツィア、マルチアーナ図書館（MS. Cod. Marc. Lat. I 99, f.2v）

まき散らしたままにしないことを証明してくれる作品だ。『名声の館』では失敗したが、次の作品では、全能の神の代理人たる女神《自然》が不統一な創造物を「平等で調和のとれた比率」で結び合わせる姿とほとんど同様、彼もあらゆる不協和を包み込もうと精一杯努力し、成功している（381行）。今こそ、チョーサーが、一般哲学への関心と普通の通俗的行動の細部への関心、つまり、美しい物への愛着と下品な物の受容を一つにまとめる時だ。すでに流行遅れになったフランス詩の「愛夢《ラヴ・ヴィジョン》」とフランス語版『薔薇物語』が提供した基礎の上に事を進めるために、彼はイタリア文学とラテン文学の知識を利用している。彼は「愛」というテーマを、厄介な人間生活とそこに交錯する苦楽の重要な実例や象徴として相変わらず利用し、より多くのことを含蓄している。ただし、多様な含蓄を取り込むこと、もしくは、彼自身の不在という深遠なイメージと引き換えにチョーサーが払うべき代償は、彼自身が傍観者であるべきで、参加者になってはならないということだ。これ以後、チョーサーは愛の挫折者という自画像、あるいは、もっと徹底して、永遠に愛に魅せられつつも、永遠に愛から追放された自分の姿を描くことになる。自作世俗詩の宮廷的価値に根本的に共感しているという理由で、私は以前に詩人チョーサーを「身内《インサイド》」と呼んだ。[12]【四】生涯の終わりに、「取り消し文」の中で、今まで書きためてきた世俗詩一切を「取り消す」時、彼自身は世俗的価値へのこの共感にそれとなく気づいている。ところが、まさに「取り消し文」の中で、ある意味で、彼は世俗的宮廷文化の外に身を置くことになった。そして、一連の宮廷詩の中に自分を登場させるにあたり、かたくなに傍観者という役割を堅持することで、彼は自分を部外者、周縁者、別者にしておくのだ。この点で、チョーサーは同時代の宮廷詩人たちとも、サー・トマス・ワイアットや『ソネット集』のシェイクスピアのような後世の詩人たちとも一線を画している。総じて、彼らは、まるで恋愛ゲームの駒を動かすように、自分が関わっている行動の一部、具体的に言えば、相手に嘆願し、相手を悲しみ、拒み、喜ばせる目的のために、詩を利用している。もしチョーサーも同じような詩を書けば、彼らが負けた。彼は「黙想」という手法を選び、その手法を宗教領域から世俗領域へ転用し、彼の関心を引きつける物と自分を一体化する。がしかし、そこに直接参加することはない。
『鳥の議会』の中で、チョーサーは再び天上界への飛翔というイメージを使う。ただ、今回は、キケロの『スキピオの夢』の中でこの飛翔を描き、彼自身が飛翔することはない。しかしながら、彼は夢の世界に入り、夢の中で彼は背中を押されて、常春の美しくも両面価値の囲い地へ入っていく。ここは、愛の冒険に伴う善と悪という両面価値を含んでいるが、純粋に楽園的な愛の園だ。この善悪をめぐって、彼が問題の直接当事者になることはないとも教えられる（148-61行）。ここには、囲い地そのものの描写にはじまり、キューピッド、暖かくて芳香漂う神殿の中のほとんど全裸の女神ヴィーナスにいたるまで、一連の古来伝えられてきたイメージ、つまり、イタリア風イメージが描かれている。そして、花々が咲き乱れる丘の上には、女神《自然》の姿が、伴侶を求めて世界中から彼女の前に集まってくるあらゆる種類の鳥とともに描かれる。なぜなら、時まさに、聖ヴァレンタインの祭日だからだ。

　こうした美しいイメージの内部には、みずからの高貴さゆえにつぶされる身分の高い鳥の満足、そして、身分の高い鳥を軽蔑しつつ、粗野で利己的だが、首尾よく成就する身分の低い鳥の満足をめぐり喧嘩、口論が絶えない。それもこれも、超越的だが挫折する愛が発端だ。猛禽類の高貴な雄鷲三羽が「至純愛《フィナムール》」の最高の伝統にしたがって、美しい一羽の雌鷲をめぐって争奪戦を繰り広げている。他の鳥には獰猛に襲いかかる三羽の雄鷲も彼女には従順で、背信行為で告発されればよろこんで死ぬし、彼女を、否、彼女だけを永遠に愛すだろう。三羽の雄鷲がそれぞれ彼女に懇願しているのは、結局のところ、彼女の「憐憫」、「慈悲」ということだが、三羽それぞれに、自分の愛こそ事実上彼女への究極の求愛だと感じている。こうした感情は、主人と臣下の間の封建的義務関係、キリスト教徒の神への崇敬、「水平」ではなく「垂直」の人間関係などがモデルになっている。結婚とはこの「至純愛」の理想的栄冠だが、雌鷲「貴婦人」は、三羽すべての雄鷲と結婚できるわけでない。身分の低いどの鳥も、雄鷲のもったいぶった感傷など軽くあしらっている。鵞鳥いわく、もしも雌鷲「貴婦人」さんが、こちらの雄鷲をお気に召さなければ、彼の愛を別の雌鷲に向けさせるまでのこと。他の鳥も、おおむね同じ内容の身も蓋もない趣旨を口にする。彼らの言葉は、愛の心理にも、高邁な道徳にも合わないが、実用的で非の打ち所のない常識ではある。階級間相互の敵意と無理解が強く前面に出ている。例外は、鳥の序列では低い身分の雌の雉鳩で、彼女だけは、死の彼方にある誠実な愛を信じている。論争の最後に、女神《自然》は、今回の騒動の発端になった美しい雌鷲本人のことに触れる。ところが、雌鷲は、「騎士の話」のエメリー姫や十四世紀の現実社会で生きていた多くの女性と同じように、もっともな理由を盾に愛への奉仕を断固拒んでしまう。愛の本質は、男女、雄雌、両性に選択の自由があることであるゆえに、女神《自然》は、一年間伴侶選びの決定を延期する。そこで、身分の低い鳥は、小難しい議論を抜きにしてさっさと自分の伴侶を選び、夏を歓迎する美しい歌を歌い、女神《自然》の前から飛び立っていく。騒がしい羽ばたきの音に詩人は目を覚まし、「将来は今よりもっとうまくいくよう」に期待しながら、別の書物を手に取る（695行）。『鳥の議会』を始めるにあたり、チョーサーは、知識が詰まっているが、ぼろぼろにすり切れた古びた書物を読み、そこから「あることを学ぶ」目的を持っていた（20行）。しかし、この詩には、初期の作品群の原動力となるいつもの喪失感、つまり、探し求めても見つからない時に起こる感覚が間接的で軽妙な形で表現されている。

彼個人の内なる資質は、この詩の公的、社会的関心を拒みはしない。十四世紀には、フランス語や英語で聖ヴァレンタインの祭日の祝祭詩が数多く書かれ（チョーサーの『マーズ神の哀訴』もそのひとつ）、この祝日をめぐる何らかの宮廷風遊戯とか聖ヴァレンタイン熱があったに違いない[13]。さらに、一種の文芸「クラブ」のようなものも存在し、そこでは、聖ヴァレンタイン詩が読まれ、紳士淑女が次の年の「恋歌《ヴァレンタイン》」を選ぶ宮廷風「恋愛遊戯」もあったようだ。一つは「花」組、もう一つは「葉」組という二つの結社が存在していた。『善女伝』「プロローグ」からわかるように、この二つの結社は一三八〇年代のリチャードの宮廷で互いに祝祭詩をやりとりしていた[五]。設立憲章や「国王」といった道具立てで完結する、少し手の込んだ「愛の宮廷《クール・アムルーズ》」がフランスの

エメリーが馬に乗って狩猟と鷹狩りに出かける
ウィーン、オーストリア国立図書館（MS. 2617, f.76b）

宮廷で創設され、一四〇〇年以降聖ヴァレンタインの祭日に一同が顔をあわせることになった。十三世紀後半には（フランス式に倣って）「ピュイ」と呼ばれる一種の文芸協会がロンドンそのものにも存在していた。[14]【六】「ピュイ」は、年に一度歌合戦の祭典を主催し、祭典の主人役として「王子《プリンス》」を選出し、有徳の婦人を称える詩作の優劣を競う歌合戦を開催した。後世、聖ヴァレンタインの祭日熱は、イングランド宮廷を出て広く社会へ浸透した。ピープスがわざわざ言及し、ディケンズの小説『ピクウィック・ペーパーズ』ではサム・ウェラーが聖ヴァレンタインの祭日の恋文を送り、二十世紀のアメリカでは子供たちの遊びになっている。十四世紀、聖ヴァレンタインの祭日の祝祭は、大人（もっと正確に言えば、青春期の）の「恋愛遊戯」であり、一般的な「恋愛遊戯」の一部になっていた。[15]つまり、この祝祭は、奥深くに潜在する激しい性愛を形式化し、性愛をある程度薄めて制御してくれる公的社交的年中行事だった。真面目さの程度に応じて、この遊戯は、駒代わりに詩や音楽を使って楽しまれ、人々を夢中にした。

「王侯貴族のように、馬に乗って狩猟に出かける」――身分を問わず、誰もが狩猟を愛好した。ただし、貧しい者には、貴族たちの日がな一日かける贅沢なスポーツを楽しむことなどできなかった。チョーサーは、徳を積む清貧と同様、こうしたスポーツを理想化することはほとんどない（『グリマーニ聖務日課書』）。
ヴェネツィア、マルチアーナ図書館（MS. Cod. Marc. Lat. I 99, f.8v）

『鳥の議会』では、求愛の嘆願でもなく、恋愛遊戯の駒でもなく、表向き白熱した議論の背後に、驚くほど深い意味が隠されている。ただ、愛という問題に様々な形で関心を持っている聴衆ならば、確かに楽しめただろうし、今では、関心を持たない人などほとんどいない。私たちは、チョーサーが廷臣の輪の中にいたと想像できるし、その輪の中には、一三八二年一月二十日に結婚した、ともに十五歳の若きリチャード二世と王妃アンの二人もいた。またほかにも多彩な顔ぶれが揃っていただろう。若き騎士、準騎士、年齢も様々な王妃付侍女、百戦錬磨の中年戦士と行政官、ストロウドのような特任法律家、ブレンバーのような食料雑貨商、トマス・アランデルのような司教といった面々だ。彼らは、かがり火や蠟燭がともり、壁面を絵で飾られた大きな部屋に集まり、ブドウ酒を飲み、香ばしいケーキを口にし、音楽や踊りを楽しみ、たわいない話や遊戯に興じていた。少しぽっちゃりしたこの有名な詩人のために、朗読会もあった。ここ数年、税関職を与えられた彼は、宮廷を材料にすることは少なくなり、時にはわかりにくい表現もあった。それでも、彼は立ち上がって、大仰な表情や身振りを交えて自作を披露し、地の文は音楽の調べに乗せて抑揚をつけ、堂々とした話し言葉のところは力強く朗誦し、下品な田舎訛りを軽妙に模倣してみせては、彼一流の笑いを誘っていた。拍手喝采の後、聴衆の中には、たった今朗読された新作の詩の写しを求める人もいて、そんな人は、暇な時にじっくりと読むために、その詩を自分で写すか、人に写させるかしたかもしれない。

『鳥の議会』からは、有力者の結婚の社交場の雰囲気と、社会の不安や不審の余韻が響き合っているが、この作品は明白な政治的意図を持つ寓意詩ではない。政治的問題が中核に据えられているわけではなく、道徳や想像力のより幅広い衝動を、経験世界、つまり、厄介で雑然とした日常生活や普段の関心事と結びつけようとする現実的努力の跡が見られる。この作品では、真理を見つける目的で、天上界へ飛翔するという古典的モチーフと、個人的人間関係が探求される自由で、自発的で、両面価値の「空間」へ入るための夢という装置の利用は、日々の現実感覚とゆるやかに結びついているのである。『鳥の議会』はわずか六九九行からなる詩だが、そこには、主題のみならず、豊かで多様な様式にたいするチョーサーの幅広い成熟した関心が息づいている。

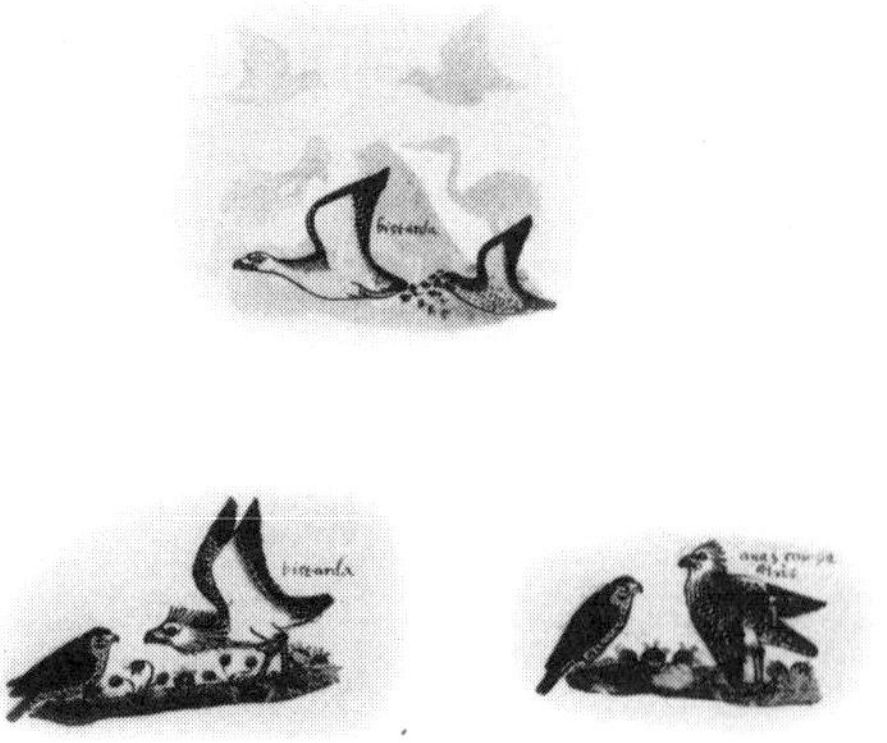

「この世界で鳥の翼と鳥の形を備えた
ありとしあらゆる鳥たちが
例のあの場所に集まってきているのを見ることができた。」
──『鳥の議会』（365-7行）より
ヴァチカン図書館（MS. Vat Pal Lat 1071）

第*10*章

内なる生活へ

CHAPTER TEN
TOWARDS THE INNER LIFE

一三八〇年代初頭、それまで蓄積されてきた経験と思索の途方もなく大きい圧力がチョーサーの中に充ちてきていた。一三八五年前後には、重く引きずるような喪失感をもってすらかき乱せないほどの内なる安定と、自由の境地へいたるためのたゆまぬ努力が実を結び、大きく突破口が開けたのだった。『ボエース』という翻訳作品と大作『トロイルスとクリセイダ』の中で、チョーサーの知性と想像力は、人生最大の喜びと悲しみに直面した。現代では、人間の内面生活に深く分け入る姿を表現する時に使われる一般的イメージは、内方向と下方向、および、深淵と暗闇の中へ向かう動きである。しかし古くは、そしてチョーサーにとってもまた、そのイメージは、望むらくは、悲しさが消滅した後のいつもの自我の復活として、外方向と上方向の動きをとった。天空へ飛翔するイメージを描いた、最後にして、最もすぐれた表現が『トロイルスとクリセイダ』の結末に出てくるが、とうとう、チョーサーは壁を突き破り、この世の物を失っても精神の糧を獲得することをもってよしとする心境に到達した。彼は、世俗世界と一定距離を保つことで、「今」の世界の人間と知識を探求する自由と新しい活力を見いだしたのである。

強靱な神経と持久力を要する自己放棄や自己発見は個人的で、個別化され、孤独ですらあるに違いない。しかしそれらは、私たち誰もが試すべき旅で、十四世紀後半には、多くの人々が新しい方法でこれを試みた。動向が二転三転する社会不安や、政治的な事件がもたらす騒擾などは、

扉図版：
聖エドワード証聖王と洗礼者ヨハネが、若きリチャード二世を聖母マリアに紹介する。聖母の姿は右側の対になったパネルに描かれている。
『ウィルトン二連祭壇画』、ロンドン、ナショナル・ギャラリ

心の奥にわだかまる動揺や混乱、つまり、個人、および、個人と世界の関係について新しい感情が生まれる産みの苦しみともたがいに関係していた。内と外の境界がより明確に分断されたので、外の世界へ向かう関心が芽生えるのに比例して、内なる経験への欲求も高まった。そして、外の経験と内の経験という明らかに異なる方向へ向かう衝動には、調整と調停が必要だった。こうして、内と外、新と旧、理性と信仰が互いにせめぎ合うことで、苦悩と哀訴の叫び声が起こる。ほとんどすべての社会階層に、不安な危機感がみなぎっていた。(1)「ますます多くの人々が新たに発見したいと望んだものとは、内なる実在《リアリティ》で、それは、教会制度とキリスト教信仰の実践の中で具体化された諸概念と一致した」。

人々は不安げに内なる実在を探しに出かけてはみたものの、それぞれに明らかに矛盾する多くの道へと迷い込むことになった。(2) ロラード主義はその道の一つで、政治との結びつきが強いという点で最も際立っていた。(3)しかし、正統な福音主義信仰のキリスト教徒と言える多くの人々も、極端な急進主義を伴わないロラード派の一般的考え方に共感した。ウィクリフの著作が、ロラード派の知性の支えとなり、ある程度、政治綱領の役割も果たしていた。しかし、ウィクリフ自身は、知性の面では、十四世紀思想界の主流と対立したが、その主流の側も、ロラード主義が代弁する価値の内面化を促した。チョーサーの中にも、この主流派の思想が反映していることは紛れもない事実で、彼がロラード派とある程度関心を共有し、ロラード派の友人も何人かいたことは確かである。いつものように、彼は性格を異にする複数の集団と同時に付き合いをし、特定の集団と完全には一体化しない。

簡単に言えば、十四世紀の思想の主流は、十四世紀初頭オクスフォード大学のフランシスコ会修道士ドゥンス・スコトゥスとウィリアム・オッカムの二人にさかのぼると言えるだろう。チョーサーが、彼らの論文や誰かオクスフォード大学の神学者の著作を読んだという証拠は何もないが、彼らの影響は、十四世紀の物の考え方や姿勢に徐々に浸透しており、その特徴は、人間の思考などは神の神秘を極めるにはとうてい不十分であることを強調することにあった。神の目的は、人間の予知能力を越えて働き得る神意の言葉で表現される(4)。しかし人間の理性は、人間の経験にもとづいてしか働くことができない。こうして信仰は、欠くべからざるものであるにもかかわらず理性的判断から切り離された。十三世紀にトマス・アクィナスが成し遂げた救済と純理性との調和は粉々になった。（しばしば「写実主義」、「現実主義」という用語と混同されるが）「実念論《リアリズム》」と称される普遍的、支配的概念は、（いわば、個々の物には名前としての言葉が存在するのみとする）「唯名論《ノミナリズム》」と呼ばれる経験主義的経験を主張するオッカムによって破壊された。「唯名論」こそが、まさに、懐疑主義と（物理的世界をありのままに表現するという現代的な意味での）経験主義的「写実主義」との融合を促し、私たちはチョーサーの中にもこの融合を見つけることになる。

「唯名論」は救済の問題をかえって理解しづらくし、個々人の運命に影響を及ぼす自由意志、予知、神の恩寵をめぐる疑問を、ほぼ強迫観念のレベルにまで引き上げてしまった。かくして、とまどうだけのトロイルスは、因果論と自由の本質に深く思いを巡らせる（『トロイルスとクリセイダ』第一巻、960行以下）。「女子修道院付司祭の話」（3232行以下）の中でも、チョーサーは同じ問題をめぐるスコラ学的論争を軽く話題にしているが、トロイルスは「実と殻を選り分ける」（3240行）、つまり「意義ある議論と無意味な議論をきちんと選り分ける」ことができない。それは日々の営みと信仰の両面にとって真に差し迫った問題だった。

人間の有り様からしていくつかの事柄を所与として受け入れざるを得ないし、無神論者でさえ、みずからを非理性的価値判断の上に据えなければならないがゆえに、信仰という行為は、人間生活のどの営みにもそれとなく現れるのだ。他のどの時代にも劣らず、十四世紀は豊かな信仰に満たされていたが、一部に理性による合理的思考の欠落をますます熱望する信仰があるのも他の時代と同様である。私たちは、おおむね、三種類の応答を識別できるが、それらは互いに混ざり合っているところもあるかもしれない。まず、神秘信仰の応答があり、次に、伝統的で敬虔な応答、そして、ウィクリフの著作で頂点に達し、ロラード主義へ拡がる多様なスコラ学者の応答である。

十四世紀は、イギリス神秘主義の偉大な時代である。(5) 多くの著作家がいたが、チョーサーの時代の最も重要な神秘家はウォルター・ヒルトン、『不可知の雲』などの著作をものした無名の神秘家、最後に、あの著名な女性神秘家ノリッジの修道女ジュリアンだった。三人は三者三様にだが、深遠で、感動的で、敬虔な信仰の結果としての神の直接体験を明らかにしており、それは合理的思考の不在という点でも共通している。彼らは、人間にとって最も重要な経験の中で果たす理性の力を否定している。そして三人のうちでは、『不可知の雲』の作者が見事なほど穏健で、常識的で、冷静で、論理的なのだが、表題『不可知の雲』は神秘主義の本質を正確に言い当てている。三人の神秘家はまたシエナの聖女カテリーナと共通するところも多いが、三人はそれぞれに僧房という自己の世界に引き籠もったままであったことは注目すべきだ。チョーサーは聖女カテリーナについては少しは知っていたに違いないが、同郷のイングランド人神秘家について何も知らなかったようだ。ただ、チョーサーのこの世での身の処し方や静寂主義は、神秘主義そのものと直接結びつかないまでも、奇妙な形で、神秘家の宗教的姿勢と一致する。神秘主義と厳密な意味で知的に対応するものは、一種の啓示理論であり、神の意志との直接接触が科学的探求、予言、詩作の支えになっているというものである。その理論は、チョーサーの作品よりむしろ、ラングランドの詩のほうがはるかに関連性は高いが、特に、『名声の館』にはこうした理論とおぼしき痕跡が多数残っている。チョーサーは自己顕示、自己隠しの両方を好むが、予言者や神の霊感を受けた詩人という「衣」を我が身に積極的に纏おうとしない人でもある。彼の応答の仕方は、彼らとは別の方向をとった。

チョーサーらしい方向性のひとつに、「唯名論」の懐疑主義をもってしてもかき乱されず、十四世紀に広く行き渡っていた敬虔な信仰心の別の一面があった。これは、共感的憐憫と、私たちがすでに『ABC』で見た憐憫の中に見出された喜びのことだった。同じ喜びは、『ABC』よりもさらに厳粛さを増して、彼自身が書いた聖者伝、つまり、『聖セシール伝』の中で効果的に描かれた。この聖者伝は一三七〇年代、もしくは一三八〇年代初頭のある時期に書かれ、最終的に、「二人目の修道女の話」として『カンタベリ物語』に再録された。チョーサーの最晩年に書かれたに違いないが、ユダヤ人によって殺害された少年を描く傑作「女子修道院長の話」の中でもこの喜びは、不思議な魅力と哀感のうちにこの上なく美しく描かれている。汚れなく優しい女性や子供のイメージに寄せるチョーサーらしい誠実で敬虔な愛情は、十四世紀後半のヨーロッパにおける美しく感動的なゴシック様式の宗教芸術の中にも表現されている。この時代のゴシック様式は、時に「国際ゴシック様式」と呼ばれ、青色、赤色、金色の色彩をふんだんに使った、繊細で、洗練された芸術だった。美しさこそ、この芸術の本質である。それはイングランド王室の、たとえばエドワード三世の傾倒ぶりにはっきりと見てとれるような、絢爛たる文化的宗教の一部をなすものでもある。【二】当時のイングランド芸術で最も美しい表現は、傑作『ウィルトン二連祭壇画』の中にある。この祭壇画は、理想化されたリチャード二世を描いたもので、国王の背後に守護聖者洗礼者聖ヨハネと、アングロ・サクソン時代の国王で聖者のエドマンド殉教者王と、エドワード証聖王との三人が立ち、国王自身は天使に囲まれた聖母マリアと御子イエス・キリストの前で跪いている。この作品には、中世ヨーロッパ各地で制作された数千の写本挿絵、絵画、フレスコ画などと同じ敬虔な雰囲気が描かれている。そしてこうした作品は、贅をつくし、堂々たる富と栄光の中に聖母子像を描くことで、貧困と罪人の死を引き受ける大工の息子を、職人階級の母親と世俗的父親とあわせて称えてもいる。

カタツムリに怯える男
『オームズビ詩篇』の
欄外に描かれた滑稽画

こうした聖母子像には、日常世界から豪華で見慣れぬ別世界へと意図的に遠ざけられた人物と舞台装置の、理想化された美しさが描かれる。しかし同時に、主祭壇画はもちろん、その周辺を飾るパネル、あるいは写本の欄外挿絵や、イタリアによくある祭壇画下部の裾絵《プレデッラ》の中に、しばしば、人の心を引きつけて止まない繊細さと魅力をもつ、鮮烈なほど写実的な家庭生活の細部を描き込んで、時代精神をしっかり伝えている。この写実性は、それなりに等しく写実的な哀訴と憐憫から出る情感豊かな独白を伴う『キリストの生涯の鑑』が描く家庭生活の細部に見られる写実描写と同じだ。私たちはそうした写実描写を宗教的な「女子修道院長の話」の中に見つけ、それがさらに『トロイルスとクリセイダ』の世俗世界にも転移されたことに気づく。こうした文化的宗教は、諧謔的要素、もしくは、グロテスクな要素をほどほどに含み、それは『オームズビ詩篇』の「ベアトゥス頁」(『詩篇』冒頭ラテン語 Beatus Vir Qui Non Abiit ... [神に逆らう者の計らいに従って歩まず云々] で始まる Beatus のBの頭文字に装飾を施した巻頭頁のこと) の縁飾りなどに時々見られる滑稽で不作法な筆致にさえ及んでいる。

神聖なものを(あるいは、すばらしい物語についても)、この世で考えられ得るかぎり最高の栄光で飾り立てることで、栄誉を称えようとするのは至極自然なことだ。そしてこの衝動は、清貧を真に人間らしい姿とみなしたいとする、一見したところ正反対の衝動、そして、(チョーサーは違うが)一部神秘家や苦行者のように、神へ至る最も真実の王道として、苦痛、貧困、廃墟などを探し求めようとする衝動と相容れないものではなかった。事実、クスタンス(「上級法廷弁護士の話」)とグリジルダ(「神学生の話」)の話の中で、チョーサーもまた、多少、こうした正反対の衝動を描いている。しかし、神聖さを王侯貴族同然の豪華さで称えることは、すでに聖書を元にした先例はあるが、よくて、金持ちや権力者によるキリスト教信仰のある種の横取りにみえるし、悪くすれば、イエス・キリストの道や真理や生涯にたいする奇をてらった歪曲にもみえる。このことは、『ウィルトン二連祭壇画』にすらあてはまるかもしれないが、リチャードの政策を推進する政治目的で描かれたと仮定すれば――事実そう考えてきた人もいるが――この祭壇画の精緻さもいささか気の抜けたようなものとなってしまう。画材の贅沢さ、そして、それとは対照的な暗に示される謙虚なメッセージ性は、宮廷風と同じくらい、教会風でもあった。(6) 同じ要素は、パリのサント・シャペル教会と張り合っていたウェストミンスター修道院内聖スティーヴン礼拝堂の中、カンタベリ大聖堂内ベケット廟の中、(己の欲望を克服すべしとする碑文にもかかわらず)誇らしげな黒太子廟の豪華さにも見ることができるだろう。(7)

チョーサーは自作の韻文詩の中で、時々、こうした曖昧な栄光と折り合いをつけようとしたが、同時に、他の多くの人々と同様、彼は栄光と正反対にある暗黙の対比に目を向けようとすることもあった。これは、彼自身と同時代の多くの人々の中に、もう一つ別の反対の反応、つまり、宗教が持つ世俗的栄光への敵意という反応を促した。人々の中には、ウィリアム・フリートのように、昔から禁欲を旨とする隠修士の生活を選ぶ者もいたし、戒律の厳しい修道会へ入る人も出てきた。しかし、ロラード派の教義の中により一層極端な形が見られるが、これまでにない斬新で聖職者らしからぬ方法で天国へ通じる狭い道を選ぶことが、今や、何にもましてこの時代らしい特徴だった。ロラード主義は世俗的要素がいかに強いかを忘れないことも非常に重要だが、この教義は、司祭であるが同時に大学の神学者でもあったウィクリフに原点があるとみなしていいだろう。ウィクリフ自身は、神の予見も人間の不確定な未来もどちらも肯定し、自由意志と神の予定説に関する諸問題については旧説を踏襲した。(8) しかし、この種の専門的な神学の議論は、ロラード主義にとって特に重要な問題でもなかったし、チョーサーがその種の知識を持ち合わせていたわけでもないので、私たちはこれ以上立ち入らないでおこう。聖書という議論の余地のない真理と、その権威に関するウィクリフの主張のほうが役に立ちそうである。この主張は、ウィクリフ自身ではないにせよ、少なくとも彼の何人かの信奉者を、聖書の言葉を厳密に字義通りに解釈することへと導きうるものだったし、また事実そうなった。教会で行われる儀式やそこを

この美しい白鹿は、『ウィルトン二連祭壇画』のパネル画背面に描かれたものだが、白鹿像は、リチャード二世個人使用の象徴でもあり、紋章上の意味もあった。ここでは、繊細で理想化された自然主義の筆致で描かれている。この祭壇画自体（323頁参照）がこうした自然主義の性格をもっているわけだが、何らかの政治的宣伝の役割もあわせもっていたのかもしれない。

飾る図像について、聖書にはほとんど何も触れられていないし、多くの場合、非難されることさえあるので、それらは、積極的に悪くないにしても、疑わしいものだった。司祭がパンとブドウ酒を、神としてのイエス・キリストの血肉へ変えるという化体説も問題視された。ウィクリフの考えによれば、ある状況下では、世俗の力が教会よりも優れているかもしれず、その場合、教会が豊かな寄進を受けることの是非が問題だった。十四世紀最後の二十年間、さらに、十五世紀に入り、英語で書かれた一連の論文の中で、この種のあらゆる問題点がロラード派の人々によって単純化され、強調され、敷衍された。ロラード派教義の初期の形態、あるいは、むしろ、それに共感する一連の心構えが、国王の母親で黒太子の未亡人ジョーン・オヴ・ケントの家と宮廷自体の中へと浸透し、特に、現在、「ロラード派騎士団」と称される興味深い団体との関連が取り沙汰されている。ただ、彼らが何を信じていたのか、そして、彼らがどこまで正当にロラード派と呼べるか、今もなかなか知り得ないのが実状だ。チョーサーはロラード派騎士団の一員でこそないが、彼らの何人かとは親しく付き合っていた。彼らの生活や姿勢は、この時代とチョーサー自身のゴシック的対比をある程度具体的に証明してくれる。

二人の年代記作者が、総勢十名の騎士の名前を挙げてロラード主義を非難したが、そのうち、サー・リチャード・スタ－リ、サー・ルイス・クリフォード、サー・トマス・ラティマー、サー・ウィリアム・ネヴィル、サー・ジョン・クランヴォウ、サー・ジョン・モンタギュの六人がとりわけ重要だ。(9) 彼らの出身地は皆ばらばらだが、長年にわたり、証人、資産管財人、身元引受人、遺言執行者として多くの文書で互いに協力関係にあった。彼らは、金銭その他の利害を共有する友人だったことがはっきりしている。スターリ、クリフォード、クランヴォウ、ネヴィルの四人は、国王私室付騎士の身分にあった。リチャードの全在位期間にわたり、国王私室付騎士の身分にいた二十余名のうち、この四人は、サー・ウィリアム・ビーチャムとサー・フィリップ・ド・ラ・ヴァーシュ（一三四六年生まれ）とともに目立つ集団を形成していた。ただし、ビーチャムと、サー・

ルイス・クリフォードの義理の息子で跡取りのヴァーシュの二人には、先の年代記作者からの非難の言葉は聞こえてこない。六人のうち、最年長者は一三二〇年代の終わりに生まれたスターリだが、彼は宮廷関係の仕事でチョーサーとも付き合いがあり、一三七七年に派遣された外交使節団に二人が加わっていたことはよく知られている。彼はフロワサールの友人でもあった。一三三六年もしくはそれ以前に生まれたクリフォードは、フランスの詩人ユスタシュ・デシャンが書いたチョーサー賛辞のバラッドをチョーサーの元に届けてくれた[10]【三】。一三四一年頃に生まれたネヴィルとクランヴォウの二人は、サー・ウィリアム・ビーチャムを加えて、シシリ・チャンペインにたいする強姦罪（もしくは婦女誘拐罪、原語 *raptus*）事件をめぐり、チョーサーに訴訟放免を勝ち取らせてくれた証人で、したがって、重要な友人だった。なお、クランヴォウは、『鳥の議会』から多くの影響を受けた『キューピッドの書』を書いた詩人でもあった。ラティマーは彼らの中で最も過激なロラード主義者であり、モンタギュは貴族の子息で、チョーサーよりは少なくとも十歳ほど年下だが、この二人はチョーサーとの直接の接点はなかった。

こうして、チョーサーと特に親交の深い友人は、スターリ、クリフォード、ネヴィル、クランヴォウの四人の国王私室付騎士で、加えて、チョーサーより少し年長のサー・ウィリアム・ビーチャムと、少し年下のサー・フィリップ・ド・ラ・ヴァーシュがいた。彼らの多くは黒太子に仕え、クリフォード、クランヴォウ、ヴァーシュの三人は、黒太子の末亡人ジョーン・オヴ・ケントが亡くなるまで、彼女のそば近くで仕えつづけたが、チョーサーを含む、全員の中心舞台はリチャード二世の宮廷と王室だった。ただし、彼らは友人、しかも、極めて親密な友人ではあったが、チョーサーがその集団の輪の中にいたとは言えない。チョーサーと騎士たちの関係が、彼を除く他の騎士同士の関係と同じくらい親密で継続的な友人関係だったことを示す証拠はどの文書からも出てこない。ここでも、彼は人間関係相関図の網をすり抜け、様々な人間関係の輪を越境しているのだ。

大まかに言えば、チョーサーの友人の各経歴は似たり寄ったりだった。彼らは、皆ジェントリだが、名門一家の家長という人物は誰もいなかった。サー・ウィリアム・ビーチャムは第十二代ウォリク伯トマス・ド・ビーチャムの弟で、ネヴィルは第五代ネヴィル・オヴ・レイビ卿ジョンおよびヨーク大司教アレキサンダー・ネヴィルの弟だった。この二人がもっとも身分の高い貴族の出身だった。ヴァーシュはある程度の土地を相続し、クランヴォウはわずかな資産を相続した。スターリとクリフォードは、当初、土地のない騎士だったが、やがてかなりの財産を築いた。彼らは皆裕福で、有力な成功者だったとみておいてよかろう。

スターリの経歴は、一三四九年から一三六三年までのエドワード三世付上席従者ではじまったが、これはすでに宮廷入りしていた親戚の口添えがあって得た身分だったようだ。その後、彼は一三六六年まで準騎士を務め、さらに、国王私室付騎士の身分に就任し、リチャード二世に仕えつづけた。彼は、一三四七年、十七歳の頃、海上任務に就いていた、そして、一三五九年から六〇年の対フランス遠征では、チョーサー同様、フランスの捕虜になった。その武勇伝は、友人フロワサールに書き留められている。一三七八年は、彼が現役として任務に就いていたことがわかっている最後の年である。一三七四年に、彼は裕福な貴族の寡婦と結婚した。彼の文学への関心は、フロワサールとの親交だけでなく、現在ブリティッシュ・ライブラリに所蔵されているフランス語版『薔薇物語』写本（MS. 19B XIII）を所有していたことでも証明される。スターリは一三七七年にフランス宮廷へ派遣された外交使節団に加わるが、一行に下級特使チョーサーの姿もあった。この外交使節団は、チョーサーにフランスの文学サークルと接触させるきっかけとなった点で重要だが、チョーサーは、すでにかなり前から、書物を通してフランス文学の文化について該博な知識を得ていたので、その創作に関して特に強調すべき成果があったわけでない。

氏素性は今一つはっきりしないが、クリフォードは黒太子付き準騎士になり、後に、彼の寡婦と息子への奉仕へ移った。彼は一三五二年にフランスで捕虜になり、一三六七年に黒太子のお供をしてスペインで戦い、一

談笑する騎士たち
パリ国立図書館（MS. nouv. acq. fr. 5243, f.34）

三七三年にゴーントに随行してフランスで戦った。彼の現役任務も、スターリ同様、一三七八年をもって最後となったことがわかっている。彼も裕福な貴族の寡婦で、本人も裕福な貴族の家柄の女性と結婚した。一三七八年に、彼は「ガーター勲爵士」の爵位を授与され、それと時を同じくして、王室付騎士に取り立てられた。チョーサーと親交のあった騎士集団の中で、唯一クリフォードだけが、フランス人貴族フィリップ・ド・メイズィエールが聖地奪回のために構想した「情熱騎士団」という国際十字軍組織に参加するよう誘いを受けた（この騎士団に誘われた人たちには、ゴーントとサヴォワ伯領出身の騎士サー・オトン・ド・グラーンソーンの二人もいた。グラーンソーンについては、チョーサーがそのフランス語詩を絶賛している当の人で、彼は故国よりもイングランドで生涯の大部分を過ごした）。[11][三]年代記作者トマス・ウォルシンガムによれば、一三七八年にクリフォードは司教たちを脅して、ウィクリフ訴追という彼らの当初の狙いを諦めさせたという。彼は、国王からの多額の下賜金だけでなく、ジョーン・オヴ・ケントやゴーントからも各種の下賜金を受け取った。一三八二年、一三八七年、一三九五年の三度にわたり、年代記作者たちはクリフォードのロラード主義に触れているが、彼自身は行政府内の各種評議会で高官の地位を離れなかった。【四】対フランスとの戦争で休戦状態にあった時期の一三九〇年、年齢でいうと若くても五十五歳にはなっていたはずだが、彼はカレー近郊サン・ティングルヴェールの有名な馬上槍試合に参加したイングランド側勇将の一人で、フロワサールがその時の天晴れな勇姿を描いている。その後間もなく、彼は数多くの高名なフランス人たちと一緒に国際十字軍に従軍し、北アフリカのバーバリ地方へ赴いた。一三九〇年代には、スターリと同様、幾度となくフランス大使の役目を果たした。ウォルシンガムによれば、齢八十歳になろうかという一四〇二年、ロラード派の味方とされた彼が、あろうことか、カンタベリ大司教にロラード派の教義を書き留めた文書と異端者名簿を提供したと言うのだ。この振る舞いは、それまでの自説を撤回したことになり、裏切り行為にも見えるが、事の真偽は、告白内容を他言してはならないという「告解の秘密」に関わる問題だった。それに、それが事実であっても、大司教側の守秘義務違反だけでなく、手の込んだ脅しの結果だった可能性もある。クリフォードが心変わりをしたようにもみえないし、友人を失った形跡もない。というのは、数年後の一四〇四年に、彼は自分の遺言執行者に数名のロラード派の著名な指導者を選任し、その遺言書の中には、ロラード派の真骨頂とでも言うべき、無価値な物への過激な表現、肉体蔑視や、過剰な葬儀の拒否などが盛り込まれている。

　クリフォードのおかげで、チョーサーは同世代のフランス人詩人デシャンとの縁ができた。デシャンはチョーサーのことを「すぐれた翻訳者」と称えているが、おそらく、フランス語版『薔薇物語』を翻訳したチョーサーの初期の英語訳を念頭においていたのだろう。なお、この翻訳詩は、断片の形の写本一種類しか残っていない。デシャンに英語の知識があったようには思えないので、多分、クリフォードを介して彼の耳に届いたフランス風の詩を書く詩人チョーサーという世評を根拠としたに違いない。あの気まぐれで無益にしか見えない百年戦争の合間を縫って、クリフォードは、早い時期からフランスへの私的訪問を重ねていた。別の詩で、デシャンはクリフォードを、バーバリ地方遠征の際に行動を共にしていたあのフランス人貴族たちの面々、ユー伯、アルクール伯、シャルル・ダルバートなどへ仲間入りをさせ、さらに、他にも、当時のフランス社会の綺羅星のような有力者たちと親しく交わらせている。[12] その同じ詩で、デシャンは自らの結婚について、ひとまずユー家家令（ただし、このユー家はユー伯とは別で、当家の家令が、多くの人の協力を得てまとめられた『バラッド百編』という恋愛詩集のほとんどを書いたとされる）に助言を求め、さらに、恋愛問題にかけては当の家令の上を行く一人の権威筋に彼の注意を向け、

恋愛上手のクリフォードさんに尋ねてみてごらん

と誘っている。[五]「恋愛上手の」とは、ロラード派の人物には何とも不釣り合いな修飾語だ。デシャンによるこの詩は、チョーサーに献呈された詩と同様、一三八〇年代前半、遅くとも一三八五年から八六年頃までには完成していたと考えられ、政治状況の空白と周辺を埋めてくれるあの華やかな国際文化の一面を覗かせてくれる。この種の文化は、個人的で、はかなく、非公式のものであるがゆえに、年代記作者、法律家、会計担当者などからは無視されていた。しかし、この時代を生きていた人々の内なる生活において、この文化こそ、表向きの大事件と同じくらい重要だったし、チョーサーの詩作品を取り巻く真の環境を作ってくれたものでもあったのだ。デシャンの何編かの作品と、当時の宮廷で流行していた「花」組と「葉」組にさりげなく触れるチョーサーの『善女伝』「プロローグ」を一瞥しただけでも、それは明らかだろう。ゴーントの長女フィリッパがイングランド宮廷の「葉」組の有力後援者だったという事実を私たちが知る情報源も、実は、デシャンの詩である。

クリフォードの生涯の矛盾らしき点については、サー・ジョン・クランヴォウの生涯を追う中で、よりはっきりと焦点を合わせることができる。[13] なぜなら、クランヴォウは自らそのことを書き留めていたからだ。彼の祖先はウェイルズ人で、父親は一三四九年にエドワード三世の王室付準騎士だった。クランヴォウは、イング

ランドとウェイルズが境界を接するあたりの、南部に広がる土地を相続したが、この地域には別のロラード派の騎士たちも地縁があり、ロラード派の有名な説教師が数人避難してきた場所でもあった。チョーサーその他の人たちと同様、彼もフランス遠征に従軍した。一三六九年に、リュサック橋で起こった英仏両軍の衝突では、彼も勇敢に戦い、その様子についてフロワサールが生き生きと伝えている。ここは、イングランド軍の勇士サー・ジョン・チャンドスが戦死した場所でもあった。一連の遠征で順調に昇進をかさねていった人々にまざって、クランヴォウも略奪品や身代金からかなりの戦利品を得ていたに違いない。もっとも、チョーサーにはそうした余禄に与る機会はなかったが。クランヴォウはヘレフォード伯に仕える平騎士だったが、一三七三年の伯の死にともない、身分を移して、エドワード三世に仕えることになった。ヘレフォード伯から終身年金給与四十ポンド、エドワード三世から五十ポンドを受け取った。エドワード三世死去にともない、クランヴォウはリチャードの王室へ移ると、国内では、それなりに実入りのある仕事にありつき、海外では、一三九〇年のバーバリ地方への十字軍を含む外交使節団に加わった。クランヴォウの畏友にサー・ウィリアム・ネヴィルがいたが、一三八〇年代には二人の名前が連名で記載されている文書がしばしば見られる。チョーサー側から見て特に知られているのは、シシリ・チャンペインにたいする強姦罪（もしくは婦女誘拐罪、原語 *raptus*）をめぐり、彼女がチョーサーを訴訟放免した際に、クランヴォウとネヴィルの名前が出てくることだ。クランヴォウについての最後の消息は、一三九一年十月に、コンスタンティノープル近くで死亡したというものである。そのときネヴィルは彼と行動をともにしていたが、友人の死を悲しみ、食事も拒み、結局、ネヴィルも二日後に亡くなったとも伝えられている（ただし、二人の死因は、同じ病原菌によるものだったというのが事実のようだ）。

　クランヴォウは非常に興味深い作品を二編書いている。一つは『キューピッドの書』で、純粋な世俗恋愛詩である。愛とは何かをめぐる論争が「愛夢《ラヴ・ヴィジョン》」の中で繰り広げられ、宮廷風特徴に彩られている。フランス詩の影響を受けているところもあるが、本質的には、チョーサーの『鳥の議会』を下敷きにした作品で、その冒頭は「騎士の話」（1785-86行）からの借用で始まる。クランヴォウがこの作品を書いたのは、おそらく、一三八〇年代後半、四十代の終わり頃だった。彼は自分を「もう老いぼれて、元気もなくなってきた」（『キューピッドの書』、37行）と言い、それでも、愛を忘れられず、毎年五月になると、恋の病に揺さぶられるのだと告白している。この詩もまた、聖ヴァレンタインの日の祝祭詩で、「ウッドストク（宮）の王妃」（同、284-85行）を称える言葉で終わる。[六]『キューピッドの書』も『鳥の議会』も、一連の祝祭詩の一部を形成していたのだろう。

クランヴォウのもう一つの作品は、『キューピッドの書』とはほとんど似ても似つかない作品であることに驚かされる。[七]それは散文で書かれた神学論で、神学の専門家でもない俗人による英語の神学著作としては最も早いものの一つで、しかも、相当うまく書かれている。お金にも手柄にも恵まれた兵士兼廷臣は、その散文で、心の底から、戦争や奢侈を極める宮廷生活を非難する。彼は私たちに向かって、《悪魔》、《肉》、《この世》と戦い、安逸な暮らし、富、名誉を見下し、「善人」呼ばわりされているが実は邪なこの世の仲間を軽蔑するよう進言する。「なぜなら、この世の栄華と肉欲の中で、彼らは、神が送り届けてくれた物を浪費し、居酒屋と売春宿に入り浸り、サイコロに興じ、夜更かしをし、気安く誓言を乱発し、飲酒におぼれ、無駄口や陰口をたたき、人をからかい、お世辞をふりまき、ホラ話を吹聴し、嘘をついて、喧嘩に明け暮れ、仲間に売春婦を斡旋し、罪と虚栄にどっぷりつかり、それでも『善人』だと思われているからだ」。彼が何について語ろうとしているかはすぐわかる（「善人」とか「いいやつ」という表現は、チョーサーも、飲酒や性の話題に関係して、当事者を皮肉るために決まって使う常套句だ）。小祈禱書のニュアンスがただようが、正しい行いとは、十戒を守り、神を愛し、隣人を自分と同じくらいに愛すること、とクランヴォウは並べ立てている。彼が強調したいのは、イエス・キリストは貧困の中で誕生し、生涯を送り、自らの死を甘受したことなのだ。ロラード派の人たちをしばしば当てこすって使う「怠け者」（中英語 loller から）という言い回しを、間接的ではあるが、自分自身にもあてはめている節がある。しかし、彼はロラード派の特定の教義を説明しているわけではない。彼は教会の財産

『カンタベリ物語』の中の「贖宥証取扱人の話」に出てくる各場面を彫った長櫃のパネル
ロンドン博物館

没収を求めているわけでもないし、むしろ、そうしたことに目もくれず、単純で字義通りの新約聖書に基づくキリスト教を説こうというのだ。とはいえ、自分自身の生活の中で、クランヴォウが自説をどれだけ字義通りに実践していたのだろうか。表向きの経歴だけから、彼が宗教へ深い関心を寄せていたと即断されてはならない。もし『聖なる医学の書』というヘンリ・オヴ・グロウモントの書物がなければ、さかのぼること三、四十年前、ヘンリも同じくらい宗教に深い関心を寄せていたことに私たちは思い及ばなかった違いない。

　一面で、クランヴォウは、宮廷内の真面目な信仰の系譜をそれとはっきりわかる形で継承している。宮廷が誠実に信仰を守ろうとしてきたことに疑問の余地はないし、こうした信仰は、公記録や事件だけを扱っていると容易に見過ごされてしまう。彼とともに、信仰の系譜はフランス語から英語へ移り、さらに、俗人に顕著だが、ロラード派騎士団の行動の特徴でもある一種の権威を受け継いでいる。クリフォードにいたっては、司教などものともしなかった。ネヴィルとサー・トマス・ラティマーは、積極的にロラード派の説教師を保護してやった。ロラード派騎士には、ミサの席で自分の頭を覆う頭巾を脱がないことで、ミサの「奇跡」を侮辱する印としたという噂もあった。このことから、彼らのことは「頭巾の騎士」と呼ばれることもあった。たとえそうだとしても、クランヴォウの論文に照らせば、ロラード派騎士と呼ばれる彼らが、ロラード派綱領の特定の解釈とどの程度まで一体化していたかを特定することはむずかしい。その理由の一つは、この綱領が、ウィクリフのラテン語著作集や、書かれた日付も特定できない多くの英語論文からのつまみ食いで構成されているからだ。はじめて世に知られることになるロラード主義の声明文は、一三九五年に、セント・ポール大聖堂とウェストミンスター修道院の扉に張り出されたあの有名な「十二箇条の結論」だった。[14]【八】当時まだ存命の騎士の中には、「十二箇条の結論」に直接関与した人もいたはずだが、そうだとすれば、彼らの見解は一三八〇年代当時以上に明瞭になり、その分、チョーサーの考え方からさらに遠くなった。

残る二人のチョーサーの友人について、ここでまとめて簡単に紹介しておこう。まず、サー・ウィリアム・ビーチャムだが、彼は第十一代ウォリク伯トマス・ビーチャムの次男として、一三二〇年代に生まれた。[15]ゴーントと最も親密な関係を持っていたのはこのビーチャムだった。なぜなら、他の騎士は、何か事を構える時だけ、ゴーントの元に馳せ参じ、時々、下賜金や贈り物を受け取る程度だったが、ビーチャムは、戦時にも平時にも、公との契約関係を守り、彼のそばを片時として離れなかったからだ。彼はすでに一三四〇年にランカスター家とのつながりができた。彼は相当の報酬が得られる任務を伴う経歴に就き、すでに見たように、リチャードの王室侍従になり、最後は、「バゲニ卿」になった。【九】シシリ・チャンペインの訴訟では、ビーチャムもチョーサーに援助の手を差し伸べるが、それは、職務上やむを得ず部下を助けるというよりも、友情から出た行為だったのだろう。というのは、一三七八年に、チョーサーは、もう一人、非常にいい報酬を得ていた準騎士ジョン・ビヴァリと一緒に、ビーチャムに出廷保証をしたからだ。この出廷保証の件は、第二代ペンブルク伯所有のペンブルク城や関連土地を「委託する」旨の国王からビーチャムへの裁可と関係があった。というのは、ビーチャムはペンブルク伯の縁戚筋にあたり、ペンブルク伯はその財産継承権をビーチャムに与えていたという背景があったからだ。財産継承権を持つ世継ぎが未成年の場合、その収入は一旦国王の元へ移管され、国王は関係資産を第三者へ委託したのだった。委託された側は国王に相応の手数料（ビーチャムの場合、年五百ポンドを国王に支払うわけだが、この金額からペンブルク家の資産管理はかなり大事業だったことがわかる）を払い、資産を良好に管理する義務を負って、そこから自分の取り分も得ていた。ただ、ビーチャム、もしくは、彼の部下は管理義務を怠り、結局、彼はこの委託権利を剝奪されてしまったようだ。一三八七年当時、彼はカレー守備隊司令官で、国王に反対する告発諸侯団側にいた。同じ一三八七年七月五日には、チョーサーがビーチャムに随行してイングランドからカレーへ出かける予定になっていた。しかし、同年八月一日には彼はイングランドに戻っていたし、妻フィリッパはこの時期、死亡とは断定できないまでも、病気だったのだろうから、実際には、彼は行かなかったかもしれない。一三九〇年代には、リチャードの治世最後の十年間、廷臣としてのビーチャムはいくつかの宗教団体に土地を譲渡した。ロラード派騎士とのつながりがあったものの、ビーチャムは特に目立つものでなかったようだが、次の国王ヘンリ四世の下で活躍し、一四一二年にこの世を去った。彼は「ガーター勲爵士」の爵位を授与され、裕福な女性相続人と結婚した。彼は、当初思われていた以上にチョーサーにとって重要な存在だったようだ。なぜなら、ビーチャムの周りにいた法律家の一人に、ペンブルク伯家の若き当主が存命中にもかかわらず、ビーチャムが財産を要求するのを見かね、彼の要求に敢えて異を唱えたトマス・ピンチベクがいたからだ。「ジェネラル・プロローグ」の中で、チョーサーが土地持ちの〈上級法廷弁護士〉を皮肉たっぷりに描いているが、ピンチベクはこの〈上級法廷弁護士〉のモデルだろう。チョーサーは同じ「ジェネラル・プロローグ」の中で、ノーフォーク州の悪党〈荘園管理人〉を皮肉っぽく描いてもいるが、彼も、ノーフォーク州にあったペンブルク伯家の財産を管理していた家令をヒントにしているとすれば――その可能性が高いようだが――ビーチャムと関係のある人物がモデルとなって誕生したことになる。ビーチャムは、彼より若い世代よりも、むしろ、同世代のクランヴォウが『二つの道』で表現している気分に賛同していたのだろう。

チョーサーが真面目な短詩『誠実：よき忠告を歌うバラッド』[16]の中で呼びかけているサー・フィリップ・ド・ラ・ヴァーシュは一三四六年頃に生まれた。彼の父親は兵士で廷臣だったが、徐々に財産と地方ジェントルマンの地位を獲得していった【十】。私たちがはじめてフィリップを目にするのは、一三八五年に父親が、十二歳の息子に代わって、ローマ教皇に出した請願書の中でのことだった。目的は、リンカン司教の裁量権内で年三十ポンドの聖職禄付の仕事（つまり、聖職者職）の求職である。父親は、もうひとりの十一歳になる息子エドワードにも四十ポンド相当の聖職禄付の仕事を願い出た。二件の請願はいずれも裁可された。しかし教区の現実の業務は、年約十マルク（六ポンド十三シリング四ペンス相当）の給与で雇われた助任司祭に任されることになるだろう[17]。このことはロラード派や他の生真面目な人たちを怒らせる類のことで、ロラード派同調者フィリップにとって何とも奇異な人生の船出だった。エドワード治世の末期、フィリップ・ヴァーシュは国王私室付騎士になり、偶然だが、彼は、ジョン・ビヴァリ同様、リチャード・ライアンズ事件のうちアリス・ペラーズについて知っていることを話すよう求められた。ビヴァリと同じように、ヴァーシュも廷臣の立場で証言し、アリス・ペラーズが彼女の所用について話し合っているのを聞いたのは、自分が部屋を出る時だったという趣旨の答えをした。彼もかなりまとまった額の下賜金を受け取り、一三八六年から八九年までの不明時期を別にすれば、順風満帆の人生を送り、貧しくはないクリフォードの娘と結婚した。彼も、「ガーター勲爵士」の爵位を授与され、一四〇八年にこの世を去った。ヴァーシュに呼びかけた『誠実』の中でチョーサーが言うには、彼の生涯は、ただ憎悪をもたらすだけの、この世で蓄えられた富を獲得するための戦いに明け暮れていたように見える。ただ、そんな彼も、遺言書の中の各種慈善事業への贈与が示すように、少なくとも伝統的の意味で敬虔な人だったし、クリフォードは彼にミサ典書（祈禱書）と聖務日課書（詩篇、福音書、聖者伝抜粋などを集めたもの）を遺してやっている。もしヴァーシュが欲深い人であれば、機知と言葉遊びに富んだあの詩の中のチョーサーの真面目だが、どこか暖かみのある提案、聞きようによっては叱責に、彼は少なくとも神経質になっていたはずだ。

要約すれば、以上の騎士たちは勇敢で、有能で、如才なく、真面目な貴顕紳士たちで、チョーサーの生涯にきわめて大きな重みを持ち、その第一聴衆でもあった。彼らの矛盾は、おそらく、私たちの生活の中にある矛盾以上に大きくはなかったが、私たちは、その矛盾を解決する上で役立つはずの詳しい歴史的知識を持ち合わせていない。彼らのロラード主義は、特殊というよりは一般的で、教会に寄進された財産を自分の物にしたい、あるいは、温存しておきたいという欲望に毒されていた可能性もあった。しかし、霊魂の問題に関する彼らなりの真面目な考えに異を唱えることは出来ないし、偽善と一笑に付すこともすべきでない。彼らの考えには、兵士であることとの使命にたいする直接の理解が伴っていた。具体的には、敵を殺すこと、敵に殺される危険を冒すこと、人の生命に責任があること、軍隊を統率し、王国を守る有為の人材たらんとすること、はるか遠く中東やロシア国境地帯に及ぶ全ヨーロッパ世界を知り尽くすこと、ヨーロッパの貴族社会にふさわしい国際人になること、二ヶ国ないし三ヶ国の外国語を読むこと、出来れば書くこととの素養も身に付けること、最後に、この世俗世界での私的経験の中で最も想像力に溢れた性愛の経験について、苦悩と喜びの両方が伴うが、節度ある関心を持つこと、などのことである。こうした人たちが我が身の立身出世や一家の隆盛にこだわったことはないとはいえないし、修道士や世捨て人ならいざ知らず、事情は現代の私たちにも共通している。その修道士や世捨て人ですら、自制の生涯を全うするためにはこうした人たちの助けに頼らざるを得ないのだ。チョーサーの〈騎士〉は「ジェネラル・プロローグ」の中で、兵士、キリスト教徒としてすぐれた履歴を持ち、騎士道精神と

忠誠、名誉、自由、それと、寛容　（「ジェネラル・プロローグ」、46行）

をこよなく愛する人物として描かれている。あのような兵士は、今世紀にもいるし、クリフォード、あるいは、クランヴォウといった人たちを同じ条件で考えることも無理ではない。クリフォードを彷彿とさせるチョーサーの〈騎士〉は、愛特有のさまざまな問題とともに、愛というテーマについて高貴な物語を話す。

ロラード主義へ傾きがちなこうした騎士たちの性格は、諸々の価値を内面化するという、この時代を特徴づける進歩主義に共感している証しなのだ。ロラード派の特殊な教義については、チョーサーにかかわりがあったとは思えないので、私たちは無視していい。聖画像敵視、ミサのパンとブドウ酒の化体説における奇跡の受け入れを拒否する姿勢、「巡礼行為」を含むあらゆる種類の上辺だけの儀礼にたいする懐疑――これらが、聖なるものの属性が外界に存在する事物から引き出され、個々の人間精神の中へ収斂されていく姿を示している。外界とその形象は、ますます「客観性」を増し、価値としては中立になった。こうして、内面化が促したのは、みずからの内なる個が世界に対峙するという壮大な自覚だった。万民のもので、個人のものではない社会的、宗教的組織はますます価値を失い、個々人の間の自由な愛の交流を妨げる積極的障害のように見えた。価値の内面化は、内なる生と外なる生の断絶を深くするが、同時に両者のいずれにも躍動感を帯びさせた。内面化は内と外を調和させることをむずかしくし、かくして、（私たちの意味で）懐疑的写実主義と熱烈な信仰の両者を促した。それは、因果律と救済というきわめて厄介な問題を引き起こした。この内面化は、この世の快楽、あるいは、信仰の悦びのいずれをも否定しなかったが、それらをより危険で、またひょっとするとより浅薄で、淫乱なものにしてしまった可能性がある。人々は心置きなく精巧な細工物を楽しみ、ヴァーシュ、その他の人々の遺言書の中に記載される多くの銀製スプーンやカップなどのように、それで所有欲を満たしたのかもしれない。

チョーサーは、ウィクリフ自身の「実念論」より、オッカムの懐疑的「唯名論」の考え方に近いところがあるが、これほど隔たった両者からの影響が、部分的にせよいかにして共存しえたのかという経緯についてはすぐにわかる。たとえば、経験論に基づく客観的経験を強調することは、両者のどちらからでも引き出しうる立場である。ロラード主義によって起こされた神学論争の状況は、自由意志と決定論をめぐる深遠な問題に、一般の俗人にも関心を持たせるよう仕向けることができた。チョーサー自身の懐疑論はオッカム派の影響を強く受けているようだが、ロラード主義のある種の反主知主義も彼の懐疑論を促し得た。[18] 両者の影響はともに個人の経験と責任に新しい意義を与え、言葉を字義通りに解釈することを奨励した。ある点で、つまり、英語使用を奨励するという点で、ロラード主義は特別な影響を与えたと言っていいだろう。一方ウィクリフが聖書を強調することの中には、母語の聖書を持つことへの感動的な擁護が含まれ、その主張は俗人にも熱心に取り上げられ、究極的には、英語文化へ強い影響を残すまでにいたった。[19] 十四世紀後半、英語の発達は他にも様々な力が働いて前進したが、宗教上の欲求や願望も少なからず力となった。もちろん最後に、世俗的要因についてもまた強調しておかなければならない。思想の発信元は大学だったが、イングランド王国民すべてが新しい意識に目覚め活発に行動していたという実感はある。

何もかもが新しいと強調することは適切ではないだろう。多くの俗人が、オクスフォード大学の神学者をいらいらさせてきた宗教問題に、長年関心を寄せてきた。[20] 彼らの感性と知識がこの問題に深く根をおろしていった。当初から、新約聖書の中には、内面化された価値を求める力強い求心力がある。そして、古典哲学や倫理学に関する学識も、内なる精神の力を培う種子を蒔いてくれていた。みずからの精神的関心にまつわる諸問題を解決するために、チョーサーが向かった先はボエティウス作品の様々な影響の混合物だった。これさえ、俗人に特有の関心の持ち方だった。ところで、ボエティウスの『哲学の慰め』は、極端に折衷的作品である。五二四年にこの世を去るボエティウスは、プラトンやアリストテレスからキケロ、セネカといったラテン語権威作家にいたるまでを熟知するキリスト教徒だった。輝かしい経歴を積んだ後に、彼の末路を待ち受けていたのは投獄と処刑だった。『哲学の慰め』は、ボエティウスが獄中で執筆し、己の運命を甘受するよう自分に言い聞かせる作品だった。中世にこの作品は爆発的人気を博し、多大な影響を与え、今日もなお品格と感動させる力を失わない。ボエティウスは、キリスト教的啓示を受けていたのかもしれないが、この作品で我が身を慰めるにあたっては、そうした啓示を持ち出さず、ギリシア哲学から抽出された理性的思考過程が使われている。哲学の専門書としては、この作品には明白な異論の余地があり、中世ヨーロッパの各大学の聖職者たちは、長年にわたりこの作品を手つかずのまま置き去りにしてきた。この作品は一種の貧者のプラトンである。しかし、理性と信仰を調和させようという試み、自由意志と予定説の問題への取り組み、内なる自信と真の幸福への探求などにおいては、逆境の己が身の上に思いを巡らしつつ幸福を願い、かつ、神学の専門家でも哲学の専門家でもない生真面目な俗人が考察するのに、この作品はうってつけだった。この作品は、チョーサーが立つ様々な思潮の交差する中心に位置していた。時代遅れのその合理性は、人間の恒久的欲求を満たしてくれるが、あくまでも、最後はプラトンに行き着くウィクリフの「実念論」に訴えるだけの力がある表現という条件の中で満たすのだ。長きにわたる自由意志と運命をめぐる議論は、特に、オッカム派の懐疑論に触発された人々に訴えた。自作の中で、ボエティウスはみずからを登場人物として参加させ、《哲学夫人》を相手に議論する。こうした彼の手法は、十四世紀に出現しつつあった個人主義にとっても、自分にたいして曖昧な態度を取ろうとするチョーサーにとっても、魅力的だった。この作品は散文と韻文と交互に書かれ、その間に挿入された哲学的な歌がとりわけ美しい（チョーサーはそうした歌の一つを、そっくり『トロイルスとクリセイダ』の中に組み込んでいる）。[十二] 中世全般に大きな影響を与えてきた「《運命》の車輪」という壮大な表象、そして、ボエティウスのどんなにささいな思想、文言でも、一切合切が『哲学の慰め』という作品を、チョーサーにとって限りなく魅力的にした。彼はすでに長い間『哲学の慰め』の存在を知っていた。なぜなら、フランス語版『薔薇物語』の中で広く借用されているからだ。ところが、一三八〇年代初頭に、彼はフランス語訳『哲学の慰め』を虎の巻に、その注解書とあわせて、みずからこの難解なラテン語原典に取り組もうと意を決し、細心の注意を払って英語散文へ翻訳する大事業に乗り出した。『哲学の慰め』という作品に取り憑かれていた、と言っても過言ではない。『その昔』、『運命』、『誠実』、『品格』、『節操なき世』といった個人的事情を動機として書かれた短い詩と同時に、『トロイルスとクリセイダ』や「騎士の話」などにも、全編、ボエティウス的思考と感性が染みわたっている。

『哲学の慰め』の真髄は、精神が物質の上位にあるとする主張にある。真の実在は、しばしば明白な虚偽にすぎないこの世の見せかけの姿とは異なる。実在は善で、愛《いと》おしく、永遠の真の幸福だけが、肉体の五感でなく精神の眼に入ってくるこの実在を知覚できる。とはいえ、チョーサーのボエティウスは翻訳に過ぎない。『哲学の慰め』の価値の具体化と変換は、『ベオウルフ』にはじまり、『妖精の女王』や『失楽園』を経て、『愚人列伝』や『序曲』へと連綿と続く豪華絢爛たる山車《だし》の車列の中でも、一際、偉容を誇る英語傑作『トロイルスとクリセイダ』の中にある。ただ、「壮大な」テーマを持たないことを特徴とするゴシック風でチョーサー的手法という点で、『トロイルスとクリセイダ』は他のどの作品とも異なる。男性主人公はトロイの王子で、女性主人公は同じトロイの女性だが、愛の物語は私的で、事実上、秘密の世界なのだ。そして、この物語は、知らず知らずのうちに、二人に関係なく、最後に彼らの世界を破壊してしまう社会的公的世界から切り離されている。「公」と「私」の間の溝は、私たちがチョーサー本人の生涯について知っていること、および、同時代の人々から私たちが推測できる事柄について知っていることの中に横たわっているが、それと同じくらい、『トロイルスとクリセイダ』の中にも横たわっている。

チョーサーのこの作品は、ボッカッチョの『恋の虜《イル・フィロストラート》』を材源とし、一方、『恋の虜』自体も、それより前に作られた短いトロイルスとクリセイダの恋物語に手を加え、敷衍したものであった。[十二]『キリストの生涯の鑑』の中に、それに加えて、広い意味ではイタリア芸術の中にも認められた、あの家庭生活の細部を写実的にとり入れるという手法によって、チョーサーは再びボッカッチョの作品を拡大敷衍した。彼はボエティウス哲学、多彩な文体、決して単調にならない規則正しい韻律などを使って、豊かな作品世界を作り上げた。[21]『トロイルスとクリセイダ』は作品として、研究者にとっても批評家にとっても、無尽蔵のように思える。ただし、当面、チョーサーの生涯と時代を説明するにあたり、私たちの関心が、トロイルスが恋に落ち、クリセイダを口説き落とした時の人生の素晴らしさ、彼女がトロイルスを捨てていく時の彼の深い悲しさといった主要イメージに限定されるのはやむを得ないところである。二人以外に、もう一人だけ重要な登場人物、パンダルスにも触れておかねばならない。彼は、年齢不詳で、トロイルスの友人、かつ、クリセイダの叔父で、非常に元気で愉快な人物である。[22]優れた兵士トロイルスは、はにかみ屋で育ちがよすぎ、なかなかクリセイダの気を引くことができない。そんな時、何やら怪しげな手段で、二人を寝床へ連れ出してくれるのがこのパンダルスである。「パンダルス」という名前から、英語の pander つまり、「ポン引き」とか「女衒」という言葉がすぐに連想される。この種の役目は、十四世紀当時でも相当いかがわしいとされていた。文字通りにせよ、象徴的にせよ、両親が二人の恋路を邪魔することはなく、それができるのは、トロイルスとクリセイダの控え目で抑制的な振る舞いだけだ。話の筋全体はきわめて写実的に語られ、私たちは《運命》の世界に完全に引き込まれている。トロイルスがクリセイダの心を射止める時、二人は幸福の絶頂にあり、トロイルスの日々の生活は美しく輝く。彼こそ、愛を吹き込まれた「誠実」と「品格」の具現である。

しかし、ああ悲しいことにこの喜びは長くはつづかず、
《運命》の支配に翻弄される。
人類共通の裏切り者、《運命》は、人を裏切る時に、誠実のふりをし、
愚者に向かって、歌を歌いながら

彼らを絡《から》めとって、その目を見えなくさせる。
人が彼女の車輪から投げ出されると、
彼女はあざ笑って、そして、顔をしかめた。

（『トロイルスとクリセイダ』第四巻、1-7行）

クリセイダはギリシア陣営に無理矢理連れて行かれ、そこで彼女は何の取り柄もないディオミードの愛人になる。束の間の喜びとは反対に、クリセイダの真意を待ち焦がれ、自己欺瞞に陥るトロイルスの姿、そして、クリセイダへの愛は止むことがないのに、悲痛な結末をむかえる記述は長く、痛ましい（第五巻、1744-50行）。この記述は、以前のどの作品にも出てくる喪失と裏切りというあの内なる感情に、真正面から立ち向かうチョーサーの姿がうかがえる。経験した者にしか書けないことだろう。愛する女性を失うという形であれ、別の形であれ、チョーサー自身がいかなる形でそれを経験したかはわからないが、愛の喪失のことだ。形はいろいろだが、それは誰もが免れがたいごく普通の経験なのだ。

トロイルスはみずからの喪失感と決して和解せず、戦場で息絶える。(23) それから、彼の魂が「第八天球層」へ飛翔し、彼は砂粒のように小さい地上を見下ろし、彼の死を悼む人々の悲しみを笑っている。明らかに小説風写実主義による物語の語りと矛盾し、トロイルスの苦悩にたいする私たちの自然な共感を明らかに茶化すことになるので、この結末自体が大きな論争の的になってきた。「第八天球層」への飛翔は、多難な人生の否定からの逃避行にすぎないのだろうか。

私にはただの逃避行だったとはとても思えない。この詩を話すにあたり、中心的テーマにたいする詩人の姿勢は変幻自在で、時に真面目、時に不真面目なことがある。トロイルスに笑わせるというこの最後の場面にこめられた意図、おそらくもっとも重要な意図は、それ以前に繰り広げられてきた筋書きを取り消すことではない。チョーサーの詩的洞察力は、ボエティウスをさらに一段階推し進めた。ボエティウスは『哲学の慰め』の中で、神が物理的宇宙と男女さえも制御する愛の絆について、美しい詩を書いている（『ボエース』第二巻韻文8）。チョーサーはこの詩全体をトロイルスの歌に盛り込んだ（『トロイルスとクリセイダ』第三巻、1744-71行）。この世は欠陥だらけだが、それでも神はこの世を愛し給う。しかし、ボエティウスによれば、天上の神がこの世を愛し給うのは構わないが、人間がこの世を愛すのはよくないというわけだ。ここには安らげる家などない。ここにあるのは荒野だけだ。トロイルスは、クリセイダという人格を通して、この世への愛を断つことができない。この世は、もちろん、人間の期待を裏切るのが常だ。人間は人を裏切らないとしても、ブランチ夫人の運命同様、人は死ぬ。しかし、トロイルス自身の愛は偽りではないし、浮ついたものでもない。ボエティウスとチョーサーにとって、不易が決定的価値で、信仰、忠誠、真理を意味し、神そのもので、天上のみならず、人間の中にも留まらなくてはならない（『ボエース』第三巻、韻文11）。トロイルスは、忠誠と誠実を全うし、心変わりしない徳深い男だ。そして、彼の恋愛には、結婚という法的有効性はないが、彼自身は、常に、結婚でもあるかのように、自分の恋愛を扱っている（クリセイダは別だが）。この詩は、道徳を説く詩ではなく、深遠な人間経験を描くものである。ボエティウスはこの世ならざる禁欲主義へ向かうきらいがあるが、チョーサーは、束の間の喜びは、束の間ではあるが、真の喜びだと主張したいようだ。トロイルスは心変わりしやすい相手を愛してしまった。もし彼が心変わりしないもの、唯一不変のもの、つまり、キリストの中の神を愛したならば、彼の苦悩はもっと和らげられたはずだ。しかし、彼の苦悩が彼の喜びを無効にすることはない。何らかのロラード派の影響を受けるある種のプロテスタント的キリスト教唯物主義がここには垣間見える。一三九五年、ロラード派の人々の「十二箇条の結論」[十三]は、男女間で交わされる貞潔の誓言自体、不貞よりさらにひどい悪徳へ導くものだとして攻撃した。いずれにしても、十四世紀の宮廷は、貞潔を育んでくれる暖かい苗床などではなかったのだ。

トロイルスの心の荒廃を描く長くて痛ましい表現は私たちに、喜びの回想によってわずかに慰められることが暗示される〈黒衣の騎士〉の悲しさを思い出せてくれる。『トロイルスとクリセイダ』の中の記憶に加え、悲しみを遠ざける効果は、人間生活への長期的展望と神への愛という真の代替物によってもたらされる。これらすべてを合わせて均衡をとり、チョーサーは喪失を自覚し、表現することで、みずから喪失と和解し始めたようだ。

別の形態の和解が、同じ時期に書かれた『パラモンとアルシート』、のちの「騎士の話」の中に出てくる。ここには二人の主人公がいて、その二人は騎士としての価値は同等だが、象徴的に言えば、一人の主人公の二面で、一つは攻撃的な面（アルシート）であり、もう一面はより受け身で立派な面（パラモン）である。二人とも美しいエメリーに恋をしてしまう。この作品もボッカッチォを材源とし、今回は、ボッカッチォの叙事詩風『テセイダ』だが、チョーサーはそれを改変して、ボエティウス風ロマンスに仕上げている。二人の騎士は、兄弟の契りを結んだにもかかわらず、エメリーをめぐって喧嘩になり、アルシートが落命する（「騎士の話」、1131-2行）。数年間喪に服した後、パラモンがエメリーと結婚する。この作品は極めてすぐれた詩だ。チョーサーの手に委ねられたこの物語が示しているように思えるテーマは、人の幸福は五分五分の賭けだということである。高潔なセシウス公と彼の年老いた父エジェウスの口に託されたボエティウス風弁舌を聞けば、この作品は、人は生の一部として死を受け入れなければならないし、「不可避の宿命にたいしていさぎよく身を処すべきだというメッセージを伝えようとしていることがはっきりする。チョーサーの初期の作品群が扱ったテーマや人生観の多くがこの作品の中に集約されている。愛、宿命と自由意志、宮廷生活、死といった問題が（いささかふざけたように見える要素がないわけではないが）真面目に考察され、最後は固い決意と自立と受容によって効果的に解決されることになる。

『トロイルスとクリセイダ』と『パラモンとアルシート』の二作品の中で、チョーサーは、死ぬまでこれに

アルシートとパラモンが獄窓から、庭で花束を編むエメリーの姿を見ている。彼女は「自分の頭にのせる美しい花冠を作り」、「天使のようにこの世のものとは言えない調べの歌を歌っている」。2人の若者はその姿に恋をしてしまう。ただしこの挿絵は「騎士の話」のものではなく、チョーサーが原典として使ったボッカッチョの『テセイダ』からとられたものである。ウィーン、オーストリア国立図書館（MS 2617, f.53）

匹敵する作品が書かれなかったほどの十分な完成度を達成した。その証拠は、次の作品『善女伝』の相対的失敗にある。『善女伝』は、当時の確かな史実を盛り込んで、非常に楽しい「プロローグ」を持つ興味深い作品になっている。[24] そして、この作品は、あまり技巧に走らない語り口と哀感を効果的に利用した一連の詩で構成される。チョーサーがいつも気にかけ、男に裏切られて捨てられる女性たち一人一人の身の上話のことだ。チョーサーが話すどの物語も駄作ということはあり得ないだろうが、彼自身が興味をなくしたことをうかがわせる兆候がある。当初、二十名前後の女性を取り上げる約束だったが、結局、九人の善女伝しか語られず、最後のイパームネストラ（または、「ハイパームネストラ」とも呼ばれる）伝にいたっては未完で終わっている。「プロローグ」F版でそれとなく言及されているように、善女伝は制作依頼を受けて書かれたもののようだが（496-7行）、次第に彼の創作熱は冷めていった。チョーサー自身の中で話の種が尽きてしまったのだ。「地主の話」の中で、チョーサーは善女伝制作に再挑戦しているが、今度は、どこか両面的に扱っている。『善女伝』以後、チョーサーは自由になった。彼は、この時代の多種多様な文化を代弁し、常に実験を試み、多彩な物語に向かい、優れた妙技を発揮していく。彼は時代という光の色帯を示す一種のプリズムになるだろう。彼は、底なしの喪失感に陥ってしまうが、地表に戻ることができた。彼は表面的な事象に思いを馳せる時にも、より大きな現実感覚を持ち、突き放したところがあるが、愛情深い関心を注ぐことも忘れない。彼には、このちっぽけな世界を、周縁であることを内心自覚しながらも、そこをさも重要な中核ででもあるかのように扱う力量があった。

第11章

ケントで、ミューズの神々に囲まれ

CHAPTER ELEVEN

AMONG THE MUSES IN KENT

でも私は、ミューズの神々に囲まれながら
ケントで、そしてキリストの国で、本を読み、詩を作っている。
（サー・トマス・ワイアット、『風刺詩集』より）[1]

一三八五年二月以降、チョーサーはロンドンのシティ、ならびにウェストミンスターとの関わりから身を引こうとしていた。四十代半ばから後半に差しかかる今、『カンタベリ物語』の遠大な構想が具体化しようとしていたに違いない。相対的に慎ましいものだったが、金銭的必要条件は満たされつつあった。一三八五年二月に、彼は羊毛埠頭に常勤監査官補佐を任命する許可を与えられた（実際に日常業務がなくても、依然、彼本人が財務府に出かけて、ロンドン港税関徴収官の会計報告書が正確であることを証言する監査報告の責任を担ってはいた）。この許可には、第九代オクスフォード伯ロバート・ド・ヴィアが連署していた。ヴィアは国王付侍従という世襲職に就き、リチャード二世の側近中の側近で、国王よりわずか五歳年上で、したがって、当時二十三歳だった。同一三八五年の十月十日に、チョーサーはケント州治安判事に任命された。彼がケントで地主という立場にいなければ、こうして治安判事に任命されることがなかったのはほぼ確実である。一三八六年八月に、彼は、同年十月一日に召集される議会のケ

扉図版：
「心浮き立つ五月のこのとき／小鳥のさえずる声が聞こえ／花々が芽吹く季節……」（『善女伝』G版「プロローグ」、36 -8行）。お金持ちも貧しい者も「さんざしの花」を摘みに野原へ出かける。
ヴィクトリア・アンド・アルバート博物館所蔵の時禱書（CT447）

ント州代議士に選出されたが、これも、チョーサーがケントではそれなりの資産家だったことを示すもう一つの証拠である。一三八六年九月あたりに、オールドゲイト市門階上の賃貸住居を引き払った。というのは、同年十月五日付で別の人がこの住居の賃貸権を引き継いたからだ。一三八六年十二月に、通常より長い任期を全うしたロンドン港税関監査官職にも後任人事が決まった。チョーサーが地主であることを示す文書は残っていないが、『カンタベリ物語』の中で、冗談交じりに、当時のグリニッジは「悪党どもの巣窟」だと言っていることからすれば、彼はグリニッジで生活をしていたのだろう（「荘園管理人の話」、3907行）。【二】

こうして、傾斜のある天板付き机、下段には沢山の書物を収めることのできる食器棚、衣服、銀器、しろめ《ピュウター》の食器類などをまとめて収納した長櫃など、家財道具一式を運び出し、チョーサーは二人の息子と病気がちな妻を連れて、空気のきれいなテムズ川そばの住居に引っ越してきた。『善女伝』「プロローグ」初版のF版によれば、すでにこの時期までに、彼は『聖セシール伝』、今日では失われた『オリジネ・ウポン・モードレン』（または『マグダラのマリアに関するオリゲネスの説教』）、さらには、多くのバラッド集、ロンドー詩集、ヴィルレー詩集など（いずれも、押韻法を複雑に駆使した短詩群）を書き上げていた。【三】『善女伝』の中の善女伝本体のうち数編も完成させていたことも考えられる。『善女伝』「プロローグ」自体は、『トロイルスとクリセイダ』と『カンタベリ物語』という彼の円熟期に書かれた傑作二編をつなぐ橋渡し役を果たしている。この「プロローグ」は長年の宮廷向け詩作活動の総仕上げで、その後の作品に共通する要素がいくつか含まれることになる。必ずしも一貫していないところもあるが、『善女伝』全体の中では、「プロローグ」が最も出来栄えがいい。チョーサー自身は「プロローグ」の仕上がりについて満足していたようだが、同時に物足りなさも感じていたに違いない。というのは、当初予定していた善女伝をすべて取り上げることを事実上あきらめ、一三九四年六月七日の王妃アン逝去からしばらく時間をおいて、彼は「プロローグ」初版（現在「F版」と通称されている）に改訂の手を加えたからだ。「F版」では、『善女伝』完成の暁にエルタム宮かシーン宮のいずれかで王妃に献呈され

ることが言及されている（496-7行）が、改訂版（「G版」と呼ばれる）になるとこの言及が削除されてしまった。[四]

F版で王妃アンに触れているが、これは、男女を問わず、チョーサーの後ろ盾と見なしうる人物に触れる数少ない言及の一つである。もう一箇所、王妃アンに言及している可能性があるとすれば、『トロイルスとクリセイダ』第一巻の中で、クリセイダの美しさを称える言葉、「私たちの英語のアルファベットの先頭に『A』という文字が立つのに似て」（171行）という一行がそれにあたる。ただし、この文言は宗教詩の常套句でもあった（本書第三章、146頁参照）。「プロローグ」F版の場合、余り深読みせずに理解するのが賢明なのかもしれない。おそらく、実際に、王妃アン自身、あるいは、他の人たちも、『トロイルスとクリセイダ』の中で不実な女性クリセイダを描くチョーサーの筆に不満を持ったのだろう。女性優位を説くフェミニズム論は、男性優位論と同じくらい長い歴史があり、チョーサーの作品は両方を例証しているが、彼個人は女性のほうに深く共感していた。男性と女性の間に厳然たる相違があるという考え方に異論はないとしても、チョーサーが他者にたいして抱く共感には、何かしら女性的な要素があり、攻撃的性格が希薄で、ある種の優しさを特徴としている。さらに、その公式文化が男性優位の軍事と教会の価値に支配されていた十四世紀宮廷社会にあって、相対的に周縁的で、一段低い「非公式な」女性の地位は、詩人チョーサーが自作の詩の中で積極的、かつ適切に選んだものだった。[1]『トロイルスとクリセイダ』の色々な出来事がクリセイダの裏切りを暴くことになるが、二人の愛を語り継ぐ過程で詩人がクリセイダに寄せる共感に嫌味なところはない。王妃への言及は、彼の詩が、当時の宮廷社会に受け入れられていたことをうかがわせる貴重な証しである。騎士や宮廷侍女、あるいは、「恋人たち」を特定の聴衆とする『トロイルスとクリセイダ』や「騎士の話」といった作品とならんで、『善女伝』「プロローグ」F版もこうした宮廷の聴衆を相手に語られ、しばしば、詩人みずから語ることもあったに違いない。[2] そうした様子は、タイルを敷き詰めた居間でクリセイダと侍女たちにテーベ攻囲を描いた物語『テーバイド』が朗読されている場面そのものであり、またいつの世であれ詩人たちが朗読会を開いて、友人やファン、

イグサを敷いた床は、決してどこにでもあるといった物ではなかった。上の図は、ブリストルのウィリアム・カニング家の床だが、美しいタイルを敷き詰めた床は、裕福な商人の邸宅や宮殿などで見ることができた。このようタイル模様から、間違いなく、私たちはクリセイダの「タイル床の居間」を想像できる。これに似た部屋の中で、クリセイダとその侍女たちが「興にまかせて、テーベ物語を語ってくれる／侍女に耳を傾けながら」座っていたのだ。

時として批評家たちを前に自作を披露する時には、同じような光景が見られるだろう。[五] すでに本書第十章で指摘したとおり、この「プロローグ」F版も「花」組と「葉」組のことに触れている。この段階で、チョーサーが「花」組、「葉」組のいずれにも肩入れしていないことは意外ではない。チョーサーのどの詩も、詩作活動の大部分を取り巻く社会情勢に私たちを近づけてくれない。この「プロローグ」は、文学形式の「愛 夢《ラヴ・ヴィジョン》」を使った最後の作品となり、特にデシャンから意識して多くを借用した聖ヴァレンタインの祭日を祝う祝祭詩でもあった。それでも、詩人が五月の野原へ出かけ、陽の光とともに目覚める雛菊を称えるという筋書きが十分意識された不合理な絵空事だとしても、「プロローグ」に描かれる自然への驚くほど新鮮な喜びは私たちにもよく伝わってくる。ただし次にあげる詩句は例外である。

五月の月がめぐり
鳥のさえずりが聞かれ
花々が芽吹き始めるころ
そうだ、書物と信心生活にさようならしよう　（36-9行）

読書三昧の暮らしに触れるこの詩行は、もちろん、彼の全作品の中でもとりわけよく知られている。[六] オールドゲイト市門階上の住居からでも、彼はすぐに野原へ出かけることができただろうし、「プロローグ」F版に言及されている「小さい庭」はオールドゲイト周辺にあったのかもしれない（203-5行）。オールドゲイト界隈にはまだまだ空間はふんだんにあったからだ。しかし、《愛の神》や、一面雛菊が咲き乱れる野原の幻想世界にふさわしい場所と言えば、十四世紀でも、やはり、「イングランドの庭」と称されるケントをおいてはほかになかっただろう。筆を執った場所がどこであれ、この詩は、たとえば、テムズ川の南側の、グリニッジからあまり遠くないリッチモンドといった王宮のどこかで催された祝祭の一部だったのだろう【七】。

　治安判事であることがチョーサーの読書生活の妨げになったとは考えにくい。この仕事はそれほど煩わしい職務でもなく、かえって、歓迎すべきくらいの仕事だった。それは十四世紀に発達した職務で、国王の権限と在地ジェントリ層との利害を結び、両者の利益になるよう王国全体を統制下におく、つまりは、治安維持のための仕掛けだった。治安判事の仕事は、暴力事件、食品法違反、労働法違反といった、比較的軽微な犯罪だけでなく、殺人事件などの深刻な重罪事件まで、各種の犯罪を取り調べることだった。この種の犯罪は、一年に四回開廷される開廷期の、それぞれの開廷期間三日間で処理された。ただ残念なことだが、チョーサーの就任時期、ケントで開廷された裁判所の裁判記録はまったく残っていない。開廷期以外でも、時々、治安判事は地元選挙関係の各種義務を果たす必要もあったようだし、移動労働者用通行許可証を発行したり、身元保証人にもなってやらなければならなかったようだ。こうした事情すべてが、それなりの地元社会への関与を意味した。一方では、一三八〇年のこと、忙しく、裕福な金融業者リチャード・ライアンズは、州長官、知行没収官、王室財産管理官、ロンドン港税関徴収官、治安判事などなどの役職就任から終身免除される権利を買い取るほうがかえって得になると考えた[3]。

　私たちから見て、チョーサーの任命が持つ重要性は、チョーサーが相対的に、あくまで相対的にすぎないのだが、高い地位にあったこと、そして、彼のまわりには同様の仲間がいたことを示してくれることである。チョーサーが参加した二度の治安委員会で、総勢十八名が彼と一緒に名前が挙がっている【補遺1】。彼らの構成は、慣例として、三つの集団、有力者、法律家、在地ジェントリに分類された。彼らの中で、サー・サイモン・バーリが主たる有力者で、リチャード二世の教育係を務めた彼は、今は、王室家政官に就任し、国王の黒幕だった。これだけにとどまらず、彼はドーヴァー城の城代で、そのおかげで、彼はこの判事の地位に収まっていた。クリフォードやスターリ同様、バーリは生え抜きの廷臣で、チョーサーも、しばらくの間、彼と控えめな付き合いがあったに違いない。バーリが生まれた家は、その昔、「ノルマン人征服」後、間もなくヘレフォードシァ内数カ所に土地を所有していた。叔父のウォルター・バーリは、十四世紀初頭、オクスフォード大学マートン学寮学監をつとめ、哲学者としても高名で、黒太子の教育係だった。サイモンも彼の兄ジョンも、ご多分に漏れず兵士で、黒太子、エドワード三世、リチャード二世という順に、王室とのつながりがあった。兄弟そろって、かなり高額の報酬を各王室一家から得、「ガーター勲爵士」の爵位を与えられ、何度も外交使節団に加わった。兄のサー・ジョン・バーリは、一三七六年から七七年にかけて派遣された極秘任務の外交使節団ではチョーサーの先輩同僚だった。一三六六年、ボルドーに滞在中の黒太子の命令を受けて、ジョンはスペイン国境北バヨンヌでのドン・ペドロ残酷王との会談に赴いている。この派遣は、同じ一三六六年二月にチョーサーが出かけた出張に近いもので、あるいは同じ内容の任務だった可能性もある。【補遺D－c】サー・サイモン・バーリはなかなかの文化人で、二十一冊の書物を遺していた。[4] 蔵書の内訳は、聖書、聖者伝、(一種の宗教的知恵の書である)『シドラクの書』など一連の宗教書、哲学書、歴史書、国家統治論、そして、少なくとも、アーサー王に関する書物一冊を含むフランス語で書かれた八冊をくだらないロマンス物などだった。さらに、(政治関係の奇書とでも言うべき)マーリンの予言書と多国語辞典一冊があった。彼の聖書はフランス語で書かれていたかもしれない(英語訳聖書をイングランド人が手にするのは御法度だったが、貴族社会では、フランス語などの翻訳聖書を読むことは禁止されなかった)、それと、少なくとも、(表題は不明だが)ラテン語の書物を一冊持っていた。彼の人柄にはどうも傲慢なところがあったようで、結局、一三八八年の「無慈悲議会」で、反国王派の告発諸侯団の手によって不幸な最期を迎えた。彼はケント州治安委員会では古参として挙げられ、一三八六年には、彼だけ(つまり、もっとも重要な構成員)が特定治安判事に任命され、当該年度開廷の裁判に出席することが義務づけられている。旧知の間のサイモンとチョーサーが、裁判の合間を縫って、犯罪の問題だけでなく、フランス語版『薔薇物語』や愛の問題でも言葉を交わしただろうと期待したくなる。治安判事として、もう一人の有力者はジョン・ド・コバムで、彼はケントの旧家の出であり、当時の国王直臣の中でも最も重要な一人だった。ところが、彼は告発諸侯団側についていたので、彼とサイモン・バーリの間には、最初から失われる友情などあり得なかったのだろう。同治安判事のサー・ジョン・デヴェローもコバムも穏健派だったようだが、デヴェローは告発諸侯団と関係があった。

彼らのほかに、著名な二人の有力者と法律の専門家六人がいて、法律家のうち五人は上級法廷弁護士だった。しかしながら、上級法廷弁護士のうち四人は王座裁判所裁判官で、職務上王国内各州の治安委員会に名前だけ連ねることが多いので、実際に裁判に出席することはなかったようだ。それでも、明らかにチョーサーと面識があったと思われる人物もいた。彼らの一人ウィリアム・リックヒルはケントの地主で、治安委員会に実際に出席していたのだろう。そしてそのリックヒルは、チョーサーも同席した別のケント州治安委員会の首席委員をつとめ、一三九〇年に発生したチョーサーにたいする強盗襲撃事件を調べるサリ州治安委員会に加わってもいるのである。

ケントの裕福な地主だったジェントリ層から、八名の治安委員が選出されているが、彼らはいずれも従軍経験があり、各種委員会に加わり、州選出議員として議会に出席し、州長官をつとめたこともある面々だった。そのうち、ヒュー・ファストルフとウィリアム・トップクリフの二人は国王付準騎士だった。一三七六年に、チョーサーともども、ファストルフには冬服と夏服支給の下賜金が支払われていることから、彼もチョーサーとは旧知の間柄だったのだろう。彼も裕福なロンドン市民で、ウォルワス、フィリポトらに匹敵する鮮魚商で、一三八七年にロンドン長官に就任した。このファストルフとチョーサーには、共通点が数多くあったようだ。チョーサーの社会的地位や金銭的状況は、同僚諸氏とくらべても、決して見劣りしなかったに違いない。チョーサーも国会議員として奉仕し、彼らと同様、裕福な地元地主だったことも間違いない。彼は一三八九年には治安判事の職務を離れたが、その理由は、おそらく、同年王室土木部営繕職に任命されたからであろう。【補遺N】

仕事中の屋根葺き職人――王室土木部営繕職のチョーサーは建築現場を監督し、その現場で働く職人たちに給与を支払う責任があった。
ウィーン、オーストリア国立図書館（MS. Cod. 2761, f.38）

チョーサーは一三八六年十月召集の議会では、国会議員、つまり、ケント州代議士として出席したが、気が進まない任務だったことは疑いない。名門一族の出身者とか、剣を頼りに一旗揚げて、世襲財産でも築こうという野心家ならいざ知らず、州代議士の資格程度の騎士身分になることには相当不満があった。平穏で安全な修道院の一室で年代記の筆を執る机上勤務の戦士から見れば、騎士の身分になりたがらない世の中の風潮は嘆かわしいかぎりだったかも知れない。しかし、多くの準騎士やジェントルマンが、行政府から一定程度の資産家に押しつけられようとしていた公的義務、しかも、無報酬どころか、かえって出費がかさみ、しばしば不人気で、時には危険がともなう義務を果たすより、自分の農地を耕作し、本業に精を出すほうを選びたがるのも無理からぬことだ(5)。ましてやチョーサーにはもっと興味のあること、すなわち、読書と作品執筆があった。それにもかかわらず、騎士の身分を引き受けざるを得なかった背景には、行政府からの圧力だけでなく、議会代表として騎士を確保しなければならないという地元のかなり強い要望もあったことは間違いない。かくして、庶民院議員の大半を占め、行政府にとっては課税の承認を得るために欠かせない存在だった議会の「州選出代議士《ナイト・オヴ・ザ・シァ》」は、実際、ほとんどが地元準騎士やジェントルマンの身分にある人たちで、正規の騎士の位に取り立てられた身分の者ではなかった。ただ、だからといって、騎士の位を授与する儀式について、式の前日から寝ずの行をおこない、沐浴し、剣と金の拍車を授けるという詳細な様子を伝えているフロワサール以上に、チョーサーがこの爵位授与の実態を残念がったり、皮肉な目で見ていたとまで考える根拠はない。[6] チョーサーは、自分から積極的にこうした儀式に参加したいとは思っていないが、それでも、儀式そのものを受け入れていたし、その潜在的価値を共有していた。そこで、私が想像するに、彼には議会出席の義務を円満に、無理なく避けるだけの意のままになる実力もなかったし、どうしても避けたければ、相当の意気込みが必要だったので、その義務を彼は淡々とこなすことにしたのではなかろうか。イングランド王国内七十一州のうち、三十三州の国会議員は正規の騎士の身分の者ではなかったし、彼らにしてみれば、気持ちはチョーサーと同じだっただろう。彼らはかなり雑多な集団で、中には一回以上国会に出席した経験者もいたが、彼らの関心の度合いが雑多だったことも確かだ。

「驚異議会」という別名を与えられているが、チョーサーが出席した一三八六年の議会は、もう一度出てみたいという前向きな気持ちにしてくれる議会ではなかった。国内の政情は極端に人心を不安にし、国王が事態を悪化させた。フランス軍侵攻の恐怖が広まり、一方、国内では賃金未払いに怒った兵士の一団が、ロンドン近郊や周辺各州で人々を震え上がらせた。一三八四年、国王はジョン・オヴ・ゴーントと激しく対立し、特に、彼らが一緒にスコットランド遠征に大軍を率い、ほとんど成果らしい成果を得られないままみじめな結果におわった翌八五年には、その対立は激しさをきわめた。【八】国王リチャードは、何かにつけ好戦的な有力者を毛嫌いした。ところが、彼らは国王とは血縁関係にある国王評議会の構成員で、同志でもあった。国王自身は、あまり仕事熱心でなく、争い事も好まない若い遊び仲間や、まだ十九歳の王妃アン、そして、何かにつけ国王に甘い古老といった集団を重用した。宮廷内の安定剤、中和剤として極めて重要な役割を果たしてきた母のジョーンが一三八五年七月にこの世を去った（チョーサーはその葬儀に参列するために、国王付準騎士の一人として葬儀用喪服の黒服仕立用布地三エル半を受け取っている）。非常に聡明で、感性豊かなリチャードだったが、当時の彼はわずか十九歳の若者で、自尊心と我執の強い人格にする環境で育てられてしまっていた。彼は、自分と同じように甘やかされて育てられ、顔立ちは男前だったが、頭は空っぽという青年オクスフォード伯ロバート・ド・ヴィアとその仲間とは気心が合った。一方、四人の叔父のうち一番年の若いグロスター公トマス・オヴ・ウッドストクは年上とはいえ、リチャード二世とはわずか十二歳しか違わなかったのだが、陰気で、暴力的で、その上、かつての戦争の成功体験を今一度と待望する有力者の気分を代弁するところがあり、それやこれやで、リチャードがこのトマスとは馬が合わなかったのもうなずける。国王の側近たちは権力をほしいままにし、私腹を肥やしていた。ド・ヴィア、さらに、大商人の息子で、国王評議会の一員、しかも、一三八三年に大法官になったマイケル・デラポールも同じだった。そしてこのことが有力諸侯たちの反感を確実なものにしてしまった。デラポールは一三八五年に「サファク伯」の爵位を授けられ、かなり大きな資産も裁可された。その年に、リチャードはド・ヴィアに侯爵の爵位を与えたのだが、「侯爵」の爵位導入という新たな試みは不快感を大きくした。甥のリチャード二世と一番年下の弟グロスター公との間に入って事態を収拾したらしいゴーントは、一三八六年にスペインの城郭を追い求めて、イングランドを離れてしまった。グロスター公の意を体した議会は、マイケル・デラポール解任を求めた。リチャードはエルタム宮に引き籠もり、いかに議会の要請があろうと、自分が召し抱えている皿洗いの一人にいたるまで、誰一人解任する意志がないと回答した。(7) ところが、曾祖父エドワード二世がたどった哀れな運命を持ち出して脅されると、リチャードはいくつかの譲歩をした。その一方で、多分、何の罪科もなかったデラポールは解任され、議会から弾劾され、投獄される羽目になった。その一方で、数名の司教だけでなく、グロスター公、ケント州治安委員会のチョーサーの同僚コバムとデヴェローの二人を含む、国王評議会が、継続して国王の目付役を担うべく設立された。こうしたすべての出来事が、わずか二、三ヶ月の間に起こり、チョーサーが「スクループ・グロウヴナ紋章裁判」の中で、私たちが彼の年齢を推定する宣誓証言したのはこの間のことだった（本書第一章、63頁参照）。十一月二十八日付で、彼は議会出席にかかった六十一日分の必要経費支払いのための権限授与書を受け取った。

この時期、何人かの下級役人が職を失っているので、チョーサーが、国王派として、ロンドン港税関から追放された可能性がある。しかし、両陣営にいる彼の友人たちを見ると、必ずしも同じ目に遭ったわけではないようだ。国王は完全に自由な行動を奪われたわけでなかった。バーリは依然その地位を守り、デラポールの罰金は減額され、その後、彼はウィンザー城へ送致され、「そこでバーリの監視下に置かれ、後から国王が二人に合流してクリスマスを城で過ごした」(8)。

しかしこの事態が好転の兆しとはならなかった。国王は二人に協力するのをかなり嫌がっている風に見えた。翌一三八七年に全土の反国王派が結集し、十二月にオクスフォードシァのラドコト橋で反国王派と国王派の両軍が衝突した。国王派はロバート・ド・ヴィアの部隊で、主にチェシァの王室伯爵領出身者たちから成り、常に国王に忠誠を尽くした。一方、反乱諸侯側には、グロスター公、アランデル伯とウォリク伯トマス・ビーチャムを中心に、当時、ノティンガム伯トマス・モーブレイと、他ならぬゴーントの長男ダービ伯ヘンリ・ボリングブルックも参加してきた。ヘンリは二十一歳で、リチャードより年上だったが、わずか六ヶ月しか違わなかった。ド・ヴィアは敗走し、反乱諸侯一行はロンドンへ進軍し、そのロンドンでは、国王軍に宿舎を提供するよう求めるリチャードを拒否した市参事会員側が反乱諸侯軍を迎え入れた。リチャードは降伏せざるを得なくなり、一三八八年一月には側近の多くが追放され、かなりの数の王室役人も職を奪われた。バーリはドーヴァー城城代と特別五港管理長官の職を失った。

一三八八年二月に、新議会——後に、「無慈悲議会」と呼ばれる——が招集され、反乱諸侯はこの議会でリチャードの多数の友人を反逆罪で「訴えた」、つまり、告発した。「告発諸侯団」という名前はここから来ている。デラポールとド・ヴィアは国外逃亡し、ヨーク大司教（チョーサーの友人でロラード派騎士でもあったサー・ウィリアム・ネヴィルの兄にあたる、アレキサンダー・ネヴィルのこと）は聖職者という身分で救われたものの、スコットランドのセント・アンドルーズ修道院へ転任させられ、彼にとってそこは遠く離れた暗黒世界にも等しかった。チョーサーのかつての同僚関税徴収官ニコラス・ブレンバーは有能だが、傲慢で、暴力的な食料雑貨商で、反逆罪による死の恐怖をたっぷり味わった。一方、バーリは、他の国王私室付騎士二名と同様、斬首刑という処分を免れた。トマス・アスクは処刑された【九】。国王派にたいして下された判決はどれも証拠が疑わしく、処分は、主に首謀者に限定されているが、残酷だった。刑を受けた者への同情があっても、告発諸侯団に反対して国王に味方する明確で幅広い動きはなかった。

チョーサーがシェイクスピアを引用できたならば、きっと、「どっちもどっちだ、おまえたち両家ともくたばってしまえ」とでも口にしたことだろう【十】。彼としては自分自身の仕事だけはなんとか順調にこなしたいという思いがあり、大抵は実現できたが、邪魔が入ることも度々あった。時々、仕事上のことで、たとえば、ウェストミンスターへ出かけなくてはならなかった。その仕事の内容は、一例をあげれば、一三八七年五月、ウィリアム・リックヒルと一緒にある誘拐事件の調査委員会に加わり、定期的に自分の給料を受け取り、税関監査用会計報告書などの始末をつけるというものだった。一三八七年六月から十一月の間に、彼の妻がこの世を去った。チョーサー夫妻が幸せだったかどうか、今となっては知るよしもない。『チョーサーからバクトン君に贈る言葉』という表題の、短くて面白い詩があるが、内容はバクトンにたいして、できるなら結婚せずに独身のまま暮らし、〈バースの女房〉を結婚の戒めとして読むよう忠告するというものだ。チョーサーは、半ば冗談交じりに、独り身の自由に言及している。そしてチョーサー自身、我が身に託して、こんな愚行、つまり、結婚、を繰り返すことにならないよう、結婚の悲哀と悲惨はあえて書くまいとも述懐している【十一】。贈られた相手のバクトンとは、おそらく、ヨークシァ、ホルダーネス出身のサー・ピーター・バクトンだった。一三五〇年生まれのバクトンはチョーサーより年下だが、古くからの友人だった。数度の遠征を含めて、ゴーントに仕えた後、国王私室付騎士のひとりに取り立てられた。さらにその後、ヘンリ・ボリングブルックが国王に即位すると、破格の厚遇を受け、最後には、ランカスター家お抱え従者の中でも群を抜いて高い役職に就いた。チョーサーの詩は、一三九六年、バクトンの四十六歳の頃に書かれていることからすれば、彼が初婚を迎えるには年を取りすぎているし、まさにその理由から、この詩はやはり戯れに書かれたものと思われる。大衆文学というものには、結婚を嘆く恨み辛みが満ち、結婚は、大抵、滑稽に描かれるものだ。それでも、そうして茶化すことで、溜飲を下げるのが人の常なのだ。チョーサーとて、時には結婚の苦汁をなめたこともあっただろうが、誰しも、たまには経験するものだ。亡妻を出しにして、冗談を触れ回るという態度は、無神経、軽率、天の邪鬼の産物で、どこか突き放したような冷淡さに起因するが、これもまた彼の気質の一面であり、彼独特の感傷表現でもあるのだ。ユーモアとは、突き放すことと直接関与が隣り合わせることで生じる。チョーサーが結婚したあの金髪娘フィリッパも、おそらく、出産やら、別居やら、旅行やらで、甘い結婚生活どころではなくなり、なかなか思い通りにいく妻でないことに気がついた。他方、妻にしてみれば、夫のほうこそ手がかかる人だという思いがあったかもしれない。結婚からわずか二、三年しか経たない一三六八年に、『公爵夫人の書』の中で（35-7行）、チョーサーは、すでに八年もの間、ある病いに苦しみ、しかも、どうやら愛情がらみの病気にかかっていたらしいと公言していた。彼を癒すことのできる医者は一人だけいるが、妻がその医者になってはくれない。あきらめ顔で、チョーサーは次のような言葉を口走ったかもしれない。「僕はそのことをどうしても書かなくてはならなかったし、それはただのしきたりだよ。フランスのすぐれた詩人は皆やっていることだしね。ま、それでも、言ったとおり、彼女が僕を癒してくれるわけでもないし、彼女は僕のことなんかお構いなしだ。彼女はいないも同然、もうどうでもいい事だ。ともかく、もう二度と結婚はごめんだ」。特に、『公爵夫人の書』の中で、ゴーントがあれほど情熱的で美しい愛で亡妻と結ばれている姿が描かれているのに、彼ら二人の結婚や五人の子供たちのことが一言も触れられていないので、世の奥方はかえって腹立たしく思ったかもしれない。ゴーントが愛を求めて挫折し、思い悩んでいると話すことをチョーサーは断念した。その代わり、同じ作品の中で、詩人は愛のことなど何も知らないという自画像を描いているが、これなど、ほとんど、妻フィリッパへの敬意にならなかった。その後、シシリ・チャンペイン嬢をめぐる、何やら奇妙な事件が発生する。恰幅のいい中年男性の心の内側では、若くて細身の分身が外へ出て行こうとでもしている気配だ。多分、チョーサーは何度かやってしまった。ロラード派の人たちは、男女を問わず、貞潔の誓いの危険を声高に主張した。宮廷には血気盛んな若い男女が溢れ、恋愛が話題の中心で、誰もがそれに一喜一憂していた。「貞潔」という考え方にはおおよそ無縁な「男の名誉」が幅をきかせる宮廷で、妻一筋の夫など入り込む余地もないようなのだ。それでも、想像力の中での宮廷では、事情は違った。愛は、周縁的関心どころか、重要な感情だった。文学の世界では、洗練された恋愛術とその手練手管が、若者にとって人生最高の腕の見せどころで、それによって、結婚と永遠の相互敬愛に到達した。恋愛術は、単に他人からの受け売りの物まねとか、人生批判とかではなく、それ自体が理想的生き方だった。そして、現実の宮廷でも、リチャード二世がひたすら王妃アンにささげた献身的な愛のように、それに似たことが起こり得た。とはいえ、世間周知の作法にのっとった慇懃な振る舞いを忘れず、甘美で、秩序ある何らかの感情が、自作の詩の世界から現実のチョーサー自身の結婚生活の中へ浸透することが確実にあったと断言できるだろうか。

一三八七年、あの多事多難な夏の終わりと秋に、チョーサー自身の身にも悲しい、厄介な問題が降りかかったと見て差し支えないだろう。同じ頃、彼は『カンタベリ物語』の構想を練り、自分の知的関心の幅を広げていたが、一方で、不安と同情をもって、友人たちの様々な運命の行く末を注視していたことも確かだ。告発諸侯団の勢力が高まる間、チョーサーにとって、バーリ以上に特別大切な友人だったスターリ、クリフォード、ネヴィル、クランヴォウの四人の国王私室付騎士たちは、他のロラード派騎士とヴァーシュともども、できるだけ目立たないよう身をひそめていたようだ。この時期の彼らの動静が触れられることは著しく少ない。もちろん、サー・ウィリアム・ビーチャムは反対の告発諸侯団の側につき、その積極的な協力者だった。一三八七年七月、チョーサーはビーチャムに同行してカレーへ行っていたようなので、チョーサーは信頼できる仲間だった。他の国王私室付騎士仲間と同様、ヴァーシュの身に深刻な危険が迫っていた可能性があるこの時期、チョーサーは彼に『誠実：よき忠告を歌うバラッド』という詩を書き、（もう十分すぎるほど）所有している現状に満足するよう彼を説得している。

大きな安らぎはささやかな仕事にこそあり。
（中略）
この世でじたばたするのは没落のもと。
ここには安らげる家などなく、荒野があるばかり。
（中略）
だから、ヴァーシュ君、昔の不幸を忘れ、
今こそこの世に縛られることをおやめなさい。
（10-23行）

この詩は、ヴァーシュに向かって、神に祈るように勧める忠告で終わる深い宗教性をたたえた詩である。この詩は、良識的な業務遂行を否定せず、一三八八年五月一日付でチョーサーが当該年の二件の年金給与をジョン・スカルビなる人物に振替える旨の申し出をする王璽令状の最終登録簿があることから、私たちはこの振替を、チョーサーがケントに所有する資産の改善、もしくは拡大のため、相当まとまったお金を工面する取引手段だったと推定していいだろう。また、この時期、チョーサーには二件の金銭債務訴訟が起こされ、まとまった額ではあるが、さほど深刻というほどでもない借財が総額で十ポンドほどになっていた。こうした年金給与振替や借金は、税関業務に関連して発生した可能性もある。というのは、一三八九年から九一年まで王室土木部営繕職にあったチョーサーの業務に関連した金銭債務訴訟が、退任後の一三九八年に起こされたからだ。晩年、チョーサーが借金取りに悩まされ、返済もままならないほど困窮していたと考える根拠はない。むしろ生活は快適で、ほどほどに満足できる暮らしぶりだった。

この時期に書かれたもう一編のボエティウス風詩は「無慈悲議会」に関するものと言っていいだろう。それは、悪意に満ちた不安定なこの世を評する『節操なき世』のことだ。バーリの運命が、多分、この詩を着想する動機になった。

この世をかくも移り気にさせるものとは
言い争いに付和雷同したがる人間の性癖以外に何があろう。
私たちの間では、人と謀って
隣人をいたぶり、苦しめる才覚がなければ
無能扱いされるのが今のこの世の姿。云々

(8-12行)

なにもかも悪化するばかりで、事の真偽は逆さま、理性は根も葉もない作り話扱い、美徳は弱体化し、憐憫は追放され、判断力の目は貪欲のせいで盲目になってしまう。

この世の価値は入れ替わってしまった、
正義から不正へ、常変わらぬ誠実から移り気へと云々。

(19-20行)

この詩は、リチャードの治世下のどの時代にもほぼ当てはまり、事実、いつの世のどの時代にも当てはまることは率直に認められなければならない。最後のスタンザは、従来、リチャードに直接語りかけられていると考えられている。

おお、我が大君よ、名誉を重んじられよ、
あなたの民を慈しみ、むしり取る行いを憎まれよ
あなたの王国であなたの地位を
汚す行為に情け容赦は無用。
処断の刃を見せてやりなさい、
神を畏れよ、法を行い、誠実で立派な振る舞いをこそ大切になされよ、
そして、あなたの民を今一度節操とひとつにお結びなされよ。（22-8行）

この忠告は、如才ない国王側近にふさわしい極上の気配りと見事に釣り合いがとれている。激励とも説諭とも、いずれでも読もうとすれば読めるからだ。これとよく似た表現が、暴政を戒め、真の国王にふさわしい振る舞いを説く『善女伝』「プロローグ」（F版、373行以下）の一節にも見られる。「プロローグ」の中でエルタム宮かシーン宮に滞在中の王妃アンへ言及している箇所（同、496-7行）と同様、「処断の刃を見せてやりなさい」（『節操なき世』、26行）という呼びかけからは、チョーサーがリチャードと宮廷派に相当深く関わっているように見える。その一方で、『善女伝』「プロローグ」で無慈悲な暴君に触れた詩句と同様、「むしり取る行いを憎まれよ」（『節操なき世』、23行）という忠告から、チョーサーがただの太鼓持ちでなかったこともわかる。リチ

ャードを含め、誰もが、重税と寵臣による圧政が民を苦しめる真の原因だったことに気づいていたのである。

「無慈悲議会」はリチャードの行動をきびしく規制したが、やがて判明するように、国王はゆっくりと九年間の時間をかけ、しかも、直接手を下すことなく完璧な復讐をとげる動きに出た。彼はまた、いくつかの独創的な政策を推進してもいた。失地回復の第一歩を踏み出すのも早かった。一三八九年五月三日、国王評議会でリチャードは、自分は何歳になるのか、ともったいぶった質問をした。彼はもう二十二歳で、国王として十分自立した支配権を主張できた。彼は国王評議会の存続を許可し、ゴーントをスペインから呼び戻した。ゴーントは一三八九年十一月に帰国したが、留守中に彼にたいする国民の人気はいつになく高まっていた（「吹き荒れる嵐のような人々よ、定めなく不実な者たちよ」――「神学生の話」、995行）。リチャードはグロスター公トマスとも和解したようにみえた。解任された役人もいれば、新たに任命された役人もいたが、当面、国王は本気で復讐しなかった。

一三八九年七月十二日付で、チョーサーを王室土木部営繕職に任命する権限授与書が作成されている。【補遺N-a】実際の任命は、この日付よりは少し前にすでに実施されていたと思われる。この種の任命は求職の請願に答えてなされ、好意や引き立て次第というのが実態だったので、チョーサー自身の就職が、リチャードが自分の自立ぶりを新たに世間に公言したことと関係があったとは信じがたい。チョーサーの前任者ロジャー・エルマムは、二年半の奉仕にたいして年金給与十ポンドを受け取っていた。この仕事自体は日当二シリング相当で、日曜日も含めれば、総額年三十六ポンド十シリングにのぼり、相当大きな額になった。営繕職は重職で、より高い地位の公務員たる聖職者が就任するのが慣例だった。エルマムが何か失態を犯して解任されたとする根拠はない。彼とチョーサーの二人だけが、十四世紀にこの地位に就任した者としては、専門家でもない俗人だった。エルマムも国王付準騎士の身分で、通常の流れに沿った就職をした。エルマムが担当していた職務範囲は、チョーサーの代で縮小されたものの、一方で、チョーサーは四名のベテラン補佐（財務府から週二シリングの手当が支給）

を新たに雇い入れ、それと、チョーサーの前任者と後任者にも仕えていた、仕事の大部分をこなしてくれる事務官も手元に配置したことは確かだ。書面上の諸手続と実際に実施された事柄との間の溝を橋渡しすることはむずかしいが、土木部営繕職は決して閑職ではなかった。土木部営繕職の責任は、一般的には、現場監督とお金の出入り、つまり、現場労働者の雇用と賃金支払、資材供給とその保護と調達金支払い、それから、不要木材の売却を確実に履行することだった。チョーサーの職責は、王室関連の多くの居城や荘園領地などの建築・維持に及び、一三九〇年七月十二日付でウィンザー城内聖ジョージ礼拝堂修復業務も彼の仕事に加えられた。また、彼は、ウェストミンスター宮、ロンドン塔、シーン宮、エルタム宮、ケニントン宮、チルダーン・ラングリ宮、バイフリート宮に保管されていた「死蔵在庫品」を前任のエルマムから引き継いだ。【補遺N-b】死蔵品とはいえ、中には重要な物品も含まれ、ウェストミンスター宮の歴代国王石像七体、巻揚げ機一組、木工職用旋盤用具一台などがあり、中にはがらくたとしか言いようのない用具類も死蔵されていた。バイフリート宮には、なた鎌

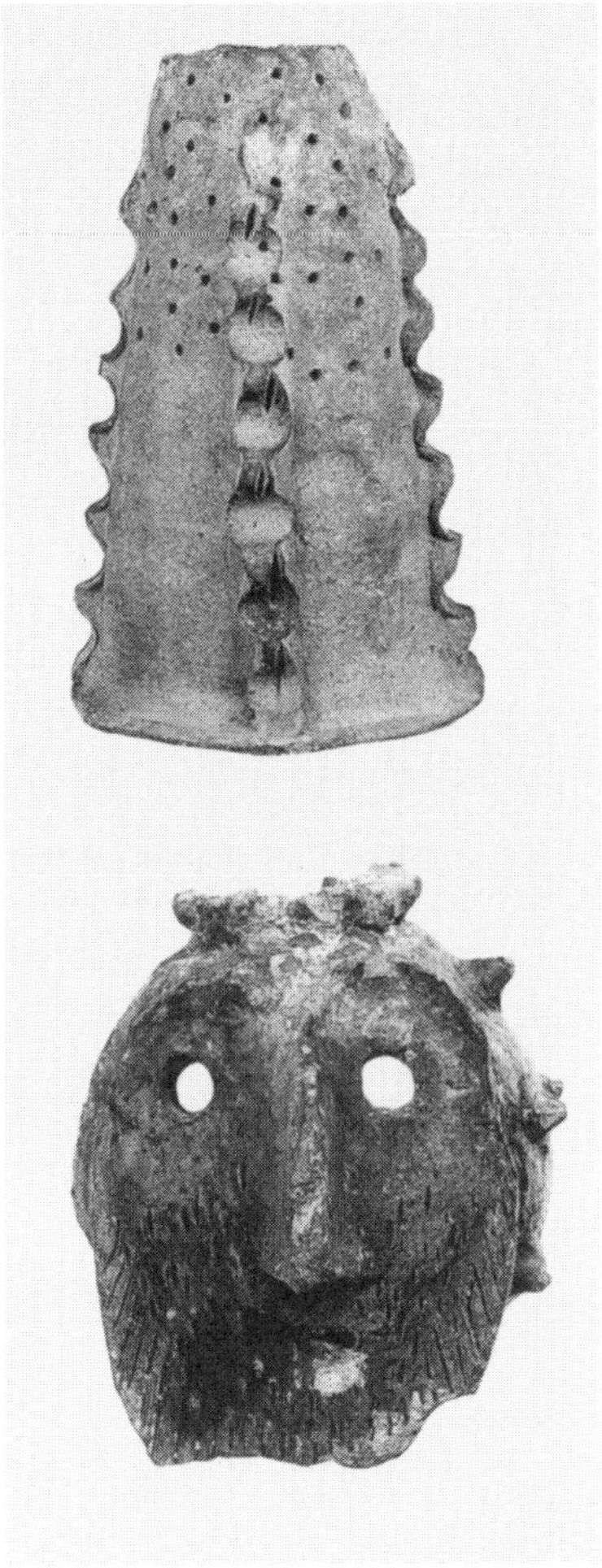

上：陶製の美しい煙突用通風管（商家のものと思われる）。サセックス州シスベリで見つかった。
下：バークシァ、レディングで見つかった屋根の尖塔に飾る頂華。
ブリティッシュ・ミュージアム蔵

一本とロープ一本しか残っていなかった。ロンドン塔には、様々な「兵器類」、完全に壊れた車輪三台、薪架《まきうま》一組、使い古しの桁のついた巻揚げ機一台、「(つぶれて使いものにならない)引き綱一本以外は全備品のととのった破城槌一台」、「ウィロン」と呼ばれるベル一個、「フライパン一個」、「熊手一個」、「配管職(今で言う配管工)用ひしゃく一個」等々が保管され、さながら廃品置場という様相だった。おそらく、チョーサーは真面目くさった顔をして、一品一品点検していたのだろう。この仕事のおかげで、チョーサーは当代随一の名建築家ヘンリ・イェーヴェル(彼の日当は一日につき十二ペンスで、チョーサーの手当の半分)と近づきになれた。[9] そのイェーヴェルは、ウェストミンスター修道院聖堂身廊部と、そこに安置されたリチャード二世廟を設計し、さらに、ウェストミンスター・ホールの改築を担当していた。

物事の外見にたいする文学的関心が、通常の意味で、チョーサーを格別注意深い観察者に育てたというわけでもないだろうが、自分の関心を引く多くの事柄や美しい建築物には積極的な楽しみを覚えていたに違いない。彼には、一三九〇年五月と十月に、スミスフィールドで催された大規模な馬上槍試合用観覧席組み立てを請け負う責任もまわってきた。ウェストミンスター宮で引き継いだ「死蔵在庫品」の中に、「足場用柵十二組、長さ三十二パーチの競技場を囲む柵一組」といった備品があった。原文 perticata とは一パーチの長さの単位で、古い社会で伝統的に使われてきた尺度によくあるように、その単位は(変動の繰り返しで)近似値で、変わりやすいが、おおざっぱに言って、六・五フィートから八フィートに相当する。「競技場《リスト》を囲む柵」とはおそらく、騎士たちが馬上槍試合で互いに競う競技場の、観客席などの仕切り境界となる木製の囲いのことだったようだ。ウェストミンスター宮「死蔵在庫品」目録に言及された設備から考えると、全長約二百ヤードの周回距離で、完全な円形だとすれば、直径六十六ヤードの競技場ということになる。また、チョーサーは「競技場を囲む柵一組」のうち競技場中央部の仕切りで使われる「わっか九本」も前任者から引き継いでいる。「わっか九本」というのは、おそらく、馬の背にまたがって突進し、槍にひっかけて取る武芸の一種で使われた「輪」のこと

ウェストミンスター・ホールのこの大きなハンマービーム（水平はねだし梁）は、
チョーサーの同僚ヘンリ・イェーヴェルが設計したもの。

だろう。(10) 仕切りは、馬上槍試合にも、決闘のためにも使われた。【十二】さらに、この仕切りは、競技場を仕切る高さ数フィートの長い木製の仕切り柵のことだった。馬上槍試合に参加した騎士は、柵の反対側の端から互いに馬に乗って突進し、競技場の真ん中には二人の騎士のそれぞれ左手側になるよう仕切りが配置され、騎士は右手に握った槍を右脇の下で固定し、各自の馬の頭左後方から、長さ十六フィートの長槍を仕切り柵の反対側の相手の盾か兜めがけて突くことになる。これほど短い距離では、やや小さめの荷役用駄馬では十分な速度を出せなかっただろう。馬上槍試合は時にはひどい怪我を負い、死にいたることもある非常に危険な競技だった。この競技に造詣の深いグロスター公は、騎士同士の一騎打ちが見事果たされるよう、競技用柵の造営を定めた諸規則を考案したが、チョーサーも当然その規則を心得ていたに違いない。【十三】その規則の中に、柵は長さが「六十パーチ」、幅が「四十パーチ」で、堅くて平らで障害物のない地面に設営し、東に一箇所、西に一箇所、それぞれ出入り口の扉を配置し、その扉には高さ七フィートのところまで馬の脱出防止用に強固な横木を何本かわたしておくこと、と定められている。(11) こうした規則からすると、競技場の形は楕円形を想定しているようだ。馬上槍試合に使われる柵は、どこでも同じ設営方法をとっていたと思われる。一三八五年から九〇年までつづいた「スクループ・グロウヴナ紋章裁判」では、当のグロスター公が騎士道裁判所の裁判官も務め、チョーサーは、国会開会中の一三八六年十月十五日に彼の前で宣誓証言した。【補遺M】グロスター公が何かにつけリチャードに詰め寄ったのには、国王がこうした騎士道に関係する問題にあまり関心を示さないことも動機になっていた。

　チョーサーが競技場での柵や足場組み立てを含む日常業務に携わっている現実と、彼の詩のもつ生き生きとした写実性とは、期待されるほどの直接的関係はなさそうだ。「騎士の話」の中に馬上槍試合の柵の様子が正確に、子細に描かれているが、その周回距離は二百ヤードではなく、一マイルとなっている（「騎士の話」、1881-1901行）。直径にすると五百六十ヤードで、相対的に巨大な競技場ということになる。観覧席も急ごしらえの臨時の造作ではなく、石造りで、階段状に六十パーチの高さまで延びていたので、観客は前にいる人の頭に邪魔されずに見渡すことができた。ローマの広大なコロセウムか、自分でヨーロッパのどこかで見ることのできたローマ風円形劇場のような姿でチョーサーの脳裏に浮かんでいだに違いない。しかし、その規模はいささか度が過ぎている。一見正確そうにみえる写実主義も、実際には、見せかけにすぎず、現実の建築物というより、素晴らしい想像力の刺激に役立っている。スミスフィールドで催された壮観な馬上槍試合の模様を実際に書き留めたのは、チョーサーでなく、フロワサールだった。騎士道にのっとった儀式にたいするチョーサー個人の関心は、リチャード同様、明らかに抑制したものだった。彼は監督者兼会計責任者で、備品の抜き取りに目を光らせ、現場労働、スポーツ競技から戦争まで扱わなければならなかった。こうして、彼の労働は、当時の大部分の人々の勤務時間をほぼ占める内容だが、詩人としての彼は、日常業務の核、つまり、個人的人間関係に関心を寄せていた。

職務上どうしても現金を扱わなければならない立場にあったおかげで、チョーサーは一三九〇年九月に、実に不愉快な事件一件、もしくは、数件に巻き込まれることになった。以下の記録がある。まず、九月三日に、ケント州の「ザ・ファウル・オーク」近くで、馬、携行品、および国王のお金二十ポンドを強奪された。次に、九月六日に、再び、ウェストミンスターで十ポンドを強奪された。同じく九月六日に、サリ州ハチャムで九ポンド四十三ペンスか四十四ペンスを強奪された。さらに、日付不明で、ハチャムで馬、携行品、および、二十ポンド六シリング八ペンスを強奪された。三日間で二度ほど強盗事件に見舞われたということであれば、不運ですますこともできるが、都合四度ともなれば、いささか注意不足の感は否めない。記録文書が一連の事件を混乱させてきたことは確かだ。少なくとも、一三九一年一月に、チョーサーは、一三九〇年九月三日に奪われた国王のお金の弁済免責処置を受けた。彼は、アイルランド出身の聖職者一名とその事務官一名を含む強盗団の被害者だった。強盗団のひとり、ブライアリが、仲間を裏切って、彼らの数々の強盗事件を内部告発した。チョーサーの被害がたとえ一度だけだったとしても、彼は多額の現金を携行しなければならなかったので、この事件は当時の街道がいかに危険だったかを雄弁に物語ってくれる。チョーサーは現場労働者の賃金や備品調達の支払いのために、現在の数千ポンドに相当する現金を運んでいたようだ。王室土木部営繕職は、明らかに、結構骨の折れる仕事だったのだ。

営繕職在職中、チョーサーの住まいがケントにあったことは、一三九〇年三月十二日付で堤防、水路建設に関わるケント州委員会の委員になっていることからも証明できる。この委員会の委員長に、チョーサーの旧友サー・リチャード・スターリが就任し、会の顔ぶれには、一三八五年から八九年までのケント州治安委員会以降親交のあったケントの地主数人も含まれていた。今回のケント州委員会の目的は、ウリッジ・グリニッジ間のテムズ川堤防、水路などの現状調査だった。前の週の三月五日に大嵐が襲い、大きな被害を与えたばかりだったのだ。

王室土木部営繕職は二、三年で交代し、チョーサーは一三九一年六月にその職をジョン・ゲドニに譲った。ゲドニはすでにノリッジ管区のある教会の教区司祭職にあり、後年、ボルドー城代にもなった。営繕職時代のチョーサーが、驚くほど仕事熱心だったとか、目も当てられないくらい無

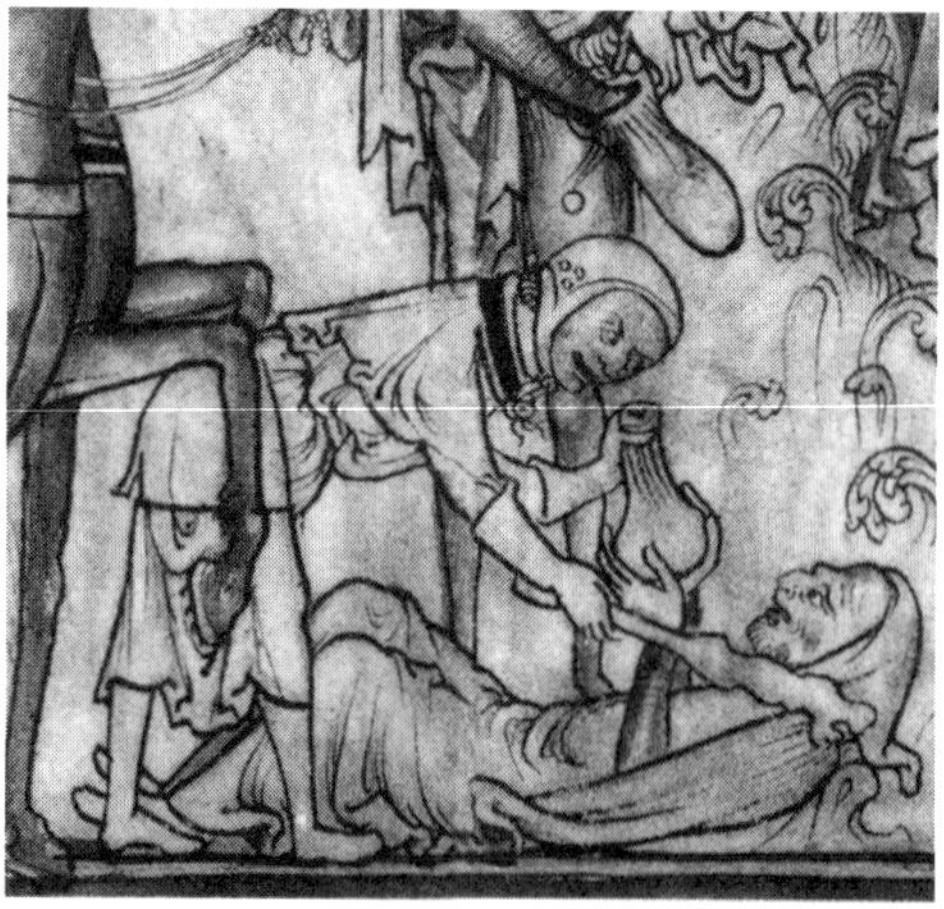

追いはぎにあって、旅人は急いで自分の財布を差し出している。
あるいは、そのお金は国王のお金だったかもしれない。
ケンブリッジ大学図書館（MS. Ee. 3.59, f.4r）

能だったとか、そのどちらも考えにくい。会計責任者としてチョーサーは十分資格があり、営繕職時代に彼が担当した年間支出額は平均的だった。彼がサマセット州のノース・ピサートン御料林管理官代理という職を授けられたのはこのような時期だったのだろう。本来、この御料林は辺境伯ロジャー・モーティマーの所有林だった。モーティマーが未成年だったため、その資産は、チョーサーもよく知っている廷臣サー・ピーター・コートニによって管理されていた。しかし、数通の文書は後年のもので、混乱しているが、コートニとモーティマー伯との間では複雑な係争事件がつづいた。したがって、私たちには、もしあるとしてだが、チョーサーの管理義務、あるいは、給与について知る手がかりがない。私たちは、その仕事が、チョーサー最晩年の十年間ずっと継続して関係していたと推察するが、正規の職務としては王室土木部営繕職が最後だった。手元に入るささやかな余禄を拒まず、それでも、彼の生活はゆとりある暮らしぶりで、特に、読書と創作をつづけることに腐心していたようだ。彼は、当時のケント州グリニッジで生活していた。ここは、ウェストミンスターからもわずか五、六マイルの徒歩圏内だったし、エルタムやシーンの離宮へも徒歩、あるいは、馬ですぐに行ける距離で、時々、彼はオクスフォードやケンブリッジの友人を訪ねた。友人たちの家からも、それほど遠くないところにあった。ロンドンやサザックの（ガウアーのような）友人を訪ねた。詩人として成功し、世間でもその名が知られるようになり、宮廷の寵児でもあったチョーサーは、各界の多彩な友人たちと関係を築いていた。一三九一年当時、妻フィリッパ亡き後も彼はひとり身を通し、二人の息子はまだ小さく、次男のルイスはまだ十歳前後だった。私たちは、彼にとって家庭は居心地がよかったと想像していいし、身の回りには召使い、家事を切り盛りしてくれる女性、家庭教師、下男、下働きをする数人の男の子たちもいただろう。家には書物を備えた書斎と小さな庭もあり、美しい野原へもすぐに行けるし、隣近所には大きな屋敷が建ち並んでいた。本を読み、詩を書き、そして、写字職人や友人に会うために宮廷やロンドンへ出かけ、時にはロンドンやウェストミンスター以外の場所へも足を運び、自作を朗読し、友人の訪問を受け、健康にもまだ自信があり、二人の息子の教育に目を光らせ、暮らしぶり全般は穏やかに過ぎていった。とはいえ、彼を取り巻く社会は不正と苦悩に満ちていた。だから、チョーサーはヴァーシュに忠告の言葉をかけてやっている。

烏合《うごう》の輩から逃れ、誠実一途に生きなさい。
たとえわずかでも、君の持ち物に満足することです。
（中略）
自制する術を心得ていれば、他人に道を教えることができるのです。
（中略）
大きな安らぎはささやかな仕事にこそあり。
（中略）
君の元に届けられたものはなんであれ、黙って受け取りなさい。
この世でじたばたするのは没落のもと。

（『誠実』、1-16行）

第12章

そして皆巡礼の一行でした

CHAPTER TWELVE

AND PILGRIMS WERE THEY ALL

一三八〇年代の後半、いつものことではあるが、チョーサーは問題をかかえていた。詩人として、その内容を盛る形式の問題をめぐり、かつてない「深刻な格闘」をしていたのだ。新酒のブドウ酒は古い皮袋を破ってしまうかもしれないが、詰める樽がなければブドウ酒を貯えることはできない。それどころかへたをすると、ブドウ酒の供給すら干上がってしまいかねない様子だった。チョーサーは『善女伝』と格闘をつづけていたが、完成させなかった。幼さの残る王妃アンから、反女性論とおぼしき『トロイルスとクリセイダ』の「償いをする」よう戯れに要請されたという事情もあったのだろうが、なにより彼自身の気持ちの勢いが萎えてしまった。実験を重ね、腕を磨いてきたこの詩人にしてみれば、『善女伝』の形式は、堪えがたいほど繰り返しが多く、退屈なものに感じられた。[1]『チョーサーからスコガン君に贈る言葉』の「我が詩神たる女神は眠りにつき、なまくら刀と錆びついた詩才をもう抜かずに、鞘におさめておこう」(38-9行)という表現が自分の気持ちを代弁していると感じたのは、このような時期だったようだ。「刀」と「詩神」とは実に詩想の妙だ。彼の詩に現れる男性・女性の二元的イメージが、これ以上ないほど巧みに組み合わされている。

意図的に『善女伝』構想を放棄したということはないまでも、チョーサーは一三八七年頃、すでに、『カンタベリ物語』に着手していたと考えられる。『カンタベリ物語』に収録される

扉図版：
「わたしたちは皆、これ以上ないという部屋を提供してもらい／……(宿の亭主)殿はひとりひとり暖かく迎えて、／すぐに夕食の準備をし、／最高のごちそうを振る舞ってくれました」(「ジェネラル・プロローグ」、29, 747-9行)――ミュンヘン、バイエルン州立図書館

はずの各作品は、執筆時期も様々で、順を追って書かれることもあれば、複数の作品が同時進行で制作されることもあった。馬に乗りながら、様々な構想や詩句が脳裏をよぎったに違いないが、本業たる営繕職がかえって気晴らしにもなっていたに違いない。チョーサーの後期作品のほとんどは制作年を正確に特定することは不可能だが、一三九一年にその職を辞して、一三九〇年代の早い時期に、一気に仕上げにかかったと見て間違いない。『善女伝』「プロローグ」初版のF版を書き上げた頃には、後日「騎士の話」と改められることになる『パラモンとアルシート』もまた完成していた。このままの形では広く流布することはなかったが、この作品には、宮廷の栄光と、運命のはかなさと逆境での身の処し方にたいするボエティウス風省察とならんで、彼が長年あたためてきたロマンティックな愛への関心が詰め込まれている。すでに引用したように（本書第十章、352頁参照）、物語の構造としては、二人の男性主人公のうち一人が、最終的な恋の成就を約束されているので、この作品は、初期の恋愛詩に比べるとかなり楽天的な新境地が表現されている。またそこには、中年男ならではの世慣れた軽さがあり、その軽さは、生と死の避けがたいサイクルについての、これまた中年男特有のもったいぶった警句好きと、時に矛盾することがあっても、まったく無理なく歩調を合わせている。

この冷ややかな軽妙さはまた、ヨーロッパ中に数百種類の写本や、また口コミでも流布した大衆滑稽譚の伝統にありがちな、底意地の悪いユーモアによって誘発されたものでもあった。[2] こうした滑稽譚は、一面においては、真面目で、高邁で、情熱的な宮廷風ロマンスというコインの裏返しであり、また一面においては、性交や糞尿といった粗野で下品な話柄へのごく健康な関心のあらわれであり、さらにまた、私がこれまで「公式文化」と呼んできたもののうちにある緊張関係や構造への、ごく自然な反作用という一面もあった。「公式文化」とは、私たちが自他ともにそれをなし、また信じるべきだと考えているにもかかわらず、しばしばそうすることのかなわないような種類の「善」にかかわるものである。そしてこの「公式文化」への反作用というべき存在が「非公式文化」であり、怠惰、利己心、気まぐれ、あるいは、自由と自発性への願望など、その引き金が

「船長の話」に登場する破戒僧と浮気女のカップルで、遊び人ドンファンを彷彿とさせる修道士ジョンと裕福な貿易商人の妻　ベルリン国立博物館

何であれ、それは必ずしも「悪」とはいえず、短絡的に否定すべきものでもない。こうした「非公式文化」を表現する中世の滑稽譚は、聖職者や廷臣を含め、すべての社会階層の人々に広く知られていた。この滑稽譚は、フランス語で「ファブリオー」（*fabliaux*）と呼ばれ、十三世紀のフランス人宮廷作家と聖職者作家、十四世紀のボッカッチォのような作家たちが、猥雑な滑稽譚を高度な芸術の域にまで引き上げた。[3] そしてさらにチョーサーは、彼らすべてを凌駕したのである。舞台が整ったところで、彼は『カンタベリ物語』の中の数編をすでに書き上げ、もしくは、書いてみたいとその機会を待っていた。

さて、彼は、『カンタベリ物語』に取りかかるしばらく前に、再び翻訳に手をつけ、十三世紀初頭のローマ教皇イノケンティウス三世が書いた高度に「公式的」な散文形式の宗教論、つまり、この世を蔑み、拒む必要を説く『この世の蔑視』という作品を翻訳していた。仮に「ファブリオー」がロマンス物のコインの裏側だったとするなら、『この世の蔑視』は材質そのものが異質だった。ただ、この宗教散文は、この世の本質にたいする人間の深い本能を言い当てており、翻訳作業が終わって、チョーサーはこの作品を無駄にしたくなかった。

この散文翻訳はおそらく、試練多き、有名なクスタンス姫の話のような宗教的民話に奥深さを与えることに役立っている。

民話はますますチョーサーの関心を幅広く捉えていった。滑稽譚もまた民話だったが、すべての民話が滑稽譚というわけではないし、民話には他にも多くのタイプがある。聖書と古典作品以降、すべての伝統的物語は、民話と共通する要素が数多くあり、小説よりはるかに民話に近い。しかし、滑稽譚と宗教的民話の中に見られる空想と写実性の絶妙の混合が、チョーサーの二元性と彼の詩作上の研鑽にとってとりわけ魅力的だった。

彼に非凡な才能がなかったならば、彼がこれだけ幅広い素材をまとめるための課題に気づきもしなかったかもしれないし、各作品を乱雑に書き散らすだけか、大雑把なジャンル分け程度で終わっていたかもしれない。寄せ集めの原稿が積み上げられていた。中世の書物は、紙か羊皮紙の紙葉《リーフ》を、平均八葉（枚）もしくは二葉（枚）四組にまとめた各折丁《ギャザリング》を一つにまとめて製本された。折丁とは、（今も多くの書物にみられるように）、文字が記された大きな紙葉を、仮綴じ小冊子のように、まとめて折りたたんだものである。大型本などを繙いていて、折丁のはじまる頁の光沢の汚れから、時々それとわかることがあるのだが、ばらばらの折丁が、未製本のまま棚に放置されていることもよくあった。チョーサーは、書き終えたばかりの作品を収める書棚に、そのような製本前の折丁を並べていたに違いない。折丁をまとめておこうというのは自然なことだろう。十五世紀半ば、ロバート・ソーンタンという名前のヨークシァの地方ジェントルマンは、世俗物、宗教物を問わず、彼は自分の関心のある多種多様な作品を書き写し、適当な長さごとに折丁にしてまとめ、最終的に、先の手順通りに、折丁を一つにまとめて製本させた。(4) これが、中世後期の書物の典型、つまり、「ゴシック風作品集」だった。【二】中世には、色々なジャンルの話を一本にまとめた物語集も沢山あった。チョーサー自身は、この種の体裁の書物づくりを『善女伝』で始めたし、ガウアーは別の作品集創作を試みていた。【三】チョーサーはまた、それまでに書かれた最大の物語集たるボッカッチョ作『デカメロン』にも親しんでいたかもしれないし、すでに見たように、ソーンタンの写本の先例「オーキンレク写本」を目にしていたかもしれない。『カンタベリ物語』は、ロマンス、卑猥な話、聖者伝、散文による真面目な神学書、道徳書など、さまざまなジャンルの作品が一本にまとめられた「ゴシック風作品集」だが、類書と異なる点は、収録された個々の作品が相互に関係性を持っているということだ。

雑多な作品をまとめて束ねるだけでは、チョーサーの欲求を満足させることはできなかったはずだ。彼には、伝統的形式の一部を突き崩したいという気持ち、そして、様々な人間関係、仲間意識、あるいは、現在進行中の社会への思いを表現したいという欲求があった。各話が相互関係を持ち、その結果、当時としては、チョーサーぐらいしか思いつかない豊かな人間性を表明することができた。『名声の館』の噂話、ニュース、虚言、作り話などが生身の人間に似て、われ先に窓から飛び出そうと争っていたように、彼の知る物語が、不思議な形で人格をまとった[三]。まるで話のほうが語り手を創造していったかのようだが、これは実際に『トロイルスとクリセイダ』で起こったことでもあった。ボッカッチョ作『恋の虜』を翻訳しながら、チョーサーはトロイルスの筋を換え、原作を再創造した。その過程で、物語がチョーサーを語り手として再創造したのだ。物語は、そこに登場する人物たちについてだけでなく、物語を語る語り手についても語るのだ。物語が古くから受け継がれ、各世代の語り手によって絶えず語り直され、発展させられている時でさえ、事情は同じだ。古い話を新たに口にするたびに、私たちの共通の人間性と、人間性の持つ私たちの多様な個性もそこに表現されることになる。チョーサーが念頭においていた物語は、その物語を語る語り手という着想を生み出してくれた。そして、一つの物語と別の物語とのつながりが、人と人とのつながりになり、人と人とのつながりが、さらなる別の物語という着想の連鎖を生み出した。全体計画は最初から流動的で、個々の着想が流れ出すにつれ、どの段階で変化が起こっているか、その転換点を何箇所か特定することは現在の私たちにも可能である。たとえば、「船長の話」は、最初、女性の語り手、多分、〈バースの女房〉によって話される計画だったが、彼女にもっとふさわしい、巧妙に計算された別の物語が脳裏に浮かんだ。このことは、物語がその語り手からの自立性を維持していることを意味している。つまり、どの物語も完全に、語り手の性格を劇的に映し出す表現となっているわけではなく、中には、両者の関係が、広い意味で単に「まあまあこんなところだ」というに過ぎない物語もあるということだ。時には、語り手とその話との間に矛盾が起こることさえある。

『カンタベリ物語』の中には、二種類の素材の集合体がある。一つは、「ジェネラル・プロローグ」と各話の間のつなぎの中で描かれる巡礼者集団であり、今一つは、話それ自体の集合体である。巡礼者はそろって、各話の中で、イングランド社会の見事な全景を次々と繰り広げてくれる。前例のない多様性をまとめるため、今でこそ容易にわかる驚くべき独創性を発揮して、チョーサーは一つの構造を工夫した。その構造とは、そこで人が物語を話すだけでなく、人と物語が社会的、演劇的、文学的手法で、互いに結び合わされる「旅」という構造——同時に、対抗構造でもあるのだが——を工夫した。[四] この構想は硬直と柔軟という両面を提供した。[5] つまり、個々の肖像を山車に乗せて市中を行進《プロセッション》するというゴシック芸術が好む形態だ。『カンタベリ物語』の旅は、王宮間を

恋人たちが宮廷でお定まりの手順を踏む間に、彼らの足下の草むらでは、縞模様の猫とネズミがものすごい形相で睨みあっている。『オームズビ詩篇』に描かれている欄外余白飾り絵はこうした写実的な細密画にあふれている。

移動する宮廷や軍隊のような、完全な序列化、高度な組織化によって硬直した排他的組織の旅であってはならない。巡礼が、彼の構想にうってつけの旅だった。つまり、目的は明確、それでも自発的で、最小限の編成の、いつでも変更可能な旅のことだ。

すでにチョーサーが書き上げた、あるいは、今書きたいと思っていた物語は、必然的に、イングランド社会の多様な人々の姿を描いた。なぜなら、物語というものは、伝統的に、当該社会全体の産物であり、所有物だからだ。物語の集合体が、人間の集合体のほうへ向いた。一方で、人間の性格や本性を描く文学的素材を集めた雑多な集合体もあった。この種の素材は、物語の集合体と同様、伝統の中で受け継がれてきたものだが、むしろ学問的要素が強く、（ブランチ夫人のあの描写のように）修辞的文体の手引書が推奨するとおりに、人物の頭からつま先にいたる全身像を描く素描集から構成された【五】。さらには、中世の百科全書や科学書から借用された素描集もあれば、フランス語版『薔薇物語』のように、悪党の登場人物を風刺の標的にしようとする作家が使う方法で、自己暴露的告白をその登場人物の口に語らせるという描写もあった。他に、「三身分制」社会を描くおびただしい文学に見られるように、人々が所属する各社会階層や類型の風刺描写もあった。チョーサーの手元には、中世の占星術で成形された類型だけでなく、理想的な騎士と教区司祭、美しい貴婦人、偽善的修道士、好色托鉢修道士など、あらゆる種類の人物類型のモデルがあった(6)。

彼には、中世社会を分析、もしくは、「解剖すること」を可能にする各種の一覧表も利用できた。「三身分制」社会を扱った文学が、何種類か提供してくれた(7)。また、（本書第三章、143頁以下ですでに触れているように）宴席を仕切る儀式係に必携の行儀作法指南書に書かれた着席序列一覧表もあれば、各階層に許された服装を定める諸規定集や、人頭税もまた一覧表を提供した。一般的に、中世文学には、語彙集から百科全書の類まで、簡略なもの、詳細なものを問わず、各種の一覧表が沢山あった(8)。表からは見えないが、重要な枠組みをはっきりさせてくれる非常に洞察力のある社会分析は、中世の社会を理念的に三身分に階層化する理論だった(9)。その三身分とは、万民のために戦う騎士層、万民のために祈る聖職者層、万民のために食料を得る農民層のことだが、チョーサーが彼の巡礼者一行の中で、掛け値なしに賛意を表している登場人物はすべて、この理念的三身分に属する人たちと符合する。まず〈騎士〉(修行中の〈騎士見習い〉を含めてもよいかもしれない)、次いで、(学問研鑽と司牧活動という聖職者の二つの役割を代表する)オクスフォードの〈神学生〉と〈教区司祭〉、それに、〈農夫〉、以上の人たちのことだ。理想と合わない人が風刺の対象にされる。したがって、ここにはチョーサーの想像力の中で利用可能なあらゆる種類の手本と鋳型があった。さらに、十二世紀のアングロ・ノルマン語作家ブノワ・ド・サント＝モールは、『トロイ物語』冒頭の長い「プロローグ」に、主要登場人物に関する形どおりの修辞法の描写を添えた。「プロローグ」もまた、非常に一般的に用いられる中世の形式だった。ただ、なぜチョーサーはブノワ・ド・サント＝モールの前例に倣わず、この一覧表に多彩な顔ぶれの肖像画を添えるのだろうか。徐々に、チョーサーの中で、巡礼という構想、そこに参加する人々の顔ぶれ、各話冒頭に書き添える「プロローグ」などが一つの具体的な形を成したのだった。

チョーサーの才能が、再び、彼を一歩前へ踏み出させてくれた。この雑多にみえる文学材料すべてが、チョーサーの人生観を有機的にまとめてくれたのだ。その材料は形式的で分析的で、ゴシック様式の芸術家や職人が使った柄見本帳に似ていなくもない。彼らは十四世紀にこの柄見本帳を手引きに、いくつかの葉や顔の生きた外見を下書きしたり、表現したりしたが、同じようにしてチョーサーも、実物の様々な肌触りをつかんだ。

それゆえ、「ジェネラル・プロローグ」の中では、名簿や序列の一覧表、人々の集合体、単純だが深遠な着想、チョーサーがそれ自体でもてあそぶ基礎構造などが、この実物の肌触りによって、自在に動くようにされている。そこに登場する人物の何人かは、それまでの文学に描かれこともなかったが、その肖像画は元をただせば形どおりとはいえ、描写の序列は今や、意識して独断的かつ新鮮であろうとし、その細部はしばしば想定外かつ些末で、それだけますます写実的になる。その肖像画は実に多彩な変化に富んでいる。理想的登場人物

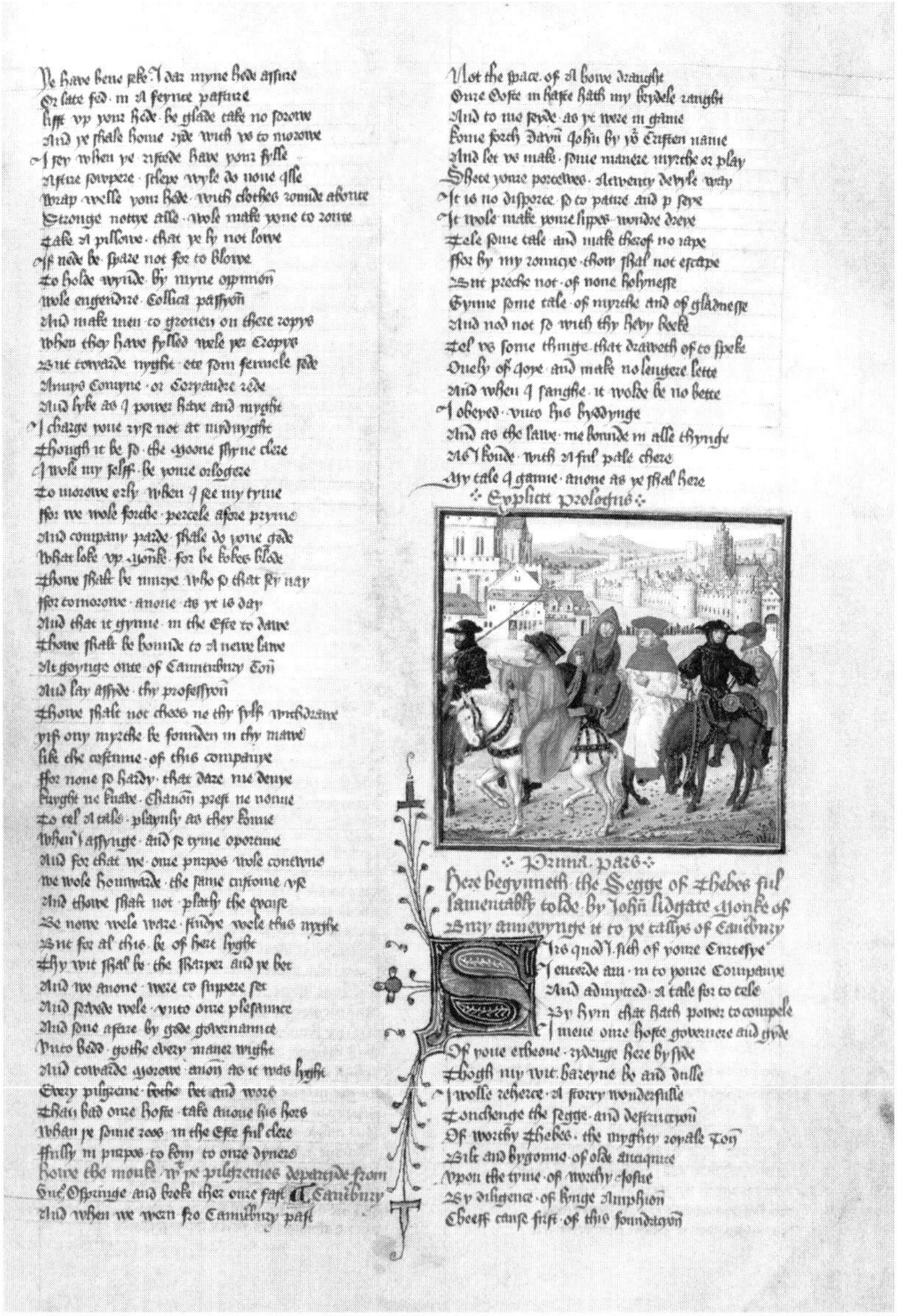

ジョン・リドゲイト作『テーベ攻囲物語』の写本に描かれた一場面で、カンタベリへ通じる街道を旅する巡礼者たち。リドゲイトのこの作品は、チョーサーの『カンタベリ物語』の続き物として書かれ、巡礼者たちがロンドンへ戻るという場面が設定されている。この写本は、一葉の羊皮紙に、二柱をたてて字句が書かれているが、これらの柱の組み立て方から、詩句が整然と規則正しく書かれるよう意図されていることがよく分かる。文章の途中に、コンマやピリオドを挿入する句読法が採用されていないが、句読法の欠落は、かえって文勢や文の解釈の流れを止めないという役割をはたしている。ブリティッシュ・ライブラリ（MS. Royal 18 D II f.148）

のうち、〈騎士〉、〈騎士見習い〉、〈神学生〉の三人は最も具体的に写実化され、チョーサー自身の人生経験の理想に一番近い人たちだった。しかし、彼らは現実の生身の人間を生き返らせてくれるが、特定の誰かを指しているとは思えない。たとえば、〈騎士〉の場合、信仰心の篤いヘンリ・オヴ・グロウモントと彼の孫ヘンリ・ボリングブルックのように、十字軍に参加してプロシアで戦った経験があるという。しかし、この〈騎士〉は、チョーサーの友人なら誰もが経験したが、フランスでは一度も戦ったことがない（若い〈騎士見習い〉のほうは経験済みのようだが）。〈神学生〉の肖像は、チョーサーのオクスフォードの友人に名誉を添えてくれるが、彼の友人の誰か一人と特定できるわけでない。実人生が風刺をまとって姿をあらわし、それから、少なくとも、中程度の身分の代表的人物を通して、私たちはイングランド社会の分析により近づく。上流階級の貴族、および、卑しいが、なくてはならない職業にたずさわる人々の群れ——つまり、靴屋、パン屋、車大工、羊飼い、豚飼い、乳製品を売る女性、溝さらい人夫、穴掘り人夫などなど——彼らは、名ばかりの表現しかされていない。有力者はあまりにも力がありすぎて書ききれないし、底辺の人々はチョーサーの想像力の経験からあまりにも遠く離れすぎていた。中間層の中に私たちは、生き生きした肖像を見るが、じりじりしながらも、その肖像の正体を、サー・ウィリアム・ビーチャム、ロラード派騎士、ロンドン在住の友人などから成るチョーサーの身近な仲間と同一視できたに違いない。チョーサーの仲間は、皆に知られた〈ハリ・ベイリ〉に関する非の打ちどころのないほど真に迫った描写を楽しんでいただろう。[10] 彼らは、漠然とした手がかりを頼りに、登場人物一人一人の謎解きを楽しんでいた。たとえば、〈上級法廷弁護士〉の場合、彼の正体は、サー・ウィリアム・ビーチャムを苦しめ、いかがわしい手段で金儲けをしていたあのピンチベク氏だった。【六】見かけほど金銭にゆとりがない〈貿易商人〉は、チョーサーも含めほとんどの友人にいろいろな時期にお金を貸し、最後に、破産してこの世を去ったギルバート・モーフィールドのことだった。おそらく、〈医者〉の正体も特定可能で、「ヒュバート」という名前の托鉢修道士のことかもしれない。〈料理人〉ホッジ・オヴ・ウェアは、怪しげな食事を出すロンドンの札付きレストランの経営者で、舵取りはうまいが、情や良心のかけらもない〈船長〉は、名うての悪党だった。〈女子修道院長〉はストラトフォード・ル・ボウの有名な女子修道院から参加している。宮廷の行儀作法を上品にまねる彼女の仕草は、一段身分の低いよそ者による不釣り合いで、あらかじめ勝負の決まった悪戦苦闘ぶりをタネに、身内意識の強い廷臣たちのスノッブな娯楽を引き出すのだ。〈地主〉は、地方貴族の贅沢な暮らし振りがそれなりに板に付き、ピンチベク氏の仲間のノーフォーク州のある地方ジェントルマンとも関係がありそうだ。[七]〈賄い方〉は一種の使用人頭だが、明らかに彼は法曹学院と関係がある。ノーフォーク州の〈荘園管理人〉の場合と同様、よく似た誰かがいたに違いない。〈贖宥証取扱人〉は、ロンドンのチャリング・クロスそばの聖マリア・ランスヴァール慈善院から来ているが、彼もまた、誰か特定の人物のことを思い浮かばせたのだろう。ロンドンは小さな町で、もちろん、ウェストミンスターの宮廷にいたっては、さらに小さい規模だった。そして、彼ら登場人物の多くが、ロンドン（シティのこと）、ウェストミンスターなどにある、限られた数の人員を擁する有名な場所に特別の関係をもっていた。チョーサーと彼の第一聴衆は、彼自身が当時も声に出して朗読したかどうかは別にして、一を聞けば十を知るような間柄の集団だった。チョーサーは『カンタベリ物語』の一部をその第一聴衆の間に回覧していたことは確かで、一三九六年、彼はバクトンに「バースの女房の話」を推薦図書として勧め、「ジェネラル・プロローグ」は、すでにもっと前からすでに利用可能の状態だった。詩人と読み手とのこの親密さは、写実性を受けとめる有力な社会的動機であり、チョーサーの気質もあるのだろうが、それなりの競争社会とて、あまり生々しいものや政治的なものよりも、むしろ内省的な風刺を多用した理由もまたそのあたりにあったのだろう。「ジェネラル・プロローグ」の現実に生きている人々への言及は、二、三の事例では議論の余地がないほど明白で、それ以外の多くの場合、さもありなんという程度である。それでも、その言及は、人物描写における文学の伝統的構造を否定しないし、それどころか、チョーサーがその構造をどのように受け入れ、一部壊すべきものを壊し、新たに組み立て直していったか、その過程を示してくれる。「ジェネラル・プロローグ」の人々が、これほどまでに生き生きしている理由は、彼らが、片や、時代遅れになった紋切り型人物群像と、片や、混沌として、独断的状態との間を移動しているからだ。もちろん、後者の状態は、もし完全に写実化されてしまうと、無秩序になるだろうが、ちょっと見れば、自由と個人の潜在能力になる。そして、芸術における形式と自由との間の「移動」は、巡礼によって提示される移動と重なる。確かに、私たち自身は、移動状態にある時、脇目もふらずに懸命に生きる。私たちの生活の中で、ある状態と別の状態との間を移動する「道のり《パセッジ》」は、非日常的で、どの部分をとっても緊張感と好奇心に満ちたものである。

　チョーサーは、巡礼という着想を利用し、喜劇を主としたあらゆる手法で、移動にともなうこうした感覚を表現している。もっとも生き生きと、楽しい（あらゆる意味での）「移行部《パセッジ》」は、巡礼者たちが見事な躍動感で批評し、議論し、説明し、口論し合う時に起こる『カンタベリ物語』各話の間の溝、もしくは、つながりによって生まれる。すばらしい演劇性をともなう面白いエピソードの中でこそ、私たちは十四世紀の日常生活に近づけるはずだ。「巡礼」という着想によって、チョーサーは、彼の登場人物を普段の社会的束縛から解放し、予想外の反応と行動をとる潜在能力を備えた「個」として、より一層生き生きと描くことが可能になる。この着想は、虚構世界内部の巡礼者＝登場人物と外側の詩人という二役を兼ねるチョーサーが語りの視点を切り替えることを可能にし、その結果、彼の姿は時に無知を装い、時に世間知らず、時にしたり顔をし、時に皮肉屋だったりと、変幻自在に見える。そしてここに、対象の固定化と対象への態度の流動化という、チョーサーと彼の時代の大きな特徴たる特異な感覚をうかがうことができる(11)。

「巡礼」という着想自体が、固定的であり流動的でもある。ロンドンとカンタベリ間のお決まりの巡礼コースは、ヘンリ二世の騎士の手にかかって殺害されたカンタベリ大司教トマス・ベケットの霊廟へ参詣するという広く認知された宗教上の目的で設置された。しかし、聖なる日《ホーリー・デイ》が休暇《ホリデイ》の日になり、もともとの確固たる宗教

ケント州、ロサム近くの巡礼街道

上の目的は、ゆるい世俗的多様性と虚栄に囲まれてしまった。チョーサーの巡礼は、ほとんど現世的だ[12]。カンタベリへの道中、聖者の霊廟に言及されることはない。人間関係のほうが主たる関心なのだ。（単なる物見遊山の旅行とは対極の）「巡礼」という着想は途中でどこかへ忘れられ、最後には易々と放り出されてしまう。

　チョーサーは、現実の巡礼街道を、そこを旅する人たち同様、熟知していた[13]。彼が描いているとおりの巡礼を実際にしておく必要などなかった。彼に対する私の考えでは、事実、彼が街道下見をしたということはあり得ない。素朴な信仰心、外面化された信仰遵守、通俗化した休日、変化と気晴らしを目的とする旅などは、いくらそれらを混ぜ合わせてみても、あの複雑で、内面化され、皮肉っぽく、遠距離旅に慣れた廷臣に似合うはずがなかった。彼にとって休日とは、自宅で書物を読む日だっただろう。彼は敬虔な旅行者ではなくて、普通の旅人として、道中を記録し、通過中のめぼしい場所を書き留めていく。ロンドンからカンタベリへ向け、（旧ケント街道筋のどこかにあった）聖トマスの水飲み場（「ジェネラル・プロローグ」、826行）、デットフォード（「荘園管理人の話」、3906行）、（悪党どもの巣窟）グリニッジ（「荘園管理人の話」、3907行）、ダートフォード、ロチェスター（「修道士の話」、1926行）、シティングボーン（「バースの女房のプロローグ」、847行）、オスプリングとつづいていく。また、チョーサーは、サザックに実在した「陣羽織《タバード・イン》」亭をよく知っていたので、巡礼者が巡礼の旅を開始するためにここに集合するところを描いている（「ジェネラル・プロローグ」、20, 718行）。チョーサーはこの旅館へ行くのに、シティかウェストミンスターからロンドン橋を渡ってサザック地区へ入った。この一帯には郊外住宅地、庭、旅館街、商店街、売春宿、それに教会などが雑多に寄せ集まっていた。友人ガウアーはサザックのセント・メアリ・オヴァリ小修道院、現サザック大聖堂の敷地内で暮らしていたが、彼のゴシック様式の美しい墓石は今ここに保存されている。セント・メアリ小修道院のほぼ反対側には、「陣羽織」亭を含む立派な旅館が何軒かあった（なお、「陣羽織」亭は一六七六年に焼失してしまったが、建物が立っていた場所の一部は現在同じ名前のインが使っているという）。【八】〈ハリ・ベイリ〉という名前の宿の亭主が、チョーサーの生前、サザックでも名の通った市民として実在していた点に注目が集まったこともある。確かに、彼は「陣羽織」亭を実際に切り盛りしていた。宮廷の人々は、〈ハリ・ベイリ〉と一緒に笑い、そしてこの亭主を笑いのネタにもしたのだろう[14]。しかし、この〈ハリ・ベイリ〉氏のほうでも、当時すでに人気のあった旅館に、おそらく全世界の歴史を通じて類を見ない宣伝効果を享受したのだった。チョーサーはグリニッジの我が家への帰路、よくこの旅館の前を通っていたが、すでにそれよりもかなり前からこの旅館の存在は知っていた。というのは、このカンタベリへの玄関口は、今も昔も、ヨーロッパ大陸へ船出するためによく利用される港町ドーヴァーへの玄関口でもあるからだ。

巡礼の一行は、カンタベリ大聖堂の聖トマスの豪華な霊廟へ出かけようとしている[15]。もっとも、十六世紀初頭には、人文主義者のエラスムスからその豪華さを揶揄され、少し後には、ヘンリ八世によって荒廃させられた。あるいは、もしチョーサーが実際にカンタベリ詣でを果たしていたら、『カンタベリ物語』の構想を放棄し、エラスムスや、巡礼という行為を非難したロラード派の人々と何か冷ややかで皮肉な共感をともにしていたのかもしれない。【九】こうした心情の一端が、彼の〈教区司祭〉の言葉に託されている。〈教区司祭〉は本物の物語を話すのではなく、『カンタベリ物語』全編の掉尾を飾る「話」として、「瞑想」という散文による宗教論文を割り当てられる。これにより、物語を語る巡礼一行という虚構は放棄されるが、神学論を話す直前の韻文の中で、〈教区司祭〉は、この旅の途上、仲間の聴衆にたいして、「天上のイェルサレムという名の、あの完全無比にして栄光の巡礼」の道を指し示したいと語っている。つまり、「イェルサレム」という名の巡礼は、〈教区司祭〉が説き勧める信仰生活のことで、わざわざそれを見つけるために旅に出る必要などないもの、ということになるのだ。しかし巡礼に加わっているという前提からすれば、これは矛盾ということになる。そして、〈教区司祭〉の「話」の最後で、チョーサーが自らの生《なま》の声で語りかけ、これ以上虚構を維持する試みはしないし、「罪の方へ向かう」この『カンタベリ物語』全編を取り消すと宣言する時、この矛盾は完全なゴシックそのものになる。このことから、チョーサー自身が、『カンタベリ物語』という「作品」を、多種多様なジャンルを集めた「作品集」だと考えていたことがわかる。しかし、これは先の話である。結末は重要だが、道中に発生する様々な出来事――その中心に物語そのものがあるのだが――のほうが関心の主たる源になる。目的地に到着することよりも、到着までの旅の途中のほうが、（必ずしも道徳的にすぐれているわけではないが）面白いのだ。

　最後に〈教区司祭〉の存在感が強まるとはいえ、このような、世俗的だが、全く神に背くわけでもない偏

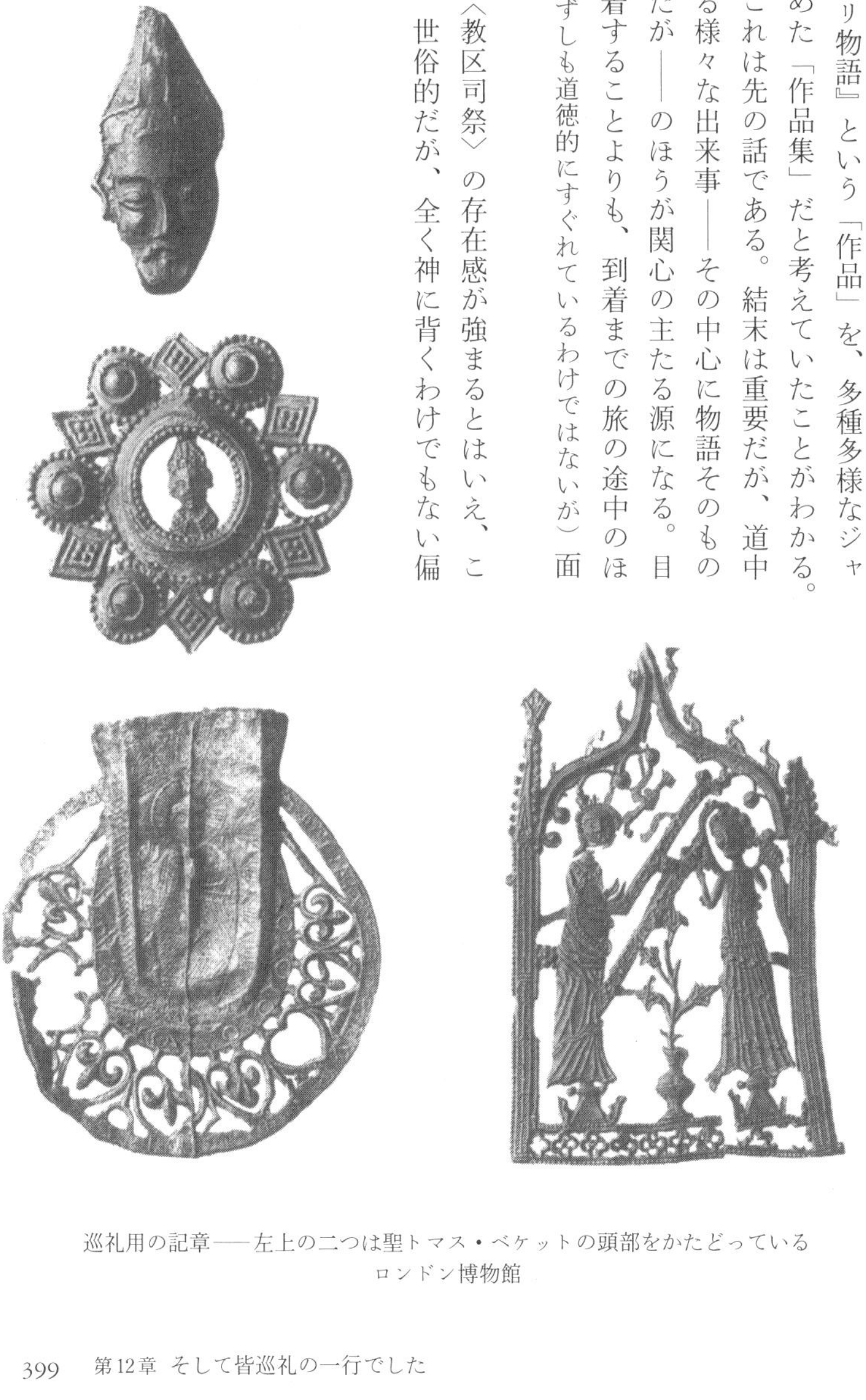

巡礼用の記章――左上の二つは聖トマス・ベケットの頭部をかたどっている
ロンドン博物館

見の中で、チョーサーは、〈教区司祭〉の口から出る修道院生まれの教訓よりはるかに深遠で、洞察力のある彼なりの奥深い姿勢を表明する。〈教区司祭〉の瞑想の出典は、十三世紀初頭に一般の人々を啓発するためにラテン語で書かれた神学論二編である。[16] この神学論は、西ヨーロッパの諸言語で流布していた広範な宗教文学の一部になっていた。この宗教文学は、文明化が加速するヨーロッパの中で決定的な役割を果たし、依然大きな影響力はあったものの、チョーサーの時代には時代遅れになっていた。それは、二つの陣営から宗教上の理由で攻撃を受けていた。まず、ロラード主義がそれを攻撃した。そしてもう一つの陣営、近代主義的オッカム主義者の神学論が、その力を削いでしまった。十四世紀の各大学で講じられ、ラテン語で書かれた有力な科学的神学論の中で、普通の「遍歴するキリスト者」のことは「旅人《ヴィアトール》」という比喩表現で呼ばれる。彼は善人かもしれないし、悪人かもしれない。彼には、一つではなく、二つの目的地、つまり、喜悦か破滅かのいずれかの最終地点に到達する可能性があり、その意味では、正確には「巡礼者」でなかった。現代のもっともすぐれた権威が教えてくれるように、十四世紀の神学者たちは、「地上の『旅人《ヴィアトール》』の生活にともなう本質的な重要性を」実感しつつあった。さらにつづけて、「その重要性が持つ価値は、今では、『旅人《ヴィアトール》』の究極の目的地である天上のエルサレムという観点から排他的に定義されることは少なくなり、むしろ、旅そのものの観点から定義されることが多くなった」[17]。チョーサーは、最終的に〈教区司祭〉の巡礼観を踏襲することになったが、この〈教区司祭〉自身は当時の神学者たちの巡礼観を認識していないし、例によって、チョーサーは新旧の間の綱引きを自分の中で自作自演しているのだ。

「ジェネラル・プロローグ」と『カンタベリ物語』の大部分の話をきっかけに、私たちは様々な制約から逃れ、人生そのものついて語る自由な虚構世界の中へ入っていく。「ジェネラル・プロローグ」の終わりで、これからの道中で起こるであろう事（明らかに、彼は卑猥な話一、二編を脳裏に浮かべている）を「真実」の名の下で報告すると言って、チョーサーは洒落っ気のある言い訳をしている。そこには、写実性が明らかに抑えられる分、何か冗談っぽいが、同時に、現実生活、特に、「非公式」で、不適切で、裏側の生活へ逃れたいというチョーサーの正直な気持ちもある。彼は、この度の巡礼に参加している人々を「彼らが本来所属すべき社会的序列」（「ジェネラル・プロローグ」、744行）どおりに並べていないことを許して欲しいと求めてもいる。私たちは、再び揺さぶりをかけられ、責任から自由になって気分を一新する。巡礼は中心から周縁へ動いていく。

やがてわかることだが、周縁こそ、『カンタベリ物語』というゲーム全体を眺める絶好の場所なのだ。チョーサーの技が、詩作という社会的活動を何か社会的中心たり得ないもの、つまり、重要だが、実用性の薄いものへ変えるのだ(18)。そこで繰り広げられる個々の巡礼者同士、各巡礼者が話す物語同士、その物語に登場する人物同士、相反する価値観同士の間で起こるあらゆる衝突を、私たちは静かに目撃するが、最後には、「キリスト教という不可思議な道徳的弁証法」の中で、すべて十把一絡げにまとめられてしまう。私たちの目の前にあるのは、精神と物質の何と豊かで、多様な戯れだろうか。特に、弁証法がユーモアの豊かさを増していく。

この弁証法の中に、『カンタベリ物語』全体の作者と、作品の内側に身を置いて、巡礼一行から最悪の話と酷評される作品——もちろん、見事なパロディ「サー・トーパスの話」のことだが——を語る登場人物という二重の役割を担うチョーサーも含まれていた。それでも、巡礼者チョーサーは、一部にせよ、現実のチョーサーでもある。私たちは、「陣羽織」亭の〈宿の亭主〉が直接本人に語りかける言葉を通して、チョーサーの姿をとらえることになる。〈宿の亭主〉の言葉は、現実のチョーサー本人の姿からそれほどかけ離れていないと思しく、詩人の肉体的特徴を言い当てた貴重な観察である。

「一体、おまえ様は何者なのかね」と彼（＝〈宿の亭主〉）は言った。
「ウサギでも見つけたがっている様子だね。
さっきから見ていると、ずっと地面とにらめっこだ。

さあ、こちらへいらっしゃい。ここはひとつ、陽気に顔をお上げなさい。
みなさん、静粛に。この方に場所を空けてあげてください。
胴回りは私と変わりませんな。
細面で美顔とくれば、世の女たちもほってはおかないでしょう、
その腕に抱きしめたくもなるお人形のようですな。
顔の表情ときたらまるで妖精のように心ここにあらず、
そのうえ、誰とも親しく口をきかないときている」。

（「サー・トーパスの話」、695-704行）

どことなく憂いをにじませた調子が胸を打つ。「騎士の話」の中で、アルシートの死を弔う席上、セシウス公の父エジェウスが語る陳腐だが厳粛な人生訓が思い出される。

この世は道、行き当たるのは悲しみばかり、
そして私たちは、行く当てのない巡礼者なのです。

（「騎士の話」、2847-8行）

この教訓が、巡礼の終わりに待っている慰めだ。しかし、私たちはまだ巡礼の途上にいるのだから、セシウス公が差し伸べてくれる、もっと肯定的な慰めを受け入れよう。「この世は、万物を動かす神が造り給う『愛』という美しい鎖によって結ばれている」（「騎士の話」、2987-93行）。私たちは、この世の浮き沈みをありのままに甘受し、何事も神に感謝しなければならない。人生、苦あれば楽あり、さあ、楽しむとしよう。

第13章

いざやすすめ、巡礼よ、いざすすめ

CHAPTER THIRTEEN

FORTH, PILGRIM, FORTH

だが、散文、韻文、人の書くものはみな忘れられるのが定め。
［私の後につづく人たちよ、］
我こそと思う人は、筆をとる絶好の機会を逃さないでほしい。
（『スコガン君に贈る言葉』、41-2行）

「騎士の話」は、『カンタベリ物語』の最初にしてもっとも重厚な作品である。〈ハリ・ベイリ〉の招きで各巡礼者は話合戦に参加し、優勝の褒美は、復路の終わりに夕食がただで振る舞われるという趣向だ。おそらく、「騎士の話」が優勝しただろう。しかし、巡礼が宮廷から離れて動きはじめ、そして、チョーサーは相変わらず宮廷にとどまっているが、彼の眼差しは、彼の生涯をかけた活動さながら、はるか遠くへと旅し、彼の人生と心の様々な面を私たちに見せてくれる。『カンタベリ物語』自体は、敵意とさえ言える対比をもって進みはじめる。「騎士の話」の後は、〈騎士〉とは正反対、攻撃的な酔っぱらいの〈粉屋〉が引き継ぎ、〈粉屋〉の次は、さらに敵愾心をむきだしにして、癇癪持ちの〈荘園管理人〉が引き継いでいく。チョーサーは、ヨーロッパのすべての階層に流布し、人気のあった喧嘩と騙し合いをネタにした滑稽譚を、身分も低く下品な人物に割り当て、写実性

扉図版：
臨終の床にある男の目の前に十字架が掲げられ、托鉢修道士と修道女が男の魂に祈りを捧げる。医師が待機し、家族は遺産を楽しみ待っている。ニューヨーク、ピアポント・モーガン図書館（MS. M. 917）

＊章題「いざやすすめ、巡礼者よ、いざすすめ」は、
『誠実：よき忠告を歌うバラッド』（18行）より

を強く意識して、舞台をオクスフォードとケンブリッジという大学町に設定している。

チョーサーはケンブリッジ大学のキングズ・ホールやその一帯についてかなりの知識があったことを示しているが、大学世界そのものが内部から見られているわけでない[1]【一】。チョーサーは、サー・ウィリアム・ビーチャムによるペンブルク家の資産管理を手伝うためにノーフォークへ向かう途中、ケンブリッジの町を通った可能性がある（しかも、偶然だろうが、ノーフォーク州ボールズウェルの荘園管理人に会っている）。また一三八八年には、ケンブリッジで議会が開かれ、国会議員がキングズ・ホールで歓待された。王室にいるチョーサーの仲間には、このキングズ・ホール出身者が沢山いたが、このコレッジは王室の聖職関係者や民事法の法律家を薫陶する場で、王室からの手厚い庇護を受けていた。一三九〇年にソールズベリ司教に就任したリチャード・メドフォードは、一三六九年以降王室の一員になっていただけでなく、一三五二年から一三七八年までキングズ・ホール特別研究員《フェロー》の地位にあり、チョーサーとは同年代だった。キングズ・ホールはケンブリッジ大学の中でも、もっとも大きなコレッジで、一三七〇年代と八〇年代に大学運営の失敗で評判を落としたこともあった【二】。チョーサーの第一聴衆であれば、ケンブリッジ大学の若者の行動のどこが皮肉なのか、どこで笑えばいいか、勘所をつかんでいたのだろう。

オクスフォード大学の描写には少し精彩に欠けるところがある。「粉屋の話」の主人公ニコラス君がオクスフォード大学のどのコレッジに所属しているのか、その名前が私たちに告げられることはない。そのかわり、天体観測儀一台と「計算用小石」を含む彼の私物らしき物のことが私たちに話される（本書第二章、122頁を参照）[2]。当時、マートン・コレッジの特別研究員にさえ、わずか三台の天体観測儀と一組の「計算用小石」しか備えられていなかったので、彼の所有物は特に注目される。「計算用小石」のほうは、安価だったので大学がわざわざ心配しなければならないほどの備品でもなく、各自自作していたのだろう。「荘園管理人の話」の粉屋は、ケンブリッジの神学生二人をからかって、おまえさんたちには学問がおありだから、なんだかんだと屁理屈をつけて、二十フィート幅の空間のことも、一マイル幅だと言いくるめることなど朝飯前でしょうと挑発する（「粉屋の話」、4123-4）。チョーサーが大学から連想するのは、神学や修辞学でなく、数学のことだった。

ただ、多くの写実描写の細部を読むと、チョーサーはケンブリッジよりオクスフォードの町とその住人に詳しかったことがわかる。そして、私たちは、オクスフォード大学について、あるいは、少なくとも、そこにいた人々のことについて、彼が詳しく知っていたことを否定できない。黒太子の教育係でサー・サイモン・バーリの叔父にあたる有力スコラ学者ウォルター・バーリだけでなく、チョーサーの友人ストロウドがマートン学寮の特別研究員で、他に、「女子修道院付司祭の話」が示すように、チョーサーも知っていたブラッドワディーンは十四世紀初頭にすでに同学寮特別研究員だったようだ（本書第十一章、362頁を参照）。マートン学寮は規模が大きく、十四世紀初頭にオクスフォード大学の科学分野の発展で特にめざましい役割を果たした。チョーサーの時代でも、マートン学寮とオクスフォード大学における天文学への関心は衰えていなかった。天文学の計算表は「オクスフォード緯度」を基に計算するのが慣例で、同じことをチョーサー自身が自作の『天体観測儀論』で試みた。(3)【三】こうしたオクスフォード大学の「コネ」は宮廷生活の一角にしっかり食い込んでいた。なぜなら、チョーサーの『天体観測儀論』序論で言及されるジョン・サマー師は、少なくとも、一三八〇年から一三九五年までオクスフォードにいて、黒太子の妻ジョーン・オヴ・ケントに献呈するためにわざわざ天文暦の写本を作らせていたからだ（この天文暦写本は今もブリティッシュ・ライブラリにMS. Royal 2 B viiiという写本整理番号で残されている）。従来の歴史書では、普通、ジョーン・オヴ・ケントが知的だとは描かれていないが、たとえ彼女でなくても、少なくとも、チョーサーの多くの友人を含む彼女の仲間が天文学の問題に知的関心を寄せていたのだ。「ジェネラル・プロローグ」のオクスフォードの〈神学生〉は、今なら私たちが「科学者」と呼んでも差し支えない学者だったと思われる。チョーサーは彼のことを書くとき、大学での学問研究の真髄を次のようにまとめている。

彼はよろこんで学び、よろこんで教えていました。

（「ジェネラル・プロローグ」、308行）

この詩句などは、オクスフォード大学への賛辞であることは明らかだ。

『カンタベリ物語』はチョーサーの全人生の中に織り込まれ、同時に、彼の人生から紡ぎ出されてもいる。滑稽な艶笑譚、「粉屋の話」と「荘園管理人の話」は私たちを二つの大学世界、つまり、真面目な学問へ導いてくれる。チョーサーの『天体観測儀論』は一三九一年から九三年頃にかけて執筆され、そして、息子の「幼いルイス」のために書かれたとはっきり断っている（本書第二章、122頁を参照）[4]。この論文は驚異の作品で、きわめて早い時期に書かれた英語散文の専門書であるとともに、他にはかどらせたい仕事があったはずの時期に、我が子を思う一心で書き上げられた労作でもある。この作品ほど、彼の精神の分析的で教育的一面を証明してくれるのに格好の作品はない。〈神学生〉への先ほどの賛辞は、実は、チョーサー自身のことと考えていいのかもしれない。

『天の赤道』という表題を持つ天文学論文は、チョーサーの作品かどうかをめぐって、賛否が分かれている[5]。重要なのは、天文学という学問への純粋な関心がチョーサーみずからの人生の大きな部分を占めるという事実を知っておくことである。このことは、私たちがもう一度彼の詩作品へ立ち返るきっかけになる。なぜなら、文飾、機知、筋、動機、哲学などさまざまな目的で、チョーサーも天文学を活用しているからだ。天文学は、星の力が地上の出来事に影響する根拠とした占星術と切り離せない。占星術に危険な側面があることは認識されていたが、チョーサーの時代には、それは立派な、完全に近代科学だった（そもそも危険のともなわない科学などあるだろうか）。占星術を未来予知のために利用することは間違っていたが、医者、商売人、聖職者、廷臣など、すべての人々が日常業務を円滑に進めるために占星術を用い、個々の事業にとりかかる吉日を決め、人の

ヴィーナス（金星）と、
色恋に溺れる彼女の子供たち

性格、あるいは、病気の診断までした。チョーサーはこうした事情にもよく通じていた。彼は古典神話を自作の詩の素材として利用する時、そこに新しい生命を吹き込むために占星術を使っている。その例として、ヴィーナスの女神がピカイチの存在だ。詩の中に登場する時、彼女は、誰も事実だと信じてもいない愛の女神ヴィーナスであり、と同時に、惑星ヴィーナスとして彼女は、私たちの性欲や愛欲に影響をおよぼすとまことしやかに信じられていた。おそらく、一三八〇年代半ば頃、いささか品に欠ける表現もあるが、語呂合わせをふんだんに駆使しながら、チョーサーは、男女の愛に絡めて、マーズ（火星）とヴィーナス（金星）という二つの惑星が天体でひとつに重なる「合」に関する機知に富んだ報告を書き留めた。[6]【四】これなど、占星術の援用が誰の目にも分かる。一説によれば「騎士見習いの話」もこの報告詩と同類で、占星術的要素をより多く隠した寓意詩なのだという。[7]また『トロイルスとクリセイダ』と「地主の話」の中でも、占星術と天文学がより真面目に、はっきりともちだされるが、そこでも、私たちはこの問題の正当性にいくらか疑義が呈されていることに気づかされる。

この疑問はしかし、後に『カンタベリ物語』の構想に追加して導入した錬金術に、チョーサーが向けた露骨な敵意とはまったく別物だ。途中、馬に乗った二人の男が巡礼一行に追いつく。一人は〈参事会士〉で、もう一人は彼の上席従者か召使いである。この〈参事会士付上席従者〉は、自分が担当する話の前口上と話本体の長い前置きの中で、主人殿の馬鹿馬鹿しい特殊技能の手の内を洗いざらいしゃべり、全部失敗したことを暴露してしまう。すると、面目まるつぶれの〈参事会士〉は、その場から逃げ出してしまう。チョーサー個人とのかかわりで興味を引くのは、〈参事会士付上席従者〉の非難中傷には、何か個人的な激しい感情をうかがわせる異常なところがあることだ。この非難中傷は、劇的効果を高めるとびっきり上等の成果にすぎないのかもしれないが、世の批評家たちには、チョーサー自身の個人的経験の裏返しではなかったかと勘ぐりたくなる原因でもあった。つまり、哀れな〈参事会士付上席従者〉みたいに顔色をすっかり変色させ、財布の底をはたくことはないまでも、彼も錬金術に手を出し、火傷をしたことがあるというわけだ。断定的なことは言えないが、私個人としては、チョーサーは人をだまして金儲けをすることにとりわけ嫌悪感を持っていたと思っている。〈参事会士〉の人物像は、十分描かれずじまいだが、〈贖宥証取扱人〉の肖像画は、「ジェネラル・プロローグ」できわめて辛辣に描き込まれていることが目を引く。「わたし（巡礼者チョーサー）には彼は去勢馬か牝馬のようにみえた」、つまり、「去勢された男のようだし、女にもみえた」という誇張表現で、〈贖宥証取扱人〉は侮辱される（「ジェネラル・プロローグ」、691行）。こうした表現は、性別の曖昧さを嫌悪する男性中心の社会に根をおろしているが、偽善者でペテン師ゆえに、〈贖宥証取扱人〉を断罪するための便法でもある。

『カンタベリ物語』に収録されたほとんどの作品と同様、「参事会士付上席従者のプロローグと話」も、執筆時期を正確には特定できないが、チョーサーの筆が冴えわたる絶頂期にあたる人生の後期、つまり、内面の特別な緊張感を振り払う必要がなくなる頃であることは間違いないだろう。そうした内面の充実を背景に、彼は伝統的で多彩な民話へ向かうことになる。多様な伝統的立場を取り上げ、つべこべ言わずに純粋に、そして、その多様性が彼と私たちに突きつける逆説的な意味で、そうした立場をもてあそぼうというのだ。

この方面でのチョーサーの最高傑作は、もちろん、〈バースの女房〉という不滅の産物で、彼女には、ジョンソン博士がフォールスタッフに捧げたあのほめ言葉を受けるのに十分な資格がある。【五】これほど栄光と畏怖を一身に浴びた女性がいるだろうか。人生のこの時期、チョーサーの本領発揮とも言えるが、一千年の伝統を持つ聖職者たちの女性蔑視論を、自らも受け入れつつ、それを逆手にとって利用している。しかも鮮やかな手際で、私たちが〈バースの女房〉に、反感をもつのではなく、共感できるように始末をつけてくれているのである。〈バースの女房〉は、性的嗜好に関わる「非公式の」文化を代表し、忌々しいことに、男性にたいする女性の勝利、その自主性、自由、愛などが謳歌されている。ところが、彼女の話の結末においては、夫婦間の相互敬愛と誠実が主張されてもいるのである。また、他の話の中でチョーサーは、〈バースの女房〉とは違う、クスタンスとグリジルダという聖女のような妻たちを祝福している。

『カンタベリ物語』全編にあまねくゆきわたる「神の豊穣」を、すべてここに集めてくることは不可能だ。この作品の中でチョーサーは、今ならどの作家でもできることだが、文化生活全般を表現することに近づいた。というのは、『カンタベリ物語』の中に、彼はあれやこれやと一緒に真面目なノンフィクションの散文を組み入れ、一三九〇年代の十年間にわたり作品集全体の仕事にかかりきりになり、多分、まとまりがついたところで友人に発表していたからだ。チョーサーはアダムという名前の専属写字職人をかかえていたが、相当芥子の利いた辛辣な短詩の中で、そのアダムが『トロイルスとクリセイダ』と『ボエース』という作品を書き写すに際して多くの写し間違いをしたと言ってののしっている。[六] それでも、アダム、もしくは、彼の後任の写字職人の助けを借りながら、チョーサーは新作を書き起こし、旧作の推敲を重ねつづけていた。一三九五年頃のこと、『善女伝』「プロローグ」F版にいくつか変更を加えることにした。その主な目的は、どことなく収まりの悪い旧作の構造を改善することだった。改訂後のG版は、自作散文訳一覧表に、(『カンタベリ物語』への言及はないが)新たに一項目を追加し、さらに、手元には女性をテーマにしたギリシア物、ローマ物を含め、新旧六十冊の書物を持っているという所見も加えた[七]――所蔵図書目録の全容が明らかにされていれば言うことはなかったのだが、と思わずにはいられない。王妃アンが一三九四年にこの世を去り、リチャードを深く悲しませたので、「プロローグ」では、彼女の名前も削除しなければならなかった。

人みな死ぬ運命にあることに気付かされたところで、今度は、チョーサーに残された最後の数年間の宮廷世界に戻ることにしよう。一三八九年から九七年までの年月は比較的平穏で、その間に宮廷生活の精華を芸術そのものとして表現している。一三八九年五月三日の国王評議会会議の席で、みずからの自立を劇的に宣言したリチャードは、一三八六年から八九年にかけて受けた屈辱を振り払うべく捲土重来を期した。とはいえ彼にはシティ当局とも、直臣、特に、グロスター公らとも確執があった。原因は、後世の目から見れば至極常識的政策だが、当時の人々には不評だった対フランスとの和解を国王が模索したからだ。

父黒太子や祖父エドワードと違って、リチャードはめったに馬上槍試合に出場しなかったが、国王という地位に欠かせない「威光《マグニフィセンス》」を享受し、それを広めようと意を尽くした。ただ、不幸なことに、彼は強情なくらい横暴だった。一方、彼の知性と感性は、先王たちとくらべ、さほど人気はないが、より洗練された娯楽へ彼を向かわせた。中世の国王にしては珍しいが、彼は浮気性でなかったようだ。このことは、国王は同性愛者だというリチャード嫌いの年代記作者たちの疑惑につながったが、そうだとも、そうでないとも、いずれの陣営にも根拠はなかった。アンの存命中、リチャードは献身的に彼女に尽くし、彼女が亡くなると、余りの悲しさに激しく取り乱した。これは、チョーサーの詩の中に描かれる常軌を逸した感情らしきものを想起させてくれる。リチャードの嗜好はフランス趣味に片寄るところはあったが、彼は書物への関心が高く、美装豪華本を購入していた。[8] 一三九五年にフロワサールがイングランドに戻り、王室の後を追い、ようやくエルタム宮で追いついた時の様子を記した話は、この事実を例証してくれる。フロワサールの旧友サー・リチャード・スターリとトマス・パーシ卿の二人——いずれも、チョーサーの友人でもあったが——が仲介の労をとって、国王拝謁の機会をつくった。リチャードは、フロワサールが献呈本として持参してきた書物を見たいと所望した。その書物は、金をかぶせたボタンと銀製ボタン合計十個をあしらった深紅のビロードで装丁され、表紙中央部は純金製のバラの花で飾られた豪華本で、文字も挿絵も美しかったので、国王は大いに喜んだ。[9] 国王が本のテーマは何かと尋ねると、フロワサールは「愛」ですと答えた。この答えは国王を喜ばせ、彼は何箇所か自分で読んでみた。なぜなら、ここで、フロワサールは私たちに伝えておく価値があると考えているようだが、国王はたいそう上手にフランス語を話し、読むこともできたからだ。まず驚かされるのは、この時期にもかかわらず、彼がチョーサーのことに一言も触れず、あるいは、チョーサーの所在を探そうともしていないことである。『年代記』という途方もなく大部な書物の中で、フロワサールがチョーサーに触れた箇所はたった一度で、しかも、一三七七年にサー・リチャード・スターリその他の人たちと並んで、外交使節団の一人としてお義理程度に言及するだけである。デシャンがチョーサーのことを詩人だと知ることができたとすれば、フロワサールもチョーサーの存在を知っていて当然のはずだ。これはあくまで想像だが、フロワサールはチョーサーに嫉妬していたのだろう。そしておそらく、チョーサーは自分のほうから、フロワサールの邪魔にならないようにしていたのだろう。リチャードが自国語の英語で書かれた詩にも関心を持っていたことは、ガウアーが、その『恋する者の告解』冒頭で、誇らしげに語っているこの国王との出会いの報告からうかがえる。ガウアーはテムズ川で舟遊びをしていたリチャード二世に会ったが、そのとき国王は彼をご自分の舟に招き入れ、この作品を書くよう依頼したというのだ。【八】チョーサーの作品にはこの種の断り書きが欠落していることに、ふたたび、私たちは気づかされる。さらに、私たちは、依頼されて書いただけで、この詩人は断れなかったのだと取りなし、非難された詩を弁護する『善女伝』「プロローグ」の冗談っぽいやりとりを思い出す（F版、327-35, 366-7; G版、246-278, 344-52行）。

リチャードは、情熱と同義の豪華な衣装、すばらしい料理法（彼の料理本が残っている）、宝石、そして、芸術にも関心があった。【九】『ウィルトン二連祭壇画』とウェストミンスター修道院内の見事な肖像画から判断すれば、絵画への彼の愛情には虚栄心が道連れだった。【十】出所はサー・ジョン・クランヴォウだとされるある噂によれば、国王は虫の居所が悪いと、子供のようにだだをこねて始末に負えず、自分の靴や服を窓からほうり投げ

右はアン・オヴ・ボヘミアの棺の木製像。デス・マスクから型をとったもの。彼女は気取らない、心優しい人で、リチャード二世の愛を一身に受けた。

左は、リチャード二世の棺の臥像。年齢を重ねるにつれわがままになり、肉体は太っていった。したがってこの臥像は、現実の彼ではなく、理想的な威厳ある肉体を表現したものである。

ることもあったというのだが、自分が儀式の中心に立っていればご機嫌だった(10)。彼のご機嫌麗しい姿を披露してくれ、そして、この時代の大きな特徴を示すものでもある華やかな晴れ舞台といえば、一三九二年八月に、激しい争いを終えたリチャード二世とロンドン市との間の和解の印として挙行された祝賀の祭礼行進《プロセッション》だった。その様子は、リチャード・メイドストンという托鉢修道士が書いたラテン語詩の中に記録されていた[十一]。祭礼行進はようやく十七世紀のヨーロッパで、政治的背景の中、大きく発達したが、それは、ゴシック様式の特徴をいかんなく発揮した芸術だった。『カンタベリ物語』も一種の祭礼行進だ。リチャードは随員一行を従えて、ウェストミンスターから近づいた(11)。揃いの紅白の礼装を着用したロンドン市長と市参事会員が、眩いばかりの晴れ着に身を包んだ国王を出迎え、シティの鍵束を国王に譲渡した。シティの通りという通りすべてが豪華な布と花々で飾られた。音楽が奏され、聖歌が歌われ、歓呼の声があがり、チープサイドでは飲み水用導管からワ

年老いて疲れた男

インがわき出た。彩色された寓意人物、山車、劇、丁重な挨拶の言葉などが、市内各所で国王を待ち受けていた。もちろん、これは、王室ではなく、市民の華やかな輝きだったが、国王を喜ばせ、まるで戴冠式の行列とみまがうように効果的に、新しい時代の幕開けを告げるよう企画された。

この時期、チョーサー自身の関心は、常に深みを増し、宮廷のかなたへ越えていったので、私生活においても、彼は宮廷から身を引いたようにみえる。フロワサールがチョーサーのことに触れなかったという事実、チョーサーが依然として、おそらく、グリニッジに暮らしていたという事実、五十代になって王室土木部営繕職も辞めて、半ば退職後の人生に入っていたという事実、以上を総合すると、どうしてもこの見方に至らざるを得ない。おそらく、彼は肉体的に丈夫な人でなく、フランス遠征以降は特に、積極的に肉体を動かす機会もなかったことは確かだ。

『ヴィーナスの哀訴』と呼ばれる詩は、このイングランド国王に仕えるサヴォワ伯領出身の騎士サー・オテ（あるいは、オトン）・ド・グラーンソーンの詩をもとに、かなり程度の高い習作で自由訳詩だが、それを読むかぎり、チョーサーの健康状態が芳しくなく、どこか疲れているような響きが伝わってくる。チョーサーはグラーンソーンを「フランス語で詩作する人々の精華」と絶賛している（『ヴィーナスの哀訴』、82行）。ただし、この賛辞は友情のこもった、誇張した——あくまでも誇張だったことを認めなければならないが——見解で、これがフロワサールの気持ちを損ねたのかもしれない。グラーンソーンは、『鳥の議会』によく似た聖ヴァレンタインの祝祭詩を書いていたし、チョーサーは長年彼と付き合いがあったのだろう。(12)『ヴィーナスの哀訴』は最後のスタンザ、つまり、「王女殿《プリンセス》よ」もしくは「王子たち《プリンシーズ》よ」とも読める言葉で始まる「結び歌《エンヴォイ》」で終え、そして、この詩を寛大な心でお受けいただきたいと懇願している。

なぜなら、わたしの気力を鈍らせる老年が
詩作の腕の冴えを
わたしの記憶力からも奪っていってしまったのですから。
(76-8行)

ここには、実感として老いへの哀愁が漂っている。おそらくこの詩は一三九〇年代後半に書かれたものだろう。グラーンソーンがあるサヴォイ陰謀における共同謀議の嫌疑を晴らそうとして、決闘裁判でフランスの地で客死した、一三九七年以後ということはあり得ない。

スコガンとバクトンに書き贈った詩も後期の作品であることははっきりしているが、『ヴィーナスの哀訴』にくらべ、ずっと面白いし出来栄えもいい。率直で、風刺や機転もよく利いている。『チョーサーからスコガン君に贈る言葉』はチョーサーの老いに触れ、詩人は「寂莫たる荒野に忘れ去られてしまっている」と言っている(46行)。チョーサーはスコガンへの最後の頼みとして、友人のよしみでどうか自分のことを「実り豊かな地」で思い出してくれるよう頼んでいる(48行)。「実り豊かな地」とはどうやら、国庫とか貴族の金庫にあることを指しているに違いない。この詩から、チョーサーが宮廷を離れていることがはっきりわかる。もし彼が宮廷にいたなら、自分で直接請願できたはずだ。一方、私たちは、スコガンへの依頼について、深刻に受け止める必要はない。この種の依頼は、宮廷生活でおこるほんの瑣事にすぎない。スコガンはチョーサーより二十歳ほど年下の友人で、詩作上の弟子でもあった。彼はヘンリ四世の四人の子供たちの教育係を務めることになった。この詩は、一三九三年秋に襲った洪水を「ヴィーナスの涙」という表現で冗談っぽく触れているようだ。涙の原因は、スコガンが正統な愛の教えに違反してためだとして、次のように言っている。

思いを寄せる貴婦人が、君の苦しみに目もくれなかったことで、
君は聖ミカエルの祭日（＝九月二十九日）に彼女を捨ててしまった。

（『スコガン君』、18-9行）

『チョーサーからバクトン君に贈る言葉』には、「フリジアで囚われの身となる」という言及がある（23行）。一三九六年八月から九月にかけて、イングランド軍がフリジア（現フリースラント）へ出兵していたので、この詩は出兵後間もない時期に書かれたものだろう。すでに齢を重ねてきた廷臣チョーサーは、最近起こった政治的出来事にめずらしく発言し、いつものように素っ気ない態度をとっているが、私たちは彼が快活な気分にいることに気づく。

チョーサーは宮廷ではまったく過去の人というわけでもなかった。ノース・ピサートン御料林管理官代理として得ていたものすべて、みずからの蓄え、資産、年金給与など以外に、一三九三年一月に十ポンド、一三九四年二月に二十ポンドを受け取っていた。この二件の受領は、スコガン氏がチョーサーから受け取った詩を国王に回覧してくれたおかげだ、と考えても違和感がないだろう。一三九七年十二月にも、チョーサーはブドウ酒一樽を毎年受け取る裁可を得た。彼は定期的に宮廷を訪ね、とりわけ、財務府に立ち寄って、半期ごとに支払われる年金給与を受け取っていたに違いない。ところが、一三九七年、イングランド政界に急速に暗雲が覆ってきた。

リチャードの最後の悲惨な三年間の治世と、これとほぼ重なるチョーサーの残り三年の余命は、チョーサー

の伝記を書く上ではそれほど重要な時期ではない。党派抗争に普段からほとんど関心もなくなり、どの陣営にも友人のいた一人の、年老いて疲れた男。彼は困惑し、心配しながら推移を見守っていたかもしれない。しかし、彼のことだから、今まで同様、そして、その可能性がより高いというのが私の考えだが、こうした激しく、危機的世事など我関せずと感じていただろう。友人や子供たちへの愛情だけでなく、抜け目なさ、習い性の習慣、それと、必然さえもチョーサーを宮廷の中に踏みとどまらせた。コンスタンス・オヴ・カスティリャの死後、チョーサーの義妹がローマ教皇の特免を得て正妻におさまった今、チョーサーとランカスター家との古くからのつながりは一層強くなったかもしれない。チョーサーがランカスター家大納戸部主計官から自分のところへ現金を届けてくれた返礼として、一三九五年のクリスマスと一三九六年二月に、ゴーントの息子で、公爵夫人ブランチの長男で、今やダービ伯を名乗るヘンリ・ボリングブルックから、彼は緋色の礼服の贈り物を受け取った。新たに結び直された両家のつながりは、なにも非凡な政治的先見性があってのことではなく、偶然の産物だった。この時期、リチャードの愚行のひどさ、あるいは、ヘンリのご都合主義を予見できる人など誰もいなかった。一三九八年に、八年前の王室土木部営繕職時代の業務に起因して、うんざりするような借金訴訟がチョーサーにたいして起こされた。しかし、彼は法的措置に対処する身柄保護証を獲得できたし、この訴訟事件は裁判記録から消えていく。

　ヘンリ・ボリングブルックとノーフォーク公トマス・モーブレイの間で起こった喧嘩は、一三九八年に二人とも国外追放とすることで決着した【十二】。国王の独裁者ぶりはますます昂じ、身分の上下を問わず、誰もが彼の元を離れていった。一三九九年に、ゴーントがこの世を去ると、リチャードは膨大なランカスター家の遺産をすべて没収した。それから、彼はアイルランド人反乱者を鎮圧するためアイルランドへ出帆した、その結果、肝心の留守中の本拠地は無防備のままだった。この機に乗じて、ヘンリはランカスター家の遺産相続権回復のためイングランドへ戻り、民衆の自分への支援とリチャードへの憎悪の高まりを知った。こうした民衆の動きは、世渡り上手のヘンリを玉座に座らせ、リチャードを呑み込んでしまった。リチャードは退位させられ、殺され、一三九九年九月三十日には、ヘンリが議会からお墨付きを得て、

ブルート建国のアルビオン（＝ブリテン島）の征服者よ
由緒正しい系図と議会の自由選挙によって
あなたは正真正銘の国王になられた……。

（『財布恨み節』、22-4行）

この言葉はチョーサーのもので、同時に、議会の公式宣言文の文言でもあり、彼はそれを鸚鵡返ししている。『財布恨み節』はチョーサー最後の詩だが、報酬を求める機知に富んだ戯れ歌で、現存する彼の詩の中ではもっとも露骨だ。この詩は、ヘンリが国家統治を引き継いだ一三九九年九月三十日以降に書かれたことは間違いない。公記録によれば、すでにリチャード二世によって支払いが裁可され、追認された通常年金給与二十ポンドに加え、それとは別に、四十マルクの年金給与の支払いがチョーサーに裁可された。【補遺R-a】ヘンリの即位から同国王の年金給与裁可までの二週間、その間、人々の心にヘンリ推挙の宣言文の言葉が響き渡っていた時期に、この詩が書かれ、また、ヘンリが自分の権力基盤を固めつつある間に、この年配の著名詩人とその機知にたいしてわずかな出費で済めばということで、すみやかに年金給与が支払われたと考えるのが合理的のようだ。ヘンリは長年チョーサーを知っていたし、ヘンリにとってチョーサーは継母キャサリン・スウィンフォードの義理の兄にあたる人でもあった。

ヘンリはただの実利主義者ではなかった。彼はフランス語、英語の二カ国語で自由に文章を書いたし、短い決まり文句程度であれば、ラテン語使用にも問題はなかった。音楽の腕前も確かで、音楽愛好者でもあった。息子たちの教育にも熱心で、その教育係がチョーサーの友人スコガンだった。彼のことは、『財布恨み節』と

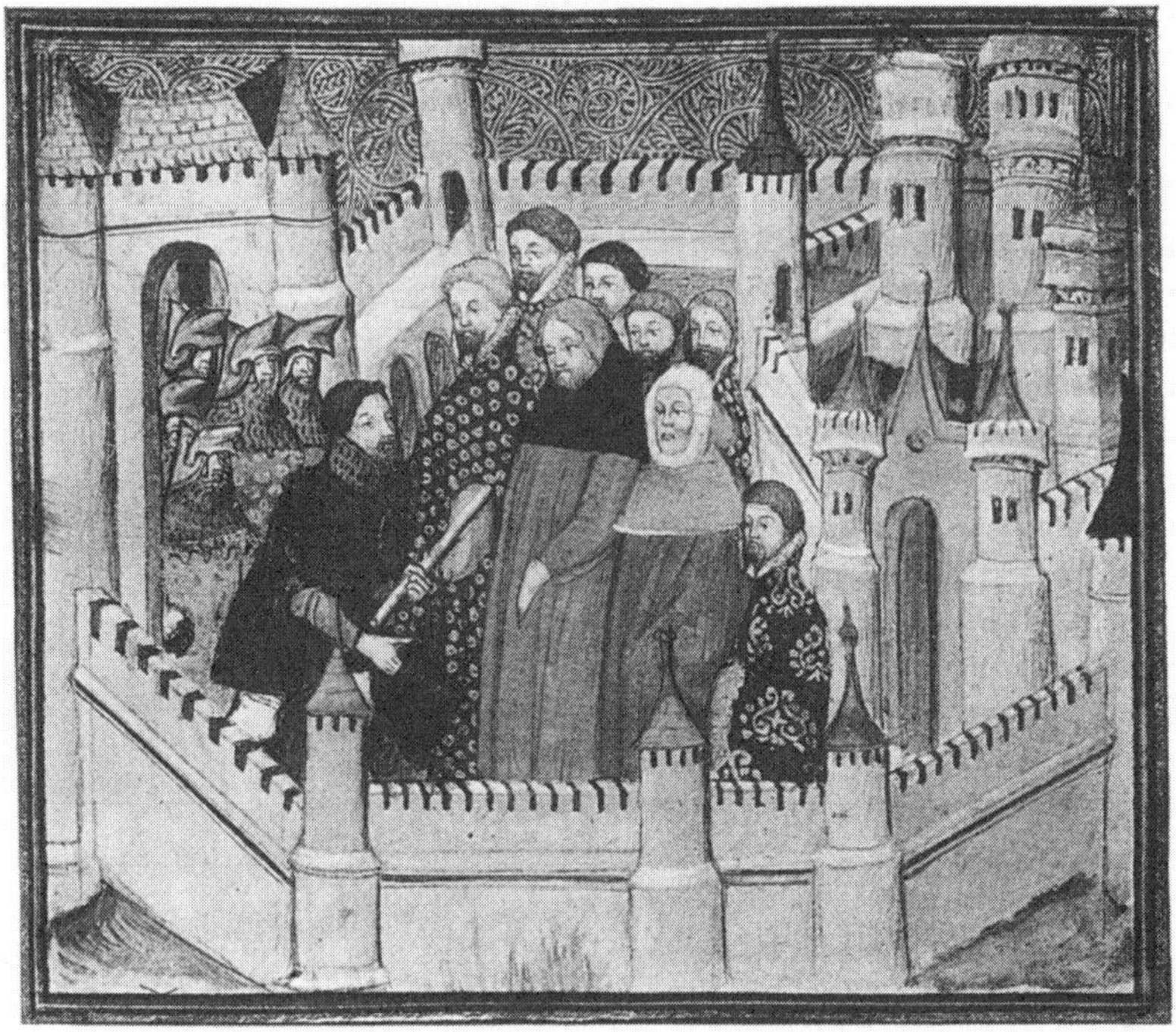

リチャード二世とヘンリ・ボリングブルックがウェールズのフリント城で相まみえる。ブリティッシュ・ライブラリ（MS. Harley 1319, f.50）

よく似た趣向の戯れ歌『スコガン君』で、チョーサーが語りかけ、そして「実り豊かな地」で自分のことを忘れないで欲しいと頼んでいる当人だったことが思い出されるだろう。ヘンリは、行動の人でもあったが、書物へも関心が強かった。彼は詩作品にも興味を示した。ガウアーは『恋する者の告解』の献呈先をリチャードからヘンリ四世へ変更してしまった。【十三】もっと言えば、この献呈先変更は、一三九九年二月三日か四日に、ヘンリの父ゴーントが死亡した後になされたのかもしれない。なぜなら、当時の人々はゴーントのことを、ブランチと結婚して以降つねに「ランカスター公」と呼んでいた、という事情があり、その父が亡くなり、ようやくヘンリが「ランカスター公」という肩書きを使うことになったからだ。【十四】ヘンリの知性、人当たりの良さ、礼儀正しさが、たった今、彼が国王になった大きい要因だ。もちろん、彼には、他にいろいろ考慮すべきこともあった。しかし、結構少額の年金給与、つまり、国王が（中世の国王であれば誰もがそうだが）直臣や政治家たちの請願に答える膨大な褒美にくらべても、そして、必然的に、受け取った本人も長く喜べるほどでないことがはっきりしている無いにも等しい程度の額、これが、多くの人々を楽しませてくれたチョーサーの優雅な詩に報いる至極自然な答えなのだろう。この程度の額は、ヘンリにしてみれば、文字通り、側近の侍従にひとこと言葉をかけてやるぐらいのことなのだろう。

今も時折、研究者たちの間に、この時期のチョーサーは相当お金に窮していたという議論がある。チョーサーの新しい通常年金給与を記録する文書【補遺R-b】は、一四〇〇年二月十六日頃になってようやく書き記された可能性がある【十五】。チョーサーの身辺に何か切迫することがあって、ウェストミンスター修道院内に避難場所を求めなければならなかった事情があると考えられた。しかしこれはあり得ない。チョーサーが現金を手にするまで時間がかかったということだけは可能性としてあり得る。彼は待っている間も（もし待っていたと仮定して）、リチャードが以前に支払許可をした年金給与について、チョーサーが二通の勅許状原本（つまり、「開封された」証明書類のこと）を紛失したことがあったため、正式に更新されるようきちんと申請をした【補遺R-a】。このことは現実にあったことなのだろう。チョーサーには、『カンタベリ物語』末尾の「取り消し文」で取り消した作品のうちへ、多くの作品を入れ忘れるような不注意なところがあった。しかしながら、これが事実だったかどうかは別にして、彼が自分の金銭を確認するのに注意を怠ることだけはあり得なかった。一三九九年十月に関する文書に記載のある、以前リチャードから裁可済みの二十ポンドの年金給与とブドウ酒年一樽は正式に更新されている。

リチャードの廃位とヘンリの即位に伴う政治的混乱は、財務府における金銭支払いを何かと滞らせる原因となった。しかし、チョーサーの側で手を尽くすものの、当然支払われるべき金銭受領がすべて首尾よくいくとはかぎらなかったようだが、リチャードによる年金給与未払い分十ポンドを穴埋めするため、ヘンリさえ十一月にはチョーサーに十ポンドを贈与してやった。おそらく、チョーサーが貸方になることが多いが、彼の他の金銭処理からわかるように、十四世紀のお金の貸し借りには、どんなに正当なものでも、大ざっぱなものがかなり沢山あった。それにもかかわらず、大きな報酬を得るというほどでなくても、自分が受け取る権利のある金銭を生涯にわたり定期的に支払ってもらうことに前例がないほど成功させてくれた彼の如才ない思慮は、晩年になってもチョーサーを決して見捨てなかったようだ。私たちが年齢を重ね、死期が近づくにつれ、お金のことがますます心配になることはあっても、少なくなることはないというのが普通の経験である。私が想像するに、チョーサーはこの点では他の人たちとも事情は同じだった。しかし彼は貧乏ではなかったし、もしそうだったとしても、裕福な息子トマスが父親を援助してくれただろう。一三九九年十月に、ヘンリは、リチャードがトマスに裁可した年金給与二十マルクも追認してやった。[十六] そして、三日後に、彼はトマスに終身年金給与四十ポンド付きのウォリングフォード城城代の職を与えてやった。[十七] トマスはヘンリの信任が厚く、一三九六年にリチャードがわずか七歳のイザベラと政略結婚したが、この城には、今は寡婦になったそのイザベラが軟禁されていたのだ。したがって、チョーサーが貧しさの余り自暴自棄になる理由などはなかった。しかし、彼は、当然受け取るべきもの、そして、出来れば少しでも多くを受け取ろうと心に決めた。何も貪欲というほどでなく、細かすぎる程度のことだ。言葉遊びを駆使し、愛を茶化して、途方もなく面白い『財布恨み節』を書くにあたり、彼の知力も機知もまだ健在だった。ヘンリだけでなく、他の人たちもこの詩を大いに楽しんだ。なぜなら、この詩については、今も十一種類を下らぬ数の写本が現存しているからだ。あるいは、新国王に一目拝謁し、即位をお祝いしようと、チョーサーはわざわざ宮廷まで出かけたかもしれない。ただ、彼は長くそこに留まりたいとは思わなかった。この世の「救い主」たる我が財布がもう一度重くなってくれるよう頼み、次に、「あなた（＝財布）の力でわたしをこの町から救い出してくれるよう」にと頼んでもいる（『財布恨み節』、16, 17行）。そこに託された意味は今も議論が多いのだが、チョーサーが救出してほしいと思っている「町」というのは宮廷を指しているのだろう。あるいは、グリニッジの町から引っ越しをする支度金の援助を求めたのかもしれない。

ここには、他人をたぶらかそうという気持ちも、卑屈な気持ちもない。この時代の歴史には、封建的主従関係の中で、めまぐるしく主人を変えることなど日常茶飯事だった。(13)「運命の車輪」が再び回転して、時には、主従関係がまた元の鞘に戻ることもあり、その両方に誰も不快な気分になることはなかったようだ。リチャードは、側近の寵臣を除いて、わざと自分から、皆の気分を損ね、みんなに警戒心を抱かせるようなことをした。ロラード派の第三代ソールズベリ伯ジョン・ド・モンタキュートは主君リチャードのために反乱軍を指揮し、サイレンセスターの市民によって殺害されたが、リチャードは人の忠誠心を引きつけることはほとんどなかった。事実、最初は、他の誰もが国王交代を歓迎していた。

チョーサーの残る日々で、あと一つだけ目立つ動きが残っている。一三九九年十二月二十四日付で、彼はウェストミンスター修道院内の庭にあった家を五十三年間という期限で借りた。【補遺S】チョーサーがケントを離れた時期は不明だが、そろそろ都心に便利な家を借り、この修道院の近くで暮らしたいと、人生設計を立てたに違いない。最後の日々を、何か心に決するところがあって、彼は古くからの中心地の教会で過ごすことにした。『カンタベリ物語』の仕事は決してやめなかったし、折にふれて、まとまった原稿束を公表し、朗読した。構想はどんどん進んだが、総勢三十名ほどの巡礼者が往復の旅で一人につき二つの話をするという当初の野心的な計画の実現はほとんど絶望的で、途中を端折った。〈教区司祭〉の「瞑想」が必然的にチョーサーの最後の作品になったと考えるだけの合理的根拠はないが、「教区司祭の話」のプロローグからは、〈教区司祭〉が全体を締めくくることになることがわかる。【十八】しかし、この信仰に関する労作は、チョーサー自身が人生後半になって真面目な物の見方をすることになったことの表れとみて間違いないだろう。

一四〇〇年六月五日付で、チョーサーの生前最後の年金給与が彼の代理人の手をとおして引き出された。【補遺R-b】へンリ・サマーがチョーサーに代わって現金を受け取った。夏の季節、自宅のあるウェストミンスター修道院内の庭先から財務府までは徒歩でもすぐだ。だとすれば、チョーサーはすでに病を患っていたのかもしれない。彼のそばには家政婦とか看護師も待機していたはずで、宮廷の友人が訪ねるにも不便はなかった。大法官府事務官の一人がトマス・ホクリーヴで、彼はチョーサーの思い出を長く記憶に留めるよう心を砕き、実際、彼と直接面識もあった可能性がある。というのは、チョーサーの詩作を称えるある写本の中で、チョーサーの肖像画をわざわざ手に入れ、添えたからだ。【十九】この時期までに、チョーサーは「英語修辞の華」として広く認知されていた。英語という言葉に新鮮な豊かさを加えてくれたこの英詩の父は、学識と美しさを英語にもたらしてくれた。チョーサーは、クランヴォウやスコガンのような数人の友人と、多くの無名の詩人たちに常に影響を与えていた。(14) ホクリーヴや、一四〇〇年当時三十歳ぐらいになっていたベリ・セント・エドマンズ大修道院の修道士ジョン・リドゲイトらのおかげで、チョーサーの名声はますます広まり、十五世紀になるとイングランドでもスコットランドでも、英語で書かれた詩といえばチョーサーの作品が席巻していたほどである。(15)

だが、散文、韻文、人の書くものはみな忘れられるのが定め。

（『スコガン君』、41行）

チョーサーは、詩作のことにせよ、他のことにせよ、権力とか影響力を求めることはなかった。彼は適切な言葉を手に入れること、言葉を適切に並べることに意を用い、情熱を注いだ。お抱え写字職人アダムは、言葉を写す際の不注意な仕事ぶりで自分の名を長く留めることになってしまったが、そうした言葉の並べ方を心得ておくべき理由があったのだ。しかし、チョーサーは、シェイクスピア同様、名声というものをとんと気に留めなかった。『名声の館』でチョーサーは自分のことを次のように言っている。

私が死んで、私の名前が
みんなから忘れられてもよしとしよう。
自分の立場ぐらいよくわきまえているつもりです。

（『名声の館』、1876-78行）

死期は刻々と近づいていた。「教区司祭の話」の中の全体の構想と調子の変化は、さらに推し進められ、ついには、チョーサーの最後の言葉が託された「取り消し文」の中で、彼は自作の世俗作品、および、「罪へとまっしぐらに突き進むあのカンタベリの物語たち」を取り消してしまう（「教区司祭の話」、1086行）。チョーサーの巡礼者たちは、二者択一のあれかこれか、つまり、「教え」（doctrine）か「娯楽」（mirth）か、あるいは、「真面目な教え」（sentence）か「気晴らしの楽しみ」（solace）か、いずれか一つを求めていた。チョーサーは「気晴らしの楽しみ」に関心があり、その範疇の中に、彼は世俗的虚構作品、つまり、今なら私たちは「教え」の範疇でも慈しむ『トロイルスとクリセイダ』などの傑作を含めていた。「楽しみ」とは、自由で、周縁的で、非教訓的な芸術品なのだ。永遠の救いへの真剣な希求は、「かきしるされたすべてのことは、私たちへの教訓のために書かれている」（『ローマ人への手紙』第十五章四節）という聖パウロの言葉を引用して言っているように、少なくとも、その聖句を理想とする現実生活の主たる関心事へと引き戻した。チョーサーが、宗教改革以降ならば、キリスト教に反するとも見えないし、オッカム思想でさえ正当化してくれると考えられるその非凡な芸術作品を否定し、世俗世界へ入っていく注目すべき行動までも否定しなくてならないというのは、いろいろな点で悲しいことだ。しかし、チョーサーは詩人で、神学者ではなかったし、時間は短すぎた。

チョーサーと同じくらい、「教え」とは何か、「娯楽」とは何かについて深く考えた詩人であれば、健康なうちに世俗作品を書き、死期にそれを取り消すことは自然な流れだった。いつものように、チョーサーは自分の置かれている状況、そして、その状況にたいする同時代の考え方と感情に思いをめぐらしている。この世の側から見れば、死は終りであるがゆえに、閉ざされた状況で、人間の意志ではどうにもならず、何の可能性もない。それとは正反対の状況のために、そして、その中で、チョーサーはもっとも愉快な物語を創作していた。死とは、現世の快楽と悲哀を閉じ込める黒縁《くろぶち》の余白だ。しかし、チョーサー自身は、特に、まだ若い頃、この黒縁の余白とその他の周縁を強調した。こうした周縁が、より興味深い経験を作り上げている。周縁から中心へ、嘲笑から肯定、無秩序から秩序へ退くことが、終焉を間近にしたチョーサーの習慣だった。若い頃に書かれた『公爵夫人の書』の中で、彼は死から宮廷生活へ回帰していった。しかし、今や、彼はもうひとつの回帰、つまり、皮相な世俗世界から霊的生活の中核へ回帰しなければならない。死が間近に迫った時、これがボエティウスの教訓だった。もし死が周縁だとすれば、死は通過儀礼であり、旅であり、真の中心へ至るためのものである。チョーサーは、余計な手荷物をすべて捨て、これからの旅路にふさわしい支度を整えているのだ。

「取り消し文」が示しているように、チョーサーは死への用意をした。遺言書も作成していたに違いないが、それは残っていない。晩年、ウェストミンスター修道院内敷地に住居を構えることは、死に備える実利的準備だけではなく、心の準備を暗示していたのだろう。チョーサーの墓石にかつて刻まれた碑文によれば、一四〇〇年十月二十五日にこの詩人は永眠した。彼の亡骸は、ウェストミンスター修道院内聖ベネディクト礼拝堂近くに埋葬された。（二〇〇〇年七月に開催された『ニュー・チョーサー学会』における講演で）キャロライン・バロン教授が明らかにしてくれたように、この埋葬場所が選ばれたという事実は、チョーサーの生前の生活がいかに修道士の伝統に近いものだったかを示すものだった。修道士が、日々、彼の墓石のそばを行き交い、その上を踏み歩いていた。その埋葬場所は（十六世紀になって移されたが）、慎ましい所だが、特別な計らいで提供されたものでもあった。現代の読者は、「取り消し文」の本質は、一見後悔している作品の真筆をめぐって、皮肉で不誠実な主張にすぎないと決めこんでいるが、こうした埋葬状況から、私たちは「取り消し文」の誠実さをより強く実感させられる。しかし、チョーサーが、純粋に後悔している作品と、自ら喜んで書いた他の宗教的作品とを区別するためには、自作を列挙していく以外に方法がなかったのだろう。私たちとしては、最後の厳格な思いに駆られて彼が批判したあの作品群さえ享受していることを否定せずに、それでも、私たちはこの「正真正銘の悔い改め」を受け入れていいのだ（「教区司祭の話」、1089行）。

原　註

はじめに

（1）　E. K. Chambers and F. Sidgwick eds., *Early English Lyrics* (London, 1907; reprinted 1947), p. 241.

（2）　ここで使われているチョーサーの詩句に関係して、『カンタベリ物語』中の「騎士見習いの話」、57行、「商人の話」、2140行、『公爵夫人の書』、411行、『トロイルスとクリセイダ』第三巻、351-2行も参照。

（3）　*Pierce the Ploughmans Crede* (about 1394 A.D.) ed. W. W. Skeat EETS OS 30-31 (London, 1873), ll. 420-42.

（4）　J. J. Jusserand, *English Wayfaring Life in the Middle Ages* (London; many later reprints incl. Boston, Mass., 1973), p. 86

（5）　C. Platt, *The English Medieval Town* (London and New York, 1976), p. 48.

（6）　Jusserand, *ibid.,* pp. 84-5.

（7）　Platt, *ibid.,* p. 49.

（8）　Jusserand, *ibid.,* pp. 95-6.

（9）　Jusserand, *ibid.,* pp. 99.

（10）　F. P. Magoun, Jr., *A Chaucer Gazetteer* (Stockholm and Chicago, Ill., 1961).

（11）　P. Pickard and others trans., *Medieval Comic Tales* (Cambridge and Totowa, N.J., 1973), pp. 60ff.

（12）　Jusserand, *ibid.,* p. 131.

（13）　*Chaucer's World* compiled by Edith Rickert ; ed. by Clair C. Olson, and Martin M. Crow (1948), p. 280.

（14）　William Langland, *Piers Plowman: the B Version* ed. by George Kane and E. Talbot Donaldson (London and New York, 1975), V, ll. 306-22.

（15）　J.C. Russell, "Population in Europe 500-1500" in C. M. Cipolla ed., *The Fontana Economic history of Europe: The Middle Ages* (London and New York, 1972), pp. 30ff.

（16）　Platt, *ibid.,* p. 40.

（17）　Platt, *ibid.,* pp. 27ff.

（18）　Platt, *ibid.,* p. 51.

（19）　V. W. Turner, *Dramas Fields and Metaphors* (Ithaca, N.Y., and London, 1974), pp. 166ff.

第Ⅰ章

（1）　K. B. McFarlane, *Lancastrian Kings and Lollard Knights* (Oxford and New York, 1972), pp. 13, 161.

（2）　J. Gairdner ed., *The Paston Letters 1422-1509* (London, 1900-1), Intro. XXXII.

（3）　*Chaucer's World, ibid.,* pp. 147ff.

（4）　R. E. G. Kirk ed., *Life Records of Chaucer* (London, 1900), pp. vi-vii.

（5）　Platt, *ibid.,* p. 21.

（6）　S. L. Thrupp, *The Merchant Class of Medieval London* (Ann Arbor, Mich.; Cambridge, 1949), pp. 27-41.

（7）　M. McKisack, *The Fourteenth Century 1307-1399* (Oxford and New York, 1959), p. 95.

（8）　Platt, *ibid.,* pp. 72-3.

（9）　Platt, *ibid.,* p. 74.

(10) D. W. Robertson, Jr., *Chaucer's London* (New York, 1968), pp. 42-3.

(11) J. Le Goff, *The town as an agent of civilisation, c.1200-c.1500,* translated from the French MS by Edmund King in C. M. Cipolla (1972) vol. 1, section 2. ; G. Holms, *The Later Middle Ages 1272-1485* (London; paperback New York, 1966), pp. 153ff.

第1章

(1) Derek Brewer, *Chaucer in His Time* (London and New York, 1973), Chapter V.

(2) Bartholomaeus Anglicus, *Batman vppon Bartholome His Booke De Proprietatibus Rerum 1582* with an Introduction and Index by Jürgen Schäfer, "Anglistica and Americana" 161 (Hildesheim and New York, 1972), VI, 5.

(3) Derek Brewer, "Children in Chaucer," *A Review of English Literature* (V), 52-60.

(4) C. C. Swinton-Bland trans. with introduction by G. G. Coulton, *The Autobiography of Guibert, Abbot of Nogent-sous-Coucy* (London and Philadelphia, Pa. (n. d.), 1925), p. 60.

(5) Derek Brewer, "Love and Marriage in Chaucer's poetry," *Modern Language Review,* 49 (1954), 461-4.

(6) Bartholomaeus Anglicus, *ibid.,* VI, 15.

(7) Derek Brewer, *Chaucer: The Critical Heritage* (London and Boston, Mass., 1977).

(8) J. Le Goff, *ibid.*

(9) G. G. Coulton, *Social Life in Britain from the Conquest to the Reformation* (Cambridge, 1918; reprinted Philadelphia, Pa., 1973).

(10) C. Phythian-Adams, 'Ceremony and the citizen: The communal year at Coventry 1450-1550,' in P. Clark and P. Slack eds., *Crisis and order in English Towns 1500-1700* (London and Toronto, 1972), pp. 57-85.

(11) Derek Brewer, "The Ages of Troilus, Criseyde and Pandarus," *Studies in English Literature* (Tokyo), English Number, 3-15.

(12) F. J. Furnivall ed., *Manners and Meals in olden Time* EETS OS 32 (London, 1868), pp. 1ff.

(13) L. H. Loomis, *Adventures in the Middle Ages* (New York, 1962), pp. 131ff.

(14) Derek Brewer ed., *Chaucer and Chaucerians* (London and Birmingham, Ala., 1966).

(15) Derek Brewer, *Chaucer in His Time,* Chapter V.

(16) H. J. Chaytor, *From Script to Print* (Cambridge, 1945; reprint of 1966 edn,Folcroft, Pa., 1974), pp. 10ff.

(17) A. Wesencraft, "Derivations," *University of London Bulletin,* 26 (1975), 12-13.

(18) *Chaucer's World* compiled by Edith Rickert ; ed. by Clair C. Olson, and Martin M. Crow (1948), pp. 225ff.

(19) E. K. Chambers, *The Medieval Stage* 2 vols. (London and New York, 1903), I, pp. 1ff.

(20) (1) J. F. D. Shrewsbury, *A History of Bubonic Plague in the British Isles* (Cambridge and New York, 1970); (2) C. G. Morris, "The Plague in Britain," *The Historical Journal,* xiv (1971), 205-24; (3) G. G. Coulton, *Medieval Panorama: The English Scene from Conquest to Reformation* (Cambridge, 1938; paperback New York, 1974).

(21) C. G. Morris, *ibid.,* 207.

(22) M. McKisack, *ibid.,* p. 333.

(23) N. Orme, *English Schools in the Middle Ages* (London and New York, 1973), p. 138.

(24) A. Fanfani, "La préparation intellectuelle et professionelle à l'activité économique en Italie du XIVe au XVIe siècle," *Le Moyen Age,* lvii (1951), 327-46.

(25) M. Baxandall, *Painting and Experience in Fifteenth-Century Italy: A Primer in the Social History of Pictorial Style* (London and New York, 1951).

(26) (1) S. L. Thrupp, *The Merchant Class of Medieval London* (Ann Arbor, Mich., 1948; Cambridge, 1949); (2) *Chaucer's World, ibid.,* p. 111.

(27) N. Orme, *ibid.*, pp. 119ff.
(28) N. Orme, *ibid.*, p. 124.
(29) C. A. Plimpton, *The Education of Chaucer* (London and New York, 1935).
(30) (1) Derek Brewer ed., *Chaucer and Chaucerians* (London and Birmingham, Ala., 1966); (2) N Davis, 'Chaucer and Fourteenth-Century English' in Derek Brewer ed., *Geoffrey Chaucer (Writers and their Background)* (London, 1974), pp. 58-84 (3) R. W. V. Elliott, *Chaucer's English* (London, 1974).
(31) 音声資料を参照。
(32) N. Orme, *ibid.*, p. 120.
(33) N. Orme, *ibid.*, p. 88.
(34) G. G. Coulton, *Europe's Apprenticeship* (London and Toronto, 1940).
(35) *Chaucer's World, ibid.*
(36) B. Harbert, 'Chaucer and the Latin Classics' in Derek Brewer ed., *Geoffrey Chaucer (Writers and their Background)* (London, 1974), pp. 137-53.
(37) D. E. Smith, *History of Mathematics* 2 vols. (Boston, Mass., 1923).
(38) G. G. Coulton, *Social Life in Britain from the Conquest to the Reformation, ibid.*, p. 60.
(39) F. J. Furnivall ed., *ibid.*, liv.
(40) F. J. Furnivall ed., *ibid.*, liv.

第三章

(1) D. Hughes ed., *Illustrations of Chaucer's England* (London, 1918; reprint of 1919 edn., Folcroft, Pa., 1972), pp. 164-5; T. Wright ed., *Vocabularies* "A Library of National Antiquities" 2 vols. (privately printed in 1872 and 1873), s.v.
(2) G. G. Coulton, *Social Life in Britain from the Conquest to the Reformation, ibid.*, pp. 84ff.
(3) Antoine de la Salle, *Little John of Saintre* trans.by I. Gray (London, 1931), p. 33.
(4) C. C. Swinton-Bland trans. with introduction by G. G. Coulton, *The Autobiography of Guibert, Abbot of Nogent-sous-Coucy, ibid.*, p. 67.
(5) J. J. Hall ed., *King Horn* (Oxford, 1901), ll. 233ff.
(6) F. J. Furnivall ed., *Manners and Meals in olden Time, ibid*, pp. 115ff.
(7) E. T. Donaldson, *Speaking of Chaucer* (London and New York, 1970).
(8) G. L. Brook ed., *The Harley Lyrics* (Manchester, 1948; 3rd reprint, 1964).
(9) 次の音声資料を参照。 Guillaume Machaut *Messe de Notre Dame : Le Lai De La Fonteinne, Ma Fin Est Mon Commencement* by The Hilliard Ensemble. Hyperion UK B000002ZM7【Guillaume de Machaut *La Messe de Notre Dame; Ten Secular Works*. Archive Production II Research Period. Series D. APM 14063】
(10) F. J. Furnivall ed., *The Minor Poems of the Vernon MS* Part II EETS OS 117 (London, 1901), pp. 479ff; *Troilus and Criseyde*, I, 171.
(11) Chandos Herald, *Life of the Black Prince* ed. by M. K. Pope and E. C. Lodge (Oxford, 1910).
(12) J. Barnie, *War in Medieval Society: Social Values and the Hundred Years War 1337-99* (London and Princeton, N.J., 1974).
(13) Derek Brewer, *Chaucer* 3rd Supplemented Edn (London, 1973; first published in 1953); Derek Brewer, 'Honour in Chaucer' in J. Lawlor ed., *Essays and Studies of the English Association* 1973 (London, 1973), pp. 1-19.
(14) J. Barnie, *War in Medieval Society: Social Values and the Hundred Years War 1337-99, ibid.*, p. 127; M. McKisack, *The Fourteenth Century, ibid.*, p. 248.
(15) M. McKisack, *The Fourteenth Century, ibid.*, pp. 237ff.
(16) A. J. Bliss ed., *Sir Launfal* (London, 1960), 15.
(17) 『カンタベリ物語』中の「騎士の話」、2087-8行の「(ダイアナ神殿内部に描かれた) 絵を制作した人は実に生き生きと描く力がおありでした。彼はフロリン金貨を大枚はたいて絵具を買っていたのでした」という表現。

第四章

(1) T. F. Tout, "Literature and Learning in the English Civil Service," *Speculum,* 4 (1929), p.382.

(2) T. F. Tout, *ibid.,* p. 368.

(3) G. Holmes, *The Later Middle Ages 1272-1485* (London, 1962; paperback New York, 1966), p. 197

(4) E. Auerbach, *Literary Language and its Public in Late Latin Antiquity and in the Middle Ages* translated by R. Manheim (London and Princeton, N.J., 1965).

(5) F. P. Magoun, Jr, *A Chaucer Gazetteer* (Stockholm and Chicago, Ill., 1961).

(6) S. Armitage-Smith, *John of Gaunt* (London, 1904).

第五章

(1) J. Barnie, *War in Medieval Society: Social Values and the Hundred Years War 1337-99* (London and Princeton, N.J., 1974), p. 111.

(2) B. C. Hardy, *Philippa of Hainault and her Times* (London, 1910), pp. 67-8.

(3) Jean Froissart, *Froissart's Chronicles* translated by John Bourchier, Lord Berners, 2 vols. (1523-5), II, CXXX. 他の版については：Jean Froissart, *The Chronicle of Froissart* translated by Sir John Bourchier Lord Berners annis 1523-25 with an Introduction by William Paton Ker 6vols. (London, 1901); *The Chronicles of Froissart* translated by John Bourchier, Lord Berners and edited and reduced into one volume by G. C. Macaulay (London, 1895).

(4) K. Fowler, *The King's Lieutenant* (London and New York, 1969), p. 28.

(5) Jean Froissart, *Froissart's Chronicles* translated by John Bourchier, Lord Berners, 2 vols. (1523-5), II, LXXVII.

(6) K. Fowler, *ibid.,* p. 104.

(7) Wyatt, *The Collected Poems of Sir Thomas Wyatt* edited and with an Introduction by K. Muir (London, 1949; Cambridge, Mass., 1950), xv.

(8) *The Times* London 21 December 1976.

(9) Derek Brewer ed., 'Gothic Chaucer' in *Geoffrey Chaucer* (*Writers and their Background*) edited by Derek Brewer (London, 1974), pp. 1-32; V. W. Turner, *Dramas Fields and Metaphors* (Ithaca, N.Y., and London, 1974).

(10) G. Holmes, *The Later Middle Ages 1272-1485* (London, 1962; paperback New York, 1966), p. 68.

(11) J. R. Hulbert, *Chaucer's Official Life* (Doctoral Dissertation) (Chicago, Ill., 1912; reprinted New York, 1970).

(12) Derek Brewer, *Chaucer* 3rd Supplemented Edition; first published 1953 (London, 1973).

(13) J. R. Hulbert, *ibid.,* p. 35.

(14) J. R. Hulbert, *ibid.,* pp. 42-3.

(15) *Chaucer Life-Records* (1966), p. 86.

(16) Derek Brewer, *Proteus: Studies in English Literature* (Tokyo and Folcroft, Pa., 1958).

第六章

(1) R. E. G. Kirk ed., *Life Records of Chaucer* (London, 1900), p. 172.

(2) John N. Palmer, "The Historical Context of the Book of the Duchess: A Revision," *The Chaucer Review,* 8 (1974), 253-61.

(3) J. I. Wimsatt, 'Chaucer and French Poetry' in Derek Brewer ed., *Geoffrey Chaucer* (*Writers and Their Background*) (London, 1974), pp. 109-36.

(4) W. Wordsworth, *The Poetical Works of William Wordsworth* ed. by E. de Selincourt 5vols. (Oxford, 1940-9), II, p. 517.

(5) *Thornton Manuscript* (Lincoln Cathedral MS. 91) Facsimile edition with Introduction by Derek Brewer and A. E. B. Owen (Menston, Yorkshire, 1975).

(6) Derek Brewer, *Chaucer: The Critical Heritage* (London and Boston, Mass., 1977).

(7) Derek Brewer, "Some Observations on the Development of Literalism and Verbal Criticism," *Poetica,* 2 (1974), 71-95.

第七章

(1) E. H. Wilkins, "Cantus Troili," *ELH,* 16 (1949), 167-73.

(2) G. B. Parks, "The Route of Chaucer's First Journey to Italy," *ELH,* 16 (1949), 174-87.

(3) Adam Usk, *Chronicon Adae de Usk: A. D. 1377-1421* edited and translated by Sir Edward Maunde Thompson second edition (London, 1904), pp. 74-5 and 242-3.

(4) M. Baxandall, *Painting and Experience in Fifteenth-Century Italy: A Primer in the Social History of Pictorial Style* (London and New York, 1972).

(5) M. Meiss, *Painting in Florence and Siena after the Black Death* (Oxford, 1952; Icon edition, New York, 1973).

(6) Meiss, *ibid.,* p. 96.

(7) A. B. Emden, *A Biographical Register of the University of Cambridge to 1500* (Cambridge and New York, 1963).

(8) E. Salter, "Nicholas Love's Myrrour of the Blessed Lyf of Jesus Crist," *Analecta Cartusiana* (Salzburg), 10 (1974).

(9) M. Bishop, *Petrarch and his World* (London and Bloomington, Ind., 1964).

第八章

(1) J. R. Hulbert, *Chaucer's Official Life* (Doctoral Dissertation) (Chicago, Ill., 1912; reprinted New York, 1970), pp.80ff.

(2) F. R. H. Du Boulay, 'The Historical Chaucer' in D. Brewer ed. *Geoffrey Chaucer* (*Writers and Their Background*) (London, 1974), pp. 33-57; esp., 49ff.

(3) J. R. Hulbert, *ibid.,* p. 87.

(4) J. M. Manly, *Some New Light on Chaucer* (London, 1926; reprinted Gloucester, Mass., 1959), pp. 181ff ; E. Rickert, *Chaucer's World* ed. by C. C. Olson and M. M. Crow (New York, 1948), pp. 185ff.

(5) J. H. Fisher, *John Gower: Moral Philosopher and Friend of Chaucer* (London and New York, 1965).

(6) Derek Brewer, *Chaucer in His Time* (London, 1963; reissued 1973; New York, 1973).

(7) G. T. Shepherd, 'Religion and Philosophy in Chaucer' in Brewer ed. *Geoffrey Chaucer* (*Writers and Their Background*) (London, 1974), pp. 262-89.

(8) M. Collis, *The Hurling Time* (London, 1958), pp. 194ff.

(9) W. Langland, *Piers the Plowman and Richard the Redless* ed. W. W. Skeat 2 vols. (London and New York, 1886), B Prologue, 191.

(10) M. Bowden, *A Commentary on the General Prologue to the Canterbury Tales* (New York, 1948; reprinted 1967), pp. 184-5.

(11) Derek Brewer, "Love and Marriage in Chaucer's Poetry," *Modern Language Review,* 49 (1954), 461-4; *Proteus: Studies in English Literature* (Tokyo and Folcroft, Pa., 1958), pp. 176ff.

(12) Mircea Eliade, *Myths, Dreams and Mysteries* (London, 1960; reprinted in "The Fontana Library of Theology and Philosophy" : London and New York, 1968), p. 58.

(13) V. W. Turner, *Dramas Fields and Metaphors* (Ithaca, N.Y., and London, 1974).

(14) E. K. Chambers and F. Sidgwick ed., *Early English Lyrics* (London, 1907; reprinted, 1947).

第九章

(1) D. W. Robertson, Jr., *Chaucer's London* (New York, 1968), pp. 99-100.

(2) M. M. Crow and C. C. Olson eds., *Chaucer Life-Records* (Oxford, 1966; Austin, Tex., 1972), pp. 345-7.

(3) K. B. McFarlane, *Lancastrian Kings and Lollard Knights* (Oxford and New York, 1972), p. 183.

(4) R. B. Dobson, *The Peasants' Revolt of 1381* (London and New York, 1970), pp. 107-11.

(5) Bartholomaeus Anglicus, *Batman vppon Bartholome His Booke De Proprietatibus Rerum 1582* with an Introduction and Index by Jürgen Schäfer "Anglistica and Americana" 161 (Hildesheim and New York, 1972), XIX, 132.

(6) N. Cohn, *The Pursuit of the Millennium* (London and New York, 1957).

(7) M. McKisack, *The Fourteenth Century 1307-1399* (Oxford and New York, 1959), p. 408.

(8) R. B. Dobson, *ibid.*, pp. 97-8, 387-8.

(9) R. B. Dobson, *ibid.*, p. 217.

(10) R. B. Dobson, *ibid.*, pp. 212-13.

(11) R. B. Dobson, *ibid.*, p. 303.

(12) Derek Brewer, *Proteus: Studies in English Literature* (Tokyo and Folcroft, Pa., 1958).

(13) Derek Brewer ed., *The Parlement of Foulys* (London, 1960; revised and reprinted, Manchester, 1972), p. 5.

(14) D. W. Robertson, Jr., *ibid.*, pp. 87-8.

(15) J. Stevens, *Music and Poetry in the Early Tudor Court* (London and New York, 1961), pp. 154-202.

第十章

(1) C. Muscatine, *Poetry and Crisis in the Age of Chaucer* (Notre Dame, Ind., and London, 1972).

(2) G. T. Shepherd, 'Religion and Philosophy in Chaucer' in Derek Brewer ed., *Geoffrey Chaucer* (*Writers and Their Background*) (London, 1974), pp. 262-89.

(3) F. R. H. Du Boulay, 'The Historical Chaucer' in Derek Brewer ed., *Geoffrey Chaucer* (*Writers and Their Background*) (London, 1974), pp. 33-57.

(4) G. T. Shepherd, *ibid.*, p. 275.

(5) D. Knowls, *The English Mystical Tradition* (London and Naperville, Ill., 1961); W. A. Pantin, *The English Church in the Fourteenth-Century* (Cambridge and New York, 1955).

(6) G. Henderson, *Gothic* (Harmondsworth and New York, 1967), pp. 35-7.

(7) Derek Brewer, "Children in Chaucer," *A Review of English Literature*, 5 (1964), 52-60.

(8) G. T. Shepherd, *ibid.*, 281ff.

(9) K. B. McFarlane, *Lancastrian Kings and Lollard Knights* (Oxford and New York, 1972), 139ff.

(10) Derek Brewer, Review of H. A. Kelly, *Love and Marriage in the Age of Chaucer* (Ithaca, N.Y. and London, 1975) in *The Review of English Studies*.

(11) F. N. Robinson ed., *The Works of Geoffrey Chaucer* 2nd edn. (London and New York, 1957), p. 538.

(12) G. L. Kittredge, "Chaucer and Some of His Friends," *Modern Philology*, 1 (1903), 1-18.

(13) V. J. Scattergood ed., *The Works of Sir John Clanvowe* (Cambridge and Totowa, N.J., 1975).

(14) James Gairdner, *Lollardy and the Reformation in England* 4 vols. (London, 1908; reprinted New York, 1965), I, pp. 45-6.

(15) J. R. Hulbert, *Chaucer's Official Life* (Doctoral Dissertation) (Chicago, Ill., 1912; reprinted New York, 1970), 71ff.

(16) E. Rickert, "Thou Vache," *Modern Philology*, 11 (1913), 209-17.

(17) R. Hill, 'A Chaunterie for Soules: London Chantries in the Reign of Richard II' in Du Boulay and Barron eds., *The Reign of Richard II* (London, 1971), pp. 242-4.

(18) J. A. Robson, *Wyclif and the Oxford Schools* (Cambridge and New York, 1961), p. 39.

(19) J. Wyclif, 'The Translation of the Bible' in K. Sisam ed., *Fourteenth-Century Verse and Prose* (Oxford, 1921; New York, 1937).

(20) J. A. Robson, *ibid.*, p. 33.

(21) Derek Brewer, 'Troilus and Criseyde' in *The History of Literature in the English Language* vol. 1 in W. F. Bolton ed., *The Middle Ages* (London, 1970), pp. 195-228.

(22) Derek Brewer, "The Ages of Troilus, Criseyde and Pandarus," *Studies in English Literature* (Tokyo, 1972) English Number, 3-15.

(23) H. A. Kelly, *Love and Marriage in the Age of Chaucer* (Ithaca, N.Y. and London, 1975); Derek Brewer, Review of H. A. Kelly, *Love and Marriage in the Age of Chaucer* (Ithaca, N.Y. and London, 1975) in *The Review of English Studies.*

(24) (1) Derek Brewer, *Chaucer,* 3rd Supplimented Edn; first published 1953. London, 1973; (2) 'Honour in Chaucer,' *Essays and Studies of the English Association* 1973. Ed. J. Lawlor. London, 1973 .

第十一章

(1) V. W. Turner, *Dramas Fields and Metaphors* (Ithaca, N.Y., and London, 1974), 231ff; Derek Brewer, 'Gothic Chaucer' in D. Brewer ed., *Geoffrey Chaucer* (*Writers and Their Background*) (London, 1974), 17ff.

(2) H. Takano, "The Audience of Troilus and Criseyde," *Bulletin of the Faculty of Humanities* (Seikei University), 8 (1972), 1-9.

(3) F. R. H. Du Boulay, 'The Historical Chaucer' in D. Brewer ed. *Geoffrey Chaucer* (*Writers and Their Background*) (London, 1974), pp. 33-57; esp., p. 42.

(4) V. J. Scattergood, "Two Medieval Book Lists," *The Library,* 23 (1968), 236-9.

(5) F. R. H. Du Boulay, *ibid.*, esp.,53ff.

(6) Jean Froissart, *Froissart's Chronicles* translated by John Bourchier, Lord Berners, 2 vols. (1523-5), II, CCII.

(7) A. Steel, *Richard II* (Cambridge and New York, 1941), p. 121.

(8) M. McKisack, *The Fourteenth Century 1307-1399* (Oxford and New York, 1959), p. 446.

(9) J. H. Harvey, *Henry Yevele* (London and New York, 1944).

(10) Joseph Strutt, *The sports and pastimes of the people of England : including the rural and domestic recreations, May games, mummeries, shows, processions, pageants, and pompous spectacles, from the earliest period to the present time* (London, 1838), Sect. XII.

(11) Joseph Strutt, *ibid.*, Sect. XXIII.

第十二章

(1) 『善女伝』「プロローグ」F版、366-7行。

(2) P. Pickard and others trans., *Medieval Comic Tales* (Cambridge and Totowa, N.J., 1973).

(3) Derek Brewer, 'The Fabliaux' in Beryl Rowland ed., *Companion to Chaucer Studies* (Toronto, 1968), pp. 247-67.

(4) *The Thornton Manuscript* (Lincoln Cathedral MS.91) Facsimile edition with Introduction by Derek Brewer and A. E. B. Owen (Menston, Yorkshire, 1975).

(5) C. Muscatine, *Chaucer and the French Tradition* (Berkeley, Cal., and Cambridge, 1957), 167ff.

(6) Jill Mann, *Chaucer and Medieval Estates Satire: The Literature of Social Classes and the General Prologue to the Canterbury Tales* (Cambridge and New York, 1973).

(7) A. R. Myers ed., *English Historical Documents 1327-1485* (London and New York, 1969), IV, 153, 166.

(8) T. Wright ed., *Vocabularies* "A Library of National Antiquities" privately printed 2 vols. (1872 and 1873).

(9) Derek Brewer, 'Class Distinction in Chaucer,' *Speculum,* 43 (1968), 290-305.

(10) J. M. Manly, *Some New Light on Chaucer* (London, 1926; reprinted

Gloucester, Mass., 1959), p. 192.

(11) E. T. Donaldson, *Speaking of Chaucer* (London and New York, 1970), pp. 1-12.

(12) D. R. Howard, *The Idea of the Canterbury Tales* (Los Angeles and London, 1976).

(13) F. P. Magoun, Jr., *A Chaucer Gazetteer* (Stockholm and Chicago, Ill., 1961), 48ff.

(14) J. M. Manly, *ibid.,* p. 77.

(15) A. P. Stanley, *Historical Memorials of Canterbury* (London, 1854); Derek Brewer, *Chaucer in His Time* (London, 1963; reissued 1973; New York, 1973).

(16) N. F. Blake, *Middle English Religious Prose* "York Medieval Texts" (London and Evanston, Ill., 1972).

(17) H. A. Oberman, *The Harvest of Medieval Theology* revised edition (Grand Rapids, Mich., 1967), pp. 39, 214.

(18) E. Auerbach, *Literary Language and Its Public in Late Latin Antiquity and in the Middle Ages* trans. R. Manheim (London and Princeton, N.J., 1965), pp. 322, 327; Jill Mann, *ibid.,* p. 198; Derek Brewer, 'Gothic Chaucer' in *Geoffrey Chaucer* (*Writers and their Background*) edited by Derek Brewer (London, 1974), pp. 1-32.

第十三章

(1) J. A. W. Bennett, *Chaucer at Oxford and Cambridge* (Oxford, 1974); Derek Brewer, "The Reeve's Tale and the King's Hall, Cambridge," *The Chaucer Review,* 5 (1971), 311-17.

(2) J. A. W. Bennett, *ibid.,* p. 33.

(3) J. A. W. Bennett, *ibid.,* 75ff.

(4) J. D. North, "Kalenderes Enlumyned Ben They; Some Astronomical Themes in Chaucer," *The Review of English Studies,* N.S. 20 (1969), 129-54, 257-83, 418-44, esp., 432; M. Manzalaoui, 'Chaucer and Science' in *Geoffrey Chaucer* (*Writers and their Background*) edited by Derek Brewer (London, 1974), pp.224-61, esp. 233ff.

(5) J. D. North, *ibid.,* 433-6.

(6) Derek Brewer, "Chaucer's Complaint of Mars," *Notes and Queries,* 1 (1954), 462-3; M. Manzalaoui, *ibid.*

(7) J. D. North, *ibid.,* 257-62.

(8) G. Mathew, *The Court of Richard II* (London and New York, 1968), p. 22.

(9) Jean Froissart, *Froissart's Chronicles* translated by John Bourchier, Lord Berners, 2 vols. (1523-5), II, CXCVII.

(10) A. R. Myers ed., *English Historical Documents 1327-1485* (London and New York, 1969), IV.

(11) E. Rickert, *Chaucer's World* ed. by C. C. Olson and M. M. Crow (New York, 1948), 35ff.

(12) Derek Brewer ed., *The Parlement of Foulys* (London, 1960; revised and reprinted, Manchester, 1972), Appendix I.

(13) F. R. H. Du Boulay, 'The Historical Chaucer' in D. Brewer ed., *Geoffrey Chaucer* (*Writers and Their Background*) (London, 1974), pp. 33-57; esp.,52.

(14) Derek Brewer, Review of H. A. Kelly, *Love and Marriage in the Age of Chaucer* (Ithaca, N.Y. and London, 1975) in *The Review of English Studies.*

(15) D. A. Pearsall, 'The English Chaucerians' in D. Brewer ed., *Chaucer and Chaucerians* (London and Birmingham, Ala., 1966), pp. 201-39; D. A. Pearsall, *John Lydgate* (London, 1970).

訳註

はじめに

【一】 ここでは、ブルーア教授がくり返し本書で指摘している「ジェントリ」について、チョーサーの社会的身分と彼の行政府内の身分序列を中心に据え、十四、五世紀の実態を概観しておくことにする。

「ジェントリ」(gentry)とは、土地を保有する中世イングランド各地の富裕層を指す。この階層は、公爵(duke)、伯爵(earl)などの爵位を持つ「貴族階層」(peerage, baronage)よりは下位階層で、(1)「騎士」(knight)、(2)「準騎士」(esquire)、(3)「ジェントルマン」(gentleman)という三つの肩書き・身分の人々から構成されている。なお、同時に、これら三つの社会的身分は中央の行政府や王室、その他の貴族一家の家政内における身分序列とも一致している。ここではまず、『実録チョーサー伝』の各資料を基礎に、チョーサーが「ジェントリ」という階層に属し、身分序列としては、彼の生涯の大半が「準騎士」という身分にあったことを確認しておきたい。なお「ジェントルマン」については、第一章訳註【三】、および第十章【十】も参照。さらに、第九章294頁の扉図版説明と同章314頁に引用されている有名な一節「アダムが耕し……」の中の原文 gentleman は、従来、「紳士」とか「ジェントルマン」といった訳語があてられてきたが、本訳書では中世ヨーロッパの文脈を考慮して「ジェントルマンの身分にある者」とした。

なお、当時の社会的身分を定義する指標として、一三六三年の『奢侈禁止法』(The Sumptuary Law)と一四三六年の「所得税申告書」(income tax returns)の二つが示す年収をあげておく。

＊

『奢侈禁止法』は社会階層・身分ごとに資産区分を細かく規定し、それぞれにふさわしい服装について指示しているが、(1)「騎士」、(2)「準騎士」、(3)「ジェントルマン」について次のようになる。

(1)「騎士」はさらに二つに分けられ、(a)年間収入四百マルクから一千ポンドの者、(b)年間収入二百ポンドもしくは二百マルク(＝一三三ポンド六シリング八ペンス)以下の者。

(2)「準騎士」と「ジェントルマン」はまとめてひとつの集団として扱われ、「騎士」同様、二つに分けられている。(a)年間収入二百マルク以上の者、(b)年間収入百ポンドに相当する土地を所有せず、もしくはその額に相当する地代を得ていない者。

(Frances Elizabeth Baldwin, *Sumptuary Legislation and Personal Regulation in England* "Johns Hopkins University Studies" XLIV (Baltimore, 1926), pp. 49-50に依拠する。)

＊

次に、一四三六年の「所得税申告書」は次のように身分と年金給与(annuity)を規定している。

(1)「騎士」(knight)	年金給与:四十から二百ポンド
(2)「準騎士」(esquire)	:二十から四十ポンド
(3)「ジェントルマン」(gentleman)	:五から二十ポンド

(ここに示された年金給与額は、Chris Given-Wilson, *The English Nobility in the Late Middle Ages* (London, 1987), pp. 70-71に依拠しているが、別の指標もある。K. B. McFarlane, *England in the Fifteenth Century: Collected Essays* (London, 1981), p. xii に依拠している新井由起夫、『ジ

ェントリから見た中世後期イギリス社会』（刀水書房、二〇〇五年）七頁では、「ナイト（knight, 騎士）」が二十ポンド以下、「エスクワイア（esquire, 準騎士）」が十ポンド以下、と指摘されている。）

＊

こうした「ジェントリ」身分の区分と年間収入・年金給与額を参考にし、チョーサーの王室内身分、彼の年金給与額、および彼の公的職務を確認すると、興味深い事実がわかってくる。つまり、彼は典型的な「ジェントリ」層に属する人だと結論できる。

以下に、『実録チョーサー伝』をもとに、チョーサーの王室内での身分序列の変遷と、身分に相当する年金給与額、そして彼の公務について、それぞれの節目となる年月を一覧としてまとめた。

(1)チョーサーが基本的にミクルマス期（会計新年度）とイースター期の二期に分けて受け取る年金給与は、まず、「上席従者」(vallectus) として「二十マルク」（＝十三ポンド六シリング八ペンス）を受領し、「準騎士」(armiger, esquire) に昇任して、平均「二十ポンド」の年金給与額を受領している。

(2)チョーサーは、行政官として一三七四年に「ロンドン港税関監査官」に就任しているが、同じ年に王室内の身分序列が「準騎士」に昇任していることと無関係ではない。また、一三八五年に「ケント州治安判事」を、一三八六年に「ケント州代表議員」に就任している。

(3)また、「準騎士」が「ジェントリ」という社会階層の中に組み込まれていく過程で、重要な要素は、この身分が紋章を所有することになったことが指摘されるが、チョーサーもみずからの紋章を所有しているという事実である。なお、チョーサーの紋章は、「縦二分割に斜め帯が入って、白色と赤色の二色で交互に彩色された紋章」(*parti per pale argent* and gules, a bend counterchanged) のことである。チョーサーの息子トマス・チョーサーとその妻マチルダが埋葬されているオクスフォードシア、ユーアルム教会（Ewelme Church）には、チョーサー家の詳細な紋章による系図を見ることができる。チョーサーの紋章については、本書第六章の扉図版を参照（左上に描き込まれている）。

チョーサーの印章による印影
ブリティッシュ・ライブラリ所蔵
MS Cotton, Julius C. VII より

【二】 ロビン・フッドと彼の仲間にまつわる伝承の中で、一味の頭目ロビンのことは「オオカミ頭」と呼ばれ、無法者と同義だった。無法者とは、世間から追われるお尋ね者で、家畜の大敵オオカミが人間に追い回されるのと事情は同じだった。そこで、お尋ね者を追いかける時は、みんなで「オオカミ頭だ」と口々に叫んだという。また、「無宿女」に相当する原文 "weyve" の単語自体は中英語期に実際に使われていた語である。現代英語の 'waif' に当たる。語源としては、古フランス語 "gaiver" (= to abandon) にはじまり、中世後期にイングランドで使われていたアングロ・ノルマン語 "weyve" へと発達していく。中世イングランドの法律では、持ち主不明の場合、ある場所に遺棄もしくは放置された物や家畜は当該土地の所有者に帰属するとされた。

【三】 「二輪戦車」を「荷車」としてイメージすることについては、フランスの詩人クレチアン・ド・トロワが書いた

荷車としての二輪戦車
『ランスロ、または荷車の騎士』
パリ、国立図書館所蔵写本 fr 119f. 312v より

Lancelot, le Chevalier de la Charrette（『ランスロ、または荷車の騎士』）に描かれる挿絵に見られる。なお、荷車は、犯罪者を乗せて、晒し者として市中を引き回すために利用され、不名誉の象徴でもあった。

【四】　フランチェスコ・サケッティ（一三三〇―一四〇〇）の『新奇三百話集』（*Il trecentonovelle*）に収録されている話のひとつ。なお、この話は、すでに昭和二十四年に日本で杉浦明平氏が翻訳している。『フィレンツェの人々』（上・中）「世界古典文庫」59・60（日本評論社、昭和二十四年）のうち上巻の「第四十八話：ラパッチオ・ディ・ジェリ・ダ・モンテルーポはカ・サルヴァデーガで死人と同衾する。それとは知らずにこれをベッドから下に蹴落す。自分が殺したんだと信じるが、結局本當のことを知り、半ばぼんやりして逃げ去る」（一六〇―一六七頁）に収録されている。なお同書はのちに『ルネッサンス巷談集』と改題され岩波文庫に収められている。

【五】　この箇所は、ジョン・スケルトンの『女将エレノア・ラミングの樽詰め』からの一節。一五一六年頃に書かれたこの作品は、サリ州レザーヘッドに実際にあった居酒屋の女将をモデルとし、その赤裸々な写実描写がスケルトンの評判を落とし、「けだもの」呼ばわりまでされることになる。

参考文献：John Skelton, “The Tunnyng of Elynour Rummyng per Skelton Laureat” in *The Poetical Works of John Skelton* edited by Rev. Alexander Dyce 3 vols. (Boston, 1856), I, ll. 91-132.

【六】　「『主は御受難の前日を云々』を唱えるピーター殿」とは、ラングランドの『農夫ピアズ』（Bテキスト）に登場する “Sir Piers of Pridie” のことを指すが、“Pridie” とは、『ミサ典書』の一節 “Qui pridie ...” を意味する。

第一章

【一】　「騎士道裁判所」（原文、“The Court of Chivalry”）について、この裁判所の発生と機能についてはイギリスにおいても誤解されてきている。ここではG・D・スクイブに従いながら、歴史的背景と役割をみておく。

「騎士道裁判所」とは、基本的に、侍従武官長（the Constable, the Lord High Constable）とイングランド軍務伯（the Marshal, the Earl Marshal）の二人が仕切る裁判所のこと。

スクイブは、「騎士道裁判所」の存在がはっきりする時期を、エドワード三世の治世下、一三四〇年代頃としている。紛争当事者が外国人であったり、紛争がイングランド王国の外で発生して、国内のコモン・ローが及ばない事案が国王評議会に持ち込まれた。そこで、国王評議会は、司法権を委任した代表を派遣することで法を執行した。またこの裁判所が扱う事案は、貴族諸侯間に発生する紛争、たとえば、戦争捕虜の扱い、当人の名誉に関わること、金銭問題など多岐にわたり、開廷場所も随時移動していた。

なお、本書で使う「騎士道裁判所」（The Court of Chivalry）という語について少し説明を加えておく必要がある。現在「騎士道裁判所」と呼び習わす当該裁判所の記録文書では、たんに「侍従武官長とイングランド軍務伯の前で」という文言で裁判手続きが進行することをあらわすだけで、裁判所を特定する具体的な「云々裁判所」といった文言は使用され

紋章裁判の様子

ていなかった。わずかだが、中世の公文書ではフランス語“Court de Chivalrie”(「騎士道裁判所」)と、ラテン語“Curia Militaris”(ただし、中世イングランドにおけるラテン語“militaris <miles”は「兵士」ではなく、「騎士」の意味)という語が使われている。後世になって、この裁判所を表す呼称としては、“The Court of the Constable and the Marshal”(侍従武官長および軍務伯裁判所)、“The High Court of Chivalry”(騎士道高等裁判所)、“The Court Military”(軍事裁判所)、“The Court of Honour”(名誉裁判所)、“The Earl Marshal's Court”(軍務伯裁判所)から、単に“before the Constable and the Marshal”まで、色々な使い方がされ、それがこの裁判所の実態を誤解させる原因になっている。

本書で言及されている事件のうち、「騎士道裁判所」が扱った、もしくは、扱っただろうとされる事件が二件ある。(1)「スクループ・グロウヴナ紋章裁判」(一三八五年から九〇年)と(2)「ヘレフォード公ヘンリ・ボリングブルックとノーフォーク公トマス・モーブレイの決闘裁判」(一三九八年)である。「スクループ・グロウヴナ紋章裁判」については、次註【二】を、また、「ヘレフォード公ヘンリ・ボリングブルックとノーフォーク公トマス・モーブレイの決闘裁判」については、下記の第十三章訳註【十二】を参照のこと。ここでは、「騎士道裁判所」が当事者間の紛争を、決闘によって決着するという決闘裁判の手続きを見ておく。

最初は外国で起こった反逆罪や殺人罪を審理する過程で、最終解決を決闘で決着しようというものだった。「騎士道裁判所」が実施する決闘裁判には細かい規定があり、一種の馬上槍試合の趣がある。決闘場となる競技場、決闘当事者の武器、裁判所側係官の役割など、すべて形式に則ったものでなくてはならない。国王が競技場設営にかかる諸費用を負担し、当事者に武器と武具師を手配した。訴訟内容が反逆罪にかかわる場合、原告側であれ被告側であれ、決闘で敗れた当人は、競技場で武装解除され、宮内司法長官が引く馬の後ろを処刑場まで連行され、そこで斬首もしくは絞首刑が執行された。反逆罪以外の犯罪の場合、馬の後ろを連れまわされるという不名誉は免除され、もし訴訟内容が「軍事上の行為」にかかわるものであれば、武装解除されて競技場の外に連れ出されるだけで決着した。

参考文献：G.D. Squibb ; with a foreword by A.R. Wagner, *The High Court of Chivalry : A Study of the Civil Law in England* (Oxford, 1959), pp. 1-28.

【二】「スクループ・グロウヴナ紋章裁判」は、十四世紀イングランドの宮廷を巻き込んだ一大スキャンダルだった。エドワード三世の末っ子で、グロスター公トマス・オヴ・ウッドストクとノッティンガム伯トマス・ド・モーブレイが裁判官を務め、一三八五年に騎士道裁判所で審理がはじまり、一三九〇年五月二十七日にスクループ側有利に結審した。一三九一年十一月十六日に、国王リチャード二世、ジョン・オヴ・ゴーント、その他多くの有力諸侯を前にして、原告と被告の両者の形式的な和解がウェストミンスター・ホールでおこなわれた。この裁判をめぐって、歴代国王（エドワード三世とリチャード二世)、騎士、司教、大司教、政治家、詩人など、多数が登場する。四百名にのぼる証人が証言台に立ち、いずれの人たちも紋章についての知識をもつ人たちだった。証人の中に、ジョン・オヴ・ゴーント、オーウェン・グレンダワー、ホットスパー、チョーサーらが含まれている。

事の発端は、「金色の斜め帯付き青色紋地」の紋章という実にあっさりとした単純な図柄をめぐる紋章使用権の問題だった。原告は、黒太子の友人で同僚だったサー・リチャード・スクループで、訴えられたのサー・ロバート・グロウヴナだった。一三九一年の和解では、ロバート・グロウヴナ側は、今回の訴訟にあたりリチャード・スクループの名誉を傷つける非難を正式に取り下げ、スクループ側は、グロウヴナの多額の訴訟負担金を免除し、彼を抱擁し、今後の友情を約束するというものだった。ひとつだけ条件がついていて、それについては国王も同意の上のことだったが、和解結審までのこれまでの全経緯が大法官により「封緘勅許状記録簿」に記録にとどめられるべしということで、公式に諸権利放棄ということになった。訴訟の六年間、証言聴取がウェストミンスター、セント・マーガレット教会や、ウェストミンスター修道院内歩廊南側にある大食堂（東西の奥行き四十メートル、南北の幅十一メートル）、ウェストミンスター宮殿内ホワイト・ホールをつかっておこなわれた。ただ途中一度、一三八五年八月にリチャード二世の母で黒太子妃だったジョーンの逝去にともなって、裁判を一時中断した。

なお、両者の紋章の図柄については、(1)ミシェル・パストゥロー著、松村恵理訳、『紋章の歴史：ヨーロッパの色とかたち』（創元社、一九九七年）、一四五頁の用語解説、および(2)森護著『シェイクスピアの紋章学』（大修館書店、一九八七年）、一〇九頁を参照。また、チョーサーの証言については『実録チョーサー伝』以外に、次の文献も参照。

参考文献：(1) Sir N. Harris Nicolas, *De Controversia in Curia Militari inter Ricardum le Scrope et Robertum Grosvenor Milites: Rege Ricardo Secundo, MCCCLXXXV-MCCCXC* (London, n.d.), Vol. I; *The Controversy between Sir Richard Scrope and Sir Robert Grosvenor in the Court of Chivalry, A. D. MCCCLXXXV-MCCCXC* (London, 1832), Vol. II, pp. 411-2.

(2) R. Stewart-Brown, "The Scrope and Grosvenor Controversy," *LTLS*, Saturday, June 12, 1937, p. 447.

(3) Walter Thornbury, *The City, Ancient and Modern in Old and New London: A Narrative of Its History, Its People, and Its Places* 3 vols. (London, 1889-1893), Vol. I, p. 347.

【三】アルスター伯爵夫人エリザベス家にはじまり、エドワード三世とリチャード二世の王室に出仕するチョーサーの身分序列について、当時の有力貴族などの一家（household）を参考に、家臣団や召使いの構成と彼らの身分序列をあげておく。

まず、家臣団と召使いの身分序列は、おおむね次の七つの身分序列に区分することが出来る。

(1)「騎士」(knight)
(2)「準騎士」(*armiger, esquire*)
(3)「ジェントルマン」(gentleman)
(4)「ヨーマン」(yeoman)
(5)「上席従者」(*valletus*, valet)
(6)「ギャルソン」(*garcio*, groom, boy)
(7)「小姓」(page)

最初の三つのグループ、(1)「騎士」、(2)「準騎士」、(3)「ジェントルマン」が、すでに見た「ジェントリ」という社会階層を構成する。このグループはそれより下の身分の者たちとは別に食事をし、仕着せも別に誂えたものを着た。(3)「ジェントルマン」、(4)「ヨーマン」、(5)「上席従者」は互いに吸収され、統一した肩書き "valet" で呼ばれることが多い。各部署の上級職員は「騎士」が占めていた。(2)「準騎士」は、「酒類管理」長、「料理」長、厩舎管理者、主人の身辺警護者といった任務を遂行した。(4)と(5)に吸収された「上席従者」は、一家の私室で身辺の世話をする「（王室侍従とは別の）従者」(chamberlain)、「魚肉貯蔵係」、「酒類管理係」、「食料管理係」、「門番」、「パン製造係」、「エール醸造係」、「荷車係」、「散髪係」などの職務にたずさわった。また、(7)「小姓」という身分は十四世紀になって、特に、「黒死病」流行以降、成人の召使いが減少してから、その不足を補うために新たに雇われた十二歳以下の年少の男子召使いで、(6)「ギャルソン」の下に配属された。

参考文献：C. M. Woolgar, *The Great Household in Late Medieval England* (New Haven, 1999), p. 20.

ところで、本訳書で一貫して「準騎士」と訳している "*esquier*/squire"（アングロ・ノルマン語でも英語でも同じ綴り字）について、"*esquier*" は、ラテン語 "*scutarius*" を語源とし、文字通り、兵士の

「盾」(*scutum*)を持つ「盾持ち」を指していた。中世にはラテン語"*armiger*"に当たる「武器を持つ兵士」の意味としても使われた。このアングロ・ノルマン語が英語"squire"となる。"*esquier*"はもともと軍務に服し、「盾持ち」という身分として騎士の馬の世話をしたり武具の手入れをする付き人だった。やがて、十四世紀後半に入ると、"*esquier*"は軍隊内の階級的身分から離れて、私有地を保有する経済的社会的身分制度のなかに組み込まれていく。「はじめに」の訳註【一】、および第十章【十】も参照。

なお、「ヨーマン」(yeoman)の身分と言葉の定義については、城戸毅監訳『J＝C＝ホウルト歴史学論集：中世イギリスの法と社会』(刀水書房、一九九三年)所収の第五章「中世イングランドにおける言語と階層の定義」、一四二頁以下を参照。

【四】 ここにあげられている役職、職務について関係する公文書は、それぞれ補遺D、I、M、O、Qを参照。

【五】 現在親しみを込めて「詩人コーナー」"Poets' Corner"と呼びならわされているウェストミンスター修道院内の一角にチョーサーの墓石が据えられていることを指している。海老久人、「墓石と紋章——ウェストミンスターのチョーサー」『英語青年』(特集：チョーサー没後六〇〇年)第一四六巻第八号、四八八—九二頁を参照。

【六】 一三六三年の『奢侈禁止法』の中で、ロンドン他の商人、市民、正市民と彼らの妻と子供たちは、年収百ポンドの準騎士、ジェントルマンと同等の服装着用を許されている。

参考文献：Frances Elizabeth Baldwin, *Sumptuary Legislation and Personal Regulation in England* "Johns Hopkins University Studies" XLIV (Baltimore, 1926), p. 49.

【七】 本文中に言及されているウォールブルック水路とは、「ウォールブルック・ストリート」のやや西側を南北に流れ、現在のダウゲイトあたりを河口にしてテムズ川に流れ込むウォールブルック川の支流のことで、北西から流れ込む小さい支流が何本も存在していた内のひとつである。当時、ウォールブルック川とその支流は、ロンドン市民には家庭内のゴミから糞便にいたる生活排水を、またストックス・マーケット(畜産市場)区の肉屋からは屠殺の塵芥を流し込む重要な下水溝としての役割を持っていた。川沿いには公衆便所や、借家が共同で利用する共同便所が建てられていた。借家でも、資力があれば、自家用便所を備える家もあった。敷地の裏に川があれば、川に突き出して木組みの便所が造られることが多く、もしなければ、木組みの便所なら、隣家の土地境界線から約一メートル離れたところに肥溜めと一緒に造り、石組みの便所なら、約六、七十センチ離れたところに造られるのがよしとされた。もちろん、これは理想論で、現実には、糞便の多くは街路へ投げ捨てられたり、近隣の地下室へ無断で流し込んだりと、処理をめぐって市民は悪戦苦闘していた。ちなみに、中世ロンドンには十三個所に公衆便所が備えられ、一三八二年から八三年にかけてロンドン橋のたもとに建設された公衆便所建設費用は総額十一ポンドで、日給二ペンスの熟練職人の三百六十二日分の出費だったという記録が残っている。下水溝として使われていたウォールブルック川の流れがつまらないように便所維持費として、便所の所有者は年二シリングを国庫に収めた。また、テムズ川の水位が異常に高くなれば水が溢れたようである。その結果、水路沿いの土手の改修命令が一四一五年に発令され、さらに、一四六二年から六三年にかけて、ウォールブルック川沿い両岸の強制便所撤去命令が出され、川の暗渠化がおこなわれた。次のサビーンによる一連の論文(1)(2)(3)がロンドンの公衆衛生問題について詳しい。

参考文献：(1) Ernest L. Sabine, "Butchering in Mediaeval London," *Speculum*, 8 (1933), 335-53.
(2) "Latrines and Cesspools of Mediaeval London," *Speculum*, 9 (1934), 303-21.
(3) "City Cleaning in Mediaeval London," *Speculum*, 12 (1937), 19-42.
(4) Philip Ziegler, *The Black Death* "Pelican Books" (Harmondsworth,

Middlesex,, 1970), Ch. 9 'London: Hygiene and the Medieval City', pp. 156-66.

なお、チョーサー自身は『カンタベリ物語』の中で二度「便所」に触れている。まず、「女子修道院長の話」(569-73行)で、"wardrobe"を便所の意味で使っている。

少年がそばを通り過ぎようとした時
この呪われたユダヤ人が彼を捕えてしっかりかかえ、
それから喉を掻っ切って、からだを穴に投げ込んだのです。
あろうことか、彼らユダヤ人が糞便を流す
便所にこの少年を投げ込んだのです。

"wardrobe"はもともと「私室」に備えられた「衣装部屋」であったものが、便所に代用されていった。こうした個室形体の便所は王侯貴族などのよほどの金持ちの家にしか備えられていなかったとようだ。次に、「教区司祭の話」(885行)の中で、教区司祭が「姦淫の罪」を説教するくだりで、「(正しい結婚の)掟破りからは、知らぬ間とはいえ、血縁の者と結婚してしまったり、罪を犯したりすることがおこりがちなのです。なかでも、糞便を排泄する共同便所にも譬えられる愚かな女がたむろす売春宿に出入りする好き者たちこそ用心あれ」と、「売春宿」に譬えられた「共同便所」"commune gong"である。当時の庶民の家で比較的よくみられる便所はこの「共同便所」だった。

第二章

【一】 シェイクスピアの「人生七段階」は『お気に召すまま』第二幕七場、139-67行でジェイクイズが語るせりふに出てくる。「男一人の一生の、そのさまざまの役どころ、/幕は、七つの時期になる。まずは赤ん坊、/乳母の腕に抱かれて、みゅうみゅう、ぴゅうぴゅう。/……またもや子供の甲声で、笛ふくように/ぴいぴい、ぴゅうぴゅう鳴るばかり……」(阿部知二訳、岩波文庫)。

【二】 フロワサールは『愛の籠』(*L'Espinette amoureuse*)の中で、個人遊戯、集団遊戯を含む五十一種類の子供の遊戯をあげている。

参考文献:(1) Jean Froissart, *L'Espinette amoureuse*, ed. J. Fourrier (Paris, 1963), ll. 148-286.

(2) Shulamith Shahar, *Childhood in the Middle Ages* (London,1990), p. 103.

【三】 スキナーズ・ウェルで開催された奇跡劇とは、一三九〇年にスミスフィールドの北、クラークンウェルのスキナーズ・ウェル(「クラークンウェル」のことは「スキナーズ・ウェル」とも呼ばれていた)で開催された奇跡劇のことで、そこにリチャード二世と王妃アンが臨席した。なお、クラークンウェルの場所については巻末の地図を参照。

参考文献:(1) Lawrence M. Clopper, "'London and the Problem of the Clerkenwell Plays," *Comparative Drama*, 34 (2000), 291-303.

(2) Anne Lancashire, *London Civic Theatre: City Drama and Pageantry from Roman Times to 1558* (Cambridge, 2002), pp. 54-62.

【四】 「裁判所召喚吏の話」の最後の場面で、「主人殿の準騎士にして肉切り分け係が屁を十二等分に分けることについて語った言葉」というト書きがある(2242行と2243行の間)。そして、裁判所召喚吏が托鉢修道士の悪行に仕返しをするために、十二名の托鉢修道士たちに十二等分にして「屁」を見舞うというくだりがつづく(2253-2286行)。

【五】 「ウィリアム・キングスミルは一四一五年当時、ロンドン市民であったことが確認され、筆記を生業とする筆記専門職人《スクリヴナ》だった。こうした職人が子供たちに「読み」、「書き」、「計算」を学習させる私塾のような場を提供していた。

参考文献: S. L. Thrupp, *The Merchant Class of Medieval London* (Cambridge, 1949), pp. 159-60.

【六】 「ジェネラル・プロローグ」(124-6行)の中で、〈女子修道院長〉が正統フランス語ではなく、英語訛りのフランス語を話していることについて、次のように揶揄されている。

　とても美しく優雅にフランス語を口にしておられたが
　それもストラットフォード・アット・ボウ仕込みの言葉でした。
　そのわけは、パリのフランス語はご存じなかったからでした。

なお、「ストラットフォード・ル・ボウ」とは、一三八六年当時チョーサーが住んでいたオールドゲイト市門を出て、東にホワイトチャペル・ストリートを通り抜け、マイル・エンドを過ぎ、ボウ・ストリートからボウ橋をこえるとストラットフォードがある。この「ストラットフォード」は旧ローマ街道にあたり、ロンドンと「カマロダナム」という、かつてモルドンかコルチェスターにあったといわれる町とをつなぐ「渡し場《フォード》」があったところ。初期の渡し場が、橋にとってかわり、その橋の橋梁の形状が弓形だったので「ボウ橋」と呼ばれた。

第三章

【一】「ヴィーナスの詩人」について、ジョン・ガウアーは一三九〇年に『恋する男の告解』(*Confessio Amantis*, VIII, 2940-57) の中で、チョーサーについて次のように言っている:

　さようなら。おいとましなくてはなりません。
　あなたがお会いになったチョーサーにもあいさつしていきましょう。
　わたしの(=ヴィーナスの)弟子でわたしのことを書いてくれた
　　詩人ですからね。
　まだ若い盛りの頃
　手だてはいろいろでしたけど、力をつくして
　短い歌や楽しい歌で
　いたるところあふれんばかりに
　わたしのために書いてくれました。
　このことでは、特に、彼のことを
　ほかの誰よりも感謝しています。
　昔からのあなたのお友達に
　くれぐれもよろしく伝えてください。
　あなたは、上のところでもう告白をすませてくださったけど、
　すべての作品に結末をつけたら、
　その後、今度は彼も
　わたしの書記役として
　愛について証言してくれるように伝えてください。
　そうすれば愛の法廷もそのことを記録にとどめておくでしょう。

ところが、一三九三年にガウアーは『恋する男の告解』を書き改め、その改訂版からチョーサー(そしてリチャード二世)への言及を削除してしまった。この一三九〇年から九三年の間にガウアーとチョーサーとの友人関係に何らかの変化が生じたと考えられている。なお、ガウアーの作品からの日本語訳は、G. C. Macaulay ed., *The Complete Works of John Gower* 4 vols. (Oxford, 1899-1902), III に依拠している。さらに、ガウアーとチョーサーの関係については、第十三章訳註【八】と【十三】も参照。

【二】「イポクラス」について、「ジェネラル・プロローグ」(429-34行)でチョーサーが〈医者〉を描くにあたり、医術を極めたいにしえの医者の名前を列挙し、その中に「ヒポクラテス」の名前をあげている。この「ヒポクラテス」という人名は中世イングランドでは"Ypocras"と綴られ、リスボンやカナリー諸島産の強壮用薬酒として飲まれるブドウ酒の名前としても使われていた。「イポクラス」の名前は『公爵夫人の書』(572行)にもみえる。

【三】詩人チョーサーに大きな影響を与えたギョーム・ド・マショーについて、ここではチョーサーとの関係に限定して説明しておく。

ギョーム・ド・マショー（一三〇〇？―一三七七）はシャンパーニュ地方ランスの町で生まれている。チョーサーが生まれた時はすでに四十歳をこえ、マショーがこの世を去った時はチョーサーもすでに三十代にはいっていた。マショーとチョーサーが直接出会う可能性は二度あった。一三五九年にチョーサーが対仏遠征に参加した時のこと、十一月三十日から翌年一三六〇年一月十一日にかけてエドワード三世はランスの町を包囲している。当時、マショーは聖職者としてランス大聖堂にいたし、一方、チョーサーはこのランス包囲解除をして間もなくランス近くのルテルで捕虜になっている。今一度は、その対仏戦勝利の終戦処理を行うために一三六〇年五月八日のブレティニでの和平条約締結と、それにつづき、締結を確実にする条約批准が十月二十四日にカレーの町で行われたが、当時、カレーにマショーとチョーサーの二人がいた。状況証拠なら数多くあるが、現実にこの二人が会ったかどうかについては、いずれも沈黙したままだ。

また、一三五六年の「ポワティエの戦い」で黒太子に敗れたフランス国王ジャン二世は一三五七年に捕虜としてロンドンに連行されてきたが、その時一緒にマショーの作品をたずさえてきたと言われている。こうしたことがきっかけになって、チョーサーはマショーの作品に親しむことができた。年若い熱烈なファンとしてチョーサーがマショーに会いたいと思い、マショーのほうでも若者の期待にこたえて自作を披露したり、デシャンにしてやったように、よろこんで教師役を買って出たと想像してみることはけっして不自然ではない。一三六〇年十月八日のカレーでの講和条約批准では両国の要人が多数集まっていたが、ランスで釈放されたチョーサーが十月末にカレー滞在中のアルスター伯ライオネルからの書状を託されて、カレーからロンドンへ出帆しようとしていた。父王ジャン二世と入れ替わりにイングランドで捕囚となるベリー公ジャンに付添ってきていたマショーは四日間カレーに滞在し、ベリー公を見送り、この別離から『愛の泉』（*Dit de la Fonteinne Amoureuse*）の詩想を得たのだった。そしてこの『愛の泉』の主人公〈愛する人〉（＝ベリー公）こそ、チョーサー作『公爵夫人の書』に登場する〈黒衣の騎士〉（＝ジョン・オヴ・ゴーント）のモデルになった。

【四】ジョン・チャンドス（一三七〇年没）は黒太子エドワードの無二の親友であり、一三四〇年代の「ガーター勲爵士団」創設時のメンバーの一人である。また、一三五六年の「ポワティエの戦い」では黒太子の命を、間一髪のところで救い、一三六〇年のブレティニでの対フランス和平条約締結にともない、イングランド国王エドワード三世に代わってフランスを統治する「摂政および副官」（regent and lieutenant）の地位を与えられた。このジョン・チャンドスに仕える、通称、「チャンドス・ヘラルド」と呼ばれる伝令官がいた。この伝令官が主人の友人黒太子の生涯と武勲をまとめた一書が『黒太子伝』（*Le Prince Noir, Poeme du Heraut d'Armes Chandos*）である。「紋章官」としての「伝令官」の役割については、本書第四章、176頁にも詳しく説明されている。

なお、中世イングランドにおける"herald"は多様な任務を担い、⑴国王や国事に関わる布告を公《おおやけ》にしたり、有力諸侯や君主の間で公式文書を伝達すること、⑵馬上槍試合などの席で各種のお触れを出したり、挑戦状の伝達、競技者の先導役をつとめること、⑶公《おおやけ》の行進隊列や葬列や王国の公式行事の段取りをつけ、その際に使用される紋章を規制する任務、および、行進隊列や宮廷における席次確定、⑷紋章使用の有資格者の名簿とその家系を記録、といった任務に従事していた。チョーサーの『カンタベリ物語』中「騎士の話」で、アテネの勇将セシウス公が敵方のテーベを包囲し、戦さに敗れたテーベの兵士たちの死屍累々の屍の山にパラモンとアルシートの二人の若者が倒れている場面が描かれる。その時の様子を「彼らが身に着けている紋章付陣羽織と甲冑を一目見れば、／彼らがテーベの王家の血筋に連なり、／二人の姉妹から生まれたという／その素性を伝令官たちははっきり判別した」(1016-19行)と言っている。

【五】このジョンソン博士の言葉は、ボズウェル『サミュエル・ジョンソン伝』の中の一七七八年四月十日のくだりにでてくる。J・ボズウェル、中野好之訳『サミュエル・ジョンソン伝』全三巻(一九八二年、東京、みすず書房)のうち、第二巻、四六三頁を参照。

【六】アイスランディク・サガに描かれるアイスランド社会の様々な局面にあらわれてくる「名誉」のことを指す。

【七】ここに言及されている二つの戦争のうち、「クレシーの戦い」は一三四六年、「ポワティエの戦い」は一三五六年のことだった。

第四章

【一】イナ・テンプルに所属するという説は、十六世紀半ばケンブリッジ大学ピーターハウス学寮に在籍していた同僚教師集団で、熱烈なチョーサー愛好家たちの申し子、トマス・スペートの発言がもとになった。一五九八年にスペートは『チョーサー作品集』を編纂し、その作品集巻頭に重要な「まえがき」を寄せ、チョーサーが一三二八年に生まれ、ケンブリッジ大学とオクスフォード大学の両方に在籍していたと紹介した。この誤解は十九世紀半ばまで引き継がれることになる。さらに、チョーサーが詩人ジョン・ガウアーの友人だったという説を掲げ、「この二人の教養人はイナ・テンプルに所属していたようだ。というのは、それほど古い話ではないが、バックリ主事が同イナ・テンプル所管の文書束の中から一枚の記録を見つけ、そこにジェフリ・チョーサーが『フリート・ストリート』でひとりのフランシスコ会托鉢修道士を殴打した罪で二シリングの罰金を支払ったということが書かれていたからだ。」と書き加えている。

参考文献:Thomas Speght, ed., *The Works of our Antient and Learned English Poet, Geffrey Chaucer,* newly Printed. Lonodn, Printed by Adam Islip, at the charges of Bonham Norton. Anno 1598. Fols. b.iia-b.iiib.

【二】「フロワサールがチョーサーに触れた箇所はたった一箇所」とは、フロワサールの次の記述を指す。

エドワード三世統治の最後(一三七六年から七七年にかけて)

一三七六年イングランド国王エドワードは、即位して五十年を迎え、治世五十年周年を祝った。同じ年に、当時「この世の騎士の華」、「百戦練磨の武士《もののふ》」として名高い、「ウェイルズ皇太子《プリンス・オヴ・ウェイルズ》」と「アキテーヌ皇太子《プリンス・オヴ・アキテーヌ》」の称号をもつ長男エドワードが亡くなった。この武勇の誉れ高く、騎士道を重んじる皇太子は、一三七六年六月八日三位一体の主日に、ロンドン、シティの外にあるウェストミンスター・ホールでこの世を去った。……

しかし、(一三七七年の)四旬節のころ、秘密協定の草案を起草することで双方合意した。イングランド使節は草案の写しを本国に持ち帰り、フランス側も同じ写しを持ち帰り、それぞれの国王に具申することになっていた。そして、同じ使節団、もしくは、双方の国王が新たに組織する特使のいずれかが、モントルーユ・シュ・メールでもう一度会談することになり、そのため両国の休戦協定は、五月一日まで延長された。双方の代表団は、それぞれ、本国に一旦帰国し、交渉の進捗状況を報告した。その後、フランス側はモントルーユ・シュ・メールにクシの領主(=ベッドフォード伯エンゲランド・ド・クシ)とラ・リビエールの領主、サー・ニコラス・ブラック、ニコラス・ル・メルシエを派遣し、イングランド側はサー・ギシャール・ダングル、サー・リチャード・スターリィ、そしてジェフリ・チョーサー[原文:ジェフロワ・コシエ Jeffrois Cauchiès]を派遣した。彼ら貴族と使節団一行は、「ウェールズ皇太子」の息子リチャードとフランス国王の娘メアリ王女との結婚をめぐり、長い間話し合った。それから、イギリス側使節団はイングランドに帰国し、フランス側も帰国したため、休戦状態はさらに一ヶ月続いた。

（日本語訳は、Froissart, *Chronicles*, tr. Geoffrey Brereton "Penguin Classics" [Harmondsworth, Middlesex, 1983], pp. 193-194に依拠する。）

チョーサーとフロワサールの関係については、本書第十三章、411頁以下にもブルーア教授の興味深い考えが示されている。

【三】 チョーサーが「上級法廷弁護士の話」（一三九〇年頃制作）の中でコンスタンス姫を書くにあたり参考にした原話は、一三三四年頃にドミニコ会修道士ニコラス・トレヴェト（Nicholas Trevet）がイングランド国王エドワード一世の娘メアリのためにアングロ・ノルマン語で書いた『年代記』（*Chronicles*）に収録された物語のことである。

【四】 ローレンス・マイノトについては、彼の詳しい生涯、経歴などは不明である。ただ、一三三三年にイングランドとスコットランドの国境、ハリドン・ヒルでイングランド軍とスコットランド軍との間の戦い（the battle of Halidon Hill）でイングランド軍が勝利したこと、さらに、一三五二年にフランスのギーン（Guînes）攻略を果たしたイングランド軍の勝利を祝して、マイノトは英語で詩を書いている。

参考文献：Joseph Hall ed., *The Poems of Laurence Minot* (Oxford, 1914).

【五】 この一文は、新約聖書『マテオによる聖福音書』第十三章十二節からの引用である。

第五章

【一】 原文では "the Duke of Lancaster" となっているが、史実としては "the Earl of Lancaster" である。すぐ後のところで初代ランカスター公になるヘンリ・オヴ・グロウモントに言及されるので、ここで家系を整理しておく。ランカスター伯ヘンリ・オヴ・ランカスター（一二八一？—一三四五年）は、初代ランカスター公ヘンリ・オヴ・ランカスター、または、出生地にちなんでヘンリ・オヴ・グロウモント（一二九九？—一三六一）とも呼ばれる人の父親にあたる。そして、この初代ランカスター公ヘンリ・オヴ・グロウモントがジョン・オヴ・ゴーントと結婚するブランチの父親である。なお、第七章訳註【一】も参照。

ランカスター伯とリチャード・ベリの二人が、一三三〇年十月にノッティンガムで召集された議会において、少年王エドワード三世がロジャー・モーティマーとイザベラを弾劾する手助けをした。また、リチャード・ベリは、エドワード三世がまだ幼い時期に家庭教師をつとめ、後にエドワード三世からの信任が厚かった。また、一三三〇年代初頭にアヴィニヨンの教皇庁大使を務めていた時、ペトラルカと会っている。学問を愛したリチャードはこの世を去る直前の一三四五年に『書物への愛』（*Philobiblon*）を書き残した。

【二】 『スカラクロニカ』（『階梯式年代記』）で、英訳では "A Chronicle of England and Scotland from 1066 to 1362" とか "The Reigns of Edward I, Edward II, and Edward III" となっている）は、一三五五年から五七年にかけてエディンバラ城に捕らわれたノラム城城代トマス・グレイがアングロ・ノルマン語で書いた年代記で、特にスコットランドとイングランド国境で実際に起こった出来事を中心にノルマン征服から一三六二年までの歴史を記述している。

参考文献：Sir Thomas Gray, *Scalacronica (1272-1363)* ed. and trans. with an introduction by Andy King (Woodbridge, 2005).

【三】 「ノーブル金貨」については、第七章訳註【六】の説明を参照。

【四】 ここで言及されている「コンスタンティヌス」とは、コーンウォール出身の「カドルの息子コンスタンティヌス三世」（Constantine III, son of Cador）のことで、ローマ人の血を引き、アーサー王と血縁関係にあったとされている。

参考文献：Neil Wright ed., *Bern, Burgerbibliothek, MS. 568* "Geoffrey of Monmouth: Historia regum Britannie of Geoffrey of Monmouth" 4 vols. (Cambridge, 1985), I, 178, 180, 181.

【五】 「旧約聖書の三人の勇敢な戦士」とはヨシュア、ダビデ、マカバイオスの三人を指す。

【六】 ここで「エミリの私室付従者」と訳出した原文は、"Emily's chamberlain" となっており、さらに、これに該当するチョーサーの原文は "a chamberleyn"（「騎士の話」、1418行）である。校訂本『リヴァーサイド・チョーサー』は "a household attendant" という注釈をつけている。

第六章

【一】 原文の "the pride of life" は新約聖書『ヨハネの第一の手紙』第二章十六節「世にあるもの、すなわち、肉の欲、目の欲、生活のおごりなどはすべて、おん父から出るのではなく、世から出る」にちなむ。

第七章

【一】 ここで言及されているヘンリ・オヴ・グロウモントは、ジョン・オヴ・ゴーントの妻ブランチの父親で、後にイングランド国王になるヘンリ四世の祖父に当たる人物である。このヘンリ・オヴ・グロウモントは一三五一年に初代「ランカスター公」となっている。第五章訳註【一】も参照。

【二】 原文では、アダム・アスクが峠越えをした月を十二月としているが、正しくは三月である。なお、アダムは、本来ヘンリ・オヴ・ボリングブルック、つまり、後のヘンリ四世の支持派であった。しかし、一三九九年のランカスター家支配が始まると、彼は直接ヘンリ四世に向かってその失政をいさめたため、ローマへ国外追放されたのだった。最終的にはローマ教皇のそばで仕え、教皇庁控訴院で四年間を過ごすことになる。記事は、彼がローマへ旅立つ当日から始まる。一四〇二年二月十九日にロンドン、ビリングズゲイトを出帆して、同年四月五日にローマに到着しているが、その途中、三月初旬にサン・ベルナール峠を越えたときの様子である。

神の御意志にしたがって決めたとおり、我らが主の御年一四〇一年—〇二年の二月十九日にこの年代記記者たる私はロンドンのビリングズゲイトで船に乗り、順風にもめぐまれて海を渡り、一日で私の探していたブラバントのベルゲン・オヴ・ズームに上陸し、当地でローマへと顔を向けた。その後、ディースト、マーストリヒト、アーヘン、ケルン、ボン、コブレンツ、ウオルムス、スペイヤ、ストラスブール、ブライザッハ、バーゼル、ベルン、ルツェルンとその美しい湖、モン・サン・ゴッタルド峠とそこにある庵を通った。この峠ではあまりの寒さに半ば死んだように牛車に揺られ、危険な峠を見なくてすむように両目を塞いで越えた。そうこうして、棕櫚の主日の前夜（三月九日）にロンバルディアのベリンゾーナに到着した。そこからさらに、コモ、ミラノ、ピアケンツァ、ボルゴ・サン・ドニーノ、ポントレモリ、カッラーラ、ピエトラサンタ、ピサ、シエーナ、ヴィテルボを通過した。ただ、当時、ミラノ公による激しい戦争と包囲、および危険に見舞われていたので、ボローニャ、フィレンツェ、ペルージャを避けて、私自身と従者と馬の保養のために二日間最上の宿に宿泊して、四月五日に神と弓兵の護衛のおかげで無事ローマに到着した。

（日本語訳は、Adam Usk, *Chronicon Adae de Usk: A. D. 1377-1421* edited and translated by Sir Edward Maunde Thompson second edition (London, 1904), pp. 74-5 and 242-3 に依拠している。）

【三】「神学生の話」は、トリノの南カリニャーノからさらに南西部にあるサルッツォが舞台で、そこの領主で侯爵ワルテルが妻グリセルダに数々の試練を与える物語。

【四】 十三世紀から十五世紀にかけて、イタリア絵画に使われた「青色顔料」は、(1)植物系藍色インジゴ（indigo）、(2)藍銅鉱の鉱石から採取するアジュライト（azurite）、(3)青金石から採取する群青（ultramarine）の三種類があった。そのうち、群青が深みのある青色を出し、もっとも高価だった。アフガニスタン北西部バダクシャン地方の採石場でとれる青金石の原石が中東からヴェネツィアを経由して運ばれてきた。粉末状になったこの顔料は金箔と同等の価値があり、良質のものの値段はアジュライトの十ないし十五倍した。絵画の価値と値段はこのウルトラマリンをどれだけ使用したかで決まった。

参考文献：Cathleen Hoeniger, "The Identification of Blue Pigments in Early Sienese Paintings by Color Infrared Photography," *Journal of the American Institute for Conservation*, 30 (1991), 115-124.

【五】 ここでは、セシウス公が馬上槍試合の会場設営にかけた出費に触れている箇所を指す。

【六】 チョーサーが言及する「フロリン金貨」は、フィレンツェで鋳造され、イングランドでも国際基軸通貨として流通していた「フロリン金貨」（三シリング相当）と解釈することが妥当である。フィレンツェの「フロリン金貨」は一二五二年頃から一五二三年まで国際通貨として広く流通し、その硬貨の表には、フィレンツェの町の紋章「百合の花」が刻印され、裏には洗礼者ヨハネの立像が刻印されていた。なお、北ヨーロッパでは、フィレンツェ鋳造の「フロリン金貨」以外に、フランドル鋳造の「フロリン金貨」（三シリング相当）が流通し、イングランドではエドワード三世が鋳造した「フロリン金貨」（六シリング相当）もあった。

「贖宥証取扱人の話」に登場する放蕩者が探し当てる「真新しいピカピカのフロリン金貨」（839行）は、物語がフランドルに設定されていることからフランドル鋳造の金貨（三シリング相当）である。「騎士の話」と「教区司祭の話」（749行）の「フロリン金貨」は、いずれも、フィレンツェ鋳造のものである。エドワード三世が鋳造した「フロリン金貨」は一三四四年一月から八月までの短期間しか流通しなかった。その原因は、使用された金が過大評価され、やがて商人たちから受け取り拒否をされるようになり、信用をなくしたからである。チョーサーが『カンタベリ物語』創作にとりかかっている一三八〇代から九〇年代はこの金貨は流通していないし、チョーサーはその存在さえ知らなかっただろう。

なお、このエドワード三世の「フロリン金貨」は「ノーブル金貨」へと変わるが、チョーサーは「粉屋の話」の中で、「ロンドン塔で新たに鋳造されたばかりのノーブル金貨」（3255行）に言及している。「ノーブル金貨」はイングランド流通の「フロリン金貨」による信用失墜を回復する措置として、同じ一三四四年に鋳造されたもので、「フロリン金貨」が六シリング相当だったのにたいして、「ノーブル金貨」は六シリング八ペンス相当で、「ノーブル金貨」の信用は長くつづき、ランカスター朝になっても同じ意匠（王冠をかぶり、武装した姿で船上にいるエドワード三世の姿）の金貨が流通した。

参考文献：Donald C. Baker, "Gold Coins in Mediaeval English Literature," *Speculum*, 36 (1961), 282-87.

【七】 両銀行家は、一三三九年に一度目の破産をし、一三四五年にはバルディ家は、再びエドワード三世の借金返済不能で破産する。

【八】 現在「死の勝利」の作者はトライーニではなく、ブオナミーコ・ブッファルマッコとされることが多い。

【九】 「フラティチェッリ」については、第八章訳註【十】を参照。

【十】 ここでいうチョーサー版とは、具体的には、『トロイルスとクリセイダ』第五巻の終わりで、この世を去ったトロイルスが第八天へ昇天する場面が描かれ、つづいて、「虚栄の市」を先取りして、「すべてこの世はただの『市』なのだ、／花々の移ろいゆくのに似て、はかなく過ぎゆくばかりだ」、と人の世のはかなさ、むなしさを読者・聴衆に説き聞かせる（1808-9, 1840-41行）。

第八章

【一】 本文中の「旧」関税とは、一二七五年以降に実施された輸出税で、羊毛、羊皮、その他の獣皮に課税される「羊毛税」と同義だった。

【二】一五三二年にウィリアム・スィンが編集し、トマス・ゴドフリThomas Godfrayがロンドンで印刷、出版したフォリオ版初期刊本『チョーサー作品集』*The Workes of Geffray Chaucer newly printed/ with dyuers works whiche were never in print before: As in the table more plainly dothe appere. Cum priuilegio.* に収録されている（ff. CCCxxv^{a}-CCClxi^{b}）。

【三】「ロラード派」（Lollard）、「ロラード主義」（Lollardy）については本書の中で何度か言及される集団であり考え方だが、ここで整理してまとめておくことにする。

「ロラード派」とは十四世紀半ば以降、政治的、宗教的運動から生まれてきた集団で、ウィクリフの教えに従い、やがてヘンリ八世の宗教改革へつながっていく。彼らの主張は、ローマ・カトリック教会の改革を求めるものだった。なお、名前の由来については、ウィクリフの言葉を訳もわからずオウム返しする無教養な人たちにたいして与えられた渾名で、語源としては⑴オランダ語"lollaerd"で「ぶつぶつ言う人」、⑵ラテン語"lolium"で「毒麦」とか「害毒」の意味、⑶イングランドの在俗信徒に影響を与え、一三七〇年代にケルンで火あぶりの刑に処せられたフランシスコ会修道士ロラード（Lolhard）にちなむ、⑷中英語"loller"で「怠け者」という意味、などが指摘されている。また、本書第十章、339頁、および第十章訳註【四】【八】を参照。

参考文献：⑴ James Gairdner, *Lollardy and the Reformation in England* 4 vols. (London, 1908; reprinted New York, 1965). ⑵ K. B. McFarlane, *Lancastrian Kings and Lollard Knights* (Oxford, 1972). ⑶ Edward Peters ed., *Heresy and Authority in Medieval Europe: Documents in Translation* (London, 1980).なお、一九九七年に「ロラード協会」（The Lollard Society）が設立され、この分野の研究が活発にすすめられている。

【四】「子供が国王になるような国に災いあれ」は、ラングランドが（Bテキスト）『農夫ピアズ』「プロローグ」、196行で使っている聖句。バルバロ訳『口語訳旧約新約聖書』によれば、「王は子供で、その高官たちは、朝早くから宴会をはじめる、そんな国はわざわいだ！」となっている。

【五】事件の概要は、ロンドン塔に捕らわれていたフランク・ド・ホウル（Frank de Howle）なる男がウェストミンスター修道院に逃げ込み、ゴーントの命令を受けた彼の配下の追っ手が、礼拝の真最中にもかかわらず、内陣の祭壇の石段でフランクを殺害したのだった。

【六】ワーズワスの『序曲』からの引用文、「同志を見捨て、彼らを裏切っているという死のような感覚」とは、『序曲』第十巻「フランスでの生活」（Residence in France）からの一節で、残虐なフランス革命の中に見捨ててきた人々への詩人の痛切な自責を表現したものである。"Then suddenly the scene/ Changed, and the unbroken dream entangled me/ In long orations, which I strove to plead/ Before unjust tribunals, – with a voice/ Labouring, a brain confounded, and a sense,/ Death-like, of treacherous desertion, felt/ In the last place of refuge – my own soul." (Cited from William Wordsworth, *The Complete Poetical Works* with an introduction by John Morley [London, 1888], ll. 409-15)

また、本文中、「巻」に引用符が付けられているのは、英文学の伝統の中で一つの作品全体を「巻」（原文"Book"）という言葉を使って分割する工夫を導入したのはチョーサーが最初だと言われていることに注意を向けるためである。

【七】ピープスの『日記』とは、一六六〇年五月十四日の日記のこと。王政復古前夜のイングランドの政情を受け、ピープス一行がチャールズ皇太子を迎えにオランダのハーグ港に着岸した日のことを記している。「私のボーイ」もピープスも異国の町の様子に、まるで子供のように、興味津々なのだ。ピープスはこう書き留めている：

"...among which I sent my boy – who, like myself, is with child to see any strange thing." (Cited from R. C. Latham and W. Matthews eds., *The Diary of Samuel Pepys* 11 vols. [London, 1970-1983], I, p. 138.)

【八】『名声の館』の中で、《名声の館》が建つ「氷の岩山」は、すでに一三〇〇年頃に書かれたフランスの詩人ニコール・ド・マルジヴァルの『愛の豹』（*Le Dit de la Panthère d'Amours*）という詩が先例を提供し、《運命の館》が氷の岩に建てられているというイメージに倣ったものである。

【九】「天空への飛翔」というテーマは、ウェルギリウスの『アエネーイス』第五巻の中で、ユーピテル神の鷲がガニュメーデースを天空へ運び、さらに、オウィディウスの『変身譜』第十巻の中で、鷲に姿を変えたユーピテル神などに見られる。

【十】「フラティチェッリ」（Fraticelli, Little Brethren）は、もともとフランシスコ会修道会に属していたが、一二九六年にローマカトリック教会から異端宣告を受ける。この集団はアシジの聖フランチェスコの教えに従い、清貧を説き、教会の富を否定した。

第九章

【一】プラックネット教授の解釈については、『実録チョーサー伝』第十五章の解説部で扱われているプラックネット教授の解釈をあげておく（345-6頁；なお、巻末の【補遺K】も参照）。

名詞形 "raptus" も動詞形 "rapere" も、中世の法律文書では、「強姦」と「誘拐」のいずれにも適用可能だった。……どの用語も曖昧だ。ロンドン大学のプッラックネット教授などが、このチョーサー事件を扱ったP・R・ワットの再現の手法に論評を加えているように、一部の法制史家の中には、チョーサーの "raptus" は「強姦罪」と解釈すべきだと主張する人がいる。「もし誘拐罪だけなら、この放免承認文書（大法官府裁判所保管文書）の手続きは、シシリ本人ではなくて、むしろ、被害者側の封建領主とか両親、夫、もしくはシシリの雇い主などからとられたはずだ」というのだ。ただ、プラックネット教授はさらにつづけて、「強姦の告訴を受けたという明確な証拠はどこにもない。われわれとしては、チョーサーがシシリの肉体を誘拐したことは十分に信じることができる。ただし、彼女の方はチョーサーを重罪で起訴できたはずだったという可能性を示す証拠は存在しない。この種の封緘勅許状に使われているたった一語 "raptus" だけなら、どんな犯罪でも指しうるが、次のことは是非覚えておかなくてはならない。その文書の中に "raptus" という言葉を使うことに誰も法律的責任を引き受ける者がいなかったし、この犯罪がほんとうにあったかどうかを証明しようとした者もいなかった（cf. T. F. T. Plucknett, *The Athenaeum*, No. 2405 [29 Nov. 1873], p. 698）。

【二】K・B・マクファーレンの見解は以下のような内容である。

いかなる状況下であったのか、私たちには知るよしもないが、既婚男性としてチョーサーは、明らかにロンドン市民の娘で未婚の「シシリ・チャンペイン」という名前の女性にたいする強姦罪について有罪であった。この（一三八〇年五月一日付の）証書は、気前のいい、かなりまとまった金銭贈与の見返りに、シシリ側のすべての権利からチョーサーが放免されることを認める証書である。こうした一身上の処理に関して、サー・ウィリアム・ビーチャム、サー・ジョン・クランヴォウ、サー・ウィリアム・ネヴィル、ジョン・フィリポト、そして、ロンドン市民のリチャード・モレルらが証人に立った。当然といえば当然だが、チョーサー研究者たちはこれまでこの事件をなんとか最小限に評価し、詩人の生涯の中では信憑性に欠ける事件として片付けようとし、"rape" とは法律上「誘拐」と同義語だという考えを示そうとしてきた（K. B. McFarlane, *Lancastrian Kings and Lollard Knights* [Oxford, 1972], p. 183）。

【三】R. B. Dobson, *The Peasants' Revolt of 1381* (London and New York, 1970), pp. 107-11 を参照。

【四】「身内」"inside" という言葉は、本書第五章、213頁で使われている「身内」"insider" と同じ意味である。

旅回りの楽人

【五】「花」組と「葉」組については、『善女伝』F版「プロローグ」、72行目に言及されている。イングランドとフランスの両宮廷で、廷臣たちが五月祭を祝う行事の際、各二組に分かれて、一方が「花」を擁護し、片方が「葉」を擁護して遊び戯れていた。本書第十章、337頁、および、第十一章、360頁をそれぞれ参照。

【六】「愛の宮廷《クール・アムルーズ》」（*Cour Amoureuse*）とは、一四〇〇年一月にブルゴーニュ公邸に集まった貴族や詩人たちによって設立され、その年のヴァレンタインの日に設立憲章が読み上げられた。また、本文中の「国王」とはフランス国王シャルル六世のこと。

「ピュイ」（Pui/ Puys）と呼ばれる一種の文芸大会といった趣の歌合せ組織の母体は、すでに十三世紀に南フランスで誕生し、富裕な商人や職人が、「旅回り楽人」（*troubadours, jongleurs*）たちの雅な歌合戦を模倣したことに始まる。彼らが、めいめい自作の作品を持ち寄って競い、その集まりを「ピュイ」と呼んだ。発足当初の団体名は、「ピュイのノートルダム兄弟団」で、現在のフランス南部オーヴェルニュ地方オート・ロワール県の中心地ル・ピュイの大聖堂に安置されている聖母を兄弟団の精神的支えとした。やがて、ピカルディ、ノルマンディ、フランドルといった北フランス諸都市へ拡大していく。十三世紀末から十四世紀初頭に、ボルドー、ガスコーニュ、アキテーヌ（ギュイエンヌ）といったイングランド王国の支配下にいた商人たちがロンドンにもたらした。オーヴェルニュに隣接する一帯はラングドクの言語圏で、「旅回り楽人」たちの故郷だった。フロワサールはバランシエンヌの「ピュイ」歌合せと関係していたことがわかっているし、マショーやデシャンも各地の「ピュイ」に作品を出している。フロワサールの生誕地エノーのバランシエンヌ（現在はフランス、ノール県）では、一二二八年に市民たちの手で「ピュイ」が設立され、ミサ参列や祭礼の行列に参加し、年に数回召集される集まりに出席するといった義務を定める会則もあった。フロワサールもこのバランシエンヌの「ピュイ」に作品を出品している。

ロンドンには一三〇〇年頃、「ピュイのロンドン兄弟団」という結社が創設されている。この結社は、ロンドンで商売を営むフランス人とイギリス人の商人たちで構成された同業者組合だった。この組合は、他の同業者組合の場合と同様、社会奉仕と慈善を目的とし、さらに、フランスの伝統を継承して、音楽と詩作の腕前を競う文芸祭典の場を提供した。たとえば、一二九九年にボルドーとロンドン市長を兼ねていたヘンリ・ル・ウェレーは、「ピュイ」のために「ロンドン、ギルドホールの新築礼拝堂で司祭が礼拝を執り行う補助金として年間免役地代五マルク相当を」提供している。「ピュイ」加入組合員は王歌《シャンソン・レアル》作詩の腕を磨くことが求められ、各作品の公開競技が「ピュイ」の重要な祭典となった。フランスで発生した当初、歌われる主題は聖母マリアだったが、やがてひろく愛の対象となる女性一般に拡大されていく。会を主催する審判者として「プリンス」が選出され、歌の優劣が判定され、最優秀作品の作詩者は「王」として表彰され、作品にたいして王冠が贈呈され、作品は筆写され、一年間、「宴会の間」の新王者の紋章の下に掲げられた。

こうしてみると、「ピュイ」は、何よりも富裕な市民たちの祭典だったことがわかる。また、王冠を贈られた作者は、著名で有力な詩人だけでなく、弁護士、検察官、絹商人、皮革商、金細工商、旅籠の主人といった市民層も含まれていた。チョーサーの「ジェネラル・プロローグ」で〈宿の亭主〉は、みずから判定者になって、巡礼者一行の中で話合戦を挙行し、優勝者には全員のおごりで夕食をごちそうされるという趣向を提案しているが、こうした話合戦という発想は、「ピュイ」がモデルになっている可能性は十分に考えられる。

ただ、「ピュイ」に関する包括的な研究はいまだ十分とは言えない。地域ごと、詩人ごとの断片的な情報が提供されているのが現状である。ロンドンの「ピュイ」がもし十四世紀の間ずっと存在していたとすれば、チョーサーをはじめ、大陸からやってきた詩人たちも参加した可能性があるかもしれない。フィッシャーとピアソル両教授は、ガウアーが「ピュイ」に応募するために『バラッド五十編』(*Cinkante Balades*) を書いたと指摘している。チョーサーの周辺にいた大陸出身の詩人たち、たとえば、ジャン・ド・ラ・モート、オウトーン・ド・グラーンソーン、フロワサールもそれぞれ自分の故郷の「ピュイ」に作品を出品している。

チョーサーは、『善女伝』で自作作品目録を列挙する中で、「バラッド、ロンドー、ヴィルレー」という短い詩を書いたことがあると言っている。一方、同じ時期、ガウアーも『恋する男の告解』の中で、「ロンドーにもバラッドにもヴィルレーにも」挑戦してみたことがあると告白している。チョーサーのこうしたフランス語の短い詩は、小姓として宮廷に入り、そこで流行していたマショー、デシャン、フロワサールなどのフランス詩、あるいは宮廷に出仕していた友人のグラーンソーンなど、外国出身の詩人たちの影響を受けたことが指摘されている（なお、第十一章訳註【八】も参照）。したがって、間接的に「ピュイ」参加作品の影響を受けていたことにもなる。それにたいして、ガウアーの短詩群は、いろいろな時期に書かれた『バラッド五十篇』に収められた小品を指すとされている。チョーサーと違って、ガウアーのフランス語による短詩がどのような影響を受けたかは不明だが、「ピュイ」というロンドンで開催されていた歌合せへの応募作品ではなかったかという説が、フィッシャー教授から提起されている。それによれば、ガウアーと「ピュイ」とを結びつけるきっかけは、チョーサーの友人ストロードで、ガウアーがギルドホール内に事務所を構え、ストロードと同業者組合との関係から生まれたとしている。そして『バラッド五十編』のいくつかが「ピュイ」の参加者の前で朗唱されたという。

一方、ブラッディ教授は、グラーンソーンが『聖ヴァレンタインのバラッド』(*Balade de saint Valentin*) の一節「ピュイのプリンスよ、わたしはパリからトゥルネーまでで／正真正銘いちばん素晴らしい作品を選んだ」"Prince du Puy, j'ay choisy la plus franche/ Qui soit depuis Paris jusqu' à Tournay" という言葉に注目している。十四世紀には北フランスのアミアン、アブヴィル、リル、ディエップ、バランシエンヌとならんで、トゥルネー（現ベルギー内）の結社での文芸祭典が盛んだったといわれている。デシャン、フロワサール、ジャン・ド・ラ・モートらとならび、グラーンソーンも、詩作を競う歌合せに応募していた。チョーサーのバラッドなどは、ごく身近なところで、他のどの同僚詩人よりもチョーサーには親しかったグラーンソーンがいたことから直接影響を受ける可能性があったことの確実な証しだ。

参考文献：⑴ Haldeen Braddy, *Chaucer and the French Poet Graunson* (New York, Kennikat Press, 1947), esp. pp. 12-3. ⑵ John Fisher, *John Gower: Moral Philosopher and Friend of Chaucer* (London, Methuen, 1965), pp. 78-89. ⑶ Anne F. Sutton, "Merchants, Music and Social Harmony: the London Puy and its French and London Contexts, circa 1300," *London Journal*, 17 (1992), 1-17. ⑷ Anne F. Sutton, "The Tumbling Bear and its patrons: A Venue for the London Puy and Mercery," in Julia Boffey and Pamela King, eds.,

London and Europe in the Later Middle Ages, Westfield Publications in Medieval Studies 9 (London, 1995), pp. 85-110. ⑸ *Riverside Chaucer*, p. 1086[1]. ⑹ Nigel Wilkins, "Music and Poetry at Court: England and France in the Late Middle Ages," in *English Court Culture in the Later Middle Ages*, eds. Scattergood and Sherborne (1983), pp. 185-6. ⑺ James I. Wimsatt, *Chaucer and the Poems of 'Ch' in University of Pennsylvania MS French 15* (Cambridge, 1982). ⑻ James I. Wimsatt, *Chaucer and His French Contemporaries: Natural Music in the Fourteenth Century* (Toronto, University of Toronto Press, 1991).

第十章

【一】 エドワード三世が神への帰依として残した物とは、彼が一三四八年に新たに設立した二つの共住聖職者集団聖堂参事会《コレッジ》で、いずれも既存の礼拝堂に組み込まれた。一つは、パリのサント・シャペルをモデルにして、ヘンリ三世が建てたウェストミンスター修道院内セント・スティーヴン礼拝堂であり、いま一つは、ウィンザー城内に、もともとヘンリ三世が証聖王エドワードに捧げた礼拝堂を、エドワード三世が、これを機に大幅改築をし、聖母マリア、イングランド王国守護聖者聖ジョージ、証聖王エドワードの三者に捧げることにしたセント・ジョージ礼拝堂である。

参考文献：K. B. McFarlane, *Lancastrian Kings and Lollard Knights* (Oxford, 1972), p. 149 and n.

【二】 デシャンがチョーサーを「偉大な翻訳者」と称えたというのは、デシャンがチョーサーに書き贈ったバラッド『すぐれた翻訳者ジェフリ・チョーサー』("Grant translateur, noble Geoffrey Chaucier") を指している。デシャンはその作品をサー・ルイス・クリフォードに託したとされている。デシャンとクリフォードの二人が出会った時期としては、一三八六年から一三九二年までと推定される。さらに、デシャンが英語訳『薔薇物語』について言及していることを根拠に、チョーサーに献呈されるこのバラッド（バラッド二八五番）が作られたのも同じ時期とされている。バラッドは次のようなものだった。

おお、哲学に充たされたソクラテスよ、
道徳にすぐれたセネカよ、実務にひいでたアウルス・ゲリウスよ、
詩才に恵まれたおおいなるオウィドよ、
語り口に無駄がなく、作詩法は控え目で、
誇り高き鷲よ、君は深い学識で
エネアース（＝アエネーアス）の王国に巨人族の島と
ブルート（＝ブルートゥス）の子孫を明るく照らし、そして君は
花々の種を蒔いて、薔薇《ばら》の樹を移植したのだった。
フランス語を知らない人たちを啓蒙してくれるだろう。
すぐれた翻訳者、気高きジェフリ・チョーサーよ。

君はアルビオン（＝ブリテン島）に生まれた地上の《愛の神》な
　のです。
そして天使の国《アンジェラ》（＝イングランド）で、『薔薇の』
（その国は、サクソン人の女アンジェラの名から
花開き、やがて天使の国となり、
国名の由来の最後の名としてつけられたのでした）
その『物語』を、君は見事な英語に翻訳したのです。
そして、君は長いあいだ庭の手入れをし、
ふさわしい苗木を植えたいと、名のある作家になろうと詩作にには
　げむ
人たちに乞い求められたのでした。
すぐれた翻訳者、気高きジェフリ・チョーサーよ。

そこで、君からエリの泉の
清冽な飲み水をのませてもらえれば、とお願いしたいのです。
この清流は、今では、すっかり君の意のままだもの、
美徳を求めるこのぼくの熱い渇きをいやしてくれる飲み水を。

ぼくのからだはフランスの地《ゴール》で麻痺したままだろう。
君が飲み水をくれるまでは。
ぼくの名はユスターシュ、君に何本か苗木をお送りしよう。
クリフォード君に託して、ぼくからお受けになる
この稚拙な作品を、どうぞ、おおさめください。
すぐれた翻訳者、気高きジェフリ・チョーサーよ。

「結び歌」

すぐれた詩人、騎士の華よ、
君の庭では、このぼくも、イラクサにすぎまい。
でも、ぼくが最初に書きとめたこと、
君の気高い苗木、君の甘美な調べを、忘れないでほしい。
ぼくにもそのことがわかるように、返事をいただきたいのです。
大いなる翻訳者、気高きジェフリ・チョーサーよ。

なお、日本語訳は、Deschams, "Balade 285" in *Œuvres complètes d'Eustache Deschamps*, eds. le Marquis de Saint-Hilaire and G. Raynaud "Société des Anciens Textes Français" 11 vols. (Paris, 1878-1904), II, 138-9.) に依拠する。

【三】サー・オトン・ド・グラーンソーンについては、チョーサーが『ヴィーナスの哀訴』という短い詩の末尾「結び歌」(79-82行)で「……そのうえ、フランス語で詩作する人々の精華ともいうべきグラーンソーン氏の/あざやかなお手並みを一語一語たどっていくのは/私にはとても骨のおれる仕事なのです。/なぜなら、英語には韻を踏める語が少なすぎるから。」と言及している。

【四】「一三八二年、一三八七年、一三九五年の三度にわたり、年代記作者たちはクリフォードのロラード主義に触れている」とは、トマス・ウォールシンガムが『イングランド史』(*Chronicon Angliae*)の中で、一三八七年にロラード主義の影響を受けたパティスホールという名前の托鉢修道士の説教が引き金になってロンドン市中で発生した暴動に、また、一三九五年の「十二箇条の結論」と呼ばれるロラード派教義の趣意書がセント・ポール大聖堂とウェストミンスター修道院の扉に張り出された事件に関連して、クリフォードらの名前に言及している。また、ヘンリ・ナイトンが『年代記』の一三八二年の項目でクリフォードらロラード派騎士の名前に言及している。

【五】『バラッド百編』の編者兼作者とされるユウー家家令とは、「ジャン・ル・セネシャル」とも「ジャン・ド・サンピエール」とも呼ばれる人物のことである。

【六】「ウッドストク(宮)の王妃」とは、一三八九年にリチャード二世と一緒にウッドストク宮に滞在していた王妃(ボヘミアの)アンを指す。なお、『キューピッドの書』からの引用は、John Clanvowe, *The Boke of Cupide, God of Love* in Dana M. Symons, Chaucerian Dream Visions and Complaints (Kalamazoo, Michigan, 2004) に依拠する。

【七】もう一つの作品とは、『二つの道』(*The Two Ways*)のこと。

【八】「ロラード派の十二箇条の結論」とは、「リチャード二世の治世第十八年目」(西暦年号一三九五年に該当する。なお、この事件が起こった年を「一三九六年より早くなく、一三九七年より後でもない」とする説もある)に両教会の扉に張り出されたロラード派教義の趣意書のこと。アイルランドから帰国したリチャード二世の権威と教会の権威を否定する目的があった。張り出された当時は、英語で書かれていたものだろう。現在、三種類の写本(Trinity Hall, Cambridge; University Library of Cambridge; Bibliothéque Nationale, Paris)が残されている。内容は、「キリストと彼の使徒たちの宝であると同時に卑しき我らは、イングランドの教会改革のための真の決定を、議会下院と上院諸侯に訴えるものなり云々」ではじまる前書きを添えて、教会や聖職者の現状にたいする結論と、そこから導き出されるしかるべき対応策などを十二箇条にまとめたもので構成

されている。

(1) 世俗の富に追われる教会の現状と、この現状分析をもって包括的結論とすることを示す。

(2) 聖職者の現状分析と、聖職者の行動が聖書、および、キリストが使徒に教えた行動と一致していないという結論。

(3) 聖職者に課せられた節制が、むしろ、教会に同性愛を持ち込むことになっている結論と、そのきっかけを与える私的修道会などは廃止されるべきだという対応策。

(4) パンがイエス・キリストの「聖体」に変わる奇跡について分析し、この奇跡が偽りであり、神を冒瀆するものだとする結論。

(5) ブドウ酒、パン、水と油、塩、蠟、香、祭壇の石、教会の壁、服、司教冠、十字架、巡礼者の杖などに実施される悪魔祓いの儀式は、妖術のたぐいであるとする結論と、そうした儀式によって何らかの変化があったとしても、それは悪魔の呪術のせいであることを知るべきだという対応策。

(6) 国の支配者たる者が、国王と司教を兼ねたり、世俗の問題について高位聖職者と裁判官を一人の人物が兼務したり、世俗の事務にたずさわる者が、聖職者職と役人を兼務することは王国を乱す元凶だとする結論と、聖職者職にある者は、身分の上下に関係なく、本来の職務に専念すべきという対応策。

(7) 死者の魂への祈りが、教会への金品の寄進の口実となり、こうした寄進で設立されたイングランドの救貧院は不正の元凶だとする結論と、真の愛から出る祈りは、誰彼の別なく、神が救済したすべての人におよぶものだとする対応策。

(8) 何の意味もない十字架や聖像とされる偽物を求めて実施される巡礼、祈り、寄進は、偶像崇拝と変わらないとする結論。

(9) 救済のために不可欠とされる秘密告解は、単に、聖職者の高慢を増長させるだけだとする結論。

(10) いかに大義を掲げたものであっても、戦争による殺戮は、新約聖書の教えに反するものだとする結論と、イエス・キリストの教えは、敵を愛し、敵を哀れみ、敵を殺してはならないというもので、それを守るべきだという対応策。

(11) 本来弱い女性が教会で行う純潔の誓いは、堕胎などの口実になるとする結論、そして寡婦も結婚することが勧められる。

(12) 教会内に氾濫する過剰な人間の技は、浪費と好奇と偽装の罪を助長するものだとする結論と、聖パウロの教え、「食べるものと着るものだけで満足せよ」に耳を傾けるべきだという対応策。

なお、「ロラード派」については、第八章訳註【三】も参照。

参考文献：(1) H. S. Cronin, "The Twelve Conclusions of the Lollards," *The English Historical Review*, 22 (1907), 292-304. (2) Edward Peters ed. and trans., *Heresy and Authority in Medieval Europe* (London, 1980), pp. 277-81.

【九】 ビーチャムが侍従職に就いていたことについては、本書第九章、294頁を参照。また、ビーチャムが「バゲニ卿」の肩書きを使う経緯については諸説あるが、ここでは『実録チョーサー伝』第十一章『一三七五年から一三八八年までの間、保証人にたったチョーサー』の解説部を参照（280-81頁）。

> 一三七八年三月九日付開封勅許状で、（ウィリアム・）ビーチャムはペンブルク伯ヘースティングズ家に属する膨大な財産管理権を一定額の地代を払って手に入れることになった。［中略］さらに、ペンブルク伯は、アバゲニ（または、バゲニ）城とその他の土地を、伯の母方の従兄弟にあたるビーチャムにその残余財産の継承権を与えていた。（第二代）ペンブルク伯の息子で後継者のジョン（＝第三代ペンブルク伯ジョン・ド・ヘースティングズ）は、ビーチャムが一三七八年にペンブルク城の地代取立てを任せられた時、まだ国王の保護下にある未成年者だった。［中略］一三八九年にペンブルク家の若き跡目（ジョン＝第三代ペンブルク伯

ジョン・ド・ヘースティングズ）がまだ成年に達しない前に死亡すると、すぐに、ビーチャムがアバゲニ城と「アバゲニ卿」の称号を継承した。

アバゲニ（または、バゲニ）城とその他の土地とは、現在のウェールズ南東部モンマス州のアバーガヴェニ（Abergavenny）にある。なお、"Abergavenny"について、家名と地名とでは発音が異なるので、家名の表記は"Abergavenny"「アバガニ」、もしくは"Bergavenny"「バガニ」、地名の表記は「アバーガヴェニ」とする。

【十】ここで「地方ジェントルマン」と訳した原文は"country gentleman"である。地方に保有地を持つ在地の名家という意味で使っている（Cf. *OED* "gentleman" 16）。また、「ジェントルマン」の身分については、「はじめに」の訳註【一】、および第一章訳註【三】を参照。

【十一】『トロイルスとクリセイダ』第三巻の「トロイルスの歌」（第三巻、1744-71行）を指し、これはボエティウスの『哲学の慰め』の第二巻の韻文8をそっくり借用したものである。

【十二】中世ヨーロッパにおけるトロイア物語の伝承は、長く、多様な物語群があるが、ここでは、チョーサーとボッカチョ、および、トロイルスとクリセイデの男女の恋物語に限定して、作品の系譜を簡単に辿ると次のようになる。チョーサーの『トロイルスとクリセイデ』はボッカチョが一三三五年から四〇年頃にかけて作った『恋の虜』とそのフランス語訳を材源としている。さらに、『恋の虜』の材源は、十二世紀半ば過ぎに書かれたブノワ・ド・サント＝モールのフランス語詩『トロイア物語』や、一二八七年頃に作られたシチリア人グイード・デッレ・コロンネ（Guido delle Colonne）のラテン語詩『トロイア滅亡史』（*Historia Destructionis Troiae*）などをあげることができる。

【十三】「男女間で交わされる貞潔の誓言」については、本章訳註【八】の「ロラード派の十二箇条の結論」の第⑾の結論を参照。

第十一章

【一】サー・トマス・ワイアット（一五〇三―一五四二）は、一五二〇年代初頭、後にヘンリ八世と結婚することになるアン・ブーリンに恋したことがあった。一五三六年には、時同じくしてロンドン塔に収監されていたトマスはアンの処刑を目撃する。この事件に触発されて一編の詩を書き上げたトマスは、ソネットをイギリスに紹介した詩人としても知られ、特に、チョーサーの賛美者でもあった。

参考文献：*The Collected Poems of Sir Thomas Wyatt* (1949). Ed. with Introduction by K. Muir. London; Cambridge, Mass. 1950.

【二】チョーサー時代のグリニッジはケント州に属していた。

【三】一三八〇年代後半に書かれた『善女伝』「プロローグ」F版（417-30行、その後に改訂されたG版402-20行にも）の中で、これまでに書き上げてきた自作詩や翻訳の作品が列挙される。また、チョーサーの「多くのバラッド集、ロンドー詩集、ヴィルレー詩集」とは、彼の若い時期に書かれ、『カンタベリ物語』最後の「取り消し文」の中でみずから悔い改めた詩作群に含まれるものとされる。「バラッド」（ballad）、「ロンドー」（rondeau/roundel）、「ヴィルレー」（virelay）といった詩形について、チョーサーの作例はほとんど現存しないが、面影を留めているものを見ながらまとめておく。

(1)「バラッド」とは、押韻形式をababとし、通例、三小節と反歌で構成され、すべて同一詩句ので終わる詩形式を特徴とする。多くの小節からなる民間伝承詩、物語詩、或るいは、中世の舞踏のリズム、および、その伴奏歌がバラッド形式である。チョーサーの作品のうち、バラッドの詩形をとるのは、『善女伝』「プロローグ」F版（249-69行）とG版（203-23行）、『ヴィーナスの哀訴』、『ロザムンデに寄せる：バラッド一編』（"To

Rosemounde: A Balade")といった作例をあげることができる。

(2)「ロンドー」は、繰り返し句《リフレイン》のある定型詩で、全十三行で構成され、第六(もしくは、第八)行目と第十一(もしくは、第十三)行目の後で最初の詩句を繰り返す「単純ロンドー」と、五つの四行詩からなる「重複(完全)ロンドー」(rondeau redoublé (parfait))の二種類がある。チョーサーの作例としては、『鳥の議会』(680-92行)と『つれない女《ひと》よ:ロンドー三連』("Merciles Beaute: A Triple Roundel")に見られる。

(3)「ヴィルレー」は、押韻形式を aabaab とする中世の定型詩の一つだった。「ヴィルレー」にジャンルに該当するチョーサーの作例は現存しないが、『マーズ神の哀訴』や『アネリーダとアルシート』(*Anelida and Arcite*)の冒頭が、ヴィルレー特有の押韻形式ではじまる。なお、以上の短詩群は、ハープ、フィドル、リュート、レベック、プサルテリウムなどの小型の弦楽器の伴奏にあわせて独唱者によって歌われた。また、第九章訳註【六】も参照。

【四】F版からG版へ改訂される過程で削除された事情として、王妃アンがリッチモンドにあるシーン宮で亡くなったこと、そして、リチャード二世が彼女の死を悲しむあまり、二人の思い出の地エルタム宮(テムズ川をはさんでシティの対岸にある)とシーン宮を壊してしまったという背景がある。本章訳註【七】も参照。

【五】「タイルを敷き詰めた居間」(a paved parlour)での朗読会は『トロイルスとクリセイダ』第二巻、82行目以降に出てくるが、同時に、本書第十一章359頁の図版「ブリストルのウィリアム・カニング家の床」も参照。

【六】チョーサーの読書三昧ぶりを表現した詩句としては、具体的には、「古き、いにしえの書物がなくなった暁には、/《記憶の鍵》が失われることになる。/だから、その書物に敬意を表し、信じなければならない」(『善女伝』「プロローグ」F版、25-8行)が有名だが、他にも、同「プロローグ」には書物への愛着を表す表現が多くちりばめられている。

【七】リッチモンドはロンドンの南西部にあり、ここには「シーン宮」があった。リッチモンドと王室との関係はヘンリ一世(一〇六八/九―一一三五)がここに離宮を造営したことにさかのぼり、後に、エドワード三世が大幅に改築することになる。一三八三年にリチャード二世がこの離宮を主たる住居に定めたが、一三九四年に王妃アンがこの世を去ると、彼はこの離宮をみずから破壊してしまった。ヘンリ七世以降、リッチモンドに再建された離宮は「リッチモンド宮」と呼ばれている。上の訳註【四】も参照。

【八】一三八五年のスコットランド遠征の背景としては、この時期、フランス軍はスコットランドに加勢するため軍隊をスコットランドに派兵し、イングランド南の沿岸に侵攻する気配をみせていたという事情があった。そこで、リチャード二世は、一万四千人の兵士を率いてスコットランド遠征に出た。その軍勢の四分の一は、ランカスター公ジョン・オヴ・ゴーントが手配した兵士たちだった。成果のないまま帰還した国王を待っていたのは、議会からの王室改革と王室財政削減要求だった。これが一三八六年の「驚異議会」につながる。

【九】ブレンバーの処刑は最終的には斬首刑だったが、ここでブレンバーが味わう死の恐怖とは、反逆罪にたいする処刑方法で、生きたまま内蔵をえぐり出し、四つ裂きにし、縛り首に処するという処刑を指す。バーリーの処刑方法には、一三八八年五月五日の議会で一旦は、この残酷な処刑に処することが宣告されたが、彼の普段の仕事ぶりが考慮されて斬首刑に減刑された事情がある。トマス・アスクの最期については、本書第八章、273頁以下に詳しい。

【十】この言葉は『ロミオとジューリエット』第三幕、第一場で、キャプレット家とモンタギュー家との乱闘騒ぎで傷を負ったマーキューシオが語る有名なセリフ「やられた! キャプレット家もモンタギュー家もくたばってしまえ」（平井正穂訳［岩波文庫］）：“I am hurt./ A plague a' both your houses! ...” III, i, 90-91行）のこと。

【十一】この詩では、該当箇所は次のようになっている。

バクトン殿は、我らが王キリストから
誠実なり忠実とはなんぞやと問われ、
その問いには何も答えず、
まるで「誠実な人などひとりもいない」とでも言いたげな風。
だから、僕も、一度は結婚の悲哀と悲惨を
あからさまにしようと約束はしたけれど、
自分が再びこんな愚行にはまらぬよう、
結婚を悪し様に書くことをあえてやるまい。
（『チョーサーからバクトン君に贈る言葉』、1-8行）

【十二】馬上槍試合用競技場中央部の「仕切り」と「わっか」については、図を参照。（二枚とも、Joseph Strutt, *The Sports and Pastimes of the People of England* (London, 1898), p. 196から。）また、「決闘のために使われる試合会場」については、『実録チョーサー伝』第二十一章の解説部に「エルマムの前任者アーノルド・ブローカスも、ウェストミンスター宮内で原告マリコ・ド・ヴィレヌーブと被告ジョン・ウォルシュの間で行われた決闘裁判のために、国王臨席用特別席と試合会場の柵を設営した。こうした決闘裁判が一三八〇年にウェストミンスターの裁判所法廷で行われた際、そこに集まった群衆の数がリチャード二世戴冠式の参列者数を大きく上回ったと言われ、当然試合会場は頑丈に組み立てる必要があった」（473頁）という記述がある。仕切りとは、引用文中の「柵」のこと。

馬上槍試合会場の仕切りと「わっか」

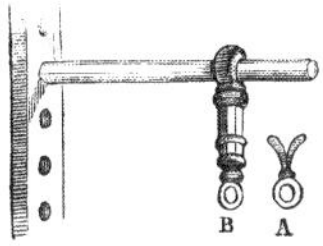

「わっか」の拡大図

【十三】当時、侍従武官長（the Lord High Constable）の職にあったグロスター公トマス・オヴ・ウッドストク（在任期間：一三七二—九九年）が、甥のリチャード二世に贈った『馬上槍試合用競技場内における戦いの規則と形式』（“The Ordenaunce and Fourme of Fightyng within Listes”）という規則集のこと。なお、ここに揚げている表題は、十五世紀中頃にウィリアム・イーヴシャム（William Evesham）がジョン・パストン（John Paston）のために筆写した英語版の表題で、グロスター公が書いたとされるフランス語原文には表題はなく、執筆時期や贈呈時期は不明である。この規則集の校訂本は次の文献で読むことができる。Sir Travers Twiss, *The Black Bok of the Admiralty* 4 vols. “Rerum Britannicarum Medii Aevi Scrptores (Rolls Series 55-58)” (London, 1871-1876; reprinted eds., 1965), I, pp. 300-29.

決闘裁判との関係からみると、興味深い点は、この規則集の中で、原告、被告双方の紛争および訴状（billes）は「侍従武官長とイングランド軍務伯の前で」、つまり、「騎士道裁判所」で審理されるべきと規定されている（“... seront plaidees a la court devant le connestable et le mareschal. ... / ... shall be pletid in the court before the constable and marschal. ...” (Ibid., pp. 304-305)）。それでも決着がつかない場合、馬上槍試合が開催されることになる。

第十二章

【一】「ソーンタン写本」は、ソーンタンが書き写したり、翻訳したりした写本で、現在、二種類、(1) Lincoln, Cathedral Library MS 91と、

(2) London, British Library, Add. MS 31042があり、ロマンス物や神秘文学が収録されている。

参考文献：D. S. Brewer and A. E. B. Owen eds. with Introduction, *The Thornton Manuscript* (Lincoln Cathedral MS. 91). Facsimile edition (Menston, Yorkshire, 1975).

【二】ガウアーの作品の中では、『恋する男の告解』が様々なジャンルの物語を集成したものである。

【三】『名声の館』第三巻最後のところで、鷲がチョーサーに向かって、天上の「名声の館」に届く音声としての言葉は、地上でその言葉を発話していたその当の人間の姿形をとると言い聞かせている（『名声の館』第三巻、1070-83行）。

【四】ここでブルーア教授の言う「話それ自体の集合体」とは、現代の校訂者、編集者が採用する「群」（Group）区分、あるいは、「断章」（Fragment）区分のこと。現在もっとも広く受け入れられている『カンタベリ物語』各話の集合体の分け方としては、「断章」という名称を使った区分である。本書「凡例」中の「九『カンタベリ物語』の区分法について」を参照。また、「構造―対抗構造」とは、(1)チョーサーが当初構想していた往・復の巡礼行、(2)一つの話とそれに応答する次の話という話合戦の枠組みのことと解釈できる。

【五】『公爵夫人の書』(817-1041行) はランカスター公ジョン・オヴ・ゴーントの妻ブランチ（Blanch; フランス語の「白」）の英語名「ホワイト」という名前の女性の美しさを描いている。その際、チョーサーは『聖書』や先輩フランス詩人マショーなどの修辞法を受け継いで、彼女の表情を微に入り細にわたって描いたのだった。

【六】ピンチベク氏の正体については、本書第十章、342頁を参照。

【七】「〈地主〉のモデル」については、従来、リンカンシァ在住の騎士ジョン・バシとノーフォーク州の国会議員もつとめたスティーヴン・ド・ヘイルズの二人が指摘されてきた。二人とも、ピンチベクの知人とされている。ブルーア教授の指摘は、後者のスティーヴン・ド・ヘイルズを念頭に置いたものである。

【八】「陣羽織」亭について、ブルーア教授がここで補足説明している箇所のうち、「同じ名前のイン」というのは「ザ・ジョージ・イン」というパブのことだろう。なお、「陣羽織」亭（The Tabard Inn）が焼失した後、一六七六年に再建されて、「犬」を表す「ザ・タルボット・イン」（The Talbot Inn）と呼ばれていた時期があった。「陣羽織」亭の所在地については、巻末の関連地図を参照。

【九】「巡礼」にたいするロラード派の考え方については、第十章訳註【八】の「ロラード派の十二箇条の結論」のうち(8)を参照。

第十三章

【一】ブルーア教授が「ケンブリッジ大学キングズ・ホール学寮」'King's Hall' として触れている箇所は、チョーサーの原文では「ソーラー・ホール」（Soler Hall）となっている（「荘園管理人の話」、3990行）。なお、キングズ・ホールの歴史を詳細に調査したアラン・コバン教授は、大学寄宿舎を表す 'Garret Hostel' もしくは学寮の一つ 'University Hall'（後のクレア・ホール）の可能性を指摘している。

参考文献：Alan B. Cobban, *The King's Hall Within the University of Cambridge in the Later Middle Ages* (Cambridge, 1969), pp. 16-7.

【二】「大学運営の失敗で評判を落とした」という事件は、一三七七年にキングズ・ホール学寮長に就任したサイモン・ネイロンが引き起こした様々な不手際のことを指す。具体的には、国王から奨学金を得ていた特待生たち「キングズ・スコラーズ」の特典を一方的に取り下げ、当学寮に所属する書物の無断売却、土地資産の浪費などの損害を与えた。一三八三年には、リチャード二世が実態調査のためイーリ司教トマス・アランデルを派遣し、一三八五年にネイロンら関係者を解任した。学問の府としての大学とは別に、当時の大学の運営実態をうかがわせる非常に興味深い出来事だった。Cf.

Cobban, *ibid.*, pp. 171-4.

【三】「オクスフォード緯度」とは、観察者が立つ地上の特定地点（ここでは、オクスフォード）の水平線と、北極（north pole）と南極（south pole）を結ぶ軸線（polar axis）とでできる角度を計算することで、その地点の緯度が確定される。チョーサーは、『天体観測儀論』（Part II, 22）の中で、「オクスフォード緯度が五十一度五十分」と特定している。

【四】一三八五年の惑星の運動と一致する記述があるとされる『マーズの哀訴』（"The Complaint of Mars"）という短い詩を指す。

【五】ジョンソン博士がシェイクスピアの『ヘンリ四世』のフォールスタッフを評して、「人にはまねのできないフォールスタッフよ、人のお手本になりそうにもないフォールスタッフよ、おまえのことをどのように言えばいいだろうか。お前は分別と悪徳との混合だ。つまり、賞賛されはするが、尊敬されることのない分別と、軽蔑はされるが、完全に嫌悪されるわけでもない悪徳の混合というわけだ。云々」と言っている。なお、日本語訳は、Samuel Johnson, *Johnson on Shakespeare* edited by A. Sherbo with an Introduction by B. H. Bronson "The Yale Edition of the Works of Samuel Johnson" 18 vols. (New Haven, 1958-2005), VII, p. 523に依拠している。

【六】『お抱え写字職人アダムにあてたチョーサーの苦言』（"Chaucers Wordes Unto Adam, His Owne Scriveyn"）という短い詩を指す。

【七】追加された散文訳の一項目とは、イノケンティウス三世の『人間の悲惨な境遇』（*Of the Wreched Engendrynge of Mankynde*）という英語散文訳を指す。

【八】ガウアーの『恋する男の告解』は一三八〇年代半ばから筆をおこし、一三九〇年には初版が完成する。ところが、その後修正された第二版が出ることになる。なお、第二版が出ることになる事情については、第三章訳註【一】を参照。ガウアーとリチャード二世との出会いと執筆動機について、『恋する男の告解』第一版で興味深いエピソードを伝えている。たまたまテムズ川の舟遊びをしていたリチャード二世から制作を求められたというのだ。ただ、後年、その様子を伝えた個所が全文取り消され、別の詩行に差し替えられることになるのだが、その一節はこうだ：

わが忠誠をささげ、
心からおつかえし、
その国民であればみな
そのあるじに、あたうかぎり力をつくし、
わたしは国王リチャード陛下のために
英語で書こうと思っています。
すべての国王の統治の源たる
天上の玉座におられる神に
陛下の御世がいつまでもつづくよう祈りつつ、
なんなりとわたしめにお命じくださいと
自分から申し出ました。

リチャード二世がテムズ川で
ガウアーと会う

その時の様子を思い出してみました。
たまたまこんなことがあったのです。
建国の父ブルートの最初のよろこびの町
新トロイの町を
流れるテムズ川で
実際に起こったことでした。
わたしが小舟をこいでいると
幸運の女神が折りよく
わが国王陛下に会う偶然をもたらしてくれたのです。
おそばによると、
陛下はわたしのことを目にとめられ
わが小舟から陛下の遊覧船に移らせてくださった。
陛下とは時も忘れて、
いろいろなことを話しました。
そのうち陛下はわたしに
或る任務をご命じになられ、
陛下のために
なにか新しい作品を書いて
まとまったところで
それをご覧にいれるということになったのです。

（『恋する者の告解』序文、23-53行）

なお、ガウアーの作品からの日本語訳は、G. C. Macaulay ed., *The Complete Works of John Gower* 4 vols. (Oxford, 1899-1902), III に依拠している。

【九】リチャード二世の料理本とは、彼の料理長が書いたとされる『料理法集』（*The Forme of Cury*）のことで、十四世紀、もしくは十五世紀初頭に書かれたとされる。

参考文献：*The Forme of Cury*, a roll of ancient English Cookery, compiled about A.D. 1390, by the Master-Cooks of King Richard II., presented afterwards to Queen Elizabeth by Edward Lord Stafford … Illustraged with notes, and a copious index, or glossary. A manuscript of the Editor, of the same age and subject, is subjoined. By an Antiquary [S. Pegge]. London, 1780.

【十】『ウィルトン二連祭壇画』とは、そこに描かれたリチャード二世の肖像画で、本書第十章の扉図版を参照。また、ウェストミンスター修道院内の肖像画とは、同修道院内陣の柱にかかるリチャード二世の肖像画で、成人したリチャードが玉座に座る姿を描いている。

【十一】リチャード・メイドストンはケント出身のカルメル会修道士で、彼はラテン語詩『国王リチャードとロンドン市民の和解』を書いている。

参考文献：*Richard Maidstone, Alliterative Poem, on the Deposition of King Richard II Ricardi Maydiston de Concordia Inter Ric. II et Civitatem London* ed. by Thomas Wright (London, 1838).

【十二】ヘレフォード公ヘンリ・ボリングブルックとノーフォーク公トマス・モーブレイの喧嘩の種は、さかのぼること一三九七年八月にすでに蒔かれていた。二人を含む五人の反国王派の面々が密会した。その席でリチャード二世の身柄を拘束し、終身禁錮の処置をとるべく密談がかわされた。ところが、ノーフォーク公が抜け駆けし、ヘンリ（後のヘンリ四世）は信頼できない人物だと国王に讒言し、密談内容を漏らす。フロワサールの『年代記』はその会合でヘンリがノーフォーク公に次のような言葉をかけたことを伝えている。「ねえ、君、僕たちの従兄弟の国王のことだけど、自分のやっていることがわかっているのかな。こんな調子だと、イングランドから貴族という貴族が全員一掃されてしまう。しまいに、誰もここにいなくなってしまうぞ。彼には国力を強める気など金輪際ないみたいだな」。この発言が事件の発端となる。双方の告発、弁明がおこなわれた後、騎士道裁判所にこの一件が持ち込まれ、一三九八年に一騎打ちで決着をつけることになった（なお、「騎士道裁判所」については、第一章訳註【一】を参照）。九月十六日に、コヴェントリ近郊のゴスフォード・グリーンで馬上槍試合の会場が設営され、いよいよ二人の一騎打ちがはじまろうとしていた矢先、貴賓席のリチャードが割って入って、決着を自分の手中に収めた。ヘンリには十年間（実際には六年間に減刑）フランスへ、ノーフォーク公には「冬の季節が百回めぐるまで」ドイツ、ボヘミア、およびハンガリーへの国外追放の裁きが下された。

なお、この事件が騎士道裁判所で決着したという件については、確定した証拠がないとされている。スクイブによれば、「ノーフォーク公自身が当時イングランド軍務伯であったという事実から、この紛争事案が「騎士道裁判所」で訴訟手続きをとったという確実な証拠がなく、ただ、両者の決着は「騎士道の掟」に従って解決されなければならないということだけがはっきりしていた」という注釈を加えている。この事件に関係して、ウィンザーで開廷された「騎士道裁判所」と決闘裁判について言及した記録は、J・T-tという署名入りの DNB, “Mawbray, Thomas” の項目で、アダム・アスク（Adam Usk）の『年代記』（*Chronicon*）を典拠にしているが、アスクは「ノーフォーク公はウィンザー城内に拘留された」（“Duce tamen Northfolchie aput Wyndesor carcerali mancipato custodie”）と証言しているだけだ。

参考文献：(1) G.D. Squibb ; with a foreword by A.R. Wagner, *The High Court of Chivalry : A Study of the Civil Law in England* (Oxford , 1959), p. 23 n.1. (2) *Dictionary of National Biography* on CD-ROM, ver. 1.0 (Oxford, 1995). (3) Adam Usk, *Chronicon Adae de Usk: A. D. 1377-1421* edited and translated by Sir Edward Maunde Thompson second edition (London, 1904), pp. 23 and 170-71.

【十三】 ガウアーが新たに献呈先を変更して、次のように書き換えている。

この一書をランカスターのヘンリというお名前の
わがあるじにおとどけしよう
高みにおわす神様のおかげでこの方の
騎士の心意気と心の寛さはひろく世の人の知るところです
（『恋する男の告解』、序文、86-9行）

なお、ガウアーの作品からの日本語訳は、G. C. Macaulay ed., *The Complete Works of John Gower* 4 vols. (Oxford, 1899-1902), III に依拠している。また、献呈先変更の問題については、第三章訳註【一】と第十三章【八】も参照。

【十四】 ジョン・オヴ・ゴーントが「ランカスター公」の肩書きを使うようになる事情は次の通りである。一三五九年にジョン・オヴ・ゴーントはブランチと結婚している。ブランチ夫人は初代ランカスター公ヘンリの次女として生まれ、姉モードとともに共同遺産相続人だった。一三六一年に、初代ランカスター公が亡くなり、翌一三六二年に姉もこの世を去って、ランカスター家の全財産がブランチ夫人のものとなる。

【十五】 関連文書については、【補遺P-b】を参照。ブルーア教授は、日付を「一四〇〇年二月十六日頃」としているが、文書に照らせば、「一四〇〇年二月二十一日頃」だろう。なお、この項目で注目すべきなのは、チョーサーの年金給与半期分の十ポンドを、チョーサー自身直接ではなく、指定人払いになっていて、「カレー大蔵卿ニコラス・アスクの手をとおして、彼自身（チョーサー）によって現金にて受領」となっていることだ。チョーサーが最晩年をむかえ、何か健康上の問題があって、自分で直接受け取りに行けなかったのだろう。

【十六】 「年金給与二十マルク」とは、ゴーントがトマス・チョーサーに与えた「ある職務」にたいする応分の手当のことで、リチャード二世が「二十マルク」の支出を裁可したものである。リチャード二世の治世第二十年度（＝一三九九年）の『開封勅許状』に登録された許可状に、「国王（＝リチャード二世）の叔父でランカスター公ジョンがすでに或る職務を与えていたトマス・チョーサーに、ただし、現在国王によってその職務はウィルトシァ伯ウィリアム・ルスクループに与えられているのだが、そのトマスにウォリングフォードの町から徴収した上納金から終身年金給与二十マルクを」支出することを裁可する旨が書かれ、リチャード二世時代の書類がヘンリ四世によって更新・追認されたものである。

参考文献：Martin B. Rudd, *Thomas Chaucer* (Minneaplis, 1926, 1972), p. 6.

【十七】「終身年金給与四十ポンド」とは、一三九九年十月十六日付で「ウォリングフォード城城代にしてウォリングフォードとセント・ウォルリーの領地、さらにチルタン百戸村半分を管理する家令を務める国王付準騎士トマス・チョーサーに終身年金給与支出を許可し、トマスの手当年四十ポンドとトマス不在の時の補佐の手当年十ポンドを当地の収入役の手で受け取ることとする」という内容の許可状が、一三九九年会計年度―一四〇一年会計年度『開封勅許状』に登録されている（Cf. Rudd, *ibid.*, p. 17）。なお、ラッドによれば、ウォリングフォード城城代に着任したばかりのトマス・チョーサーがしばらく、リチャード二世の寡婦イザベラの身柄を監督していた。その後、おそらく十一月初旬、イザベラがウォリングフォード城からサニング城へ身柄を移送されるにともない、イザベラの所有していた諸々の家財が城代に譲渡された。

【十八】「教区司祭のプロローグ」の中で、「私たちはみなこの司祭の言葉にうなずき／何か徳深い文章でこと／……／それが適当なことのように思えたのでした」（「教区司祭の話」、61-6行）という表現がある。

【十九】「ある写本」とは、ホクリーヴ作『君主統治論』（*The Regement of Princes*）を収めたブリティッシュ・ライブラリ所蔵写本、MS Harley 4866 を指す。そしてこの写本には、チョーサー像としては、彼の死の直後に描かれたとされる有名な「エルズミア写本」の巡礼者チョーサー像につづく、二番目のものとなる肖像画が掲げられている（同写本、fol. 88r）。本書のカヴァー裏にあしらった肖像がそれだが、ホクリーヴはここで、チョーサーの生前の姿を彷彿とさせる肖像画を描こうとしたのだという。

彼（チョーサー）はその生涯をおえたのだが、彼への思い出が
わたしの心のなかでいつまでも生き生きした姿で生前の姿をと
　どめている。
ここでほかの人たちにも彼を思い出してもらうという
その目的にかなうように生き写しに
彼の姿を描かせよう。
そうすれば彼のことを知らない人も忘れた人も
この絵によってふたたび在りし日の姿に会えるでしょう。

（『君主統治論』、4992-8行）

なお、日本語訳は、*Hoccleve's Works: The Regement of Princes and Fourteen Minor Poems* ed. by Frederick J. Furnivall EETS ES 73 (Oxford, 1892) に依拠している。

補遺

『実録チョーサー伝』抜粋

○底本等については21頁の「凡例」五を参照。
○見出しは原書通りではなく、本文との対照を明確にすることを念頭に置いて、訳者が適宜補った。
○訳文中の［ ］、［＝ ］は、『実録チョーサー伝』の編者による追補、および註。
○訳文中の（ ）、（＝ ）は、訳者による追補、および註。
○訳文中の下線部は訳者による。

A チョーサーの両親とヴィントリ区の家

【→第一章76頁】

▼ロンドンのブドウ酒商でチョーサーの父ジョン・チョーサー

（以下、原文ラテン語）

一三八一年六月十九日付権利譲渡証：ロンドンのブドウ酒商ジョン・チョーサーの息子ジェフリ・チョーサーが以前ヴィントリ区内セント・マーティン教区に所有していた父親の保有不動産をロンドンのブドウ酒商ヘンリ・ハーベリに権利放棄する

国王リチャード二世の治世第五年目、聖マーガレットの祭日後の最初の月曜日［＝一三八一年七月二十二日］にロンドン、ハスティングズ裁判所で扱われた不動産に関する訴え

ジェフリ・チョーサーによるブドウ酒商ヘンリ・ハーベリ宛の証書

すべての人々が以下のことについて承知したこととする。私儀、ロンドンのブドウ酒商ジョン・チョーサーの息子ジェフリ・チョーサーは既述の町（＝ロンドン）の市民でブドウ酒商ヘンリ・ハーベリにたいして、私がかつて所有していたし、現在所有し、なんらかの方法で将来において所有できるであろう、ある保有不動産に関わる私の権利要求と請求権をかつて放棄し、免除したし、私および私の遺産相続人と遺言執行者からも、以後未来永劫にわたり権利放棄することとした。なお、その当該保有不動産とは、東隣のウィリアム・ド・ゴーガー家と西隣のジョン・ル・マゼリナー家との間に位置し、南北方向では南側はテムズ・ストリートの大通りから、北側はウォールブルック水路まで延び、ロンドン、ヴィントリ区セント・マーティン教区に建つ保有不動産のこと。また、その当該保有不動産とは、既述のヘンリが今確実に所有し、占有することになり、かつては既述の私の父ジョンの所有になった保有不動産のことである。それゆえに、明らかに、既述の私ジェフリも、私の遺産相続人も、また私たちの名義による他の人々も、今後、付属家具を含む既述の保有不動産、および、同保有不

動産の数々の細部に関わる権利要求や請求権の一切を要求したり、請求したり、逆請求することは出来ないし、将来においてもしてはならないし、したがって、現証書により、以後未来永劫にわたり、私たちは権利要求、および、請求権による一切の訴訟の権利を失効したものとする。以上の証しとして、私はこの現証書に私の印章を添えることとした。ロンドンにて、征服後の国王リチャード二世の治世第四年目の六月十九日に発行。

（なお、上記文書中「ロンドン、ハスティングズ裁判所」とは、長くロンドンの最高裁判所として機能し、ロンドン、ギルドホール内でロンドン市長、臨時シティ裁判官、ロンドンを管轄する州長官（もしくはシティ参事会員）によって開廷され、民事訴訟、遺言検認、州長官にたいする控訴を扱い、さらに、不動産譲渡証の証書記録作成も扱った。）

B　アルスター家におけるチョーサーの奉仕

【↓はじめに53頁／第三章128頁】

▼一三五七年アルスター伯爵夫人エリザベスからチョーサーへの現金直接払いと立替払い

（以下、原文ラテン語）

一三五六年六月から一三五九年四月までのアルスター伯爵夫人家会計報告書断片からの抜粋

［第二葉裏］

［一三五六年七月二十四日］

［エドワード三世の治世］第三十年目の七月二十四日に、フィリッパ・パン．の装飾品細工代として［同職人］一名にたいして、レディング滞在中の伯爵夫人の命令により八シリングを支払う。

＊　＊　＊

［一三五七年］

［エドワード三世の治世］第三十一年目の四月のイースターに向けて、ロンドンの納戸部において夫人の……五日間雇われた職人五名にたいして、それぞれ一日つき……六ペンスを支払う。

＊　＊　＊

当該年の聖ジョージの祭日（＝四月二十三日）に向けて三日間、ロバート・ピネルによってロンドンで雇われて伯爵夫人の装飾品を細工する職人三名にたいして、一日につき各六ペンス合計四シリング六ペンスを支払う。

＊　＊　＊

……当該祭日に向けて、ロンドンのフィリッパ・パン．の上着一着仕立て代として、既述のロバート・ピネルにより二シリング六ペンスを支払う。当該年の五月二十日に、…ロンドンのジェフリ・チョーサーにたいして二シリングを支払う。当該年の聖霊降臨祭の七日前に、ウッドストク滞在中の夫人の装飾品…職人三名分として納戸部のウィリアム（＝ウィリアム・ド・チェサント）にたいして三シリングを支払う。

＊　＊　＊

当該年のクリスマス前の十二日間、同様に既述のピネルによって雇われて夫人の装飾品を細工する職人一名にたいして、一日につき五ペンスで［五シリングを支払う］。

［一三五八年］

ブリストルにおいて祝われる当該年の公現祭（＝一月六日）に向けて、上記のとおり、クリスマス週に五日間、伯爵夫人の［同種の品物のために］既述のピネルによって同ロンドンで雇われた職人五名にたいして、［一日につき各六ペンスで］十二シリング六ペンスを支払う。

［エドワード三世の治世］第三十二年目…に、聖ジョージの大祭日に向けて六日間、ロバート・ピネルによってロンドンで雇われて、同当主の装飾品を細工する［職人四名にたいして］、一日につき各六ペンスで十二シリングを支払う。当該年の四月二十一日にウィンザー滞在中の伯爵夫人の命令により、フィリッパ・パン．のコルセット一組仕立て代と当フィリッパ（＝アルスター伯爵夫人の娘）の毛皮製品……一着代として二シリングを支払う。

＊　＊　＊

贈与金

［第百一葉裏］　［一三五七年］

既述の年の四月四日にロンドンにおいて、この人（＝ジョン…）から購入されジョン・プライアーに引渡されたキプロス製銀糸織りの長さ一エル半の幅広のリボン代として、リボン…、ジョン…にたいして、…同種の贈与金から十三シリング四ペンスを支払う。同年同日に同所（＝ロンドン）において、同じようにこの人（＝ジョン…）から購入され同ジョン（・プライアー）に引渡された長さ…エルの細いリボン代として、長袖代として、リボン…、同ジョン…にたいして、夫人の同種の贈与金から二シリング十ペンスを支払う。同年同日に同所（＝ロンドン）において、［同人（＝上着仕立屋）から購入され］ジェフリ・チョーサーに引渡された上着一着代として、ロンドンの同上着仕立屋にたいして、夫人の同種の贈与金から四シリングを支払う。［同年同日に］同所（＝ロンドン）において、ロンドンで購入され同ジェフリ（・チョーサー）に引渡された黒色と赤色の…一組と靴一足代として、夫人の同種の贈与金から三シリングを支払う。

＊　＊　＊

同年同日に同所（＝ロンドン）において、靴一足代として、…ニ・ドーターニ（＝アリス・ドートリ）にたいして、夫人の同種の贈与金から五ペンスを支払う。

＊　＊　＊

既述の年の九月十二日に同所（＝ロンドン）において、この人（＝上着仕立屋）から購入されジョン・ヒントンに引渡された上着一着代として、ロンドンの同上着仕立屋にたいして、［ハトフィールド滞在中の］伯爵夫人の同種の贈与金から八シリング三ペンスを支払う。同年同日に同所（＝ロンドン）において、同所（＝ロンドン）において購入され同ジョン（・ヒントン）に引渡された…一つを付けた腰帯一本代として、伯爵夫人の同種の贈与金から三シリング四ペンスを支払う。既述の年のマグダラの聖マリアの祭日（＝七月二十二日）に、同祭日にドンカスターにおいて購入されてジョン・ヒントンに引渡された…代として、伯爵夫人の同種の贈与金から三十シリングを支払う。

＊　＊　＊

既述の年の十二月二十日に、アイルランドからハトフィールドまで、ロバート・サベジの手紙を伯爵夫人である夫人のもとへ届けたスティーブン・ロウにたいして、伯爵夫人の同種の贈与金から六シリング八ペンスを支払う。同年［同日］に、ランカスター・オヴ・ブランチ夫人の手紙を（アルスター）伯爵夫人のもとへ届けたランカスター公（＝ヘンリ・オヴ・グロウモント）付の［ある上席従者のことか］にたいして、伯爵夫人の同種の贈与金から二シリングを支払う。同年同日に同所（＝ハトフィールド）において、プレスドンからハトフィールドまでフィリッパ・パン．の供をしてきた或るギャルソンに、［伯爵夫人の同種の贈与金から］十二ペンスを支払う。同年同日に同所（＝ハトフィールド）において、キリスト降誕節の［祭日に］向けて［必要な品々を購入する代金として］、ジェフリ・チョーサーにたいして、［同所に滞在中の］夫人の同種の贈与金から二シリング六ペンスを支払う。同年同日に同所（＝ハトフィールド）において、同種の必要な品々を購入する代金として、ジョン・シナーにたいして、伯爵夫人の同種の贈与金から二シリングを支払う。

［第百一葉表］　　　　　＊　＊　＊　　　　　［一三五八年］

……一月一日に、食料代として、ピーター・ド・ウィズにたいして、ハトフィールド滞在中の伯爵夫人の同種の贈与金から…］を支払う。［同年同日に］同所（＝ハトフィールド）において、同種の食料代として、リッチモンド伯家のジョン・クック料理長にたいして、伯爵夫人の同種の贈与金から十三シリング四ペンスを支払う。［同年同日に］同所（＝ハトフィールド）において、同種の食料代として、既述のリッチモンド伯家の厨房係官ジョン・ド・リンカンにたいして、伯爵夫人の同種の贈与金から十三シリング四ペンスを支払う。

＊　＊　＊

当該年四月四日に、伯爵夫人の食料貯蔵室管理係ベットにたいして、キャムプシ滞在中の伯爵夫人の贈与金から二十シリングを支払う。同年同日（＝四月十二日）に同所（＝キャムプシー）において、同様にロンドンで購入されジョン・ド・ヒントンに引渡された……代として、伯爵夫人の同種の贈与金から同ジョンに……を支払う。［同年］同日に同所（＝キャムプシー）において、［同ジョン（・ヒントン）に送られて］、同ジョンに引渡された半ズボン用ベルト代として、夫人の同種の贈与金から……を支払う。

＊　＊　＊

同年［同月同日］（＝一三五八年十一月六日か）に、当家私室付小姓トマスにたいして、［伯爵夫人の同種の贈与金から］十六ペンスを支払う。…同所において、ロンドン塔内ライオン飼育係にたいして、伯爵夫人の同種の贈与金から六シリング八ペンスを支払う。［同年同日］に同所において、購入済みの馬具用拍車一組代として、当家私室付小姓トマスにたいして、伯爵夫人の同種の贈与金から……を支払う。

＊　＊　＊

［一三五九年］

（エドワード三世の治世）第三十三年目の……に、スコットランド王妃（＝ジョーン）おかかえの旅回り楽人二名にたいして、伯爵夫人の同種の贈与金から十三シリング四ペンスを支払う。ロンドンで購入されトマスに引渡された上着一着代として、伯爵夫人の同種の贈与金から（その相当分を）トマス…に六シリング八ペンスを支払う。

（この会計簿が断片となって残っている事情について、クロウとオルソン両教授は、「アルスター伯爵夫人エリザベス家の上記会計報告書はまとまった文書ではなく、一八五一年に、ブリティッシュ・ミュージアムがデンビ伯から購入した写本 Add. MS. 18632 の第2葉目と第101葉目の二葉に書き込まれているものだ。この会計報告書断片は、別の文書から切り取られ、所々汚れて判読不能の文言がある。もともと、この二葉は、写本 Add. MS. 18632 の表紙と裏表紙の内側に貼りつけられていたもので、写本全巻はリドゲイトの『テーベ攻囲物語』とホクリーヴの『君主統治論』を収録し、筆跡は十五世紀のもので、全編に小さい挿絵が描かれている。」と説明している［*Chaucer Life-Record*, pp. 15-6］。）

また、文書中にあらわれる「フィリッパ・パン．」については、原文 “Philippe (/Philippa) Pan.” をそのまま日本語にしている。問題は、「パン」の後のピリオド（もしくはドット）だが、短縮形をあらわす記号で、‘Panetaria’（食料貯蔵室）というアルスター家内の一事務部局をあらわすという説から、家名「パーン Paon（もしくは、‘Paonnet,’ ‘Panneto,’ ‘Payne’）」をあらわし、後年チョーサーの妻となるサー・パオン・ド・ロエの娘フィリッパ、つまりチョーサーの妻となる女性のことを指すという説まで、諸説がある。）

C　遠征で捕虜となったチョーサー

【→第三章158頁】

▼一三六〇年三月一日付で王室納戸部会計管理官会計報告書に記載されたエドワード三世の支払い：フランスで捕虜になったチ

エドワード三世の治世第三十三年目［＝一三五九年］の十一月三日からエドワード三世の治世第三十四年目［＝一三六〇年］の十一月七日まで、王室納戸部会計管理官ウィリアム・ド・ファーリの会計報告書のうち各種受領額、物品支給、支出額などの明細を記した帳簿の一部

（以下、原文ラテン語）

［第七十一（六十九）葉表］

「贈与金」

治世第三十三年目（＝一三五九年）の十一月三日に、カレー滞在中のアンドル・ラトレル殿に、フランスの地へ向かう途中で死んだ彼の馬一頭の補償金として、国王贈与金から六ポンド十三シリング四ペンスを支払う。

＊　＊　＊

［第七十一（六十九）葉表―第七十二（七十）葉表］

同年同日［つまり、上述の年（＝一三六〇年）二月末日（＝二十九日にあたる）］に、バール公爵夫人のもとから国王陛下のもとにやって来た上席従者ジョン・イングリッシュにたいして、国王の同種の贈与金から、四シリングを支払う。上述の年三月一日に、故国帰還を許されたフランコーヌス・ド・ポムロイにたいして、国王の同種の贈与金から、十二ポンドを支払う。上述の年日に、同じく故国帰還を許されたアーノルド・ド・エンズロウ、ジョン・フォースター、ならびにジョン・チャーターズの三名にたいして、国王の同種の贈与金から、各自に十二ポンド合計三十六ポンドを支払う。同年同日に、ロバート・サルマン、ウィリアム・ヘンズマン、ならびにジョン・マスタードの三名にたいして、国王の同種の贈与金から、各自に十六シリング合計四十八シリングを支払う。上述の年日に、フランスの地で敵軍に捕らえられたジェフリ・チョーサーにたいして、彼の身代金交付金として、国王の同種の贈与金から、十六ポンドを支払う。国王によりイングランドの地へ派遣されたブルゴーニュの騎士ジョン・ド・ギョン殿にたいして、国王の同種の贈与金から、十六ポンドを支払う。ノルマンディの地から国王陛下のもとにやって来た紋章官ダーネルにたいして、国王の同種の贈与金から、四ポンドを支払う。敵軍に捕らえられたギャルソンのジョン・ホーウッドならびにトマス・ド・チェスターにたいして、両名の身代金交付金として、国王の同種の贈与金から、五十二シリングを支払う。ジョン・マシンガム、および彼の配下の上席従者たちとブレノンの橋の修理にたずさわった大工たちにたいして、国王の同種の贈与金から、四ポンドを支払う。二月三日に、ジョン・ド・ビュール殿にたいして、早飛脚一名を雇うための交付金として、国王の同種の贈与金から、二十ポンドを支払う。上述の年三月三日に、ロバート・ド・クリントン殿にたいして、馬一頭購入代として、国王の同種の贈与金から、十六ポンド十三シリング四ペンスを支払う。

D　チョーサーの旅：一三六六―九八年

a ▼ 一三六八年七月十七日付権限授与書：チョーサーがドーヴァーから渡航するための許可証を発行することを求める

【→第六章216頁】

（以下、原文アングロ・ノルマン語）

朕の親愛なる上席従者ジェフリ・チョーサーにたいして、乗用馬二頭、彼個人の経費として二十シリング、両替用に十ポンドを携えてドーヴァー港から渡航することを裁可する令状が、朕の国璽を添えて作成されること。（エドワード三世の治世）第四十二年目の七月十七日にウィンザーにおいて朕の王璽を添えて発行。

b▼一三七八年五月から九月までのチョーサーのロンバルディア派遣に関連して：総合代訴人任命に関して、海外へ出かけようとしているチョーサーにたいして、ジョン・ガウアーとリチャード・フォレスター名義で裁可された一三七八年五月二十一日付国王任命書

【→第八章272頁】

（以下、原文ラテン語）

総合代訴人について。

国王の許可により海外の地へ出かけようとしているジェフリ・チョーサーは、イングランド国内のどの裁判所においても、裁判に勝つために、［あるいは、嫌疑を免れさせるため、］一年間を有効期限として云々、ジョン・ガウアーとリチャード・フォレスターの両名の名義で交互に総合代訴人をたてる国王任命書を所持する。効力失効条項付で云々。五月二十一日にウェストミンスターにおいて、証人国王による。国王事務官ウィリアム・ド・バーストールが代訴人を承認する。

（なお、右の文書中、「効力失効条項付云々」と訳した原文は*"Presentibus etc"*となっている。この*"Presentibus"*は定型文で、「朕は確かに以下のことを望むものである。すなわち、（身柄保護が裁可された当該人物の名前をあげて）同人は留守の間、継続されるあらゆる訴訟や苦情、そうした（具体的な訴訟件名を列挙して）訴訟から免除されることとする。ただし、もし（当該人物の名前をあげて）本人の旅が開始されていない場合、もしくは期限内に上述の各地からイングランドへ戻った後は、現身柄保護証(*presentibus*)は決して効力を持つことはないこととする」の略文である。）

c▼一三六六年二月二十二日から聖霊降臨祭の日（五月二十四日）までを有効期限として、ナヴァラ国王カルロス（フランス語名「シャルル」）により裁可された安全通行証：イングランド人準騎士ジェフリ・チョーサー及び同行者三名に

【→第四章164頁、170頁／第十一章362頁】

（以下、原文フランス語）

国王（＝ナヴァラ国王シャルル）の好意により彼（＝チョーサー）に交付。

シャルルは云々。現書状を見る者全員に挨拶する。朕は以下のことを知らせることとする。朕は、次の聖霊降臨祭の日までの期間、彼らの好きな場所何処であれ、つまり、朕の王国内の村、砦、門、大通り、小道などいかなる場所であれ、荷物を保護するため、あるいは、昼であれ夜であれ、戸外を往来し、滞在し、移動し、生活し、同じ道を戻るため、彼の同僚三名とともに、従者と馬と携行具を伴ったイングランド人準騎士ジェフロワ・ド・ショセル［原文のママ］（＝チョーサー）にたいして、完全に法にかなった、安全かつ確実な通行と安全な保護を与えたし、与えるものである。朕のすべての臣下への命令書で指示するのだから、他のすべての者にも、以下のことを要請する。上述のとおり、仲間を連れた既述のジェフロワが、既述の朕の国内の何処の場所であれ、往来し、滞在し、移動し、生活し、同じ道を戻るにあたり、先に定めた間はいかなる手段をもってせよ、朕の臣下が一行を傷つけたり妨害したりしないよう、また一行の身体も持ち物も他の者が傷つけたり、妨害したりすることを黙って見過ごすことがないよう。キリスト紀元千三百六十と五年目（一三六六年）の二月二十二日に、オリートにおいて交付される。国王による。

P・ゴデイル

（なお、右の「安全通行証」の公文書は、『実録チョーサー伝』編集者たちが一三六八年から一三九八年までのチョーサーの海外出張の記録文書を編集し「第四章」としてまとめ終えてから、新たに発見された資料である。文書原本はスペイン、パンプローナのナヴァラ公文書館所蔵になる。）

E チョーサーの妻フィリッパ

a▼一三六六年、王妃フィリッパの私室付侍女のひとりフィリッパ・チョーサーにたいして、終身年金給与十マルクを支給するエドワード三世の裁可 【→第四章176頁】

一三六六年九月十二日付で、エドワード三世がフィリッパ・チョーサー宛に十マルクの財務府年金給与支払いを裁可した開封勅許状の登録

（以下、原文ラテン語）

フィリッパ・チョーサーのために。

国王は云々のすべての人々に挨拶する。汝らは以下のことを承知していることとする。朕の最愛の伴侶にしてイングランド王妃フィリッパの私室付侍女のひとりで、朕の親愛なるフィリッパ・チョーサーが、朕の同伴侶に、現在捧げてくれているし、将来も捧げてくれるであろう良き奉仕にたいして、朕の特別の好意から、フィリッパ自身の全生涯にわたり、あるいは、彼女の身分について朕が別の地位に指名することが適切とみなす時まで、同フィリッパが朕の財務府において十マルクを毎年ミクルマス期とイースター期に均等分割で受け取ることを朕はすでに裁可した。その証しとして云々。九月十二日にロンドン、ヘイヴァリングにおいて、証人国王による。王璽付令状による。

b▼ジョン・オヴ・ゴーント家でのフィリッパ・チョーサー：年金給与に関する記録 【→第七章232頁】

一三七二年八月三十日付で、公爵夫人コンスタンスへの奉仕にたいしてフィリッパ・チョーサーに年金給与十ポンドを支払うよう、収税官への命令書

（以下、原文アングロ・ノルマン語）

フィリッパ・チョーサーのために。

神の恩寵により、カスティリャ・レオン国王にしてランカスター公ジョンは、朕の非常に大切で親愛なる事務官で、朕の収税官サー・ウィリアム・ド・バハブリッジに挨拶する。朕は、朕の特別の好意により、朕の親愛なる侍女フィリッパ・チョーサーが、朕の非常に大切で最愛の伴侶にして王妃にたいしてこれまで捧げてくれたし、またこれからも捧げてくれるであろう適切にして良き奉仕にたいして、朕から沙汰があるまでを任期として、朕の現収税官の手をとおして一年に十ポンドを毎年ミクルマス期とイースター期に均等二分割で受け取る彼女への約束を裁可した。そこで、朕は汝（＝収税官ウィリアム・ド・バハブリッジ）に以下の措置を望み、命令することとする。汝が朕から別の命令を受けるまで、汝が受領した歳入から毎年年金給与として先の節期ごとに、既述の十ポンドを既述のフィリッパに支給し、交付すること云々。治世第四十六年目（＝一三七二年）の八月三十日に、サンドウィチにおいて発行云々。

c▼ジョン・オヴ・ゴーント家でのフィリッパ・チョーサー：一三七三年から八二年にかけての贈与 【→第四章181頁】

(1)一三七三年五月一日付支給権限授与書：ジョン・オヴ・ゴーント家大納戸部会計管理官がフィリッパ・チョーサーに飾り布《パトナー》と銀を被せたボタン六個を交付するため

（以下、原文アングロ・ノルマン語、ただし、〔　〕は英語補足）

［カスティリャ・レオン国王にしてランカスター公］ジョンは、朕の非常に大切で親愛なる事務官で、朕の大納戸部会計管理官サー・ジョン・イエルデバーグに挨拶する。朕は汝に以下のことを命じることとする。契約書により、朕の親愛なるエイミ・ド・メルボルンから以前に受け取ったより高級な真珠六百六十三個……〔その他の品々を列挙〕を汝が既述のエイミのもとに交付させること。

同じく、既述のエイミから以前に受け取った第二の種類の真珠六百二十六個……〔その他の品々を列挙〕を汝が朕の非常に大切な伴侶（の）侍女エレーヌ・ガーバージのもとに。

同じく、朕の恐れ多い父王陛下のもとに。我が非常に大切な王女をとおして朕に贈与された金杯一個……［中略］を、新年の日に、汝が既述の我らの国王陛下に贈与すること。

同じく、朕の国王陛下のもとに。我が王子をとおして既述の朕の伴侶に贈与された銀杯一個を、同日に、朕の伴侶みずからが既述の朕の国王陛下に贈与した。

同じく、既述のエイミから以前に受け取った豚をあしらった金ボタン四個と宝石を、同日に、既述の朕の伴侶のもとに。

同じく、サー・ジョン・チャインから受け取った三個のバラスルビーをあしらい、そしてサー・ジョン・バースから受け取った二十八個の真珠をあしらった網目レース一枚を朕の非常に大切な娘フィリッパのもとに。

〔以下、ランカスター公の娘エリザベス（姉のフィリッパと同じように細工された網目レース一枚を含め）、ムーン夫人、アリス・ペラーズ（ムーン夫人を通して受け取られた贈り物一つを含め）などに交付された宝石類が列挙。〕

同じく、既述のエイミ・ド・ド［原文ママ］・メルボルンから受け取られた一枚と六個の銀を被せたボタンをフィリッパ・チョーサーのもとに。

同じく、ウェールズ夫人をとおして既述のエリザベスに贈与された銀杯一個とウィリアム・リンズレイドから購入された水差しをペンブルク伯の息子ジョン（＝第三代ペンブルク伯ジョン・ヘースティングズ）のもとに。

〔以下、（エイミ・ド・メルボルンをとおして受け取られた）ランカスター公爵夫人のもとに交付された他の貴金属、およびフェレール夫人あて贈り物（もとは国王から公爵夫人へ贈られた杯一個）、その他三名あて贈り物があげられている。〕

こうしてエイミとエレーヌ各人と、汝の会計報告書に届く朕のこれらの書状をとおして汝が彼らに交付する　これらの品々を証明する契約書を汝と既述のエイミとエレーヌ三者の間の同意により作成し、朕は、既述のすべての品々に関するこれらの朕の書状の保証により、朕への負債から免責されることを望むものである。国王治世第四十七年目（＝一三七三年）の五月一日に、朕の居館サヴォイ宮において発行。

⑵ジョン・オヴ・ゴーントからフィリッパ・チョーサー宛、新年の贈り物を購入するための支払権限授与書

●一三八〇年一月二日に、銀を被せた酒杯一個。

（以下、原文アングロ・ノルマン語）

大納戸部のために。

［神の恩寵により、カスティリャ・レオン国王にしてランカスター公］ジョンは、朕の非常に大切で親愛なる事務官で、朕の大納戸部会計管理官サー・ウィリアム・オークに挨拶する。朕は汝に以下のことを命じることとする。汝は、汝が受領した歳入から、以下に名前をあげる人々に以下にあげる金銭総額を支給させること。つまり、……そして彼から購入された五個の銀を被せた蓋付酒杯相当分としてそのアダム・バムに支給し、そのうちの四十四シリング四ペンス相当の酒杯一個を、み告げの祭り（＝三月二十五日）の前日に、サヴォイ宮で朕

から騎士メラン殿に贈与される。そして、第二の酒杯三十八シリング十ペンス相当、第三の酒杯三十七シリング八ペンス相当、第四の酒杯三十四シリング八ペンス相当、および第五の酒杯三十一シリング五ペンス相当、なおそのうち四個の酒杯は蓋付だが、それらを朕は、新年の日に、朕の非常に大切な伴侶、侍女センチ・ブラウント、ブランチ・ド・トランピントン、および、フィリッパ・チョーサーにすでに贈与した。なお、以上五個分の金銭総額は九ポンド六シリング十一ペンスとなる。そして、既述のアダムに既述の五個の蓋付酒杯製作費および酒杯用金箔購入費を支給すること。なお、それぞれ小さい分は各五シリングでそして支給許可総額は八ポンド二十三ペンスとなる……。下記の各品目の支給総額は五百九十二ポンド十一シリング四ペンスで、朕はこの［書状］により汝が以上の総額分について汝の間近（に提出される）会計報告書の中で当然支払うべき支給額として負担することを望むものである。治世第三年目の一月二日に、ケニルワースの朕の城において発行云々。［リチャード二世の治世第三年目］

●一三八一年三月六日、右に同じ物。

（以下、原文アングロ・ノルマン語）

［神の恩寵により、カスティリャ・レオン国王にしてランカスター公］ジョンは朕の非常に大切で親愛なる事務官で、朕の大納戸部事務官サー・ウィリアム・オークに挨拶する。朕は汝に以下のことを命じることとする。汝は、朕の私室において汝が受領した歳入から、以下に名前をあげる人々に以下にあげる各品目を支給させること。つまり、……そしてロバート・フランソワから購入された銀を被せた蓋付酒杯二個分を彼に支給させること。なお、その杯のうち一個を［治世第四年目（＝一三八一年）の新年の］日に朕からフィリッパ・チョーサーに贈与されたものである。以上の総額は十ポンド十四シリング二ペンスとなる。……そして、これら朕の書状が汝の権限を保証するものとする。治世第四年目の三月六日に、レスターの朕の城において発行。

［リチャード二世の治世第四年目］

●一三八二年五月六日、右に同じ内容で、銀を被せた酒杯一個。

（以下、原文アングロ・ノルマン語）

大納戸部のために——オーク。

［神の恩寵により、カスティリャ・レオン国王にしてランカスター公］ジョンは朕の非常に大切で親愛なる事務官で、納戸部事務官サー・ウィリアム・オークに挨拶する。朕は汝に以下のことを命令することとする。汝は、朕の私室において汝が受領した歳入から、以下に名前をあげる人々に、以下にあげる総額を支給させること。つまり、……そしてアダム・バムから購入され朕により贈与された各種銀を被せた蓋付酒杯九個分を彼に支給させること。そのうち一個を既述の日［つまり、新年の日］に朕の最愛の伴侶殿に、二番目の酒杯をリチャード・ド・バーリ殿に、三番目の酒杯をトマス・モロー殿に、四番目の酒杯を彼の伴侶ブランチに、五番目の酒杯をフィリッパ・チョーサーに、六番目の酒杯をサー・ド・ヴァータインに、七番目の酒杯を徴収官に、朕の贈り物として朕の尊父ローマ教皇に二十ポンド六シリング五ペンス半を贈与する。そして、既述の酒杯九個と蓋の制作費と銀箔張りのために十七ポンド六シリング五ペンス半を交付すること。……そして、これら朕の書状が汝の権限を保証するものとする。治世第五年目（＝一三八二年）の五月六日にウェストミンスターにおいて発行。

［リチャード二世の治世第五年目］

F チョーサーの王室出仕（一三六七—）

a▼一三六八年十一月二十八日より少し前、準騎士ジェフリ・チョーサーならびに侍女フィリッパ・チョーサーを含む王室関係者にクリスマスに向けて衣服を交付するための大納戸部事務官宛の権限授与書発行を求める命令書

【→第四章183頁／第五章209頁】

（以下、原文アングロ・ノルマン語、ただし、｛　｝は英語補足）

この名簿録の趣旨に沿って、クリスマスに向けて衣服を交付するよう大納戸部事務官宛に権限授与書が作成されること。

これは、間近に来るクリスマスに備えて、これは、我らが国王陛下に奉仕するよう命じられている王室に出仕する貴族、および、その他の人々の名簿録である。なお、以前に衣服を受け取ったことのある人で、この記録簿に記載されていない他の人々、あるいは、王室の住居にいないのでこの記録簿に記載されていない人々は、それぞれ、男女を問わず、既述の王室の規定によって許可されない。

国王
王妃

｛原簿では、縦二列に以下の「＋クラレンス公」から末尾「王璽尚書ピーター・ド・レイシ」の名前が記載されているが、左側の欄には国王一家、右側の欄には王妃一家の構成員の名前が列挙される。なお、左側の列の国王家の名簿には以下の人々の名前が記載されている。｝

｛身分序列に関する記述なし｝＋クラレンス公、●ランカスター公（＝ジョン・オヴ・ゴーント）、●ケンブリッジ伯（＝エドマンド・ド・ラングリ）、●トマス・ド・ウッドストク殿（＝グロスター公）、・ペンブルク伯、●辺境伯（＝エドマンド・モーティマー）xii、●オクスフォード伯（＝トマス・ド・ヴィア）、●サー・ド・パーシ（＝初代ノーサンバーランド伯ヘンリ・パーシ）、●サー・ド・ラティマー viii. xii。

平騎士たち：｛平騎士の名前二十三名（うち一名抹消）／サー・ピーター・ド・レイシ、サー・トマス・ド・ブランティンガム、サー・ヘンリ・スネイスを含む八名の上級事務官／中級事務官十八名／下級事務官二名／事務見習い二名。｝

準騎士たち：●ジョン・ド・ファーリング、●ウォルター・ホワイトホース、●トマス・チェイン、・ジョン・ビヴァリ、●ジョン・ド・ラムゼイ、●ウォルター・ウォルシュ、●ヒュ・ウェイク、●ロジャー・クレベリ、●ピーター・ド・コーンウォール、●ロバート・ド・フェレール、●ヘルミング・レゲット、●ロバート・ド・コービィ、●コラード・ダブリヒコート、●トマス・ホーティン、●ヒュ・チェイン、●＋トマス・フォックスリィ、●ジェフリ・チョーサー、●ジェフリ・ステュークリ、●サイモン・ド・バーグ、●ジョン・ティッチマーシュ、●ロバート・ラ・サウチ、●エドマンド・ローズ、●ローレンス・ホーバーク、●グリフィス・ド・ラ・チェンバーズ、●ジョン・ド・ソープ、●ローリン・アーチディーコン、●ラルフ・ド・ナイブトン、●トマス・ハーティングフォードベリ、●ヒュ・ストレリィ、●ヒュ・リンゲン、●ニコラス・プレイジ、●リチャード・トーパール、●リチャード・ワーリィ、●ジョン・ノースリッジ、●ヘイニン・ナレット、＋ギルバート・タルボット、＋ジョン・ビーチャム、＋ジョージ・フェルブリッジ、●サイモン・ド・ブッケナム、●ジョン・レッグ xxxvii。

｛王室武官十名の名前、下級衛視十八名（うち一名抹消）、頭巾に毛皮を縫いつける事務官付衛視二十名、準騎士鷹匠八名、伝令官三名、旅回り楽人四名、夜警四名、国王私室付上席従者十三名、事務官付上

席従者五十八名（うち一名抹消）、国王私室付ギャルソン八名、狩猟係二名、狩猟係ギャルソン十五名。}

{原簿右側の列の王妃家の名簿には以下の人々の名前が記載されている。}

{身分序列に関する記述なし} ＋●ベッドフォード伯爵夫人、●辺境伯夫人、●ブルターニュ嬢、●アソル伯爵夫人、＋フェレール夫人、ルーシ・アットウッド夫人 vi。

侍女たち：エリザベス・チャンドス、フィリッパ・ド・ライル、メアリ・セント・ヒラリ、マーガレット・ド・エラートン、フィリッパ・チョーサー、ジョアンナ・ド・ルース、ステファネッタ・オルニ、アグネス・ローズ、マーガレット・ローズ、クリスチアン・レイモンド、エリザベス・ビーチャム、ジョアンナ・ド・カウリィ、エリザベス・モーリ xiii。

{下級侍女と女性警護官十二名、王妃家統括主任一名、上級事務官三名、王妃付礼拝堂司祭六名（うち一名抹消）、王妃印璽保管下級事務官一名、王妃付準騎士十八名（うち一名抹消）、王妃私室付上席従者十名、王妃事務局付上席従者十名、王妃付ギャルソン七名、王妃付荷馬車御者および馬飼育係二十九名。}

[裏書：] 王室家令と王室大蔵卿により王璽尚書ピーター・ド・レイシへ [挨拶する。]

（なお、右文書中の記号 ＋ および ● は原文の使用をそのまま踏襲した。なお、『実録チョーサー伝』の注釈によれば、名前の前に付された中点「●」は、しかるべき措置がすでに講じられたことを示すために使われた便法で、支給が完了したか、支給するよう命じる令状が発行済みかのいずれかを示している。また、名簿録中のローマ数字は、おおむね、各分類項目に該当する人々の人数を示しているようだが、不明である。さらに、名前の前に付された「＋」印の意味もはっきりわからない。）

b▼一三六九年九月一日付で、王妃付侍女のひとりフィリッパ・チョーサー、および、下級準騎士のひとりジェフリ・チョーサーを含め、人々が着用する王妃フィリッパの葬儀参列用喪服仕立て代金を請求する大納戸部会計管理官宛の『支給令状』

【→第四章178頁／第五章207頁】

（以下、原文アングロ・ノルマン語、ただし、{ } は英語補足）

神の恩寵により、イングランド国王にしてフランス国王かつアイルランド領主たるエドワードが、朕の大納戸部会計管理官で、親愛なる事務官ヘンリ・ド・スネイスに挨拶する。朕は、汝に以下のことを命じることとする。神が赦し給う朕の非常に大切な伴侶たる王妃逝去にあたり、既述の朕の伴侶の亡骸埋葬に備えて、以下に名前をあげた人々にたいして、以下に書かれた手順に従って、喪服として各黒長衣と毛皮を交付すること。つまり、朕の息子たちのランカスター公（＝ジョン・オヴ・ゴーント）、辺境伯（＝エドマンド・モーティマー）、オクスフォード伯（＝トマス・ド・ヴィア）、朕の娘たちの辺境伯夫人、アソル伯爵夫人、ブルターニュ夫人、および、朕の既述の息子ランカスター公の二人の娘たち、ならびに、朕の娘でベッドフォード伯爵夫人（＝イザベル）の娘、以上の人たちひとりひとりに（ただし、既述のブルターニュ夫人は除外する）黒色高級長衣仕立用に、十二エルの布地を交付、そして既述のブルターニュ夫人には長衣仕立用に、十三エルの布地を交付。エリザベス・ホランド夫人［ならびに、ホランド夫人以外に五名の王室関係の夫人たちに、白色毛皮付きや毛皮なしも含め、黒色長衣仕立用に、八エルから十二エルまで各種の布地を交付］。エイミス・ド・ビヴァリ［および、フィリッパ・チョーサーを含め、全部で十六名］、［三名の］侍女、既述のランカスター公の二人の娘たち［ならびに、その他八名］に、つまり、彼女たちひとりひとりに黒色長衣仕立用に、六エルの布地を交付。［他に、十二名の侍女と下級侍女、一名の付添婦、一名の子守に」黒色短衣仕立用に、それぞれ六エルの布地を交付。

サー・ウィリアム・ド・ラティマーとサー・ヘンリ・ド・パーシ……には各黒色長衣仕立用に、九エルの布地を交付。トマス・ド・ビーチャム（＝第十一代ウォリク伯）［ならびに総勢三十名］、トマス・タンの二名の騎士……にそれぞれ黒色長衣仕立用に、六エルの布地を交付。事務官トマス・ド・ブランティンガムに黒色長衣仕立用に、十二エルの布地を交付。事務官ヘンリ・ウェイクフィールドに同じく長衣仕立用に、九エルの布地を交付。ピーター・ド・レイシならびにヘンリ・ド・スネイスの二名の事務官にそれぞれ、同じく長衣仕立用に七エルの布地を交付。リチャード・レイヴンサー［ならびに総勢十三名］、ウィリアム・ド・ガンソープの各事務官に黒色長衣仕立用に、六エルの布地を交付。ウィリアム・ド・ダイトン［ならびに、ジョン・マシンガムを含む総勢四十六名］、ロンドンのセント・ベネディクト教会司祭ウィリアムら各事務官に……黒色短衣仕立用に、三エルの布地を交付。ジョン・ハーリング［ならびに、ジョン・ド・ビヴァリ、ジョン・ラムゼイ、ウォルター・ウォルシュを含む総勢六十三名］、パトリック・ビカーの各上級準騎士に黒色短衣仕立用に、三エルの布地を（交付）。ヒュ・ウェイク［ならびに、ジェフリ・チョーサー、コラード・ドーブリヒコート、ジェフリ・ステューリィ、ヒュ・リンゲン、ヘンリ・イェーヴェリ、リチャード・フォレスター、トマス・グレイズリを含む総勢八十八名］の各下級準騎士に黒色短衣仕立用に、三エルの布地を交付。

トマス・ラブデンら〔ならびに、上記「F-a」の文書中と同じ国王私室付上席従者十一名、および上記「F-a」の文書中と同じ王妃私室付上席従者十名、ならびに、ヒュ・フォレスター、ジョン・マシンガムを含む総勢二十八名〕朕の各私室付上席従者に黒色短衣仕立用に、三エルの布地を交付。アラン・アンダーウッド〔ならびに、上記「F-a」の文書中と同じ国王事務局付上席従者五十七名のうちの五十三名、上記「F-a」の文書中と同じ王妃事務局付上席従者十名、ならびに、ロバート・チャンペインとレイノルド・インガムを含む総勢四十五名〕の各事務局付上席従者に黒色短衣仕立用に、三エルの布地を交付。上司付上席従者ヒュ・ハーランドとジョン・ド・マシンガム〔ならびに、ロバート・カークビを含む夜警四名と事務見習い七名、洗濯婦四名、旅回り楽人十八名と新人旅回り楽人三名、事務局付ギャルソン百二名、上席従者七名の、王座裁判所付属監獄付上席従者六名、召使い十名、四名のウェストミンスターの教会（＝ウェストミンスター修道院）付召使い、同教会付ギャルソン二名、セント・ポールの教会（＝セント・ポール大聖堂）付召使い四名、馬方二十五名、馬方付ギャルソン二十五名等々〕に黒色短衣仕立用に、三エルの布地を交付。

ウィンザーにおいて既述の朕の伴侶の亡骸に付添う五十名の貧しい女たちに……それぞれ黒色短衣仕立用に、四エルの布地を交付。同じく朕の伴侶の亡骸に付添って松明を持つ二名の貧しい男たちに……それぞれ黒色短衣仕立用に、三エルの布地を交付。ウォルター・ノーマンと四十一名の船頭仲間に……それぞれ黒色衣服仕立用に、幅一エル、長さ四エルの布地を交付。［百二十四名の］馬番に……それぞれ黒色衣服仕立用に、幅一エル、長さ四エルの布地を交付。事務官ジョン・サットンとベリの修道士ダンズ・エズモンに黒色短衣仕立用に、三エルの布地を交付。また朕はこの［書状］により汝がこの被服支給分を汝の会計報告書の中で当然支払うべき支給額として負担することを望むものである。イングランド国王たる朕の治世第四十三年目にしてフランス国王の治世第三十年目の九月一日にウェストミンスターにおいて朕の王璽を添えて発行。

（なお、右の文書中に使われている「エル」（ell）とは、イングランドでかつて使われた布地などの長さの単位で、四十五インチ＝約一・一四メートルに相当する。）

C▼一三七四年四月二十三日付エドワード三世による裁可：一日あ

たりピッチャー一杯分のブドウ酒をロンドン港で受け取る 【→第八章262頁】

●上記ブドウ酒支給裁可のための開封勅許状発行権限を与える同日付王璽付令状。

（以下、原文アングロ・ノルマン語）

神の恩寵により、イングランド国王にしてフランス国王かつアイルランド領主たるエドワードは、朕の親愛にして忠実なる大法官ジョン・ニヴェットに挨拶する。朕の特別の好意により、朕の親愛なる準騎士ジェフリ・チョーサーは、当面の間その任にある朕または朕の後継者たちの王室酒類管理官主任（あるいは彼の補佐）の手により、ロンドン、シティの朕の港で、毎日ピッチャー一杯分のブドウ酒を、既述のジェフリの全生涯にわたり受け取ることを朕は裁可したので、朕は汝（＝大法官ジョン・ニヴェット）に以下のことを命じることとする。この件につき、しかるべき形式にのっとって、朕の国璽を添えた開封勅許状を彼（＝王室酒類管理官主任、あるいは彼の補佐）に作成させること。イングランド国王たる朕の治世第四十八年目にして、フランス国王の治世三十五年目の四月二十三日に、朕のウィンザー城において、朕の王璽を添えて発行。

●一三七四年四月二十三日付チョーサー宛の開封勅許状原本で、その末尾に削除項目がつづく。

（以下、原文ラテン語、ただし、〔　〕は英語補足）

神の恩寵により、イングランド国王にしてフランス国王かつアイルランド領主たるエドワードは現書状が届くすべての人々に挨拶する。汝らは以下のことを承知していることとする。朕の特別な好意により、朕は、朕の親愛なる準騎士ジェフリ・チョーサーが、当面の間その任にある朕または朕の後継者たちの王室酒類管理官主任、あるいはその補佐の手を経由して、ロンドン、シティの朕の港で、毎日ピッチャー一杯分のブドウ酒を、同ジェフリの全生涯にわたり受け取ることを朕は裁可した。以上の証しとして朕はこれらの内容につき朕の開封勅許状を作成させることとした。イングランド国王たる朕の治世第四十八年目にして、フランス国王の治世三十五年目の四月二十三日に、ウィンザーにおいて、証人私自身（＝マスカム）による。

マスカム

王璽付令状により。〔なお、当該文書は王璽をはずし、皮紙も切り取って、無効とされ、以下のように裏書されている：〕国王リチャード二世の治世第一年度「開封勅許状録」の中でこの件につき作成された開封勅許状に明らかなように、国王陛下リチャード二世は、その治世第一年目（＝一三七八年）の四月十八日に、既述の一日あたりピッチャー一杯分のブドウ酒の償いとして、既述のジェフリの良き奉仕にたいして、同ジェフリにたいして財務府において年二十マルクを受け取ることを裁可したので、この文書は更新され、したがって無効となる。したがって、関連開封勅許状は無効となり廃棄される。

●「開封勅許状録」に登録された一三七四年四月二十三日付同開封勅許状。

ジェフリ・チョーサーのために。

〔神の恩寵により、イングランド国王にしてフランス国王かつアイルランド領主たる〕エドワードは〔現書状が届く〕すべての人々に挨拶する。汝らは以下のことを承知していることとする。〔朕の特別な好意により、朕の親愛なる準騎士ジェフリ・チョーサーが、当面の間その任にある朕または朕の後継者たちの王室酒類管理官主任、あるいはその補佐の手を経由して、ロンドン、シティの朕の港で、毎日ピッチャー一杯分のブドウ酒を〕同ジェフリの〔全生涯にわたり受け取ることを朕は裁可した。〕以上の証しとして、〔朕は開封勅許状を作成させることとする〕。四月二十三日にウィンザーにおいて、証人国王による。

王璽付令状により。

G エドワード三世の宮廷時代の年金給与

【→第四章182頁／第五章186頁／第六章216頁】

▼一三六七年にエドワード三世が上席従者ジェフリ・チョーサーに終身財務府年金給与二十マルク支給裁可

●一三六七年六月二十日付で上記年金給与支給裁可のための開封勅許状の登録。

（以下、原文ラテン語）

ジェフリ・チョーサーのために。

国王は（現書状が届く）すべての人々に挨拶する。汝らは以下のことを承知していることとする。朕の親愛なる上席従者ジェフリ・チョーサーが、今も朕に捧げてくれ、将来も捧げてくれるであろう良き奉仕にたいして、朕の特別の好意により、ジェフリ自身の全生涯にわたり、あるいは、彼の身分について朕が別の地位を用意することが適切とみなす時まで、彼が朕の財務府において年二十マルクをミクルマス期とイースター期に均等二分割で受け取ることを朕は裁可した。その証しとして云々。（一三六七年）六月二十日に、クイーンバラ城において、証人国王による。

王璽付令状により。

●一三六七年六月二十日付王璽付令状は、上記開封勅許状に印璽を添える権限を与え、チョーサーの身分を国王付準騎士という肩書きを使っている。

（以下、原文アングロ・ノルマン語）

神の恩寵により、イングランド国王にしてアイルランド領主でアキテーヌ公たるエドワードは、神に仕える尊父にして全イングランドの首座カンタベリの大司教で、朕の大法官（＝サイモン・ランハン）に挨拶する。

朕の親愛なる準騎士（esquire）ジェフリ・チョーサーが、今も朕に捧げてくれ、将来も捧げてくれるであろう良き奉仕にたいして、朕の特別の好意により、彼の全生涯にわたり、あるいは、彼の身分について朕が別の地位を用意してやる時まで、彼が朕の財務府において年二十マルクをミクルマス期とイースター期に均等二分割で受け取ることを朕は裁可した。

朕は汝（＝サイモン・ランハン）に以下のことを命じることとする。この件につき、所定の形式にしたがって、汝は朕の国璽を添えて朕の勅許状を作成させること。朕の治世第四十一年目（＝一三六七年）の六月二十日に、クイーンバラ城において朕の王璽を添えて発行。

H チョーサーのオールドゲイトの住居

【→はじめに、46頁／第八章263頁】

▼一三七四年五月十日にロンドン、シティ当局からオールドゲイト市門階上の住居をチョーサーに貸与

（以下、原文ラテン語）

ロンドン市長アダム・ド・ベリ、シティ参事会、ならびにロンドン、シティ市民団は、現契約証書が届くすべての人々に挨拶する。汝らはすでに以下のことについて承知したこととする。我らは全会一致の同意と自発的意志によって、現証書により、ジェフリ・チョーサーに、

同ジェフリの全生涯にわたり、オールドゲイト市門階上の全住居部分を、つまり、同ジェフリに、階上居室部分、および、地下蔵とその従物を含めて裁可し、譲渡することとした。【但し、階上居室部分、および、同市門の南側下の地下蔵とその従物を含む。なお、既述の全住居部分を所有、保有されるべきこととする】そして、既述のジェフリには、当のジェフリ自身の全生涯をとおして、既述の全住居部分、ならびに、居室部分を、それらのあらゆる必要な品々に将来必要が生じた場合、ジェフリ自身の出費によって、適切かつ十分に維持し、修理することとなるだろう。そして、将来在任期間にあるだろうロンドン・ギルドホール収入役にたいしては、彼にそうすることが正しいと思える時には、付属の従物を含め、既述の住居部分と居室部分に自由に立ち入って、既述の通り、きちんと適切かつ十分に維持し、修理されているかを検査できることが当然許可されるだろう。そして、もし既述のジェフリが将来、条件どおりに、既述の住居部分と居室部分を、適切【かつ十分に】維持し修理していなかった時には、四十日以内に同収入役を通して検査目的の措置を講じて後、以下のことが求められることとなっただろう。つまり、その時には、既述の収入役にたいして、当のジェフリを全面的にそこから立ち退かせ、付属の従物を含め、既述の住居部分、居室部分、ならびに、地下蔵を、シティの手にそれらの所有権を回復し、既述の市民団の管理業務に戻し、何であれいかなる反対なしに、以前の状態で同市民団の管理業務下に置くことを当然許可することとする。また、当のジェフリには、既述の住居部分、居室部分、ならびに地下蔵を、いかなる部分にせよ、いかなる状態にせよ、他の者に又貸しすることは許されない。そして、我ら市長、シティ参事会員、シティ市民団は、既述のジェフリの全生涯にわたり、同所において管理されるべき監獄の代わりとしてそこを監獄とすることはさせない。しかし、我ら、および我らの後継者は、既述のジェフリに、同ジェフリ自身の全生涯にわたり、既述の形式に従って、付属の従物を含め、既述の住居部分と居室部分、および地下蔵を貸与することを保証するだろう。例外として、シティの【防衛の】時に備えて、将来必要が生じた場合にはいつでも、我らと我らの後継者が、既述の住居部分、ならびに居室部分に自由に立ち入り、そこを処分し、かつ事態が、我らにより有利に準備が整っているかどうかの状況に応じて、同じ防衛の時のために備えることが当然許可されることとなるだろう。そして、同ジェフリの死亡後は、付属の従物を含め、既述の住居部分も、居室部分、ならびに地下蔵も完全な状態で、我らと我らの後継者のもとに復帰されることとする。以上の証しとして、既述のジェフリの印章とシティ市民団の印章が交互に現契約証書に添付される。征服後の国王エドワード三世の治世第四十八年目の五月十日に、既述のロンドン・ギルドホールの一室において発行。

（なお、右の文書のうち、【　】部は行間に書き込まれている。）

I　ロンドン港税関監査官のチョーサー

【↓第八章262、267頁】

▼一三七四年六月八日付の、二つの形式によるロンドン港税関監査官任命書

●チョーサーを羊毛税、羊毛特別税、ならびに小関税監査官に任命する旨の開封勅許状の登録。

（以下、原文ラテン語）

ジェフリ・チョーサーのために。

国王は云々のすべての人々に挨拶する。汝らは以下のことを承知していることとする。朕の親愛なるジェフリ・チョーサーが羊毛税監査官、ならびに、羊毛、獣皮、羊皮特別税監査官、さらに、輸入ブドウ

酒小関税、ならびに、重量一ポンドにつき三ペンスのポンド税、それらのみならず、布地その他何であれ、国内と外国とを問わず、いずれの商人たちによってもロンドン港において朕に納税義務を負うすべての物品にたいする小関税監査官の職務に就くこと、そして、【既述の港において】その職務について、従来他の同種の関税監査官が手にしてきたのと同額を受け取ることによって、朕から沙汰があるまでを任期として、その職務に就くことを朕は裁可した。

ただし、同ジェフリは、既述の職務に関する彼所管の記録簿をみずからの手で書き込み、継続して同職にとどまり、職務上関係するすべてのことを本人みずから実行し、調査し、決して補佐を使わないことを条件とする。

また、朕は、「コケット」と呼ばれる朕の通関証書印のもうひとつ別の印章と、既述のロンドン港に委託されている小関税用の朕のもうひとつ別の印章は、既述のジェフリが上述の職務に就いているであろう間は、彼の手元で保管されることを望むものである。

以上の証しとして云々。六月八日に、ウェストミンスターにおいて、証人国王による。

王璽付令状により

●右記の開封勅許状に印璽を添えるよう求める同日付権限授与書。

（以下、原文ラテン語）

神の恩寵により、イングランド国王にしてフランス国王かつアイルランド領主たるエドワードは、親愛にして忠実なる大法官ジョン・ニヴェットに挨拶する。朕の親愛なるジェフリ・チョーサーが羊毛税監査官、ならびに、羊毛、獣皮、羊皮特別税監査官、さらに、輸入ブドウ酒小関税、ならびに、重量一ポンドにつき三ペンスのポンド税、それらのみならず、布地その他何であれ、国内と外国とを問わず、いずれの商人たちによってもロンドン港において朕に納税義務を負うすべての物品にたいする小関税監査官の職務に就くこと、そして、既述の港において、その職務について、従来他の同種の関税監査官が手にしてきたのと同額を受け取ることによって、朕から沙汰があるまでを任期として、その職務に就くことを朕は裁可した。ただし、同ジェフリは、既述の職務に関する彼所管の記録簿をみずからの手で書き込み、継続して同職にとどまり、職務上関係するすべてのことを本人みずから実行し、調査し、決して補佐を使わないことを条件とする。また、朕は、「コケット」と呼ばれる朕の通関証書印のもうひとつ別の印章と、既述のロンドン港に委託されている小関税用の朕のもうひとつ別の印章は、既述のジェフリが上述の職務に就いているであろう間は、彼の手元で保管されることを望むものである。なお、朕が裁可したことにともない、朕は汝に、しかるべき形式にしたがって、朕の国璽を添えた書状を作成させることを命じることとする。イングランド国王たる朕の治世第四十八年目にして、フランス国王の治世第三十五年目の六月八日に、ウェストミンスターにおいて王璽を添えて発行。

●チョーサーを羊毛税、および、羊毛特別税監査官に任命する旨の開封勅許状の登録。

（以下、原文ラテン語）

裁可された監査官職について。

国王は云々のすべての人々に挨拶する。汝らは以下のことを承知していることとする。朕は、朕の親愛なるジェフリ・チョーサーが、ロンドン港羊毛税監査官、ならびに羊毛、獣皮、羊皮特別税監査官の職務に就くこと、そして、既述の港において、その職務について、従来他の同種の関税監査官が手にしてきたのと同額を受け取ることによって、朕から沙汰があるまでを任期として、その職務に就くことをすでに裁可した。

ただし、同ジェフリは、既述の職務に関する彼所管の記録簿をみずからの手で書き込み、継続して同職にとどまり、職務上関係するすべてのことを本人みずから実行し、調査し、決して補佐を使わないことを条件とし、【また「コケット」と呼ばれる通関証印の別の部分は、】既述のロンドン港に委託されている小関税用の朕のもうひとつ別の印章は、既述のジェフリが上述の職務に就いているであろう間は、彼の手元で保管されることを条件とする。以上の証しとして云々。六月八日に、ウェストミンスターにおいて、証人国王による。

王璽付令状により

（なお、右の文書のうち、【　】部は行間に書き込まれている。）

J 身元保証人に立つチョーサー

【→第八章272頁】

▼マチルダ・ネメグが人民訴訟裁判所に出廷するにあたり、チョーサーが一三八八年から八九年にかけて身元保証する

●同意期限終了前に奉仕の職務を放棄した件でメアリ・アルコンベリがマチルダ・ネメグにたいしておこした訴訟の裁判手続き記録の登録。この裁判手続きの過程で、一三八八年ミクルマス期にチョーサーその他三名が、一三八九年一月二十日と五月二日の二度にわたりマチルダが人民訴訟裁判所に出廷するための身元保証をした。

（以下、原文ラテン語）

[m. 1]　チャールトン

イングランドおよびフランスの国王リチャードの治世第十二年目[＝一三八八年]、ロバート・ド・チャールトンと彼の同僚裁判官の前でミクルマス開廷期に開廷されたウェストミンスター王座裁判所における訴訟。

[m. 531]　ロンドン

現国王の祖父で故イングランド国王陛下だったエドワードと彼の評議会によって、同王国の公共の福利のために以下のことが定められている。もし、ある人への奉仕のために召し抱えられたが、両者（＝主人と召使い）の間で同意していた確定終了日より前に、合理的な理由や許可なく持ち場を離れたならば、その者は投獄の罰を引き受けることとなる、と。それゆえ、マチルダ・ネメグが本訴訟についてメアリ・アルコンベリのみならず国王陛下にも回答する責任があるため、彼女（＝マチルダ・ネメグ）が逮捕されることとなった。メアリへの奉仕のためにかつて（ロンドンにおいて）召し抱えられた既述のマチルダが、彼ら［原文ママ］の間で同意していた確定終了日より前に、合理的な理由やメアリ本人の許可もなく、持ち場を離れ、国王を侮辱し、メアリ本人に重大な損害を与え、かつ、既述の定めの内容に反した。そしてこの件で、云々を要求する同メアリは代訴人サイモン・ハープスフィールドにより以下の告訴をするものである。既述のマチルダは、現イングランド国王の治世第十一年目の洗礼者聖ヨハネの祝日前の日曜日[＝一三八七年六月二十三日]に、ロンドン、つまり、ダウゲイト区オール・ハロウズ教区において、公共の召使いという職務で同教区の彼女（＝メアリ）に奉仕するために既述の洗礼者セント・ヨハネの祝日から翌年の同祝日までの期限で召し抱えられたにもかかわらず、既述のマチルダは、彼ら［原文ママ］の間で同意していた確定終了日より前に、つまり、上述の現国王陛下の治世第十一年目の天使長ミカエルの祝日から十五日後の火曜日[＝一三八七年十月十五日]に、合理的な理由やメアリ本人の許可もなく、国王を侮辱し、メアリ本人に重大な損害を与え、かつ既述の定めの内容に反して、持ち場を離れた。そこで、この件でメアリ本人は、自分が損害をこうむり、二十マルク相当の損害を受けたと言っている。そしてこの件で、彼女は告訴するものである云々。

　そして既述のマチルダ本人が出廷して、しかるべく弁護するのが義務となる時と場所において、彼女は訴状にある不正や権利侵害を否定し、そしてみずから否認すべき損害についてすべて否認して次のように言っている。既述のメアリが上で彼女（＝マチルダ）にたいして告訴しているように、彼女（＝マチルダ）が既述の職務に関して、メアリに奉仕するために既述の期限で既述のメアリによって召し抱えられたことはない、と。そこで、本件につき、彼女はみずからを陪審による審理に委ねることとする。そして既述のメアリもまた同じ手続きをすることとする。そこで、聖ヒラリーの祭日から八日目［＝一三八九年一月二十日］に、云々を条件に、陪審による審理をするために、十二名の裁判官たち云々により、この場へ彼女らを出廷させることという命令が州長官たちに出された。そして、この件について、ケント州のアンドル・ドナト、トマス・マーチャント、ジェフリ・チョーサー、および、サセックス州のウィリアム・ホルトらが既述のマチルダの身柄を既述の日（＝一三八九年一月二十日）にこの場へ出廷させるという身元保証人となり、こうして、彼ら四名は各人保証人として、本件につき陪審が彼らの間で評決を下し、本件につき最終判決が下されることになる約束の日まで日々ずっとマチルダ本人を出廷させることを保証た云々。

　その日に当事者たちが出廷してきた云々。そして、州長官たちは云々の令状を送達しなかった。それゆえ、以前と同様、既述の形式にしたがって、治世第十二年目のイースターから十五日目（＝一三八九年五月二日）に陪審による審理をするために、十二名の裁判官たち云々により、彼女らをこの場へ出廷させることという命令が州長官たちに出された。そして既述のマチルダは既述の身元保証により引き渡される云々。

●マチルダ・ネメグ誘拐の件で、一三八八年ミクルマス開廷期に、上記文書の訴訟と同時に、メアリ・アルコンベリが同裁判所におこした時計職人ジョン・ド・ケルンにたいする訴訟の要約。

（以下、原文英語）

(1)ロンドン

メアリ・アルコンベリ本人が［一三八八年ミクルマス開廷期の］四日目に時計職人ジョン・ド・ケルンを提訴した。訴訟内容は、ジョン・ド・ケルンが彼女所有の囲い地に無断で侵入し、そこから金百シリング相当の動産いっさいを奪い、当時彼女に奉仕していた召使いのマチルダ・ネメグを誘拐していったため、長期にわたりネメグの奉仕を受けられなくなった、というものである。ジョンは出廷してこなかった。そこで、州長官たちは、彼を逮捕するよう命令されていたが、この度、彼らの管轄区域内には彼が逮捕できる根拠がないと回答している。そこで、彼ら州長官たちに、聖マルティヌスの祭日から十五日目［＝一三八八年十一月二十五日］にジョン本人をこの場所に出廷させるための「拘引状」を持たせることとする。

(2)州長官たちはこの「拘引状」にたいして、ジョンが管轄区域内にはみつからなかったと回答している。聖ヒラリーの祭日から八日目（＝一三八九年一月二十日）に、ジョンをこの場所に出廷させるために、「拘引督促状」が裁判所から州長官宛に出されたが、その一月二十日に、州長官はこの「拘引督促状」を裁判所に回付しなかった。そこで、あらたに「拘引督促状」が州長官宛に出され、三位一体の祭日の八日目（＝一三八九年六月二十日）に、ジョンを出廷させることを命じた。

K シシリ・チャンペイン強姦罪に関して チョーサーに出された免除証書

【↓第三章140頁／第八章264頁／第九章294頁】

a▼一三八〇年五月一日付で、シシリ・チャンペインが同女にたいする強姦罪（もしくは婦女誘拐罪）に関わるすべての訴訟から準騎士ジェフリ・チョーサーを免除し、同年五月四日にその免除を承認した旨の証書が大法官府に登録

（以下、原文ラテン語）

登録証書について。

すべての人々が以下のことについて承知したこととする。私儀、ウィリアム・チャンペインとその妻アグネスの娘シシリ・チャンペインは準騎士ジェフリ・チョーサーにたいして、世界の始めから現証書作成終了まで私がかつて所有していたし、そして目下所有し、あるいは今後所有することが出来るであろうあらゆる訴訟、つまり、私にたいする強姦罪（もしくは婦女誘拐罪）、および、いずれにせよ、いかなる状態の事柄や問題に関わるすべての訴訟をかつて放棄し、免除したし、私と私の遺産相続人からも、以後未来永劫にわたり権利放棄することとした。以上の証しとして私はこの現証書に自分の印章を添えることとした。免責宣誓者は以下の通り。当時の国王陛下付侍従サー・ウィリアム・ド・ビーチャム、サー・ジョン・ド・クランヴォウ、サー・ウィリアム・ド・ネヴィル、騎士ジョン・フィリポト、騎士リチャード・モレル。征服後の国王リチャード二世の治世第三年目（＝一三八〇年）の五月一日にロンドンにおいて発行。

そして覚書：この年の五月四日に、既述のシシリがウェストミンスターの大法官府に出頭し、既述の文書およびその内容すべてを既定の形式により承認した。

b▼ロンドン市長および市参事会員裁判所に登録

●一三八〇年六月二十八日に刃物師リチャード・グッドチャイルドならびに武具師ジョン・グローヴがジェフリ・チョーサーにたいしてすべての訴訟を全面免除し、同年六月三十日にその訴訟免除を承認した旨の文書。

（以下、原文ラテン語）

チョーサー――国王リチャード二世の治世第二年目（＝一三七八年）の六月三十日に、リチャード・グッドチャイルドと武具師ジョン・グローヴは以下の言葉で書かれている内容は自分たちが作成したものであることを承認した。

すべての人々が以下のことについて承知したこととする。すなわち、我らロンドン市民である刃物師リチャード・グッドチャイルドと武具師ジョン・グローヴは準騎士ジェフリ・チョーサーにたいして、あらゆる訴訟、訴え、要求を放棄し、免除したし、我らと我らの遺産相続人と遺言執行者からも、以後未来永劫にわたり権利放棄することとした。なお、その訴訟、訴え、要求とは、世界の始めから現証書作成終了まで我らがかつて先のジェフリにたいして所有していたし、そして目下所有し、あるいは何らかの方法で所有出来るであろうし、もしくは将来我ら二人のうちいずれかが誰かの違反行為、そして同意、契約、金銭債務上の理由で、あるいはその他、我ら二人もしくは我らのうちいずれかと先のジェフリの間で結ばれ、実施された動産や不動産などの理由で所有出来るであろう訴訟、訴え、要求のことである。以上の証しとして我らは現証書に自分の印章を添えることとした。征服後の国王リチャード二世の治世第四年目（＝一三八一年）の六月二十八日にロンドンにおいて発行。

●右と同年同月同日にシシリ・チャンペインがリチャード・グッドチャイルドならびにジョン・グローヴにたいしてすべての訴訟を全面的に免除し、その訴訟免除を承認した旨の文書。

（以下、原文ラテン語）

グッドチャイルドならびにグローヴ——上記と同年同日（＝一三七八年六月三十日）に、シシリがここ（＝ウェストミンスター大法官府）に出頭し、以下の言葉で書かれている内容は自分で作成したものであることを承認した。

すべての人々が以下のことについて承知したこととする。すなわち、私儀、ウィリアム・チャンペインとその妻アグネスの娘シシリ・チャンペインは、ロンドン市民の刃物師リチャード・グッドチャイルドと武具師ジョン・グローヴにたいして、世界の始めから現証書作成終了まで私がかつて既述のリチャードとジョンにたいして所有していたし、そして目下所有し、あるいは何らかの方法で、何らかの理由で所有することが出来るであろう、不動産、動産に関わらず、すべての訴訟、訴え、要求を放棄し、免除したし、私と私の遺産相続人と遺言執行者からも、以後未来永劫にわたり権利放棄することとした。以上の証しとして私は現証書に自分の印章を添えた。征服後の国王リチャード二世の治世第四年目（＝一三八一年）の六月二十八日にロンドンにおいて発行。

●一三八〇年七月二日にジョン・グローヴはシシリ・チャンペインにたいする負債額十ポンドをミクルマス期に返済すべきことを承認。

（以下、原文ラテン語）

C（＝シシリ）・チャンペイン。支払完了につき無効。

国王リチャード二世の治世第四年目（＝一三八一年）の七月二日に、武具師ジョン・グローヴはここロンドン市長および市参事会員の前で、ウィリアム・チャンペインとその妻アグネスの娘シシリ・チャンペインにたいする負債額十ポンドを次の聖ミカエルの祭日（＝九月二十九日）に返済すべきことをかつて承認した云々。そしてもしも実行しなければ以下のことを約束するものとする云々。

L ケント州治安判事のチョーサー

【→第十一章361頁】

▼一三八五年十月十二日に、チョーサーが治安判事としてケント州治安委員会に参加

（以下、原文ラテン語）

（治安委員会への）参加について——国王は、彼にとって親愛なるジェフリ・チョーサーに挨拶する。汝らが以下のことを承知していることとする。つまり、朕は親愛にして忠実なる臣下たち、つまり、ドーヴァーの朕の城の城代にして朕の特別五港長官のサイモン・バーリ、ジョン・ド・コバム、ロバート・ベルクナプ、ジョン・ド・クリントン、ジョン・デヴェロ、トマス・カルペパー、トマス・フォグ、ウォルター・クロプトン、ウィリアム・リックヒル、ジョン・ファーニンガム、アーノルド・サベイジ、ジェイムズ・ド・ペッカム、ウィリアム・トップクリフ、ヒュ・ファストルフ、トマス・ブロックヒル、ウィリアム・ブレンチリー、および、すでに故人となった[17]トマス・ド・シャードローらを、全員まとめて、あるいは個別的にであれ、朕の治安維持委員にかつて任命したし、また、彼ら十六名、十五名、十四名、十三名、十二名、十一名、十名、九名、八名、七名、六名、五名、四名、三名、二名の人々を朕の判事に任命し、彼らには、特別行

政区内外を問わず、ケント州内の重罪や権利侵害罪などが審理され、判決が下されること、そしてまた、朕の開封勅許状に十分に含まれているとおり、この件について作成された同勅許状に含まれているその他のことが既述の州内で実行され、完了されることとした。そこで、起こっている何か明白な訴訟に関して、朕は、汝（＝チョーサー）を先述のサイモン以下十五名云々の人々に参加させ、既述の朕の勅許状の趣旨に沿って既述事項のすべてが彼ら十五名らと共に実行され、完了されることとした。ただし、同サイモン云々十五名がこの目的で用意した確かな日と場所にもし汝（＝チョーサー）が首尾よく出席できれば、その時には、彼らが汝をこの目的で同僚判事への参加を承認すること、さもなければ、同サイモン云々十五名は、既述事項のすべてが実行され、完了されることが期待される汝の出席を取り計らうことはしない。そして、それゆえ、朕は汝に以下のことを命じることとする。汝は、既述事項のすべてが所定の手続きにしたがって、先のサイモン云々十五名らと共に実行され、完了されるよう配慮すること、実行されること云々、なお、特別罰金とその他この件で朕に関係するものは、朕に留保されることとする。そこで、朕は同サイモン以下十五名の人々に、既述のとおり、汝を、この目的で、委員会に参加することを認めるよう命じることとした。以上の証しとして、朕の開封勅許状が作成されることとする。十月十二日に、ウェストミンスターにおいて、証人国王による。

M スクループ家・グロウヴナ家紋章論争

【→第一章63頁／第十一章378頁】

▼一三八六年十月十五日付チョーサーの裁判証言録取書：ある紋章使用権をめぐって、サー・リチャード・スクループとサー・ロバート・グロウヴナの間でおこった論争

（以下、原文アングロ・ノルマン語）

証言録取書集：

これらは、征服後の国王リチャード二世の治世第十年目（＝一三八六年）の十月十二日に、ウェストミンスターのセント・マーガレット教会において、原告側の先のサー・リチャードと被告側サー・ロバート・グロウヴナの間でおこった、例の問題の「金色の斜め帯付き青色紋地」の紋章訴訟をめぐりサー・リチャード・スクループ側のために提出され、サー・ジョン・ド・ダーウェントウォーターの面前で聴取された宣誓証言集である。以下の通り。

［証言者番号第一番から三番まで、三名の証言録取書がつづく：］

そして以下の宣誓証言集は、先の十月十五日に、ウェストミンスター修道院内大食堂にて、先のサー・ジョン・ド・ダーウェントウォーターの前で聴取され、以下の通りおこなわれたものである。

［証言者番号第四番から二十一番まで、十八名の証言録取書がつづく：］

証言者番号第二十二番――準騎士ジェフリ・チョーサー。年齢、二十七年間甲冑で身を固め、現在四十歳を越えたぐらい。宣誓の上、尋問され、サー・リチャード・スクループ側のために提出。

「金色の斜め帯付き青色紋地」の紋章は、個人の権利としても父子相伝の権利からしても、先のサー・リチャードに帰属するものである、もしくは、同氏の帰属を当然とすべきか、の問いに、彼（＝チョーサー）は「はい」と答える。なぜなら、彼の証言によれば、フランスはレテルの町の手前でサー・リチャードがこの紋章をあしらった甲冑で身を固め、サー・ヘンリ・スクループも「白いレイブル付き」の同一紋章の甲冑で身を固め、旗も一緒だったところを見た、という答え。

さらに、サー・リチャードは全体が「金色の斜め帯付き青色紋地」の

紋章の甲冑を身にまとい、先のチョーサーが捕虜となった当該遠征の間に彼らがこの紋章をつけているのをしばしば目撃した、という答え。くだんの紋章がサー・リチャードに帰属するとわかった根拠は何かの問いに、彼は、年老いた二人の騎士も準騎士も次のように言っているのを聞いた、と答える。つまり、紋章使用権は長く同家のものであったし、サー・リチャードの代になってもずっと共通の評判と人々の声によって彼らの紋章としてみなされるよう努めているし、そう努めてきた。そしてまた彼は、こぞってスクループ家の紋章だと呼ばれているくだんの紋章が旗にも、ガラス窓にも、絵にも、衣装にもあしらわれているのを見た、と答える。

最初に当該紋章を付けたのは、当該サー・リチャードの最初の先祖であるという話をかつて聞いたのかという問いに、彼の答えは、話の根拠は同家の出身者と二人の年老いた貴族で、当該紋章を身に付けた者たち以外から来たものではない、というものである。

どれほどの期間サー・リチャードの祖先が、当該紋章を使用してきたという話を聞いたのかという問いに、とても人間の記憶のおよばないくらい長い間だという話を聞いただけだ、と答える。

なんらかの異議申し立てや抗議が、サー・ロバート・グロウヴナもしくは彼の祖先、あるいは、当該サー・リチャードや彼の祖先の名前でなされたことがあるという話を聞いたかという問いに、彼は「いいえ」と答える。だが、同時に、一度ロンドンのフライデイ・ストリートを歩いていた時、そこで、当該紋章でできた真新しい旗が外に下がっているのを見たので、スクループ家の紋章を外に下げているのはどなたの宿舎かと尋ねたところ、別の人が言うには、それはスクループ家の紋章をあらわすために外に下げてあるのではなくて、チェシァのサー・ロバート・グロウヴナなる騎士をあらわす目印となるように下げたものだ、という返事だった。その時はじめて、サー・ロバート・グロウヴナとか彼の祖先のこととかグロウヴナという家名をもつその他の人のことを耳にした、と答える。

N 土木部営繕職のチョーサー

a▼チョーサーをウェストミンスター、ロンドン塔、その他王城、荘園、別荘その他に関わる土木部営繕職に任命する任命書

【→第十一章363、374頁】

●上記任命を求める一三八九年七月十二日付王璽付権限授与書。

（以下、原文アングロ・ノルマン語）

神の恩寵により、イングランド国王にしてフランス国王かつアイルランド領主たるリチャードは、神に仕える尊父にしてウィンチェスター司教で朕の大法官（＝ウィリアム・ウィカム）に挨拶する。朕はすでに、朕の親愛なるジェフリ・チョーサーにたいして、彼が前土木部営繕職ロジャー・エルマムに代わって朕の土木部営繕職となる職務に就くことを裁可し、先述の職務に関わる通常の報酬や手当を得て忠実に職務に精励するであろう限り、その職務に就くことを裁可したので、朕は汝に以下のことを命じることとする。この度の件についてしかるべき形式にしたがって国璽を添えて朕の勅許状を作成させること。朕の治世第十三年目の七月十二日に、ウィンザーの朕の城において、朕の王璽を添えて発行。

［印章欠］

●上記任命書作成を求める一三八九年七月十二日付開封勅許状の登録。

（以下、原文ラテン語）

王室土木部営繕職を置くことについて。

国王は、云々の特別行政区内外のすべての人々、州長官、市長、執

行吏、下級地方官、その他の忠臣たちに挨拶する。汝らは以下のことを承知していることとする。朕にとって親愛なるジェフリ・チョーサーの忠実さと慎重さから、朕はジェフリ本人を朕のウェストミンスター・ホール、ロンドンの朕の塔、バーカムステッド城、ケニントン、エルタム、クラレンドン、シーン、バイフリート、チルダーン・ラングリ、フェクナムの各離宮、ならびに朕のニュー・フォレスト御料林内ハザバーグ別荘とクラレンドン、エルタム、チルダーン・ラングリならびにフェッケナムの朕の狩猟園内の別荘、チャリング・クロス近くの朕の鷹籠、既述の狩猟園内のみならず既述のウェストミンスター・ホール、ロンドン塔、バーカムステッド城、各離宮、別荘、鷹籠といった関係各所すべての狩猟園内にある庭、池、製粉所、囲い地を管轄する朕の土木部営繕職につかせ、任命した。その職務は以下のとおり。既述の朕の作業現場に必要な人材で、特別行政区域内であれ、厳密に免責された教会領地外であれ、いずれの場所であれそこで見つけることのできる石工、大工、その他各種職人や現場労働者を彼自身とその補佐たちにより選別し確保し、そして既述の朕の作業現場に配置し、朕の手当をもって朕の同作業現場に留め置くこと。さらにまた、ジェフリ本人と彼の補佐たちによって既述の朕の作業現場に必要な石材、木材、タイル、屋根板、ガラス、鉄、鉛、その他の資材を調達確保し、朕の現金をジェフリ本人をとおして支払い、同石材、木材、タイル、屋根板、ガラス、鉄、鉛、その他の必要資材を既述の場所へ運搬すること。さらにまた、既述の朕の作業現場の現監査官の監査と証言により、既述の作業現場での諸手当や、資材購入、調達、運搬、その他の既述の作業現場に関わる各種支出と必要経費支払いについて清算をすること。また、既述の作業現場の必要経費にたいして、既述の監査官の監査と証言により彼が受け取った現金について会計報告すること。また、既述の作業現場に留め置かれた職人で、朕の許可もしくはジェフリ本人の許可もなく同作業現場から立ち去る者を連れ戻すこと。また、この点について反対したり謀反を起こす者がいるとわかれば、彼ら全員を逮捕捕縛し、彼らを朕の監獄へ投獄し、朕の作業現場で平穏に働くことがわかり、朕から彼らに命令が出されるまでそこに留め置くこと。また、今後作業が行われるだろう各州に住み、事態をより的確に把握できる公正で法律にあかるい人たちの宣誓を得て、木材や石材、タイル、屋根板、ガラス、鉄、鉛、その他既述の作業現場の必要資材が購入され、調達され、搬出され、片付けられたかどうかを調査すること。また、特別行政区域内外いずれの作業現場であれ、一旦片付けられた同木材や石材、タイル、屋根板、ガラス、鉄、鉛、その他の必要資材を元の場所に戻し、返還させること。また、既述の監査官の監査と証言により、朕の建物建築のために既述の作業現場で調達された樹木の枝や樹皮その他を売却し、それによって発生した現金について朕に回答すること。なお、彼の既述の任務については、その職務手当として一日あたり二シリングを上述の朕の現金から受け取ることとする。また、それゆえ、朕は汝らに以下のことを命じることとする。同ジェフリならびにその補佐たちをとおして朕から必要と求められた場合はいつも、既述事項すべてについて同ジェフリならびに彼の補佐たちが実行、遂行できるよう、汝らが注意を払ってやり、相談にのってやり、助けとなってやること。以上の証しとして、同ジェフリが同職務により今後継続する事業を立派にかつ忠実に実行するかぎり継続するであろう[開封勅許状を作成させることとする]。七月十二日に、ウィンザー城において、証人国王自身による。

王璽付令状による。

b▼前土木部営繕職エルマムからチョーサー宛の死蔵在庫品引渡しを証明する一三八九年十一月十日付「引渡証書」

【→第十一章375頁】

(以下、原文ラテン語)

かたや前王室土木部営繕職ロジャー・エルマムと、かたや現土木部営繕職ジェフリ・チョーサーの間で交わされたこの証書は、以下のことを証明するものである。既述のロジャーは彼宛に出された国璽付国王令状を根拠に、既述のジェフリに、以下にあげる国王所有の全死蔵在庫品を渡した。内訳は以下のとおり：

『ウェストミンスター・ホール内分』：薪架《まきうま》八組（そのうち二組の脚部が破損し使いものにならない）、また、籠一組、鍋一個、熊手一個、ひしゃく一個、配管課用はんだ一個、青銅像一体、大理石像二体、なおこれら青銅像と大理石像について何の像か記載なし、国王像七体、ガラス管理課用「クラージングネイル」と呼ばれる鍵十五個、巻揚げ部二ヶ所が欠損している手動製粉機二台、全ての備品がそろった大型巻揚げ機一台、鉄製バール一本、破城槌と呼ばれる道具で軸部が（破損し使いものにならない）もの一台上部と支え留め金部が破損し使いものにならない大型扉用取っ手一個、二百四十一ポンド重量の木製その他鉛製の各種おもりをつけた鉄と錫でできた軸一台、かつて大ホールのために製造された大型扇二個およびその扇用鉄製軸二個、にかわ用鉛製釜一個、ガラス窓用の壊れた鉄製枠五台、国王エドワードのために制作された極上馬車一台の各備品（つまり、鉄を巻きつけた車輪二組、馬車室内天井用壁紙四枚、既述の室内側面用に整えられた紙八枚）、ホール壁面飾り紙四枚、心棒付大梁一本、鉄製と錫製の支え棒二本、既述の馬車用木材十二本、会計棟用に緑色布地のついた新しい計算用敷物一枚、大杯一個、インク壺一個、薬味箱一個、つるはし一組、はしご二台、太索一本、足場用柵十二組、長さ三十二パーチ（＝約百七十から百七十五 ）の競技場を囲む柵一組、はんだ用錫八ポンド四分の一重量分、国王寝所窓用の強固だが壊れた鉄製枠にはまったガラス二十一枚、ステイプルトン産石四十三トン分二百十五個、扉用丁字形蝶番一組、鉄製ボルト四個付大型丁字形蝶番一組、跳ね橋用にかつて制作された鉄製二重梁二個、扉用鉄製蝶番三個、馬車の車輪用鉄輪、既述の競技場の仕切り用わっか九本、計量用古い梁一本、古い足かせ一台、ガラス職用机二台（そのうち一台は小型）、荷揚げ機用吊り索二本、鉄製スコップ二本（そのうち一本は使いものにならない）、手押し車二台、窓枠二台用レイゲイト産石十二個。

『ロンドン塔内分』：大型投石機五台と別名城門破壊用投石機、小型兵器一台（そのうち心棒一本）、「ウィンチピン」という鉄製索留め一本、結束索九本、車輪三台（全面的に破損）、薪架一組、巻揚げ機一台（その桁は使い古されている）、つぶれて使いものにならない引き綱一本以外は全備品ととのった破城槌一台、「ウィロン」と呼ばれるベル一個、フライパン一個、鉄製バール二本、鉄製大型蝶番二個、鉄製大型レール一本、鍋一個、熊手一個、配管職用ひしゃく一個、「エンジンストーン」と呼ばれる丸石百個、大理石一個、木工職用旋盤用具一台、「檻」と呼ばれる足かせ一台、破砕された古い足かせ一台、漆喰の塊一塊半、バケツ一個、鉄製ではないスコップ、足場用柵五組、はしご二台。

『シーン離宮内分』：薪架五組、国王寝所用鉄製クラック五本、使い古された籠一組、使い古した手押し車一台、青銅製歯車二台、荷揚げ機用ロープ一本、つるはし一本、鉄製スコップ二本、庭作業用鉄製手鋤一本、樽一樽、ふるい一台、三脚付食卓三台、彫像三体、長柄の鍬一本。

『エルタム離宮分』：長柄の鍬一本、庭作業用手鋤一本、鉛二ウェイ重量、かまど用鉛一塊、鉄一塊、全装備のととのった切削工具、足場用丸太十二本、鉄製バール一本、つるはし一本、鉄製スコップ一本、足場用柵四組、バケツ一個、モルタルを中へ運ぶためのバケツ一個、一部破損したロープ一本、補強部品一本、使い古した樽一樽、ひしゃく一個、配管課用ひしゃく一個とはんだ一塊、錫回収用鉄製型枠一台、手押し車二台、跳ね橋用ロープ一本、内部引き込み用水道管一本。

『ケニントン離宮分』：薪架三組、はしご二台、鉄製スコップ一本、鉄製でないスコップ二本。

『チルダーン・ラングリ離宮内分』：製材された木材十枚、手をくわえた丸太二本、梁一本、たるき五十四本、手をくわえてない木材七十本、エストニア製板二十七枚、漆喰の塊半分、錫製頭のついた大型鍵二十本、手押し車三台、ふるい三台（そのうち二台は破損）、漆喰を中へ運ぶためのバケツ三個と盆三組、鍬一本、つるはし一本、スコップ三本と鉄製手鋤一本、蝶番用四個の石製フック付大型蝶番四組、新しいケーブル一本。

『バイフリート離宮内分』：「（枝を剪定するための）なた鎌」と称する用具一本と同離宮における作業用ロープ一本。

以上の証しとして、両人は現証書に交互に各自の印章を添えた。

征服後のイングランド国王リチャード二世の治世第十三年目（＝一三八九年）の十一月十日にウェストミンスターにおいて発行。

［小さい赤色の印章の断片が残されている。］

O 強盗に襲われたチョーサー

【↓はじめに、36頁／第十一章379頁】

▼一三九一年一月六日付免責状：チョーサーが一三九〇年九月三日に発生した『ザ・ファウル・オーク』での強盗事件で強奪された二十ポンドを、土木部営繕職チョーサーは財務府に返還しなくともよいとする

（以下、原文アングロ・ノルマン語）

ジェフリ・チョーサーのために。

神の恩寵により云々、国王リチャードは大蔵卿と我らが財務府査定官に挨拶を送る。ウェストミンスターの我らが監獄において裁判所調査官およびその他の我らが係官の前で既述の盗賊の口からはっきりと自供されたように、去る九月三日に「ザ・ファウル・オーク」近くで我らが土木部営繕職で我らが親愛なる事務官ジェフリ・チョーサーは、我らが大蔵のお金二十ポンドと彼の馬、その他の動産を悪名高い盗賊に強奪されたので、同ジェフリのことで我らがその二十ポンドを大目に見て、上記二十ポンドを我らが財務府における彼の会計報告の責任を免責してもらえるよう汝らは我らに懇願している。そこで、我らは我らの特別の好意からその懇願を認め許可した。その件で、我らは汝らに、上記二十ポンドに関する我らが先の財務府における彼の会計報告を先のジェフリにたいして大目に見てやり、記述の理由により彼に我らとの清算を完了させるよう命じることとする。

P 堤防および水路建築委員に就任

【↓第十一章380頁】

▼一三九〇年三月十二日付、ウリッジ・グリニッジ間、テムズ川沿岸堤防、水路等の建築に関連して、サー・リチャード・スターリおよびチョーサーを含むその他の人々宛委任状

（以下、原文ラテン語）

堤防および水路について。

ケント州。

国王は、彼にとって親愛にして忠実なるサー・リチャード・スターリ、ジョン・ワダム、ウィリアム・スクリーン、ジェフリ・チョーサー、ヘンリ・ヴァナー、ならびにジョン・カルペパーに挨拶を送る。ケント州のウリッジの町からグリニッジの町の間のテムズ川に沿って、そしておなじく同所のそこまで、既述の川の流れ、その川の逆流、洪水により、堤防、水路、排水溝、下水溝、橋、土手、河口堰、溝が決壊し破壊された。［その結果、堤防、水路、排水溝、下水溝、橋、土手、河口堰、および閉鎖溝の欠陥のせいで過去に何度も評価不可能なほど甚大な被害が同所で発生してきたし、これにたいして迅速に適切な対策を講じなければ、今後も時の経過とともにさらに大きな被害が発生する恐れがある。そこで、我らが王位の権威にかけて我らは王国のあらゆる地域、場所で災害対策の準備をしておく義務があり、我らはこの地域でも適切で迅速な対策を講じることを願っているので、我らは］汝ら六名、五名、四名、三名、二名を被害対策委員に［任命することとした。］まず、既述のジョン・ワダムとウィリアムが特定判事になって［既述の堤防、水路、排水溝、下水溝、橋、土手、河口堰、溝の作業を監督し、また、特別行政区の内外を問わず、事の真偽をよりわかるようにしてくれる既述の州の騎士たちの宣誓や公正で法律にあかるい人たちの宣誓を得て、以下のことを調査すること。一体誰のせいで、どの施設の欠陥のせいでこのような被害が同所において襲ったのか、またその被害発生個所において土地、借地、牧草地と漁場の共同使用権を所有する者が誰なのか、あるいは既述の堤防、水路、排水溝、下水溝、橋、土手、河口堰いずれの手段によるものであれ、洪水からの防衛、洪水予防の恩典、救済を享受しているもしくは享受できる者が誰なのか、あるいは既述の溝により被害を抑えあるいは抑えることができる者は誰なのか。以上のことを調査すること。さらに、こうした堤防、水路、排水溝、下水溝、橋、土手、河口堰にたいしてこれまで何度も修築を必要とした個所あるいは今後新規工事が必要な個所では、そしてまた既述の溝にたいする新規防止工事が必要な個所では、土地と借地の量に応じ、あるいは小規模借地あるいは大規模借地に応じ、あるいは牧草地と漁場の共同使用権の規模に応じ、その所有者すべての土地を特別罰金により差し押さえをし、汝らが別のやり方を十分吟味して、特別行政区あるいは当該地域の執行吏らとともに彼らを処罰すること。つまり、このような土地、借地の保有者あるいは牧草地と漁場の共同使用権を所有者にたいしては、豊かな人であれあるいは貧しい人であれ、そのいずれの人であれ、その人の地位身分の条件がいかなるものであれ、特別行政区の内外を問わず、既述の堤防、水路、排水溝、下水溝、橋、土手、河口堰いずれの手段によるものであれ、洪水予防の恩典、救済を享受している、もしくは享受できる人々、あるいはさらに、既述の溝により損害を受けあるいは今後受け得るであろう人たちにたいしては、］この件で一切容赦されることはない。沼沢地法と我らがイングランド王国の慣習法にしたがって、以上のことがらすべてのこらず査問し決定を下すこと。そこで我らは汝らに以下のことを命じることとする。［云々の日と場所に、］汝らは既述の堤防、水路、排水溝、下水溝、橋、土手、河口堰の工事にとりかかり、監督し、以上のことがらすべてのこらず既述の手続きにしたがって実行し完了し、この件で汝らにより定められ実行されることになっているすべてのことを着実に遵守すること。そこで、上述の法律と慣習により正義に関わることを行うだろう、つまり、我らにとって確実な特別罰金によりおよび我らの権限に関わるその他の手段により。そこで我らは既述の州の我らが長官に以下のことを命じた。云々の日と場所に、汝らは汝らの前で云々を調査させること、すべて云々、彼の執行吏により、云々。以上の証しとして云々。三月十二日にウェストミンスターにおいて国王みずから認証。

Q ギルバート・モーフィールドからの借金

【→第八章271頁】

▼一三九二年ギルバート・モーフィールドからチョーサーが借金：一三九〇年から一三九五年までのギルバート・モーフィールドの会計報告書から抜粋

（以下、原文アングロ・ノルマン語）

［第四葉裏］　［一三九〇年］

ヘンリ・スコーガンが、債務証書により、九月二日に借り入れし、次の聖ミカエルの祭日に皆済予定。二十六シリング八ペンス。

［第五葉表］　［一三九〇年九月］

石工ヘンリ・イェーヴェリが石臼購入のため借り入れ。六ポンド。

［第二十四葉表］　［一三九二年］

ジェフリ・チョーサーが、七月二十八日に借り入れし、次の土曜日に皆済予定。二十六シリング八ペンス。

［第二十七葉表］　［一三九二年十月］

覚書：ギルバート・モーフィールドが、準騎士ジョン・ガウアーにかわり、認可状により真鍮製鉢をリン港からロンドンまでの海上輸送代として船員ひとりに支払った代金。十六ペンス。

同覚書：彼が、ハルの既述のジョン（・ガウアー）まで搬送するために、海域まで箱一箱の輸送代としてあらかじめ支払われた代金。四ペンス。

［第四十葉裏］　［一三九五年］

覚書：（リチャード二世の）治世第十八年目（＝一三九五年）の三月十八日にヘンリ・イェーヴェリによって作成され、次の十二月十五日にイーリ司教（＝ジョン・フォーダム）にかわり皆済するための金銭債務証書一通。百三十ポンド。

［第四十三葉表］　［一三九四年十一月］

石工ヘンリ・イェーヴェリが、一フォザー（＝鉛の重量単位）につき十マルクの鉛六百三クォーター十四ポンド分購入のために借り入れ。四十二シリング三ペンス。

［第四十七葉裏］　［一三九五年］

準騎士ジョン・ガウアーが、債務証書により、洗礼者聖ヨハネの祭日の前日（四月二十三日）に借り入れし、次の三週間以内に皆済予定。三ポンド六シリング八ペンス。

（訳注：右の文書は、財務府国王付債権徴収官会計報告書（King's Remembrancer Accounts）509/19からの抜粋である。）

R ヘンリ四世時代の年金給与

a▼国王即位にともなうヘンリ四世からの裁可状

【↓第十三章418、420頁】

●一三九九年十月十三日付裁可状の登録：リチャード二世によって裁可され、ヘンリ四世によって追認された二十ポンドに加えて、その良き奉仕にたいして、国王付準騎士ジェフリ・チョーサー宛の終身年金給与四十マルク支給。

（以下、原文ラテン語）

ジェフリ・チョーサーのために。

国王は云々の人々に挨拶する。汝らは以下のことを承知していることとする。朕の親愛なる準騎士ジェフリ・チョーサーが今も朕に捧げてくれ、将来も捧げてくれるであろう良き奉仕にたいして、朕の特別の好意から、彼の生涯にわたり、朕の財務府において、同ジェフリが年四十マルクをイースター期とミクルマス期に均等二分割で受け取ることを朕は裁可したし、さらにその上、彼の生涯にわたり、上述の朕の財務府において二十ポンドを彼が受け取ることについても、征服後の故イングランド国王陛下リチャード二世により彼にすでに裁可されていたし、朕により追認された。その証しとして云々。十月十三日にウェストミンスターにおいて、証人国王による。

王璽付令状により。

●一三九九年十月十八日付ヘンリ四世の謄本の登録：⑴（一三九四年二月二十八日付）チョーサー宛の年金給与二十ポンドに関するリチャード二世の裁可状、⑵（一三九八年十月十三日付）チョーサー宛のブドウ酒年一樽支給に関するリチャード二世の裁可状（なお、チョーサーがたまたまこれらの裁可を内容とする開封勅許状原本を紛失したため）。

（以下、原文ラテン語）

ジェフリ・チョーサーのために。

国王は云々の人々に挨拶する。征服後の故イングランド国王陛下リチャード二世の「大法官府巻物録集」の精査をとおして、同故国王が以下の内容で彼の開封勅許状を作成させていたことが朕にわかっている。

神の恩寵により、イングランド国王にしてフランス国王かつアイルランド領主たるリチャードは現勅許状が届くすべての人々に挨拶する。汝らは以下のことを承知していることとする。朕の親愛なる準騎士ジェフリ・チョーサーが今も朕に捧げてくれ、将来も捧げてくれるであろう良き奉仕にたいして、朕の特別の好意から、彼の全生涯にわたり、朕の財務府において、同ジェフリが年二十ポンドをイースター期とミクルマス期に均等二分割で受け取ることを朕は裁可した。その証しとして朕の開封勅許状を作成させることとする。朕の治世の第十七年目（＝一三九四年）の二月二十八日にウェストミンスターにおいて、証人国王による。

また、故国王の同「大法官府巻物録集」の精査をとおして、同故国王が以下の内容で彼の開封勅許状を作成させていたことが朕にわかっている。

神の恩寵により、イングランド国王にしてフランス国王かつアイルランド領主たるリチャードは現勅許状が届くすべての人々に挨拶する。汝らは以下のことを承知していることとする。朕の特別な好意から、朕の親愛なる準騎士ジェフリ・チョーサーにたいして、彼の生涯にわたり、ロンドン、シティの朕の港で、一年に一樽のぶどう酒を、現職にある朕の酒類管理官主任の手をとおして受け取ることを朕は裁可した。その証しとして朕の開封勅許状を作成させることとする。朕の治世の第二十二年目（＝一三九八年）の十月十三日にウェストミンスターにおいて、証人私自身による。

同ジェフリは、朕の大法官府において朕の面前にみずから立って、既述の勅許状がたまたま紛失したと宣誓したため、朕は同勅許状の登録の趣旨にそって、同一内容の現勅許状から謄本を作成することを適切とみなした。その証しとして云々。十月十八日に、ウェストミンスターにおいて、証人国王による。

b▼国一三九九年ミクルマス期から一四〇〇年イースター期まで、チョーサーの財務府年金給与支払：各種文書

【→第十三章420、422頁】

●一四〇〇年二月二十一日付「支出録」項目：リチャード二世により裁可された財務府年金給与の半期分支払いのうち、チョーサーが受け取った十ポンド。

二月二十一日土曜日

（以下、原文ラテン語）

ジェフリ・チョーサー

ジェフリ・チョーサー宛。征服後の故イングランド国王陛下リチャード二世は、彼の開封勅許状により、彼（＝ジェフリ）の全生涯にわたり、彼が財務府年金給与二十ポンドをミクルマス期とイースター期に均等二分割で受け取ることを裁可し、現国王陛下（＝ヘンリ四世）はそれらの勅許状を、追認の日まで負債となっている年金給与未払金とあわせて確かに追認した。当期支払命令書のうち王璽付令状により、彼（＝ジェフリ）のこの種の確定給与額のうち、つまり、前年のミクルマス期分で、彼に未払状態になっている金額十ポンドの皆済にあたり、国王陛下がその贈与金から彼が手にできるよう支払いを命じた分につき、既述の［事務官］ヘンリ［・サマー］からカレー大蔵卿ニコラス・アスクの手をとおして、彼自身（＝ジェフリ）によって現金にて受領。十ポンド。

●一四〇〇年六月五日付「支出録」項目：チョーサーの財務府年金給与二十ポンドのうち、去る三月三十一日に支払満期日をむかえていた分割払金を一部金として支払い。

六月五日土曜日

ジェフリ・チョーサー

準騎士ジェフリ・チョーサー宛。征服後の故イングランド国王陛下リチャード二世は、その開封勅許状により、彼自身（＝ジェフリ）により国王陛下に捧げられた良き奉仕にたいして、彼の全生涯にわたり、彼が財務府年金給与二十ポンドを受け取ることをかつて裁可し、現国王陛下（＝ヘンリ四世）は、直前の十月二十一日に、既述の形式内容になっているそれらの勅許状を確かに追認し、裁可した。その形式内容とは、当期支払命令書のうち支払権限授与令状により、彼のこの種の確定給与額のうち、彼に支払われるべき八ポンド十四シリング五ペンス、つまり、既述の十月二十一日から次の三月末日までの一定割合（＝日割り計算）による一部金皆済としてヘンリ・サマーの手をとおして現金にて支払い。百シリング。

S チョーサーのウェストミンスターの家

【↓第十三章422頁】

▼ウェストミンスターのセント・メアリ礼拝堂境内の保有不動産をチョーサーに五十三年間賃貸する旨の一三九九年十二月二十四日付契約書

（以下、原文ラテン語）

征服後のイングランド国王ヘンリ四世の治世第一年目のクリスマス・イヴ（＝一三九九年十二月二十四日）にウェストミンスターで作成されたこの契約書はまず以下のことを証明するものである。ウェストミンスターのセント・メアリ礼拝堂付上級修道士にして会計管理担当修道士ロバート・ハーモンズワース師は、既述のウェストミンスターの司教、修道院院長、修道院次長、および修道院の全会一致した同意と合意により、既述の礼拝堂の庭にある保有不動産一軒をその従物とともに、準騎士ジェフリ・チョーサーにたいして裁可し、譲渡し、賃貸することとした。また、同ジェフリにたいして、既述のクリスマス・イヴから丸五十三年間を期限として、従物を付帯した既述の保有不動産を所有し、保有することも裁可した。この件については、賃貸料として毎年四節期ごとに、各節期に一律分割して、通常賃料五十三シリング四ペンスを、現職にある既述の礼拝堂会計管理官に、あるいは彼の代理人に支払うことを条件とする。また、もし当該節期にその一部金であれ全額であれ支払われるべき賃料五十三シリング四ペンスが十五日間をすぎても未払い状態になった場合は、現職にある既述の礼拝堂管理官は、あるいは彼の代理人は、従物を付帯した既述の保有不動産も差し押さえ、略取された契約証書を奪い取り、持ち去ることができるし、賃料と同賃料の未払金が皆済されるまで、彼ジェフリについては(権利を)保留することができる。さらに、もし従物を付帯した既述の保有不動産にかんする契約について何ら十分なことが用意されない場合は、現職にある既述の礼拝堂会計管理官は、従物を付帯した既述の保有不動産の所有権を再び獲得し、現契約書によって無条件で、それ以前の状態で保有することができるものとする。そして、既述のジェフリは、従物を付帯した既述の保有不動産を、彼のしかるべき出費と経費により、既述の契約期間のあいだ、維持し、修理し、保守することになるだろうし、その際、特によい状態で、最初の状態もしくはそれよりよい状態にもどして、上の方で既述した契約期限のきれる日には、現職にある同礼拝堂会計管理官にたいして引き渡し、譲り渡すこと。なお、既述のジェフリには、同契約期間内は、既述の保有不動産もそのいかなる部分も第三者に譲り渡したり、賃貸に出したりすることは許されないし、第三者が同保有不動産において既述のウェストミンスター修道院の特権、特別自由権、特別免除権などを獲得しようとすることを承認することは許されないし、現職にある同礼拝堂会計管理官、および特に既述されたウェストミンスター修道院の聖具室係の許可なくしては、第三者をかくまうことも許されない。さらに、もし既述のジェフリが既述の契約期間内に死亡した場合、現職にある同礼拝堂管理修道士は同ジェフリの死亡後ただちに、従物を付帯した既述の保有不動産の所有権を再び獲得し、現契約書によって無条件で、それ以前の状態で保有することができるものとする。その証しとして、現役職務の既述の会計管理官ロバート(・ハーモンズワース)師の印章だけでなく、既述のジェフリの印章も、契約証書の所定の個所に交互に付された。上記の場所、日付、年に発行。

[印章欠落] ⑴⑵⑶

[裏書]

⑴礼拝堂の建物について、礼拝堂会計管理官とジェフリ・チョーサーのあいだで交わされた契約証書。

⑵礼拝堂近接部。賃貸。

第五十番目証書

訳者あとがき

二〇〇六年早春、朝倉文市先生からご連絡をいただいたのが、この訳書にとりかかるきっかけだった。先生の思いは、中世ヨーロッパのキリスト教に関する用語がかならずしも正しく訳されていないというものだった。その思いに応えるのにふさわしい一書として、デレク・ブルーア先生の『チョーサーの世界』が取り上げられることになった。すぐに日本語訳にとりかかり、訳全体の骨格ができあがった二〇〇八年八月、ブルーア先生に同著の翻訳の意図をお伝えし、同時に、出版許可をお願いする手紙をお送りして、先生とのEメールや電話での交流がはじまった。

『チョーサーの世界』は、一九七八年に初版が『チョーサーと彼の世界』というタイトルで世にでて以来、一九九二年に改訂版、二〇〇〇年に現在のタイトルで出版されるなど、息長く評価されつづけ、受け入れられてきた名著である。なにより先生の人柄そのままにしなやかな文体にのせて書きつづられ、該博な知識に裏打ちされた文章は、淡々と歴史的事実を記述するときもそのしなやかさをくずすことがない。翻訳に際して、そうした先生の文体をそのまま過不足なく日本語に移すことは、訳者の能力を超えるもので、あきらめることにした。ただし、チョーサーと彼が生きていた時代を、日本の研究者のみならず、中世ヨーロッパを専門としない一般読者にもわかりやすく伝えることができるよう最大限の努力だけはしたつもりである。ともあれ表現の是非については、大方の読者の叱正を待ちたい。

今回の翻訳にあたって、先生には日本語訳版への序文を特別に寄稿していただくことを懇請した。先生の膨大な中世イギリス文学、わけても、チョーサー文学の研究書が一冊も日本語になっていない現状を考え、日本語で日本人読者に先生の業績の一端を紹介できればという思いもあったからだ。訳者の意を汲んでくださり、先生と日本との交流のはじまりにまつわる思い出と、先生ご自身の一番あたらしいチョーサー解釈を伝えるために執筆にとりかかっていただいた。

ところが、二〇〇八年十月五日ごろを境に、先生から何も書かれていないメールが届くようになり、気がかりになり、一度お電話させてもらった。少し指を動かすことが不自由なのだとおっしゃり、それでも、原稿はお嬢さんのサラ・ブルーアさんが手伝って順調に進んでいるというお話だった。しかし、これが先生と直接お言葉を交わす最後だった。十月二十四日早朝にサラさんから、先生が二十三日に亡くなられたことを知らされた。サラさんからは、エリザベス夫人を亡くされたばかりのブルーア先生には、この日本語版への序文執筆がおおきな慰めで、心の張りにもなっていたとおっしゃっていただいた。そして、遺稿となった序文について、ブルーア先生の教え子でもありチョーサー研究の第一人者ジル・マン教授に原稿を見てもらって、最終的に完成原稿となったことも伝えてくださった。したがって、本訳書に収録した「日本語版への序文」はブルーア先生の学問的遺言書となったものであり、訳者には特別の感懐がある。

訳書の原稿が完成に近づくのにともない、ブルーア先生から生前いただいた出版許可とは別に、原著の出版元であるボイデル・アンド・ブルーア出版社にあらためて出版の許可を求めることにした。同社の編集担当キャロライン・パーマーさんと、専務取締役ピーター・クリフォードさんのお二人には、この正式の出版契約にいたる過程で大変お世話になった。

さて、この訳書の原著となる『チョーサーの世界』は、チョーサーの文学解釈ではなく、十四世紀というチョーサーが生きた時代のロンドンとヨーロッパ世界にまたがる世界の実像にせまろうとしている点できわめてすぐれた良書であり、案内書である。ブルーア先生自身一九七八年の初版まえがきで書いておられるように、「本書の目的は、可能な限り鮮明に、チョーサーの生涯と歴史的背景の息づかいを伝えることである」(本書15頁参照)。その後、一九八八年に出版されたデレク・ピアソル教授による『ジェフリ・チョーサーの生涯』(Derek Pearsall, *The Life of Geoffrey Chaucer* [Oxford: Basil Blackwell, 1988]) とともにチョーサーの文学と彼の実人生を理解するために欠かすことのできない必読書である。

ここで、簡単にブルーア先生の略歴と業績をたどっておきたい。ただし先生と訳者とは限られた時間と場所で交流の糸が結ばれていたにすぎない。膨大な研究業績すら、それをたどることは訳者の任ではない。ここでは『チョーサーの世界』との関係を中心に先生の研究の足跡をたどることにとどめる。

先生は一九二三年六月十三日にカーディフでお生まれになった。本訳書との関係で興味深い経歴は、一九四二年から一九四五年までの先生の兵歴である。ウスターシャ連隊に入隊し、その後イタリアの前線でフュージリア連隊歩兵第一大隊に配属されている。この時の経験が、第三章「宮廷の小姓」の中のジェフリ・チョーサーの行軍の様子を微に入り細にわたって描く想像力のもとになったのだろう。「日本語版によせる序文」で触れられている戦争体験もこの時の先生の軍隊経験がもとになっていることは容易に想像される。戦地から戻られてからは、一時中断していた学問研究をオクスフォード大学モードリン・コレッジで再開され、生涯をとおして約百二十五以上の著作物を世に送りだされるなど、たぐいまれな多作な研究者でもあった。学術研究書だけでなく、宗教詩すらものしておられた。その一方で、一九七七年から一九九〇年までケンブリッジ大学エマニュエル・コレッジの学長をつとめられ、その間の一九八三年から一九八四年までの二年間は「ニュー・チョーサー・ソサイエティ」会長という要職にも就かれていた。一九九〇年八月にはじめてエマニュエル・コレッジの先生の研究室をお訪ねし、そこで親しくお話をする機会があったことが懐かしく思い出され、二〇〇〇年にチョーサー没後六百年を記念して、ロンドン大学で開催された「ニュー・チョーサー・ソサイエティ」では、シンポジウムのひとつに参加していた訳者にご助言をいただいたこともあった。先生は学問研究だけでなく、学会や大学行政にも大きな貢献をされた。特筆すべきは、一九七二年にD・S・ブルーア出版社というごく小さな出版社を立ち上げ、若手研究者を育てることを目的に彼らの研究書を積極的に公刊なさった。この出版社は、一九七八年にボイデル・アンド・ブルーア出版社へと大きく成長し、現在にいたっている。陳腐な言い方だが、まれに見る多才な才能を持った方でもあった。

先生は二〇〇八年十月二十三日にこの世を去られた。享年八十五歳。イギリスでは、ジ・インデペンデント紙が十一月二日に、デイリ・テレグラフ紙も同日付で、ザ・ガーディアン紙が十一月十七日にヘレン・クーパー教授の署名入りで、タイムズ紙が十一月十八日に、それぞれ追悼記事を掲げ、そのいずれにも本訳書の原著『チョーサーの世界』のことが触れられている。以下に、ジ・インデペンデント紙の追悼記事からの抜粋を掲げておく。

彼（ブルーア教授）の数多い著書のうちもっともよく知られた著書は『チョーサーの世界』で、一九七八年にはじめて出版され、挿絵をふんだんに使ったこの著書は二〇〇〇年にチョーサー没後六百年を記念するために再刊された。この著書は、歴史的であると同時に文学的評伝の分野で、まったく新しい境地を開いたものだと言ってよいだろう。ブルーア自身、この自著を「チョーサー小説」（Chaucer novel）と呼んだ。こうした彼の表現は、関連研究にたいしてかならずしも正当とは言い難いが、歴史上かくも遠い過去の人物に関する自伝は巨大な想像力を巻き込まなければならないという事実を認めたものであろう。

今回の訳業に参加していただいた朝倉先生には、キリスト教関係の訳語へ格別の注意を払っていただき、私自身はチョーサーと彼の作品に関係する人名・地名について音声資料や辞典、特に、大塚高信、寿岳文章、菊野六夫共編、『固有名詞英語発音辞典』にずいぶん助けられながら、チョーサーの登場人物名や彼の周辺に生きていた市井の人々の名前の表記にできるかぎり正確を期したつもりである。また、訳註をほどこすにあたり、ブルーア先生自身の誤解がある記述について、先生の了解を得て訂正したものもあり、その他、読者の理解に役立つように配慮もした。さらに、本書巻末の補遺については、ブルーア先生が各版のまえがきで繰り返し謝辞を記しておられるクロウ教授とオルソン教授の共編著『実録チョーサー伝』の一次史・資料のラテン語やアングロ・ノルマン語の各公文書を日本語としてまとめたものである。訳者の手元にはすでに全資料の訳稿が用意されているが、その中からブルーア先生の本文にふさわしい史・資料を附すこととした。チョーサーの実像にわずかでも近づくために役立てればという思いからだ。

本訳書は副題に「詩人と歩く中世」という一文を加えることにした。文字通り、読者ひとりひとりが、十四世紀のロンドンの町中、イングランドの片田舎、十四世紀のアルプス越えのイタリア紀行を、詩人を案内人として、詩人と一緒にゆっくりと歩んでいただければこれにすぎる喜びはない。

この訳書を世に出すきっかけをおつくりいただいた朝倉文市先生には、四年にわたる長い間を忍耐強くご助力を惜しまれなかったことにお礼を申し上げたい。朝倉先生もまた、ブルーア先生同様、次の世代に学問研究の灯火が受け継がれるよう日頃からお心をくだかれ、多くの研究者をお育てになっておられる。最後に、きびしさを増すばかりの出版環境の中、敢然と出版の決断をしてくださった八坂書房、それと、実に綿密、かつ丁寧な編集作業で、最後まで実直に付き合ってくださった編集者の八尾睦巳さんには感謝の言葉もない。

二〇一〇年八月　きびしい暑さのつづく京都にて

訳者を代表して　海老久人

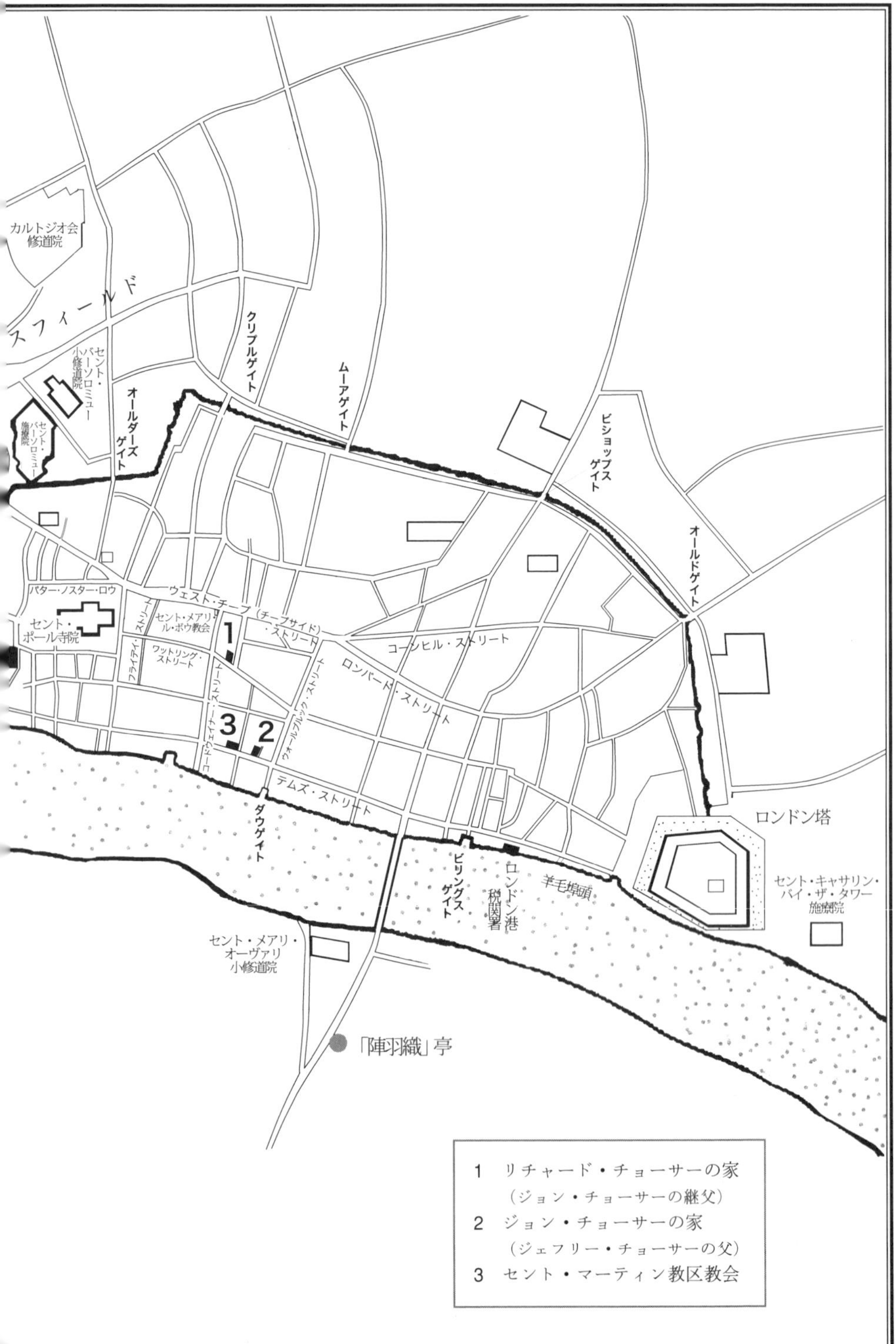
カルトジオ会
修道院
スフィールド
セント・バーソロミュー小修道院
セント・バーソロミュー施療院
オールダーズゲイト
クリプルゲイト
ムーアゲイト
ビショップスゲイト
オールドゲイト
パター・ノスター・ロウ
セント・ポール寺院
ウェスト・チープ（チープサイド）・ストリート
セント・メアリ・ル・ボウ教会
ワットリング・ストリート
フライデイ・ストリート
コードウェイナー・ストリート
ウォールブルック・ストリート
コーンヒル・ストリート
ロンバード・ストリート
テムズ・ストリート
ダウゲイト
ビリングスゲイト
ロンドン港税関署
羊毛埠頭
ロンドン塔
セント・キャサリン・バイ・ザ・タワー施療院
セント・メアリ・オーヴァリ小修道院
「陣羽織」亭
1　リチャード・チョーサーの家
（ジョン・チョーサーの継父）
2　ジョン・チョーサーの家
（ジェフリー・チョーサーの父）
3　セント・マーティン教区教会

14世紀頃のロンドン
シティ
と
ウェストミンスター
フリート川
テンプルバー
テンプル法学院
カルメル会修道院
サマセット・ハウス
ストランド街
サヴォイ宮
テムズ川
チャリング・クロス
ランベスムーア
ウェストミンスター・ホール
ウェストミンスター修道院

人名・地名・作品名索引

【キ】

【ク】

事項索引

書　誌

I　チョーサー作品集　COLLECTED EDITIONS OF CHAUCER

Benson, Larry D. (ed.) *The Riverside Chaucer,* 3rd edn. Boston 1987, Oxford 1988.

Skeat (1894) *The Complete Works of Geoffrey Chaucer,* 6 vols. Ed. W. W. Skeat. London

—— (1897) *Chaucerian and Other Pieces.* Ed. W. W. Skeat (a supplement to the Complete Works). London

Speght (1598) *The Works of our Antient and Learned English Poet, Geoffrey Chaucier.* Ed. T. Speght (for Benham Norton). London

—— (1602) (a 2nd edn)

Thynne (1532) *The Workes of Geoffrey Chaucer.* Ed. W. Thynne. London. Facsimile edn. With material from editions of 1542, 1561, 1598, 1602, ed. D. Brewer, Menston. 1969

II　総合文献　GENERAL

Ariès, P. (1962) *Centuries of Childhood.* Trans. R. Baldick. London and New York

Armitage-Smith, S. (1904) *John of Gaunt.* London

Ashmole, E.(1672) *The Institution, Laws and Ceremonies of the most Noble Order of the Garter.* Facsimile edn, London 1971

Auerbach, E.(1965) *Literary Language and its Public in Late Latin Antiquity and in the Middle Ages.* Trans. R. Manheim. London and Princeton, N.J.

The Autobiography of Guibert, Abbot of Nogent-sous-Coucy. Trans. C. C. Swinton-Bland. London and Philadelphia, Pa. (n.d.)

Barnie, J. (1974) *War in Medieval Society: Social Values and the Hundred Years War 1337-99.* London and Princeton, N. J.

Bartholomaeus Anglicus (1976) *Batman vppon Bartholome His Booke De ProprietatibusRerum 1582.* With an Introduction and Index by Jürgen Schäfer. *Anglistica and Americana* (161). Hildesheim and New York

Baxandall, M. (1972) *Painting and Experience in Fifteenth-Century Italy: A Primer in the Social History of Pictorial Style.* London and New York

Beltz, G. F. (1841) *Memorials of the Most Noble Order of the Garter.* London

Bennett, J. A. W. (1969) 'Chaucer's Contemporary' in *Piers Plowman: Critical Approaches.* Ed. S. S. Hussey. London; New York 1970

—— (1974) *Chaucer at Oxford and Cambridge.* Oxford

Berners. *Sir John Froissart's Chronicles.* Trans. John Bourchier, Lord Berners, 2 vols 1523-5; reprinted 1812. Ed. W. P. Ker, Tudor Translations, 6 vols 1901-3. Ed. And abridged G. C. Macaulay, Globe Edn 1895. London

Bishop, M. (1964) *Petrarch and his World.* London and Bloomington, Ind.

Blake, N. F. (1972) *Middle English Religious Prose.* York Medieval Texts. London and Evanston, Ill.

Bowden, M. (1948) *A Commentary on the General Prologue to the Canterbury Tales.* New York; reprinted 1967

Brewer, D. (1954a) "Chaucer's Complaint of Mars," *Notes and Queries* (1) 462-3

—— (1954b) "Love and Marriage in Chaucer's Poetry," *Modern Language Review* (49) 461-4

—— (1955) "The Ideal of Feminine Beauty in Medieval Literature," *Modern Language Review* (50) 257-69

—— (1958) *Proteus: Studies in English Literature.* Tokyo and Folcroft, Pa.

—— (1960) *The Parlement of Fowlys.* Ed. D. Brewer. London; revised and reprinted, Manchester 1972

—— (1963) *Chaucer in his Time.* London (reissued 1973); New York 1973

—— (1964) "Children in Chaucer," *A Review of English Literature* (V) 52 − 60

—— (1966a) *Chaucer and Chaucerrians.* Ed. D. Brewer. London and Birmingham, Ala.

—— (1966b) 'The Relationship of Chaucer to the English and European Traditions' in Brewer (1966a) 1-38

—— (1966c) 'Images of Chaucer 1386-1900' in Brewer (1966a) 240-70

—— (1968a) 'TheFabliaux' in *Companion* (1968) 247-67

—— (1968b) "Class Distinction in Chaucer," *Speculum* (XLIII) 290-305

—— (1969) Geoffrey Chaucer. *The Works* 1532 With Supplementary Material from the Editions of 1542, 1561, 1598 and 1602. Facsimile edn with Introduction by D. Brewer. Menston, Yorkshire

—— (1970) 'Troilus and Criseyde' in *The History of Literature in the English Language,* Vol. I *The Middle Ages.* Ed. W. F. Bolton. London. 195-228

—— (1971) "The Reeve's Tale and the King's Hall, Cambridge," *The Chaucer Review* (5) 311-17

—— (1972) "The Ages of Troilus, Criseyde and Pandarus," *Studies in English Literature* (Tokyo) English Number, 3-15

—— (1973a) *Chaucer,* 3rd Supplemented Edn; first published 1953. London

—— (1973b) "Honour in Chaucer," *Essays and Studies of the English Association* 1973. Ed. J. Lawlor. London.

—— (1974a) *Geoffrey Chaucer (Writers and their Background)*. Ed. Derek Brewer. London; reprinted Woodbridge and Rochester, N.Y. 1991

—— (1974b) 'Gothic Chaucer' in Brewer (1974a) 1-32

—— (1974c) "Some Metonymic Relationships in Chaucer's Poetry," *Poetica* (1) 1-20

—— (1974d) "Some Observations on the Development of Literalism and Verbal Criticism," *Poetica* (2) 71-95

—— (1975) *The Thornton Manuscript* (Lincoln Cathedral MS. 91). Facsimile edn with Introduction by D. Brewer and A. E. B. Owen. Menston, Yorkshire

—— (1976) "The Interpretation of Dream, Folktale and Romance with special Reference to Sir Gawain and the Green Knight," *Neuphilologische Mitteilungen* (LXXVII) 569-81

—— (1977a) *Chaucer: The Critical Heritage.* London and Boston, Mass.

—— (1977b) Review of Kelly (1971) in *The Review of English Studies*

—— (1984) *An Introduction to Chaucer.* London

—— (1998) *A New Introduction to Chaucer.* London, Addison Wesley Longman

Chadwick, D. (1922) *Social Life in the Days of Piers Plowman.* Cambride; reprinted New York 1969

Chambers, E. K. (1903) *The Medieval Stage,* 2 vols. London and New York

Chandos Herald (1910) *Life of the Black Prince.* Ed. M. K. Pope and E. C. Lodge. Oxford

Chaucer Life-Records (1966). Ed. M. M. Crow and C. C. Olson. Oxford; Austin Tex., 1972. (See also *Life Records* 1900)

Chaytor, H. J. (1945) *From Script to Print.* Cambridge; reprint of 1966 edn, Folcroft, Pa., 1974

Cipolla, C. M. (1967) *Clocks and Culture 1300-1700.* London

—— (ed.)(1972) *The Fontana Economic History of Europe: The Middle Ages.* London and New York

Clanvowe See Scattergood (1975)

Cohn, N. (1957) *The Pursuit of the Millenium.* London and NewYork

Clark, P. and Slack, P. (eds.)(1972) *Crisis and Order in English Towns 1500-1700.* London and Toronto

Collis, M. (1958) *The Hurling Time.* London

Companion to Chaucer Studies (1968). Ed. Beryl Rowland. Toronto

Coulton, C. G. (1918) *Social Life in Britain from the Conquest to the Reformation.* Cambridg; reprinted Philadelphia, Pa., 1973

—— (1938) *Medieval Panorama: The English Scene from Conquest to Reformation.* Cambridge; paperback New York 1974

—— (1940) *Europe's Apprenticeship.* London and Toronto

Cunningham, J. V. (1952) "The Literary Form of the Prologue to the Canterbury Tales," *Modern Philology* (XLIX) 172-81

Davis, N. (1974) 'Chaucer and Fourteenth-Century English' in Brewer (1974a) pp. 71-8

Dobson, R. B. (1970) *The Peasants' Revolt of 1381.* London and New York

Donaldson, E. T. (1970) *Speaking of Chaucer.* London and New York

Douglas, M. (1966) *Purity and Danger: An Analysis of Concepts of Pollution and Taboo.* London and New York

—— (1973) *Natural Symbol: Explorations in Cosmology,* 2nd edn. London and New York

Du Boulay, F. R. H., and Barron, C. M. (eds) (1971) *The Reign of Richard II.* London

Du Boulay, F. R. H. (1974) 'The Historical Chaucer' in Brewer (1974a) 33-57

Duby, G. (1968) "The Diffusion of Cultural Patterns in Feudal Society," *Past and Present* (39)

Early English Lyrics (1907). Ed. E. K. Chambers and F. Sidgwick. London; reprinted 1947

Eliade, M. (1960) *Myths Dreams and Mysteries.* London. Reprinted in The Fontana Library of Theology and Philosophy. London and New York 1968

Elliott, R. W. V. (1974) *Chaucer's English.* London

Emden, A. B. (1963) *A Bibliographical Register of the University of Cambridge to 1500.* Cambridge and New York
English Historical Documents 1327-1485 (1969). Ed. A. R. Mycrs. London and New York
The Equatorie of the Planetis (1955) Ed. D. J. Price,with a linguistic analysis by R. M. Wilson. Cambridge and New York
Fanfani, A. (1951) "La préparation intellectuelle et professionelle à l'activité économique en Italie du XIVe au XVIe siècle," *Le Moyen Age* (LVII) 327-46
Fisher, J. H. (1965) *John Gower: Moral Philosopher and Friend of Chaucer.* London and New York
Fortescue, Sir J. (l561) *De Laudibus Legum Angliae* (for the Company of Stationers). London
—— (1942) *De Laudibus Legum Angliae.* Ed. S. B. Chrimes. Cambridge and New York
Fowler, K. (1969) *The King's Lietenant.* London and New York
Fox, D. (1966) 'The Scottish Chaucerians' in Brewer (1966) pp. 164-200
Frank, R. W., Jr (1972) *Chaucer and the Legend of Good Women.* Cambridge, Mass.
Frye, N. (1957) *Anatomy of Criticism.* Princeton, N.J. and Oxford
Gairdner, J. (1908) *Lollardy and the Reformation in England,* vol. I. London; reprinted New York 1965
Gower, J. (1900) *The English Works of John Gower,* 2vols. Ed. G. C. Macaulay. Early English Text Society, E.S.(LXXXI). London and New York
Harbert, B. (1974) 'Chaucer and the Latin Classics' in Brewer (1974a) pp. 137-53
Hardy, B. C. (1910) *Philippa of Hainault and her Times.* London
The Harley Lyrics (1948). Ed. G. L. Brook. Manchester; 3rd reprint 1964
Harvey, J. H. (1944) *Henry Yevele.* London and New York
—— (1948) *Gothic England: A Survey of National Culture 1300-1500,* 2nd edn. London and New York
Henderson, G. (1967) *Gothic.* Harmondsworth and New York
Hill, R. (1971) 'A Chaunterie for Soules: London Chantries in the Reign of Richard II' in Du Boulay and Barron (1971) 242-55
Holmes, G. (1962) *The Later Middle Ages 1272-1485.* London; Paperback New York l966
Homsby, J. A. (1988) *Chaucer and the Law.* Norman, Oklahoma
Howard, D. R. (1976) *The Idea of Canterbury Tales.* Los Angeles and London
Hulbert. J. R. (1912) *Chaucer's Official Life.* Doctoral dissertation. Chicago, Ill.; reprinted New York l970
Illustrations of Chaucer's England (1918). Ed. D. Hughes. London; reprint of 1919 edn, Folcroft,Pa.,1972
Julian of Norwich (1966) *Revelations of Divine Love.* Trans. C. Wolters. Harmondsworth
Jusserand, J. J. (1889) *English Wayfaring Life in the Middle Ages.* London; many later reprints incl. Boston, Mass.,1973
Kane, G. (1965) *The Autobiographical Fallacy in Chaucer and Langland Studies,* Chambers Memorial Lecture, University College, London. London
Kelly, H. A. (1975) *Love and Marriage in the Age of Chaucer.* Ithaca. N.Y., and London
King Horn (1901) Ed. J. J. Hall. Oxford
Kittredge, G. L. (1903) "Chaucer and Some of his Friends," *Modern Philology* (1) 1-18
Knowles, D. (1961) *The English Mystical Tradition.* London and Naperville, Ill.
Langland, W. (1886) *Piers the Plowman and Richard the Redeless,* 2vols. Ed. W. W. Skeat. London and New York
—— (1975) *Piers Plowman: the B Version.* Ed. G. Kane and E. T. Donaldson. London and New York
Le Goff, J. (1972) *The Town as an Agent of Civilisation, c.1200-c.1500.* Translated from the French MS by Edmund King. In Cipolla (1972) vol. 1, section2
Lewis, C. S. (1964) *The Discarded Image.* Cambridge and New York
Life Records of Chaucer (1900). Ed. R. E. G. Kirk. London
Little John of Saintré (1931). By Antoine de la Salle trans. Into English by I. Gray. London
Loomis, L. H. (1962) *Adventure in the Middle Ages.* New York
Love, N. (1908) *The Mirrour of the Blessed Lyf of Jesu Christ.* Ed. L. F. Powell. Oxford
McFarlane, K. B. (1972) *Lancastrian Kings and Lollard Knights.* Oxford and New York
McKisack, M. (1959) *The Fourteenth Century 1307-1399.* Oxford and New York
Magoun, F. P., Jr (1961) *A Chaucer Gazetteer.* Stockholm and Chicago, Ill.
Manly, J. M. (1926) *Some New light on Chaucer.* London; reprinted Gloucester, Mass., 1959

Mann, J. (1973) *Chaucer and Medieval Estates Satire: The Literature of Social Classes and the General Prologue to the Canterbury Tales.* Cambridge and New York

Manners (1868) *Manners and Meals in Olden Time.* Ed. F. J. Furnivall. Early English Text Society, O.S. (32). London

Manzalaoui, M. (1974) 'Chaucer and Science' in Brewer (1974a) 224-6I

Martindale, A. (1967) *Gothic Art.* London and New York

Mathew, G. (1968) *The Court of Richard II.* London and New York

Medieval Comic Tales (1973). Trans. P. Rickard and others. Cambridge and Totowa, N.J.

Meiss, M. (1952) *Painting in Florence and Siena after the Black Death.* Oxford; Icon Edn, New York 1973

The Minor Poems of the Vernon MS (1901), Part II. Ed. F. J. Furnivall. Early English Text Society, O.S.(117). London

Morris, G. C. (1971) "The Plague in Britain," *The Historical Journal* (XIV) 205-24

Muscatine, C. (1957) *Chaucer and the French Tradition.* Berkeley, California, and Cambridge

—— (1963) "Locus of Action in Medieval Narrative," *Romance Philology* (XVII) 115-22

—— (1972) *Poetry and Crisis in the Age of Chaucer.* Notre Dame, Ind., and London.

North, J. D. (1969) "Kalenders Enlumyned Ben They: Some Astronomical Themes in Chaucer," *The Review of English Studies,* N.S. (XX) 129-54; 257-83; 418-44

Oberman, H. A. (1967) *The Harvest of Medieval Theology,* revised edn. Grand Rapids, Mich.

Orme, N. (1973) *English Schools in the Middle Ages.* London and New York

Palmer, J. N. (1974) "The Historical Context of The Book of the Duchess: A Revision," *The Chaucer Review* (8) 253-61

Pantin, W. A. (1955) *The English Church in the Fourteenth-Century.* Cambridge and New York

Parks, G. B. (1949) "The Route of Chaucer's First Journey to Italy," *ELH, A Journal of English Literary History* (XVI) 174-87

The Paston Letters 1422-1509 (1900-1), 4 vols. Ed. J. Gairdner. London

Pearsall, D. A. (1966) 'The English Chaucerians' in Brewer (1966) 201-39

—— (1970) *John Lydgate.* London

—— (1992) *The Life of Chaucer.* Oxford, Blackwell

Peristiany, J. G. (ed.) (1966) *Honour and Shame: The Values of Mediterranean Society.* London

Phythian-Adams, C. (1972) In Clark and Slack

Piers the Ploughman's Crede (1906). Ed. W. W. Skeat. Oxford

Platt, C. (1976) *The English Medieval Town.* London and New York

Plimpton, C. A. (1935) *The Education of Chaucer.* London and New York

Pratt, R. A. (1949) "Geoffrey Chaucer, Esq., and Sir John Hawkwood," *ELH, A Journal of English Literary History* (XVI) 188-93

Rickert, E. (1913) "Thou Vache," *Modern Philology* (X) 209-17

—— (1948) *Chaucer's World.* Ed. C. C. Olson and M. M. Crow. New York

Robertson, D. W., Jr (1968) *Chaucer's London.* New York

Robson, J. A. (1961) *Wycliff and the Oxford Schools.* Cambridge and New York

Russell, J. C. (1972) 'Population in Europe 500-1500' in Cipolla (1972) 25-70

Salter, E (1974) "Nicholas Love's Myrrour of the Blessed Lyf of Jesus Crist," *Analecta Cartusiana* (10). Salzburg

Scattergood, V. J. (1968) "Two Medieval Book Lists," *The Library* (XXIII) 236-9

—— (1975) *The Works of Sir John Clanvowe.* Cambridge and Totowa, N.J.

Selections from John Gower (1968). Ed. J. A. W. Bennett. Clarendon Medieval and Tudor Series. Oxford and New York

The Sermons of Thomas Brinton, Bishop of Rochester 1373-89 (1954) Ed. Sister Mary Aquinas Devlin. Camden Third Series (LXXXV), The Royal Historical Society

Shepherd, G. T. (1970) *The nature of Alliterative Poetry in Late Medieval England.* Sir Israel Gollancz Memorial Lecture. *Proceedings of the British Academy* (LVI)

—— (1974) 'Religion and Philosophy in Chaucer' in Brewer (1974a) 262-89

Shrewsbury, J. F. D. (1970) *A History of Bubonic Plague in the British Isles.* Cambridge and New York

Sir Launfal (1960). Ed. A. J. Bliss. London

Skelton, J. (1931) *The Complete Poems of John Skelton.* Ed. P. Henderson. London and New York

Smith, D. E. (1923) *History of Mathematics,* 2 vols. Boston, Mass.

Sources and Analogues of Chaucer's Canterbury Tales (1941). Ed. W. F. Bryan and G. Dempster. Chicago, Ill.
Spearing, A. C. (1976) *Medieval Dream-Poetry.* Cambridge
Spurgeon, C. F. E. (1925) *Five Hundred Years of Chaucer Criticism and Allusion 1357-1900,* 3 vols. Cambridge; illus.edn, New York 1960
Stanley, A. P. (1854) *Historical Memorials of Canterbury.* London
Steel, A. (1941) *Richard II.* Cambridge and New York
Stevens, J. (1961) *Music and Poetry in the Early Tudor Court.* London and New York
Strutt, J. (1838) *The Sports and Pastimes of the People of England.* Ed. W. Hone. London; latest edn, Detroit, Mich.,1968
Takano, H. (1972) "The Audience of Troilus and Criseyde," *Bulletin of the Faculty of Humanities,* Seikei University (8) 1-9
Thrupp, S. L. (1948) *The Merchant Class of Medieval London.* Ann Arbor, Mich.; Cambridge 1949
Thynne, F. (1875) *Animaduersions 1598.* Ed. F. J. Furnivall. Chaucer Society, Second Series (13). London and NewYork
Tout, T. F. (1920-33) *Chapters in the Administrative History of Medieval England.* 6 vols. London
—— (1929) "Literature and Learning in the English Civil Service," *Speculum* (4) 365-89
Tuck, A. (1973) *Richard II and the English Nobility.* London; New York 1974
Turner, V. W. (1969) *The Ritual Process.* New York and London; paperback, 1974
—— (1974) *Dramas Fields and Metaphors.* Ithaca, N.Y., and London
Vocabularies (2 vols 1872, 1873). Ed. T. Wright. A Library of National Antiquities. Privately printed
Wesencraft, A. (1975) "Derivations," *University of London Bulletin* (26) 12-13
Wickham. G. (1919) *Early English Stages 1300 to 1660:* Volume One 1300 to 1576. London and New York
Wilkins, E. H. (1949) "Cantus Troili," *ELH, A Journal of English Literary History* (XVI) 167-73
Wimsatt, J. I. (1974) 'Chaucer and French Poetry' in Brewer (1974) 109-36
Wordsworth *The Poetical Works of William Wordsworth* (1940-9), 5 vols. Ed. E. de Selincourt. London
Wright, T. (1862) *A History of Domestic Manners and Sentiments in England During the Middle Ages.* London
Wyatt *The Collected poems of Sir Thomas Wyatt* (1949). Ed. with Introduction by K. Muir. London; Cambridge, Mass. 1950
Wyclif, J. (1921) 'The Translation of the Bible' in *Fourteenth-Century Verse and Prose.* Ed. K. Sisam. Oxford; New York 1937

Ⅲ 音声資料 RECORDINGS ＊1978年版による

CHAUCER: READINGS IN THE ORIGINAL PRONUNCIATION

Troilus and Criseyde (abridged). Argo ZPL 1003-4
The Canterbury Tales:
The General Prologue. Argo PLT 1001
The Knight's Tale. Argo ZPL 1208-10
The Miller's Prologue and Tale. CUP Cassette 211859
The Wife of Bath. CUP Cassette 212197
The Merchant's Prologue and Tale. CUP Cassette 211875
The Pardoner's Tale. Argo ZPL 1211
The Nun's Priest's Tale. Argo RG 1211

GENERAL

The Art of Courtly Love. HMV SLS 863 (three records)
Carmina Burana, Musik und Ihre Zeit. SAWT 9455-A; SAWT 9522-A EX
Douce Dame: Music of Courtly Love from Medieval France and Italy. Vanguard 71179
Ecco la Primavera: Florentine Music of the Fourteenth Century. Argo ZRG 642
Guillaume de Machaut *La Messe de Notre Dame; Ten Secular Works.* Archive Production II Research Period. Series D. APM 14063
Medieval English Lyrics. Argo RG 443
The Medieval Sound (David Munrow playing early woodwind instruments). Peerless EXP 46
Music of the Gothic Era. DGG Archive 2723045 (three records)

UPDATED RECORDINGS（訳者による補遺）

(1) *Chaucer: Life and Times* on CD-ROM based on Material from *The Riverside Chaucer* by Houghton Mifflin Company (1987) (Primary Source Media Ltd., 1995):

Canterbury Tales - General Prologue [lines 1-858]
Canterbury Tales - The Knight's Tale [lines 859-874]
Canterbury Tales - The Knight's Tale [lines 2483-2619]
Canterbury Tales - Miller's Tale [lines 3187-3270]
Canterbury Tales - The Reeve's Tale [lines 3921-3986]
Canterbury Tales - The Wife of Bath's Tale [lines 857-898]
Canterbury Tales - The Franklin's Tale [lines 729-813]
Canterbury Tales - The Pardoner's Tale [lines 463-572]
Canterbury Tales - The Shipman's Tale [lines 1-74]
Canterbury Tales - The Nun's Priest's Tale [lines 463-572]

(2) Geoffrey Chaucer, *The Canterbury Tales.* NAXOS Audiobooks on CD-ROM NA 304412 3 CDs (based on the modernized version by Frank Ernest Hill 1935)

(3) The *Chaucer Studio* organized by the English disciplines of the University of Adelaide and Brigham Young University in association with NCS Readings of conferences of New Chaucer Society and so on:

Early Works:		*The Friar's Tale*	Audiocassette
Anelida and Arcite	CD	*Summoner's Tale*	CD
The Book of the Duchess	Audiocassette	*The Clerk's Tale*	CD
The House of Fame	CD	*The Merchant's Tale*	CD
The Legend of Good Women	Audiocassette	*The Franklin's Tale*	CD
The Parlement of Foules	CD	*The Pardoner's Tale*	CD
Troilus and Criseyde	CD (MP3)	*The Shipman's Tale*	CD
		The Prioress's Tale: Two Readings	CD
The Canterbury Tales:		*Sir Thopas: Two Readings*	CD
The General Prologue	CD	*The Tale of Melibee*	CD
The Knight's Tale	CD	*The Monk's Tale*	CD
The Miller's Tale	CD	*The Nun's Priest's Tale*	CD
The Reeve's Tale	CD	*The Second Nun's Tale*	CD
The Man of Law's Tale	CD	*The Manciple's Tale*	CD
The Wife of Bath's Prologue and Tale	CD		

(4) *The Canterbury Tales* I, II (Six animated films of the CT for the BBC) Schlessinger Media VHS

図版出典一覧

＊行頭の数字は本書の頁数を示す。

はじめに

p.27 Ms. Holkham 311, f.41v, reproduced by permission of Lord Leicester
p.31 Cambridge University Aerial Photography, ©Crown Copyright/MOD. Reproduced with the permission of the Controller of Her Majesty's Stationery Office
p.33 MS. Royal 2 B VII f.171, BL
p.34 Victoria & Albert Picture Library
p.37 MS. 9242, f.48v, copyright Brussels, Royal Library of Belgium
p.39 MS. Rh. 15 f.54r, Zentralbibliothek, Z_rich
p.41 Edwin Smith
p.44 MS. Add. 27695, f.141, BL
p.47 MS Add. 19720, f.165, BL
p.49 Courtesy of the Museum of London
p.51 ©Crown Copyright. National Monuments Record
p.52 Edwin Smith
p.55 ©Crown Copyright. National Monuments Record
p.56 Conway Library, Courtauld Institute of Art
p.56-7 MS. Bold. 264, f.173r, The Bodleian Library, University of Oxford

第1章

p.61 J. C. D. Smith
p.67 Courtesy of the Museum of London
p.72 Edwin Smith
p.77 ©Crown Copyright. National Monuments Record
p.79 The British Museum
p.82 From E. J. Burford The orrible Synne, 1973

第2章

p.85 MS. nouv. acq. lat. 1673, f.66, BN
p.89 National Museum of Ireland
p.93 J. C. D. Smith
p.94 MS. lat. 1173, f.1v, 2v, 5, BN
p.97 J. C. D. Smith
p.99 MS. Douce 6, f.99r, The Bodleian Library, University of Oxford
p.100 MS. Bold. 264, f.130v, The Bodleian Library, University of Oxford
p.101 MS. Bold. 264, f.54v, The Bodleian Library, University of Oxford
p.107 Conway Library, Courtauld Institute of Art
p.109 Alinari/ Art Resource, NY
p.110 Lincoln Cathedral Library
p.113 The Roudnice Lobkowicz Library, Nelahozeves Castle, Czech Republic
p.114 MS. Add. 28162, f.9v, BL
p.115 J. C. D. Smith
p.118 ©The British Museum
p.121 Victoria & Albert Picture Library
p.123 ©The British Museum
p.124 MS. lat. 14284, f.63, BN

第3章

p.127 Arras tapestry, Musée des Arts Décoratifs, Paris. Photo Laurent-Sully jaulmes
p.132 Victoria & Albert Picture Library
p.137 Chansonnier dit de Montpellier, H 196 f.88r, Bibliothèque universitaire de Médecine, Montpellier
p.142 The Wallace Collection, London
p.149 National Monuments Record. ©The Warburg Institute, London
p.150 Paris, Musée National du Moyen Âge – Thermes et Hôtel de Cluny. Photo RMN
p.155 Musée du Louvre, Département des Arts Graphiques. Photo RMN
p.156 MS. Amb. 317 2°, f.10r, Stadtbibliothek Nürnberg

第4章

p.163 Chansonnier dit de Montpellier, H 196 f.63v, Bibliothèque universitaire de Médecine, Montpellier
p.169 ©The British Museum
p.171 Ashmolean Museum, Oxford
p.173 Musée du Louvre. Photo RMN
p.179 MS. fr. 1586, f.56. BN

第5章

p.185 Conway Library, Courtauld Institute of Art
p.189 MS. Royal 29 C VII, f.41v, BL
p.193 Edwin Smith
p.194 Musée du Louvre. Photo RMN
p.197 Victoria & Albert Picture Library
p.201 ©Dean and Chapter of Westminster
p.207 MS. Royal 2 B VII, f.7r, BL
p.212 MS. Cotton Nero D VII, f.7r, BL
p.214 Courtesy of the Museum of London

第6章

p.215 Courtesy of the National Portrait Gallery, London
p.219 B 23, f.2, Museum of the Book/ Museum

Meermanno-Westreenianum
p.229 Copyright Sonia halliday and Laura Lushington

第7章

p.231 The Pierpont Morgan Library, New York, II, 75
p.237 Alb apparel, detail, Victoria & Albert Picture Library
p.248-9 Palazzo Publico, Siena. Photo Scala, Florence
p.242 MS. lat. 4802, f.132vo, BN
p.246 Palazzo Publico, Siena. Photo Scala, Florence
p.255 ©National Gallery, London
p.256 The Pierpont Morgan Library, New York, MS. M, 917, p. 149

第8章

p.261 MS. 927, f.145r, Rouen, Bibliothèque Municipale. Lauros-Giraudon
p.266 ©The British Museum
p.271 MS. nouv. acq. lat., 1673, f.95, BN
p.277 The Warburg Institute, London
p.282 MS. lat. 1173, f.6v°, BN

第9章

p.293 Alfred Lammer
p.297 Courtesy of the Museum of London
p.298 MS. Add. 47682, f.6, BL
p.301 From The Hidden World of Misericords by Dorothy and Henry Kraus (Michael Joseph, 1976). ©1975 Dorothy and Henry Kraus
p.309 MS. Add. 28162, f.10v, BL
p.315 MS. Cod. Marc. Lat. I 99, f.2v, Biblioteca Nazionale Marciana, Venice. Photo Scala, Florence
p.319 MS. 2617, f.76b, Österreichische Nationalbibliothek, Vienna
p.320 MS. Cod. Marc. Lat. I 99, f.8v, Biblioteca Nazionale Marciana, Venice. Photo Scala, Florence
p.322 MS. Vat Pal Lat 1071, ©Biblioteca Apostolica Vaticana

第10章

p.323 ©National Gallery, London
p.328 MS. Douce 366, f.109r, The Bodleian Library, University of Oxford
p.331 ©National Gallery, London
p.335 MS. nouv. acq. fr. 5243, f.34, BN
p.340 Courtesy of the Museum of London
p.353 MS 2617, f.53 Östrereichische nationalbibliothek, Vienna

第11章

p.355 CT447 Book of Hours, Victoria & Albert Picture Library
p.359 ©The British Museum
p.364 MS. Cod. 2761, f.38, Österreichische National-bibliothek, Vienna
p.375 ©The British Museum
p.377 Edwin Smith
p.380 MS. Ee. 3.59, f.4r, by permission of the Syndics of Cambridge University Library

第12章

p.383 Bayerisches Landesamt für Denkmalpflege, München
p.386 Staatliche Museen zu Berlin-Bildarchiv Preussischer Kulturbesitz, Skupturensammlung, Friedrich, 1964
p.389 MS. Douce 366, f.131r, The Bodleian Library, University of Oxford
p.392 MS. Royal 18 D II f.148, BL
p.396 Edwin Smith
p.399 Courtesy of the Museum of London

第13章

p.403 The Pierpont Morgan Library, New York. MS. M. 917, p. 180
p.408 ©Kunstsammlung der Fürsten zu Waldburg-Wolfegg
p.413 ©Dean and Chapter of Westminster / A. F. Kersting
p.414 ©Crown Copyright. National Monuments Record
p.419 MS. Harley 1319, f.50, BL

BL：ブリティッシュ・ライブラリ
BN：パリ国立図書館
RMN：フランス国立美術館連合

[著者紹介]

デレク・ブルーア

Derek (Stanley) Brewer（1923-2008）

イギリスの中世英文学研究の泰斗。1977年から93年まで、ケンブリッジ大学エマニュエル・コレッジの学長をつとめた。とりわけチョーサー研究の第一人者として名高く、本書の他に、*Chaucer in his Time*（1963）、*English Gothic Literature*（1983）、*A New Introduction to Chaucer*（1998）など著書多数。また若い研究者の著作刊行の機会を提供すべく自ら出版社を設立（D.S.Brewer社。後にBoydell社と合併、Boydell & Brewer社となって現在に至る）するなど、多面的な活躍によって長く学界を牽引した。

1956年に来日して国際基督教大学で2年間教鞭をとり、以来、日本の英文学界への貢献の大きさもまた計り知れないものがある（日本学士院名誉会員）。

[訳者紹介]

海老 久人（えび・ひさと）

1947年生。神戸女子大学教授。

主な研究業績：『文学概念——イギリス文学の場合』（共著、1994年、昭和堂）；『筆記用具のイギリス文学』（共著、1999年、晃洋書房）；「ゴシック的知のヒエラルキーと想像力——中世イギリス神秘文学」（1985年）『美学』（日本美学会）140号；「アルセスト神話の系譜——チョーサー、『オウィド・モラリゼ』、ベルコリウス」『英語青年』（1991年）135巻；「墓石と紋章——ウェストミンスターのチョーサー」（2000年）『英語青年』137巻（特集：チョーサー没後600年）；“Fate of a Map: On the Traces of Identity,” *Journal of Medieval and Early Modern Studies Association of Korea*, 2004, November；「チョーサーとニュー・トロイ——トロイ文化共同体の建設をめぐって」『Anglo-Saxon語の継承と変容 I 中世英文学』（2009年、専修大学出版局）所収ほか。

朝倉 文市（あさくら・ぶんいち）

1935年生。ノートルダム清心女子大学名誉教授。

主要著訳書：『修道院——禁欲と観想の中世』（講談社現代新書）、『修道院にみるヨーロッパの心』（山川出版社）、『ヨーロッパ成立期の修道院文化の形成』（南窓社）、ノウルズ『修道院』（世界大学選書、平凡社）、レッカイ『シトー会修道院』（共訳、平凡社）、ハスキンズ『十二世紀ルネサンス』（共訳、みすず書房）、ドウソン『現代社会とキリスト教文化』（共訳、青輶社）、ド・ハメル『聖書の歴史図鑑』（監訳、東洋書林）、ラボーア編『世界修道院文化図鑑』（監訳、東洋書林）、ディンツェルバッハー／ホッグ『修道院文化史事典』（監訳、八坂書房）、キャンター『中世の発見——偉大な歴史家たちの伝記』（共訳、法政大学出版局）ほか。

チョーサーの世界 ―詩人と歩く中世

2010年 8月25日　初版第1刷発行

訳　者　海老久人
　　　　朝倉文市
発行者　八坂立人
印刷・製本　モリモト印刷(株)

発行所　(株)八坂書房
〒101-0064　東京都千代田区猿楽町1-4-11
TEL.03-3293-7975　FAX.03-3293-7977
URL.：http://www.yasakashobo.co.jp

ISBN 978-4-89694-961-2

関連書籍のごあんない

廃棄された宇宙像
―中世・ルネッサンスへのプロレゴーメナ

C・S・ルイス著／山形和美監訳／小野功生・永田康昭訳　2800円

『ナルニア国年代記』の著者として知られるC・S・ルイスの中世宇宙論。諸文献を丁寧に読み解きつつ、天空・大地・惑星・天使・精霊・妖精……といった、中世のイメージ世界を鮮やかに甦らせた名著。

イギリス植物民俗事典

ロイ・ヴィカリー著／奥本裕昭訳　7800円

最新の情報をもとにイギリスおよびアイルランドの植物にまつわる風俗・慣習・民間信仰を網羅した画期的事典。民俗学・英文学・英語学の各分野に有用な情報を満載。植物の俗名や地方名についても同定の上多数を収録、英→学名／英→和／和→英などの植物名索引も完備し、「植物英名辞典」としても活用できる。総項目数1120。

修道院文化史事典

P・ディンツェルバッハー、J・L・ホッグ編／朝倉文市監訳　7800円

歴史的に重要な役割を果たしてきたカトリックの主要な修道会の沿革・霊性・文化史的業績などを体系的に紹介した、画期的な事典。ベネディクト会からイエズス会まで、最重要の12の修道会をとりあげ、文学・美術・音楽・社会経済・教育……と、分野別にその功績を詳述、豊富な図版をまじえてその文化的功績を明らかにする。

西欧中世の社会と教会―教会史から中世を読む

R・W・サザーン著／上條敏子訳　4800円

教皇を頂点とした教会諸組織の変容の過程を、社会変動との関わりにおいて鮮やかに浮き彫りにし、教会史に社会史の地平を拓いた刺激あふれる通史。とりわけ修道会各派の盛衰と宗教運動の興隆を描いた後半は圧巻。中世史の枠を超えて読み継がれるベストセラー『中世の形成』の著者が遺したもうひとつの名著、待望の邦訳。

表示価格は税別価格です